延陵劍

紅樓夢斷
系列

新校版

高陽

目次

第一章 005
第二章 035
第三章 056
第四章 087
第五章 114
第六章 137
第七章 168
第八章 197
第九章 225
第十章 264
第十一章 300
第十二章 329
第十三章 361

第十四章 390
第十五章 420
第十六章 441
第十七章 471
第十八章 499
第十九章 532
第二十章 568
第二十一章 598
第二十二章 634
第二十三章 661
第二十四章 693
第二十五章 713

第一章

到寧古塔快三年了，在魏大姐來說，真是心滿意足。

三年前，為了恂郡王已為皇帝軟禁在馬蘭峪，怕他的僚屬會被「莫須有」的罪名所株連，所以李紳聽了妻子——已有了正式名分的魏大姐的勸；接了新任吉林副都統白希聘他入幕的關書，來到了寧古塔。魏大姐的說法是：「寧古塔本來就是充軍的地方，皇上看你已經到了這裡，治罪也不過如此，當然就饒了你了。」

在接受聘書以前，李紳曾告訴魏大姐，在前明教過太子讀書的桐城方拱乾，由於順治辛酉科場案的牽累，充軍寧古塔，赦回以後，做了一部書叫做《絕域記略》，一開頭就說：「寧古何地？無往理亦無還理；老夫既往而復還，豈非天哉！」警告她說，絕域苦寒，非人所居，那時想回來，是辦不到的事。

「現在，你就讓我回去，我還捨不得呢！」

魏大姐常常這樣說，小福兒跟他的妻子——原是魏大姐的丫頭阿秀，亦有同感，甚至李紳自己亦曾賦詩明志，願意終老斯鄉。

但在兩個月以前，李紳於一夕之間，改變了初衷，鄉思大起，歸心如箭。

寧古塔七月飛霜、八月飄雪、九月河凍、十月地裂，要到三月底，草木才會萌芽。那是二月底，雪雖止了有半個月，凍猶未解，又恰好沒有風，李紳便想到了他最喜愛的一個地方和最有趣的一種消遣。

這個地方名叫「雞林哈答」，在寧古塔西門外三里許；是臨牡丹江的一道長岡，壁立千仞，長約十五里；岡上多松，旁枝斜出，橫出倒插，意想不到的奇形怪狀。這裡一年最好的時候，是在端午前後，紅杏如火，梨花似雪，掩映在蒼松之中；加以崖壁下遍開的芍藥，與碧波相映，曾使得初臨其地的李紳，疑夢疑幻，不信人間有此仙境。

到得秋來，霜楓滿山，映得一江皆紅；那時就該準備入山行獵了。及至大雪封山，堅冰在河，有活魚可捕；正就是那晚上他要去找的消遣。

「二爺，走吧！」

小福兒肩上扛著兩枝魚叉；叉上掛一盞明角風燈；燈內插著魏大姐用天然蜂蜜中提煉出來的蠟燭，但未點燃。此外，叉上還掛著拳大的一枚鐵錘、一具藤編的魚簍。

出了木城西門，雪地上很明顯的一條行人踏出來的路；走不多時，牡丹江已經在望。小福兒找到河灘平緩之處，直往江面行去，到了冰上，放下魚叉，背風打火鐮石點燃了紙煤，吹旺了點起風燈，交到李紳手裡，然後舉起鐵錘，使勁砸在冰上；這個工作很辛苦，因為冰有四、五尺厚，要砸開一個洞，得好好費一番氣力。

「把燈給你！」

等小福兒將燈照著冰洞；李紳已將魚叉取在手中，稍停一會，使勁往冰洞中叉了下去，提起來時，已有一尾似鱸而黑、土名「哲祿」的魚在叉上了。

主僕二人輪番下手，不過半個時辰的功夫，魚已半簍。「行了！」李紳說，「多了提不動，又吃不了。」

到家蒸了兩條魚，又蒸了半隻脂厚半寸的風乾雞，李紳正高踞北炕，在飲家釀的「米兒酒」時，副都統衙門送來了一扎信。

這是件大事，一年才兩三回有家信；魏大姐與小福兒夫婦，都圍在炕桌前面，要看是甚麼人來的信。

「這是你的。」李紳將一封信遞給魏大姐，「小福兒也有。」

「怎麼？」魏大姐眼尖，「有封藍封面的！」

有孝服在身，給人寫信才用藍封面；李紳急急抽出那封信來，一看筆跡，臉上頓時憂疑不定；「是曹四老爺從京裡寄來的。」他一面說，一面撕信封。

「莫非——」魏大姐猜測著，「曹老太太不在了。」

李紳沒有答話，從他的神色中看得出來，她是猜對了。不過，還有費猜疑的事；看他臉上突然轉為蒼白，呼吸急促，彷彿受了極大的驚恐，然後兩行熱淚，滾滾而下。

「怎麼啦？」魏大姐心慌慌地問。

「唉！」李紳將酒一推，捶著炕桌說：「六親同運，為甚麼壞到這樣子！到底作了甚麼孽？」

「別難過！阿秀去絞把熱手巾來。」魏大姐將「六親同運」四字想了一下，又問：「還有那位親戚家出了事。」

「我大叔！」李紳閉著眼說，「七十多歲的人，還充軍！」

魏大姐大驚失色，隨即取曹頫的信來看，起頭果然如她所猜測的，是報告曹老太太的噩耗，說他「痛遭大故，未能奔喪」，原因有二，一是解送的上用綢緞，又出了紕漏，上次是分量不足；這次是「石青褂落色」，已交總管內務大臣允祿徹查具奏。曹頫如說要乞假奔喪，一定會碰釘子；倒不如自行陳奏，在京成服，一面守「穿孝百日」的族人規矩；一面待罪，或許反可邀得皇帝的寬恕。

再一個原因，就是要料理李煦的官司；還是那件為已被改名為「阿其那」，且早已死在幽所的允禩，買了幾個「蘇州女子」的老案。如今舊事重提，又牽連到康熙五十一年繼噶禮為江督的赫壽。據說赫壽曾送過恂郡王兩萬銀子蓋花園之用；送允禩的銀數，或說三千，或說兩萬六千，刑訊赫壽的兒子英保及僕人滿福、王存，迄無確供。不過李煦卻痛痛快快地承認了，說用銀八百兩，買了五個「蘇州女子」送允禩。因為如此，大概不至於有死罪，但充軍是必不可免的。

最後是曹頫提出要求，說織造上用綢緞，兩次出毛病，都是曹震處置不善，他不能再信任他的那個姪子，希望李紳肯幫他的忙。同時李煦的官司，由於李鼎年輕不甚懂事，他亦很需要聽取李紳的意見，要求他即刻進京，「面談一切」。

「不論為了大叔，還是為了曹家，我非去一趟不可！明天一早，我就跟副都統去請假。」

「副都統會准嗎？」魏大姐平靜地說，「我不是掃你的興，我只是要你冷靜下來。能准你的假最好，不准也是意料中的事。你先要有這麼一個底子擱在心裡。」

李紳也知道，請假不容易獲准，因為寧古塔正要設縣，名稱都有了，定為「泰寧」；一切建制，是由李紳一手經辦，何能擱置？不過，他不試一試是不能甘心的。試了也還是不甘心。雖然副都統白希一再慰勸；同時許了保他為未來的泰寧知縣，而李紳還在盤算，是不是可以找個能替得他手的人，可以讓他脫身回京。

「我勸你死了這條心吧！」魏大姐說，「你也該聰明一點兒，曹家的事用不著、也輪不著你去管；咱們李家的事，要管也是在這裡管，不是在京裡管。」

「為甚麼？」

「為甚麼？虧你問得出這話！叔太爺如果真的充軍到關外；你不在這裡照應，跑到京裡去幹甚麼？」

「這話——」

「你不要再三心兩意了！」魏大姐搶著說，「你也該為我想一想；我三十八歲生第一胎，你能不擔心嗎？」

李紳又驚又喜，急忙問道：「你有了？怎麼我不知道。」

「才三個月，我不告訴你，你怎麼會看得出來？」

這個喜訊，多少沖淡了他的憂傷；不過，兩個月以來，他的性情彷彿變過了，沉默寡言，經常望著西面的天空發愣；有時候自言自語地叨念著：「到底怎樣了呢？怎麼會沒有消息？」

倒是東面來了個消息，一等公「舅舅」隆科多，奉旨從興凱湖回京，特地派人到寧古塔通知白希，預備車馬。

隆科多與年羹堯大紅大紫了兩年，由康熙六十一年十一月皇帝即位開始，到雍正二年秋天，隆科多承襲公爵，另賞一等輕車都尉世職，命他的長子承襲；又加官銜為太保，賞雙眼花翎、四團龍補服、黃帶、紫韁。到了雍正三年正月，說隆科多與年羹堯「交結專擅，諸事欺隱」，禁黃帶、紫韁、雙眼花翎；追回團龍褂，削去太保及一等輕車都尉，從寬免革公爵，派他到西域阿蘭善等地去修繕城池，開墾地畝。

雍正四年正月，又因他的家人牛倫犯罪；皇帝將這筆帳派在他頭上，從寬革退吏部尚書一職，往議俄羅斯邊界事務；在興凱湖畔紮營居住，已經好幾個月了。

「這一次的案情不小。」白希告訴李紳，「輔國公阿布蘭私下送了隆科多公一份玉牒；宗人府參了阿布蘭一本，結果將隆科多公牽涉在裡面。」

「這，」李紳問道：「送隆科多玉牒幹甚麼？」

「無非抓個把柄在手裡。」

李紳明白了。玉牒便是皇室的家譜，那位皇子原名甚麼，何時改名，原因何在，都記載得清清楚楚。皇帝原名胤禛，奪了原該屬於恂郡王的皇位，還奪了恂郡王原來的名字胤禛，在玉牒上可以看得很明白。

「這也就不可思議了！」李紳又說，「就算抓住了把柄，又能如何？到哪裡去告皇上的狀？我想，隆公不會做這種莫名其妙的事。」

「照你這麼說，就是欲加之罪，何患無辭了！」白希停了一下說：「咱們還是照咱們該守的本分辦。不必巴結，可也不必落井下石。最要緊的是，少跟他談這些事。」

「是！」

李紳照白希的指示，按一個公爵應該受到的禮遇，預備行館和車馬。

到得「滾單」傳來，隆科多將要渡江到達寧古塔時，白希集合僚屬，預備出東門到江邊迎接。李紳因為是幕友而非有職銜的命官，自然不在其列；哪知白希派人來請了他去，要他亦參加。

「本來你可以不必去給他磕這一個頭；不過，縉之，你知道的，我要保你當第一任的泰寧知縣，見一見他也好。」白希緊接著說，「到陛見時，皇上一定要問他一路的風土人情；寧古塔設縣的事一定會提到，你說是不是？」

「是的。」

「既然如此，隆公當然先要問個仔細；你跟他好好談一談，讓他知道你的才具；我再託他經過吉林，跟都統提一提你的事；到了京裡，在吏部關照一句，這一來，你不就十拿九穩了嗎？」

「多謝副都統垂愛，實在感激之至。不過，我有下情奉稟——」

「言重，言重！」白希搶著打斷，「你請說吧！」

「副都統知道的。」李紳低聲說道：「我曾在恂郡王門下行走——」

「這沒有關係。」白希又奪他的話頭，「在這裡絕少有人知道你的過去；隆公面前，我不說破就是。」

「不！見了面自然認識。」李紳將凳子移近主人，聲音放得更低了，「隆公本來是廢太子的人；後來跟八阿哥走得很近；恂郡王跟八阿哥最好，所以跟隆公也很熟，又是舅舅，在西邊有甚麼話不便形諸奏牘的，都寫信請隆公找機會面奏先帝。有時甚至只是口信；我就專程為替恂郡王捎口信，見過隆公兩次。今日之下，如果相見，其情難堪的不是我，是隆公。倘或因此而怨副都統多事，我又於心何安？」

「啊，啊！」白希完全諒解了，「既然如此，供應之事，我另外派人料理；你索性在家歇兩天吧！」

「是！」李紳如釋重負，「副都統體諒我。」

在家一歇歇了三天，李紳覺得過意不去，心裡尋思，還是上衙門吧！反正形跡小心些，避開隆科多就是。

哪知就在這天下午，白希突然派了他的表弟佐領成福來看李紳，悄悄說道：「副都統讓我來送個信，隆公要來看你。」

李紳大為駭異，「這是怎麼回事？」他問：「隆公為甚麼紆尊降貴？」

「那就不知道了。」成福答說：「只聽說中午喝酒，隆公問起設縣的事誰在規畫？副都統告訴他，是位姓李的朋友；於是——」

於是隆科多問「姓李的」是何許人？白希不敢提李紳的名字，只說是正白旗包衣。不道隆科多當過那一旗的都統，又久在御前行走，對內務府的情形，極其熟悉。當時問出一句話來，竟讓白希無以為答。

「內務的包衣，又是正白旗，哪裡不好當差，跑到這個充軍的地方來幹甚麼？」

「原是好朋友，」白希囁嚅著說：「特為邀來幫忙的。」

「喔，」隆科多問道：「原籍哪裡？」

「江南。」

白希不知道李紳原籍何處；只為李紳有江南口音，張皇之餘，口不擇言，正在失悔時，為隆科多抓住了漏洞。

「這可新鮮了！」隆科多咧嘴一笑，「原籍江南的包衣，可是第一回聽說。」

清朝太祖起兵，在明朝萬曆年間。八旗初起，每每破「邊牆」而入，長驅南下，大致由直隸到山東為止，擄掠的漢人，便成了「包衣」；既然從未越長江而南，又何來江南的包衣？這不是奇談！

「我想起來了！」正當白希張口結舌時，隆科多又說，「大概是織造李家的子姪。你說，叫甚麼名字？」

這一來白希不敢不說實話：「單名一個紳字。」

隆科多倏然抬眼，「哪個紳？」他問，「縉紳的紳？」

「是。他的號就叫縉之。」

「是他！」隆科多的表情很複雜，既似他鄉遇故的驚喜，又似冤家路狹的憂慮，閉著嘴唇想了一會才問：「他住得遠不遠？」

「不遠。」

「我要去看看他。」

「是。我叫人預備——」

「不！不必費事；回頭你只派個靠得住的人領路就是了。」

因此，白希派成福先來通知。交代已畢，成福連坐都不坐，隨即辭去；因為隆科多果然要來訪李紳，白希決定仍舊派他領路，所以要趕回去待命。

送客出了門，李紳坐在南炕上發愣，心裡有種異樣的興奮和不安；一直盤旋在心裡的一個念頭是：隆科多緣何下顧？

「二爺，」魏大姐從東間走來問道：「你見不見這位貴人？」

「怎麼不見？」李紳愕然反問。

「我看你躲開的好！君子明哲保身；這麼一位大人物來，不會替你帶來甚麼好處。」魏大姐停了一下又說：「當然，有些人會覺得是個難得的機會，你不是那樣的人吧？」

「啊！」李紳大為失悔，「你說得一點不錯，剛才我怎麼沒有想到？不然，當時就可以託成佐領回覆擋駕。」

「現在也還來得及，追上去跟他說。」

「不行！」李紳搖搖頭，「他那匹『烏雲蓋雪』是營盤裡有名的快馬。」

「那麼，你就躲開。回頭我來對付。」

李紳不答；左思右想，總覺得隆科多此來，一定會有幾句要緊話說，不聽一聽可能終身遺憾。

但對魏大姐卻另有理由，「除非事先說明白，臨時躲開，變成有意慢客。」他說，「就算我不怕得罪貴人；遷怒到副都統，教我怎麼對得起他？」

魏大姐嘆口氣，「怪我！」她說，「我當時闖出來插句嘴就好了。」

「下次再遇到這種事，你把我叫進去告訴我。」李紳緊接著又說，「其實，入境從俗；本地向來內眷不避外客，以後有客來，你用不著再躲到裡面。」

魏大姐沒有表示，管自己動手收拾屋子——寧古塔的房屋，大小不等，格局是一樣的，進門南、西、北三面接繞設炕，每一面長約三丈、闊為六尺；牆厚三尺有餘，塗上本地所產的細白磁土，滑不留手。炕上鋪炕蘆蓆；蓆上鋪大紅氈條，西、南兩面開窗；箱籠被褥都置在西北角，因為南炕是客座，理宜潔淨。

為了接待貴客，魏大姐特為取出平金紅緞的桌圍，繫在炕桌上；又叫小福兒生起一個火盆，坐一壺水在上面，將她辛苦帶來，平時捨不得用的一套細瓷茶具也取了出來待客。

「八個茶杯，只剩下三個了；還好，壺嘴不缺。」魏大姐又埋怨著說，「去年曹家託人帶來兩斤西湖龍井；我說留一點兒待客，你不肯，真正辜負了我這套景德鎮的瓷器。」

一面說，一面從做奶茶用的磚茶上劈下一塊，搓散了置入壺中，兌上開水；燜了一會，倒出一杯來遞給李紳。

「怎麼樣？」她問，「還能喝嗎？」

李紳喝了一口，苦著臉說：「又澀又苦，一點香味都沒有。」

「要香味容易。」魏大姐又問：「要不要備酒？」

「備點酒菜好了。」李紳答說，「如果來得晚了，衙門裡自然會送酒來。」

果然，到得申牌時分，白希派人送了一大錫壺的「三鍋頭」來；食盒中是一個攢盤，一個火鍋。但珍貴的卻是一盤白麵饅頭；麥粉跟稻米，來自遠在七百里外的高麗會寧府，而且每年只得十月間才准去採辦一次，所以只有宴客時，才蒸饅頭、煮白米稀飯。

「來了，來了！」小福兒奔進來說，「是成佐領帶來的。」

於是一家都緊張了；李紳這時才想起一件事，「要不要穿馬褂？」他問。

雖在二月裡，寧古塔仍非重裘不暖；兩件皮袍子穿在身上，臃腫不堪，馬褂根本就穿不上去，「你這不是白問？」魏大姐答說：「而且馬褂也不知在哪個箱子裡？要麼穿貂褂。」

「貂褂只能在家裡穿，見客穿貂褂就僭越了！」李紳決定了，「寧願失禮，不能越禮。」說完，往外就走，卻又轉回身來說一句：「記住，你不必迴避。」

「好了，快走吧！客人都快進門了。」

魏大姐說得不錯；李紳掀開兩重門簾，只見隆科多已經下馬，但驟見之下，幾乎不敢相認；三年前還見過他一面，不過雙鬢微斑；此刻卻是鬚眉皆白，而且傴僂得厲害，真個老態龍鍾了。

「隆公爺！」李紳急趨兩步，以手撫額，彎腰點頭，這個禮節等於作揖；如果跪下來撫額點頭，便是大禮。

「縉之！想不到跟你在這裡見面。」隆科多張開雙手，抱住李紳，然後執著他的手說：「早知道你在這裡，我就可以有個人聊聊了。」

由於他是如此親熱，又想到他如今的處境，李紳只說兩句言不由衷的話，作為安慰。

「早想給隆公爺去請安，實在是分身不開。」

「我知道，你很忙。」隆科多鬆開手，回身對成福說道：「你請回吧！他們來過一次，認得路了。」所謂「他們」是隆科多帶來的兩名從人，晶頂藍翎，赫赫五品武官；李紳覺得應有相當的禮遇，卻不知如何處理？

此時成福已經答說：「我陪他們兩位，借李師爺的廂房坐一坐，回頭還伺候隆公爺回去。」

「這樣好、這樣好！」李紳搶著答說；同時向成福拱拱手：「請老兄替我陪陪客。」接著又向小福兒示意，招待客人；然後親自打開門簾，肅客入內。

進了屋子，只見魏大姐面南而立；按旗人的規矩，垂手請安，口中還說了句：「隆公爺好！」

「不敢當，不敢當！」隆科多一面抱拳還禮，一面向李紳問道：「這位想來是嫂夫人了？」

「不敢！是內人。」

「啊！」隆科多像突然想起，「初次見面，可沒有備見面禮兒，那可怎麼辦呢？」

「隆公爺還鬧這些俗套幹甚麼？」李紳又說，「隆公爺要不要先寬寬衣，怕回頭出門會冷。」

「要，要！一室如春，舒服得很。」

卸了猞猁猻的褂子；在南炕垂腳而坐。魏大姐親自奉茶；隆科多一看是細磁茶具，益發欣然顏色黃濁，但入口卻別有香味。

「好香！」他說，「松子香，還有玫瑰花香。」

「瞞不過隆公爺，」魏大姐得意地笑道：「磚茶太粗，味兒不好；所以我擱了些松子跟玫瑰花瓣在裡面。」

「這個法子好。」隆科多竟是熟不拘禮的神態，「嫂子，勞駕，有蜜給我來一點兒。」

「有、有！」魏大姐取來上好的紫蜜，為他調在茶中；知道他愛甜食，便又取來兩樣乾果，一樣叫烏綠栗，形似橄欖，而核小如櫻，味甘而鮮；一樣叫歐栗子，大如櫻桃，甜中帶酸，十分爽口。

就這樣，俄頃之間便已親如家人；不過魏大姐很知趣，而且廚下也需要她去料理，所以悄悄避了開去，好讓他們談要緊話。

「縉之，在這裡不怕隔牆有耳，可以說幾句知心話。」隆科多的臉色陰黯了，「天作孽，猶可違；自作孽，不可活！我早就想開了，白帝城受顧命之日，就是死期已至之時；我跟年亮工，功高震主，自然不免。不過，我沒有想到他對同胞手足，居然亦是如此狠毒殘忍！我在想，八阿哥封廉親王，是我的主意；如果肯受籠絡，就沒有甚麼對不起他的地方；以後他不斷發牢騷，引起人家的猜疑，多少亦是自取之咎。九阿哥自不量力，輕舉妄動，我亦可以抹著良心說一句，與我無干。唯獨十四阿哥，我怎樣也不能說，我沒有對不起他的地方。這句話擱我在心裡好久、好久了；不說出來，死了也不安心。可是跟誰說呢？跟誰說，就是害誰！今天好，天可憐見，讓我有個機會好說。縉之，你一定有跟十四阿哥見面的機會，務必把我的這句話帶到！」說完，站起身來，兜頭一揖。

李紳只有遜謝，不便作何表示。隆科多內心的痛苦，固然令人同情；但故主——恂郡王的一生，無端葬送在隆科多手裡，又何能忘懷？

「縉之，」隆科多頹喪地說，「我自己知道，我作的孽很深、很重；這次回京，必無倖免之理。人之將死，其言或不盡善；但鳥之將死，其鳴也哀。你跟十四阿哥說，就把我當作禽獸好了，知道傷了好人的錯，無從彌補，唯有哀鳴。」

說到這樣自責的話，李紳不能不感動，覺得必須要有所表示了。「隆公爺，」他說，「我也不知道此生能不能見到十四爺；如果蒼天垂佑，還能活著見面，我一定將今天的情形，細細陳述。」

「多謝、多謝！我想『蒼天垂佑』是一定的。十四阿哥的八字我看過，壽算很長；你們賢伉儷，照相法看，白頭偕老，絕無可疑。」

「原來隆公爺精於子平、柳莊；想來給今上的八字——」

「不談，不談！」隆科多亂搖著手說，「誰都看不透他的八字。」

這時魏大姐已閃身出現，帶著阿秀來鋪設餐具；少不得還有一番客套。隆科多本打算說完話就走的，見此光景，只有道謝而已。

把杯話舊，自然又談到時事；李紳想起一件事，好奇心勃然茁發，忍不住問了出來。

「隆公爺，傳說中所謂『私鈔玉牒』是怎麼回事？」

隆科多不即回答，慢慢喝了兩口酒，方始抬眼問道：「你信不信一手遮盡天下人耳目這句話？」

「我不信。」

「我也不信。」隆科多說，「我要為天下後世留一條可以揭露真相的線索；所以跟阿老七要了一份玉牒的底本。」

「隆公爺指的是輔國公阿布蘭？」

「對了。」隆科多問，「此人你總很熟悉吧？」

他這樣說，是因為阿布蘭亦是一向擁護恂郡王的；想來作為恂郡王親信幕友的李紳，對此人一定深知。其實不然。

「我只知道他是廣略貝勒之後，此外就不大清楚了。」

「那麼我先告訴你此公的來歷，他是杜度貝勒的曾孫——」

杜度是清太祖的長孫；他的父親叫褚英，是清太祖的長子；以諫父不宜反明，致為太祖所手刃，但杜度並未因此而遭受歧視。當時得力的親族有四大貝勒、四小貝勒，杜度即為四小貝勒之一。

及至聖祖接位，憐念廣略貝勒死於非命，對長房子、孫格外照應；阿布蘭是宗室中的能文之士，亦未捲入從康熙三十幾年開始的立儲糾紛；及至聖祖封皇十四子為恂郡王，任命為撫遠大將軍，並准用正黃旗旗纛，以示繼位有人以後，阿布蘭更是全力擁戴，因而為聖祖所重用；康熙五十九年以宗人府右宗正為議政大臣。

康熙六十年，恂郡王平服西藏，重興黃教，功成還朝；阿布蘭受命在宗人府立碑紀功。此是為恂郡王將來登大寶後，臣下頌揚聖德作張本，自然大遭「今上」之忌。雍正二年將他降爵圈禁；恂郡王的西征紀功碑，自然仆倒磨滅，卻誣賴在阿布蘭身上，說「宗人府建立碑亭。翰林院所撰之文，阿布蘭以為不佳，另行改撰不頌揚皇考功德，惟稱贊大將軍允禵。朕即位後，伊自知誣謬，復行磨去。」

「阿老七對十四阿哥的擁戴，完全是遵奉先帝的意旨，他沒有錯。不過，這個年頭兒，誰要是八、九、十四，還有三阿哥的人，像修《律曆淵源》的陳夢雷，都會倒楣。阿老七自知不免，就想拿玉牒的底本，交付一個妥當的人；這個底本上面記得有十四阿哥的本名、爵位、准用正黃旗纛旗，等於御駕親征；將來有人寫史書，真相都在裡面了。可是，阿老七找不到這麼一個妥當的人。」

「於是，」李紳接口說道，「他就交給隆公爺你了。」

「不！他怎麼敢交給我！那時他只知道我有點兒牢騷，還不知道我心裡悔得要死。」

「那麼，是隆公爺知道他有這個意思，跟他要來的。」

「對了！我跟他要，他不敢不給。」隆科多笑笑說道：「如今從家裡抄去一個底本，不錯；可是我——」他含蓄地問說：「縉之，你明白了吧？」

「想來已錄副交給另外很妥當的人了？」

「正是！」

李紳這時跟隆科多的感情已不同了，對這件事頗為關切；思索了一會說：「其實，以隆公爺你的身分，議政大臣，無所不管，總也可以找得出一個要玉牒底本來看一看的理由吧？」

「當然！不過我不必找，理由再足也無用。從去年秋闈，查潤木出事，我就知道該輪到我了。」

這又是李紳大惑不解之事。查潤木其人，他倒是有所知的；此人出身浙江海寧世家，兄弟四人，以「嗣」字排行，老大便是本名嗣璉字夏重的查初白，在洪昇「只為一曲長生殿，誤盡功名到白頭」的那重公案中，受了牽連，斥革功名；改名慎行，復又應試，在康熙四十二年點了翰林，凡有巡幸，無不扈從，是先帝最賞識的文學侍從之臣。

老二名嗣瑮、字德尹；小初白兩歲，亦後初白兩年入翰林。老三便是嗣庭，字潤木；他也是翰林，而且科名在前；康熙三十九年與年羹堯同榜。查初白與查嗣瑮早在康熙五十幾年便已告老還鄉；查嗣庭由翰林開坊，升內閣學士，調禮部侍郎；上年放了江西主考，哪知出闈未幾，忽然以大逆不道的罪名，「革職拿問，交三法司嚴審定擬具奏」；同時浙江巡撫李衛，奉旨到海寧逮捕查初白、查嗣瑮及老四查嗣瑛，連同子孫內眷，四房共十三口，都是鐵索鋃鐺，押解進京，下在俗稱「天牢」的刑部監獄。

李紳還記得上諭中說：「及遣人查其寓中行李，有日記二本，至康熙六十一年十一月十三日，則前書聖祖仁皇帝升遐大事，越數行即書其患病，曰『腹疾大發，狼狽不堪。』其悖禮不敬，至於如此。自雍正元年以後，凡遇朔望朝會及朕親行祭奠之日，必書曰『大風』，不然則『狂風大作』。偶遇雨則書『大雨傾盆』，不然則『大冰雹』。其他譏刺時事，幸災樂禍之語甚多。」

可是，不久有一道指斥「浙江風俗惡薄」，應將浙江士子鄉會試停止的上諭中，開頭就說：「查嗣庭日記，於雍正年間事，無甚詆毀，且有感恩戴德之語；而極意謗訕者，皆聖祖仁皇帝已行之事。」豈非前後矛盾？

「欲加之罪，何患無辭？」隆科多對李紳的疑問提出解答，「譬如說他出題悖逆，又何嘗不是故意穿鑿？」

「我聽說題中有『維民所止』四個字，『維止』為雍正去頭之象，因此賈禍。」

「這是道聽塗說。」隆科多說，「前年汪景祺『西征隨筆』一案，抄家抄到汪景祺的一篇文章，名為〈歷代年號論〉，說『正』字有『一止』之象，引前朝的年號——」

汪景祺以為年號「凡有正字者，皆非吉兆」。他舉了五個例：正隆、正大、至正、正統、正德。

「正隆」、「正大」兩年號見於遼金，荒淫無道的海陵王，年號正隆；哀宗的年號正大。清出於金，但多少是一種忌諱，因為金非正統，有夷狄的意味在內。至正則是亡國之君元順帝的年號。

「正統」、「正德」是前明的年號，英宗有土木之變，蒙塵塞外；武宗以嬉遊無度，不壽而且絕嗣。隆科多以為平心而論，在雍正年間，發這樣的議論，也實在太無顧忌；汪景祺確有些自取之咎。

「可是，硬按在查瀾木身上，何能叫人心服？」隆科多問：「縉之，你記得不記得查瀾木在江西出的題目？」

「只記得第一題『君子不以言舉人，不以人廢言』，說是謗訕時政。關於年號的題目，就只知道說的『維民所止』。此外就不知道了。」

「等我告訴你。第一題『君子不以言舉人』。駁他的理由是：『堯舜之世，敷奏以言，非以言舉人乎？查嗣庭以此命題，顯與國家取士之道相背謬』，雖是欲加之罪，也還成理由，說易經次題『正大而天地之情可見矣』；詩經次題『百室盈止，婦子寧止』，起頭用正字，最後用止字；加上易經第三題『其旨遠，其辭文』，寓意『前後聯絡，顯然與汪景祺相同。』縉之，你倒想，這樣穿鑿附會，真要為天下讀書人放聲一慟。」

「唉！」李紳嘆口氣：「無怪蘇東坡要說：『但願生兒愚且魯，無災無難到公卿。』不過，我又不明白，查瀾木到底是為了甚麼，會讓今上對他如此深惡痛絕！」

「你要知道其中的緣故？」

李紳心裡想說「固所願也，不敢請耳」；但話到口邊改了自語似地：「我只是百思不解而已！」

「我告訴你，因為查潤木升閣學，補侍郎，是出於我之所保。」

「隆公爺久居樞要，汲引的人也很多啊！」

「他不同。我保他在內廷行走。」

「啊！」李紳大感意外，「原來查潤木也是天子近臣。」

「可以這麼說。」

「這就更令人不解了。既是天子近臣，多少有感情的——」

「感情！」隆科多一仰脖子乾了酒，哈哈大笑，笑停了說：「縉之啊，縉之，你真正是書生。如論感情，我還是他舅舅呢！」

「我不是這意思。我是說，查潤木既為天子近臣，如俗語所說的，沒有功勞，也有苦勞，何以絲毫不念？」

「毛病就出在這上頭。」隆科多問道：「縉之，你知道現在漢大臣中，最紅的是誰？」

「不是田文鏡、李衛嗎？」

「不是。我是說京官。」

「那——」李紳想了一下，「那莫如文淵閣的張中堂了。」

他指的是文淵閣大學士張廷玉；隆科多深深點頭，「一點不錯！四年功夫，由刑部侍郎而入閣拜相，紅透半爿天。」他緊接著問：「你知道他為甚麼這麼紅？」

「我怎麼會知道。」李紳笑著回答。

「他之所以紅，與查潤木之所以倒楣，是一事的兩面。今上御極，康熙三十九年年亮工那一榜，好些人得意了，張廷玉也是這一榜，召入南書房『述旨』，煌煌上諭，正反都是『朕』一個人的理；即出於張廷玉的大手筆。」隆科多突然又問：「你知道他紅到甚麼程度？」

「隆公爺別問我了，乾脆往下說吧！我在洗耳恭聽呢！」

「我告訴你吧！今上已許了他身後配享太廟了！」

李紳駭然，「這真是聞所未聞。」他說，「只有開國從龍之臣，或者開疆拓土，於國家有大功的勳臣，才能配享太廟。他是何德何能，得此非分的殊榮。」

「他不就是從龍之臣嗎？」隆科多嘴角浮現一絲自嘲的苦笑，「照算我也是。不過，入太廟無分，下地獄有望。」

「隆公爺也不必這麼說。」李紳極力想出話來安慰他，「年亮工是因為軍權在手，又太跋扈了；他部下只聽軍令，不奉詔旨，名副其實的功高震主；你如今連九門提督都不是了，情形不同的。」

「不！我知道。查潤木尚且不免，更不用說我了。」

「對了！」李紳抓住中斷的話頭，「隆公爺，你說張中堂之得意，與查潤木之倒楣，是一事的兩面；你剛才只說了一面，還有一面呢？」

「還有一面，只看上諭中指責他『在內廷三年，未進一言』這句話，就可以知道了。」

「此話怎講？」

「『未進一言』，就是他從來沒有說過任何人的是非。你想，今上所要的是能替他做耳目的人；外面流言紛紛，側近之臣，知而不言，得謂之忠乎？」

「這也不能算不忠！」李紳對查嗣庭有了不同的看法，「以側近之臣，竟能不談人是非，無論如何是位君子。」

「你說這話，我覺得很安慰；足見我的賞鑒不虛。」隆科多又說：「我當初舉薦他時，就因為他安分謹慎，在內廷述旨，機密不會洩漏。哪知道──」他突然停下來，嘆口氣，「唉！如果我早知道他的性情，我不會舉薦他，如今變了。害了他了。」

「喔，查潤木的性情，有甚麼不妥當？」

隆科多答非所問地說：「他的長兄有個外號，你知道吧？」

「不知道。」

「查初白的外號叫『文愎公』，在南書房跟同事都處得不好。查潤木亦似他長兄，看不慣的事，不肯遷就，上頭就很難得叫他述旨。這與張廷玉剛好是個對照。」

「嗯，嗯！」李紳恍然有悟，細想了一會說：「他在內廷三年，未進一言；述旨又不能像張中堂那樣，上頭怎麼交代，他怎麼寫；而是不肯遷就，有所諫勸的。這樣，今上就會想：隆某人怎麼舉薦這麼一個無用的人？」

「著！」隆科多乾了一杯酒，「你搔著癢處了。上頭就是疑心我故意舉薦查潤木，在內廷當『坐探』。其實冤哉枉也！我要在宮裡布置耳目，有的是人，何必找查潤木？」

「既然如此，真是真，假是假，案子應該不要緊。」

「不，不！其中的誤會極深，解釋都無從解釋的。總而言之，他那兩本日記斷送了他自己，也誤傷了我。」

「他的日記，與隆公爺何干？」

「有，有，頗有干係。」

「這我就不明白。上諭中舉得有例，對先帝垂諭，確有不以為然之處；但何曾涉及隆公爺半字？」

「舉出來的是可舉之供；還有不能舉出來的例子。查潤木對上頭手足相殘，記得很多——」

「啊！」李紳失聲說道，「怪不得！那可是死定了。」

「你聽我說完。據我所知，他所記的上頭的言行，有些是連我都不知道的。照上頭想，他既然能記在日記中，當然會來告訴我。這樣，查潤木在替我做偵探的想法，自然就糾結不解了。你想，上頭會饒得了我嗎？」

談到這裡，只見魏大姐匆匆走來，說成福有事求見隆科多；喚來一問，是接到衙門通知，有上諭寄到，請隆科多回去聽宣。

隆科多想了一下說：「好！我知道了。請你看看我的馬去。」

「是！」成福答說，「已經加了鞍子了。」

「嗯！我就來。」等成福一走，隆科多輕聲說道：「我實在不想回去，沒有甚麼大不了的事，晚一天半天也不要緊。不過，我怕有人去搬口舌，說我不趕回去聽宣，在你這裡喝酒，又是一款大不敬的罪名。我倒不怕，反正是這麼一回事了。我怕連累你，說不得只好掃興而歸。」說完，將一杯酒喝乾。

「隆公爺喝點熱湯。」魏大姐舀了一碗湯，雙手捧上。

「多謝，多謝！」隆科多接過湯碗，喝了一口放下，從腰帶上摘下一個荷包，又勒下手上的一個碧玉扳指，放在匟桌上說：「今天有這一會，也是緣分，留下作個遺念吧？」

用「遺念」二字，竟是說訣別的話，李紳跟魏大姐都覺得心裡酸酸地想要哭。見此光景，隆科多也不忍多看，起身就走。

走到門口，隆科多卻又站住腳，回身向跟在後面的李紳問道：「看樣子，是來催我上路了；恐怕天一亮就得走，你有沒有信要帶進京？」

「信是有。不過——」

「不要緊。耽擱一半天，總說得通；你如果有信，明天送來就是。」

「是！」李紳想到該慰勸一番，「隆公爺也不必在心裡亙著個成見，到底是椒房貴戚，看先帝的分上，今上亦不致過分為難。」

「看先帝分上？嘿，」隆科多失笑了，「看親娘分上也沒用。」

這是指恂郡王而言；李紳說不下去了，於是魏大姐接口說道：「隆公爺看開了倒好；一路上瀟瀟灑灑，該吃該喝，樂得享用。不過路上要保重，這種地方，得了病可真是受罪！」

「嫂子這幾句話，可真是金玉良言！」隆科多抱拳低頭，「我一定記在心裡。也許，也許咱們還能見面，那時候再來叨擾。」說完，扭頭就走。

他的腳步極快，等李紳夫婦跟出去，他已經上了馬，揚一揚鞭，作為道別；然後雙腿一夾馬腹，往外直衝，轉眼之間，影子消失在雪地中了。

李紳跟魏大姐相顧黯然，一步懶似一步地進了屋。魏大姐打開荷包，只見裡面是個極新極精緻的金表；撳開表蓋，表面刻著兩行字，便順手遞給了李紳。

「你看看！寫的甚麼？」

李紳從到了寧古塔，便跟人學習俄文，已頗有程度；接表一看，失聲說道：「啊！這玩意貴重得很呢，是俄皇送的；上面還刻著上下款。」

魏大姐也頗感意外，萍水相逢，以此珍物相贈，足見情深義重，但似乎承受不起。

「這——」李紳吸著氣說，「怎麼辦呢？」

「莫非送還給他？」

魏大姐說，「送還他也不會受的，徒然鬧得大家都知道。」

「不送還也不妥。」李紳說道，「俄皇送表這件事，上頭一定知道的；萬一問起來怎麼辦？」

聽這一說，魏大姐倒也有些著慌；想起「懷璧其罪」這句成語，不假思索地說：「我看這件事，得告訴副都統。」

「等我想想。」

為這件事，李紳想了半夜，決定既不送還，也不聲張。因為一告訴副都統，勢必專摺奏報，反而自己惹禍，更替隆科多添罪。

「那麼，皇上如果查問呢？」

「那要看他如何答奏了？」李紳答說：「我想他不會傻到說實話，一定隨便編個理由，譬如說『弄丟了』之類。」

魏大姐點點頭，沉吟了好一會說：「你把表給我！反正也不能用，我把它收起來，如果真的還有見面的日子，當面還他。」

於是夫婦倆又談論隆科多所說的，也許還有重逢之日；必是他自知這次奉召進京，獲罪不免，卻能逃死，也許充軍到寧古塔，豈非又可見面了？

「說不定跟叔太爺做一路走。」魏大姐始終保持著樂觀的心情，「兩位老人，能夠在這裡安安靜靜過幾年日子，說起來也不是壞事。」

「你想得太好了。」李紳搖搖頭，「風燭殘年，萬里跋涉，而況又是絕塞苦寒之地！我看能不能到得了這裡，都大成疑問。」

說著，臉色又陰黯下來。魏大姐失悔不該提到李煦，勾起了他的心事；只好扯些不相干的話，慢慢轉換他的情緒。

由於隆科多已無須再避，同時也想打聽打聽昨夜催隆科多去聽宣的上諭中，到底說些甚麼？所以李紳照舊上衙門了。

副都統衙門所在之處，是個木城，俗稱「新城」，東、南、西三面開門；副都統的衙門在北面依牆向南伸展，規模不小，因而整個木城看上去就是一座衙門。李紳辦事之處緊鄰副都統的簽押房；他一到，白希就知道了，立即著人來請。

「我正要派人到府上去請。」白希的眉宇之間，隱有憂色，「昨天，你們談了點甚麼？」

李紳很沉著地反問：「副都統聽到點兒甚麼？」

「只聽說隆公的嗓門兒似乎挺大，可聽不清楚你們說的話。」

「既然如此，副都統也就不必問了。」

「我們想不問，可是欽差緊盯著。」白希嘆口氣，「也真不巧！偏偏就他不在的時候，有侍衛來傳旨。」

李紳心想，如果侍衛回京覆命時，將所見所聞，據實回奏，皇帝一定會查問，所會何人，所談何事？這一來不但自己惹上了麻煩，還怕替白希也惹了禍；因為像隆科多這種情形，經過之處，有司應該嚴密看管，絕不能容他自由行動的。

不過，事已如此，亦只好聽天由命；且先打聽打聽隆科多的情形，再作道理。

「不知道傳旨給隆公是甚麼事？」

「沒有甚麼，只說派了人接替隆公的差使；等新派的人在途中相遇，讓隆公把對俄羅斯交涉的經過，切切實實作個交代，免得前後不符。」

李紳心中一動，隨又問說：「有沒有幾句勉勵的話？」

「我不知道甚麼叫勉勵的話？」

「譬如說，勉勵隆公實在任事，將功贖罪之類的話。」

「沒有。」白希又說：「聽不出來。」

到底是「沒有」呢？還是他「聽不出來」？不過，並沒有催促隆科多盡快進京，是可以確定的。

「隆公還得一兩天才走吧？」

「明天走。」

「喔，我還來得及託他捎幾封信。」

「你要託他捎信？」

「是的。」李紳答說，「是他自己問我的。」

「算了吧！」白希放低了聲音說，「你何必託他？莫非你還想不到，他是身不由主的人？你要捎信，我替你託人。」

「託誰？」

「現成有個觀老二在這裡，託他最妥不過。」

「是觀老二觀保不是？」李紳失聲說道：「那可是太熟了！」

原來這名被尊稱為「欽差」，賚旨遠來的侍衛觀保，本在恂郡王大營中當差，為人謹飭知禮，頗通文墨，他最佩服李紳，在軍中常有過從。自從恂郡王回京出事，先被幽禁東陵，後來移居大內壽皇殿側的小屋以後，隨從星散，有些比較幸運的，為皇帝所籠絡，或在「御前行走」，或授為「乾清門侍衛」。觀保就是比較幸運的一個。

他鄉遇故，況在絕域，李紳倒想跟他見一面，卻又怕惹是非。乃至白希問出他們的關係，倒是很熱心地慫恿他們敘舊，而且特地置酒作東。就這樣，分手五年的夥伴又在一起喝酒了。

不同的是，當年痛飲縱談，意氣風發；如今，酒淺言寡，彷彿無形中有一道帷幕橫亙在中間，彼此可望而不可即似地。不過，兩個人的心裡，卻都想揭破這道無形的幕。

終於是觀保下定了決心，在飯罷喝茶時問：「魏大姐很好吧？」

「託福，託福！她倒是跟寧古塔投緣，居然想終老斯鄉了。」

「我瞧瞧她去。」觀保轉臉對白希說，「那位魏大姐，朋友沒有一個不服她的：賢惠、能幹、熱心，最好客不過。」

於是順理成章地，李紳將觀保邀了到家；與魏大姐相見驚喜，絮絮敘舊，談了許多軍前的往事。慢慢提到眼前；魏大姐就告個罪，起身走了。

「我不明白，這道上諭也沒有甚麼了不得的事，何必勞動你這位一等『蝦』，萬里跋涉？」

用滿洲話稱侍衛，其音如「蝦」；一等「蝦」就是正三品的一等侍衛；放出來便是副都統、都統，甚至將軍。觀保正是要外放了。

「上頭的意思，要叫我到伯都訥去當副都統，不過還沒有定。讓我先送上諭來，如果定了，半路上會有旨意，我就不必再回京。」觀保略停一下又說：「此外，當還有別的道理。」

是甚麼道理呢？觀保不說李紳自然不便問，點點頭不作聲。

「聽說隆科多昨天在你這裡？」

問到這話，李紳便起戒心，簡單地答一聲：「是的。」

「他跟你說些甚麼？」觀保緊接著聲明：「法不傳六耳。」

這表示不但他不會把李紳的話告訴第三者，希望對方也是如此。李紳想了一下，認為舊日的交情，仍舊是可信賴的；於是將隆科多如何懺悔的話，細細告訴了觀保。

觀保很注意地聽完，沉吟了好一會說：「我告訴你吧，上頭當面交代的差使，是查查他在這裡的態度。其實呢，知道凡是在十四爺那裡待過的人，無不痛恨隆科多，指望我這趟回去，狠狠告他一狀。本來，我倒也打算這麼辦，好歹替十四爺出口氣。現在聽你這一說，我可不知道該怎麼辦了？」

李紳想了一下答說：「以直報怨。」

「不錯，不錯！」觀保深以為然，「我也不必先說，等上頭問起來，有甚麼說甚麼。當然，他到你這裡來過這一段，我是絕不說的。」

「不！果然問起來，你倒不宜瞞著；因為他在這裡的一舉一動，或許已經有人密奏過了。如果你不說，豈不顯得無私有弊？」

「這話倒也是。不過上頭再問一句：他到姓李的那兒，幹甚麼去的？我該怎麼說？」

李紳無法回答，觀保亦未再問；只說他如果真的調為伯都訥副都統，則相敘的機會必多，公事上也許還要請李紳幫忙。一切都等事情定局再談。然後，匆匆告辭而去。

第二章

到得冰河解凍，草木萌芽；寧古塔一年好景剛開始時，接到李鼎的信，李煦原擬死罪，硃筆改為「從寬免死，發烏拉打牲。」

信中附了幾頁「宮門鈔」，查嗣庭大逆不道一案，亦已有了結果。上諭中說，刑部議奏：「除各輕罪不議外，查律內大逆不道者凌遲處死；其祖父、子孫、兄弟及伯叔父兄弟之子皆斬。十五歲以下及正犯母女、妻妾、姐妹；子之妻妾，給付功臣家為奴；正犯財產入官。今查嗣庭已經病故，應戮屍梟示。」

原來查嗣庭瘐斃獄中了！不知是凌虐致死，還是殺之滅口——怕公開審問時，他會透露許多在內廷所看到、聽到的祕密？李紳心想，查嗣庭這一死，對隆科多來說，應該是好事；因為死無對證，亦可望從寬發落了。

再看刑部所議查嗣庭家屬的罪名，除了長子查克上病故免議外，應斬立決的有五個人：兩兄查慎行、查嗣瑮，一子查雲，兩姪查克念、查克基。此外子姪在十五歲以下的，還有五個，給功臣家為奴。

向例刑部議罪從嚴，留下讓皇帝開恩的餘地，這一次的上諭中說：「查嗣庭之子改為應斬，秋後處決。查慎行年已老邁，且居家日久，南北相隔徑遠，查嗣庭惡亂之事，伊實無由得知；查慎行父子俱從寬免治罪，釋放回籍。查嗣庭之胞兄查嗣瑛，胞姪查克基，從寬免流三千里。案內擬給付功臣為奴之各犯，亦著流三千里。」

李鼎特為詳告查嗣庭一案的緣故是，查家親屬的流三千里，所去的地方不同。充軍的罪名，如果只說流若干里，發遣何處的權，操在刑部司官手裡；只要以京師為起點，扣足里程，則天南地北，無所不可。這一次刑部司官，認為查嗣瑛父子充軍，是受牽累，不免冤枉，將來或有「賜環」的可能，如果道路不甚艱難，回鄉也方便些，所以判了查嗣瑛、查克基發遣陝西。至於查嗣庭的妻妾媳女以及三個幼子，則今生今世，恐難生入玉門；流放關外，謀生倒比貧瘠的陝西還容易些，因而將他們充軍到烏拉打牲。

發遣日期相近、流放地方相同，所以兩家決定同行；李鼎已向本旗請了假，送父到達戍所，也許請當地都統出奏，容他侍父送終。他又報告行期，定在三月初；預計六月中可以到船廠——吉林省城；要求李紳屆期迎接照應。

「烏拉打牲在哪裡？」魏大姐問說。

「在船廠以北。」李紳計算日期：「這裡到船廠要走二十天；今天是浴佛節，我在家還可以待一個半月。」

「你看，我要不要陪你去？」

「我又何必要你陪？」

「也不是陪你。我是說，理當去看看叔太爺，看有甚麼可以照應的，那才是做晚輩的道理。」

「你如果有這個心，我倒有個想法，索性移家到船廠，去就觀二爺的幕。照應老叔還在其次；我想在小鼎身上下點功夫，好歹要讓他走上一條正路。不然稂不稂，莠不莠，行年三十，一事無成，他這一輩子就算完了。」

「這——」魏大姐實在捨不得寧古塔；沉吟著說，「這，咱們再琢磨、琢磨。」

從這天起，夫婦倆一有空，便談移家之事；禁不住李紳的軟語相磨，魏大姐終於鬆了口。

接下來，也是李紳向白希去軟磨；由於去志甚堅，白希亦不能不很勉強同意。

李、查兩家結成患難之交，是出於查慎行的綰合。查慎行久為先帝的文學侍從之臣；李煦不但因為修《佩文韻府》，刻《全唐詩》的緣故，跟他很熟，而且因為先帝對查慎行極其看重，李煦對他也格外尊敬。查慎行辭官回里時，李煦雖已過了最絢爛的幾年，漸形式微；但歲時令節，不意餽遺。及至李煦抄家，音問斷絕了好幾年；不想忽又無端邂逅，只是相見在刑部監獄，且都是部議死罪的欽命要犯！古稀以外的一雙白頭老翁，居然還有這麼同在難中的數月盤桓，是在欲哭無淚的荊天棘地中，唯一的安慰。

兩家的案子，先後定讞；李煦先出獄，正在打點上路時，查慎行也亦已蒙恩釋放。他當天就來看李煦，一面話別，一面重託李煦，照應查嗣庭的眷口。李煦雖有「泥菩薩過江，自身難保」之感，但還是慨然許諾。

這一來倒解消了李家父子間的一個爭執，李鼎要送老父到關外；李煦認為不必，既費盤纏，又吃辛苦，有這功夫，不好好用功？話雖在理，無奈李鼎難捨老父，所以一直未有定局。此刻，有查家的人要照應，自然需要李鼎作幫手；根本就不生該去不該去的爭執。

可是這份照應的責任不輕。查家一行，恰好十個人，查嗣庭的妻子將近六十，衰弱得幾乎到了氣息奄奄的程度。

照規矩她這種情形可以請求免戍，但嚴君在上，刑部官員不敢替她出奏；又有親友相勸，說「上頭已經開恩了，過分之請，不宜冒瀆」，因此，查太太特為託在京的親戚，製了一箱「壽衣」帶在身邊，自道只怕未出山海關，「壽衣」就用得著了。

兩個姨太太都在中年，但禍起不測，這幾個月的辰光，亦將她倆折磨得不成人形。三兒兩女，四個庶出，皆未成年；唯獨十九歲的大小姐，是查太太育過五胎，唯一得存的「老來子」。此外還有兩名丫頭。十口之家，沒有一個頂得起門戶的壯男，而間關萬里，險阻重重，如何到得了遣戍之地，連解送的差役都在替她們發愁。

查太太對這一點，當然再清楚不過，所以在朝陽門外東來客棧，會齊上路之日，便命三兒兩女為李煦磕頭，鄭重叮囑長女：此去事無大小，必須稟「李伯父」之命而行。

李鼎在查家姐妹兄弟，自然就是「李大哥」了。未成年的三兄弟及九歲的二小姐蕙緗，跟李鼎很快地就混熟了，不管是行路、宿店，不時聽得他們親熱地在喊「李大哥」，唯獨大小姐蕙纕，處處躲著李鼎，有事總是叫弟弟、妹妹傳話。

「如今是在難中，跟在家做小姐不同。」查太太曾不止一次告誡蕙纕，「沒有那些講究了。有事你自己跟李大哥去說；叫幾個小的傳話，事情弄不清楚，白白耽誤功夫。」

蕙纕口頭答應著，卻總是改不過來；實在也是養在深閨，從小習聞男女授受不親之說，一見了李鼎羞得抬不起頭來，招呼一聲「李大哥」都覺得出口艱難，更莫說打甚麼交道了。

因為如此，李鼎怕她受窘，有事也是讓查家三兄弟或者蕙緗傳話；大姨太便找個機會跟李鼎說：「李少爺，我們大小姐是不好意思直接跟你說話；你是男子漢，莫非也像她那樣害臊？」

「不是！我怕大小姐會窘。」

「你不要管她！一回生、兩回熟，有事你儘管直接找她。中間傳話會弄錯。」

這話在李鼎聽過就丟開了。這幾年的沉重打擊，使得他心力交瘁，生趣索然；甚麼事都打不起興致來，倒是跟查家四個孩子在一起，還能說說笑笑，心情略為開朗些。他在想，有事讓孩子們傳話，亦是一種消遣，沒有甚麼不好。

這一天出了山海關，住在中前所城，這裡本來不是宿站，只為駐防的驍騎校布里奇，受過李煦極大的恩惠，得知他發配過境，先期在山海關迎接，堅邀暫住一兩日，以便敘舊。於是連帶查家老幼，亦一起招待在內。

一路來都是住的客棧，查家十口，擠在一座火炕上，李氏父子與兩名差官住一間；十來個解差挑伕，另睡通鋪。在中前所是作客，布里奇騰出幾間寬敞的屋子，雖然一般也是土牆茅簷，但較之客棧的晝夜嘈雜，幾無寧時，以及中人欲嘔的那股惡濁氣味，這就彷彿是天堂了。

「都是託李老爺的福。」查太太說，「一路上也都虧得李老爺的熟人多；過堂點驗，應個景就算了。你們總要記住人家的好處，要報答人家。」

孩子們不懂，蕙纕卻忍不住在心裡想：該怎麼報答人家；有甚麼力量可以報答人家？

「還有主人家布老爺。聽說他受過李老爺的好處，做人情是應該的：我們平白欠人家一個情，自己也要想想，該有點甚麼表示？」

「那也無非道謝而已。」蕙纕問道：「娘，你倒說，還該有甚麼表示？」

查太太想了一會兒說：「可惜，布老爺的家眷都在京城裡；不然，哪怕拔根簪子送布太太，也是一點意思。」

正在這樣談著，李鼎的影子，出現在窗外；蕙纕眼尖一見，立刻背過臉去。蕙緗也看見了，跳跳蹦蹦地掀簾出門喊道：「李大哥！」

「是李少爺？」查太太急忙說道：「請進來坐。」

查家的兩個姨太太也都下了炕，有個丫頭打起門簾，只見蕙緗拉著李鼎的手走了進來。擁被而坐的查太太，亦待起身招呼，為李鼎攔住了。

「查伯母，你別客氣，我說兩句話就走。」

「忙甚麼？」查太太喊：「蕙纕，你請你李大哥坐啊！看看水開了沒有？沏碗茶給李大哥喝。」

大家的家教嚴，雖在難中，不失規矩；蕙纕便走過來，在炕桌旁邊將一個墊子擺正了說：「李大哥請坐！」接著便去找茶葉罐子沏茶。

「關外都喝涼水。」李鼎笑道：「說茶葉性寒，喝了會鬧肚子。查伯母沒有聽說過吧？」

「沒有聽過、沒有見過的事可太多了。這一趟多虧你們爺兒倆，不然我早就聽不見、看不到了。」

「查伯母看開一點兒，凡事逆來順受。」李鼎緊接著說，「這裡的主人、布二爺託人來說，布奶奶不在這裡，招待不周。回頭送一桌飯來，他可不能來奉陪了。」

「布老爺太客氣了。我們雖說沾你老太爺的光，到底心裡也不安；務必請你跟布老爺說，感澂不盡。」

「查伯母也太言重了。喔，還有件事，三個弟弟在箭圃，布二爺派了人陪著玩，回頭跟我們一起吃飯，吃完了我送回來。」

「好，好！」查太太不勝感慨地，「唉！孩子們不懂事。」

李鼎想為查家小兄弟辯護幾句，卻以蕙纕親自端了茶來，急忙站起身來；蕙纕左手托盤，右手去取盤中的蓋碗，錫托子燙了手，立即縮了回來，再伸手出去時，恰好李鼎也伸手來取蓋碗，兩手相碰，各自一驚。李鼎沒有甚麼？蕙纕驚得左手托不住漆盤，連蓋碗帶茶汁，一起打翻在地上。

「糟糕，糟糕！」李鼎好生不安，望著蕙纕那打濕了的青布裙幅問道：「大小姐燙著了沒有？」

「不要緊，不要緊！」大姨太代為回答，又叫丫頭：「重新沏碗茶來。」

李鼎本想說一聲：「不必！我馬上得走了。」話到口邊，卻又噤住，因為不妥；這樣一說，蕙纕心裡會抱怨：你早說要走，不必沏茶，不就沒事了嗎？

「打碎了主人家的茶碗，怪過意不去的。——」

「都怪我！」李鼎搶著說，「不過，這也是小事，布二爺的交情是夠的，不必介意。」

說到最後二字，特為抬眼去看蕙纕，話中「不必介意」四字，也是衝著她說的。不道蕙纕也正投過眼來，視線碰個正著，她又受驚了似地，很快地低下頭去。

面對著侷促不安的蕙纕，李鼎亦頗感窘迫。幸而查太太身體雖弱，卻很健談；問起布里奇的一切，總算讓李鼎也有話說。

話題一轉，查太太不知怎麼談到了孟姜女，問她的墳在山海關何處，李鼎正茫然不知所答時，蕙纕插進來說：「娘，你該歇歇了；說多了話，回頭又氣喘。」

「正是！」李鼎趁機站起身來，「李伯母歇一歇吧！孟姜女的墳在哪兒，我這就去打聽，回頭來告訴查伯母。」

「不必費事，我也是隨便問問。」

「不費事！」

李鼎微微躬一躬身子，環視頷首，作為道別致意，最後看到蕙纕臉上；這回她的目光不但不避，而且開口了。

「請李大哥管著我的弟弟，尤其是老么，別讓他多吃，他肚子不好，又貪嘴。」

「是，是！我會照應。回頭見，回頭見。」

查太太一直看著他，直到他的背影消失，方始收攏目光，若有所思地只看著炕桌。

「娘在看甚麼？」

查太太徐徐抬起眼來，對她從頭看到底；彷彿要從她身上找出甚麼與眾不同之處似地。看得蕙纕心裡有些發慌。

「怎麼回事？」她退縮著說，「有甚麼不對嗎？」

「這會兒沒有人，你把濕裙子換了吧！」

「算了，開箱子麻煩。」蕙纕答說，「一會兒就乾了，將就一點兒。」

查太太心想，蕙纕從小嬌生慣養，事事講究，衣服上一點泥都沾不得，如今變得這樣不在乎！撫今追昔，不免傷心，眼角又有淚水湧現了。

一路來，查太太多是這種以淚洗面的日子，旁人勸亦無從勸起，唯有陪著她悄悄垂淚；不過，這一次蕙纕卻有話說。

「娘，難得有這麼安安逸逸，輕鬆自在的一天，何苦又傷心？而且還是作客在這裡。」

這句話提醒了查太太，佈里奇好意款待，哭哭啼啼的，人家也嫌喪氣。因此，急忙用手背拭去眼淚；心裡卻更悲苦，如果安居在家，又何至於連傷心的自由都沒有！

到得起更時分，李鼎親自送了查家三兄弟來；順便告訴查太太，孟姜女的墳，離此不遠，那地方叫老軍屯。墳旁有座小小的廟，頗有香火；因為有求必應，尤其是流人祭禱，更為靈驗。

「可不知道有多遠？」查太太問說，「何不妨順路去燒個香。」

「路可不順，要往回去。是在一座小山上。」

「路不順可就沒法子了。」

「不過，也不要緊。」李鼎又說：「布二爺很殷勤，堅留家父多住幾天；剛才跟差官說好了，再留兩天。如果明兒個天氣好，我請布二爺派部車，送查伯母去燒香。」

「那可是太好了！」查太太難得破顏一笑，「真是感謝不盡。」

哪知天不從人願，第二天查太太病了，鼻塞頭重，渾身發冷，是重傷風。作客臥病，必惹居停生厭；心裡著急，情緒不安，越顯得病勢不輕，以致蕙纕亦焦憂於詞色了。

「莫非是我心不誠？」查太太有氣無力地說，「孟姜女特為罰我。我想想，並沒有甚麼輕慢的地方啊！」

平時沉默寡言的二姨太便說：「許了去燒香，還是要去；請大小姐走一趟，替太太求一求。李少爺不是說了，過路的人求甚麼，格外靈驗。」

「二姨太這話說得不錯。」蕙纕接說道：「我替娘去燒香，求孟姜女保佑。」

「也好！還了願心，我心裡也好過些。」

有此想法，更見得此行宜速為妙；當下遣丫頭把李鼎去請來，說知緣由。

「今天有點風，我本想飯後再看；如果今天不行，還有明天。既然查伯母人不舒服，大小姐要去燒香祈禱，車子很方便，我去要一輛就是。」

「多謝李少爺；不過，我還有句話。」

「是！」李鼎答說：「請查伯母吩咐。」

「我想勞你的駕，陪了小女去。」

「是，是！這是一定的。」李鼎又問，「還有那位姨太太去。」

「不用了！」查太太搶著說，「就小女一個人去好了。」

「娘！」一向馴順的蕙纕，抗聲說道：「我要請一位姨娘陪我去。」

查太太略一思索，不再是堅決的語氣了，「好，好！有人陪你去，陪你去。」她說，「不過要請李少爺多費心了。」

李鼎本來覺得只他陪了蕙纕去，一路無話，豈不尷尬；如今窘相可望不致發生了，如釋重負，瀟瀟灑灑地答說：「談不上！我這就去接頭，等安排好了，我再來。」說完，轉身而去。

「你們倆，」查太太望著姨娘們說，「誰陪阿纕去？」

「請大姐去吧。三個小的，鞋都快破了；難得有兩天功夫，我要好好趕它幾雙。」

二姨娘口中的大姐，自是指大姨娘；她同意了，查太太也同意了；二姨娘原是她陪嫁的丫頭，所以稱呼不改，叫著她的名字說：「品福，你先跟纕官去把一包藏香找出來；燒香、燒香，沒有香怎麼行？」

雜物箱籠堆在最外面的一間屋子，要帶了丫頭一起去搬動；查太太等他們走了，招招手將大姨娘喚到面前，讓她坐在炕上，有一番要緊話說。

「我是一定要死在路上了——」

「太太！」

大姨娘剛把她的話打斷，查太太卻又搶了過去，「不是我愛說讓你們傷心的話，實在也是躲不過去的事。我一倒下來，千斤重擔都在你們兩個人身上！」她問：「你們挑得動嗎？」

萬里窮荒，一無憑藉，既是罪孥之身，又無成丁之男，大姨娘一想起來，就會心悸；此時再加上停屍在荒郊孤驛的景象，不由得打了個寒噤，臉色都變了。

「你不要怕！家運壞到頭了！不會再壞了！你只細心聽我的話。」

這幾句話，對大姨娘確有不小的撫慰作用，連連答說：「我聽著，我聽著！一個字都不會忘記。」

「我已經替你們找到一個可以倚靠的人了。一路來我在想，李少爺人不錯；我也打聽過，斷了弦一直沒有娶。他雖是旗人，其實還是漢人，沒有甚麼不能通婚的；聽說他要陪他老太爺，不回關內去了。既然如此，安家落戶，兩家併作一家，彼此都有照應，不是很好？」

話一提到李鼎，大姨娘便在點頭了；越聽越有道理，愁懷盡去，微笑說道：「怪不得太太剛才只請李少爺陪纕官去。原來有這麼深的意思在內。」

「我是試一試阿纕。這半年功夫，千辛萬苦，把她也磨練出來了。你看，她到哪裡跟年輕男人打交道都不在乎人家的。唯獨對李少爺，還是在家做小姐的樣子，處處怕羞。」查太太問道：「你知道這是甚麼道理？」

「我哪裡能像太太這樣，凡事都看得出一個道理來。不過，太太不提起來想不起；一提起來，想想倒確是有點不同的地方，一定有個緣故在內。」

「這個緣故，就是阿纕心裡，時時刻刻有個李少爺在。」

「這——」大姨娘很用心地思索了一會，有些懂了，「如果太太只請李少爺陪了纕官去：她倒不作聲，一男一女就一男一女，毫不在乎，那就是她心裡根本沒有想到別的上頭去了？」

「對了！我就是試她這一點。不過，試一回就夠了。你跟品福說，把我的意思，擺在心裡；以後也不要太露痕跡，反正有機會就讓他們接近，不必去驚動他們。日子一久了，你看情形，把我今天的這番話告訴阿纕，自然一開口就成功了。」

「我知道。」大姨娘很鄭重地說：「太太的這番心意，一定達得到。」

「這樣，我就放心了。」查太太笑了，瘦削的雙頰凹進去，成了兩個大洞；露出一口白毿毿的牙，看上去可怕。

一輛大車載著蕙纕、大姨娘和一名丫頭；前面是兩匹馬，馬上是李鼎和布里奇所派的嚮導。

「快到了！」嚮導用馬鞭遙指，「前面就是。」

到得一座荒祠前面，車馬皆停；李鼎到車旁照應，先把丫頭扶了下來，然後由丫頭扶大姨娘及蕙纕下車。

孟姜女的墳在後面。黃土一抔，立著一塊三尺高的石碑，刻著「古姜女之墓」。蕙纕站住腳看著，口中念出聲來；不道大姨娘聽錯了。

「不是孟姜女嗎？怎麼變了『顧』姜女了呢？」

「是古今的古，不是姓顧的顧。」

「那麼，怎麼又只稱姜女呢？姓都掉了！」

「這可把我考住了。」蕙纕笑著回答，眼光有意無意地從李鼎臉上掃過。

在李鼎的感覺，她是要他來回答大姨娘的疑問，因而接口說道：「其實孟姜女根本沒有這個人，大概是由齊國杞梁之妻，哭夫崩城這個故事而來的。」他將《列女傳》中所記：「杞梁既死，其妻內外無五屬之親；既無所歸，乃枕其夫之屍，哭於城下」的故事，講了給大姨娘聽。

「這杞梁是甚麼人？」大姨娘問。

「好像是位將軍陣亡的。」

「既然這樣，怎麼會沒有人管他的老婆孩子呢？」

「這，」李鼎看著蕙纕，學著她的話笑道：「可把我也考住了。」

「李大哥再想一想，」蕙纕望著地上說：「《左傳》，襄公二十三年。」

李鼎從李紳讀過《左傳》，卻已丟開多年，幸好當年督責甚嚴，仔細記憶了一下，居然想起來了。

「《列女傳》的話也靠不住的。」他有些得意地說：「杞梁是齊國的大將，跟齊侯去攻山東莒城，陣亡了；齊侯班師，還特為去慰問杞梁的太太。可見得並不是沒有人管。」

「可見得書上的話，靠不住的居多。」大姨娘又說，「也虧得李少爺記得那麼多。」

「這也虧得查小姐提醒我。」李鼎覺得既然說出口了，索性就再說一說心裡的感想：「我真沒有想到，查小姐的《左傳》那麼熟，實在佩服。」

蕙纕矜持地不作聲，大姨娘怕會出現僵局，便接口答說：「都是我們老爺在日，親自教的，讀書、做詩。」

蕙纕連連咳嗽示意大姨娘不必多說，可是已攔不住了。李鼎聽說她會做詩，越發驚異。「令伯初白先生，海內推為詩壇盟主。」他說，「查小姐家學淵源，詩一定也是好的。」

「哪裡！」蕙纕答說，「你別聽我姨娘的話，我哪裡會做詩？」

話又說不下去了，還是大姨娘開口，「燒香去吧！」她說，「外面也冷。」

到荒祠燃上藏香，蕙纕跪拜默禱，大姨娘也磕了頭，收拾拜墊，就該回去了。

「時候還早，」大姨娘問道：「不知道附近有甚麼地方可以逛逛。」

「名為山海關，」蕙纕突然發問，「怎麼看不見海？」

李鼎辨了辨方向，指著南方說：「海應該在那一面。」

「不知道有多遠？」

「查小姐想看看海？」李鼎略停一下，看她不答，便知意向所在，特為去問嚮導，「想看看海，不知道有多遠？」

「一直往南，有個村子就叫望海村。並不算遠。」

於是決定轉往望海村。雖說不遠，也有十來里路；嚮導與李鼎策馬前行，穿過村落，登上一座小丘，茫茫大海，收入眼底，彷彿胸頭一寬。

這時車子也到了。李鼎下丘迎了上去，卻只見丫頭陪著蕙纕，便下馬問說：「大姨娘呢？」

「她嫌風大，寧願躲在車子裡。」

風可是不小，嚮導亦已下丘避風；李鼎將韁繩丟了給他，向蕙纕問道：「是不是上去看看？風可是不小。」

「不要緊！我想看海，想了好多日子了；既然到了這裡，豈可失之交臂？李大哥，請你引路。」

於是李鼎前行，時時回頭招呼，留意坎坷之處。其實路很好走，順順利利地登上高處，只是海風強勁，吹得蕙纕幾乎立腳不住。

「你坐下來吧！」李鼎引著她在一塊平整的大青石上坐下；站在她的東面，為她擋風，又問：「冷不冷？」

「多謝，不冷。」蕙纕掖緊裙幅，兩手扯住衣袖，凝望著遠處，一動不動，只睫毛不斷眨動，不知在想些甚麼？

李鼎不忍去打攪她，也抬眼看著一望無際、水天同色的汪洋大海，但心中茫然，毫無感想。

「李大哥，」蕙纕問道：「對面陸地是甚麼地方？」

李鼎曾涉獵過輿地之學，所以能很快地回答：「應該是山東登州府。」

「再過去呢？」

「山東與江蘇接壤，再下去應該是海州；往南沿海一帶，就是兩淮的鹽場，當年——」李鼎硬生生把最後的一句話嚥了回去。

蕙纕當然奇怪，「當年怎麼樣？」她看著他問：「李大哥，你怎麼不說下去？」

「那一帶，當年都歸我父親跟我姑夫管。」李鼎很吃力地說，似乎胸口隱隱作痛。

「我家在天津也有大片鹽場，舊日繁華，不必去想它了。」

李鼎從她的眼色中看出來，說這話是在安慰他；頓時感覺到心頭熨貼，連連點著頭說：「是的，是的！不去想它最好。」

「再往南呢？」蕙纕重拾話頭，「江蘇跟浙江接壤，該到我的家鄉了吧？」

「那得過長江、江南沿海，第一個是松江府，第二個嘉興府——」

「啊！」蕙纕如逢故交般歡呼，「過乍浦、澉浦，就到我們江海之前的海寧了。李大哥，你到我們那裡去過沒有？」

「去過。」

「是去看潮？」

「是的，看潮去過；跟著我父親見駕也去過。」李鼎又說：「那時我還很小。」

「原來你也見過皇上！」

一路來，李鼎就此時聽她說了這麼一句稚氣的話，但卻顯出了她的嬌柔纖弱的本色，不由得心頭一動。

「唉！」蕙纕默然說道：「先帝倘在，我們不會在這裡。」

李鼎接口便說：「咱們也不會在一起。」

蕙纕倏地抬頭，深深看了他一眼，接著將視線移了開去，臉上微微出現了紅暈。

「你看，」她突然往前一指，「那是甚麼？」

李鼎定睛細看，從海浪打上沙灘的白沫中，發現一隻西洋酒瓶，便即答說：「番航上有這麼一個規矩，寫封信裝在空酒瓶裡，封好扔到海裡，隨潮水飄了去，也許就能飄到家鄉。當然，那得住在沿海地方。」

「這倒有趣。」蕙纕不勝嚮往地，「早知道應該預備個空瓶子，我也試一試；看看這個酒瓶，能不能一直往南飄到海寧。」

李鼎看那隻酒瓶，已擱淺在沙灘，自告奮勇地說：「我先把那隻瓶子去撿了來再說。」說著，便往前奔了去，蕙纕著急地大喊：「不要，不要！李大哥不要！」其聲淒厲，李鼎不能不站住腳，回身看她亂招著手，是極力阻攔的神氣，只好又走了回來。

「你看，一層層的浪，倘或，倘或，倘或——」她的眼圈忽然紅了，用十分委屈的聲音說：「倘或出了事，你叫我怎麼見人？」

就這時「嘩」地一聲，一個浪頭捲上沙灘，迅即退去，那隻酒瓶已經消失了。李鼎不由得驚出一身冷汗，如果不是她極力阻止，照舊去撿那隻酒瓶，正好為這個浪頭所吞噬。

如果真的有此意外，蕙纕會如何？一時驚懼哀痛，不消說得；回去見了她自己母親和他父親怎麼說？知道這件事的人，對她又會怎麼想？不會有人說他咎由自取；只說她是八敗的命，誰跟她在一起，誰倒楣！

這樣一想，不由得愧悔交併，對蕙纕更有無限的歉疚，「是我不好！」他說，「我沒有替你想一想。」

「不是沒有替我想。」蕙纕正色說道：「是沒替你老太爺想，白頭遠戍，再遇到這樣的意外打擊，李老伯還活不活？」

這一說，越使得李鼎如芒刺在背，不安而且焦躁，不知如何自處了。

蕙纕也是越想越害怕；明知他已經受不住了，但為了讓他切切實實引以為戒，還是要用言語刺激他。

「你也沒有替我們一家想一想，這一路來多虧得老太爺的面子，處處方便，我娘才能勉強撐了過來。倘或失去老太爺的倚靠，我們一家十口，只怕到不了地頭——」

「我該死，我該死！」李鼎捶著自己的頭，痛苦地喊道：「你別說了，你別說了！」

此時的蕙纕，恰好有兩句如骨鯁喉的話，想不吐亦不行，「最後才說到你沒有替我想！倘或出了事，我雖不殺伯仁，伯仁由我而死！你，」她哽咽了，「你！你教我一輩子良心不安。」

這就使得李鼎也眼眶發熱、鼻子發酸了！寸心萬感，自己能辨得清楚的，只是一種委屈；他覺得她彷彿在怪他，從未替她想一想，是因為根本就對她漠不關心。這是多大的誣罔？且不論往日，只說此刻；若非急著為她去取那個酒瓶，又何致奮不顧身。他願意承認錯了；但絕不能承認他對她不關心。

熱淚滾滾，畢竟讓他噓了回去；那也只是為了維持一個男子漢的尊嚴，勉強做到這個程度。他自己知道，感情再不能承受一點點的波動，否則仍舊會將眼淚晃蕩出來；他必須有一段單獨的時間，容自己將波動的心情平復下來。

因此，他連看都不敢看她一眼；往另一面移了幾步，微仰著頭，眺望海天深處，盡力想把襟懷思路放開，忘掉蕙纕和她的話。

她卻不安極了！那些責備他的話，一說出來，自然非常痛快，但隨之而來的濃重的悔意，不該如此苛責，到底惹得他負氣了。

這該怎麼辦呢？她心裡願意跟他陪不是，但卻說不出口。如果丫頭不在旁邊，或者還可以咬一咬牙，老一老臉；念頭轉到這裡，不自覺地就轉臉去看。

看到的是一張驚惶的臉；那丫頭原是經大姨娘悄悄囑咐過的，「大小姐如果跟李少爺在一起，你站遠一點兒，不必去管他們！」可是此刻又何能不管？到底是為了甚麼吵得兩個人都掉眼淚？莫非有甚麼了不清的糾葛？多想一想，她自己把自己嚇壞了。

蕙纕從她的臉上，越發看得出自己剛才的失態，也越發悔恨，可也越發覺得有立即挽回僵局的必要。這樣，心裡自然很急，但一急倒急出來一個計較。

「小梅！」她向那丫頭招招手。

小梅急步趕了過來，站住腳先細看蕙纕的臉，似乎又沒有甚麼大了不得的事，略略放心了。

「剛才李少爺要到海灘上去撿一個瓶子，差點給浪頭捲走，我說了他幾句。話是重了一點，他生氣了。」蕙纕覺得話並不礙口，便老實說道：「論理，該我跟他陪個不是；不過，我從來沒有做過這種事。你看怎麼辦？」

「原來是這麼回事啊！」小梅拍拍胸口，「可真把我魂都嚇掉了。」

「要你嚇幹甚麼！真是多管閒事。現在，你看該怎麼辦？」

話一出口，才發覺自己根本不通；既責她「多管閒事」，卻又要向她問計，希望她來管閒事，豈非自相矛盾？想想可笑，真的忍俊不禁了。

這「噗哧」一聲，在下風的李鼎聽得清清楚楚。何以此時有此笑聲？忍不住回頭瞟了一眼；看到蕙纕是跟小梅在說話，恍然大悟，原來她是有意戲侮，此刻正得意地在告訴小梅。

這樣一想，覺得自尊心被打掉了一截，怒氣勃發，隨即扭過臉去。本來同是面南的，此刻索性拿背對著蕙纕。

「李少爺！」

突如其來地背後發聲，使得李鼎微微一驚；想轉回身去，卻馬上想到，這正是可以讓蕙纕知道他在生氣的機會，因而站住不動，只仰著臉，冷冷地問說：「甚麼事？」

「唷！」小梅笑道：「真的生氣了。」

讓她一說破，李鼎倒覺得沒意思了；不過一時也抹不下臉，改不得口，唯有不作聲。

「李少爺，我替我們大小姐給你陪個不是，好不好！」

此言一出，李鼎大感意外，自然怒氣全消了轉回臉來問道：「你怎麼說？」

「我說，我替我們大小姐，給李少爺陪個不是。」小梅又說：「我們大小姐也是好意，不過當時因為心裡急，說話重了些。請李少爺不要動氣。」

「哪裡，哪裡！」李鼎這時才發覺自己錯怪了蕙纕，不過還有一絲疑雲帶在胸中，「你們剛才笑甚麼？」

「我沒有笑啊！是我們小姐在笑。」

本來還想問一問，蕙纕何事發笑。轉念又想，自己實在也太小氣了；就算讓蕙纕戲侮一番，也不是甚麼不能忍受的事。而況，還特為遣侍來陪不是，像這樣還要嚕囌不已，豈不惹人笑話。

於是他笑一笑說：「你去告訴你們大小姐，我根本沒有生甚麼氣，更談不到要她陪禮。時候已經不早；她如果看海看得夠了，咱們就回去吧！」

當然，蕙纕不會再作逗留，但也沒有馬上就走，等李鼎走近了，她看了他一眼，隨即又低下頭去。

「查小姐，」李鼎已完全想通了，仍如來時那樣，殷勤問說：「累了吧？」

「還好。」說著，腳步慢慢移動。

李鼎跟在後面，步子縮得極小，未免拘束；決定邁開腳步，回頭說一句：「我在前面領路。」

「不！李大哥，」蕙纕急急說道：「你讓我先走，是該我先走。」

李鼎這才想到，江南的規矩，男女同行，上樓時男先女後，下樓則女先男後。道是「舉頭三尺有神明」，倘或下樓時男先女後，裙幅在男子頭上凌空拂過，必有災晦。如今下坡亦同下樓，所以蕙纕說，「該我先走。」

雖在難中，不忘家教；李鼎心裡在想：畢竟是詩禮舊家的閨秀！

第三章

到晚來，李鼎與蕙纕的那一段波折，查太太與小姨娘都知道了。當然，是小梅告訴大姨娘，再傳過去的。

「看起來是有緣分的。」查太太悄悄說道：「告訴兩個丫頭，別多嘴多話，聽其自然。」

因此這天晚上思前想後，加上李鼎或喜或怒，或動或靜的影子，不斷浮上心頭；以致擾攘終宵，始終不能安安穩穩的入夢。

第二天還是照常，曙色甫現，便已起身；只見大姨娘悄然走來，憂容滿面地說：「情形不好！」

蕙纕知道她是說母親的病，心頭一懍，急急問道：「怎麼樣不好？」

「氣喘。」

壞了！蕙纕心想，老毛病一發，動彈不得；母親的這個氣喘毛病，除了靜臥休息，無藥可治；臥床時間的長久，又要視氣候而定，此時此地，犯此宿疾，怎麼得了？

於是，匆匆挽一挽髮，穿過一段甬道，推開厚重的木門，立即聽得令人心悸的喘聲；小姨娘與小梅一面一個，扶持著病人揉胸拍背，不斷用小匙舀著溫水，灌入查太太口中。蕙纕奔上去一看，母親的眼閉著，神態卻還安詳，只是張口大喘。

她不敢驚動，因為查太太發病時，已習於用自我克制的功夫，力求心境平靜，方能慢慢止喘。停略一會兒，等查太太睜開眼睛來；蕙纕不敢稍露戚容，平靜地喊一聲：「娘！」

「你洗了臉，看看李大哥，告訴他我犯病了。這不是三天兩天的事，得挪個地方才好。這裡不知道有沒客棧？」

「是！」

等查太太眼又閉上；大姨娘向蕙纕招一招手，復回別室，低聲說道：「這件事很麻煩。我問過了，要三十里外的縣城裡才有客棧。這一挪動，病會加重；倘把月好不了，公差肯老讓你留在半路上？」

蕙纕一聽這話，心裡非常著急，但不敢擺在臉上，只說：「我去看看李大哥再說。」

於是大姨娘幫著她梳洗既畢，換件衣服；將小梅找了來帶路，一直到李鼎的宿處。

「這麼早！」李鼎是剛起床，穿著短衣，被亦未疊，「你看，連個坐處都沒有。」

「李大哥，不必客氣。」蕙纕一面坐下來，一面說，「請你先穿長衣服，不然會招涼。」

李鼎匆匆將一件棉袍披上，蕙纕向小梅努一努嘴，她便上前替他扣紐子。

「啊，不敢當，不敢當！」

「李少爺別客氣了！」小梅說道，「快穿好了，小姐有要緊話跟你說。」

李鼎不再作聲，穿好衣服，坐下來望著蕙纕；她盈盈含睇地說：「李大哥，我娘的病不好……。」

只說得一句，便有些哽咽了，李鼎急忙安慰她說：「你別傷心，有話慢慢兒說。」

於是蕙纕說了她母親的情況，最後問到客棧；李鼎不待她說完，便將她的話打斷。

「有客棧也不能挪動，何況這裡並沒有客棧。查小姐，你先請回去，我跟我父親去說一說，看是怎麼個辦法？一會兒我就過去。」

「是！」蕙纕欲言又止地，終於說了句：「我怕你會為難。」

「那是沒法子的事。你不必想得那麼多。」

等她一走，他隨即去見他父親；說了經過，商酌了好一會，一起又去看布里奇。所以到得再跟蕙纕見面時，已是日上三竿了。

「我父親跟布二爺商量好了，請查伯母儘管住在這裡。布二爺今天下午進城；這裡屬綏中縣管，縣官是布二爺的好朋友，請他報一個公事，說伯母病了，得在這裡休養。請放心吧，布二爺也是古道熱腸，極其熱心的人。」

「那真是遇見佛了！」大姨娘說，「欠布老爺，還有你們爺兒兩位這麼大的情，真不知道怎麼樣報答。」

「這些話，大姨娘也不必去說它了。如今倒是有件事，先得跟大姨娘、查小姐說明了。我父親可不能久待，預備後天動身——」

「你呢？」蕙纕失聲問道：「是不是也一起走？」

看到她那殷切的眼光，李鼎簡直沒有勇氣開口了；好不容易地才答了句：「是！我也一起走。」

就這一句話，蕙纕頓時容顏慘淡，大姨娘也愣在那裡，滿臉的惶恐不安。

「唉！」李鼎頓一頓足說，「還得另外籌畫。」說完，起身就走了。

誰也不知道他的意思；倒是躺在炕上的查太太心裡明白，李鼎大概會留下來伴送她們一家人。事情到了這個地步，她原來預備從容陳述的話，不能不在此時就說破了。

話只是對大姨娘一個人說的，而且聲音很低，加以氣喘不便，所以費了好些時候才說完。

蕙纕一直注意著她母親跟庶母，但不知道她們說些甚麼；欲待發問時，李鼎去而復回了。

「我跟我父親說過了，在這裡等查伯母痊癒了，一起走。」

大姨娘先看了查太太一眼，意思是果然料中了；然後，她跟蕙纕說：「大小姐，你謝一謝李大哥！」

「謝甚麼，謝甚麼！」李鼎先就搶著說，「患難相扶，做人起碼的道理。如今閒話少說，給查伯母看病要緊；布二爺介紹了一個大夫，得我去請。我這會就去吧。」

大姨娘沒有說甚麼，送他出門；看他走遠了轉身，才看到蕙纕就站在她身後。「大小姐，你請過來。太太有幾句話，要我跟大小姐說。」說著，一直走到蕙纕臥室；等她跟了進來，隨即將房門關上。

蕙纕已預感到母親所要告訴她的話，必是「遺囑」，但為甚麼不直接跟她說，而要由大姨娘轉告，卻無從設想其中的緣故。

「一路來，我早就在擔心了。」大姨娘說，「看起來，這一關怕難逃了。」

「哪一關。」

「太太的病。」大姨娘緊接著說，「大小姐，你可千萬別傷心，以後都要靠你撐門戶。你可千萬一顆心穩住！」

「大姨娘，」蕙纕著急地說，「你先別提這些話，倒是快告訴我，我娘是怎麼說。」

「她說，她自己知道，病是一定好不了啦！與其死在路上，倒不如死在這裡；不過雖說是公家的兵營，不這麼嫌忌諱；到底要欠人家大大的一個情，閉了眼心也不安——」

「這個，」蕙纕打斷她的話說：「李家跟人家有交情。」

「正就是這話，欠情不但欠布二爺；欠李家父子的更重。不過，咱們也要替李家父子想想，自己的事沒話說；是人家的事，累得朋友人仰馬翻，未免說不過去。你倒想呢？」

蕙纕設身處地替李家父子想一想，對布里奇確是很難交代；不由得吸著氣說：「那怎麼辦呢？」

「太太說，只有一個辦法，要讓布二爺明白，查家的事就跟李家的事也一樣；他跟李老爺有交情，就不容他不管查家的事。」

「話是有道理，可怎麼樣才能讓布二爺把咱們家的事，當作李家的事來辦？」

「大小姐，」大姨娘詭祕地一笑，「你這麼聰明的人，難道還想不透？」

「我可真是想不透，這會兒心裡亂得很！」

「那我就說吧，你可別害臊！李、查兩家結成至親，情形不就不同了嗎？」

聽這一說，蕙纕頓時連耳朵後面都發燒了；一顆心突突地跳得自己都聽得見聲音。當然，也就忘了答話了。

「大小姐！」大姨娘正色說道：「太太格外關照，有句話一定要讓我說清楚；就不為了眼前的事，她心裡也早就定了主意，要把你許配給李大哥。天造地設的一對兒，如今正好請布二爺當大媒，在這兩天就把喜事辦了；也好讓她放心。」

「甚麼？」蕙纕大吃一驚，同時也有不可思議之感，「怎麼會有這種事？」

「為甚麼不能有這種事？順理成章，一切都像是早就安排好了的。這才叫天生良緣。」

蕙纕心裡亂得很，還不能接受這樣一段突如其來的良緣，所以不知道對這件事應該作何表示。只茫然地望著大姨娘，久久開不得口。

「大小姐，你倒是說一句啊！雖說父母之命，到底也要自己願意才好。」

最後一句話聽來很開明，其實說得很不好，反而惹起蕙纕的反感。

「事到如今，我說不願意，行嗎？」

「怎麼？」大姨娘大驚，「你不願意？你看不上李大哥？是哪點兒不中你的意？」

「我沒有說他不好。」蕙纕又說：「好不好，跟願不願，是兩回事。」

「我就不明白，怎麼會是兩回事。」大姨娘停了一會說，「大小姐是肚子裡有墨水兒的人，我也沒法兒跟你講甚麼道理；你只告訴我，該怎麼去回太太。」

「我早就說過了，我說不願意也不行啊！」

語氣中仍有悻悻之色，大姨娘不但不安，而且也有些不滿，「大小姐，好好的一樁喜事，你不要這樣子覺得委屈。我且不說，太太把你當作心頭肉，哪裡肯誤你的終身。」她緊接著又說：「而況李大哥的人品，縱說還配不上你，也差不到那裡。世界上沒有十全十美的事，倒是留著一點兒缺陷好。」

「我沒有甚麼委屈。古人——」她本來想說「古人賣身葬父，原是有的」。但這樣說法，實在也太過分了，所以住口不語。

大姨娘便接著她的話說：「你嘴裡不承認，心裡不是這麼想。好了，我也不來說你的心事；大小姐，你是頂孝順的，你要想想太太的心情，如果你不是高高興興的樣子，太太心裡就會有個疙瘩，對她的病沒有好處。」她略停一下又說：「我心裡有個想法，如果就在這裡辦喜事，沖一沖喜，也許太太的病就此好了起來，也是說不定的。」

提到一個「孝」字，蕙纕就有委屈，也易於忍受了，想一想低頭笑道：「我怎麼擺得出高高興興的樣子？大姨娘的話，簡直不通。」

見此光景，大姨娘大為欣慰，連連點頭承認：「我不通，我不通！小姐們談到這上頭，只能高興在心裡，臉上擺不出來的。現在閒話少說，大小姐，這件事要怎麼開口？你得出主意；你不要把這件事當作是你自己的，只作為你妹妹的終身大事好了。」

這個道理，蕙纕自然明白，但要她拋開自己，以第三者自居，卻一時還扭不過那個念頭來。

「大小姐，可開開金口啊！」

「我想，」逼得無法，蕙纕只好很吃力地說：「最好請娘跟李家老爺子自己說，不然就託布二爺。」

「對！託布二爺來做媒，最好。」大姨娘說，「太太在等我的回音呢！」說著，她站起身來走了。

蕙纕自然不會跟出去，心裡七上八下，亂糟糟地不知是喜是悲。不知過了多少時候，蕙緗晃蕩著兩條小辮子，溜了進來；看見姐姐，先吐一吐舌頭，一臉的頑皮相。

「李大嫂，」她背著手，站得遠遠地說：「娘叫你！」

蕙纕心裡冒火，思量抓住蕙緗打她兩手心，便故意側著耳朵問：「你說甚麼？」

「聽不見算了。」

「你過來！」蕙纕和顏悅色地。

「幹麼呀！你要給『桂花糖』我吃啊？」

一聽這話，蕙纕越發恨得牙癢癢地──海寧直隸州密邇杭州府；也像杭州一樣，喜果以桂花糖為主；猶之乎生子以紅蛋饗親友，「討桂花糖」、「討紅蛋」都是閨中密侶戲謔之詞。蕙緗人小鬼大，居然得寸進尺，肆無忌憚地開大姐的玩笑！教蕙纕如何不氣？

「你過來！我不打你。」蕙纕的聲音越發柔和了，「我有話問你。」

「你不打，我也不過來。」蕙緗一面慢慢往後退，預備隨時拔腳開溜，一面答說：「你要問，你問好了，我聽得見。」

「你！」蕙纕戟指切齒，「你以後挨了罵，別來找我。」然後學者蕙緗平時哭訴的神態：「大姐，你看五哥，揪我的辮子！」

蕙緗不好意思地笑了，「我不找你！我找李大哥，不！」她一個字，一個字地說：「找姐夫。」說完，掉轉身就溜了。

蕙纕真是一肚子的無名火，恨不得將蕙緗抓來，好好揍一頓。就這時候，來了二姨娘；腳步匆匆，而且老遠就是要張口講話的模樣。

「快去吧，太太有要緊話說！你也是，正大光明的事，而且已落到這步田地，還有甚麼放不開的。」

蕙纕是二姨娘抱大的，感情又自大不同；她從不跟大姨娘撒嬌，但對二姨娘說話一無顧忌，恰巧蕙緗又為二姨娘所出，因女及母，就越發要鬧脾氣了。

「我不去！你知道不知道，阿緗叫我甚麼？」

「叫你甚麼？」

蕙纕不好意思學蕙緗的話，只說：「你去問她好了。」

「好！我回頭問她。不過，」二姨娘遲疑了一會說，「我實在想不出，她除了叫你大姐，還會叫甚麼；把你氣成這個樣子？你多大，她多大，你怎麼跟她一般見識。」

「哼！」蕙纕冷笑，「看她小，損起人來，話跟刀子一樣。」

「喔！」二姨娘深為注意，也頗有不信的神氣，「她怎麼了？」

看二姨娘這種神情，蕙纕真的忍不住了；老一老臉，大聲說道：「你知道她管我叫甚麼？叫——叫我李大嫂！」

二姨娘「噗哧」一聲笑了，但趕緊以手掩口，正色用撫慰的語氣說道：「阿緗越來越沒有規矩了。你看我，回頭不好好揍她。」

聽得這麼說，蕙纕的惱怒立即又化為不安，但也不能出爾反爾，馬上為蕙緗求情，想了好一會，覺得只有一個辦法，可以讓蕙緗免去受二姨娘之責。

「我不出去。除非讓阿緗來給我陪不是。」

「好，好！」二姨娘彷彿喜出望外地，轉身就走。

不一會，二姨娘半牽半拉地將蕙緗弄了進來，到蕙纕面前站定，一隻手指戳在女兒額上，大聲喝道：「你好沒規矩，跟大姐胡說八道。不是大姐替你討情，看我不揍你！還不跟大姐說：大姐別生氣，以後不敢了。」

蕙緗咬著手指，臉上猶微帶頑皮的笑容；一雙眼骨碌碌地看母親，又看一看姐姐。蕙纕又氣又愛，自己先就繃不住臉色了。

「去啊！」二姨娘在女兒背上拍了一巴掌。

蕙緗一個踉蹌，倒在蕙纕身上，趁勢抱住，將臉埋在姐姐懷中。這一下，蕙纕自然甚麼氣都消了。

「說啊！」二姨娘猶在大聲呼喝。

「好了，好了！」蕙纕趁勢站了起來；二姨娘亦不再多說甚麼，引導著到了查太太面前。

終於是二姨娘揪著蕙緗的小辮子來給大姐陪了罪；二姨娘又保證幾個小的不會再胡言亂語，才算搬動了蕙纕的腳步。

但是，可以封住孩子們的嘴，卻不能禁止他們用詫異好奇的眼色去看她。因此做大姐的不得不繃著臉，裝出神聖不可侵犯的神氣，垂腳坐在炕上。

「小梅，」查太太說：「把他們幾個帶出去玩。」

蕙纕這時才發覺，母親的哮喘竟止住了；聲音也顯得頗精神，不由得大為驚奇。

「這位大夫真是高手，」查太太用手摸著肩項之間，「拿銀針扎了兩處穴道，居然不喘了。」

蕙纕越發詫異，「大夫來過了。」她爽然若失地，「我一點兒都不知道。」

「你自然不會知道。」二姨娘笑道，「那時候只怕打雷你都聽不見。」

「你們都坐下來！」查太太說，「咱們好好核計，核計。大夫說我這個病，斷不了根，我自己知道，不但斷不了根，而且——」她沒有說下去，顯然是不願說甚麼「斷頭話」，惹得大家傷心。

「太太說要親自去看李老爺；不如把李老爺請來。」大姨娘說，「大夫也說了，不能受寒，更不能冒風；不然喘病馬上就犯。這話，李大哥回去說了，李老爺一定體諒的。」

「請了來，倒也使得。話可是有好幾種說法，我得問問阿纕，哪一種說法好？」

「我哪知道哪一種說法好？」蕙纕答說，「其實也不必問我，娘跟兩位姨娘商量好了。」

「我們商量好的辦法，也要你樂意才行。你坐在那裡聽著好了，如果覺得辦法好，不必開口；倘或不樂意，自己覺得辦不到，你可要說話。」

蕙纕猶有異議；二姨娘拉一拉她的衣服說：「你如果覺得辦法不好，也不必說話，給個暗號就是了。」說著，又拉一拉衣服，表示這便是暗號。

「有兩個辦法，一個是當面鑼、對面鼓，有甚麼說甚麼。」

「太太，」大姨娘問，「我可不大明白，有甚麼說甚麼，可就是議親？」

「談不到議不議，乾脆一句話：我的女兒就是你的兒媳婦；看人家怎麼說。」

查太太的話剛完，蕙纕便去扯二姨娘的衣服；大姨娘恰好瞟見，隨即笑道：「大小姐，你別忙！聽太太說第二個辦法。」

「第二個辦法，就是託孤了；他們弟兄姐妹五個，得馬上給李老爺磕頭。」

「這……？」大姨娘覺得這樣做，似乎很彆扭，但卻說不出彆扭在何處。

「原是喜事，」二姨娘倒把何以覺得彆扭道破了，「弄得大家心裡酸酸的，可不大合適。」

「那就照第一個辦法。」

「就照第一個辦法吧！」大姨娘說，「一路來，難得遇見這麼一位好大夫；太太往後一天健似一天，哪裡就談得甚麼託孤了？」

蕙纕不作聲。兩個辦法她都不贊成，但並無更好的第三個辦法。至於兩個不贊成的辦法，第二個為人子所不忍言，那就只剩下了第一個辦法。

嫡庶之母都在等待，蕙纕左思右想，忍不住開口了：「倒再想想，有甚麼更好的？」

「你想，只要把事情辦通就好。」查太太說：「要不請布二爺說媒，那也不是甚麼好辦法。」

「是啊！」二姨娘附和著說，「那反顯得生分了，而且話也很難說，倒不如兩親家當面談的好。」

蕙纕又忍不住了，「哪裡就談得到『兩親家』了。」她說，「一廂情願的事。」

「一廂情願，就有一廂不情願。所以非問問你不可。」查太太正色說道：「你要是覺得委屈，這會兒還來得及說。」

「太太別這麼說！」大姨娘怕查太太的話太硬，會鬧成僵局，趕緊接口說道：「要說委屈，當然是委屈；不過為了弟弟妹妹，委屈也認命了。」

這話說中了蕙纕的心事，忍不住流了感動而又感激的熱淚；二姨娘便用塊手絹替她輕輕擦拭，又輕輕說道：「庚帖是你自己動手，還是叫弟弟來寫？」

「自然是叫阿纘來寫。」大姨娘搶著說。「寫完了，讓他去請李老爺。」

阿纘的學名叫克纘——查嗣庭五子，長子單名雲，判了斬監候；次子克上，與他父親一起瘐死獄中；以下是克纘、長椿、大樑。克纘已滿十六歲，只為體弱發育得遲，所以刑問官體好生之德，筆下超生，列入「幼小」，隨母發配。當下把他找了來，為他鋪陳筆硯、紅箋；寫完蕙纕的庚帖，教了他一番話，由小梅帶著先去看「李大哥」。

「李大哥，我娘著我來見老爺子，說請李大哥替我引見。」

「喔，甚麼事你跟我說。」

「我也不知道甚麼事，只說有很要緊的話，得當面跟老爺子談。」

「好吧！跟我來。」

見了李煦查克纘先就爬在地上磕了個頭，倒讓李煦嚇一跳，因為這是報喪的規矩，以為查太太出事了，急忙說道：「起來，起來！你娘怎麼了？」

「我娘說，有極要緊的話，要跟李老伯面談；本來要親自過來的，只為不敢冒風，所以著我來請李老伯勞一趟駕。」

「喔，你娘的病怎麼樣了？」

「好得多啦！」

聽這一說，李煦放心了，站起身來就走；他的步履倒還輕捷，李鼎卻很不放心，趕上來謹謹護持，不斷提醒：「走慢點兒，走慢點兒！」

到得查太太屋裡，她已強自掙扎著起身，站在匠前迎接；兩個姨娘親自接待，彼此略作寒暄，查太太首先表示，為了她的病，替居停帶來好些不便，於心不安；但也知道，這都是看李煦的面子。

「好說，好說。患難相扶，事所恆有。」

「從古到今幾千年，自然少不了有這種事；像我們兩家，一生不過幾十年，居然也遇到這麼一回，那是太難得了。」

「是的。」李煦說道：「說嫂夫人有緊要話要告訴我，請吩咐吧！」

「不敢，不敢！」查太太略停一下問說：「李老爺看我那個大小女怎麼樣？」

這一問太突兀了。李煦先要想一想她的用意；莫非是看中了京中哪家子弟，拜託做媒。倘是如此，自然樂從；轉念又想，蕙纕猶是罪孥之身，還談不到此。而況，世間哪裡有託充軍的重犯去做媒的道理？那麼，查太太突然提到這話，就很費猜疑了。

他還在猜疑，查太太卻又有話聲明：「李老爺，患難之交，情逾骨肉；你如果覺得蕙纕有甚麼不好的地方，儘管實說，一點都不必顧忌。」

「不，不！嫂夫人完全誤會了。說實話，我是在猜想，跟我提到大小姐，自然是有關於大小姐的事見委；莫非是做媒？不知看中的是哪一家？」

「李老爺一猜就著。我看中了哪一家，回頭再談；請李老爺先說說小女的長處跟短處。」

「短處沒有，長處太多；德言容工，四德俱備。不是我恭維的話，親戚朋友家的小姐，出色的我也頗見過幾位，但比起蕙纕小姐來，可還差著一大截呢！」

「這話是真的？總有短處吧？」

「一個人不能說沒有短處，不過我沒有能看得出來。」李煦緊接著又說，「其實，看不出來也不要緊；這麼多的長處，就有小小的短處，也是瑕不掩瑜。」

「看起來李老爺倒真是跟阿纕有緣，看得她這麼好！」查太太看著大姨娘說。

「是啊！不是緣分，今天哪裡會在一起？」

「這倒也是實話。」查太太問說，「李老爺看呢！」

「是的，是的。真是天生有緣。」

「既然李老爺也覺得彼此天生有緣，那就不可錯過了緣分。」查太太正一正顏色說：「李老爺願意不願意有蕙纕這麼一個兒媳婦。」

聽得這句話，父子倆不約而同地，一個往左看，一個往右看，相顧驚喜，都是亂眨著眼，就像遇見了一件不易置信的事那樣。

不過，李煦的神態，很快地恢復正常；「嫂夫人何以有此奇想？」他平靜地問。

「順理成章的事，何以說是奇想。」查太太說，「我的女兒好，你的兒子也不壞，門戶相當，處境相同，天造地設的一對，怎麼叫做奇想？」

李煦不答，轉臉看時，李鼎已經悄悄退到門口；他倒不是怕不好意思，也是種表示配不上蕙纕的謙退之意。

「李老爺，不瞞你說，我自然是有私心的；兒女都還小，半子之靠很要緊。一路來李大哥的熱心誠懇，早就讓我感動了；主意也早就拿定了。本想到了地頭再說，如今因為舊病復發，只怕朝不保暮。這件大事，不早早說定了它，我實在放不下心去！」

說到這裡，查太太努一努嘴；大姨娘自能會意，捧過一個紫檀的拜盒，交到查太太手裡。

「小女的庚帖在此。李老爺，彼此都在難中，一切從簡；只等你一聲金諾，咱們再商量，怎麼樣點綴出一個辦喜事的樣子來？」

查太太的本意是不難了解的，願結這頭姻親，主要是為了全家有託：其次才說得上看中李鼎的人品。至於李煦，覺得「小鼎」雖非佳兒；蕙纕卻真是佳婦，豈有不願結這門親事之理？只是他畢竟不同於查太太，其中的窒礙看得很清楚，最難的一層卻偏又不便說破——蕙纕何能擅自婚配？罪孥嫁娶，不出父母之命；要動公事題准，至少也得流配之地的長官肯擔待才行。若是「聖主當陽」——先帝在日，這倒也不成窒礙，只要遇到稍為忠厚些的長官，都肯擔待；因為縱得處分，亦必輕微，不過罰薪之類，無礙前程。現在這位皇帝，得位不正，良心自偏；他對查嗣庭深惡痛絕，罪及妻孥，原意就在洩憤，查氏妻兒越是受苦，他越覺得痛快。如今孤女絲蘿有託、寡婦半子得靠，豈是今上所望？這樣，擅許查氏罪孥婚配的長官，所得的罪名還輕得了？

此中委屈，苦於不便明言；如果說明白了，無異宣布蕙纕的青春，注定了要葬送在苦寒懸絕之地；而更嚴重的是，這一說等於斷定查家大小，永無出頭之日。以查太太病弱如此，這番話便是一道絕無通融的催命符。

因此，他定了個主意，承諾照料查家孤兒寡婦，只要力所能及。婚姻之事，另外找個藉口來推託。

「我說實話吧，小鼎配得上、配不上蕙纕小姐？這些都還談不上；滿漢不准通婚的禁例，到底未奉明旨撤銷。如今你我兩家，都是待罪之身，做事不能不格外謹慎。」李煦緊接著說，「我雖不能得蕙纕這麼一個兒媳婦，不過我倒真想有蕙纕小姐這麼一個好女兒。賢嫂，讓小犬跟令嬡兄妹相稱吧！」

查太太愣在那裡，半天作聲不得；兩姨娘的感想與她相同，一成兄妹，便絕紅絲。這個結果，比議親不成還糟糕。

當然，李煦了解她們的心理，但在他看，捨此而外，別無善策，所以也只能盡力忍受難堪的沉默。

「李老爺，你說滿漢不准通婚的禁例，未曾撤銷；可是，民間早已通行，而且宮裡的妃子，聽說不但有漢家女子，還有纏過足的。所以這個禁例，遲早要撤銷的。咱們不妨從權，先把親事定下來，等禁例撤銷，再讓他們小夫婦拜天地。你看如何？」

「這，不知道甚麼時候撤銷；豈不耽誤了蕙纕小姐的青春？」

「那就乾脆先讓他們小夫婦圓房好了！」

大姨娘脫口而出的這個建議，令人吃驚。「不可，不可！」李煦大為搖頭，「那豈不太委屈了府上？」

查太太已在這俄頃之間想通了，認為大姨娘的主意很高明，當即答說：「李老爺不必顧慮這一層；實事求是，我不嫌委屈。」

哪知躲在布帷後面偷聽的蕙纕，早就感到委屈了；此時閃身出現，滿臉通紅地說：「娘！李家伯父的話是正辦。就讓我拜在李家伯父膝下吧！」

說著，便要下跪；而二姨娘是摸透了蕙纕的性情的，在聽到「正辦」二字，便已有了防備，當即橫身阻擋，大聲說道：「拜乾爹是件大事，也要挑好日子，正式行禮。這會兒馬馬虎虎認一認，怎麼行？」

場面顯得相當尷尬；不過李煦的話說得很好，「不管怎麼樣，」他看著查太太說，「反正我跟賢嫂的親家是做定了。」

這親家是乾親家還是兒女親家，要看以後的機緣；其實，就算李煦此時接受了婚約，蕙纕名分已定，反要時時避嫌，亦非患難相處之道。查太太轉念到此，突生靈感；高聲喊一句：「李大哥！」

平時查太太與兩姨娘，都跟著孩子們的習慣，管李鼎叫「李大哥」，所以他只當查太太在喊他。但這樣公然稱呼，卻還是頭一回，急忙答一聲：「不敢當！」閃身趨前。

「少爺，你比我晚著一輩呢！」查太太含笑說了這一句；轉臉向李煦說道：「咱們先別論親家；大哥，你認我做妹妹，如何？」

這個提議真是匪夷所思；但多想一想，立刻發覺這樣安排，妙不可言。查太太如果認李煦為兄，李鼎與蕙纕便是姑表兄妹；眼前既可不須避嫌，將來亦有「親上加親」之喜。而且，這一來查家跟布里奇的關係，自然而然也拉近了；查太太在此養病，就不會有過多的不安。

「好極！好極！」李煦爽朗地大笑，「大妹子，你的招兒真高明。小鼎，還不給姑母磕頭？」

「對了！阿纕姐妹兄弟也得給大舅磕頭，把他們都找來。」

「太太，」大姨娘很高興地說，「我看先不必忙。照道理說，我們姐妹也得請大舅老爺上坐見個禮。頂要緊的是太太先得跟大舅老爺，拜了兩家的祖先，然後按規矩見禮。從此兩家人變做一家人，是一樁大喜事；我們姐妹，好好做幾個菜，請一請大舅老爺，順便請布二爺作陪。太太看這麼辦，合適不合適？」

「不錯，不錯。」查太太轉臉問道：「大哥，你看呢？」

「對、對！該這麼辦！如今第一件事是要通知布老二。」李煦隨即喊道：「小鼎，你去跟你布二叔說，我請他備一桌酒，接姑太太回門。」

「回門！」查太太噙淚笑道：「這兩個字可多年沒有聽過了，不想遭了難還能回門，那是多美的事！」說著，激動得熱淚滾滾而下。

「太太也是，大喜事怎麼倒淌眼淚。大小姐，你來勸勸；我去叫孩子們先改稱呼。」

於是蕙纕走上前來，先笑著說道：「第一回改稱呼，還真有點礙口；我得使點兒勁：大舅！」

「我也得管你叫外甥小姐了。」李煦答說，「你那表哥，從前是紈袴；到如今還不免不通庶務，不近人情，有時要鬧大爺脾氣。你得多管著他一點兒。」

語帶雙關，蕙纕只紅著臉點頭，無話可答；查太太便即說道：「大哥把話說反了！倒是要讓表哥多管那班淘氣的表弟、表妹。」

「那當然。是我的外甥，我也要管；趕明兒個立張功課表，孩子的學業不能荒廢。」

居然就此大聊家常，真像多年不見的白頭兄妹那樣。正聊得起勁時，李鼎疾趨而入，說一聲：「布二叔來了！」

那布里奇形容奇偉，身高七尺，一張肉紅臉、獅鼻海口、白髯虬結，而且實大聲宏，進門一聲：「恭喜，恭喜！」似乎四面石牆，都有回聲。

「這就是布二爺？」查太太說，「全家託庇，感激不盡；還沒有過去拜謝，反倒讓布二爺勞步，真正不安。」她轉臉又說：「蕙纕，你們給布二爺磕頭。」說著，她自己先斂衽為禮。

「別這樣！別這樣！」布里奇望著跪了一屋子的少年男女，揮著雙手大叫：「趕緊起來！不然，我可也要跪下了。」

「你就坐下來吧！」李煦拉著他的手說，「受他們一個頭，也是應該的。」

接著李煦拉住他另一隻手，半攙半扶地把他按得坐了下來；查家小弟兄一個個都好奇地望著布里奇，尤其是蕙緗，一雙黑亮大眼珠，只盯著布里奇在轉。

布里奇也看得孩子們好玩，笑得闔不攏嘴；「李大哥，」他說：「有這些一班小外甥陪著你，可不愁日子不容易打發了。」

接著，便一個一個地問名字、問學業，執著手逗笑誇讚，熱鬧好一陣，才跟查太太客客氣氣地寒暄。

「查太太，你是李大哥家的姑太太，也就是我布老二家的姑太太；儘管安心住著，不必客氣。」

「提起這一層，咱們倒得商量商量正經。」李煦接口說道：「能怎麼想個法子，把我們這位姑太太留下來，養好了病再走。」

「這倒容易。綏中縣的金大老爺，挺夠朋友的，請他報病，把公事辦結實一點兒；等部文下來，再報一個公事，原差都可以遣回。說明白，往後由我這裡派人幫著綏中縣護送就是。倒是，李大哥你怎麼辦？」

「我嘛，好好跟你喝兩頓酒，仍舊上路。」

「我是說大姪兒，照道理，自然該跟著你走；不過，查太太這裡，似乎也少不得有大姪兒這麼一個人照料——」

「他當然留在這裡。」李煦搶著說。

「大哥，」查太太立即表示：「小鼎自然送了你去；你一個人上路，我也不放心。」

「你不放心我，我還不放心你呢！何況又是一大家子人。再說，我那個在寧古塔的姪兒。只怕也到吉林省城了；趕明兒捎封信去，讓他一路迎了過來，就更沒有不妥當了。」

「那還差不多。既然成了一家人，我也不說客氣話。說實在的，真還少不了小鼎；起碼這班孩子，也有個人管。」

正談到這裡，忽有布里奇的隨從來報：「綏中縣金大老爺來拜；已經在廳上了。」

「必又是出了盜案，要我派隊伍去抓『紅鬍子』；不然，不會這麼晚，還親自跑了來。」布里奇起身說道：「少陪一會；等我把老金應付走了，回頭來喝喜酒。」

走不多時，布里奇的隨從忽又來請李煦；說是「金大老爺」要見。李鼎是驚弓之鳥，聞言變色，李煦卻很沉著，對查太太說：「金大老爺也是旗人，跟舍親曹家常有往來；大概知道我在這裡順便邀了去見一見。」

「是的。」查太太儼然姑母的口吻：「小鼎陪了你父親去；沒有甚麼事，你就回來。」

李鼎一面答應，一面深深點頭，表示領會。去了有一盞茶的時候，並無消息；蕙纕便嘀咕了，「他怎麼還不回來？」她向她母親問。

查太太猶未答話，蕙緗卻又多嘴了，「他是誰呀？誰是他呀？」她斜仰著臉問。

蕙纕認為她是故意的，不由得又冒火；二姨娘卻不等她發作，就一巴掌拍在蕙緗背上，大聲喝道：「甚麼事都有你的份！偏不告訴你。滾一邊去！」

「不告訴我，我也知道；他就是表哥，表哥就是他。」蕙緗躲遠了說。

「閉嘴！」二姨娘大怒，「看我不拿雞毛撣子抽你。」說著，起身伸手去抓蕙緗。

一看來勢不妙，蕙緗嚇得要逃；但出路只有一條，向外走。她先還躊躇，及至見她母親真的撲了過來，知道不躲要遭殃，拔腳往外就奔，一掀門簾，與人撲了個滿懷，抬頭一看，大聲喊道：「表哥回來啦！」

李鼎成了她的救星，這一聲喊，就誰都不會去理她了，急著要聽李鼎說些甚麼？

「是盛京衙門來了公事，沿路查訪我父親；盛京衙門奉到上諭，要我父親去聽宣——」

「有上諭！」查太太不覺失聲，「是為了甚麼？」

「現在還不知道。」

「小鼎，」查太太的臉色馬上黯淡了，「可不知是福是禍？」

「很難說，看樣子好像沒有甚麼。」

查太太也無從猜測；想了一下問道：「這樣，你父親馬上就要動身了。」

「我去。我去聽宣。」

妨。」

「盛京衙門的公事上，是怎麼說的，如果我父親不能『馳驛』，有護送親丁來聽宣，亦自不

「怎麼是你去呢？」

「照這樣說，一定是福，不是禍！」蕙纕在一旁接口，語聲清朗，顯得有十足的把握。

於是大家都轉臉看著她；查太太問：「你怎麼知道？」

「『馳驛』是按驛站走，一點都誤不得；怕大舅吃不了辛苦，所以准親丁代為聽宣。這是體恤大舅，哪裡會有甚麼禍事？」

此言一出，無不心悅誠服她的解釋；李鼎首先就笑著說：「到底表妹高明！看起來是福不是禍。」

「多虧得大小姐，」大姨娘高興地說，「幾句話去了大家心裡一塊；不然，只怕今天晚上飯都吃不下。」

「啊！」李鼎被提醒了，「布二爺請金大老爺吃飯，我可得陪客去了。」說著，起身就走。

「小鼎，小鼎！」查太太大聲囑咐：「你們爺兒倆不管多晚，得來一趟。」

李鼎答著。直到二更將到，父子倆才來；都是紅光滿面，看樣子酒喝得不少，而且喝得很痛快。

「這頓飯的功夫不小。」查太太含笑問道：「金大老爺今晚上總住在這裡了？」

「對了！明兒一早，小鼎跟他一起走。」李煦答說。

「上奉天？」

「他還回城，小鼎上奉天。」

「甚麼時候回來？」

「十天。」李鼎很有把握地，「十天一定趕回來。」

「這麼快！」

「本來一個單趟，也不過七天——」

原來由北京到奉天，名為「前七後八」，一共十五站；出關以後已走了一站，按著站頭走，還有七天，可到盛京。李鼎為了早早趕到聽宣，跟布里奇商量，借他那匹一天能跑兩百多里的「菊花青」，打算一天趕一站半；也就是一個宿站，一個尖站。這樣，在第五天就可以到盛京了。

「尖站打午尖，能住嗎？」

「不要緊！」李鼎答說，「布二爺派人送了我去，尖站不能住，可以借住營房。」

「這樣拚命趕路，累出病來就不好了。」查太太看著李煦說，「能不能跟布二爺商量，派個得力的人，由奉天先送信回來，讓小鼎按著站頭，慢慢走。」

李煦尚未接口，李鼎搶先說了，「不要緊！信裡說不清楚，還是我趕回來，當面講的好。」

說到這裡，瞥見燈影中的蕙纕，便即說道：「表妹，把你的筆硯，借我用一用。」

「喔，」蕙纕躊躇著說，「好久沒有用了，還不知道擱在哪兒，得現找。」

「怎麼？」查太太奇怪地問，「你平時記帳用甚麼？」

「拿眉筆將就著使。」

「眉筆也行。」李鼎又說，「順便給我一張白紙。」

於是蕙纕取了眉筆與紙來，問了句：「能寫字嗎？」

「我試一試。」

石黛眉筆，筆芯是偏的，李鼎書不成字，廢然說道：「算了！爹說給我，到了奉天要去看哪幾位，我記住就是了。」

「恐怕你記不住，煩你表妹寫一寫吧！」

聽這一說，李鼎便要起身讓她坐在炕上，好倚著炕几作字；查太太便說：「你何必下炕，往裡挪一挪就行了。」

李鼎如言照說；蕙纕躊躇了一下，終於坐上炕去。李鼎將蠟燭往裡移了一下，用手遮著火燄，恰好躲在燭火後面，可以細看蕙纕寫字。

「是開一張讓你表哥到了奉天，拜客的單子。」李煦說：「我念你寫：吏部衙門——」

「大舅！」蕙纕打斷他的話問：「是六部之首的吏部？」

「不錯。」

「不在京裡嗎？」

「奉天也有六部。當初太祖、太宗原是在奉天——」

「啊，我懂了。」蕙纕再一次打斷他的話，「就像明朝一樣，明太祖原是定鼎南京，所以南京也有六部。」

「你看你！」查太太用責備的語氣說，「老搶大舅的話，一點規矩都沒有！」

「不要緊！不要緊！」李煦趕緊接口，「外甥小姐肚子裡的墨水兒不少，以後我倒是不愁沒有人談談了。」接著又念：「吏部衙門韓應魁，世交。」

蕙纕一面問「哪個應」、「哪個魁」，一面寫在紙上。由於筆芯是扁的，寫法便與用毛筆不同；倒有些像刻印，轉折反側、斜挑直上，手勢的變化極多，也極快；她生就一雙「硃砂手」，手掌手背，紅白相映，落入李鼎眼中，不由得想起另一雙「硃砂手」——震二奶奶的那雙豐腴溫暖的手。

綺念一起，心頭一震；神魂飛越，繚繞南天。正當玄遊太虛之際，突然發覺耳邊有熱氣在噓，頓時大吃一驚，急急轉臉看時，是蕙緗正待跟他耳語。

「有話不大大方方說！」蕙纕呵斥著，「幹麼弄出這鬼鬼祟祟的樣子？」

「好！我說。」蕙緗人聲說道：「大媽有話要跟表哥說。」

聽得這一句，蕙纕先就跨下炕來，意思是讓出一條路；李鼎道聲：「勞駕！」下炕到了大姨娘那裡。

「明天是她姐姐生日。」大姨娘低聲說道：「你明天一早吃了她的壽麵再動身。」

「啊！」李鼎躊躇著說：「只怕辰光不對；跟金大老爺約好了的，五更天就得動身。」

「我知道。你到時候來就是。」大姨娘又說，「話可要說在前面，不是甚麼好東西；無非拿今晚的剩菜，替你煮一碗熗鍋麵，熱呼呼地吃下去，可以擋一擋早寒。」

「好！我準來。」李鼎嚥口唾沫，搓著手笑道：「這會兒我就覺得身上暖和了。」

回到原處，蕙纕已經將單子開好；查太太便催他們父子早早歸寢。蕙纕去點燃一盞燈籠，交到李鼎手裡時，欲語又止；終於還是默不作聲，只是一直送到門外。

剛回到住處，布里奇便到了，手裡提著一個打成長條形的包裹，裡面是二十個五兩頭的銀錁子；先就說好了的，供李鼎到了奉天，應酬打賞之用。另外有託捎的幾封信，一一交代明白，坐下來閒談，少不得又提到那通待李鼎去聽宣的上諭。

「啊！」李鼎很興奮地說，「蕙纕的話，倒有點道理，她說這回是福不是禍——」

聽他轉述了蕙纕的話，布里奇驀然一拍大腿：「真是有道理！」他趁勢站了起來，「這下，我也放心了。大姪兒，我跟你爹等你的好消息吧！」

送走了居停，李煦少不得還有好些話要叮囑兒子；上床已經三更。李鼎心中有事，一陣陣莫名的亢奮，使得他魂夢皆驚，勉強睡得一個更次；想起蕙纕的生日，覺得應該送一份禮才好。

於是一面尋思，一面起來，請巡夜的老兵，替他去提了一壺熱水來，洗了臉精神一振，想起有個紫水晶的鎮紙，送禮倒也相宜；便開箱子取了出來，揣在身上，來赴查家的壽麵之約。

一踏入院落，只見右首那間屋子，燈火熒然；小梅恰好開出門來，發現李鼎，立即回身說一句：「客人來了！」然後迎上來笑嘻嘻地道一聲：「表少爺早！」

「不能不早。」李鼎向裡一指：「屋子裡哪些人在？」

「兩位姨娘、大小姐。」

此時大姨娘已開門來迎，李鼎一踏進去，立即感到氣氛溫煦，有如春風拂面。桌上燃著一枝巨燭，燭影中二姨娘含笑相迎，卻不見蕙纕的影子。

「請坐吧！先喝杯酒，再吃麵。」說著，二姨娘提起錫鏇子開始斟酒。

「多謝，多謝！」李鼎看桌上四個冷葷碟子，卻只得一副杯筷，未免不安，躊躇著說：「莫非就我一個人獨享？」

「我看，」大姨娘說：「請大小姐來給表哥餞行吧！」

李鼎的手正好觸及衣袋中的鎮紙，當即說道：「對了！應該先拜生。還有不成敬意的一樣生日禮。」說著，探手入懷取出那枚鎮紙，放在桌上。

大姨娘拿起來一看，驚喜地笑道：「你看，還是條牛！」

二姨娘看了一下，轉身就走；不一會陪著蕙纕來到席前，李鼎便拱一拱手道賀：「表妹，大喜！」

蕙纕矜持地笑著，一眼瞥見大姨娘手中，頓時雙眼發亮；大姨娘便將鎮紙遞了過去，「這玩意一定趁你的心！」她說：「巧極了！」

李鼎驀然意會，「表妹肖牛？」他問。

由於是指名發問，蕙纕便轉臉看著他點一點頭；依舊低頭把玩那具紫水晶雕成的臥牛，輕輕地撫摸著，顯得愛不忍釋似地。

這時二姨娘已命小梅另外取來三副杯筷，擺設好了，相將落座；蕙纕猶自將臥牛托在手掌中，不斷左右觀玩。

「收起來慢慢看吧！」大姨娘說，「就不為餞行，也該喝杯酒謝謝表哥。」

「謝謝表哥！」蕙纕端起酒杯，抿了一口。

「再喝一口！」二姨娘說，「添福添壽。」

蕙纕便又抿了一口；李鼎久已不曾經歷這種閨中小敘的場面，看到蕙纕那種略顯靦覥的神態，不覺勾起少年的無窮回憶，一時不辨身在何處了？

「我們也敬表少爺一杯！」大姨娘邀同二姨娘一起舉杯，「一路來，不知道費了表少爺多少精神，真正感激不盡。」

「兩位姨娘別這麼說！原是彼此照應。」

「現在成了一家人；將來也一定是一家人，情分更不同了。」大姨娘用鄭重的神態說：「將來三個小表弟，全靠表少爺照應。」

這句「將來也一定是一家人」，意味深長；李鼎不由得轉臉去看蕙纕；不道人同此心，她也是情不自禁地來看李鼎。如明湖秋水的清澈雙眸，倏地驚起無數漣漪，一張臉自覺燒得坐不住，很快地起身走了。

李鼎方欲有言，二姨娘急急搖手阻止；李鼎也會意了，只要一開口問一句，這天便不復能再見蕙纕。

於是行所無事地閒談著；談的是蕙緗及三兄弟。少不得也提到蕙纕，講到許多弟弟妹妹跟大姐淘氣，捉弄得蕙纕啼笑皆非的趣事，引起了一屋子的笑聲，終於又將蕙纕引出來了。

「這該吃麵了。」二姨娘起身說道：「我看看去。」臨走，向李鼎使個眼色，示意他找話跟蕙纕談。

李鼎原有話要說：「表妹，你說上諭是福不是禍，布二爺亦深以為然。本來他也替我爹擔心；現在，他自己說可以放心了。」

「是啊！我們跟太太也是這樣。不過，大小姐，」大姨娘說，「你倒再想想，是怎麼樣的一種喜事？」

「這可難猜了。官場上的事我不大懂。」

「會不會——」大姨娘突然將話噤住，臉上是困惑的神情。

「怎麼？」蕙纕催促著，「會不會甚麼？」

「不相干！」大姨娘搖搖頭，「是我胡猜，不會有的事。」

既然她不願說，蕙纕也就不再追問；「表哥，」她問：「你把鎮紙送給我，自己可使甚麼？」

「這原是玩物，沒有多大用處，而且我寫字的時候也不多。」

「要用的時候，就不方便了。我有一對銅尺，是名家刻的，不如表哥拿了去用。」

「不必，不必！」

「我有了紫水晶的鎮紙，又加上一對銅尺，不太多了。你可是一樣都沒有，可不大公平。」

「一樣換兩樣，不也是不公平嗎？」

「雖是兩樣，可不抵你一樣——」

「這樣，」大姨娘突生靈感，「一樣換一樣；銅尺，大表姐留一支，送表少爺一支。」

「不，不！」李鼎急忙表示異議，「好好兒的一對，拆開了可惜！」

「表少爺，你這話說錯了。原是一家人，並沒有拆開。」

李鼎恍然大悟，大姨娘作此建議，別有深意；這一回有了前車之鑒，不敢再去看蕙纕，只裝作不解似地，舉杯飲酒，別無表示。

蕙纕沒有接口，可也沒有反對；大姨娘亦很知趣，不再多提此事。恰好麵也來了；於是李鼎將餘瀝一口喝乾，低頭吃麵。

熗鍋麵要用小鍋來熗，才會入味；因此一鍋麵盛出來，僅得一大碗、一小碗。大碗款客，小碗讓蕙纕分享；她卻不動筷子，只說不餓，可也並未表示，這一小碗麵，請哪位姨娘先用。

二姨娘一看就明白了；等李鼎快將這一碗重油多加辛辣香料的熱湯麵吃完，她拿小碗移了過來說：「表少爺再添！」

「不行了！」李鼎摩著腹部說，「麵是真好吃，已經吃多了。」

「既然好吃，就再吃。」二姨娘面無表情地說，「是表妹特為替你留下來的。」

李鼎不由得轉臉去看，蕙纕是裝作不聞的表情，也沒有甚麼慍色；這就意味著，她確是希望他能努力加餐。這一來，李鼎無論如何也要賈其餘勇了。

「這頓麵吃得很舒服，渾身都暖了。謝謝，謝謝！我得走了；只能我等金大老爺，不能讓他等我。」

「一路順風。」大姨娘領頭相送，「早去早回，等你的好消息。」

「我盡快趕回來。」李鼎略停一下看著蕙纕說：「家父，拜託兩位姨娘照應。」

這就很顯然了，實在是託蕙纕照應；她卻不便接口，自有二姨娘代言：「自己舅舅嗎？表少爺放心好了；從今天起，請舅老爺到這裡來吃飯，自有外甥女兒陪他。」

「這樣就太好了。」

一路談，一路送出門；曉風寒勁，蕙纕不由得拿衣袖遮著鼻子和嘴，以至於連說一聲「再見」的機會亦都錯過。

第四章

先到綏中縣城，金大老爺作東，打了個早尖；隨即派了一名把總、四名精壯的綠營兵，陪著李鼎上路，在錦州渡過大淩河，沿西北大道直挑盛京。

行程扣得極緊，由於「火牌」上批明「欽命馳驛」，所以一路上毫無耽擱，驛站派出來的，都是沒有毛病的馬，所以照預定的日期，居然在第五天下午，進了盛京西門，逕投驛站。驛丞看李鼎雖是便服，卻有官兵作隨從；一看「火牌」上「欽命馳驛」的字樣，越發不敢怠慢，急忙迎入官廳待茶，請教官銜姓氏。

「敝姓李，有個同知的銜。護送家父到烏拉打牲；在綏中接到通知，說有上諭，要來聽宣。資斧自備，請替我找一處乾淨客棧就是。」

一聽「資斧自備」，不擾驛站，省卻許多麻煩，驛丞更為恭敬。「有，有！」他起身說道：「我親自來招呼客棧。」

「不敢當，不敢當。」李鼎又說，「倒是有個不情之請，來得匆忙，自己沒有帶人；想借貴介一用。」

「是，是！」驛丞將他一個名叫長貴的跟班喚了來吩咐：「好好伺候李老爺。看臨時要用甚麼東西，替李老爺早早預備。」

長貴答應著，跟李鼎半跪請安；李鼎很客氣地說：「我不大懂甚麼，請你多關照。該怎麼辦，不必客氣，儘管告訴我。」

「是！」長貴指著廊下說，「那位總爺，跟他的弟兄，先打發走了吧？」

「這，」李鼎躊躇著問：「不帶回去？」

「回去，請府尹衙門外派人送好了。這會兒打發走了，比較省事。」

李鼎依他的話，賞了六兩銀子遣走；然後由長貴找了近在西關的一家「仕宦行台」，字號叫做「順升」。略略安頓停當，李鼎才把此行為何，告訴了長貴。

「李老爺帶了官服沒有？」

「沒有。」李鼎答說，「預備在這裡置一身。」

「借一身用就是。」長貴看了李鼎的簡單行李，「只怕拜盒也沒有帶？」

「是啊！」

「名片總有的。」長貴又說，「見府尹，見將軍要備手本。」

「一切拜託了。」李鼎取出五兩的兩個銀錁子，「你先收著用。」接著又取出拜客的單子遞了過去，「你看看，哪幾位是你知道的？」

「頭一位吏部韓老爺就認識，住得不遠。」

「那好極了！我先去拜韓老爺。你領我到了那裡，管你自己去辦事；明天一早來就是。」

韓應魁官拜盛京吏部郎中；他是李鼎的嫡母韓夫人的族兄，行八，所以李鼎叫他「八舅」。

舅甥十年未見了。

這十年李家由盛而衰，而且是一落千丈，韓應魁怕觸及李鼎的隱痛，不敢深談過去。除了殷勤置餐以外，只問李煦刻在何處？

李鼎是因為此行心境不同，反而不大在乎，將李煦從京城起解談起，一直談到此行的目的。

韓應魁聽得很仔細，當然也很關切，不過表情卻很深沉。

「八舅，你看上諭上會說些甚麼？」

「看來有將功贖罪的機會。」韓應魁說，「只有句話，我不知道該不該說？」

「八舅這麼說，不把我當外人了嗎？」

「好！你不把我當外人，我就說；你父親跟查太太結成兄妹，這件事可不大好。」

李鼎大感意外，也有些氣憤；莫非流配的犯人連共患難都不許嗎？但轉念又想，韓應魁必有所見，而又關懷親戚，才說這話；無論如何，韓應魁是出於善意。

「今上的疑心病最重。查嗣庭知道的事不少，嘴又敞；今上疑心他的家屬，亦都從查嗣庭嘴裡，聽到了不少祕辛，所以把他們充了軍，就為的是可以隔離開來。你父親跟查家做一路走，事出偶然，無足為怪；倘或成了異姓手足，你說，你說，你疑心病的人會怎麼想？」

李鼎一面聽、一面想，覺得韓應魁的顧慮，倒非杞憂；不由得便問：「那麼，請教八舅，如今應該怎麼辦呢？」

「當然也不便背盟；慢慢兒疏遠，也別提這件事好了。」

「也只好這麼辦。」李鼎異常不情願地說。

韓應魁並沒有看出他的表情，同時也不再談到查家。但談起其他親戚，一樣令人不怡；曹家死了能籠罩全局的一家之主，曹頫又不善做官，再加上曹震夫婦師心自用，這一家未來的日子，不會好到哪裡去。至於訥爾蘇，方在壯年，已遭閒廢；幸而小平郡王福彭，與已有種種跡象顯示，將來必登大寶的寶親王弘曆，交往親密；將來由這層淵源上推恩，曹、李兩家，還有興旺之日。

「人家興旺，一半由天，一半由己。哪怕皇恩浩蕩，是個扶不起來的阿斗，亦是徒呼奈何！」韓應魁語重心長地說：「少壯不努力，老大徒傷悲！」

雖未規勸，卻比明白規勸更使李鼎刺心；思前想後，酒入愁腸，竟大有醉意。韓應魁不敢再勸他多喝，匆匆結束了這頓飯，派人將他送回客棧。李鼎倒頭便睡，不覺東方之既白。

長貴是早就來了，借來一套五品服飾，頗為合身；另外買了幾副手本，問明李鼎的職銜，在外屋寫好，居然是一筆很工整的小楷，越使李鼎慚愧。

「你本姓甚麼？」

「何。」

「念過多少年書？」

長貴卑謙地笑一笑，「哪談得上念書？」他說，「識幾個字而已。」

「你家作甚麼行當？」

「現在種地。」

「那麼，以前呢？」

長貴遲疑了一下說：「作官。」

「那，那怎麼流落了呢？」

「我父親是雲南——」

長貴的父親是吳三桂所委的知府；三藩之亂，附逆有案，充軍到了關外，罪孥不准應試，所以雖讀過書，也只好作驛丞的長隨。

李鼎自己不算罪孥；但查家三兄弟的將來，恐不免為長貴之續。於是李鼎想到韓應魁所說的，寶親王一登大寶，會因平郡王推恩及於曹李兩家；那時一定要設法替查家三兄弟，脫去罪籍。

「時候不早了！」長貴提醒他說：「去晚了，不大合適。」

「好，好，就走。」

車是早已雇好了的；長貴伺候李鼎上了車，挾著拜匣跨轅，直駛順天府衙門。一下了車，引入門房旁邊的一間敞廳，只見韓應魁已在那裡等著了。

「投了手本沒有？」他問。

「正要去投。」長貴答說。

「索性慢一點兒。」

原來這天是府尹接見僚屬的日子，此刻見客正忙；韓應魁已託了人照應，等「衙參」已畢，會來通知，那時投手本謁見，才是時候。

眼看敞廳上候見的官員，漸漸散盡；韓應魁才命長貴到門房裡去投手本。卻又先問李鼎：「預備了門包沒有？」

「啊！沒有預備。」李鼎探一探懷中，「還好，帶著幾兩碎銀子。」

「包四兩銀子好了。」於是長貴去找了一張紅紙，包好四兩銀子一個門包，連同手本，一道送交門房。通常門包只得二兩；由於加了一倍，門上的待遇自然不同，親自奔走招呼，不過一盞茶的功夫，便來延請了。

「記住！」韓應魁特為叮囑：「若是看府尹站起來說話，就得留神；一聽『奉上諭』、『傳諭』的字樣！就得跪下來。」

「是！」李鼎又問：「若是『聽宣』呢？」

「聽宣是照念上諭，一定先備了香案的。」

「啊，啊！我明白了。」李鼎想起多少次御前侍衛來宣旨，父親跪聽的禮節，自然心領神會了。

府尹名叫安烈，與李煦亦曾相識，因而以世交的禮節延見。李鼎卻仍按照外官相見禮參見。略敘寒溫，只見安烈咳嗽一聲，站了起來；李鼎亦急忙起身，站向下方，面北肅立。

「奉旨傳諭」安烈掏出一張紙來，等李鼎跪下，才一面看，一面說：「盛京將軍、奉天府尹等奉旨，傳諭李煦，爾本包衣下賤，與赫壽諂附阿其那，多行不法，罪在不赦；朕念爾為皇考奔走微勞，特免爾死罪，發往關外效力。今再賜恩典，准予回旗，交莊親王差遣。

「爾若有天良，應知朕恩出格外，宜如何感恩圖報；倘仍不改包衣卑賤陰奸習氣，播弄是非，唯利是圖，則為自速其死。懍之、懍之。欽此！」

這實在是聽宣，李鼎照規例行了禮，然後說道：「奴才李煦之子李鼎，謹代奴才父親領旨謹遵。叩謝皇上天高地厚之恩。」說完，一連碰了幾個響頭，方始站起身來；已是滿臉皆淚了。

「恭喜，恭喜！」安烈拱拱手說，「上諭我另抄一份，讓世兄帶回去。」

「多謝大人！」李鼎請了個安，「請大人在覆奏時，務必代奏我全家感激皇恩，不知如何報答的微忱。」

「當然，當然！請轉告尊公，放心好了，我自會多說好話。」

於是李鼎再一次請安道謝，方始辭了出來；韓應魁已得到消息，見面道賀；接著是門上賀喜，說：「上頭已經交代，有樣要緊送李老爺；等一交出來，馬上送到客棧。」

「費心，費心！」李鼎答說：「等送到了我另有謝禮。」

等門上一轉背，韓應魁拉著李鼎就走，「快！」他說，「消息一傳開去，都來道喜，還得回家取錢來打發了，才能脫身。快溜！」

李鼎心想，賞錢還在其次，功夫耽誤不起，所以溜得很快。出門上車；將一張拜客的單子遞給了韓應魁。

「我父親交代，這些客都得拜到。請八舅看一看，盡今天功夫拜得完不？」

韓應魁略看一看，大搖其頭，「三天都拜不完。」他說，「你父親大概忘記奉天有多大了；這一家到那一家，光是路上的功夫就不得了。」

李鼎愣住了，「那怎麼辦？」他說，「我急著要回去報信。」

「那只有託驛站。」韓應魁說，「我陪你先回客棧去寫信，讓長貴跟他主人去商量。」

「不如一起到驛站先看一看。」

「也好。」

到了驛站一談，驛丞連連表示：「理當效勞。」但這天的驛差，一早都走了；如託過路的便人，又怕靠不住。而且，一天一站，從明天管起，也得第八天才到。李鼎心想，倒不如盡今明兩天拜完了客，後天一早動身，五日趕到又能早到一天。

打定主意，謝了驛丞，仍回客棧；為了要等府尹衙門送上諭抄件來，只得坐等；等到近午時分，才有個十六歲的小伙子送信來。

這個小伙子是門上的兒子，「我父親本來要親自給李爺送來的。」他說，「因為將軍快嚥氣了，府裡大人已趕了去送終；怕臨時有事，不敢走開。特為派我來給李爺請安道喜。」

話是教好了來的，用「道喜」二字，便是討賞之意；李鼎早就預備好了的，仍舊是四兩一個紅包，一面道謝，一面手付賞封。

「八舅，」他將信封撕開，取抄件遞了過去，「你看。」

韓應魁接來看不到兩行，突然抬頭說道：「你快寫信！這個機會不可錯過。」

「八舅，你說甚麼機會？」

「將軍督撫出缺，照例用五百里加緊出奏；噶將軍的病糾纏已久，前兩天就已垂危，此刻府尹都趕去了，必已不救。回來辦奏摺拜發，明天到錦州、後天就到綏中了。」

李鼎大喜，立刻坐了下來；提筆鋪紙，卻以心思甚亂，只寫「父親大人膝下敬稟者」九字，便不知如何往下寫？拈毫沉吟，心越急思路越艱澀；以致額上都見了汗。

就這時聽得炮響；韓應魁向窗外望了一下，大聲說道：「這不是午炮。府尹鳴炮拜摺，驛差快出城了。」他探頭一看，信上還只得九個字，不出得苦笑了。

還是一直在一旁伺候的長貴有主意：「韓老爺、李老爺，我先回驛站讓驛差等一等；請李老爺也信寫快一點兒。反正報個喜，把抄件送到最要緊，別的話都可以慢一步。」

「言之有理！你先去，我們隨後就來。」韓應魁轉臉又對李鼎說，「五百里加緊的驛差，換馬不換人，私帶信函是犯法的。驛丞、驛差的兩個紅包，不能少送。你去備銀子，信我替你代筆。」

「是、是！八舅，你看應該送多少？」

「驛丞二十兩，驛差十兩。」

等紅包備好，信亦寫就；李鼎匆匆過目，連連稱謝，請櫃房中派了一名夥計，趕到驛站，只見驛丞與長貴都站著在張望，看到李鼎下車，一起迎了上來。

「有勞久等，謝謝，謝謝！」李鼎向驛丞說道：「請借一步說話。」

「請，請！」驛丞伸手肅客，引入他的「簽押房」。

「些須謝禮，不成敬意。」李鼎先將大的那個紅包遞了過去。

「不，不！」驛丞雙手往外一擋，作出峻拒的神態，「絕無此理。」

這種情形，李鼎從小就看慣了的；只將紅包放在桌上說道：「老兄不肯賞臉，我倒不好開口了。」

「言重，言重！」驛丞的表情，一發而為惶恐，「不說要帶信嗎？」

「是的！」李鼎又將小的一個紅包放在桌上，「這十兩銀子，拜託老兄轉給跑差的弟兄。」

「好！我叫他來，當面交代。信呢？」

等李鼎將信取了出來；不過一眨眼的功夫，桌上紅包已只剩下小的一個。驛丞隨即大聲呼喝；將一名驛卒叫了進來。

「陳二，這是李老爺賞的十兩銀子，回頭我就叫人給你老婆送去。你先謝了賞，李老爺有話交代你。」

於是陳二打了個扦謝了賞；李鼎便說：「有封信，煩你交到綏中驛站；最好再說一聲，請他們馬上送給金大老爺。」

這時驛丞已看清楚，信是請綏中金知縣送交布里奇，再轉到李家；看在那個大紅包分上，自告奮勇的說：「轉一道手就慢了！陳二，你跟綏中驛的胡老爺說，是我的好朋友，請他馬上派人送給這位布里奇布老爺，不必由金大老爺轉了。」

「是！」陳二接了信，解開行裝一個紐子，貼肉藏好。

「你可別忘記了！」

「不會，不會。」

陳二一走，李鼎亦即告辭；由長貴陪著回到客棧，請韓應魁指點了途程先後，連著拜了兩天客。到第三天，韓應魁已替他作了安排「由盛京兵部衙門派人護送；騎著布里奇的那匹快馬，直奔歸途。」

「真是想不到的事！」李煦又傷心、又歡喜說：「居然還能活著進關。你把奉天的情形，跟我說一說。」

於是李鼎從跟韓應魁相見說起，一直談到經過綏中驛站，知道信已送到，方始放心；接著又說：「韓八舅特為交代，謝恩除了請綏中縣層層代奏以外；還要請本旗都統代奏。」

「我知道。這些，我都跟你布二叔辦妥了。如今倒是有件事為難，得問問你自己的意思。」李煦問說：「你是跟著我回去呢？還是送了查家到烏拉打牲？」

「我自然跟著爹爹回去。」

李煦失笑了，「我這話問得多餘。」他說，「眼前為難的是，查家怎麼辦？就不是一家人，也不能丟下他們不管啊！」

李鼎默然。一路馬上燈下，這個難題不知想過多少遍了；每次都是以最好能夠分身這麼一個幻想，作為結束。

「我的意思，你該送了他們去；到了那裡，有縉之在，多少總有照應。你再看情形回來。這怕是唯一的辦法了。」

「爹呢？爹也不能沒有人——」

「我想過，暫時沒有人也不要緊。」李煦又說：「我跟你布二叔琢磨過，這回把我交給莊親王差遣，大概是派我到易州梁各莊去。皇上的萬年吉地，還在那裡；大工由莊親王總辦，大概會派我到那裡去監工。」

「這一說，更少不得人！那是多辛苦的差使，能沒有個人給爹跑腿？」

「我可以找別人，不一定非你不可。」

「可是別人會問，說我怎麼不在爹身邊可怎麼跟人解釋？」

「這有甚麼不好解釋？」李煦昂然說道：「我會跟人說，是我叫你送查家的孤兒寡婦到烏牲去了。這是義舉，不是甚麼不光彩的事。」

「爹如果要這麼說，就更不好了。因為——」

因為韓應魁曾有忠告，必須疏遠查家；而這樁「義舉」所透露的信息是：李、查兩家絕非泛泛之交。倘或剛剛脫罪，而又因此獲罪，可真是「自作孽，不可活了」。

聽得這番話，李煦很考慮了一會，但終於還是維持原來的決定。如果有人問起，李鼎何以未侍父代勞？他有個很冠冕堂皇的解釋：由於感激皇恩，特地命獨子留在關外，效力邊疆。不過，這是心裡的話，不必告訴李鼎。

「送是非送不可的；你八舅的話，可也不能不聽。反正我心裡有數就是。」李煦起身說道：「咱們到後面去，把這件事告訴你姑姑，好讓她放心。」

「我是早就想到了！怕太太心裡煩，一直沒有敢作聲。如今不但能回去了，而且還有差使；上陣正要父子兵，怎麼樣也說不出想留人家的話。除非——」大姨娘轉臉看清楚別無他人，方又低聲說道：「除非做了查家的女婿。」

「我也是這麼想。」查太太說：「就怕阿纕彆彆扭扭的，顯得不是愛親結親，只是想利用人家。自己想想也沒意思。」

「要不要我去探探大小姐的口氣？」大姨娘說：「從她生日那天起，好像心思大不相同了。前幾天還常起牙牌數；自然是在問行人。」

查太太未及答言，只聽外面孩子們在大喊：「大舅！」接著，門簾掀處，只見李鼎也跟在他父親後面。

「正要去請大舅跟表哥。」大姨娘說：「快開飯了。」

李煦點點頭，坐下來就向查太太說：「剛才我們父子核計了好一陣；主意定了，小鼎送你們到吉林。」

聽得這話，大姨娘喜極欲涕，但查太太卻噙著淚說：「大哥，你的前程要緊！而且這麼大年紀，也不能沒人照應。」

「我自己照應得過來。至於回京當差，雖說要個幫手，也不必非小鼎不可，我可以另外找；我還有好幾個姪子——」

「姪子總不比自己的兒子。」查太太打斷他的話說，「讓你們父子分散，無論如何，於心不忍。」

「你是於心不忍，我是於心不安。」李煦接口說道：「如果不是小鼎送了你們去，叫我怎麼能放心？與其那時候牽腸掛肚，倒不如這會兒早作決斷。」

「大哥這麼說，我就只有供你的長生祿位了。」說著，查太太淚流不止；但卻又含著笑說，「話雖如此，也得問一問小鼎，可捨得跟父親分離不？」

「捨不得也沒有法子。」李鼎答說，「反正有半年也差不多了。」

「將來看情形。」李煦答得很含蓄地說。

查太太點點頭，與李煦對看了一眼；就在這一眼中取得了默契，兩願結成兒女親家。

「我看得分兩處吃。」大姨娘湊趣地說：「請大小姐來陪大舅老爺。」

「好！」查太太說：「咱們一面吃飯，一面好好商量一下。」

於是炕桌上擺四副碗筷，李煦上坐，李鼎打橫，查太太母女並坐；留出一邊上菜。但蕙纕直到弟妹吵吵鬧鬧地坐停當了，才上炕挨著她母親坐下。

「你知道了吧，」查太太說，「大舅讓表哥送了我們一家去，那是多好的事！」

「好是好，就是讓大舅一人回京，可有點不大放心。」

「有甚麼不能放心的！」李煦擎著杯說，「我還硬朗得很。這回到京，說不定會派我到易州去；我自信也一定能頂得住。」

「怎麼？」查太太問，「有消息了？是派到易州幹甚麼？」

「我是跟布老二在猜——」李煦將可能派到易州梁各莊「大工」上的猜測，說了給她聽。

「大舅，易州在哪兒？」蕙纕問說，「是『風蕭蕭兮易水寒』的那個地方？」

「對了！就是那裡。」

「那麼，梁各莊可就是『督亢』？」

這一下搞得李煦瞠目不知所對，根本就聽不懂「督亢」二字；幸虧李鼎跟李紳念過《史記》，知道〈刺客列傳〉上的這個出典；便接口答道：「不見得。督亢是膏腴之區，當然應該是平疇；梁各莊能造陵寢，那已在山裡了。」

「是！」蕙纕大大方方看了李鼎一眼，「表哥這話，倒也有道理。」

查太太跟李煦又對看了一眼；蕙纕恰好發現了，心裡不免有種異樣的感覺，自然而然把頭低了下去。

「大哥，」查太太開始說入正題，「不知道咱們誰先動身？」

李煦明白「姑太太」的意思；醫生高明，加上心情興奮，她的病已日見痊可，照理說，是應該上路了。但白髮高年，賜環無日；生離即是死別，巴不得聚得一日是一日；所以有此一問，無非想多留幾天。

於是他想了一會答說：「我要等金大老爺的通知；金大老爺要等順天來公事，總還有十天半個月，才能動身。你又正是報了病，等我來跟差官商量，讓你多住幾天，送我去了你們再走。」

「那敢情好。」查太太又說：「大哥，你們旗下的規矩我不大懂；聽說小鼎送你出關，是跟都統告了假的，如今你一個人回去，小鼎不銷假行嗎？」

「不要緊，我到了京裡會想法子。」

李煦不願明說，查太太卻偏要追問：「大哥，你是想甚麼法子？何妨說給我聽聽。」

「是這樣，」李煦看了愛子一眼，「小鼎原是捐了個職銜在那裡的，一直也不曾打算補缺；這回我想請本旗代奏，自願到吉林效力。這幾年歸旗的人很多，公家的房子不夠住，常有糾紛；八旗都頭痛得很，所以自請效力邊疆，常可以如願。」

「照這樣說，小鼎是要在吉林做官了？」查太太喜孜孜地說，眼風不知不覺地瞟到蕙纕身上，順勢又轉向李鼎。

「看大家的造化吧！」

不說看「他」的造化，而說「看大家的造化」，就是明許了由李鼎相看查家的生活。蕙纕心想，雖說彼此已認作至親，但走遍天下也找不到表姪須負擔姑母全家生活的規矩；除非這個表姪是「半子」。

念頭轉到這裡，既驚且疑，也有一種莫名的興奮，這就再也坐不住了。低著頭下了炕，同時為了掩飾她的突然離席，口中自語：「我看看去，應該還有菜。」

她倒是真的到了廊上避風之處，臨時設置的廚房；二姨娘恰好指揮了小梅上菜，正在解圍裙預備進屋。蕙纕便拉住她的手臂問：「大舅跟娘談過我甚麼沒有？」

這突如其來的一問，讓二姨娘不知如何作答；愣了一下說：「我不知道啊！談你甚麼？」

「大舅的話，好像不大合道理。」

「甚麼話？」

那種幽微奧妙的意思，一兩句話說不清楚；蕙纕躊躇了好一會，只有自己先納悶在心裡，「今晚上我跟你一起睡。」她說，「我有好些事不明白。」

聽蕙纕吞吞吐吐地透露了她心中的疑問，二姨娘只覺得心情舒暢非凡；多日以來，念茲在茲，不知能不能如願的一件大事，終於有著落了。

「你娘跟大舅，有沒有談過你們的事，我不知道。不過，照大舅的話看起來，他是把他的兒子，送給你們查家了。」

「怪話！」蕙纕嗔道，「我不懂你在說甚麼？」

「那，我就明白一點兒，你們的親事是定局了。」

蕙纕臉上，一下子紅到耳根；自己雖看不見，卻感覺得到，唯有拿被子遮著臉，聽得蓬蓬心跳；有句話「何以見得已經定局？」很想問卻說不出口。

「這也不是害臊的事。往後的日子正長，你倒不如大大方方裝糊塗，仍舊按表兄妹的規矩，該怎麼樣就怎麼樣，才不會覺得彆扭。」

蕙纕將她的話細細體味了一會，大有領悟；心裡果然比較踏實了，探頭出來說道：「本來就是表兄妹嘛。」

真個「前七後八」，進關的第五天到薊州；第六天中午在三河縣打尖，當天到通州；第七天本可進京的，李煦決定到張家灣借曹家的房子，因為這趟回京，只是奉旨交莊親王差遣，一時有無差使可派，尚不可知。如果在京候差，不但長安居，大不易，而且九陌紅塵，無一不是當年意氣飛揚之地，觸處生感，心境難得平靜，所以決定先在張家灣略作安頓，作為一個退步。

原送的解差，是早就由綏中縣給了批票回文，打發走了；金大老爺另派了綠營官兵三名護送。在通州客棧寫了給金大老爺的謝信，又包了十兩銀子作為犒賞，遣走了護送官兵；下一天上午，另雇兩輛車，往南到張家灣。

李煦坐後面一輛；前面一輛是布里奇薦給李煦的一僕一婢，原是父女倆——十來年前，布里奇救了逃荒的一家三口，安徽人，姓周行三；女兒方在襁褓，小名順姐。十來年以後，周三喪妻思鄉，但老家並無基業，就能湊一筆盤纏回鄉，又憑何為生？恰好李煦遇赦回京，不能沒有個跟班；布里奇便替周三出主意，不如帶著女兒伺候李煦兩三年，有那放到安徽去做官的，將周三薦了去，豈不遂了回鄉之願。又說順姐長得亭亭玉立，絕塞人煙稀少之處，也埋沒了人才；如果跟了李煦到京裡，一定能替她找個年貌相當的好女婿。就這樣將周三說得死心塌地，帶著女兒跟著李煦到了張家灣。

一路上李煦已將到曹家的房子，差不多就等於自己的房子的道理，告訴了周三。所以憑著李煦的指點，到了那一大片房子，在大門前停車以後，他首先跳下車來，直奔門房，咳嗽一聲，提高聲音問道：「門上哪位大哥在？」

出來應接的中年漢子，名叫吳洛漢，將周三上下看了一遍問道：「尊駕貴姓？有何貴幹？」

「敝上姓李，是府上的大舅老爺。」

「是嗎？」吳洛漢皺了眉頭，「你知道這一家姓甚麼？」

「誰不知道，姓曹。」

「不錯，你知道我們家大舅老爺，這會兒在哪裡？」

「不會錯。是這麼回事——」

一言未畢，吳洛漢已是又驚又喜的神色，越過他奔上去喊道：「真的是大舅老爺，怎麼回來呢？」

原來李煦等得不耐煩，已讓車伕把他攙了下來；此時自然不及細敘原故，只說：「老吳，他叫周三，還有個女兒叫順姐。我要在這裡長住。」

「是、是！大舅老爺先請坐。」周三一面攙扶李煦，一面轉臉問道：「車子是哪裡雇的？」

「通州。」

「車價已經給過了。」李煦接口對周三說：「讓順姐給他們一點兒酒錢。」

管錢管帳歸順姐，她很能幹，跟車伕爭多論少，一點不肯吃虧。等打發走了車伕，提著一個包裹進門房；看見曹家好些下人，圍著李煦說話，不免有些靦腆。

「好了，大舅老爺請吧。」是吳洛漢說，「二廳寬敞，住二廳吧！」

「我倒還是喜歡三廳。」

「三廳現在有人住，就要進京的，等客人去了再搬好了。」

李煦點點頭不作聲。於是吳洛漢帶著人將極簡單的行李搬到二廳，三明兩暗前後進，房子很大，李煦只用東半邊，為的是向晚時分，猶有落日餘暉的照耀。

家具是現成的，動用器物，備得有好幾套，只開庫房取來就是。吳洛漢帶著一個名叫順子的小廝，加上周三父女，很快地為李煦布置出一間臥房、一間書房，堂屋做了飯廳。周三父女便住後房，各占一間。

「今兒怕沒有甚麼好東西吃。海味倒還有四老爺留下的在那裡；現發也來不及了。而且，趙福也走了。」

「本來，如今也不比從前了，不是經常有人來去，用不著養趙福這麼一個好廚子在這裡。喔，」李煦突然想起，「三廳上住的甚麼人？」

「姓朱，拿著震二爺的信來的；昨天剛到，今天進京去了。有個姨太太還在這裡，聽說是四老爺的季姨娘屋裡的丫頭。」

「啊！」李煦想了一會，突然說道：「我知道了，只怕是芹官的老師。我聽四老爺說過。不過，」他又疑惑了，「既是芹官的老師，怎麼進京來了呢？莫非來趕考。可是，今年丁未，春闈已經過了啊。」

正在談著，只見窗外人影閃過，悄然無聲；接著門簾啟處，出現了一個少婦，喊得一聲「大舅太爺」，隨即跪了下去，行了大禮。

李煦微吃一驚，急忙起身，虛扶一扶，一迭連聲地說：「不敢當，不敢當！快請起來。」那少婦站起身來，含笑問道：「大舅太爺恐怕記不得我了。我是四老爺季姨娘那裡的碧文。」

「喔！」李煦報以歉疚的笑容，「我可真是記不起來了。請坐！坐了說話。」

「是！」碧文這樣答應著，卻未落座；怔怔地看著李煦，千言萬語，只挑出來一句：「鼎大爺呢？」

「說來話長。你先坐了再說。」

「是！」碧文轉臉向吳洛漢說：「老吳，勞駕給我一個小板凳。」

「不必，不必！」李煦用手一指，「你就坐椅子上好了。」

「沒有這個規矩。」碧文到底讓吳洛漢取凳來，才在進門處坐下。

「剛才聽老吳說，你們府裡一位朱先生帶著家眷進京；我聽你們四老爺說過，不就是教芹官讀書的那位朱先生嗎？」

「是！」

「『家眷』就是你囉？」

「是！」碧文低著頭輕聲答說。

「嫁他不久吧？」

「還不到一個月。」碧文已有窘色了。

「唷！還沒有滿月。」李煦笑道，「真是簇簇新的新娘子。」

碧文羞得臉泛紅霞，顧而言他地問：「大舅太爺還沒有吃飯吧？」

「剛到不久。」

「我記得大舅太爺胃口好，愛吃肉；我們那位老爺也是。我正好燉了一鍋肉在那裡，等我去端了來。」

「不說朱先生進京去了，今天會回來？」

「說是這麼說，不知道趕得回，趕不回來。」

「如果回來了，請過來見見。」

「等他一回來，自然要跟大舅太爺請安的。」

「不敢當、不敢當！碧文姑娘，你千萬別這麼說。」

碧文笑笑不答，掀開門簾走了。

李煦在蘇州住了三十年，習於吳中的飲食；一看那碗油光閃亮的栗子紅燉肉，再聞到那種甜津津的香味，不由得喉頭嘓嘓有聲，自己都覺得不好意思。

「你看我饞得這樣子！說出來不怕你笑話，幾次做夢，夢見陸稿薦的醬汁肉。今天，總算又嘗到蘇州口味了。」李煦又說：「我看你也就在這裡吃吧，一面吃、一面聊。碧文姑娘，遇見你，你不知道我心裡多高興，我有好些話要跟你說，也有好多話要問你。」

「是！我也跟大舅太爺一樣。」說著，碧文便走過來替李煦斟酒。

「你別客氣，請坐下來。」李煦便喊：「順姐，你替朱太太拿副杯筷來。」

「我自己來。」碧文放下酒壺回身握著順姐的手說：「我叫碧文。你叫我碧文姐姐好了。」

順姐無以為答，只是憨笑著。她是一張圓臉，這一笑越發顯得稚氣，碧文忍不住在她頰上輕輕擰了一把；然後牽著她的手，一起去找碗筷。

原來曹頫上年進京，聽平郡王福彭談起，府中雖有幾個幕友，文字卻都平常，加以都是上一輩手裡的人，相處不免拘束。有心想在京中物色一兩個筆下清通、儀容俊雅的幕友，卻難得其選；而且當今皇帝，對諸王門下，進用新人，頗為在意，亦不敢造次。因而託了曹頫，說是江南文物之邦，倘有這等寒士，願意投靠的，不妨悄悄送進京去。

及至曹頫奔喪回南，百日已過，哀痛稍殺，與曹震談起此事；曹震又與妻子商量，震二奶奶立刻就有主意。

「不現成有個人在那裡，朱先生。」

曹震心想，朱實年方三十，文字、儀容都很過得去，而且口齒便給，雜學懂得又多，去當少年郡王的幕友清客，再適當不過。只是芹官的學業怎麼辦呢？

「不會另找？」震二奶奶說，「四老爺本嫌朱先生教得不嚴。」

「教得不嚴的話不必說，說了倒像嫌他不好，要想法子把他送走。」

「何勞你說？」震二奶奶慢條斯理地說，「我還另有個算計，要把朱先生一顆心綑得死死地，教他忘不了咱們家。」

「是啊！」曹震開始發覺舉薦朱實到平郡王門下，有一樣絕大的好處，「自從雍正元年那道上諭，不准京內外官員在諸王門下行走以後，四叔每趟進京，也不過能見郡王兩三次，而且有些體己話也不能說。如果有朱先生在那裡，往來傳話，遇事關照，益處可是太多了。不過，要他忘不了咱們家，可就得看他自己的良心了。」

「我給他安個人在旁邊，時時刻刻提醒他。這件事，老太太在日原交代過的，不怕季姨娘不肯。」

「啊！」曹震明白了，「你是說把碧文給朱先生做偏房？」

「現在是偏房，要不了一年就會扶正；前兒我聽人說，朱師母已經不能下床了。」震二奶奶起身說道：「我先跟太太說去；說好了，你跟朱先生去談；都談妥了，告訴四老爺一聲就是了。」

從曹老太太一死。中門以內，名為馬夫人作主，其實都託付了震二奶奶。馬夫人唯一關心的，只是芹官的學業，所以聽說舉薦朱先生進京，便有些答應不下；因為他們師弟極其相得，馬夫人也看得出來，芹官已不像從前那樣見了書本就怕；如果換一位老師，不甚投緣，又當如何？

「這我也想過。」震二奶奶答說，「芹官讀書上進，還不是為了將來？說實話，如今咱家只靠郡王照應了；芹官是朱先生教過的，情分格外不同，將來有他在郡王面前說話，還怕芹官沒有好差使？至於另外請先生，不妨多找幾位挑一挑；不能說這麼大一個南京城，就找不出一個能跟芹官合得來的教書先生，倒是郡王那裡要個人，不見得就能覓到像朱先生那樣的；就算覓到了，跟咱們家無親無故，怎麼會向著咱們？」

這番話將馬夫人說動了，點點頭說：「不知道朱先生願意不願意進京？」

「一定願意。我再出個主意，他就更願意了。老太太當年不是許了的，要把碧文給他？」

馬夫人沉吟了一會說：「這件事做是可以做，不過朱師母病得很厲害，別為這個病上加氣，就此送命，那可是造孽！」

「不會的。聽說朱師母最賢惠不過。」震二奶奶緊接著又說：「不過太太的話，也不能不顧慮，我格外小心就是了。」

於是，曹震在當天就跟朱實去談，卻不說是他舉薦，只說平郡王福彭聽人說起有他這麼一個人，頗為仰慕，想約他進京，朝夕盤桓。

說是平郡王慕名羅致，在朱實心理上就覺得是件不能推辭的事，不過，他倒也不是見著高枝兒就爬的人，略想一想答說：「承郡王厚愛，我還有甚麼話說。不過有兩件事，難作安排。一件是令弟的學業——」

「這不要緊！」曹震打斷他的話說，「自然要安排好了，才捨得放你。」

「那好，這一件不談。第二件是內人病在床上，去日無多；此刻不顧她，管自己進京，似乎不義。」

「這是個難題。不過，聽說師母極其賢惠；她如果知道你有這麼一個機會，只為了不忍捨她而去，便丟掉這個機會，心裡反倒不安。」

「話是不錯。不過，家裡還有幾個小的——」

「那，你請放心，我讓內人撥兩個靠得住的人，去伺候師母，照料師弟師妹。」

朱實想了想說：「好！我回去跟內人商量。」

「是的。這件事一定要跟師母商量。不過，我在想，師母倒不會擔心別的；一定擔心你一個人在京裡，飲食起居，諸多不便。如果師母這麼說，你怎麼回說？」

「我不知道！」朱實老實答說，「我還沒有想到我自己的事。」

「內人倒替你想過了，她說，朱先生進京，不能沒有人照料，還是讓碧文跟爵祿伺候了去好了。」

朱實一愣，「爵祿，如果我要去，倒想帶他在身邊。」他說，「碧文姑娘，可怎麼敢當？」

「大名應該改作朱老實。」曹震笑道：「你以為碧文還是伺候書房？自然是伺候得你無微不至。不過，這件事你自己斟酌，要不要告訴師母？」

「內人倒不在乎的。已經跟我說過好幾次，要我弄個人。」

「那太好了。碧文如何，你一定比我還清楚。」曹震起身說道：「好久都不出門了，今早上哪裡散散心去。」

百日難過，曹家多少依漢人的規矩，還不敢公然邀宴，也不赴親友的應酬；自然更不敢涉足聲色場中，不過玄武湖上載酒泛舟。曹震很下了一番說詞，使得朱實跟妻子商量，已決定應聘進京了。

接下來就是在碧文身上下功夫；錦兒受命，在第二天上書房以後，找個藉口將碧文約了來，遣去小丫頭，還關了房門，使得碧文大為疑惑。

「幹麼呀！是甚麼不能讓人知道的事？」

「要等你點了頭，才能讓人知道。」錦兒問道：「朱實先生要進京了，你知不知道？」

「我不知道啊！」碧文大為詫異，「是幹甚麼去，怎麼事先一點都沒有聽說？」

「是到王府裡去當師爺。」錦兒突然問道：「你看朱先生這個人怎麼樣？」

碧文心一跳，臉微微發紅，「我哪知道怎麼樣？」她說。「是咱們家請來的老師，當然得敬重。」

「你誤會了。不是說你不該敬重，是說你喜歡不喜歡他？」

碧文的臉越發紅了。「你扯甚麼？」她說，「我不懂你的話。」

「我倒是想跟你說心裡的話，你怎麼老閃著我？」錦兒皺著眉說，「莫非你只要讓我傳我們二奶奶的話就夠了？」

「二奶奶說甚麼？」

「她說，讓你伺候了朱先生。天造地設的一對兒。」

碧文低著頭不作聲。心裡是千肯萬肯的了，但怎麼樣也無法從言語或表情中，作出正面的答覆。

「怎麼樣嘛？」錦兒心生一計，故意從反面去說：「想來你是覺得委屈，不願意；可也得說個不願意的原由，我好跟震二奶奶去交代。」

這下，碧文有些著急了，脫口否認：「我可沒有說不願意的話！」

「這麼說，」錦兒笑道，「你是願意的囉？」

碧文發覺上當了，只好這樣回答：「還不知季姨娘怎麼樣呢？」

這跟一般女孩議婚，逼急了只好說一句「隨父母作主」是一樣的道理；錦兒認為可以去覆命了。

「季姨娘那裡你別管，反正包在我身上，高高興興送你上轎。」錦兒又問：「你還回不回書房？」

如果朱實還不知道這回事，回書房不要緊；倘或已經知道，就難為情了。因此碧文問道：「他呢！震二爺跟他提過我的事了？」這個「他」自是指朱實；錦兒故意揚著臉反問：「他是誰啊！」

「啪」地一聲，碧文打了她一下，「別使壞！」她紅著臉說。

「你別害臊！」錦兒笑道：「反正消息一傳出去，拿你取笑兒的人多著呢！依我說書房也別去了；可也不能回季姨娘那裡，乾脆就在我屋裡待著；燒給老太太的錫箔摺不完，夠你消遣的。」

第五章

最後一步也很順利，曹頫認為曹震舉薦得人，而且正好替芹官另覓嚴師。至於季姨娘那裡，錦兒另有一番軟哄硬壓的說詞，硬壓是抬出曹老太太來，說是她的遺命；軟哄自然是許她另找得力的人，代替碧文。但最能打動季姨娘的一番話是，碧文將來會照應棠官。

「朱先生原本忠厚，再有碧文在旁邊；她是從小帶棠官的，說老實話，看得棠官如自己兄弟一般，還有個不逼著朱先生照應棠官的嗎？」

「是啊！」季姨娘不勝欣悅，「我也說老實話，對碧文我還不是拿她當女兒看待？人心都是肉做的，她看在我平時待她的分上，也不能不照應棠官。」

後面這段話，大可不說；季姨娘就是這麼語言無味，錦兒懶得再跟她多說，「好吧，」她站了起來，「你就準備嫁『女兒』吧？」

雖是一句玩笑話，季姨娘倒認了真了，立刻找小丫頭來開箱子，將她平日積的一些首飾尺頭，挑了又挑，挑成一份「嫁妝」，只等碧文來了，「娘兒」倆還有好些體己話要說。

不道等到午飯以後，平時碧文總會抽空回來一趟的那時候，亦不見她的影子，倒是碧文的表妹夏雲來了。

「季姨娘，」她說，「碧文託我來收拾她的東西。」

季姨娘大為詫異，「她自己為甚麼不來？」她問：「人呢？」

「回家去了。」

「回家去了？」季姨娘幾乎不相信自己的耳朵，「怎麼會呢？」

「怎麼不會？如果她人在府裡，為甚麼又讓我來替她收拾東西？」

「說得是啊！」季姨娘頗為不悅，「怎麼一聲不響，自己就回家去了呢？」

「是震二奶奶交代的。」

「她交代的？這不是欺侮人嗎！」季姨娘臉都氣白了，「我真不明白，她幹麼這樣不通人情？」

說震二奶奶不通人情，在夏雲覺得可笑極了。其實，正因為震二奶奶熟透人情世故，才有這一個看來「不通人情」的措施。原來震二奶奶聽錦兒轉述了季姨娘的話，立刻想到，為了籠絡碧文，她很可能將碧文認作義女，朱實就可以算是她的「乾女婿」了。好好一件事，有季姨娘在裡面攪局，一定會搞得糟不可言，所以斷然決然地，即將碧文送回家，而且是錦兒送了去的，順便跟碧文的父母說這頭婚事。

這些內幕，夏雲也都知道，只是不肯告訴季姨娘，由她去生悶氣。自己悄悄收拾了碧文的衣飾雜物，歸入兩個箱子，卻將箱蓋打開，請季姨娘來查看。

「不用看了。」季姨娘問道：「你是怎麼給她送去？」

「請震二奶奶派人送去。」

「不必！你想法子帶信給碧文，讓她自己來取，我還有東西陪嫁她。」

夏雲頗感為難，轉念又想，自己犯不著捲入漩渦，反正她怎麼說，照樣轉給震二奶奶就是了。

「你別管了！」震二奶奶向夏雲說，「我自己跟她去說。」

「是！」

「我倒問你，碧文有甚麼值錢的東西沒有？」

「有幾樣首飾，一雙金鐲子，三個寶石戒指，還有一個鑲珠子的金表。」

「那也不過幾十兩銀子的事。」震二奶奶說，「我陪碧文就是。」

於是，派人將季姨娘請了來，震二奶奶親口告訴她：已經派人去通知碧文了，讓她自己來取她的東西。不過碧文的父母住在城外，這一天怕趕不來了。

事實上不但這一天，第二天、第三天，一直到第六天亦未見碧文的蹤影。到得第七天，震二奶奶才派錦兒去告訴季姨娘，碧文已經跟著朱實上船進京；留下她的東西，孝敬季姨娘，作為多年主僕一場的報答。

聽得這話，季姨娘彷彿當頭被打了個霹靂，震得好半天說不出話，錦兒正好起身告辭。

「慢慢、慢慢！」季姨娘好夢方醒似地，一把拉住錦兒，「姑娘，你請坐下來，我有幾句話想問你。」

「好吧！請季姨娘說。」

「碧文的父母許了這頭親事？」

「當然。不然，碧文怎麼能走？」

「送了多少聘禮？」

「二百兩銀子。」

「辦喜事沒有？」

「請了兩桌喜酒。」錦兒答說，「也見了朱太太，碧文還給她磕了頭。」

「喔，」季姨娘問問，「你去喝了喜酒沒有？」

「輪不到我們去喝喜酒。不過，震二奶奶去了。」

「還有誰？」

「還有——」錦兒考慮了一會，終於說了實話，「還有鄒姨娘。」

這一下，將季姨娘氣得幾乎當場昏厥，「這是誰的主意？誰出這麼一個絕戶才想得出來的主意？」她咆哮著說，「我倒要問問她去，憑甚麼不讓我去，倒讓不相干的人去？」

「季姨娘，你別錯怪了震二奶奶，她倒是說了該請你去喝喜酒的，太太說不必，怕你見了碧文傷心。也是一番好意。」

「莫非我現在就不傷心！」季姨娘悲從中來，真的「嗬、嗬」地哭了起來。

錦兒一面慰勸，一面失悔，不該說鄒姨娘也被邀了去喝喜酒；設身處地想一想，也難怪季姨娘傷心。再看到她那涕泗橫流，痛不欲生的模樣，自然而然地在心裡浮起一個想法：震二奶奶的手段厲害得太過分了！只怕跟季姨娘已結下了不解之仇。

轉念到此，悚然一驚；從曹老太太一死，震二奶奶大權獨攬，越發跋扈，行跡也頗有不檢點之處，倘或季姨娘抓住甚麼把柄，這場風波鬧開來不得了。

於是她說：「季姨娘，你別怨震二奶奶，她絕不是欺侮你；實在是怕你捨不得碧文，所以有些事瞞著你。其實，她也很有照應你的地方，昨天還跟我說，棠官大了，像他這種正在發育的孩子，吃飯不知飢飽，該替季姨娘想想，加她的月例銀子；只等回過了太太，就可以撥給你。這雖是小事，也足見得她沒有甚麼有意跟你過不去的心。」

季姨娘也不知道她的話是真是假？不過心裡是寬慰了些，漸漸收淚說道：「姑娘你知道的；震二奶奶是一家之主，我也不敢惹她。不看僧面看佛面，到底我也替老爺生了兒子，不該壓得我連在棠官面前都抬不起頭來。」

這也是實情，錦兒也只能泛泛地替震二奶奶辯白幾句；陪著坐了好一會，看季姨娘神態如常，方始辭去。

「聽說季姨娘大哭了一場。」震二奶奶問道：「你是怎麼跟她說的？」

「怎麼說，也不能讓人家傷心。」錦兒答說，「冤家宜解不宜結，我替二奶奶說了好話。」

「甚麼好話？」

「我說二奶奶要加她的月例銀子——」

「憑甚麼？」震二奶奶打斷她的話問。

「不憑甚麼。話可是我已經說出去了，如果二奶奶不願意，就扣我的月例，加給她好了。」

震二奶奶想了想說：「也不能拿你的錢來給我做面子。好了，就算加給你吧；我添她二兩銀子的月例。」她停了一下又說：「銀子雖只有二兩，可是打從老太太去世，樣樣節省，只有她加了月例。」

「就因為這樣，才能讓她心裡好過些。」

「哼！」震二奶奶冷笑道：「我才不在乎她好過不好過。」

「何必！」錦兒勸道：「大家高高興興，和和氣氣，不省了多少煩惱？」

震二奶奶默不作聲，算是聽了錦兒的勸。

「京裡來了人，帶來一個想不到的消息。」曹震向他妻子說，「大舅太爺赦回來了。」

「真的？」震二奶奶隨即想到了李鼎，「他們父子已經回京了嗎？」

「此刻應該已經回京了。」曹震又說，「四叔的意思，該派個人去看看。」

「你看，派誰呢？」

曹震想了一會，突然說道：「派隆官去好了。」

一聽這話，錦兒先就心中一跳，震二奶奶倒很沉著，「怎麼會想到他？」她問，「他也不是幹這種差使的人？」

「莫非他就專幹採辦？」曹震冷笑，「年下那趟採辦顏料的差使，可真讓他摟飽了。美差都是他，苦差使也得來這麼一兩回，才能教人心服。」

震二奶奶先不作聲，然後帶些負氣似地說：「反正我把禮備好了就是，隨便你願意派誰？」

說了這一句，隨即轉臉跟錦兒閒談：「碧文大概快到通州了吧？」

「哪有這麼快？」

「也差不多了。」震二奶奶又說：「碧文不知道見過大舅太爺沒有？」

「一定見過的。碧文在府裡也快十年了。」

「沒有見過也不要緊；鼎大爺她總見過不止一回。大舅太爺到了京裡，總要去見王爺；朱先生回去一說，自然就接上頭了。」

「是啊！」錦兒一面回答，一面眼看著曹震頭也不回地往外走，便即低聲說道：「二爺對隆官的意見深著呢！」

「管他呢！」震二奶奶的語氣很硬，「我才不在乎他。」

「也別說這話——」錦兒欲言又止，終於還是說了一句：「讓隆官先避遠點兒也好。」

震二奶奶不作聲，坐下來端起一把成化窯的青花小茶壺，慢慢喝了幾口，才說了句：「你別怕！一切有我。」

「大奶奶，」新用的一個聽差老劉，隔著窗子在喊，「南京來了一位姓曹的少爺，說要見大奶奶。」

「姓曹的」三字入耳，碧文特有一種親切之感，但卻想不出「姓曹的少爺」是誰？所以只答得一聲：「哦！」出來問道：「人呢？」

「在門房裡。」

「有多大年紀？」

「二十來歲、三十不到。」

那會是誰呢？碧文急於揭開謎底；一雙在曹家走慣了的腳，自然而然地繞著四合院的迴廊，出了中門，往前走去。

「啊！」謎底揭曉了，卻更感意外，「隆官，你怎麼來了？」

「碧——」曹世隆趕緊縮口，定定神笑道：「管你叫五嫂子吧！你沒有想到是我吧？」

「是啊！真想不到。你怎麼找了來的？」

「我先到張家灣，他們告訴我，你住在西單二條胡同西口，法相庵對面，問了兩家才問到。」

曹世隆又問：「五爺呢？」

「上王府去了。」

「喔，這裡離石駙馬街不遠。」

「隆官，你住在哪裡？」碧文說道：「裡面坐吧！」

「我住在順治門外上斜街三元棧。」曹世隆一面走，一面問：「大舅太爺住在哪兒？」

這時已到了客廳，碧文招呼客人落座，親手去倒了茶來。曹世隆便又道明了進京是專為來慰問李煦的。

「不巧，昨天上易州去了。他一個人，年紀可大了，不能沒有人照應，我就請他住在這兒。」

「怎麼？」曹世隆問：「鼎大爺呢？」

可說之事正多，碧文卻先須作款客的安排，最要緊的是，先要派老劉到王府去問朱實，甚麼時候可以到家？因為曹世隆雖非曹家的「正主兒」，到底一筆寫不出兩個曹字，須當作自己人看待，可是畢竟男女有別，朱實早歸，自不必言，即或要晚一點回來，也還不要緊，就怕這天住在王府，那就只好早早開飯，盡了做主人的心意，然後早早送他回客棧，到得明天朱實回家，再作道理。

「京城裡可跟咱們在南京大不一樣。」碧文訴說她的感受，「在南京，每天甚麼時候起來，甚麼時候該預備上床了，就像刻了模孔似地，天天如此。這裡可就沒有準了，有時候回來得早，有時候回來得遲，有時候說王爺天不亮得上朝，有個甚麼奏摺要趕出來，當面遞給皇上；就得大半夜不睡，等王爺進了宮才能回家。等門常常要等到五更天。」

曹世隆笑道：「那不正好趕上熱被窩？」

一聽這話，碧文便不作聲；心裡警惕，在曹家有時候聽季姨娘在說，似乎震二奶奶跟隆官不乾不淨。想想應該是不會有的事，大概就因為他愛說這種不莊重的話之故。

這樣默不作聲，僵在那裡，當然不好；碧文索性起身說道：「隆官請坐一坐，我到廚房裡看看去。」

碧文只用了兩個人，一個是門房兼打雜的老劉；一個是來自三河縣的齊媽，是個三十多歲的寡婦，碧文看她一雙眼睛不大正派，只以做得一手好菜，就將她留下來了。

「大奶奶，」齊媽正在剁肉，暫時住了手問：「來的這位爺，吃得來麵食嗎？」

「怎麼吃不來？」

「我以為跟老爺一樣，不愛吃麵食，能吃就好，我烙幾個盒子吧！」

「對了，早點開飯。」碧文定了主意，「有點費功夫的菜，不必做了；去叫個『盒子菜』，把王府送的南酒開一罈，喝完酒，做個甚麼湯吃烙盒子。好讓客人早一點兒回客棧。」

「這一說，我可省事了。不過天氣熱了，有些作料擱到明天，變了味也可惜。」

「不要緊！回頭慢慢兒做出來，不動筷子就不會壞。」

「說得是！」齊媽將她那雙不正派的吊梢眼，瞟了碧文一下，「大奶奶心思真快，又是賽觀音的模樣兒；怪不得老爺一回家，就躲在屋子裡不肯出來了。」

「啐！」碧文微微呵斥，「哪來的那麼多廢話。」

齊媽笑笑不作聲；碧文卻有些躊躇，事情交代完了，沒有再留在廚房裡的必要，但又不想到客廳上去陪曹世隆。想了一下，有了個計較。

「我來剁肉，你去叫盒子菜！」

「讓老劉去跑一趟好了。」

「老劉到王府裡去了。」

於是齊媽放下廚刀，先解圍裙後洗手，然後從擱板上取下一個梳頭盒子，用一個塗了玫瑰油的粉撲子，將頭髮抿得油光閃亮，一絲不亂，才翹著腦後髮髻上高高的一個「喜鵲尾巴」，一步一搖地走了出去。

出廚房本有條夾弄，直通大門；齊媽為了看看客人的樣子，特意穿過客廳。可又不能無緣無故地從客人面前晃過；因而倒了碗茶，捧到曹世隆面前，未語先笑，接著是斜瞟一眼，方始開口。

「大爺，請用茶。」

曹世隆正站著在看「宮門鈔」；齊媽又是弓鞋無聲，驟聽有聲，倒微微一驚，急忙轉眼看時，視線跟那雙不大正派的眼光，碰個正著。

「喔，多謝！」曹世隆微笑著，從托盤中拿起蓋碗，雙眼卻仍看著她。

齊媽格外殷勤，左手抓住托盤、右手去接蓋碗，意思是要他擱在茶几上。這一伸手，曹世隆又不免注目，原來她小指甲上還用鳳仙花染紅了的。

「怎麼只染了一個指甲呢？」

齊媽將小指往裡一縮，藏在掌中；拿茶碗擱了在茶几上，方始答說：「成天幹活，還能都染紅了？不叫人笑話！」

「你們大奶奶脾氣挺好的，不會笑話你。」

「街坊要笑話啊！」齊媽問道：「大爺尊姓？」

「我姓曹。」

「啊！原來是我們大奶奶娘家人來了！」

這時碧文正走了出來，一聽有聲音，不免奇怪；再聽是齊媽的聲音，越發奇怪。不由得便站住腳細聽。

「對了！我是你們大奶奶娘家人。」曹世隆問道：「大奶奶待你怎麼樣？」

「那可沒有得話說。我們大奶奶又能幹、又賢惠、最體恤下人的。我跟我們大奶奶說：將來老爺放了外任，一定得把我帶去，反正我一個人兒，也不累贅。」

「怎麼？你還是一個人，你丈夫呢？」

「早就丟下我去了。」

「沒有孩子？」

「無兒無女，苦人兒一個。」

「可憐！可憐！」曹世隆問道：「你守寡守了幾年了？」

「十二年了。」

「十二年了！」曹世隆又問：「你倒守得住？」

聽到這裡，碧文可是聽不下去了；但如一闖進去，彼此都沒意思，只好悄悄地又退回廚房。心裡在想：這齊媽用不得了！接著又想，曹世隆原來是這麼一個人！看起來李姨娘的話，也不是全無影響。

正又好笑，又煩惱地在那裡盤算齊媽的去留時，老劉回來覆命，說朱實聽得有曹家的人來，頗為高興，他今夜何時回家，無法確定；且先把客留下來再說。好在李煦到易州去了，現成的空鋪，並不費事。

「不！」碧文毫不考慮地說，「不必留客人在家住。」緊接著又叮囑：「大爺的話，你也不必跟客人提起。」

「是！我明白。」

到得開飯，碧文只讓老劉向曹世隆致意，自己並不出來相陪。一般的規矩原是如此，碧文也不算失禮；不過曹世隆不免納悶，覺得女主人似乎前熱後冷，卻想不出是何道理。

直到吃完喝茶時，碧文才又出來敷衍了一陣。曹世隆自覺無趣，起身告辭，碧文說了一句：「明天再請過來。」自己先走到堂屋門口，等著送客。

也就是一盞茶的功夫，朱實興匆匆地趕了回來；進四合院看堂屋漆黑，微覺詫異，穿過天井向迎出來的碧文問道：「世隆呢？」

「回客棧去了。」

「怎麼？他不願住咱們這裡。」

碧文不答，往回走入臥室；等朱實跟了進來，才低聲說道：「我沒有留他。」

「為甚麼？」

「我告訴你一個笑話，有咱們家那樣的老媽子，就那樣的客人，一見了面，有說有笑，倒像前世結下的緣分。」碧文將她的所見所聞，細細地說了給丈夫聽。

「難怪你不留他。」朱實問道：「他進京來幹甚麼？」

「四老爺跟震二爺，派他來看看大舅太爺。另外有沒有別的事，可就不知道了。」

「你沒有問他？」

「我懶得問。」

「難得有南京的人來——」朱實嘆口氣沒有再說下去。

「不是我故意慢客。你對曹家的人好，我也有面子；再說留他在這裡住，也不費甚麼事，我又何樂不為？實在是，我覺得他有點可怕！」

「可怕？」

「是的。」碧文憂心忡忡，「我真怕會出事，尤其是想到季姨娘。」

「我，」朱實大感困惑，「我真不懂你說的甚麼？」

「但願我是瞎擔心。」碧文顧左右而言他地問：「你怎麼回來得這麼早？」

「本說有首和四阿哥的詩，要跟我商量；後來叫人出來說：心情不好，明天再琢磨吧！後來我才知道，是老王爺又犯脾氣了；為了有人孝敬老王爺兩千銀子，王爺說應該退回才是。爺兒倆爭了幾句；老王爺一賭氣，拿起銀錁子往外扔，把個金魚缸都砸碎。」

「真是！」碧文也嘆口氣，「家家有本難念的經。」

朱實不作聲，只說：「倒杯藥酒我喝！早點睡，明天一早我到客棧裡去看他。」

碧文便將朱實每晚臨睡前照例要喝的藥酒，倒了一杯來；另外用一隻三格果盤，裝了些松仁、橄欖、肉脯供他下酒。接著便去鋪好了床，自己坐到梳妝台前去。

這是朱實最愜意的一刻，喝著酒看碧文卸妝。而心裡總是充滿了感激曹家的念頭，因而又想起曹家來的人。

「他是奉命來看大舅太爺的，咱們得替他安排，跟大舅太爺見面。易州的『萬年吉地』是禁地，又進不去。我看，明天打發一個人去把大舅太爺接回來。」

「他剛到工地，又是聽差遣的人，不能說回來就回來。再說，既是禁地進不去，打發人去了，還不是單身回來。」

輕描淡寫幾句話，將他的打算，駁得乾乾淨淨。朱實又慚愧、又佩服，笑著說道：「你的心思比我細，主意比我多；索性你說吧，該怎麼辦？」

「只有寫封信給大舅太爺。內務府常有人到易州，託他們捎了去，等大舅太爺回信來了再說。」碧文接著又說：「你明天到客棧跟隆官說，大舅太爺怕有些日子才能回來，他京裡有事，盡可以先去辦。送大舅太爺的東西，不妨先挪到咱們家來。」

「說得不錯。內務府的人都是一早走，我先把信寫好了它。」

「在書房裡，還是在這裡寫？」

「在這裡寫好了。」

於是碧文披散著一頭長髮，便走來照料朱實寫信，筆墨紙硯都備齊了，又將油燈剔亮。自己坐在一旁，一面用把牙梳通頭髮，一面看他寫信。

「喔，」寫到一半，朱實突然將筆放下，「有件很要緊的事，忘了告訴你。今天太福晉，打發人出來問起你。」

「怎麼？」碧文詫異，「問起我？」

「太福晉」是指平郡王福彭的母親，也就是曹寅的長女。她打發丫頭來說：「聽說朱師爺的姨太太，是太福晉娘家那一房的人。太福晉想見見。」朱實當時回答：「是曹四老爺季姨娘屋裡的人。」這話不便照樣說給碧文聽，只好含糊其詞了。

「是的。問起你。還想見見你。我看，你明天得進府去請個安。」

碧文點點頭，「我也想過，是不是該去請安？想想好像有點冒昧，所以沒有跟你說。」她說，「既然如此，我應該就去。不過，照規矩，應該先請示太福晉，甚麼時候合適？」

「好！我明天就去問。」

碧文想了一下說：「明天你先去看了隆官，回家來將老劉帶了去。我預備好了聽信兒，怕萬一太福晉說：這會兒就合適，讓她來好了。我馬上就可以走。」

怎麼到王府倒是商量停當了。可是怎麼去見王妃？應該穿甚麼衣服？有些甚麼禮節？碧文不免茫然，首先衣服就莫衷一是。

「自然是穿禮服。」朱實隨口答了一句。

「我也知道得穿禮服，何勞你說？我要問的是穿旗袍，還是穿裙子？」

著裙是漢裝，從朱實這面來說，理當如此；但見舊主，便得照旗人的規矩。此外碧文還有一層不便明言的私衷，如是漢裝，妾侍不能著紅裙；旗人的衣著，嫡庶之分，不甚明顯。所以碧文願意穿旗袍。

「那就穿旗袍好了。」朱實一味依從，「隨你高興。」

「可是，我又不會踩『花盆底』。」

「那就別踩！穿一雙繡花平底鞋也一樣。」

「頭上『兩把兒頭』，腳底下是一雙便鞋；不倫不類，那有多寒蠢。」

朱實也覺得不甚合適。在曹家所看到的都還是漢裝婦女；一入王府，常有機會得見旗下貴婦；「兩把兒頭」就得配上不容易走得快的「花盆底」一搖三擺，才顯得雍容貴重。尤其是花信年華的少婦，養著極長指甲的手中，握一塊彩色大手絹助勢，更如風擺楊柳，嬝娜生姿；如穿平底鞋，就絕不能有這種輕靈美妙的姿態。

「算了！」碧文下了決心，「索性照我原來的身分；也顯得我不忘本。」

「也隨你。我都無所謂。」朱實問說：「得買點甚麼像樣的東西帶去吧？」

「不必！不必花那種冤枉錢。王府裡甚麼沒有？論理，應該拿自己作的活計，或者作兩樣菜跟點心孝敬，才算是一點誠心。」碧文想了一會說，「索性這樣吧，你明天進府，託人跟福晉去請示，就說我後天上午給福晉去請安。合適不合適？」

「對了！這樣從容一點兒，反倒好。」

碧文從容，他也從容了；寫完了信，又寫一張名片，將老劉喚了進來，交代送信。

「你這會就到內務府尚大人那裡去一趟，跟門房說，拜託尚大人看有誰到易州，把信交了下去；捎到了，能給回信最好。」

朱實所說的「尚大人」，名叫尚志舜；現任內務府總管。這尚志舜本名尚之舜；是平南王尚可喜的幼子。「三藩之亂」，響應吳三桂的是尚可喜的長子尚之信；尚可喜本人及次子之孝一直輸誠，忠順不叛，所以三藩亂平，除了尚之信賜死以外，對尚之孝毫無處分。尚可喜是早在康熙十六年便死在廣州；六年以後，尚之孝奏請葬父遼東海城；但一回海城，逗留不歸，議政大臣追訴當尚之信反叛時，尚之孝不能大義滅親，斷然討伐；現在藉口葬父，久留海城，說他「計圖宴逸」；實際上是怕他有異心，所以建議革職後「與其子弟並籍入內務府」。從此，內務府除了包衣，還有漢軍。

尚可喜有七個兒子，除了長子以外，都隸屬於內務府；名字改了一個字，由「之」變「志」。尚家是漢軍鑲紅旗，與滿洲鑲紅旗的防區相同，所以跟平郡王府的關係很密切。當初曹寅嫁女，平郡王府的喜事，即由尚志舜的胞兄尚志傑承辦；那時的尚志傑已升為內務府總管大臣，年邁病故，由尚志舜接補遺缺，仍舊與平郡王府走得很近，所以朱實入王府未幾，就跟他很熟了。

連夜將信送到尚志舜家，結果是原件帶回。尚家的門房告訴劉二說，他家主人明天一大早有「內廷差使」；寅刻便須進宮，已經睡下了。信不敢收，怕耽誤了。不過尚家門房指點劉二，明天大概辰時左右，尚志舜會出宮到內務府；是不是要派人到易州，也在那個時候才知道。有信託帶，最好到時逕至內務府接頭。

於是第二天上午主僕一起出門，老劉送主人到了三元棧，才轉往內務府。朱實關照老劉，信是否當天帶出，何時方能到達李煦手中？務必問明白；他在三元棧等信息。

這樣，曹世隆也就知道了，可以估計何時才會有李煦的覆信，心裡有個打算。去了有一個多時辰；朱實跟曹世隆細敘別後的境況，幾乎快詞窮了，才見老劉來覆命。

「信跟片子一投進去，裡頭傳話出來，要我等一等。後來派人出來說：『要下午才有人到易州；信得明天上午才能送到。』另外，尚大人有封覆信，讓我帶回來。」說著，劉二從護書中取出一封信，遞給朱實。

信封得很結實，但信封上畫得有「十萬火急」的記號；朱實便毫不考慮拆了開來，抽出信箋一看，不由得皺了眉頭。

「只怕又有麻煩了。唉！」朱實重重地嘆了口氣。

「朱五爺，」曹世隆自然要表示關切，「出了甚麼事？你請寬心，有王爺在，慢慢想法子。」

「不是我有麻煩。我是說府上。你看！」朱實順手將尚志舜的信，遞了過去。

信未看完，曹世隆的臉色就變了，是很不自然的樣子；等看完將信交回，說了句：「沒有麻煩則已，倘有麻煩就小不了。」

「是啊，我也這麼想。」

「那麼，請問朱五爺，現在打算怎麼樣呢？」

「自然是盡快通知令叔跟令叔祖。」

朱實是指曹震及曹頫；他心裡倒在想，看曹世隆如此關切，真不妨讓他趕回去送信。不過，人家剛剛到京，連李煦都還沒有見到；他自己總也有些至親好友託辦的事要料理，讓他趕回去送信的話，實在有些說不出口。

不道他還沉吟未定，曹世隆居然自告奮勇，「朱五爺，」他說，「反正對大舅太爺的心意到了，見不見面都無關緊要；不如我就提前回南，將這個信息帶回去。」

朱實大為高興，「『固所願也，不敢請耳。』若得世兄辛苦一趟，再妥當不過。」他又問：「世兄打算哪一天動身？」

「說走就走。」曹世隆答說：「我馬上要櫃上雇車來，來得及明天就動身。」

「一定來得及。」朱實起身說道：「我這會兒回王府去寫信；晚上仍舊到舍間小酌，算是餞行。」

「是，謝謝。」

話一出口，才想起臨出門以前，碧文告訴他的話：打算做四樣完全江南風味的菜跟點心，再找兩樣平時做在那裡的活計，明天帶到王府，作為進見之禮。料想此時正忙得不可開交，如何又約曹世隆來家吃飯？

這樣想著，深悔孟浪；但已訂了約，不便改口。心想好得見太福晉一事，尚未定奪，延一兩天亦自不妨。不過，得趕緊回家跟碧文說明白。

這一折回來，碧文自然詫異；朱實陪個笑說：「我約了曹世隆，今天晚上來吃飯，是為他餞行——」

「怎麼？」碧文越發詫異，「要回南了。」

「是的。」

「那，那是怎麼回事。」

「你別打岔，先聽我說完。今天要請客，明天進王府，只能緩一兩天了。至於曹世隆要回南，是他自告奮勇；有個消息，必得趕緊通知四老爺跟震二爺——」

「甚麼消息？」碧文忍不住又搶著開口了。

「你看！」朱實將尚志舜的信，取了出來。

碧文看了信的表情，是朱實所不能了解的，因為不是憂慮，而是氣憤。

「這個禍，就是隆官闖的，不能光託他送信，光託他會耽誤大事！」

「怎麼？」朱實的雙眼睜得滾圓，「何以說是他闖的禍？」

碧文閉口不答；管自己思索，只見她臉上的肌膚繃得越來越緊，最後是憤不可遏，不顧一切的聲音：「反正曹家的甚麼祕密都不必瞞你了，我就跟你實說了吧，震二奶奶跟他有一腿；硬在震二爺面前替他討了個採買顏料的差使。不知道是甚麼下等貨色報了上等價錢！你說，能不掉色嗎？」

朱實駭然，望著碧文好半天才說了句：「怪不得！他聽見這個消息，臉上一陣陣地，好不自然。」

「為了這件事，震二爺跟震二奶奶鬧彆扭，也不止一天了。」碧文又說：「『啞巴吃扁食』，他自己心裡有數。幹麼自告奮勇，是趕回去料理自己的事，說不定就帶著要緊東西逃之夭夭了；

哪裡敢把這個信息去告訴四老爺?」

「說他會瞞住這個消息，話不錯；若說他會逃之夭夭，絕不會的。是旗人，逃到哪裡去?哪裡也逃不了。」

「他哪裡在旗?」碧文答說：「曹家是宋朝開國名將曹彬的後代，人很多；當初只有四老爺的曾祖還是高祖那一支投旗，其餘的還是漢人。等到曹家當織造，大大得意了，各地姓曹的，都來投奔；老太爺那時跟大舅太爺郎舅倆，輪流放鹽差，吃閒飯的人不知多少；隆官他爹就是這麼來到南京的。雖說一筆寫不出兩個曹字，一旗一漢，隔得可遠著哪!」

「我哪知道其中還有這麼多講究。」朱實想了一下說：「如今只有另外找人，專程南下去報信；至於曹世隆，我看只有找個藉口把他留了下來。」

「那，」碧文說道：「只說大舅太爺一半天就回來，應該見了面，跟他討個主意，再回南京。」

「不錯，不錯!遇到這樣的事，四老爺巴不得能請教大舅太爺；有這樣討教的機會，豈可錯過?」

於是朱實匆匆寫好了信；信是寫給曹震的，不便明告是尚志舜透露的消息，只說「聞自內廷」。碧文看完他寫的信，不由得又嘆了口氣。

「這封信一到，震二爺跟震二奶奶可不鬧翻了天?幸虧老太太過去了，不然不知道會氣成甚麼樣子?」

「那可是沒法子的事!有這麼一個消息，總不能不告訴他。我這就去找提塘官去。」

各省都有「提塘官」駐京；自以兩江為首，共有三名提塘官，朱實跟為頭的楊都司很熟。當面一託，楊都司滿口應承；恰好第二天逢五送「塘報」，順便帶去，有半個月曹震就可以收到朱實的信了。

到了下午在王府事畢，朱實先到三元客棧，看曹世隆正在督促他隨帶的小廝，收拾行李，便即說道：「世兄，不必忙了！正好王府有差官到南邊去，我就先捎了信去了。世兄，你還是等大舅太爺從工地回來，一則是專誠致意，理當等待；二則，大舅太爺到底見多識廣，經的風浪也多，這件事如果能想個甚麼法子，在京裡就撕擄開了，不就省了好多事了嗎？」

曹世隆先是一愣；聽到最後，臉色大為開朗，「是，是！朱五爺說得不錯，我就等大舅太爺回來。」接著關照小廝：「行李不必捆了。」

朱實仍舊將曹世隆邀了回去吃飯。碧文打了個招呼，就不再露面了；只見齊媽進進出出，忙個不停。曹世隆亦總是日送日迎，渾然不覺主人已在注意他了。

「世兄，」朱實故意問道：「御用的衣料，何以會掉色？這件事似乎有點不可思議。」

「都是染得不好。」

「不是顏料不好？」

「顏料怎麼會不好？進貢用的，誰敢馬虎？不過，這兩年染織房的老人死了好幾個；新手經驗不足，染得不夠實在，就會掉色。這兩年，四老爺不管事，都——」曹世隆突然把話嚥住，接著搖搖頭，發一聲微喟，作出不願多談的神情。

「既然是進貢的綢緞，怎麼交給新手呢？老人總還有幾個吧？」

「老人雖有，上頭不管，也是枉然。」曹世隆說，「恐怕像這樣掉色的情形，以後還會有。」

「那可不得了！」朱實失聲驚呼，「一之為甚，其可再乎？」

聽這一說，曹世隆擱下筷子，有點茶飯不思的模樣。主客愁顏相向，不識相的齊媽便在一旁似笑非笑地問道：「老爺跟曹少爺怎麼啦？」

她剛說這一句，只聽碧文在裡面大聲喊道：「齊媽！」

這一喊不但齊媽，主客亦都微吃一驚；齊媽匆匆奔了進去，只見碧文把臉沉下來了。

第六章

李煦是第四天下午回家的，比預定的日期早了一天，便似不速之客；碧文高高興興地將他接了進去，隨即派老劉到王府及三元客棧去通知朱實與曹世隆。

「本說莊王今天要來，我不能不等他；昨晚得信，不來了。」李煦笑道：「他不來，我可要來了！」

「你老人家越早回來越好，有件事要等你來拿主意。」

「甚麼事？」

「我也說不清楚，回頭讓我們老爺來跟大舅太爺細談。」碧文問道：「開飯還得一會兒，餓不餓？要不要臥兩個雞子兒你點點心。」

「好！」李煦沾染江南的語言風俗比曹家來得深，老實用南邊的話說：「我來兩個水鋪蛋。」

等碧文剛把雞湯水鋪蛋端了來，曹世隆已先到了；他本要到朱家來，路上遇見老劉，方知李煦已到，匆匆趕了來，進門喊一聲：「大舅太爺！」隨即跪下磕頭。

「不敢當，不敢當！」李煦起身答說：等曹世隆禮罷，他拱拱手說：「世兄，恕我眼拙，不知道在南京見過的。」

「見過的。不過你老人家一定記不得我。」曹世隆說：「我比震二叔晚一輩。」

「喔、喔！請坐。你震二叔叔，還有——」李煦轉臉問碧文：「這位世兄跟四老爺怎麼稱呼？」

「叫四爺爺。」

「你四爺爺跟你震二叔，好吧？」

「託大舅太爺的福。四爺爺跟震二叔，還有二嬸兒，聽說你老得了恩典，高興不得了。特為派我來給大舅太爺請安。還捎了點吃的、用的東西來，都是震二嬸親手調度的。」

「都擱在你老屋子裡吶。」

碧文剛說得這一句，曹世隆便又接口：「等我取了來請大舅太爺過目。」

東西是裝在一個極大的籮筐中，曹世隆一個人搬不動；碧文想助他一起去抬了來，卻又有些不情願。正好齊媽新沏了茶來，立即自告奮勇。

一前一後到了李煦的臥室，齊媽立刻作怪了：先是回身瞟著曹世隆，然後用食指按在脣上，示意禁聲，倒像他要說甚麼調情的話，特意提出警告似地。曹世隆本無此意，見她有意勾引，自然不必客氣，一把抱住，在她鼓蓬蓬的胸前大大地摸了幾把，方始放手。

「唷！挺沉的呢！」齊媽試一試籮筐說。

曹世隆捏一捏她的手，提醒她說：「當心篾片上的刺。」

「我身上有刺。」齊媽放得極低的聲音：「別碰我。」說著，又斜瞟一眼。

「我住三元客棧，東跨院北屋，西首第二間。」曹世隆同樣低的聲音回答。

齊媽點點頭，不再作聲。兩人抬著籮筐到廳上；齊媽用剪刀剪斷繩索，曹世隆掀開蓋子，一一指點，無非鞋襪、食物、藥品之類。其中有一包孫春陽的松子糖；李煦嘗了一塊，眼淚直往下掉。

除了齊媽，都知道他的眼淚從何而來？碧文要轉移他的心境，故意說道：「你老人家到山上住了幾天，怎麼得了個迎風流淚的毛病？」一面說，一面將一方手絹遞了過來。

「啊！」曹世隆突然想起，「還有樣要緊的東西。」他從衣服夾袋中取出一個手巾包，裡面是一封曹頫給李煦的信。

信用「大舅父大人尊前敬稟者」開頭，接敘得到蒙赦的喜信，全家慶幸，特派曹世隆進京探望。信不長，比較要緊的話，只有一句，如果日常用度有所匱乏，可在通州源和典當支用。

曹家是源和典當的股東；知道這回事的人，不出十個，連李鼎都不在其內。李煦自然知道；當年是曹寅有意留下的一個退步，股本七千銀子，連年營運，利上滾利，如今倘或拆股，起碼可分十萬銀子。當李煦抄家，有虧空要補時，很希望曹家能在源和撥借個三、五萬銀子，但曹家並無表示，他亦不便開口。此刻看曹頫信中這麼說，心知以前是他不能作主，現在曹老太太已經去世，大小可以拿個主意；雖說範圍限於「日常用度」，要支用亦不過兩三百銀子的小數，但畢竟其情可感。

「四老爺是忠厚的。」他對碧文說了這一句，收起了信，向曹世隆問道：「如今還是震二奶奶掌權？」

「是！」曹世隆答說：「也虧得震二嬸在撐著。」

「公事呢？仍舊交給你震二叔？」

「四爺爺有時候也管。」曹世隆又說：「不管也不行。」

「怎麼呢？」

「震二叔的精神不如從前了。」

一聽這話，李煦那兩道斑白的濃眉，幾乎擰成一個結：「才三十幾歲的人！」他微喟著，「必是害在酒色兩個字上頭。」

曹世隆與碧文都不敢答腔；就這沉默之際，聽見朱實的聲音了。

進門朱實先給李煦請安，接著招呼了曹世隆，才坐下來說道：「今兒一早聽說有上諭：聖祖榮妃薨逝，派莊王率侍衛二十員去奠酒。莊王既不去易州，我就猜想你老會提前回來。果然讓我猜到了。」

「喔！」李煦很注意地問：「榮妃去世了？」

「是的。昨兒去世的。」

「另外有恩旨沒有？」

「沒有。」

「也沒有讓三阿哥來穿孝？」

「大舅太爺是指誠親王？」

「是啊」

「沒有。」朱實又問：「榮妃是誠親王生母？」

「對了！」李煦想了一下說，「大概快八十了吧？」

「怎麼？」朱實不解地問：「比老皇年紀還大？」

「可不是！比老皇起碼大兩三歲。姓馬，也是回子。老皇第一位阿哥，名叫承瑞，就是榮妃生的；那時老皇只有十三歲，還是十四歲，我記不清了。」

「十三歲。」碧文很有把握地說。

「咦！」朱實問道：「你怎麼知道？」

碧文何能實說，芹官偷了震二奶奶一本春冊子，從春雨那裡「開了智識」；大家私下談論，或許會跟先帝那樣十三歲得子。不過說假話也容易。

「我聽老太太說的。」

「榮妃一共生過五個兒子，只留下三阿哥一個。」李煦不勝感慨地，「竟不能送終，榮妃恐怕死不瞑目。」

誠親王是由於招納陳夢雷修書，見嫉於當今皇帝；故意派他去守陵。這些宮禁的恩怨，多談沒有好處；碧文心細，也識得利害。當即把話題扯了開去。

「快開飯了，我看看去。」她向朱實使個眼色，「你倒不問問大舅太爺，工地上住得慣不？」

朱實深深點頭，表示充分領會，但他卻別有話說，「大舅太爺，有個消息，可是不大好！」他說，「你老看應該怎麼辦？」接著，便將得知御用袍褂掉色之事的經過說了給李煦聽。

李煦很沉著，聽完說道：「這種情形是難免的，料想不會有大處分。」

一聽這話，朱實跟曹世隆的表情，在大出意外之中，人不相同，一個是詫異不信；一個是喜逐顏開。

「類似情事，我遇到過，江寧也遇到過，大致是罰薪。」

「那是康熙年間的事吧！」

「對了。」

「可是——」

「我知道你要說甚麼！」李煦搖搖手，打斷朱實的話，「『欲加之罪，何患無辭？』如果要嚴譴，早就找別的大案，把這個人牽了進去，不必在這種小事上找岔子。題目小，文章也做不大。」

「是，是！」朱實衷心欽服，「真是非請教大舅太爺你不可！這種事只有你老看得透。早知如此，我不必急著寫信了。」

李煦雙眼倏張，是吃驚的神氣，「怎麼？」他問：「你已經寫信到江寧去了。」

「是！」朱實不勝困惑地，「有甚麼不妥嗎？」

李煦不答，好一會才答了句：「也沒有甚麼關係。」接著轉臉又問：「世兄，甚麼時候回去？」

曹世隆本要急著趕回去，為的是自己闖的禍，得趕緊料理；此刻也仍是要急著趕回去，因為要用李煦的話去表白：此是常有之事，至多罰俸，不會有大了不得的處分。這樣震二奶奶就不怕丈夫跟她吵了。

「我在京裡也沒有事。」他說，「想來四爺爺跟震二叔他們，接到朱五爺的信，一定很著急；我得趕緊把大舅太爺的話去告訴他們。」

「對了！你早點回去吧。哪天走？」

「明天來不及了，後天走。」

「明天再請你過來一趟。我有封信，請你帶去。」

「是！我明天下午來給大舅太爺辭行。」

「辭行不敢當！今晚上，我借花獻佛，好好跟你喝兩盅。一則道謝，再則餞行。」李煦問朱實：「朱五哥，咱們那位姑奶奶呢？」

「姑奶奶」是寵碧文的美稱；朱實用鼻子嗅了兩下答說：「你老回來了，她當然得燉個冰糖肘子，這會兒一定是在廚房裡。我去叫她。」

「不忙，不忙！我是說，如果來得及，看替我捎來的火腿跟筍乾，能不能弄出來吃？」

「是了，我告訴她去。」

於是朱實到廚房裡將碧文喚了出來；轉達了李煦的意思以外，同時將曹頫不至於會有甚麼大處分的話也告訴了她。

這是個好消息，碧文愁懷一寬，便就現成的火腿、筍乾、干貝等物，又多做了兩個菜，賓主三人，開懷暢飲，到二更天方始散去。

送客回來，只見碧文已沏了一壺由曹世隆送來的洞庭碧螺春；裝了幾樣精緻茶食，陪李煦在閒談。

「五哥，你坐這裡。」李煦床前設兩張靠背軟椅，自己坐一張，另外一張給朱實；等他坐定，方又說道：「這隆官，我記不得見過他；看他那雙眼睛，跟齊媽倒正好配對兒。」

聽得這一說，朱實跟碧文都掩口胡盧了。

「剛才聽姑奶奶說道，才知道御用褂子掉色，都是他從中搗了鬼之故。這件事有他夾在裡面，格外要留心；本來無事，說不定庸人自擾，弄出事來。」李煦急忙又說，「五哥，我可不是說你給曹家去信是庸人自擾。」

朱實是極開朗的性情，平靜地答說：「你老這話多餘。不過，我倒有句忍不住要說的話：似乎我送那個信，大可不必。其故安在？大舅太爺能不能跟我說一說。」

「你送信，純然是關切，做得對。我怕曹家叔姪，處置有所不妥。如今大家都是風聲鶴唳、草木皆兵的心情；有個風吹草動，不問利害是非，只當大禍臨頭，亟亟乎求自保之計。或者亂鑽門路，或者藏匿產業；今上最討厭這個！」李煦又說：「你們在南邊，我後任的事，你總聽說了？」

那是指胡鳳翬；前年降旨革職查辦，嚇得自縊而死。當時就頗引起猜測，不知道他何以會獲此嚴譴；但由他畏罪自裁這一點來看，很可能是年羹堯的親密黨羽。

當朱實轉述了傳聞，李煦失笑了。他說：「甚麼年黨？他就因為不是年黨，而唯恐他人誤會他是年黨；庸人自擾，自己送了自己的命！」

原來胡鳳翬之被放為蘇州織造，是他的妻子託胞妹，也就是年貴妃向皇帝進言，方得如願。

胡鳳翬是下五旗包衣，他這個佐領，撥在「雍親王」門下；為了拉攏交情，對同旗的婚喪喜慶，無不大加應酬。這就犯了皇帝一直希望「包衣」安靜的大忌。及至年羹堯失寵，將興大獄；胡鳳翬因為年羹堯以前由於郎舅至親，替他在皇帝面前說過話，唯恐被誤會為「年黨」，所以到處打聽「年案」的情形，同時極力「撇清」。皇帝知道了這回事，大為憤怨，卻又不出以明白告誡，只在硃批諭旨中，冷嘲熱諷、隱隱然提出非常嚴重的警告，越發嚇得胡鳳翬膽戰心驚，寢食不安。所以一到奉旨革職查辦，自問絕無邀得寬貸的可能，便一索子吊死了。

「你看，年家老大就很懂訣竅；不管他老弟出了甚麼事，照常在內務府當差。不是安然無事嗎？」

李煦指的是年羹堯的胞兄年希堯；朱實想想果然，當即說道：「這番道理，說不定曹家叔姪識不透。你老應該再寫封信去。」

「是的。我一定得寫。不過，昂友應該識得透；他總明白，他是交給十三阿哥照看的情形不同。」「十三阿哥」指怡親王而言；朱寶亦曾聽說，怡親王是當今皇帝最信任，也是最得力的助手。卻不知交給他的「人」，何以「情形不同」？

看他的眼色，便知他不明白；李煦便說：「這裡沒有外人，我講點兒祕辛你聽聽。」他把聲音放得極低：「今上得位不正，大家都知道；以後會發生點兒甚麼事，可就只有他自己知道了。當初他把跟大阿哥、八阿哥有關係的人，分成幾等：第一種是要他親自來對付，而且得找得力的人幫忙的，譬如八阿哥、九阿哥，年亮工、舅舅隆科多之類，找來幫忙的人不一定，幫忙幫得不對勁，反而大遭其殃的，也有。第二種也是要他自己來料理的，不過不必費多大心思，翦除了就是，我就是這一類。第三種是老實安分，容易駕馭；可不能不管著一點兒，這一種就都交了給十三阿哥，只要巴結當差，安分守己，不胡出花樣，就一定不要緊。所以昂友實在用不著慌張，持之以靜，是持盈保泰的不二法門。」

「照這樣說，倒是我太張皇了。不過，尚總管的信上，似乎說得很嚴重。」

「別聽他的！」李煦不免有些牢騷，「內務府出來的人，我把他們看得太透了！一個人要進了內務府、性情也會不同。你跟他們打交道，可得小心。」

「怎麼小心呢？」碧文看著朱實說道：「你不請教請教大舅太爺？」

「我教你個祕訣，」李煦接口，「對他們的話，不可不信，不可全信，這是一句總訣；神而明之，就看你自己臨事斟酌了。」

「是！大舅太爺這話，我懂；猶之乎盡信書不如無書。」

「對了！差不多就是這個意思。」說著，李煦打了個呵欠。

「大舅太爺要安置了。」碧文立即說道：「我們走吧！」接著，便將李煦新用的一個小廝壽兒喚了進來，也交代了好些如何伺候「老爺」的話，方始與朱實辭去。

齊媽還在等著，碧文只以為她照例請示，明天是吃麵食，還是米飯，要做些甚麼菜？不道她一開口竟是：「大奶奶，我得跟你請兩天假？」

「請假！」碧文問說：「幹麼？」

「今兒有人捎信來，我娘病了，得回去看一看。」

碧文詫異，「你娘不是死了嗎？」她問。

「是後娘。」

「後娘？」碧文仔細看著她的臉說：「你待你後娘，倒還真孝順。」

齊媽略有些忸怩，未及答言；倒是朱實替她說話了：「看看後娘也是應該的，你就准了她吧！」

「好吧！」碧文說道，「可只能兩天，後天就回來。」

「後天怕來不及，大後天一早回來好了。」

第二天等碧文起身，齊媽已經走了；李煦剛剛起身，早餐尚無著落，碧文少不得親自下廚。李煦習於南方飲食，早餐愛吃白粥；這一鍋粥煮好，已經紅日滿窗。朱實陪著李煦已談了好一陣；空腹灌茶，兩人腹中都是「咕嚕嚕」、「咕嚕嚕」地一陣陣在響。

碧文自然深懷歉疚，而李煦卻更過意不去，堅持要等碧文梳洗好了，一起來食用。

「姑奶奶，」李煦率直說道：「我看這齊媽用不得了。你不如趁早用人，也還是添個小丫頭才方便。」

「我也是這麼說。」朱實搭腔，「小丫頭少不得，不然到哪裡作客都不方便。」

這一下提醒了碧文，「大舅太爺，我得跟你老討教了。」她說，「太福晉問起我，我得進府去給她請安。這禮節上頭，我可不大搞得清楚。」

「先行國禮，後行家禮。」李煦又說：「不過也不一定，看太福晉的意思。」

「怎麼個看法呢？」

「聽她管你叫甚麼？如果她叫你師姨奶奶，你當然叫她太福晉；倘或她跟你敘娘家，管你叫名字，或者客氣點兒，管你叫碧文姑娘，你自然該叫她大姑太太，這才顯得不外。」

「是，是！」碧文心領神會地，「我懂了。」

「你以前見過大姑太太沒有？」

「沒有，」碧文答說：「哪裡有機會呢？」

「對了！大姑太太出閣那年，只怕你還沒有生。」李煦不勝感慨地：「那時真是咱們兩家最風光的時候。誰會想得到有現在這種日子？」

「大舅太爺也不必傷感，照我看，將來還有好日子。」朱實極有把握地，「小王極其厚道，最肯念舊；只要他得意了，一定會照應舅家。」

「喔！」李煦很注意地問：「他問起過我沒有？」

「跟我提過，說他已託過莊主；也知道大舅太爺住在我這裡。我因話搭話，問他要不要見一見？他說：此刻還不便。」朱實又說：「等有機會，我再跟他提。」

「不必，不必！」李煦急忙搖手，「既然他有『此刻還不便』的話，心裡總有我這個人在，等方便了，自然會通知我去見他。」他停了一下又說：「其實我見不見他，都無關緊要，倒是小鼎，託你有機會提一提。」

「是，是！我心裡一直也這麼在想。鼎大爺我雖然沒有見過，仰慕已久。再說句率直的話，他跟你老又不同，而且現有個同知的銜頭在身上，凡事也比較容易著力。」

當今皇帝駕馭臣下，有個「罪不及子弟」的手法，父遭嚴譴，其子無罪；或者兄獲重咎，弟獲重用的例子甚多。從恩威並用中，見得他「是非分明」；而最大的作用是要告訴人：父兄不可恃，唯有效忠皇帝，可以得福免禍。所以李煦充軍，李鼎無事；既然已捐了同知，雖是虛銜，想歸入能補實缺的班子，究竟不比一無憑藉的，要好得多。

但朱實只知其一，不知其二，因為他對八旗的制度，畢竟還未深知。當今皇帝對旗人的蹤跡，控制極嚴，旗下成年子弟應該在旗待命當差，非經特許，不得出京。李鼎當時送父出關，是報過本旗都統的，及至李煦赦回，而李鼎卻送查家孤寡到吉林，此為定章所不許，所以李煦回京以後，補了個公事，說是「自願代父往邊疆效力」，話很冠冕堂皇。若說又想回京當差，豈非出爾反爾？

為此，李煦沉吟未答；碧文略知其中的原委，便即說道：「鼎大爺的事，要好好商量，你務必記在心裡。」

李煦說：「這話不錯，要好好商量。你有公事，儘管請吧！我也得寫信了。」

從朱家取了信回來，三元客棧的夥計迎上來說：「曹爺，有位堂客在你房子裡。她說，原是伺候你家老太太的，要帶她回南，讓她來等，所以我開了房門讓她進去了。」

曹世隆愣了一下，隨即明白了。「不錯！」他說，「是我叫她來的。」卻又馬上想到他的小廝祥才；等夥計走遠了說：「你老說要去逛一逛廟會，明天要走了，你今兒逛去吧！」他掏了塊碎銀子，約莫三兩重，遞了給祥才：「要逛就痛痛快快逛一逛，天黑以前回來就是。」

祥才不知主人是故意驅遣，目前不讓他看到「堂客」；接過銀子，高高興興的走了。曹世隆直到他的背影消失，方始進去；果然，齊媽已將屋子收拾得乾乾淨淨，正坐著喝茶。

「我說是哪位堂客？原來是你啊！」曹世隆問道：「甚麼時候來的？」

「來了一會兒了。」齊媽略顯窘色地：「曹少爺沒有想到是我吧？」

「也不算意外。」曹世隆問：「你是怎麼來的？溜出來的？」

「不！跟我家大奶奶請了兩天假。」

「那——」曹世隆笑道：「打算陪我兩天？」

齊媽看了他一眼，低著頭問：「不樂意嗎？」

「誰說不樂意，求之不得。不過，」曹世隆看窗外無人，抱住她親了個嘴，「這裡可不妥當！老劉要來送路菜，不能讓他看見。」

齊媽是早就打算好了的，如果曹世隆沒有顧忌，願意留她在三元棧，她也不會在乎——三河縣旗漢雜處，風俗特異，有名的繁劇難治之地。那裡的女孩子，跟旗下姑娘一樣，滿街亂跑，從不知道甚麼叫靦覥，見了人真教不在乎。當年響噹噹的「都老爺」彭鵬，不曾「行取」以前，是三河縣令；先帝聽說他治行優異，不畏王公親貴門下的那班惡奴豪僕，大為激賞；雖以屢次忤犯權貴，卻參他不倒，累計降級十多級，早該打入未入流了，卻還特旨留任。

「行取」御史以前，先帝親臨巡視；當地百姓已經知道「彭大老爺」行將調任，攀轅無計，只有趁御駕到時「跪香」，請下恩旨，命彭鵬留任。先帝大為感動，許下另給三河縣一個好官；有個少女居然抗聲頂嘴：「不要！皇上把那個好官給別地方好了。」

因為如此，三河縣的老媽子都帶「上匠」。不過，像這樣瞞著主婦，私下來就剛識一面的遠客，讓老劉發覺了也不大妥當，所以事先已找好了一處地方；是一名隸屬於鑲藍旗的寡婦，丈夫死了，占住著三間官房，只得不到十歲的一兒一女，有兩間房盡夠了，餘下一間，專門賃給進京公差，短期逗留的文武小官，包伙帶洗衣服，花費不多，而住得比下客棧舒服，所以求教的人極多。齊媽恰好碰到一個空檔，講明了，如果要賃，午前就會有回音。

「有這麼個地方，好極了！」曹世隆問道：「遠不遠？」

「不遠，進順治門就是。」

順治門就是宣武門，找到地方敲門；應門的是個中年婦人，齊媽管她叫「福嬸」；替世隆改了姓趙，行二，便叫「趙二爺」。

「趙二爺，你打算住幾天啊？」

「沒有準兒。」齊媽搶著答說，「住一天也照三天的價碼兒給好了。」

福嬸見得人多，知道是一對露水鴛鴦；不必殷勤，反而惹厭，去提了一壺茶來，順手就將房門帶上了。

「這裡可輕鬆了！」曹世隆坐了下來，拍拍大腿，齊媽便坐在他腿上。

「我叫翠花。」齊媽又說：「你別忘了，你可是姓趙。」

「怎麼替我的姓都改了呢？」曹世隆笑道：「百家姓頭一姓，倒也不錯。」

「那就乾脆姓趙算了。」

「你姓甚麼？」

「不姓齊嗎？」

「你？還有另外一個姓。」曹世隆問：「齊是娘家的姓，還是夫家的姓？」

「娘家的。」

「夫家呢？」

「你熱不熱？」齊媽答非所問地。

「對了！你看我還穿著馬褂。」

於是齊媽起身，先替曹世隆卸了馬褂，自己也脫了一件玄色貢呢的坎肩。

「我明白了。」曹世隆突然說道：「你夫家姓趙？」

齊媽笑而不答，證明曹世隆猜對了；這一下心熱了起來，身上也熱了。

「怪不得門窗緊閉，無怪乎熱了。」他一面說，一面自己動身卸了夾袍。

齊媽沒有再脫衣服，不過將頦下的紐扣都解開了，露出脖子下面雪白的一截肉，拿手在抹著汗。

「猜對了沒有？你丈夫姓趙。」

「還行二呢！」齊媽瞟了他一眼。

「這麼說，我就是你丈夫。」曹世隆摟住她去解她腋下的紐扣，「去！上床做夫婦去。」

一面說，一面拖；齊媽向外面努一努嘴；等曹世隆放了手，她悄悄去閂上門，回轉身來，倒在曹世隆懷中，雙眼微閉，鼻息都重了。

「夫妻」一直做到良鄉，齊媽才依依不捨地回京；到家已經晚了一天。進門先奔廚房，因為胡同裡家家屋上都冒炊煙了。

「你回來了！」正在剁肉的碧文，眼風掃著，頭也不抬地說。

「大奶奶，我來！」齊媽先接了廚刀，然後皺著眉說：「我心裡急，沒法子！我婆婆快要嚥氣了。」一面說一面回憶從熱被窩中起來送曹世隆的光景，眼圈兒不由得紅了。

碧文大為不忍，而且自覺良心受了責備，當時不該疑心她託故請假，出言譏刺，居然還孝順婆婆。因而便坐下來，想說幾句慰問的話。

「你婆婆甚麼病？」

「哮喘。」齊媽說，「多少年的老根子；這回發作得格外厲害。七十歲的人了，一定保不住，也就是這兩三天的事。」

「唷！」碧文埋怨她說，「既然這樣，你該在家送終，託人捎個信來就是。」

「我倒是這麼想過，怕大奶奶沒有人用。」

「喔！」碧文這才想起，大聲喊道：「惜餘！惜餘！」

「在這兒吶！」應聲走來一個小姑娘，約莫十三、四歲；她正在灶下燒火，卻非首如飛蓬，蠢如鹿豕的「灶下婢」；長得眉清目秀，梳一條極光的辮子，淡青竹布的夾襖袴，上罩一件半舊的寶藍緞子長坎肩，腰身大了些，所以束一條條子，齊媽認得是女主人的衣服；大腳，穿一雙七成新的青緞鞋，也是碧文給她的。

「她姓沈，小名叫阿惜，大爺替她改了個名字，叫惜餘。」

齊媽看主母含著笑，不斷上下打量惜餘，是極其得意的模樣，心裡便有數了。「唷，」她故意作出吃驚，「看大奶奶打扮得你！你算是造化，投到這府裡；大爺、大奶奶最能體恤下人的。你可別得福不知！要聽話！你今年幾歲？」

「十三。」

「跟我死了的那個女兒同年。」

聽這一說，碧文也是一時高興，便不按大家世族，婢僕在主人面前大致平等，私底下才敘輩分、改稱呼的規矩：「你管齊媽叫齊二嬸好了。好好跟你齊二嬸學一學杓子上的功夫。」

「是！」惜餘答應著，又向齊媽說道：「齊二嬸，我可不會甚麼！你得多教我一點兒。」

「我自然會教你，只要你肯學。」齊媽又說：「廚房裡可沒法兒講究乾淨，挺好的一件坎肩兒，弄髒了不心疼。去換了吧！」

「嗯！」惜餘口中答應著，卻看著主母，等她一句話。

碧文原是故意如此打扮惜餘；料知齊媽這天會回來，有意向她「示威」。如果齊媽有甚麼不合道理之處，預備即時算清工錢，打發她走路。如今情形當然不同了。

「你去換了吧！」

「是。」

等惜餘一走，碧文才告訴齊媽，是個孤女，叔叔好賭，拿她典了二十兩銀子，為期七年。

齊媽不等她說完，就搶過話來說：「大奶奶，你這算盤可打錯了！等大奶奶調教出來，是人家的人了；一番心血，全都白費。倒不如再補她叔叔幾兩銀子，永斷瓜葛！」說到「葛」字，一刀下去，後面的刀尖，深入砧板，一把刀就斜在那裡了。

碧文也就在她這一刀之中，接納了她的主意；點點頭說：「你這話有理。等大爺回來，我跟他商量。」

「大爺還不是聽大奶奶的。」齊媽一面去取了個乾淨的海碗，一面表示她護主的赤忱：「不是我說句沒天沒日的話，凡事大奶奶覺得做得對，乾脆就拿定主意這麼做，用不著跟大爺商量。」

「那也得看甚麼事！」碧文答說，「聽說你們三河縣，旗人也挺多的，總聽說過旗人家的規矩；明知道該這麼做，獨一無二的章程，就回明白了，也是這麼做，可是還是得把話說在頭裡，免得落包涵。」

「那是『包衣』人家——」話一出口，齊媽驀地想起，聽曹世隆說，曹家是上三旗的「包衣」，因而將下面「生來就是當奴才的」那句話，硬生生地截住了。

碧文默然。幸好惜餘換過衣服回來，解消了半僵的局面，主僕三人一起動手，拌餡和麵包餃子——碧文不由得想起跟季姨娘在一起的日子，往往也似此刻的情形，不過身分卻不同了。

一面包餃子，一面聊天，碧文談到要上王府去拜見太福晉，齊媽自告奮勇願意陪伴了去；她說她對旗下的規矩很熟悉，不至於接不上頭。碧文自是欣然相許。

一到平郡王府，碧文由管家嬤嬤陪著，進了中門；老劉為門上招待到空屋中待茶。齊媽甚麼都不在乎，老實不客氣跟著老劉一起去了。

王府有特定的規制，進大門是條長長的甬道，兩側各有一排平房，總計二十四間，用途很雜，護衛值班休息，採辦看貨結帳；到王府來接頭公事，或者下帖送禮，在此等候回話；再就是像接待老劉、齊媽，亦總是在這裡設茶擺飯。

領到西首，只見第七間、第八間是打通了的，裡裡外外有好些人，不知在幹甚麼？第十間是空屋，就在這裡落座；最後一間設著一座茶爐，門上要了一壺照例供應的茶壺，又要了一盤粗茶食「小八件」，關照是「請朱師爺的管家」，可以到外帳房開公帳。

略略寒暄了幾句，齊媽便說：「門上大哥，你請治公去吧！」

「得罪，得罪！我可得少陪了。回頭來陪兩位吃飯。」說完，門上哈一哈腰轉身走了。

老劉是來慣了的，安坐喝茶；齊媽卻是初進王府，事事新鮮，看後窗外面，不斷有丫頭老媽經過，忍不住便說：「都去幹甚麼？我也看看去。」

從後面一走到雨廊上，立即發現，丫頭老媽都在打通了的那一大間的後窗外站住了腳。齊媽便也移步過去，找了個空隙向裡張望，只見正中方桌旁邊坐了一個穿藍布袍、黑布馬褂的中年人；桌上有筆硯，有兩本書，還有些紙片，他對面站著一個六十多歲的老者，看打扮是王府的管家。

「這個八字，只怕錯了吧？」原來是「算命先生」，齊媽看他指著一張紅紙說。

「耿先生，」那老者問道：「錯在哪裡？」

「只怕是年分弄錯了。」

「只聽說時辰有弄錯了的，哪裡有年分錯的道理？」

這耿先生似乎頗傷腦筋，「張管家，」他問：「是肖鼠？」

「戊子年當然肖鼠。」張管家問：「到底是哪裡不對？」

「這四個八字，照你說，兩個是王爺的跟班、一個是王爺的書僮，再一個是小馬伕，是不是？」

「是啊！」

「戊子是康熙四十七年，今年整二十歲；如果歲數不錯，不會是餵馬、刷馬的小馬伕。應該是騎在馬上的公子哥兒。張管家，請你再問一問清楚。」

「不用問。」張管家說，「我知道不錯。耿先生，請你只按八字算就是了。」

「好吧！我就先算這一個。」

只見那耿先生，拈筆在手，一面寫，一面查歷本。查完，寫完，擱筆沉思；兩手環抱胸前，雙眉緊皺，是苦苦思索的模樣。

「是貴格，可惜了！」

「怎麼？」張管家問，「從哪裡看出來是貴格？」

「康熙戊子年六月廿六卯時生人，八字是戊子、己未、辛未、辛卯。兩金四土，一水一木。辛未為鎔土成金，金從土生，最喜戊己相扶，年干戊為正卯，月干己為偏卯，祖蔭極厚；生來應該是貴公子。年支子為『食神』，生卯之『財』，聰明忠厚，福祿有餘。這個八字，」耿先生抬起頭來，笑笑說道：「張管家，若說是小馬伕的命：我也就不必到『天子腳下』來混了。」

這張管家著實沉得住氣，「就命論命。」他毫無表情地問：「怎麼說可惜了？」

「第一可惜，土多；第二可惜，缺火——」

「耿先生，」張管家插了句嘴，「不說土能生金嗎？」

「敢情管家也懂五行生剋之理『土厚金埋』的道理。這個八字若非時辰生得好，非貧即夭。」耿先生雙眼上捲，從老花眼鏡上看著張管家說：「管家，我倒考考你，你說，為甚麼時辰生得好？」

「你老抬舉我了。」張管家陪笑說道：「我哪裡懂甚麼五行生剋？也不過聽人說，時辰上的那個辛『比』得好。」

「對了！因為雖說『土厚金埋』，金多就不埋了，終究要大放光芒的，所以越比越好。不過，這個時辰之妙，不止於辛金之比；下面那個卯字，跟日子上的未字，合成『半木局』，所以這個八字，說起來是兩金三土、兩木一水；土為木剋，力量弱了，才不至於埋金。卯合未成半木局，力量強了，又不至於為金所剋。其中消長化合的作用，實在玄妙之至。」

「耿先生真高明！不過，『子未相害』，會不會衝破了『合神』呢？」

「月柱上那個未幹甚麼的？正就是擋住了日子上與卯相合的那個未。八字凡屬貴格，破敗都有化解。」耿先生又說：「這個八字如果有火，那就不但富貴，而且必有一番驚人的事業。」

「喔！」張管家傾身向前，有些不信地問：「缺火的關係這麼重？」

「當然！」耿先生又是從眼鏡上面看人，「這個八字，想來不知請多少人看過了；那些人怎麼說？」

張管家料知不能瞞他，便即答道：「有人說，這個八字合著四句詩：『辛金珠玉性虛靈，最愛陽和沙水清。成就不勞炎火煆，滋扶偏愛溼泥生。』好在年上一個子，月上一個己；有火沒有火倒不要緊。」

「子為水，己土是溼土，說得不錯，可惜只知其一，不知其二。」耿先生翻開萬年曆，指指點點地：「康熙四十七年戊子，閏三月；六月廿六日早就立過秋了，秋金當令，『日主』之辛，正『旺』未『衰』，所以為貴。因此之故，這個『辛金』，要當『庚金』來看，立秋是肅殺之氣，所以《滴天髓》說：『庚金帶殺，剛建為最；得水為清，得火而銳。』金不用火煉，不過頑鐵。話雖如此，富貴有餘，也應該心滿意足了。」

這番話說得張管家不住眨眼，「你老的高見，倒還是頭一回領教。」他想了一下又問：「不知道流年上怎麼樣，有甚麼喜忌？」

「那還用說，喜火忌土。金亦不妨，木能生火疏土，也是好的。水不宜多。總之，五行之中，唯土大忌。」

「這樣說，今年丁未不好？」

「未不好，丁是好的。」

「丁火不是辛金的『七殺』嗎？」

「有『印』護身；有『比』相助，身強『制殺為用』，有何不好？」耿先生又說：「不過丁火不如丙火。丙為『正官』。這個八字印綬重重，根基極厚，可惜沒有『正官』，如果遇到丙年，『官印相生』；恰恰又是金命，金旺得火，方成大器。這番加官晉爵的喜事，就非比尋常了！」

一席話說得張管家目瞪口呆，怔怔地好半天，又問一句：「倘有喜事，應在甚麼時候？」

「自然是生日一過，交進七月，就有好音。」

張管家閉著嘴深深吸口氣；回頭看見小廝，便即說道：「替耿先生磨墨！」

小廝磨墨，耿先生批八字；張管家悄悄轉身而去。窗外廊上在看熱鬧僕婦、聽差、竊竊私議、聲音微不可聞，但大都有驚異之色。齊媽不知是怎麼回事，也不便打聽，只回來將所見的情形告訴了老劉。

老劉一聽就發怔，思索了好一會，突然起身說道：「我也看看去！」

等他走到後窗外面，恰好看到張管家從前面進屋，後面跟著個小廝，手捧朱漆托盤，盤中新出爐的兩個大元寶，銀光閃閃，耀眼生花。

「耿先生！」

耿先生抬起頭來，看到盤中的元寶，似乎有些動容。

「實不相瞞，耿先生剛才看的八字，就是府裡的王爺。耿先生實在高明，些許薄禮，請耿先生別嫌菲薄。」

「啊，啊！」耿先生站起來說：「厚賜了，受之有愧。」

「應當，應當！耿先生是憑本事吃大俸祿。」張管家接過托盤來，恭恭敬敬地一舉，然後放在桌上。

「請替我給王爺道謝。」

「是太福晉交代的。王爺還不知道。」張管家又說：「太福晉說，耿先生儘管照實說，哪幾年好，哪幾年壞，請格外仔細看一看。」

「一定、一定，不敢不仔細。」耿先生問道：「去年怎麼樣？」

「去年王爺襲爵。」

「甚麼時候？」

「七月廿一。可不是生日一過，交進七月嗎？」張管家說：「王爺的八字，也很請了些人看過，都不如耿先生說得準，如今才知道甚麼叫鐵口了。」

聽這話，耿先生亦頗興奮，「這麼說，我就更有把握了。」他看著所批的命書說，「王爺一路大運，直到三十二歲；這一年己未，要當心。」

「是！」張管家又說：「以後呢？」

「等我細看。」

耿先生坐下來，拈筆凝思，臉色慢慢凝重了。

「耿先生，」張管家有些惴惴然地，「三十二歲以後就不好了。」

「不、不！還是好的。不過比前面要差一點兒。」

「那麼到哪一年不好了呢？」

「虎兔相繼，唉——」耿先生黯然說道：「可惜榮華不久。」

「怎麼叫虎兔相繼？」

「我批在命書裡頭好了。」

「不必在這裡批。請到裡面去坐。」

原來起初只不過將耿先生當作搖脣鼓吻的江湖術士，所以接待在這不上不下的地方，由老管家跟他打交道。及至聽他論斷如神，太福晉立刻就另眼相看了！不但致送重酬，而且交代「請朱師爺陪這位耿先生吃飯」；既然如此，何不此刻就移硯到朱實那裡？

朱實辦事之處，在「銀安殿」西側的一座院落中；此時已接到通知，倒也渴望見一見這個耿先生。所以等張管家一引進來，急忙出迎。聽口音是當塗，與南京一江之隔，也算同鄉，便越感親切了。

等張管家在一間空屋中設置筆硯，預備好了茶水；耿先生告個罪，去批命書。這一批費了足足一個時辰，小廚房已來請示過兩次。及至入座，已過正午；朱實請耿先生上座，辭讓了好一會，畢竟只是相對而坐。耿先生不大開口，只以朱實十分殷勤，加之幾杯酒下肚，話慢慢多了起來。

「我是三天之前才到京的。」他說，「本來早想作京華之遊，只為好些同道，遭了禍事，不免存有戒心。」

朱實也聽說過，每一件大案如八阿哥、九阿哥、十四阿哥以及年羹堯之獲罪，都有星相術士牽涉在內；不過這些嚴重的糾紛都已過去，耿先生並沒有擔心的理由。

「耿先生過慮了！如鄒魯、張明德之流，自有賈禍之道。耿先生精通命理，言必有據，不怕的。」

「話雖如此，筆下還是不可不慎。」耿先生又說：「我怕太福晉會擔心，報喜多、報憂少。實在說：王爺這個八字——」

看他說話仍有顧忌，朱實便追著問；挾了一塊火腿到他面前，「雲南宣威腿，不遠萬里而來。」他說：「請嘗嘗，很不壞。」

「謝謝！」耿先生挾起火腿，待要入口，卻又放下；放下忽又挾起，依舊未曾進嘴。原來想要說話，便不能進食；而話要出口，又覺不妥，所以有這種看來莫名其妙的可笑動作。

朱實知道，只要自己問一聲，耿先生就忍不住會說。其實他也心癢癢地想要先聞為快，但偏忍住了不說！因為從到了京師，身在朱邸，聽到了許多祕辛，深知片言隻語可以惹來殺身之禍；如今看耿先生，分明有句極要緊的話，哽在喉頭，不妨耐心等待，一問便是參預在內，將來就可能會有是非。

果然，耿先生到底忍不住了，「鄉兄，」他說：「王爺這個八字，倒是寧願我看得不準；怕嚇著太福晉，我不敢明說。請你記住一句話，『虎兔相逢大夢歸』！」

朱實點點頭，將他這句話默默地念了幾遍；用眼色催他說下去，但耿先生不肯再開口了。

碧文非常興奮，因為平郡王太福晉相待之情，遠出乎她的意料。

「拉著我的手問我的小名叫甚麼？直說，你只管我叫姑太太好了；又叫兩個小阿哥叫我姐姐。簡直就當我娘家姪兒這麼看待。」

「季姨娘原要收你做乾女兒。」朱實笑道，「可不是娘家姪女兒。」

「要四老爺肯認我才算。」碧文又說：「姑太太還說——」她搖搖頭，「論理這話我不該說。」

「怕甚麼？你儘管說好了。」

「姑太太說，病在床上的那位，倘或壽限真的到了；她替我作主。」

作甚麼主？朱實想了一下才明白；剛要開口，碧文卻又往下說了。

「不過，她說應該，應該——」

「怎麼回事？」朱實笑著皺眉，「倒是甚麼礙口的話？」

「她說，應該生個兒子，」碧文紅著臉說，「她替我作主，你就心服口服了。」

「其實何用太福晉操心，我自己就會作主。當然，有她作主，我的面子也好看。」朱實又問，「還說些甚麼？」

「問起老太太臨終以前的光景，傷心了好半天；我說老太太福壽全歸，說走就走，一點痛苦都沒有。她才住了眼淚。又問我：是不是老太太去了，眼都不閉？我自然說，沒有這話。」

「對了！」朱實急忙問道：「我也聽見過這話，一直想問你，到底有沒有這回事？」

「怎麼沒有！」碧文答說，「我親眼目睹的。當時震二奶奶便說：一定是不放心芹官。就跪在床面前，一面抹老太太的眼皮，一面淌著眼淚說：老太太儘管放心好了。誰不是格外照看芹官，跟你老人家在世一樣。誰知道眼睛就是不閉，後來是太太說了，老太太把芹官託給秋月的；怕必得秋月說一句，老太太才能放心。秋月就跪下來起誓，一定不負老太太的付託。當時拿剪子鉸了一大綹的頭髮。」

「這是幹甚麼？」朱實詫異地。

「鉸了頭髮，不就成了姑子了嗎？意思是她這一生不嫁，專為照料芹官。」碧文又說：「老太太在日，她就說過，願意伺候老太太一輩子，鉸頭髮就是要表明，說話算話，不過由伺候老太太，改了照料芹官而已。」

「忠心義氣，愧煞鬚眉。」朱實不勝感慨地，但沒有忘記詢問結果：「後來怎麼樣，老太太瞑目了。」

「說起來真教人不大相信；等秋月說完，拿手把老太太的眼皮抹下來，略為按了一會兒，居然就閉上了。你看看，老太太在孩子身上的這一片心！」

「唉！」朱實嘆口氣：「芹官將來如果不長進，連我都對不起老太太。」

「有秋月在，自然會管芹官。不過，」碧文微顯抑鬱地說：「也得和衷共濟才好。」弦外似乎有音，朱實自然要細辨，「怎麼？」他問，「莫非秋月跟誰不和？」

「不是秋月跟誰不知，是有人忌秋月。」

朱實想了一下問：「是春雨？」

「還有。」

「還有誰？」

「震二奶奶。」碧文躊躇了一會說：「不是我說句刻薄話，震二爺夫婦早就在打堆老太太後房的那些箱子的主意。人一倒下來，要辦喪事；震二爺說，這場喪事非辦得風光不可。四老爺一向孝順老太太，只含著眼淚，連連點頭。可是，風光是拿錢買的。錢呢？庫款不能動用；就動用了，馬上開春買絲，要先放款子給養蠶人家，還不是得想法子。」

「震二奶奶說，本來這個年都不知怎麼過？偏又遇見這樁大事；她有一萬銀子的私房，願意孝敬在老太太身上。此外，也就只有拿老太太自己的錢，買老太太自己的風光了。秋月一聽這話，把帳簿都捧了出來，現銀、首飾、珠寶、皮貨，鬧得清清楚楚，算起來不過值兩萬多銀子——」

「只兩萬多銀子？」朱實也不信，「我在府裡常聽人說：老太太的私房可觀，沒有百萬，也有三、五十萬，怎麼才兩萬多銀子？」

「三、五十萬也說得多了。十來萬是有的；可是據秋月說，都留給芹官了。」

「震二奶奶當然不能憑她一句話就信了。是不是呢？」

「不信也不行。她有見證。」

「誰？」

「太太——」

馬夫人證實曹老太太生前確曾有過一句話；指著一口上了封條的箱子，說是留給芹官，待成年以後，娶親、當差、做官，方准動用。於是將箱子抬了來，上面有張封條；日期標明是芹官十歲生日那天。封條當然是秋月的筆跡，可是上面有個指模，清清楚楚的兩個螺紋——曹老太太左手拇指雙螺紋，是闔府都知道的。

秋月還提出一個建議，啟封點數，與帳簿核對以後，重新加封。馬夫人自然同意，等揭去封條開了鎖，箱蓋一掀，將曹震夫婦看得眼都直了：黃的金錠、綠的翡翠、藍的寶石、紅的瑪瑙，五色異彩，令人目眩神昏。

費了一下午的功夫，才點清數目，與帳簿上記載，完全相符。秋月寫了封條，請馬夫人、曹震夫婦都在上面畫了花押；然後「咔嗒」一聲上了鎖，將鑰匙放入衣袋，才滿漿實貼地加上封條。

震二奶奶原以為秋月會將鑰匙交給馬夫人，不道仍是不肯放手。心裡便打主意，如何將鑰匙從秋月手裡挖出來？這件事要謀定後動，因為一碰釘，便成僵局，而且大損威望。她沒有想到，秋月看她的肺腑，洞若觀火；當夜便去見馬夫人，說她有件極為難的事，絕不能說卻又絕不能不說，向馬夫人討主意。

「你忠心耿耿，又是老太太頂看重的人；芹官將來都要靠你照應，我自然替你作主。不過，我實在不懂你的話，怎麼叫『絕不能說，又絕不能不說』？」

「我說了，只怕傷了那位主子。不說，只怕要對不起老太太，我自己也違背了我在老太太靈前的誓。」

馬夫人沉吟了好一會說：「你說好了！你知，我知，絕沒有第三個人知道，也就傷不了誰了。」

「太太肯這樣替我作主，我自然要說；不過，太太許了我的話，可千萬忘記不得。」

「自然，你這樣說，總是有絕大關係的事，我格外留意就是。」

於是秋月問道：「太太，你倒說，老太太死不閉眼，為甚麼我跪下來，禱告過了，伸手一抹，老太太的眼就閉上了？」

「是啊！我也在奇怪！必是老太太有甚麼放不下心的事，你一說破了，老太太安心了？」

「正是！」秋月接著說道：「我當時禱告：『老太太必是不放心芹官，更不放心留給芹官的東西，將來到不了他手裡。如果是這樣，老太太請放心好了！我說過，願意伺候老太太一輩子；如今老太太去了，我仍舊不嫁，照料芹官，到他娶了親為止。至於老太太留給芹官的東西，我一定看守得好好的，除非太太，誰要都不行；將來除非芹官當差要用，此外不動分文，到芹官要娶親了，我當著太太原封不動交給他。』太太，是這樣子，老太太才閉的眼。」

這番話說得馬夫人毛骨悚然：當然心裡也很明白，秋月所說的「誰要都不行」，是指曹震夫婦。這話如果洩漏出去，震二奶奶跟秋月便是至死不解之仇。這個關係太重了，她亦有警惕；同時覺得秋月的責任很重，應該有個慰勉的表示。

「老太太真是好眼力，看對人了。我完全明白，我跟你說吧，我絕不會跟你要這些東西，就要，你也不要給我。你記住，今兒雍正五年正月初四，時刻是，」她看一看自鳴鐘說：「酉初二刻。將來有一天我跟你要東西，你就拿我這會兒說的話，堵我的嘴。」

第七章

「果不其然，」碧文告訴朱實，「震二奶奶跟太太去說，應該從秋月那裡把鑰匙收回來，太太說不必。是為甚麼呢？不管震二奶奶怎麼想法子套太太的話，就是不說其中的道理。震二奶奶一計不成，又生二計，說不妨先借一點兒出來，花在老太太身上，也是應該的。太太回她一句；『這麼辦，老太太反而會心疼！有兩萬多銀子，湊付著花吧！』震二奶奶從來沒有碰過這樣的釘子；自然疑心到秋月，說她不知道在太太面前搗了甚麼鬼！以至於常常跟秋月過不去，冷嘲熱諷；害秋月背地裡，不知淌了多少眼淚。」

「原來還有這麼一段兒！」朱實問道：「既然秋月只是跟太太說的，法不傳六耳，你又怎麼知道的呢？」

「是秋月自己告訴我的。她說：她的委屈，總要有個人知道，自己才能撐得下去。又說：如果不是你要離開這府裡，跳出是非之地了，我也不敢告訴你。」

「真是！」朱實大為感嘆，「青衣之中，居然也有這種懷著孤臣孽子之心的義行，實在愧煞鬚眉。」

「秋月一直怕她敵不過震二奶奶；以前是仗著老太太信她，她的話就是老太太的話，震二奶奶自然捧著她，說甚麼是甚麼！如今雖說太太撐她的腰，不過，第一，太太的威風遠不如老太太；第二，太太的精明強幹更不如老太太；第三，說到頭來，到底一筆寫不出兩個馬字，如果太太讓震二奶奶說動了，到那時候，不知會怎麼擺布秋月。」碧文有些激動了，「我常是替秋月發愁；憑她，十個也抵不住震二奶奶一指頭。此刻，我倒有個計較，你看使得使不得？」

碧文是想到了芹官嫡親的姑母；由平郡王太福晉來干預這件事，無形中表示支持秋月，震二奶奶便會有所顧忌了。

「這麼做，倒也未嘗不可。不過，干預的辦法得好好想一想；太著痕跡，讓震二奶奶心想：『好啊！你搬大帽子來壓我！』那就越弄越擰，成了不解的僵局，更加不妙。」

「既然你明白，這個法子歸你去想。」碧文又說：「還有件事，皇上的褂子掉顏色，照大舅太爺說不要緊，到底也不能大意。你還得留點兒神。」

果然，李煦料得不錯，曹頫只落了個罰俸一年的處分；同時蘇州織造衙門所織送的石青緞子，一樣落色，雖不供「上用」，公平處置，織造高斌亦罰俸一年。

「不過，另外有道上諭很奇怪。」朱實告訴碧文：「本來三處織造，輪流進京，解送匹緞，接頭公事；今年本該蘇州織造進京，昨天有上諭：高斌不必來，應解緞匹，著曹頫送來。不知道四老爺剛回去，為甚麼又進京？」

「你沒有打聽？」

「聽說是怡親王捎了信去，要他來一趟，不知道有甚麼話問。」

「是甚麼要緊話，不能在信上說，要叫了來當面問？」

「那就不知道了。且等四老爺來了再說吧！」

所謂「怡親王捎了信去」，其實不過是用「總理事務王大臣」的名義，轉發上諭，所以曹頫一到京，照例先到宮門遞了請安摺，方回下榻之處——他的胞兄，行三的曹頎家。

由於下諭中指明，曹頫到京，聽候怡親王傳問；所以第二天一早，具了請安帖子，登府拜謁。候到午後未末申初，怡親王方始回府；不久傳出話來：怡親王倦了，不打算接見曹頫。明日亦不必來，只到平郡王府聽信就是。

聽得這話，曹頫不免納悶，看時候已晚，雖說至親，亦不便去見平郡王，但又有些放不下心。這趟跟隨進京的何誠便說：「何不去看看朱師爺？」

「這主意好。」

於是，坐車一直來訪朱實。他已經知道曹頫進京，因為前一日就有禮儀送來；也知道他住在曹頎家，估量著要到下一天才來見著面。不道突然來訪；傳進話去，碧文先就不勝之喜。

尤其是聽說何誠也跟了來了，越發有親切之感。當下由朱實陪入中門；碧文迎入上房，顧不及行禮，先問何誠要「衣包」；因為曹頫去見怡親王，自是肅具衣冠，天氣已經入夏，一身袍褂束縛得很不舒服，他亦急於想換便衣，但賦性拘謹，儘管在家時碧文也曾伺候過他更衣，不過總覺得她此時身分已經不同了；除了一時想不出更適當的稱呼，只好仍舊叫她碧文，此外一切的想法都異於往日，尤其是已非主僕，則朋友的內眷，理當尊重，所以當碧文來替他解外褂紐扣時，他退縮兩步，拱拱手連稱：「不敢！」

「四老爺也是，」碧文還埋怨他說，「到了這裡就跟到家一樣了，還穿著袍褂幹甚麼？依我說，連馬褂都不必穿了，只換一件袍子好了。」

「那就我自己來。」曹頫向朱實說道：「借客房一用。」

碧文恍然大悟，「四老爺」的迂腐又發作了，便即笑道：「就在這兒換好了。我到廚房裡看看去。」

到廚房裡只見齊媽跟惜餘正在搧爐子燒開水；蓋碗中已置了供客的上好「三薰」花茶，碧文便說：「不用這茶！四老爺是喝瓜片的；幸好我還留著兩斤。惜餘，你到我後房，把最舊的那個錫罐子取來！」

接著，便跟齊媽商量如何款客。曹頫對肴饌不甚講究，但茶酒非上品不可；有罎花雕是平郡王府送的，碧文一直捨不得打開，這天可得用了。

回到堂屋，只見曹頫已換了便服。由於旗人父母之喪雖只穿孝百日，但曹家仍守著漢人的規矩，除了居官以外，在家仍是三年之喪，所以曹頫的衣包中，雖只一件月白竹長布衫，卻備著兩件馬褂，在客氣人家換穿玄色實地紗；在這裡，既然碧文說是就跟到家了一樣，便不妨就穿青布馬褂，頭上一頂黑布瓜皮帽，是個白絨的帽結。

由這一身素服，碧文自然而然想起曹老太太，連帶也就想到秋月、芹官。但照道理當然要先問季姨娘與棠官。

「棠官還是淘氣，他娘也管不住他，揍了他兩頓，依然如故。唉！」曹頫嘆口氣。

碧文與棠官的情分，有如姐弟，所以聽了曹頫的話，有些心疼；不由得起了個念頭，未經考慮，便說了出來：「既然姨娘管不住棠官，四老爺何不把他帶進京來，交給我。」

「這——」曹頫覺得是個好主意，不過要看朱實的意思：「在我是求之不得。就怕替府上添麻煩。」

「哪裡會甚麼麻煩；不過，我怕季姨娘捨不得。」

「這個孩子，必要離了他娘才會有出息。」曹頫又說，「此事咱們從長計議。」

朱實是不贊成此舉的，所以正好接著曹頫的話說：「反正昂公還有日子待，慢慢商量。」說完，趁曹頫不注意，拋了個眼色給碧文。

碧文應酬了曹頫，又去找何誠敘舊，順便聽聽老太太去世以後的情形。堂屋裡曹頫便談正事了，將這趟奉名進京，怡親王卻又不見，說有話由平郡王轉告，不知到底何事，深為困惑；敘事兼抒感想，而朱實始終只是靜靜聽著。

直到曹頫講完，他才答說：「郡王現在是在宗人府辦事的時候多，進宮的時候少。怡親王既如此說，想來不是甚麼要緊的事。」

「你聽郡王提到過甚麼沒有？」

「沒有甚麼要緊話，只說昂公太忠厚，那些內務府的人，喔，」朱實發覺「那些內務府的人」這句話是輕蔑的語氣，急忙解釋，「昂公可別多心！內務府的人，精明強幹的居多；相形之下，郡王常擔心昂公會吃虧。」

「吃虧倒也無所謂，只要吃得起，就讓他們占點便宜也不要緊！楚弓楚得，都是內務府。」

「昂公的度量，實在不可及。」朱實想到曹震夫婦對他的態度，不由得有些不平，便隨口問了句：「通聲怎麼樣？還是那麼瀟瀟灑灑不在乎？」

這句話是貶詞，曹頫自然明白，不過他素性不喜揚人之短，反為曹震掩飾：「他不過應酬多一點兒。你知道的，我賦性疏懶，最怕應酬；虧得有他替我。」曹頫顧而言他地問：「你跟郡王賓主很相得吧？」

「是！彼此都覺得很投緣。」

「郡王跟莊親王常有往來吧？」

「不多，」朱實答說，「倒是太福晉，常到莊親王府裡去給密妃問安。」

「原是從小就熟的。」曹頫答說，「密妃姓王，蘇州人，老太爺是個知縣班子。當年是怎麼住在我家，我那位大姐七八歲的時候就跟她作伴兒，我可不大知道了。我大舅完全明白，先帝在日，密妃母家，就都是我大舅照應。」

「怪不得！如今大舅太爺亦頗蒙莊親王照應。說來都是有淵源的。」

「彼此的淵源很深；就是四阿哥跟郡王交往很密，也是有道理的。宮闈之間，實在難說得很，你在王府待長了就知道了。」

這方面朱實也曾聽說過，不過不便向曹頫求證。據說四阿哥弘曆，獨喜親近疏宗的平郡王福彭，與他的「出身微賤」有關——皇子、皇孫的生母，如果是內務府女子或者來自「辛者庫」——明朝的浣衣局，專門收容重罪犯人的妻孥，便算「出身微賤」。四阿哥的生母，都說是熱河行宮的一名宮女；因此，他的同父同祖的兄弟都看不起他；唯獨福彭想到自己母親亦是內務府女子，不過特蒙先帝「指婚」，才能成為「鑲紅旗王子」的福晉，際遇遠勝四阿哥的生母而已，論到實際，無甚分別。因此，每每迴護四阿哥，親如同胞手足，四阿哥自然就樂於親近了。

正在談著，瞥見窗外何誠的影子，朱實便起身說道：「我有樣東西，請昂公看看。」

說完，到書房裡取來一本他替福彭代筆的詩文稿，其中也附錄了福彭親自做的幾首詩。這是替曹頫找樣有興趣的事做，趁他看這本詩文稿，便好告個罪，去跟何誠談談。

「老何，你的精神越發好了。」

「託師爺的福。」

「你哥哥呢？」

「也還好！」何誠答說，「上個月掛畫，從梯子上摔下來，還好不重。」

「酒呢？」朱實關切地說：「你們要勸他適可而止。」

「可不是！那天若非喝醉了，也不會好好地從梯子上摔下來。」何誠緊接著說：「府上我一個月去兩回。少爺、小姐都長得好，小少爺壯得像牛犢子似地。就是太太，聽老媽子說，身子骨兒著實教人擔心。」

「多謝，多謝！」朱實不提妻子的病，只表示感謝：「我也就因為有你們幾位老成人照看，我在這裡才能放心。」然後又問：「芹官呢？新請的那位老師怎麼樣？」

何誠向屋裡望了一眼，含含糊糊地說：「大致還不錯。芹官的情形，我跟姨奶奶說了。」

朱實明白，大概有礙著曹頫不便說的話，因而他也將話題扯了開去：「你多少年沒有進京了？」

「噢！好多年了！」他想了一會答說：「七年了。」

「你看，這七年京城裡有甚麼變化？」

何誠想了想答說：「別的倒沒有變，就只一樣，茶坊酒肆都貼著『莫談國事』的紅紙條。從前也有，可不像現在這樣子滿處都是。」

「喔，這我倒不知道。」朱實答說：「我以為從前也是這樣子的。」

「不是，不是，不大一樣。」何誠看到曹頫抬頭在望，便說：「師爺請進去吧！」

到得堂屋裡，曹頫將稿本掩上，點點頭說：「華仲兄的詩筆越發老蒼了。」

「昂公應該指點才是。如何謬獎。」

「不敢當。」曹頫反說：「郡王跟四阿哥唱和的詩倒不少。」

「是！四阿哥喜歡做詩。」朱實本來還想批評四阿哥的詩，缺少性靈，甚至根本不像詩，但想到何誠所說的「莫談國事」，便噤住了。

「請四老爺後坐吧！」碧文從後廳轉出來，笑盈盈地說：「今天來不及預備了，沒有甚麼好東西請四老爺，不過我把捨不得開的那罎酒開了。」

「有好酒就好！」曹頫欣然起身，「日食萬錢，不如晚來杯酒。」

於是碧文引導，來至後廳。花梨木大理石面的方桌上，只設兩副杯筷，四個下酒的碟子早已擺設停當，等曹頫一落座，惜餘隨即拿巾裹著一把磁酒壺來斟酒；由於碧文的教導，酒燙得恰到好處，一倒出來，糟香撲鼻。曹頫酒興大發端起酒杯喝了一大口，虛渴頓解，忍不住又喝了一大口。

「這一回是由旱路趕進京的，不便帶酒；一路上零沽著喝，壞的多，好的少。就好的也遠趕不上這個酒。」

「到了京裡，不怕沒有好酒喝。」碧文接口，拿起朱實的筷子，替曹頫布菜。

「你，」曹頫很吃力地說：「何不一起坐？」

這話在曹頫出口很困難，而碧文聽來更有不可思議之感。因為曹家規矩重，曹頫更是方正出了名的；每到開飯連季姨娘、鄒姨娘都不同桌，更何況命丫頭侍座？因此，碧文真個受寵若驚，卻絕不考慮從命，只說：「我得在廚房裡看著。」又向朱實看了一眼，「你陪四老爺多喝兩杯。」

朱實卻不明他們舊時主僕之間不可逾越的界限，只覺得應該如一家人一樣，所以答一句：「恭敬不如從命，你在廚房裡忙完了，就來敬四老爺的酒。」

「你替我敬好了！」

朱實乖乖地如言照辦。曹頫一面喝酒，一面在想：碧文對朱實就這麼「你」啊、「我」啊地直呼直令，較尋常敵體的夫婦還不客氣；朱實不但唯命是從，毫無慍色，看樣子還是樂於從命，足見相愛之深。照此說來，棠官託付碧文，就不愁朱實不徇從愛姬之意，抽出功夫來好好教導。

這念頭是自私了一點；曹頫又想：不過，那也是可以補報的。再說，棠官雖非英才，倘能將他教育成人，仍然也是件樂事。決定下次進京，將棠官帶了來。

朱實比較關切的是芹官，由於何誠言語閃爍，這份關切更增加了；所以從客房向曹頫道了「安置」回臥室，隨即便向碧文動問。

「唉！」碧文嘆口氣，「芹官倒還好，只苦了秋月。」

「這話怎麼說？」

「秋月的處境很難；雙芝仙館有個春雨在那裡，當然不願意秋月去多管。加以震二奶奶暗地裡為春雨撐腰，越發跟秋月較上勁了。秋月實在不能管，可是答應了老太太的，又有太太的託付，看不過去的事，不能不說；哪知不說還好，說了更擰。只好委屈自己，盡力敷衍著春雨，遇到她臉色比較好看的時候，才很婉轉地說某件事，照她的意思，應該怎麼辦，比較合適。春雨有時候聽，有時候不作聲。秋月拿她毫無辦法。」

「『家家有本難念的經』，不想這本經是由秋月來念。」朱實憂形於色地，「像這種樣子，絕非興旺的氣象。幾時我倒要來勸勸四老爺。」

「怎麼勸？」碧文立即提出警告，「你可別多事！還是過一天我跟太福晉說了，當面交代四老爺，或是寫信回去，比較妥當。」

「好吧！你說怎麼妥當就照你的辦法辦。不過，你得把這件事擱在心上。」

「這又何勞你叮囑！莫非曹家的事我還不如你關心？」碧文接著又問，「你跟四老爺談了小王的那個八字沒有？」

「談了。不過『虎兔相逢大夢歸』那句話，我可沒有說。說了徒亂人意。」

「四老爺怎麼說？」

「他說，耿先生看得很高明。又告訴我，別在老王面前提小王的八字。」

「那是一定的！老王削了爵，小王才能襲爵；老王當然不願意談這個八字。說不定一提起來就氣。」

「好在我跟老王見面的時候不多，明天說不定要陪四老爺去看他。」朱實打個呵欠，「我可要睡了！明兒得起早。」

第二天起早進府，朱實的原意是要將怡親王派人傳給曹頫的話，先告訴平郡王福彭。哪知辰初到了府裡，福彭已經進宮，據說這天有正黃旗與鑲藍旗的幾名閒散宗室，為皇帝召見：福彭是宗人府右宗正，西城四旗的「黃帶子」與「紅帶子」都歸他管，得去帶班引見。

因此，到辰正時分曹頫進府時，便只得先見老王訥爾蘇；照定制先行了「國禮」，方敘家禮。訥爾蘇不但因罪削爵，而且是圈禁在家，不准出門的，所以中懷鬱結、牢騷特多。

「你哪天到京的？」

「前天。」曹頫答說，「一到已經晚了，來不及到府裡來請安，昨天在怡親王府裡候了一整天。」

「見了怡親王了？說些甚麼？」

「沒有見著，怡親王回府倦了，說有話今天讓小王傳給我。」

「怡親王的差使太多，說起來是瞧得起你，不能不識抬舉。這一識抬舉，哼，你就替著賣命吧！」

這是所謂「謗訕朝廷」，曹頫不敢多說，只含含糊糊地應一聲：「是！」隨即將話題扯了開去：「王爺比我上次來見的時候，又發福了。」

「飽食終日，無所用心，自然長膘。」訥爾蘇有些哀傷地說：「我都成了廢人，等死而已。」

「王爺別那麼說。遲早有復起的日子。」

「復起！復起幹甚麼？」訥爾蘇笑一聲，「那年把我調回來當『弼馬溫』，還說是恩典。

哼！」

這是指雍正元年，訥爾蘇交卸了署理撫遠大將軍的印信回京，奉旨「管理上駟院」——內務府三院之一，掌御馬之政令，特簡大臣兼管；派世襲罔替的郡王去管理，不能不算是一種折辱；所以訥爾蘇喻之為《西遊記》中孫悟空當過的那個職位以自嘲。

「王爺請耐心！」曹頫只能這樣相勸，「守時待勢，把眼前的境況，視如磨練，心境開朗，就不會覺得煩惱了。」

「也要開朗得起來才行——嗐，不提了。」訥爾蘇說：「你先看看你大姐去！」

「是！」

訥爾蘇是一個人住在西花園，因為他是削爵圈禁的人，不便占用正屋；但他的妻子卻以現襲平郡王太福晉的身分，仍住上房東屋。丫頭將曹頫領了進去，太福晉一見他那一身素服，便忍不住雙淚交流。

曹老太太噩耗傳來時，曹頫還在京裡，姐弟倆已經相對痛哭過幾場。此時曹頫雖然是心裡酸酸地想哭，但怕更惹太福晉傷心，忍淚勸道：「大姐請保重！過分傷心，老太太在天之靈，反倒不安。」

太福晉點點頭問道：「到西花園去過了？」

「是！」

這時便上來兩個丫頭，一個送上一把熱手巾，等太福晉接過來拭了淚；另一個丫頭便將一把洋式手鏡舉了起來，微蹲著身子，對準太福晉的臉照著，同時遞上一個粉撲。

太福晉細心補了粉，消去了淚痕，方喝著茶跟曹頫敘家常。一家的要緊人自然一個個都要問到，最後談到曹老太太的身後。「今年山向不利，老太太的大事，要明年春才能辦，就怕到時候有要緊公事，不能請假。」曹頫又說，「就是盤靈費事，別的倒沒有甚麼，只要有功夫就成。」

這是因為曹寅已入土為安，修了個極大的墓園，曹老太太合葬有現成的「穴」留著，不費手腳。但太福晉卻另有個打算。

「那天碧文告訴我，老太太留了一箱子東西給芹官，說是值十萬銀子？」

「是的！這口箱子現在交給秋月管。將來芹官當差、娶親的花費都有了。」

太福晉想了一下說：「四弟，我有個主意，要跟你商量。芹官自然是老太太的命根子，不過『玉不琢，不成器』；有老太太這箱子東西在那裡，反而會折了他的志氣；咱們家親戚不少，芹官到京裡來當差，倘說要花費，還能不管他嗎？至於娶親，要他有志氣、肯上進，點了翰林，玉堂歸娶，那才是榮家耀祖的事！如果稂不稂、莠不莠，光是娶親的排場闊氣，只會教人笑話，你說是不是呢？」

曹頫驀地裡一拍大腿，「大姐簡直說到我心坎裡來了。」他說，「老太太在日，樣樣都好；就這一點看不透，對我還頗有誤會。」

「我知道，那不怨你。」太福晉接著又說：「我的意思，老太太的錢，還得花在老太太身上；再說長蔭子孫，也比只樂了芹官一個人要有意思得多。」

「是！」曹頫答說，「大姐有甚麼主意，儘管請吩咐。」

「我想，給芹官留兩萬銀子，多餘的全買祭田。」太福晉又說，「你閒一閒，就寫封信回去，只說是我的意思。至於照應芹官，有我。反正只要有這個『鐵帽子王』在，誰承襲也得聽我的話。」

太福晉說這話是有緣故。原來訥爾蘇一共七子，行二、行三、行五的三個是庶出，卻都夭折了；只她所生的四個，全然無恙。所以不論是誰襲爵，都是她的親生之子，不能不聽她的話。

「大姐這麼說，我請二嫂在老太太靈前上供祝告。老太太不放心的就是芹官；就是怕沒有人照應，所以才多留東西給他。有大姐這句話，老太太還有甚麼不放心的。」曹頫很興奮地說：「我今兒回去就寫。」

「你住在老三那裡？」

「是。不過昨晚上我住在朱家——碧文那裡。」

「噢！」太福晉極有興味地，「這孩子我沒有見過。」「一看就知道是穩重、能幹的，模樣兒也討人喜歡。不是我說，季姨娘也不配使這麼一個丫頭。」

「原是。」曹頫面無表情地答說；停了一下，又加一句：「棠官多虧她照應。」

由棠官談到芹官，太福晉跟曹頫的意見相同，都認為曹老太太去世，對嬌生慣養的芹官來說，未始非福。不過太福晉亦不以曹頫的管教過嚴為然，勸他不要逼得太緊。

「男孩子總是男孩子！不放出中門，成天在丫頭堆裡混，固然不是回事；若是硬關在書房裡，弄成個書獃子樣，也不妥當。而況芹官的性情，是關不住的；逼得太緊，見了書就怕，反倒不好了。」

「大姐說得是！我自己也覺得過去的法子，總有不對勁的地方。不過，以芹官的資質，早就該有點兒成就了。」

「你說的成就是甚麼？」太福晉問說：「十二、三歲的孩子，你要他如何成就？」

對這位「大姐」，曹頫亦是從小敬而且畏，如今聽她咄咄逼人的詞鋒，不免覺得窘迫。就在這時候，聽得院子裡傳呼：「大爺來了！」

「大爺」即是指平郡王福彭。雖為晚輩，畢竟是親藩，曹頫便先站了起來，朝玻璃窗外望了去。

繞迴廊而來的福彭，已經換了便衣，藍袍黑褂，腰上繫一條杏黃綢帶，戴一頂拿紅寶石作帽結、帽簷上鑲一塊碧玉的寧緞帽。長眉入鬢、面白如玉；瀟灑之中透著一股英氣，在那班翩翩濁世的少年王公中，是數一數二的美男子。

等門簾掀開，一照了面，曹頫先開口招呼，只叫一聲：「殿下！」

「四舅！請坐。」福彭轉臉含笑說道：「娘跟四舅已聊了一會兒了？」

「聊了好一會了。」太福晉問道：「你跟怡親王見了面沒有？」

「見了。」福彭轉回臉來，「四舅中午有應酬沒有？」

「沒有。」

「那就在這裡便飯。」

「是。」

「你跟四舅到書房裡談去吧！」太福晉接下來問：「飯開在甚麼地方？」

「回頭陪娘一塊兒吃吧。」

「也好！談完了你們就進來。」

於是曹頫起身，讓福彭先走。到得書房裡，福彭的臉色就比較嚴肅了，而且是站著說話。

「怡親王要我跟四舅說，凡事安靜，切忌張皇，絕不可自擾。」

可以想像得到，他是將「庸人」二字略去了。曹頫不知此話從何而來，愣了一下答說：「怡王這話，自是有所指的。想來還有明示。」

福彭深深看了他一眼，「四舅沒有把細軟寄到甚麼地方去？」他問。

「沒有！絕沒有。」曹頫斬釘截鐵地答說。

「喔！」福彭想一下又問：「會不會是通聲幹的事？」

「也不會。」曹頫答說：「通聲的為人，都在殿下洞鑒之中。上用褂子掉色，我很不安；通聲卻看得不在乎，說是大不了罰俸。我還責備他，當差豈可如此？殿下請想，他是這種態度，哪裡就會防著嚴譴，暗中轉移財物？」

「這麼說，是沒有這回事了！不過，」福彭停了一下說，「消息的來源是極可靠的。其中總有個你我此刻所不明白的緣故在內。」

「是！我馬上寫信回去查。」

「那倒也不必亟亟，等四舅回去了再查好了。」福彭坐了下來，指著對面一張椅子說：「請坐。」

「我想動問，怡親王特召進京，就是為了交代這件事？」

「另外想問問，南邊對朝廷的舉措，是如何說法？」

這一問，真教曹頫瞠目結舌，不知何以為答？曾有飽經世故的人向他說道：「『逢人只說三分話，未可全拋一片心』，雖事親奉上，亦不例外，尤其是上一句，為人臣者更應切記。須知『忠心』不必『赤膽』；『赤膽』未必『忠心』。」曹頫認為至理名言加以他的本性，不喜打聽閒事，更不喜道人長短。

所以此刻不僅是不敢說實話，而且實話亦說不完全，就越使得他躊躇了。

福彭的世故雖不深，但賦性機敏，看出他的難處，便又說道：「四舅，你不必為難。告訴我是一回事；怎麼跟怡親王說，又是一回事。我再跟四舅實說了吧！在皇上面前，甚麼話能說，甚麼話不能說，怡親王也是字字斟酌過的。要不然，他又何至於如此辛苦呢？」

聽這一說，曹頫肩頭為之一輕，深深點頭答說：「我明白了，我明白了。對今上的話，有些公平、有些不公平。譬如『火耗』化暗為明，改為『養廉銀』；責成督撫捕盜，以安閭閻；酌減蘇松浮糧；除紹興府『惰民』籍，與一般百姓一體看待，以及最近的上諭：開除江南徽州、寧國各府『細民』為良民，多少人家得以挺起腰板來舒開氣，真正是大功德！」

「對了！前一陣子我讀了這道上諭，一直納悶。」福彭問道：「四舅，你總明白是怎麼回事呢？」

「略為知道些。大致各地都有大不幸的人，不在齊民之列。紹興的惰民——」

紹興的惰民與「樂戶」無異，不准赴考，不准經商，婚姻、服飾、居處皆有限制。富春江上的九姓船戶以及廣東濱海的蜑戶，大致亦是如此。此外，江西、浙江、福建等省，山陬小縣常有不齒於齊民之數的「棚民」；江蘇常熟、昭文兩縣，甚至有「丐籍」，世世貧賤，永無出頭之日。

「原來常熟有『丐籍』！」福彭大為驚異，「怪不得有所謂的『教化雞』。」

「『教化雞』是常熟名物，卻不知是多少血淚才發明了這一味佳肴。不過凡此細民，只是受歧視而已，畢竟還強似徽州府的『伴當』、寧國府的『世僕』；因為『伴當』、『世僕』，世世為他人作奴才，且有兩戶村莊毗連，而此姓為彼姓服役，視如當然。天下不公平之事，無過於此！」

「原來是這麼回事。」福彭平靜地說，「這話，在他人可以侃侃而談；內務府出身的，未便議論。我明白就是。四舅再說說，民間對皇上有甚麼微詞。」

曹頫這才明白，以包衣而頌揚朝廷提高細民的身分，倒像鼓瑟而歌，因為自己是「奴才」而發牢騷。如果皇帝多心，即足以賈禍，因而大為愧悔，也很佩服福彭年紀輕，而思慮周密，足見才具。

「若說對皇上有微詞，無非八阿哥、九阿哥之事，都覺得處置得太嚴了些。」曹頫又說，「也不知是誰造作的謠言，說皇上替八阿哥改名『阿其那』；九阿哥改名『塞思黑』，漢話就是狗跟豬。我到處闢謠，絕不是這意思，若說皇上罵同胞手足是狗、是豬；試問：自視為何？」

「闢謠是應該的。不過不必如此措詞！只說不是狗、豬之意，而且名字也是他們自己改的。只以既然貶為庶人，自不便仍用天潢宗派的原名，所以皇上要他們自己改名字。」福彭又問：「對年亮工呢？民間怎麼說？」

「說他功高震主，皇上是殺功臣。也還有人說——」曹頫忽現畏懼之色，不肯再說下去了。

「四舅儘管說。」

「我說是說。不過，我這話最好跟怡親王都別提。」曹頫放低了聲音說：「都說皇上過河拆橋，是殺人滅口。」

「一點不錯！」福彭亦是神色嚴重，語聲低不可聞，「老爺子是命大！當初皇上的原意是，老爺子對十四爺，言語上不大肯委屈，以為他們倆不和；所以讓老爺子接撫遠大將軍的印，派親信侍衛來傳話，意思是希望老爺子參十四爺一本，參得越凶越好。老爺子跟十四爺本來沒有甚麼不和；就不和也不能幹這事，以至於先奪印，後削爵。殊不知『塞翁失馬，安知非福』，當初如果參了十四爺，只怕今天也不免在滅口之列了。」

一席話說得曹頫毛骨悚然；想了一下，很嚴肅地說：「殿下這話，要請太福晉跟老王爺婉轉說明才好。剛才我去見老王爺，很發了幾句牢騷。傳出去不是好事！」

「老爺子知道。可就是愛發牢騷，怎麼辦？」福彭又說，「不過也難怪。削爵倒也罷了，不准出門這件事，叫人怎麼受得了？牢騷自然挺大，還不能不讓他發，不然會悶出病來。」

「殿下真是孝順而明達。」曹頫不勝感嘆地，停了一會又說：「不過，這總是件不妥之事。」

「是啊！只好多留點兒神。有那愛搬是非的小人，若是來看老爺子，只好老實不客氣，擋駕！」

「是，是！這個辦法好。」

吃完飯又敘家常，直到太陽偏西，曹頫才由朱實伴送，仍回朱家。曹頫跟曹頎雖是同父同母的手足，但自幼南北暌隔，他對「三哥」敬而不親，覺得住在朱家，反比較舒服，而且，他也還有事要跟朱實商議。

「啊！」碧文一見便說：「三老爺剛才打發人來說，王府裡給四老爺送了一個一品鍋、四樣點心。怕四老爺不知道，說請你老早點回去吃飯。」

「喔，你跟來人怎麼說？」

「我說四老爺到王府去了，也許還回來，我把話轉到就是。」碧文又說，「我倒也預備了菜，不過，按道理說，該回三老爺那裡去吃飯。」

曹頫想了一下說：「說得是！我先回去吃飯，吃完了我還回來。今天仍舊在府上借榻。」

「唷！」碧文笑道：「連『府上』兩個字都用上了！」接著又說：「你老快去快回，來找補第二頓。不然，天氣熱，我給預備的菜就糟蹋了。」

「好！」曹頫欣然答說，「我一定來擾你的。」

曹頫真的早去早回，起更時分便已到了朱家。帶來兩樣點心，卻非平郡王府所送，是宮裡帶回來的——曹頎是內務府茶膳房的首腦，常有御用的點心帶回家。

兩樣點心一甜一鹹。甜的是棗泥核桃奶捲，鹹的是火腿、鮮肉、蝦米餡的酥餅。碧文每樣嘗了一個說：「奶捲是南邊吃不到的；這三鮮餡的酥餅，不是我說，還不如咱們府裡來得講究。」

「如今也不行了！」曹頫接口說道：「從老太太一去世，誰也沒有那個閒功夫，也沒有那種興致去講究了。」

雖是飲食之微，也聽得出他語氣中大有滄桑之感。這也勾起了碧文懷舊的情緒，等安排好了酒菜，讓朱實陪曹頫喝酒，她就坐在一旁，一面嗑瓜子，一面為朱實談曹家的歲時樂事。

曹頫一直不曾開口，等碧文憶往告一段落，他才徐徐開口，「有件事，我至今不解。」他說，「怡親王不知從哪裡來的消息，說我家有人悄悄兒將家財挪移到別處。我可不知道有這回事？」

「喔，」朱實問道：「這話是郡王告訴昂公的？」

「是的。」

「四老爺，」碧文插嘴問道：「會不會是震二爺？」

「不會。」曹頫便將曹震對於御用褂子落色這件事，根本未加重視的話，說了給她聽。

「既然震二爺不在乎，震二奶奶也就不會把這件事放在心上。看起來，另外有人。」

曹頫聽出弦外有音，再看到朱實投以阻攔的眼色，越覺事有蹊蹺，便率直問道：「看起來你似乎已知其人，誰啊？」碧文躊躇了一會，看著朱實說道：「怡親王特為把四老爺請到京裡來問這句話，可見得這件事關係不輕；我看，應該告訴四老爺。」

要告訴曹頫的是甚麼事，朱實自然心照；他有些不以為然，「你也是猜測之詞。」他說。意思是倘或冤枉了好人，於心不安。

「不錯，我是猜測。請四老爺放在心裡，暗中留心。」碧文又說：「四老爺是最明白的人，絕不會在心裡存成見。」

「對了！」曹頫急忙表白：「我不會存成見。不過，我得查一查，如果有這回事，當然得向上頭有個交代；可沒有這回事，我亦以明白，何以有此謠言？止謗莫如自修，總是自己有不周到的地方，找出毛病來才好改。」

這番話說得通達而懇切，朱實改了主意，贊成碧文把她心裡的話說出來。從眼色中得到了同意，碧文便即說道：「如果真有人把家財挪到別處，第一犯嫌疑的是隆官。」

「喔，」曹頫問道：「與他何干？」

「莫非四老爺不知道，顏料是隆官採辦的？」

「我知道。」

「四老爺既然知道，莫非就想不到隆官採辦的顏料是下等貨色？」

「不會！他採辦來的顏料，我親自驗看過的，貨色不錯。」曹頫又說，「而且是隆官一定要我親驗，足見他問心無愧。」

聽這一說，碧文愣住了！朱實當然懂得這些事務上的弊端，心想真是「君子可欺其以方」，曹頫實在忠厚得可憐了！於是，他忍不住說道：「昂公，給你驗看的那一包樣品，是上等貨，入庫的東西就不同了。貴本家隆官嫌疑實在很重！何以見得呢？」

朱實自問自答，將當初自尚志舜那裡，初次得聞御用褂落色的消息，轉告曹世隆時，他如何驚慌失色，急於趕回江寧的情形，細細說了一遍。

當然，為了要證明碧文與他所見不虛，對於當時的情況，雖未添枝加葉，而語氣是加重了的。因此，曹頫頗為動容，聽完默無一語，臉上卻有種莫可言喻的痛苦的神色。

這表情就很奇怪了。照常理說，這些話不信則已，信了不是生氣，就是著急。何以有此痛苦之色——倒像曹世隆是親近的子弟，他有錯處，亦須容忍，不便發作似地，這就令人莫測高深了。

「四老爺，」碧文實在忍不住了，「這裡跟在家一樣，你老有話儘管說，悶在心裡別悶出病來，可不是當耍的事。」

曹頫只用軟弱的眼光看著她，好久才長嘆一聲，然後看著碧文說：「華仲亦跟休戚相關的至親一樣，我亦無須再有甚麼顧忌。剛才聽你們所說，讓我想到一件我一直不肯信以為真的事。看起來，季姨娘跟我的說話，似乎還不是全屬虛妄。」

「季姨娘怎麼說？」

「她，她——」曹頫很吃力地，終於將一句從未形諸口舌的話，說了出來，「她說，隆官跟你震二奶奶，不乾淨！」

碧文、朱實相視動容，卻都默無一語；自然而然地表現出一種不以為絕無可能的態度。

「我一直不信。」曹頫仍舊是只看著碧文說，「季姨娘沒有智識，不知輕重；她的毛病，沒有一樣是你所不知道的。從老太太一去世，她跟你震二奶奶更加不和，也是你在家的時候，都看得出來的。所以我當時很生氣，狠狠地說了她一頓，責備她其心可誅。現在看起來，她的話有幾句是真的。」

「哪幾句？」

「她說，你震二奶奶包庇隆官，很發了些財。我也曾問過人，說隆官沒有錢——」

「四老爺，」碧文打斷他的話問：「你問的是哪些人？」

「無非那幾個管事的。」

「管事的沒有一個不是巴結震二奶奶的，自然看震二奶奶的分上，替隆官隱瞞。不然怎麼叫包庇呢？」

曹頫連連點頭，「說得有理！」他說，「我現在也明白了，我一直是蒙在鼓裡。如果不是他自己心裡有病，如果不是他發了財，何必急著要趕回去？急著趕回去，就是唯恐出事，預作安排。不但隱匿財產，說不定還湮沒了好些營私作弊的證據！」

「我的天！」碧文失聲一呼，頗有如釋重負之感，「四老爺到底全明白了。」

明白是一回事，處置又是一回事。考慮下來，只有寫信給曹震之一法。朱實認為事不宜遲，信要趕快寫；他可以託兵部驛遞，或是另外安排最快的方法，將信帶到江寧。

於是曹頫便止杯不飲，吃了一碗碧文特為替他包的餛飩，喝著茶便動起手來；這封信很長，寫完已經四更天了，索性不睡，等朱實起身，當面託付。

「信沒有封口，你看看妥當不妥當？」

朱實不願參與人家的家務，答說：「昂公的處置，一定妥當的。」說著，當了曹頫的面，將信封好，還請他在封緘之處畫了花押，方始帶到王府。

未末申初回家，曹頫已經睡了一大覺，吃了午飯回曹頎家去了。朱實便寫了一封信告訴他，正好有江督衙門的摺差回江寧，託他順便捎帶；大概半個月之後，曹震就可以收到信了。

信上一共四件事，首言怡親王託平郡王轉告，居官當差，務須持之以靜，安分供職，勤慎為先，自能長沐皇恩。

第二件事就是談隆官有挪移財產之事。話當然說得很活動：「風聞」有此情形，不知真假。

眼前雖已蒙諒解，此後萬不可再有類似舉動。告誡曹震，要格外當心。

接下來便轉述太福晉的意思，曹老太太的靈柩不宜久停，入土為安，今年山向不利，明年春天務須下葬。一切應該預備的事，早須備好，亦足以「上慰太福晉垂念」之意。

最後便談到曹老太太留給芹官的那一口箱子。他說太福晉對置祭田一節，十分重視此事亦須速辦。不過，不可擅作主張，「一切稟承汝二嬸母意旨而行。」這「二嬸母」是指馬夫人。

曹震將信念給妻子聽完，接下來便冷笑一聲，「這隆官，真好大膽子！」他說，「我非叫了他來，好好訓他一頓不可。」

「你別得著風，便是雨，四老爺也不過說『風聞』而已，並沒有甚麼真憑實據——」

「你就是護著他！」曹震大吼一聲，「都是你，替他討這個差使、討那個差使，採辦得好顏料！差點落個大處分。」他越說越氣，跳著腳罵：「靠借當頭過日子的窮小子；如今居然有家產可以挪移了！他的錢是哪裡來的？死沒良心的東西，看著好了，總有一天我把他治得死去活來。」

「你去治他好了！」震二奶奶毫不示弱，「在我面前跳甚麼腳？不錯，我替他討過辦顏料的差使，可是誰驗的貨？是哪個死不要臉的，割了姪兒的靴腰子，說嘴不響，馬馬虎虎驗收了。這會兒還好意思在我面前跳腳。」

這就像兜心一拳，打得曹震五中翻騰，像有一口血要嘔出來——原來當初曹世隆領了上等價，辦來末等貨，怕曹震那一關通不過，便在雲收雨散時，問計於震二奶奶。她替他出了個主意；請曹震到秦淮河河房去喝酒，拿一百兩銀子買服了新自虎丘移植到秦淮的名妓花寶寶，迷湯灌得曹震色授與當夜便留宿在那裡。第二天日高未起，曹世隆闖了進來，與花寶寶俏聲低語，將曹震驚醒過來。

在帳中細聽，才知道花寶寶是曹世隆的相好，竟是割了姪兒的靴子。一面不無內疚，一面又因為有個把柄在人家手裡，只好在驗收顏料這件事上，得過且過，作為安撫。

事後才知道花寶寶跟曹世隆不過見過一次面，甚麼都還談不到。可是「震二爺割了隆官的靴腰子」這句話，已經傳遍了。曹震吃了這個啞巴虧，越發痛恨隆官；不想這時候震二奶奶又拿這句話來堵他，以至於氣得臉色又青又白，坐在那裡只是喘氣，形狀著實可怕。

「何苦？」錦兒便來轉圜，「放著太福晉交代的兩件大事不辦，好端端地又為不相干的人嘔氣。」

這一提，讓曹震想到置祭產的事，臉上立刻有血色了。震二奶奶一下看到了他心裡，冷笑一聲，管自己回到臥房，坐在靠門的椅子上，靜聽他跟錦兒說些甚麼。

「太福晉交代的兩件大事，一件容易一件難。難的那件，你看怎麼辦？」

「哪件是難的？」

「不就是要讓秋月把那口箱子交出來，照太福晉的意思，重新分派。」

「喔，這一件，確是很難！」錦兒答說，「秋月不會肯輕易鬆手的。」

「你也是這麼想！」曹震緊接著說：「咱們好好想個主意。這一回如果再辦不成，以後就無論如何不會有這麼好的機會了。」

「不錯！」

「那麼，你說，該怎麼辦？」

「我哪知道怎麼辦？這件事，只有二奶奶辦得了。」

曹震默然，錦兒也沒有話。震二奶奶不免奇怪，回身去望，恰好雕花隔板上有條裂縫，便湊近了向外望去；只見曹震連連努嘴，伸出一根指頭，向臥房指指點點。錦兒卻只是微笑，不作任何表示。

這就不必多看了。震二奶奶輕輕巧巧地走到床前，和衣歪倒，臉朝裡床；那張特製的紅木大床，是曹震親自畫了圖樣所打造的。

裡床從頭到底，鑲了尺半高一長條的西洋玻璃鏡。合巹之夕，正是夏天；鬧新房時不論老少，都拿那一長條玻璃鏡開玩笑，害得震二奶奶其窘不堪。有些親戚家的小姐，不懂它的用處，問得更妙：「二嫂子，你睡覺還照鏡子啊？」讓震二奶奶無以為答，氣得要將床撤走。但從曹老太太到管家嬤嬤一致反對，不說不吉利，只說沒有這個規矩，震二奶奶無奈，只好找塊湘繡帳簷，將鏡子遮住，但特意留下一個空隙，為的是臉雖朝裡，亦可窺知屋中動靜。此時自是張著眼朝那空隙中望。

不多一會，望見曹震掀簾而入，站住發愣，顯然是沒有想到震二奶奶睡下了。但見他愣了一會，忽然浮起笑容，向床前走來。「怎麼？」他低聲下氣地問：「是生我的氣。」

震二奶奶不理他，怕他探身來看，便將眼睛閉上。

「何必呢？咱們還有大事商量。」

震二奶奶依然不睬。然後從感覺中發現，丈夫在床沿坐下來了。

「妝甚麼！多大歲數兒了，還鬧這種孩子脾氣。」

一聽這話，震二奶奶怒不可遏，霍地起身，推開曹震下了床，拍案吼道：「我知道，你就是嫌我老了，醜了！巴不得我快死，好另娶十七、八歲的填房是不是？我告訴你，你別做夢！」

曹震被罵得無名火冒；正待發作時，錦兒搶了進來，大聲說道：「二爺，你可不能摔鏡子！」這是提示，但也是警告。意思是怒無所洩，不妨摔東西出氣，但摔破鏡子也跟動手打妻子一樣，事態嚴重，就不好收場了。

曹震一想不錯，要找樣東西來摔一摔，發一發威。鏡子不能摔摔瓷器，首先看到的是一個「雨過天青」冰紋的花瓶，這是真正的「哥窯」，未免不捨；再看到的是一個康熙五彩窯的茶碗，那是一套，缺一個也可惜。就這躊躇之間，錦兒已找了個瓷壺，匆匆塞到曹震手裡，還哄小孩似地說一句：「給你這個，這個好！」

震二奶奶讓錦兒逗得噗哧一聲笑了出來，自覺虎頭蛇尾，不好意思，一轉身又歪倒在床上了。

曹震自是啼笑皆非，但悍妻可恨，猶有可人意的嬌妾。這樣自我譬解著，一肚子的氣也就消了。

「我去打水來。洗把臉，也就該到太太那裡去了。」錦兒這話自然是衝著震二奶奶說的。

原來從曹老太太一死，馬夫人自然而然升了一級，震二奶奶也就像以前伺候曹老太太那樣，到開飯時必去照料。不同的是，在萱榮堂，午晚兩餐都到；在馬夫人那裡，只有開晚飯時才去，有甚麼事要商量該請示的，都在飯桌上說。

等打了臉水來，錦兒又到床前拉了一把，震二奶奶方始起身，坐到梳妝台前，慢條斯理地擦臉勻粉。曹震可有些忍不住了。

「這件事，怎麼辦？」他揚著信說。

「急甚麼！有你的總有你的。」

曹震還待言語，只見錦兒連連拋過眼色來，只得沉默。等震二奶奶理妝已畢，才又問了一句：「是不是一塊兒到太太那裡？」

「你不去怎麼辦？誰念信給太太聽？」

曹震最痛恨的就是這種口吻，明明可否只一個字就可以了，偏偏要用這種只當人家想逃避責任的責問的語氣，當時氣往上衝想頂她幾句，但畢竟咬著嘴脣忍住了。

第八章

等曹震將信念完，馬夫人隨即便說：「這得找秋月來，把姑太太的意思告訴她。看她怎麼說？」

「是姑太太的意思，她能說甚麼？」震二奶奶答說，「倒是先要看太太的意思。」

「姑太太的話，自然得聽。」

「那就是了！何況真是見得透、想得深，亦算得遠的好話。」震二奶奶說，「這件事不但要辦，而且要趕快辦。當年舅太爺家，只為遲疑了一步，慢慢拖了下來。咱們家雖絕不至於到那個地步，可是姑太太既然關照了，事在必行，不如早早辦了，有個交代。」

「說得也是！」

於是派人將秋月去喚了來，將信拿給她看。看完了，她很沉著地問：「太太的意思怎麼樣呢？」

「姑太太交代的事，不能不辦，而況，這也是一件好事。」

「是！既然芹官的一切，姑太太一肩承擔，將來會有照應，就全數置了祭田，亦無不可。不過，這件事，我想最好等四老爺回來了再辦。」

「不好！」馬夫人的語氣很堅定，「當初大舅太爺家的情形，你總聽說過？」

秋月是聽說過的，曹、李兩家自康熙四十二年起，以十年為期，輪流充任兩淮巡鹽御史，一年所得，多則五、六十萬銀子，少亦有三、四十萬。從曹寅去世以後，先皇為了替曹家彌補虧空，又三次命李煦巡鹽；最後一次在康熙五十七年。其時李鼎已經娶親，鼎大奶奶深悟盛極必衰之理，勸公公置一筆祭田，以為退步，原來報官立案的祭田，即令重罪抄家，亦不入官。這話當然不便明言；李煦亦就不曾細想，只說：「不忙，慢慢來辦。」哪知道一拖下來，就沒有機會了！因為求田問舍，要費功夫；有了功夫，錢又不湊手，竟致因循自誤，痛悔莫及。

現在馬夫人提到這一前車之鑑，而又有曹頫因織進御用綢緞落色罰俸之事，使得秋月悚然心驚；萬一差池，絕了曹家的後路，雖死不安。因此毫不遲疑地答說：「既如此說，我這會兒就把箱子連鑰匙，送到太太這裡來。」

「那倒也不必這麼急。」馬夫人說，「咱們只照姑太太的意思辦；十份之中，留下兩份，仍舊歸你收著，將來用在芹官身上。」

「是！」秋月想了一下又說，「裡頭有金葉子、有珠寶、有翡翠，還有金剛鑽；兩份是多少，也很難說。只有把箱子送來，太太看，該留些甚麼給芹官，理出來另外開單子，裝箱加封。到了該交給芹官的時候，我原封不動交給他。」

「說得不錯。就這麼辦吧！」

「是！」秋月又說，「我馬上把箱子送過來。」說完，不待馬夫人回答，便退了兩步，然後轉身而去。

曹震夫婦都沒有想到，這一關過得如此順利。由於還未盤算到下一步該如何做，所以此時反無話說，倒是馬夫人已有了算計。

「回頭咱們打開箱子來看，禁不起擱的東西，先處分了它。」

這一說替震二奶奶開了竅，立即接口答說：「太太說得是。頭一樣是珠子，擱黃了就不值錢了；第二樣是好些鑲珠、鑲鑽的金表，老不用它，裡頭的機器都走不動了；第三樣是金葉子，現在金價是最好的時候，出手比較划算。」

「對了！」馬夫人點點頭，「也不知甚麼道理，這兩年的金價，格外地好。將來不知會掉，還是漲？」

「一定掉，不會漲。」曹震答說，「當今皇上好抄人的家，做官有錢的，都願意收金葉子，藏起來比較方便。過兩年局勢平靜了，金葉子就不會吃香了。」

「原來是這麼個道理！」

「再說該留的東西，」震二奶奶又說：「第一樣是精工打造的首飾，手工很貴，讓出去不值錢，倒不如留給芹官媳婦；第二樣是好玉，越擱越值錢。」

當天晚上秋月就將一本目錄送來給馬夫人；她還有好些話，已盤算了好幾遍，但到了馬夫人面前，卻又翻然變計，決定甚麼話都不說；因為說了怕起誤會，以為她把持不成，口發怨言。

倒是馬夫人很能體諒她的苦心，拉著她的手，讓她坐在她身邊，用略帶歉疚的語氣說：「你的忠心、苦心，我完全知道。這趟這麼做，有點對不起老太太；不過，咱們家現在都要靠姑太太。她的話實在不能不聽。」

「我知道。」秋月平靜地答說。

「秋月，」馬夫人遲疑了好一會，終於說了出來，「還有句話，擱在我心裡總有兩三個月了，如今索性也跟你說了吧！我一直替你發愁，老太太交給你的這個擔子，實在太重；可是別人沒法兒替你代挑。如今索性卸了下來，而且你沒有對不起老太太；對不起老太太的是我。就是我對不起老太太，也是叫沒法子，老太太一定也體諒的。這樣，你的肩膀一輕，不也很好嗎？你懂我的意思不懂？」

秋月冷靜地想一想，覺得馬夫人說的是好話，當即答道：「太太這麼衛護我，我怎麼能不懂。」

「你當然懂。不然老太太也不會這麼信任你。」馬夫人又說，「我可是掏心窩子的話，連震二奶奶面前不肯說的話，都說給你了。你若是有甚麼話，可也不必顧忌，應該告訴我才是。」

這是看得她比震二奶奶還親，秋月雖覺得馬夫人可能言過其實，而心裡仍不免感動。不過，她也學乖了，覺得有些話若無確切保證，以不說為宜。當她這樣沉吟時，馬夫人卻又在催了，「看你這樣子，一定有話。」她說，「在我面前，還顧忌甚麼？」

「不是顧忌別的，是怕有一言半語漏出去，只當我在挑撥是非，那罪孽可就重了。」

「原來你是顧慮這一層！這裡沒有人，你如果覺得我不會洩漏，你就說吧！」

這話一激，秋月就非說不可了。她想了一下才開口：「聽說震二爺很鬧了些虧空？」

馬夫人對這話很注意，「我也聽說了。」她問：「不知道有多少虧空？」

「總有五、六萬銀子。」

馬夫人點點頭，完全懂她的意思，臉色凝重地想了一會說：「他如果要在這上頭打主意，怎麼對得起老太太？」

「也不是說他會在這上頭打主意，是怕他一起賭的那班朋友，拖人下水，越陷越深。」

「原來是賭輸了的！」馬夫人問，「倒是些甚麼人在一起賭啊？」

「那就不知道了。」

「等我來問震二奶奶。」馬夫人緊接著說：「你放心，我絕不會說是你告訴我的。」

「是！」秋月又說，「只怕震二奶奶也不知道。」

「她不知道她會去打聽。」馬夫人又說，「反正這件事，我著落在她身上。」

秋月還有話說，馬夫人卻按住她的手，使勁揿了兩下，表示一切都在不言中。看樣子，她確也是完全了解了。秋月頓覺雙肩一輕，身子都挺得直了。

「我不留你了！」馬夫人說，「明天中午『擺供』，我當著老太太的『面』，把這件事說清楚。」

所謂「擺供」，便是在曹老太太靈前上祭——午晚兩次，供的還是曹老太太生前喜愛的食物，一如她生前的習慣。凡是經常在萱榮堂伴食的人，這時都忘不了抽功夫到靈前來磕頭；芹官是每次必到的，春雨亦常伴著來。「擺供」來磕頭，是她個人對曹老太太的一份心意，誰都不能說一句：她老跟著芹官來幹麼？

因此，在馬夫人的「把這件事說清楚」，是指曹震夫婦而言；但在秋月卻又別有會心，覺得這件事能在春雨面前說清楚，消釋了彼此的誤會，更是一件好事。

上祭以男子為主，每次不是曹震便是芹官上香，然後才讓馬夫人行禮。這天中午「擺供」，等曹震點燃了三枝香，馬夫人突然說道：「把香給我！」

這一說，無不覺得意外，也無不感到好奇。曹震將三枝點燃香遞到馬夫人手裡，往旁邊一站，芹官亦肅立在他下首，兄弟倆對看了一眼，隨即便轉過臉去，注視著馬夫人。

但見她拈香上手，高舉齊額，俛首默禱，嘴脣翕動，禱詞極長，而且幾次舉香過頂，彷彿是有所乞求的神情。

等她靜止下來，側臉旁視，曹震不知她是何用意；芹官卻明白，趕緊推一推曹震說：「上香！」

於是曹震上前接過了香，插在香爐之中；仍舊請馬夫人先磕頭，以次行完了禮；最後是秋月跟春雨，在季姨娘之後磕了頭。

這時馬夫人已在靈前唯一所設的一張椅子上坐了下來，面色嚴肅地喊一聲：「芹官！」

聽聲音便覺異乎尋常，除了秋月以外，不由得都換了一副警覺的神情；芹官應一聲：「娘！」疾趨兩步走到母親身邊待命。

「你四叔的信，你先看一看。」

芹官雙手接過信來，細細看完，不知道母親有何話說？只把信摺好套入信封，仍舊還給馬夫人。

「你看清楚了？」

「是！」

「姑太太的意思，你怎麼樣？」

「娘是指祭田這回事？」

「是啊！你樂意不樂意這麼辦？」

「樂意，樂意！」芹官毫不遲疑地答說。他還怕馬夫人不信他的本心，便又說道：「我聽說老太太有東西給我，可是我從來沒有提過；娘不信可以問春雨。老太太特為留下來賞我的東西，我不能看得毫不在乎，那不是不識好歹？不過，娘也知道我的，身外之物，我一向看得很輕的；如今老太太的東西，還是用在老太太身上，再好不過。」

「說用在老太太身上，也不過這麼一句話而已！名為祭田；祭祀上墳，畢竟用得有限。再說，沒有祭田，莫非就供也不擺，墳也不上了？當然不是這話。」馬夫人略停一下又說：「置祭田是為了替子孫留退步。老太太的餘蔭、姑太太的遠見，難得你倒也不存私心；這是一件好事！咱們總要盡力辦得圓滿，才對得起老太太，也不負姑太太的一番苦心。」她看著曹震夫婦問：「你們說呢？」

「太太都打算到了，我們還能說甚麼？」震二奶奶陪笑答道：「如今就請太太吩咐該怎麼辦就是了。」

「自然是按姑太太的意思辦。祭田能置多少就置多少，絕不能有一個錢挪用到別處。」

馬夫人將最後一句話，說得特別重，季姨娘不由得就看了曹震一眼。

「至於祭田，自然宜置在靠近老太爺、老太太墳上的地方；不過，也不必拘泥，總要水旱不荒的良田，收租又方便的地段才好。」馬夫人又說：「如今不妨就看起來，看完幾處，等四老爺回來再寫紙。」

此言一出，季姨娘頓時像長高了幾寸，頭也昂了，腰也直了。這種神情連同剛才她看曹震的那一眼，都落在震二奶奶眼中，心裡真是好不舒服。

「太太還有話交代沒有？」震二奶奶問。

「就是這些話。」馬夫人說，「事情將來還是你們夫婦倆辦。你有甚麼意見，不妨當著老太太靈前說。」

「我想說的那句話，正就是大膽要駁回太太的。這件事，我跟二爺最好別攙在裡頭，等四老爺回來再辦。因為姑太太總還有別的話交代，只有四老爺最清楚。在四老爺沒有到家以前，誰也不必瞎起勁。」

馬夫人忠厚老實，沒有聽出震二奶奶的話，是預先防堵季姨娘「瞎起勁」；不以為然地答說：「事情不妨先做。」

見此光景，震二奶奶不便再多說甚麼。當下撤供各散；震二奶奶便問芹官：「今天太太吃齋。你呢，是回你自己屋裡去吃，還是怎麼著？要不然跟你二哥一塊兒；他燉了個雞包翅，一個人也吃不了。」

「我不想吃翅子，跟太太吃齋吧！」

「那也好！太太那裡有鯽魚。」震二奶奶又轉臉問秋月說：「你不是愛吃鯽魚？來吧！」

這是假以詞色，好久都不曾有過的事；秋月心知其故，雖不免感慨，卻不願放棄這修好的機會；心裡還想將春雨拉在一起，但怕震二奶奶邀她，另有作用，就不敢多事了。

「二奶奶陪太太先請。」秋月決定將箱子送了過去，了卻一樁心事，「我一會兒就來。」

等她督著四個做粗活的老婆子，將一口沉重的箱子送到，馬夫人那裡已經開飯了。震二奶奶遙遙望見，急忙起身照料，自然先要向馬夫人請示。

「那口箱子抬來了。太太看擱在哪兒？是不是擱在床背後？」

床背後都是置要緊東西的所在；馬夫人卻另有主意，「就擱在前房立櫃旁好了。」她說，「看看那個地方結實不結實？這口箱子很沉，別把地板壓壞了。」

「我知道。」

震二奶奶親自指揮著，先安箱架，後置箱子。秋月卻有交代，擎著燭火說：「請二奶奶看，封條是好的。」

「應該請太太看。」震二奶奶答說：「鑰匙也該交給太太。」

「說得是！」

等交上鑰匙，馬夫人隨手放在飯桌上，看著秋月說：「你吃飯吧！吃完了辦事。」

於是在廊上安了一張小桌子，除了震二奶奶預先留給她的鰣魚、對蝦以外，馬夫人還要從桌上撤兩樣菜給她。

「秋月愛吃筍，」已經擱著的芹官說，「這碟蝦米拌黃瓜也不錯。」

一面說，一面拿起一碟燜鞭筍、一碟黃瓜，親自去送給秋月。

「勞駕，勞駕！」秋月站起來接了菜問：「吃完了？」

「吃是吃完了，不過還可以陪陪你。」芹官坐下來說。

「那可不敢當。」秋月將自己還未使用的一份餐具移到芹官面前，自己另要一份。

「胖妞，」芹官喊一個小丫頭說：「你把太太泡的果子酒，替我倒一大盅來，另外拿兩個小酒杯。」

胖妞答應著，端來一個托盤，上面一大二小三隻酒杯；大杯可容半斤酒，酒色微綠，有股棗子的香味。

「顏色跟香味都不錯，不知道味道怎麼樣？」芹官倒了半杯，嘗了一口，點點頭說：「不壞！」接著倒滿兩杯；秋月笑道：「你還讓我喝？」

「不但讓你喝，還要賀你。」芹官舉杯說道：「『庶人無罪，懷璧其罪』，恭喜你擺脫了一個負擔！」秋月倏然動容，投以感激的一瞥，因為怕震二奶奶聽見，不願多說，只一仰脖子乾了酒，表示充分領受芹官的好意。

「你最近做詩沒有？」芹官問說，「能不能把你的『窗課』讓我瞧瞧？」

「別說傻話了！哪裡有甚麼『窗課』？」

「就算沒有『窗課』，偶爾感觸，總不免託諸吟咏。」芹官又說，「照我看，你的感觸一定很多。」

秋月默然。她不知道應該承認，還是否認。

「不過，我在想，你的感觸，大概不願人家知道。」

「既然你明白這一點，何必還要問我要詩看？」

芹官原是套她的話；一看套出來了，不由得得意地笑道：「是不是？我知道你一定有感觸，一定有詩。能不能讓我拜讀？」

「唷，唷！甚麼『拜讀』！你簡直教我坐不住了。」

「好！不說『拜讀』，讓我看看你的詩有進境了沒有？」

秋月「噗哧」一聲笑了出來，「人家是前倨後恭，你正好相反。」她說，「反正不管你怎麼說，我不能給你看。『七字唱』，沒有甚麼好看的。」

「你別客氣！」芹官央求著，「好姐姐，你讓我看！」

「不行！」秋月斷然拒絕。

「事無不可對人言。你不讓我看，一定是見不得人的話。」芹官自言自語地，「當然，不是甚麼問心有愧的事；我是說，你的感觸，無非悲秋思春。其實，這也是人情之常。」

這一說秋月氣急了。她的矢志不嫁，確是為了報答曹老太太，願意伺候她一輩子。原以為這位老太太耳聰目明，極其健旺，縱不能建百歲牌坊，起碼也要活到八十多歲，不想壽限不過七十。

曹老太太是去世了，秋月願以丫角終老的打算卻未改變；她知道老主母身後唯一不能放心的一件事，便是芹官的將來。既然受了「託孤」的「顧命」重任，索性將終身伺候曹老太太的本心，移諸於終身照料芹官，亦仍然是報答了老主母。此心皎然，可質天日；不道芹官竟懷疑她悲秋思春，等於不信她對曹老太太的赤膽忠心。春花秋月，等閒虛度；犧牲了青春年少，換來的是這樣的誣妄，豈不令人寒心？

其實，芹官何嘗不是衷心感服她的苦心？說這話原是一種激將法；此時看她臉上青一陣、紅一陣，最後容顏慘淡，盈盈欲淚，是傷心欲絕模樣的，才悚然心驚，深怕已經闖了大禍。

「好姐姐，好姐姐，我是故意激你的，你別想岔了心思。好，好，我告饒了，也不敢跟你要詩看了。」

聽這一說，秋月意解，但也不能完全釋然。平心靜氣地想，他的懷疑實在也不算出乎情理，卻不知她是別有不願為人所知的感觸。如果要明心跡，除卻拿詩給他看以外，更無別法。

「也難怪你這樣說。像我這樣，除了悲秋之類的感觸，還有甚麼話是不便跟人說的？不過，你要是看了我的詩，你就會知道你的想法錯了。」秋月接下來又說；「我可以把我的稿子給你看，不過，你得答應我兩件事。」

「行，行！別說兩件，兩百件我也答應。」

「你別說得那麼容易，我這兩件事，在你的脾氣，只怕不容易做到。」

「你別管，你先說給我聽。」芹官答說，「我如果做不到，一定老實跟你說；那時候你給不給我詩稿看，是你的事。」

「好吧！我就說，第一，只准你一個人看，而且不能讓人知道，你看過我的詩稿；當然也不能抄下來。」

「行！這我辦得到。第二？」

「第二，」秋月想了一下說：「你看過了就丟開了，別往深處去想。」

「這，」芹官面有難色，「我怕管不住我的心。」

秋月也覺得這個條件不免強人所難，沉吟了一會說：「你管不住你的心，管不管得住你的口？」

「這倒管得住。」

「那好！你看了我的詩，只擱在心裡好了；千萬別說出去。」

「絕不說。」芹官有些明白了，「一說就是是非，是不是？」

「對了！你明白這一層，我倒可以放心了。」秋月往裡看了一下，「你請進去吧！太太已經吃完在嗽口了。」

「那麼，」芹官站起來說，「詩稿呢？」

「你急甚麼？我答應你了，自然會送給你。」

芹官滿意地點點頭；等一進小堂屋，震二奶奶衝著他問：「你跟秋月在談些甚麼？挺起勁的。」

「談做詩。」話一出口，芹官覺得不妥，便加一句話作為掩飾，「她要跟我學作詩。」

「哼！」馬夫人不知就裡，好笑地說，「你別往自己臉上貼金了！只怕你跟秋月學做詩還差不多。」

這話在震二奶奶卻是新聞，「原來秋月會做詩，而且還像做得挺好的？」她問：「太太怎麼知道？」

「我聽老太太說的。」

這就更是新聞了，曹老太太知道秋月會做詩，不足為奇；奇的是，怎麼知道秋月做的詩，比芹官還好？

馬夫人看出震二奶奶的心思，補充著說：「老太太聽秋月念過她的詩，說秋月的詩聽得懂，意思很深，是有靈性的。」

「這就像白香山的詩一樣，」芹官怕震二奶奶聽不明，進一步作了解釋，「所謂『老嫗都解』，語淺而意深。」

「我懂了！」震二奶奶又說，「幾時倒要讓秋月念兩首聽聽。」

「我哪裡會做詩？」秋月趕進來聲明，「是老太太、太太誇獎我。」說著，向芹官看了一眼。

「別談這些文謅謅的玩意了。」馬夫人起身說道：「你們都來，商量商量正事。」

芹官不知所謂「正事」是甚麼？跟到馬夫人起坐的那間屋子，只嚷口渴；秋月便去替他倒了茶來，又替馬夫人與震二奶奶的蓋碗中續水。震二奶奶很親熱地拉著她的手說：「你別替我張羅！來，坐這兒。」

秋月仍照老規矩，不坐震二奶奶旁邊的椅子，自己端了個小板凳坐在門口，靜聽馬夫人說話。

「我看老太太留下來的戒指很多——」

「這沒有我的事！」芹官搶著說道，同時站起身來，「娘，我先回去行不行？」

馬夫人想一想說：「也好，你回去吧！」

這時秋月亦趕緊起身，走到廊上幫著招呼丫頭打燈籠送芹官。風大，蠟燭點了兩回都吹熄了；一明一滅之間，芹官握住了秋月的手，手心上有汗。秋月有種異樣的感覺，心神一蕩，隨即奪回了手，同時微微瞪了芹官一眼，彷彿責備淘氣似地。

「你送我回去好不好？順便去取你的詩稿。」

「太太在這兒要談正事，我怎麼能走。」秋月又說，「你別急！我總替你送去就是。」

「可別忘了！」他又去握她的手。

「別多說了！請吧。」說完，秋月轉身便走，擺脫了芹官的糾纏。

「太太剛才說，」震二奶奶將馬夫人的話告訴她，「老太太的衣服都分了留『遺念』，這會兒還打算給幾個老太太留下來的戒指。我說，就給也只能給你們四個，照實說，春雨都不該給。」

「如果給春雨，就得給錦兒，還有碧文也該替她留一個。」秋月緊接著說，「照我說，大可不必。太太的意思我心領。為甚麼呢？這一給，從廚房到門房，議論紛紛，會生是非。」

震二奶奶深深點頭，很得意地看著馬夫人說：「太太看如何？」

「既然你跟秋月都是這個意思，那就算了。」馬夫人說，「咱們動手吧。看是就照冊子上分派呢？還是打開箱子來瞧著辦？」

「先看冊子吧！」震二奶奶說，「冊子上先點好了，改一天得閒再開箱子來看。」

「也好！」

於是將秋月親手抄繕的冊子取了來；一共兩本，封面上寫著四個字：「萱榮芝茂」。打開來頭一頁頭一行便是「大小金錁一百一十五個，共重八百七十兩。」

聽秋月念完，震二奶奶怦怦心動，卻不便開口，只聽馬夫人說：「這自然換了置祭田。秋月你拿筆做個記號。」

「請震二奶奶掌筆吧！」說著，秋月將另一本冊子交了過去，起身找筆，卻不知在何處？

「使眉筆好了。」

猶待往下說時，只聽小丫頭在喊：「二爺回來了！」震二奶奶立即將臉一板。錦兒知道他們夫婦又有一場饑荒好打，急忙從後房溜走，卻未走遠，只在穿堂中坐著。

「你到底有多少賭帳？」震二奶奶的聲音如刀，冷峻異常。

「你問它幹麼？」曹震有了酒意，毫不示弱，「你又不打算替我還。」

「我替你還？我拿甚麼替你還？你別以為我愛管你的閒事，太太問下來了！」震二奶奶冷笑，「大概你一隻手如意，一隻手算盤，早就打算好了。哼，啞子夢見娘，不知是一場空歡喜，還是有苦說不出？」說著，便喊：「錦兒，錦兒！」

錦兒稍為停了一會，才答應一聲，靜靜地走了進去；但見曹震面如死灰，站在那裡發愣。

「把冊子收一收，明兒一早送回給太太。」

「慢著！」曹震突然如夢方醒似地，伸手揿住那本冊子；動作太猛，恰好打在錦兒手上。

「這是幹麼？」錦兒抽回了手，一面揉，一面不高興地埋怨，「又不知道是哪裡灌的貓兒溺！」

曹震不理她，揿住了冊子問他妻子：「太太怎麼說？」

「怎麼說，也不與你相干！反正聽話風就知道了。」

曹震原是有把如意算盤處理那一箱子東西，起碼也可以落個一兩萬銀子，還賭帳也就夠了。誰知震二奶奶不但猜到，而且兜頭一盆冷水，等於明白告訴他，馬夫人已有表示，因為他有賭帳，不讓他經手此事，真個「啞子夢見娘，有苦說不出」。但他不相信無法挽救；要緊的是，先要說動妻子。

「你別胳膊往外彎！我跟你說老實話，我確是在打這個主意，不過，於公無損；東西交給我，能多賣出一兩萬銀子來，你又何必不做個順水人情？」

「我為甚麼不做順水人情？好意問你有多少賭帳，你兜頭一個釘子碰了過來，我還跟你說甚麼？」

是因為妻子開口便是質問的語氣，大起反感，所以給了她一個釘子碰；要講這件事的來龍去脈，是她先錯。但這會兒不是講理的時候，曹震忍氣陪笑，「好了，好了！夫妻總是夫妻，你把這件事先跟我說一說；我的賭帳不過一萬多銀子，沒有甚麼大不了的。」

「你真是好大的口氣！」

「自然有把握，才這麼說的。鑼不打不響，話不說不明。你願意幫我的忙也好，不願管我的事也好，總得把太太怎麼提起我的賭帳，還說了些甚麼，原原本本跟我說明了，我才斟酌。」

「好吧！我就原原本本告訴你。當時是——」

當時是秋月去找了兩枝眉筆，與震二奶奶各分一枝；聽候馬夫人的決定，做上該去該留的記號。最後再照震二奶奶的建議，細心斟酌，一直忙到起更時分方完。

「冊子你帶一本回去。」馬夫人對震二奶奶說：「讓通聲去估一估價，看總共值多少銀子。有些東西只怕在這裡還脫不了手。」

「是！我們核計好了，來跟太太回。」

「這裡沒有外人，我可有句話說。」馬夫人正色說道：「事情是不能不交給通聲辦。不過，聽說他賭帳很多，你可管著他一點兒。」

這話極重，等於說她疑心曹震處理這一箱子東西時，會先去還他的賭債。震二奶奶不防馬夫人會當著秋月撕他們夫婦的面子，一時滿臉通紅，竟有些不知所措的模樣。

在秋月，這麼多年還是第一回看見震二奶奶如此難堪，心裡倒覺得老大不忍。話原是她跟馬夫人說的，而此時竟不能不反過來幫著掩飾。

「外頭的閒言閒語也聽不得那麼許多。就算震二爺逢場作戲，手風不利，到底只是『書房賭』，就輸也有限。」

經過這一陣緩衝，震二奶奶心神略定，便即接著秋月的話說：「雖說有限，積少成多，也有上萬銀子。不知道太太說的是多久的話？」

「我也不知道多久的話，反正有人這麼在說就是了。」

「如果是這幾天的事，我不知道；倘是一個月前的話，事情已經了啦。」

「怎麼了的？」

「還不是我張羅。」震二奶奶答說，「連錦兒的私房錢，兩千多兩銀子都湊在裡頭子。」

說得有根有據，不由得馬夫人不信，「錦兒攢那幾個錢也不容易。」她沉吟了一下問道：

「我記得放給趙家的那三千銀子，快到期了吧？」

「那筆款子是活期，當初說定了的，要抽回來得兩個月以前通知他。」

「你明兒個就通知他好了。」馬夫人說，「把那筆錢抽回來，還給錦兒。」

「不必！」震二奶奶答說，「我另外有法子，太太就別管了。」

「好吧！你叫我不要管，我就不管了。反正只要通聲不鬧虧空就是。」

抱了冊子回來，少不得將經過情形，說與錦兒，提到馬夫人顧慮曹震有賭帳時，震二奶奶說：「當時窘得我只恨少個地洞好鑽！奇怪，也不知道是誰在太太面前搬的嘴？太太向來不聽這些話的，除非像秋月、春雨她們跟她說，她才會信。」

「秋月、春雨都不是愛搬嘴的人。」錦兒問說，「後來呢？」

「後來虧得秋月打了個岔，我才算抓住一個把兒，能把話接了下去。」震二奶奶得意地笑了，「不但算是把面子找了回來，差點還發一筆財。」

聽震二奶奶將如何解消窘局講完，錦兒便埋怨她說：「從老太太去世，我從沒有得過甚麼『外快』。好不容易有這麼一個機會，咱們二一添作五多好？你怎麼倒把它推掉了？」

「你別忙！只要你多出點力，千把兩銀子跑不了你的。」震二奶奶翻開那本「萱榮芝茂」的冊子說：「你拿根過帳的『牙籌』來。」

錦兒取來一根圓形牙籌，一端刻著一朵梅花；附帶一盒印泥。一面翻冊子，一面印上梅花，都是可以變賣的首飾。

「打了記號的，你把它抄下來；明兒到徐賣婆那裡去一趟，讓她先估個價。」

「只怕她先要看貨。」

「不用看！她自然知道，其中至少有四分之一，原是從她婆婆手裡來的。就是她經手的，也有好幾樣。」震二奶奶又說：「你告訴她，她的價錢出得合適，作成她做這筆買賣。她也別心急，過幾天叫她來再來；如果自己找上門來，鬧得人家都知道了，她就別想做這筆買賣了。」

錦兒會意，必是震二奶奶先須有一番布置；轉到這個念頭，自然而然想起一件事，急著要告訴震二奶奶。

「二奶奶，你看好笑不好笑？聽太太說要置祭田，又說先看定幾處地方，等四老爺回來了再定規；居然就有人去巴結季姨娘了，說哪裡、哪裡有多好的田？又許了季姨娘多少好處，要她在四老爺面前說好話。世界上有這樣的人！」錦兒笑著罵，「真是瞎了眼。」

「不但瞎了眼，還沒有長耳朵，似乎從來沒有聽說過四老爺對季姨娘是甚麼樣子。」震二奶奶又說：「這也好！這件事上讓他們去瞎起勁；季姨娘有個空心湯圓吃，也許就少管閒事了。」

所謂「閒事」指的是甚麼？錦兒自然心領神會，深深點頭。

談到這裡，便是曹震回來的時候。震二奶奶談這段經過，當然也是有保留的，讓錦兒到徐賣婆那裡去估價的話，她就沒有說，只問丈夫：「你別胡吹了！你憑甚麼能多賣出一兩萬銀子來？」

「我有我的路子，也是機會湊巧。老施平海侯中風，一命嗚呼；他沒有兒子，兩個姪子爭著想襲爵。一個近一點，一個遠一點；遠一點的那個，要進京打點，想覓一批珠寶，只要東西好，不怕價兒大，你說這不是絕好的機會？」

震二奶奶隱約聽說道施平海侯兩姪子爭襲爵的事，心裡不免動了，「你這個機會是怎麼來的呢？」她問。

「這你就別問了，一時也說不清楚。」曹震又說：「機會是在咱們這裡面，正好要處置這批東西；要快，讓別人占了先著，可惜了。」

震二奶奶想了一下問：「教我怎麼能信你的話？」

「這——」曹震沉吟了一會，欣然說道：「這挺好辦。你先叫別人去估價；反正我照你的價碼給，多出來是我的。」

震二奶奶看著錦兒問：「你看怎麼樣？」

「我不知道。」錦兒答說，「不過，二爺的賭帳既然太太都知道了，就不能不了。」便這句話，就很幫曹震的忙了。「好吧！」她說，「不過話在頭裡，你不能經手；事情我來辦，多下來的歸你就是。」

「你的花樣真多！」曹震困惑地問：「莫非你還拋頭露面，跟人家去講價？」

「為甚麼要我去，人家不可以來？」震二奶奶針鋒相對地答說：「因為你的花樣太多，我不能不招架。不然我對太太怎麼交代？」

「太太在老太太靈前的那番話。」錦兒接口說道：「二爺，你也得想想，是衝誰說來的？」

「衝我是不是？」曹震手指著鼻子，雙眼瞪得好大地，腦袋直伸到錦兒面前。

錦兒趕緊退了兩步；想想氣不過，大聲說道：「你在我面前發狠，算不了英雄！」說完，扭頭就走。

弦外之音，誰都聽得出；曹震看到妻子那種好笑而近乎得意的神情，胸中氣得都快爆炸了，忍了又忍，到底不敢發作，只遙遙說了句自己找落場之話。

「你等著！」他向後房大聲說道：「總有一天讓你瞧瞧，我不是好欺侮的！」

在後房的錦兒不作聲，震二奶奶卻發話了，「誰又欺侮你了！」她冷笑著說，「你不是說，你是景陽崗打虎的武二爺？英雄蓋世，真不得了，誰又敢欺侮你？」

一聽這話，曹震大感狼狽。原來這是他有一天私下跟錦兒說的話；為了不滿震二奶奶的跋扈，他說他總有一天像武松那樣，打隻「母老虎」給人看看。不想這話她竟也知道了；自然是錦兒告訴她的。

這使得他很傷心，妻妾有二，卻沒有一個可共腹心。這個家實在沒有可留戀的。念頭轉到這裡，抬腿就走；震二奶奶便問：「你要到哪裡去？」

「你問它幹甚麼？」曹震回頭答道：「你們齊了心不讓我過清靜日子，我又何必在這裡惹你們的厭？」說完，大踏步而去。

錦兒便出來埋怨震二奶奶，「你隨他去就是了，何必理他？」她說，「這一去不是賭，就是找女人。」

「你以為我不說，他就不賭，不找女人了？」

「賭還是賭，找還是找，不過心裡總不大受用。如今呢，自以為人家逼得他這個樣，心安理得，再也不覺得有甚麼不對。」

震二奶奶不作聲，心裡承認錦兒說得不錯，不免略有悔意，嘆口氣，懶懶地站起來，扶著桌子站著，但見孤燈照影，心裡有種說不出的不自在。

「我把床鋪好了。」錦兒問道：「是睡呢，還是再坐一會兒？」

「坐也一樣，睡也一樣。」震二奶奶停了一下，突然說道：「我也想通了，各人找各人的樂子；你叫她們燙點酒來我喝。」

錦兒點點頭，替她燙了酒，連下酒的果碟子一起端了來，卻只得一副杯筷。

「你呢？不陪我喝點兒。」

「我得到雙芝仙館去。春雨明兒要去喝她表姐的喜酒，跟我借個拜盒，再不送去，她那裡要關門了。」

「莫非她那裡連個拜盒都沒有？」

「拜盒是有，都不能上鎖。我有個能上鎖的拜盒。」錦兒又說，「等我回來再陪你喝。」

到得雙芝仙館，芹官已經睡下了，春雨還在等她。交了拜盒要走，春雨拉住她說：「坐一會，我有話跟你談。」

「二更天都過了，何況你明天去喝喜酒，要起早。」

「不！那是下午的事。」春雨依舊堅留，「難得來一趟，咱們聊聊。」

錦兒突然想到，晚一點回去讓坐夜的婆子等門，也真是給曹震機會；如果他回心轉意，倒回來了，卻因院門已閉，逼得他住在外書房，豈非不智？

因此，她翻然變計，問一句：「你不怕一聊聊得晚了。」

「怕甚麼？」

「那好！」錦兒關照跟來的小丫頭：「你先回去，跟二奶奶說，我一時不得回去。再告訴楊媽等門，二爺還沒有回來呢！」

「怎麼？」春雨問道：「不說太太有話交代震二爺，怎麼還不回來？」

「回來過了。嘔了一場氣，又走了。」

「怎麼回事？」

春雨這一問，錦兒才發覺多說了一句話，她不願透露實情，就得編個理由來應付。

想一想理由現成，「還不是為了二爺好賭。」她說，「欠了一身的賭帳，還不許人問。」

「唉！」春雨嘆口氣，「震二爺娶了震二奶奶，真是得福不知。」

錦兒不以為然，但亦不能明說，只好保持沉默。

「二爺待你怎麼樣？」這也是一句不易回答的話，而且也不知道春雨何以會問這話？抬眼看她是很關切的神情，越覺不解。

「說啊！這有甚麼不好意思說的？」

「我有甚麼不好意思說！」錦兒瞅著她似笑非笑地說，「我只不知道你想我告訴你甚麼？」

皮裡陽秋的話，使得春雨臉一紅，「我亦不過聊閒天。」她問：「你想到哪裡去了？」

「我，」錦兒低聲說道：「我只當你要拿我們二爺跟芹官作個比較呢？」

春雨越發臉紅，怨氣說道：「算了，算了，不跟你說了。」

看她有惱羞成怒的模樣，錦兒急忙握住她的手說：「我跟你鬧著玩的！幹麼認真？」

「不是我認真，是你的話可氣。」

「好了，好了！看你，」錦兒笑道，「氣得這個樣子。」她正一正顏色又說，「跟你說實話，二爺待我還不錯。不過，他亦多半只能擱在心裡。」

「為甚麼？是為了震二奶奶？」

「你何必說出來？剛才我不答你那句話，你就明白了。」

「哪一句話？」春雨旋即想到，隨又說道：「我的意思，震二爺虧得有震二奶奶管著，不然還不知道會弄成甚麼樣子。一個人有人管，也是福氣。」

「你這話，倒像挺新鮮似地。」錦兒又笑著低問，「芹官管你不管？」

「他不管我，不過有個人管我。」

「誰？」

春雨不答，錦兒也想到了，指的是秋月。很想問一問秋月是怎麼管她，但很難措詞。於是，她旁敲側擊地說：「照這麼說，你也是有福氣的囉？」

「自然！我福氣還大得很呢？」

「那就說給我聽聽，讓我也高興高興。」

春雨聽出來了，錦兒說的也是反話。她突然警覺，震二奶奶原來對秋月不滿，如今情形不同了。倘或錦兒把她的話告訴了震二奶奶，說不定就有是非，因此，她搖搖頭不肯再說了。

正談到這裡，聽得門外足音，春雨與錦兒都住口不語，門外的腳步聲，亦愈清晰，證實了她們最初的感覺，是男子的步伐，當然是芹官。

等他一露面，春雨便問：「怎麼睡睡又起來了？」

「帳子裡有蚊子，還不止一隻。」芹官向錦兒問道：「你是甚麼時候來的？」

「來了一會兒了。」錦兒答說：「春雨跟我借個拜盒，我特為替她送了來。」

「喔，」芹官便問春雨：「借拜盒幹麼？咱們自己不已有兩三個？」

春雨有點生氣，很想頂他一句；話到口邊，驀地裡省悟，便改了和緩的口氣答說：「咱們的拜盒，不能上鎖，我得找個有鎖的拜盒。」

儘管她的態度改變得快，卻仍瞞不過錦兒，便知趣地起身說道：「不早了，我該走了。」

「怎麼？」芹官笑道：「早知道我一來你就要走，倒不如不來，免得殺風景。」

「那裡，本就該走了。你看，都快三更天了，」說著，錦兒匆匆起身；「明兒見！」

春雨送走了錦兒，回來便埋怨芹官：「我不跟你說過，我得找個有鎖的拜盒？」

芹官愣了一下，定神細想，果然有這回事。春雨有個表姐出閣，嫁的是個暴發戶，春雨與她的嬸母、嫂子全要去喝喜酒，要借幾樣插戴，妝點門面。春雨頗有幾件首飾，得找個拜盒裝了去。尋常拜盒，只有搭扣，不夠謹密；唯獨錦兒有個拜盒，可以加鎖，特意借了來用。這件事他記得春雨跟他說過的。

「我一時記不得了。」芹官看她臉色不悅，便又笑道，「這也不是甚麼大事，值得生氣嗎？」

「哼！」春雨冷笑，「你全不把我的事擱在心上，我又哪裡敢生氣！當著錦兒我都把氣忍下去了，這會又何必跟你生氣？」

「當著錦兒？」芹官詫異，「你剛才就生了一回氣了，哪來這麼大的氣？」

一聽這話，春雨就不但生氣，直是大怒！為了芹官問一句「借拜盒幹麼？」春雨惱他記性不好，細細說過的話，竟會忘得一乾二淨，但不願發作，是怕傳出讓人笑話——都道芹官讓春雨收服了，百依百順，好得不得了，其實都是騙人的話！芹官根本就不問春雨的事，說芹官如何體貼馴順，無非春雨自己給自己臉上貼金而已！

如今聽他的話，不但證明他對她漠不關心，絲毫不能體會她的苦心深意，而且隱隱然在責她愛使小性子！這幾年一片心血全在他身上，到頭來落得這麼一個結果，真是把心寒透了！

轉念到此，眼眶一陣發熱卻不願在芹官面前掉淚：一掉淚即是示弱，為芹官留下了一個話柄，以後再想收服他，便不容易。因此，掉頭就走，一進了後房，還怕芹官跟了進來，「蓬」地一聲，將房門帶上。

在芹官看，這竟是絕裾而去，不覺大怒，很想破門而入，問個清楚，轉念一想，鬧了起來，就占上風，又有甚麼意思？何況，也未見得能占上風。

這一洩氣，自是心灰意懶，一個人回到臥房，倒想如有些人所說的，丫頭們一生悶氣就「上床睡覺」；無奈帳子裡有蚊子，就只好在燈下枯坐了。

那面春雨一個人淌了幾滴眼淚，又靜坐了一會，心境漸漸平和，自然就會不放心芹官，不知道他睡著了沒有？於是悄悄移步，推開芹官的房門一看，只見他坐著發愣。

這也不算意外，帳子裡有蚊子，他自然不會睡，這樣一想，不覺歉然。便先取把蒲扇，打開珍珠羅的帳門，從裡往外搧了一陣，估量不會再有蚊子了，方始喊道：「來睡吧！」

「我不睏。」

是在賭氣。春雨心想：此時不宜跟他辯理，也不必固勸，只說一句：「那就再坐一會，或者看看書。」

一面說，一面替他斟了茶，看驅蚊的艾索快燒完了，又續上一根。心裡尋思，得找個題目才能留下。凝神想了一下，記起一件事來了。

「啊！有震二奶奶送來的荔枝！」

說著，匆匆而去，不一會小丫頭端來一冰盤的荔枝。春雨跟在後面，手裡是一隻空碟子，一把銀叉；就坐在芹官書桌橫頭，剝好一碟荔枝，連銀叉擺在芹官面前。

「吃吧！挺好的丁香荔枝。」

「擱在那裡！」芹官看都不看，一雙眼睛仍在一本《疑雨集》上面。

春雨又有些氣了，但隨即便有警惕，微笑答一句：「你不吃我吃！」

一面剝荔枝，一面注意芹官的動靜；看他的書好久都不翻一頁，便知看書不過是為了便於不理她；心裡是在生悶氣。

「你也別說人家，自己的氣還不是好大？」

芹官仍然置若罔聞，而且似無意，實有意的將手邊的荔枝，作勢推開。

這就使得春雨好笑了，心裡尋思，一定要逗得他開了口，僵局才能打開；便冷冷地說一句：「你那一頁書該翻過去了。」

芹官勃然大怒，「你怎麼這麼煩人！」他「啪」的一聲，將書摔在地上，霍地起身，急步往床前走去，走到一半，起腳交錯著往前猛踢，黑忽忽一物，從他頭上飛過來，不偏不倚正掉在荔枝盤中，是一隻拖鞋——春雨立即浮起簇新的記憶，這雙拖鞋，芹官上腳還不到半個月。

第九章

江南富貴人家子弟，歇夏喜著輕便柔滑的軟緞皮底拖鞋；鞋面自然要繡花，花樣上就看得出雅俗精緻。芹官是十一歲那年，便由曹老太太特許著繡花拖鞋，但防著古老的「四老爺」會斥之為輕薄浮華，所選花樣無非「五福捧壽」之類，一向不敢用花花草草。

「今年夏天四老爺不在家，咱們變個花樣。」芹官跟春雨商議，「要別致，又得有意味，你看甚麼花樣好？」

「夏天無非荷花之類。」春雨答說。

「荷花下面躲一對鴛鴦如何？」

「不行，不行！你不會臉紅，我還怕人笑話呢！」

「我跟你說著玩的！你想想，那種花樣有多俗氣，你肯繡，我也著不出去。」芹官想了一會，突然說道：「有了！用銀灰色的面子，繡一枝杏花。」接著念了兩句陸放翁的詩：「『小樓一夜聽春雨，深巷明朝賣杏花。』」

春雨聽懂了，也很高興，不過，「光是一枝杏花，單擺浮擱地不好看。」她說，「得配上一點兒甚麼？」

「要配，就拿我的名字，配上你的名字。」

「你是說再繡上一束碧綠的芹菜？」春雨躊躇，「這不大好吧？」

「有何不可？」芹官答說：「你是怕人笑話？不會的。『芹』字固然明了；『杏花』暗藏著『春雨』，在這裡只有兩個人懂，一個已經進京了；一個不會說破，更不會笑你。」

「哪兩個？」

「一個是秋月。」芹官答說，「還有一個我不說，你也想得到。」

「那自然是碧文。」春雨心想，秋月也許會管，不過有話應付，只是有一點不妥，「好像太素，再配上兩顆櫻桃，你看好不好？」

「不好！」芹官又說，「就是要素才好！你不想想，老太太的百日是過了，咱們照『老家子』的規矩，還是要穿素的。說真個的，用軟緞已經不大對了，何能再『紅了櫻桃』？」

「嗯、嗯，說得倒也有道理！」春雨凝神想了一陣，興致勃勃地說：「好！繡出來一定好看！」

繡出來，果然素雅別致。花當然是「欲霽鳩亂鳴，將耕杏先白」的白杏花；不會是出牆的紅杏；綠葉與青芹顏色犯重，但葉淺芹深，再綴上不深不淺的幾顆小小青杏，越顯得層次分明，加上銀色的底子，最宜襯托綠白兩色，繡成細看，春雨得意非凡；用棉花蒙好鞋面，叫小丫頭送到皮匠那裡配底，一再叮囑：「別弄髒了！要皮匠格外用心，選最好的皮，另外加他的錢。」

芹官也是一樣，新拖鞋剛取回來時，持在手中把玩，愛不忍釋，說是「真捨不得穿！」擱了兩天，是春雨一再催促，方始上腳。

曾幾何時，「捨不得穿」的拖鞋，已毫不愛惜！鞋無所知，人卻難堪。春雨一時心灰意懶，只覺雙腳發軟，一步都走不動。好久，才強自振作，替芹官掖好帳門，拖鞋放回床前，才悄然離去。

到得第二天，芹官一覺醒來，氣自然消了。回想昨夜光景，不免抱愧，想去找春雨說幾句話，怕有別人在，臉上抹不下來。因而垂腳坐在床沿，故意弄出些聲響，打算著春雨聞聲而至，陪個笑臉，和好如初。

哪知只見小丫頭進來伺候，打臉水、鋪床，好半天都不見春雨的影子，他便沉不住氣了。

「春雨呢？」

「一早就有他家的人接走了。」

「怎麼早就走了！」芹官頓覺惘然若失，「總有話留下來吧？」

「是交代阿圓。」

「阿圓呢？」

「到小廚房端點心去了。」

「回來了！」阿圓在堂屋裡接口，接著掀簾而入。

「春雨臨走時，是怎麼說來的？」

「說明天下午才能回來，早則未牌時分，反正太陽下山，一定到家了。」阿圓又說：「我問她：『要不要叫醒了，當面跟芹官說。』春雨說：『不必，讓他多睡一會。』」

「那是甚麼時候？」

「都大天白亮了。」

「既然都大天白亮了，」芹官暴躁地問，「為甚麼不來叫我？」

「這話，」阿圓笑嘻嘻地說：「我可答不上來了。」

這阿圓本派在小廚房打雜，性情最好；就因為這個緣故，春雨跟震二奶奶說了，將她挑了來補三多的缺。如今看她挨了罵，還能笑臉相向，芹官倒似照了鏡子一般，覺得自己的脾氣發得沒有道理，便好言安慰她說：「我不是對你，是春雨豈有此理。」

「好了！一早起來，幹麼生氣？」阿圓問道：「是先吃粥，還是先打辮子？」

「先打辮子吧！」芹官看一看床前的皮套小金鐘說：「今天晚了。」

「這樣，一面吃，一面打辮子。」說著，阿圓便取了把黃楊木梳，先走了出去。

芹官跟著到了後軒飯廳，吃完一碗粥，又嘗了一塊百果油糕；阿圓將他的辮子也編好了。交代小丫頭拿著書包，按春雨的規矩，將芹官送到中門。

但等他下學回來，情形就不同了。平時有春雨穿房入戶，或者跟他說說話，或者就取了針線籃來，靜靜陪著他坐，芹官從無孤單之感。這一天回到雙芝仙館，只是阿圓接過書包，替他沏了茶，便管自己退了出去。芹官一個人坐在書桌前面，心裡空落落地，只覺得做甚麼都沒意思。勉強看了幾頁書，總感到有甚麼地方不對勁；磨夠了辰光，到萱榮堂去拜供，總算有事做了。

「春雨作客去了。」錦兒問說：「你也不用回去吃飯，是陪太太吃，還是到我們那裡？」

「你那兒有甚麼好吃的？」

「還不就是小廚房的例菜。」錦兒又說，「你愛吃魚麵，我替你做。」

魚麵是拿活青魚燙熟，拆骨留肉，和在麵粉中揉透了，切成麵條；再下在好湯中混煮。吃是好吃，卻極費事。芹官笑道：「算了！我就陪太太吃吧。」

芹官從小親祖母，母子之間單獨相處的辰光不多；加以生活起居，單獨有人照料，倘有甚麼難題，只找震二奶奶，事大如天，亦如無事。因此，在馬夫人面前，他幾乎無話可說，陪著吃完飯，便有些坐立不安的模樣了。

知子莫若母，馬夫人便說：「你到你二嫂子那裡串門子去吧！回去了，看書也別看得太久。」

芹官答應著，退了出來；聽他母親的話，到震二奶奶那裡「串門子」。只見她跟錦兒正在吃飯，便即問道：「二哥？」

震二奶奶不答他的話，只說：「在太太那裡吃了甚麼好的？」

「還不是除了羊肉，還是羊肉。」芹官探頭一看，「這一碟子蝦子拌鞭筍，好像很不壞。」

聽這一說，錦兒便拿她的筷子挾了一塊，送到芹官口邊，她用的是一雙銀筷，只是勉強挾住了那塊筍，芹官嘴脣一碰筷子，筍就掉了，再挾第二塊時，筷子滑，筍又是滾刀塊，挾了半天沒有挾住，震二奶奶嘆口氣說：「真是蘑菇！你乾脆拿筷子讓芹官坐下來吃，不就行了嗎？」

「我原是這麼想的。」錦兒笑道，「看他饞相，打算先餵餵他的饞蟲。」

說著起身設座添杯筷；芹官看著震二奶奶的酒杯問：「顏色倒像汾酒？」

「我可喝不得那種烈酒。」震二奶奶答說，「那天收拾地窖，檢出來十幾瓶葡萄酒；還是老太爺去世的前一年，西洋教士送的。我跟太太回，打算跟你對分，太太說：『葡萄酒補血，紅白都一樣，你就留著喝吧。不必給他了。』你如果喜歡，帶幾瓶回去。」

「不，不！既然太太說了，又是當藥用的，我不要。」

「那麼，就在這裡喝吧。」

錦兒知道芹官對食器別有講究，彷彿記得聽他說過，葡萄酒要用水晶杯子，才合著「葡萄美酒夜光杯」那句詩，便起身去找水晶杯，卻是遍尋無著。

「你不拿杯子來，讓人家可怎麼喝啊？」震二奶奶大聲催問。

「不正在找嗎？」錦兒自語著，「奇怪，到哪裡去了呢？」

「你是找那隻水晶杯子不是？」震二奶奶問。

「是啊！我明明記得擺在多寶槅上的。」

「別找了，沒有了！就拿隻磁鍾吧。」

錦兒取來一隻細白暗花的磁鍾，斟滿了酒；芹官嘗了一口說：「可惜了！」

「怎麼？」錦兒問說：「沒有『夜光杯』？」

「不是！這酒要冰鎮了，才能出香味。」

「這可沒法子。」震二奶奶接口說道：「往年早就有冰了！今年是四老爺說：能省則省，反正老太太也過去了，不必那麼講究。就把這項供應給蠲了。其實，冰價雖貴，也省不了多少；一夏天用的冰，抵不上四老爺買一幅假畫。」

聽震二奶奶在發牢騷，芹官不敢再提冰的事。錦兒卻念念不忘那隻水晶杯，還在那裡攢眉苦思，輕聲自問：「會到哪裡去了呢？」

「早就屍骨無存了。」震二奶奶冷笑，「你還不知道咱們屋裡，專有個砸東西的大王嗎？」

芹官這才明白，他們夫婦又吵架了，而且像吵得很凶。看震二奶奶滿臉的委屈與憤懣，芹官心裡也很難過；只是震二奶奶不說，他也不便相勸。勉強陪她喝了兩杯酒，託辭明天要交功課，起身告辭。震二奶奶也沒有再留他，叫個小丫頭點燈籠送他回去。

到得一邊到萱榮堂、一邊到雙芝仙館的岔路上，芹官心中一動，想了一下，問那小丫頭說：「過去那個空院子，你怕不怕？」

那座空院子裡有口井，井中死過含冤負屈的丫頭，而且還不止一個。不提不想，晚上一個人也就過去了，一提起那小丫頭頓時變色，腳上像綁了一塊極重的鉛，再也無法提得起來。

「是害怕不是？」

「嗯，」小丫頭囁嚅著說：「有一點。」

「不管你一點、兩點，你要害怕就別送我了。」

「不！二奶奶知道了，會拿雞毛撣子抽我。」

「我不說，她怎麼會知道？」芹官又說，「你不想想，這會兒有我在，不要緊；回頭你一個人怎麼回去？我又得叫人送你；把你送到了，我的人又怎麼回來？所以得兩個人送你一個。那有多麻煩！倒不如你就送我到這兒，那裡打個轉再回去，就說把我送到了。二奶奶如果問起來，我替你圓謊。」

那小丫頭也知道，芹官對下人最體貼不過，他答應了不告訴二奶奶，一定會做到；當即笑嘻嘻地將燈籠交到芹官手裡，蹲身請了個安。

芹官又說：「萬一問起來，你的燈籠給哪裡去了；你怎麼說？」

「是！不過——」

「你別管我，我走熟了的，絕不會摔著。」

如此細心體恤，那小丫頭真有感激涕零之慨，口中只是道謝，卻舉著燈籠不動身。

「你怎麼不走？」

「我還可以照你一段路。」

這話不錯，芹官不肯露馬腳，便往前走去到轉彎之處站住，看牆上的光影暗下來，才悄悄改道，往萱榮堂而去。

垂花門已經關了。芹官不免掃興，正躊躇著不知是叩門還是折回時，突然想起，萱榮堂另有一道為了夜間丫頭出入，不宜驚動老太太而特闢的小門，但須通過僕婦的下房，芹官從來沒有走過。此時說不得只好硬著頭皮闖了。

於是再往裡走，弄堂盡頭，有一道木屏風，轉過屏風，便是下房，四五個老婆子圍了一桌在鬥牌，一見是芹官，無不吃驚。

「你們玩你們的！」芹官先搶在前面，裝作很從容地說：「我找秋月有點事，前面的門關了，只好走那道便門。」

「便門不知道從裡面閂上了沒有？」有個老婆子說：「我陪芹官去。」

芹官本想阻止，繼而轉念，倒不如讓老婆子大大方方地叫門，秋月總不會拒而不納，當即點點頭說：「好！」

這時自告奮勇的人，又加了一個，一前一後，兩盞「手照」，領著芹官從極狹的一條走廊上，走到便門前面，推一推果然鎖上了。

「叫門！」芹官吩咐，「一進去，就是秋月後窗，聲音不必太大，她聽得見。」

前面的那個老婆子便用平常說話的聲音喊道：「秋月姑娘，開開門。」

凝神靜聽，裡面有了響動，有人問道：「誰啊？」

「芹官來看秋月姑娘。」

「喔！」

答應是答應著，卻並未開門。又過了一會，聽得裡面拔開門閂，呀然而啟，是秋月來開的門，旁邊有小丫頭拿燈照著。

「你怎麼這時候跑了來？」秋月詫異地問。

「我來拿你的詩稿。」芹官振振有詞地說。

「好吧！我給你。」秋月又向兩個老婆子道勞，「辛苦你們了。不進來坐一坐？」

「不打擾了。姑娘請進去吧！」

這時夏雲、冬雪亦已聞聲而集。她們跟芹官原都是玩笑慣的，但從曹老太太去世以後，芹官除了每天上供到靈前來磕頭以外，平時絕少機會到萱榮堂，彼此疏遠已久，平添了三分客氣，等芹官到得秋月屋裡坐定，冬雪沏了杯茶來，還說一句：「請用茶！」

「拿我當客人了！」芹官笑道：「若是這樣，以後我就不好意思多來了。」

「芹官這話才客氣得過分！」夏雲說道：「你是主子，我們是丫頭，愛到哪裡到哪裡，說不上不好意思。」

「甚麼主子、丫頭的！從來也沒有聽你們說過這話，真是生分了。」芹官又問，「你們成天倒是幹點兒甚麼啊？」

聽得這話，夏雲與冬雪相視而笑。「這可把我們問住了！」夏雲答說，「說忙不忙，說閒還真不閒；每天就有那麼多事！」

「倒是些甚麼事呢？」

「就是自己都不知道是甚麼事。」

「你這話說得真叫莫測高深！」芹官笑道，「不過我倒懂了一句話，大概你這就叫『無事忙』！」

「一點不錯！」冬雪接口說道：「譬如，剛才聽說你來了，心裡就急得很，忙著要來見你。如今見了面，一聊聊上半天，回頭想起來還有件事沒有做，可是眼睛發酸，想睡了。這不是『無事忙』嗎？」

「能『無事忙』也是福氣。像我，今天無聊了一下午，這會兒跟你們談談，心裡就舒坦得多了。」

夏雲與冬雪又相視而笑。秋月看他們說夠了，方始開口問說：「你這會兒是從哪兒來？」

「從，從雙芝仙館來。」

「一個人摸黑就來了？也不帶個人！摔著了怎麼辦？」

聽得是責備的口吻，芹官便笑而不答。

夏雲比較機靈，怕秋月數落芹官，有人在場，他臉上會掛不住，便起身說道：「給老太太燒的銀錠快完了，摺錫箔去吧！」

冬雪會意，附和著說：「對了！趁早摺好了它。芹官，可不陪你了。」

「請便，請便！」

等她們倆一走，秋月隨即便開抽斗，取出一本詩稿說道：「趁春雨不在家，你把這本稿子拿回去看吧！明兒來還我。」

「明兒恐怕看不完，最快也得後天。」

「好吧！就是後天。」秋月站在門口，是等著送他的模樣。

「現沏的一碗茶，我還沒有喝呢！」

「好吧！」秋月無奈，「喝了茶就走。」

「你別攆我！」芹官央求著，「好姐姐，咱們說說話。」

秋月微微嘆口氣坐了下來，等他開口。芹官卻又不說話了，伸手一摸茶碗，趕緊縮回了手。

「怎麼？」秋月問道：「手燙著了？」

「手倒沒有燙著，茶還不能上口。好姐姐，你替我吹吹。」

秋月便坐過去，將茶几上的蓋碗揭了蓋子，低著頭吹散熱氣；腦後露出一截脖子，髮根長著稀稀疏疏茸毛，芹官看過一些「雜書」，知道只有守身如玉的處子，才有這樣的茸毛，不由得益增愛慕之心。

「行了！」

實在是溫涼可口了，芹官卻摸一摸茶碗，故意說道：「不行！還是太燙，我又渴得很。好姐姐，把你的茶給我吧！」

一連三個「好姐姐」，叫得秋月心煩意亂，意不知如何應付。當曹老太太在日，頗有自知之明，對孩子溺愛過分，所以常常囑咐秋月：「我是叫沒法子，芹官要甚麼，一想到老太爺就留下他這裡一棵根苗，又是遺腹，就怎麼樣也說不出一個『不』字。你們跟我不同；不能都依著他！」因此，芹官若有逾分的要求，或者言語、行為出了格，秋月若非峻拒，便是開導。當時認為理所當然，有時自覺委屈了芹官，但只想到他有老太太的疼愛，就偶爾委屈些，亦自不妨。心裡那種歉疚的感覺，立刻就能消失。

就像此時這碗茶，倘在一年半載以前，替他吹涼，已是遷就了；吹涼了說不涼，一定給他個釘子碰：「愛喝不喝，隨便你！」是這樣的話，他又何至於涎著臉要喝她的殘茶？

由此可見，真是客氣不得！不然得寸進尺，還不知道會有甚麼稀奇古怪的花樣。秋月心裡是看得很明白，但不知如何，此刻就是不忍拂他的意，說一句：「你真會磨人！」還是把自己的茶給了他。

「謝謝——」

秋月接著他的尾音，很快地說：「別再叫好姐姐了。」

「你也太多心了！」芹官笑道：「你當我是瞎恭維，聽著討厭，是不是？」

「我也不知道你是瞎恭維，還是——」她本想說「還是真心覺得我好？」話到口邊，才發覺這個說法很不妥，所以硬生生地嚥住了。

芹官當然要追問：「還是甚麼？」他說，「你一向說話爽朗，怎麼也弄成吞吞吐吐，不乾脆的樣子？」

「你別問了。說我不乾脆，就算不乾脆。」秋月又說，「時候不早了，你喝了茶就走吧！」

「難得來一趟，咱們聊聊。」

「沒有甚麼好聊的。」秋月想到了一個擺脫糾纏的法子，「我得幫她們摺錫箔去了。」

「我也去。」芹官毫不遲疑地說。

這可是沒法子了。不過，有夏雲冬雪在一起，自己不會有那種不自在的感覺，便也就由他了。

於是，出了秋月的臥室，由曹老太太在日起坐的前房穿出去，便是供靈的堂屋。靠壁擺一張方桌，夏雲、冬雪倆對坐著在摺「銀錠」。靈前一對綠色的素燭點得明晃晃地，夏雲對光而坐，錫箔反光，照得她臉上格外亮。

芹官放下茶杯，先在靈前磕了頭，起身問道：「我能幫甚麼忙？」

「甚麼忙也不必幫。」秋月答說，「你只安安靜靜坐一回，就請回去吧！」

「好！我就安安靜靜坐一會。」說著，芹官拖一張凳子過來，由於對壁的那面，地位最寬，自然而然地就挨著秋月一起坐了。

秋月是在芹官磕頭時，便作了暗示，別跟芹官多說話，所以夏雲、冬雪都默無一言，看樣子是專心一致地幹活——用錫箔摺成的「銀錠」，分為空心、實心兩種。三個人都是快手，一張錫箔到了她們手裡，三摺兩疊，再吹一口氣，立刻就成了饅頭大的一枚大銀錠。

芹官看得有興，也要動手來摺。

「你別動！摺錫箔要洗了手來。」秋月又說：「摺完了還得洗手，別麻煩了吧！」

「為老太太的事，麻煩點兒算甚麼！」

居然是這一句冠冕堂皇的話，秋月又無可奈何了。夏雲與冬雪相視一笑，站起身來說：「我替你打水去。」

打了水洗了手，芹官學著摺銀錠，但不是散了，就是不合規矩，秋月忍不住說道：「醜死了，你看你摺的！」

「別說它醜！」夏雲接口說道：「老太太收到了，真要當寶貝，還捨不得花呢！」

「是啊！」冬雪也說，「早晚芹官做了官，拿俸祿銀子買了錫箔化給老太太，那就不知道老太太會笑成甚麼樣子？」

「聽見沒有？」秋月趁機規勸，「你如果不肯好好念書，怎麼對得起老太太？」

「我何嘗沒有好好念書。不過，念好了書也不一定能做官。」

「怎麼呢？」冬雪問說。

「想做官要會做八股文章。那玩意是天底下最無聊的東西。我寧願不做官，也不會去學做八股。」

「那麼，我倒請問，」秋月問說，「你不做官做甚麼？」這話將芹官問住了；想了半天說：「我做人！」

夏雲、冬雪都笑了，秋月也笑，卻是冷笑。「你當做人容易？」她說，「做人第一就要能自立；不然，讓別人瞧不起，想做人也做不起來。」

芹官不作聲，夏雲怕話太重了，芹官臉上掛不住，便打著岔問：「咱們弄點兒點心來吃。怎麼樣？」

「有甚麼好吃的？」芹官正中下懷，他說：「今晚上跟太太一塊兒吃，沒有吃飽。到了震二奶奶那裡，本來可以好好找補一頓，哪知道震二奶奶為震二爺嘔氣，害得我食不下嚥。這會兒倒是有點兒餓了。」

「你想吃甚麼？」夏雲問說：「有江米百果糕，最能搪飢。」

「也不至於餓成那個樣子。」芹官笑道，「實在是吃著好玩，最好喝一碗粥。」

「我想起來了。」冬雪突然說道：「我跟朱媽要了個鴨架子，本來想明天熬湯喝的，不如拿來煮鴨粥。」

「深獲我心。」芹官大為贊成，「老太太在日，最愛鴨粥，回頭煮好了，先盛一碗上供。」

三個人說話，一句接一句，密不通風，不容秋月插嘴阻攔；臨了請出曹老太太來，孝思不匱，更無法反對。但有句話，她卻不能不說。

「等這碗鴨粥到嘴，只怕三更天都過了。」

這句話提醒了芹官，向夏雲匆匆說道：「你馬上叫人到我那裡去說一聲兒，我在這裡。不然她們會滿處找我。」夏雲答應著去了，冬雪也去幫著煮鴨粥，秋月便說：「你可以寬坐了！」

「不！我還挨著你坐。」

「你可別胡來！」秋月眼觀鼻、鼻觀心地說：「當著老太太在這裡。」

「老太太也不會攔我跟你親近。」

話越說越露骨，秋月心想：只有躲開他之一法。但剛站起身來，就讓芹官拉住了。

「你別走！」他說，「我就因為一個人無聊，才特意來看你們的。你們都走了，撇下我一個人冷冷清清地，於心何忍？」

這一說，秋月的心也軟了，「你規規矩矩坐著，別說那些瘋瘋癲癲的話，我就不走。」她又建議：「要不你去看我的稿子。」

「不！我拿回去細看。」

「那就好好兒說說話。」秋月問道：「春雨甚麼時候回來？」

「總得明天下午。」

「她不過才回去了一天，你就覺得無聊了，可見你少不得春雨。」

「這話我不能不承認。」芹官接下來說：「她大概也知道我少不得她，有時候不免、不免想挾制我。我很擔心——」他嚥了口唾沫，沒有再說下去。

「挾制」的字樣，已很嚴重，又說甚麼「擔心」，使得秋月更不能釋懷，當心問道：「你擔甚麼心？」

「我是個不受挾制的人，她如果連這點都弄不明白，我擔心遲早會跟她鬧翻。」

「如果是那樣，你就對不起老太太了。」

「那也不能怪我。」

「當然，春雨也要改一改。」秋月問道：「她是怎麼挾制你？」

於是芹官便談起春雨跟錦兒借拜盒的事，只為他無意中一句話，春雨便認為他對她毫不關心；明知他最受不得冷落，偏偏就不理他。這便是「可惡的挾制」。

「後來呢？」秋月問說。

「後來，」芹官略顯得意地說，「我以其人之道，還治其人之身，也不理她。」

「那不是扯個直？你不能為這些小事，生春雨的氣，除非——」秋月突然頓住，但終於還是說出來：「除非你討厭她了！」

「我討厭她甚麼？」

「那要問你自己。」

「我想不出來，只覺得，」芹官皺著眉細細去想他對春雨的感覺，好一會才吃力地說：「好像不如以前那樣體貼了。」

秋月一時好奇心起，立即問道：「以前是怎樣體貼？現在是怎麼樣不如以前？」

「譬如說晚上，」芹官突然警覺，與春雨共枕繾綣之情，何足為第三者道，而況這第三者是守禮謹嚴的處子？便笑笑又說：「你不懂！」

床笫之事，在她確是似懂非懂，但芹官所指的是甚麼，她豈能不懂？於是本來「思無邪」的秋月，突然之間，心猿意馬，想到了她不敢想，並自認為不該想的種種形象。一面自己羞了自己，一面又害怕芹官會看透她的心境，益發血脈僨張，燒得滿臉發紅、胸頭一股無名的煩躁，壓得她透不過氣來。

「好熱！」她這樣自語似地說，迫不及待地一仰脖子，解開領紐，使勁將衣領往兩旁扯開。

這一扯，讓芹官眼前一亮，秋月頸項上掛著一條黃橙橙的金鍊子——當然是用來繫兜肚的。

「你倒闊氣！」芹官信口說道：「據我所知，繫胸衣使金鍊子的，你是第二個。」

聽得這一說，秋月才知道自己失態了，急忙將領口掩攏，「這是老太太的恩典。老太太說，你不愛戴首飾，給你你也不要，不太委屈了自己。這樣吧，給你一條只有你自己瞧得見的金鍊子。本來穿孝不應該使金的，我想一則是老太太賞的，二則也沒有人瞧見。不想，」她用好笑的笑容來掩飾羞窘，「居然讓你瞧見了。」

「那是眼福不淺。」芹官笑道，「讓我細瞧一瞧行不行？」

「不行！」秋月的心境比較平靜，一面扣紐子，一面問道：「你說我是第二個，還有一個是誰？」

「你倒猜一猜！」

「是——」秋月偏著頭思索，很快地想起一個人，「必是震二奶奶。」

「對了！」

「這我都不知道，你倒知道！是聽誰說的？」

芹官是看到的，有一回也是夏天，無意中窺見震二奶奶在換衣服，金鍊子繫著一個猩紅繡花綢子的兜肚。不過，秋月老實，只當他是聽人所說，自然就不必說破實情，隨口答說：「聽春雨說的。」

「那就是了。除非震二奶奶，再沒有別人配使。」話一出口，秋月發覺大有語病，急忙又加了一句：「我也不配，只是老太太格外寵我而已。你可別跟人去說。」

「甚麼事別跟人去說。」門外突然應聲，隨即出現了夏雲，她也只是信口接了一句，並不想細問，只說：「粥差不多了。還湊付了四個碟子，勉強像個吃消夜的樣子。請吧！」

秋月心怨夏雲不懂事；這一來，芹官就不知道甚麼時候才能回去了？正想開口，只見芹官欣然起身，「好極了！」他說，「悶了一下午，到底找著樂子了。」

到得起坐間一看，不知道夏雲哪裡去弄來的燻魚、茶腿、椒鹽杏仁、蝦米拌芹菜四個碟子，綠白黃紅，四色俱備，逗人食欲。

「這可得來點兒酒了！」芹官拈了兩粒杏仁，拋入口中；咀嚼得好香似地。

「酒？」夏雲答說：「那可難了！」

「你忘了嗎？」冬雪立即提醒她說，「那天不找出來一罈荔枝酒？」

「對了，對了！」夏雲很高興地，「我倒忘了。」

於是冬雪去捧來一個青花磁罈，封口繫著紅布，罈子上另有一條紅紙，寫著「百粵荔枝酒」五字，紙墨黯舊，看去藏之多年了。

「我都從來不知道有這麼一罈酒。」秋月說道：「也不知道壞了沒有？」

「打開來看看就知道了。」芹官親自動手，解開繩子，掀去紅布，罈口另外用數層油紙封住，依舊完好，便有把握可以確定酒不會壞。

果然，用錫製的酒提子，汲起來一看，其色微黃，毫無渣滓。嘗一口，又甜又香，卻不大有酒味。

「淡得很！」芹官說道：「大家都能喝。來、來、坐下。」

看他興高采烈，秋月實在不忍多說甚麼，聽憑夏雲去取了一套素瓷套杯，按各人酒量，將最大的一個給了芹官，其次給冬雪，又次給秋月，自己用了最小的一個。

「坐吧！」芹官對秋月說，「這回你不會嫌我擠著你了，各霸一方。」

秋月笑一笑，在芹官對面坐了下來。夏雲跟冬雪相對，一個在芹官下首，一個在芹官上首。

「就這麼喝寡酒多乏味！」芹官說道：「咱們得想個賭酒的法子。」

「別鬧吧！」秋月提出警告，「明兒太太知道了，大家都落不是，何苦？」

「不要緊！你們就算替我補慶生日好了。」

「這個題目好！」夏雲很起勁地向秋月陳述她的看法，「每年芹官生日，老太太都要替他熱鬧三天；今年因為老太太不在了，連碗麵都吃不上。其實，老太太如果會從棺材裡開口，一定這麼說：『你們就讓芹官樂一樂嘛！我瞧著也高興。』咱們今天這麼一點不費事地替芹官補慶生日，也為的是孝順老太太，絕不能算過分。」

秋月不語，意思是許可了。芹官卻大為驚奇，「咦！」他說，「夏雲是多早晚學得這麼會說話了？」

「她本來就是一張利口。」秋月答說，「不過有老太太在，她不敢多說而已。」

夏雲似遺憾、似得意地笑了一下，然後又說：「不過這樣子到底太簡陋了！想想看，還有甚麼可以待客的東西？」

「就只有震二奶奶那裡送來的，兩小罎揚州醬菜。」冬雪答說：「再就是甜點心。」

「就是醬菜好！」芹官連連點頭，「下粥最宜，不必再找別的了。」

於是冬雪去取醬菜，夏雲卻已想到了個賭酒的花樣，「那回請朱師爺，說行了一個酒令，聽碧文講給我聽，怪有趣的。」她興致盎然地，「咱們今天也雅它一雅，好不好？」

「好啊！」芹官問道：「你們說，行個甚麼酒令？」

「不能太難，也不能太容易。容易的，沒意思；太難了，搜索枯腸，不是自己找罪受？」秋月答說：「你就照這個意思去想吧！」

這當然是顧及冬、夏二人的緣故，芹官深以為然。曹家的丫頭，大多識字，卻不是從認字號開始；課本是《千家詩》及王漁洋輯錄的三卷《哥賢三昧集》，循聲問字，輾轉相授，所以識字的丫頭，都有幾十首詩念熟在肚裡。芹官要想個酒令，少不得從這上頭去著眼。

及至冬雪將一盤醉蟹、一盤什錦醬菜取了來，芹官已經想停當了。「你坐下來！」他說，「咱們現在要行個酒令，先說一句四個字的成語，俗語也行；接下來念一句詩，五七言不拘，或者詞也可以，不過意思得連貫；還有，上下兩句之中，一定得有個文字合著席面上能吃的東西。按著字面數過去，合著字面的喝門杯，下一個接令。」

秋月當然一聽就懂；夏雲須細想一會才能明白；冬雪卻猶茫然，便即說道：「芹官，請你舉個例看。」

「好！」芹官隨口念道：「暮春三月，桃花流水鱖魚肥。」

「啊！一說就明白了。這個酒令容易。」冬雪又問：「行酒令是不是要個令官？」

「對！你說容易，你做令官好了。」

「我做令官可還不夠格。」冬雪吐一吐舌頭笑一笑，稚態可掬，引得秋月也笑了。

「做令官的好處多著呢！」她說，「我勸你做。」

「不！我不會做。」

「我來做！」夏雲自薦，心裡是打著借令官的權威，捉弄芹官的主意。

「好，就你做。令官起令。」

夏雲想了一下問道：「是不是酒令大似軍令，令官的話不准駁回？」

「有道理當然不能駁。」芹官已經從她狡猾的笑容中，看出她的心意，「蠻不講理可不行。」

「我做令官當然要講道理。只要你不是無理取鬧就行了。」夏雲凝神思索了一會，咳嗽一聲說道：「聽令！」

「神氣得很！」芹官「噗哧」一聲笑了出來。

「不准胡鬧！再胡鬧罰酒。」夏雲便念：「蝦兵蟹將，曼衍魚龍百戲陳。」

「有這麼一句詩嗎？」芹官懷疑。

「一定有的，你不能問出處。」秋月說公道話，「這不會是夏雲杜撰的。」

芹官心想不錯，要夏雲杜撰，也不見得能做這麼一句詩，便點點頭承認，「意思倒很渾成。不過，」他笑道，「作法自斃，該你自己喝一杯；殃及池魚，冬雪得喝兩杯。」

這一下，夏雲如夢方醒，忘了算字面的位置了——十一個字中，有蝦、有蟹、有魚，從自己數起，不正是她跟冬雪二人對喝。

不過她的機變很快，先向秋月歉意地笑一笑，打過招呼，接著說道：「各人各法，我做令官有我的法度，從下一個數起，秋月喝一杯，你喝兩杯。」

「哪裡有這個規矩？沒有見過！」芹官大聲抗議。

夏雲只記著「一朝權在手，便把令來行」這句俗語，從容不迫地說：「你沒有見過，今天讓你開開眼。」夏雲道：「快喝酒完令，不准再嚕囌！」接著又打官腔：「咆哮轅門，該當何罪，你知道吧？」

「好傢伙！」芹官搖搖頭，乾了兩杯荔枝酒。

夏雲向秋月舉一舉杯，抿了一口，溫柔地說：「該你了。」

「我知道。」秋月徐徐念道：「淡泊自甘，飯稻茹芹英。」又笑道：「我也是作法自斃。」說完，引杯入口。

夏雲和冬雪都沒有聽懂她念的那句詩，只聽出來有個「芹」，一數正好到她自己。但芹官卻知道她念的是白香山的詩；連那句「淡泊自甘」，上口默誦了兩遍，恍然大悟，這是她借喻明志，寧願丫角終老，便是「淡泊」；不負老太太的付託，盡心照料，便是「茹芹英」。

領悟到此弦外之音，芹官感動而且感激；隨即舉杯說道：「略表敬意！」說著一仰脖子，將杯酒喝得點滴無餘。

「該冬雪了。」夏雲說：「不忙！慢慢想。」

「嗯！」冬雪已經想好了，一面替芹官斟酒，一面好整以暇地念道：「滿園春色，一枝紅杏出牆來。」

「小鬼頭春心動也！」芹官大笑，笑停了說：「這是取巧，不過不能說『滿園春色』不是一句成語，無奈又是個作法自斃的；你為甚麼不說『紅杏枝頭春意鬧』？那就該令官喝酒。如今沒有說的了，令出如山；你請吧！」他手向冬雪的酒杯一伸。

冬雪目瞪口呆，自以為將「春色滿園關不住，一枝紅杏出牆來」，割去「關不住」三字，再顛倒一下，便是現成的一個好酒令；不道經芹官一批，無一是處，還鬧了個「作法自斃」，喝了門杯，不由得又羞又氣。

最氣人的是甚麼「小鬼頭春心動也」，當時便提控訴：「令官你聽見沒有？他罵我『小鬼』。」

夏雲唯恐天下不亂，一聽這話，正中下懷，想一想問道：「你只告他罵你『小鬼』？」

「還有甚麼——」冬雪嘟著嘴考慮了一會說：「算了！」

「好，一款罪名罰一杯。」夏雲向芹官說道：「還有一款罪名，她不告，我不罰。公平不公平？」

芹官猶自不服，秋月便說：「你就罰一杯吧。」

芹官聽她的話，喝完了酒，念了四個字：「與子同夢，」偷眼看秋月的臉色一變，便故作不覺，從從容容地念完：「粥香餳白杏花天。」然後又說：「該令官喝兩杯。」

夏雲一愣，抬眼問道：「為甚麼？」

「你數，『粥』字該你；『杏』字又該你，不是兩杯？」說著，抓了一撮鹽杏仁放在她面前，「拿這下酒，慢慢喝。」

夏雲怎樣也不甘心，反為芹官捉弄；攢眉閉口，將「粥香餳白杏花天」默念了兩遍，突然間喜上眉梢。

「請問，粥在哪裡？」

「不煮得有鴨粥嗎？」

「不錯，不過不在席面上。」夏雲又說，「『席面上』三個字，可是你自己說的。」

芹官啞口無言，秋月便說：「好，咱們這就是立下個例子了，不在席面上的不算。」

「還有，」夏雲再問，「杏花在哪裡？就有，能吃嗎？」

「哪能這麼說。扣住一個杏仁的杏字就行了。」

「這就是蠻不講理了。杏花跟杏仁差著好幾千里地呢。」

芹官被堵得氣結，想一想反駁：「那麼剛才冬雪說紅杏，怎麼又算呢？」

「紅杏不一定是指杏花；杏兒熟透了，也有帶紅顏色的。有杏兒就有杏仁；不帶出花字來，就不算犯令。你這兩個字全無著落，罰酒一杯！」

「真好一張利口。」芹官苦著臉喝酒；三個人都在匿笑。

「這一圈令行下來，就數你的話多；最後還是你罰酒。如今第二圈開頭，我說一個，你一定又不服。」夏雲看著芹官說，「你信不信。」

「你甭想用個金鐘罩把我罩住。」芹官笑道，「若是不合道理，我當然要說話；你得教我心服口服，就像秋月剛才說的那個令一樣。」

「我可沒有那麼好的才情。」夏雲行令：「飯袋酒囊，借問酒家何處有？」

「這一用『酒』字就寬了。」芹官無異議，秋月卻開了口，「規矩應該從嚴才好！不然，要誰喝誰就得喝，太方便了。」

「四個字的成語，可以顛倒著說的很多；你如果覺得不能顛倒，非說『酒囊飯袋』不可，那就你喝一杯，芹官喝一杯。」

「橫豎要我喝，我喝兩杯就是。」芹官說道：「朝乾夕惕尚且可以寫做夕惕朝乾；酒囊飯袋，為甚麼不能念成飯袋酒囊？我喝。」說完，又連乾兩杯。

「這回倒大方！」冬雪嫣然一笑，「反正不是你喝，就是秋月喝；樂得大方。」

弦外餘音幽渺，秋月裝作不解，管自己念道：「天上人間，杏花春雨江南。」

「蘊藉之至！」芹官在桌上拍了一下，是擊節稱賞的意味，「不過上面一句倒是顛倒來用的好：人間天上，杏花春雨江南！意思更圓滿，音節亦好得多。」

「慢點，好雖好，不能用。杏花不能算杏仁。」令官從寬處置：「秋月，你改一句。」

秋月卻不願改，因為天上人間，表面看來是形容江南；而她卻著重在「春雨」上，是答覆芹官所挑逗的「與子同夢」，提出忠告；有春雨相伴，便是福氣，切莫得福不知。

因此，她舉杯說道：「算了！我罰一杯吧。」

這就該冬雪了；夏雲用了「酒」字，使她很興奮，因為就如秋月所說，酒字甚寬，要芹官喝酒很容易。此時不假思索地便念：「酒色財氣——」

「糟糕！」夏雲便笑，「又該芹官喝酒了。」

「你別高興！」芹官答說：「下面那一句不好接；酒色財氣四件事，承不住就是不通，該冬雪自己罰酒。」

夏雲無法駁他；秋月不作聲，表示同意他的說法。這一下，冬雪又有些嘀咕了；想了一會，還是把原來的句子念了出來：「酒債尋常行處有。」

「是不是？」芹官得意地說，「色財氣三字全無著落。不通，罰酒！」

令官無話可說；秋月看冬雪由神采飛揚變成黯然無語，心有不忍，當即說道：「冬雪你改一句；慢慢想。」

「對了！」這下提醒了夏雲，「剛才我就勸秋月改，這是有例可援的。」

冬雪受了鼓勵，精神一振，凝神想了一會，忽現笑容，很從容地說：「我改上句：酒囊飯袋，酒債尋常行處有。通不通？」

「通極！既然到處問哪裡有酒家，自然到處欠下酒債。不過，」芹官環視著問：「酒囊飯袋算不算犯重呢？」

「不犯重！」冬雪指著夏雲振振有詞地說：「她是飯袋酒囊，我是酒囊飯袋。」

「啊，」芹官忍笑說道：「原來如此！對你們兩位倒是失敬了！」

一聽這話，秋月掩口胡盧。夏雲便罵冬雪：「你看你，連說句整話都不會，真是酒囊飯袋。」

「你呢——」

一看冬雪似乎要反脣相稽，吵起嘴來，多沒意思，秋月趕緊阻攔：「好了！冬雪的話有理，不算犯重。」

「對、對！不算犯重！」芹官拍拍冬雪的手背，作為安撫，「我喝！」這一下，又是兩杯。

「吃點菜！」冬雪投桃報李，挾半塊鰣魚，用手拔去了刺，餵入芹官口中。

芹官咬住了鰣魚，卻又吐在碟子裡，眉目一掀，看著秋月說：「我得了極好的兩句。」接著朗聲念道：「瓜瓞綿綿，萊菔有兒芥有孫。」

「果然好！」秋月深深點頭，取杯在手。

「慢一點！」夏雲問道：「第二句是甚麼？」

「蘇東坡的詩。」芹官答說，「你問秋月。」

「甚麼叫萊菔？」夏雲轉臉去問。

「就是蘿蔔。」

「這麼說，藥裡面有一味萊菔子，」冬雪插嘴問道：「就是蘿蔔子？」

「一點不錯。」

「我倒還不知道。」夏雲拿筷子在醬菜中撥弄著，「黃瓜、蘿蔔、芥菜。唷，我得喝三杯？」

「我這個令好就好在這裡！」芹官得意揚揚地。

「秋月也得喝一杯？」

「已經喝了。」秋月拿空杯子照一照。

夏雲無奈，一面喝酒，一面嘀咕：「甚麼怪詩！芥菜有孫子，辣椒還有爺爺吶！」

秋月、冬雪都好笑，芹官尤其樂不可支，拍著雙手大笑：「妙極、妙極！」語聲未終，「咕咚」一聲，人從紅木骨牌凳上，栽倒在地。

夏、秋、冬三人無不大驚失色，夏雲的手腳快，上前扶起芹官，焦急地問說：「怎麼啦？好端端地，怎麼一下子就栽了跟頭。」

「你扶住我別動！」芹官閉著眼，聲音微弱地說：「一動我就得吐。」

「原來酒喝醉了！」秋月鬆了一口氣，「這酒又甜又香，容易上口，誰知道後勁大。先看看，摔傷了哪裡沒有？」

於是冬雪將燭台移了過來，秋月先看芹官的腦袋，夏雲則在他的肋骨上按一按問：「疼不疼！」

「沒有傷、沒有傷！你們別亂，一亂一動，我非吐不可。」

「索性吐出來倒也舒服了。」冬雪有過醉酒的經驗，「我去拿盆子來。」

「這會好些了。」芹官說道：「你們扶我到藤椅上去靠著。」

秋月和夏雲便左右挾扶，將他弄到曹老太太生前所用的那張軟榻上，找了幾個棉墊子墊在他背後，因為一放平了，他的酒就會湧上來。

「得想個解酒的法子。」秋月叮囑：「你看著他，我去沖醬油湯。」不一會醬油湯、冷毛巾都來了。冬雪一手拎個大瓷盆，一手拿張小板凳，將板凳放在軟榻旁邊，把瓷盆擱了上去，她還是主張芹官吐出來比較舒服。

芹官不答，他極力掙扎，最好不吐，一則是好強，再則嘔吐狼藉，也太殺風景。

「你吐出來！」冬雪極力鼓勵，「吐出來，咱們再喝！」

「還喝！」夏雲自怨自艾地，「早知道這樣子，我不灌他的酒了。」

「杯子大小不一，喝門杯本來就不大公平。」

「那也是他作法自斃。」夏雲接著秋月的話說，「他自己說的喝門杯。」

「我實在想不通。」冬雪笑道：「行令誰都行不過他，盡是他的理，哪知道偏偏就數他的酒喝得最多。」

「樂極生悲！」秋月也笑著說：「都是教那句『怪詩』害的。」

聽得這話，芹官想起夏雲那種萬般無奈、埋怨蘇東坡做「怪詩」的神情，不由得就想笑。

這個念頭一動就壞了！硬壓著的酒一下衝了上來；暗叫一聲「不好」，張口就吐，幸虧冬雪那只瓷盆擺得恰當好處，俯著頭，盡情一吐，心頭頓時就輕鬆了。

不過那惡濁的氣味，連芹官自己都無法忍受，只是皺著眉連聲喊道：「糟糕，糟糕！」

「一點都不糟，吐出來就舒服了。」冬雪知道醉酒嘔吐以後，最難受的是甚麼，拉著他的手說：「跟我來，到院子裡來漱口。」

「怎麼樣？」秋月急忙上前扶住，「能不能走路？」

「能。不過腿有些發軟。」

「你們扶了他去吧！」夏雲接口道：「我來料理善後。」

於是秋月相扶，冬雪去提了一大磁壺冷開水來，讓芹官在院子裡大漱大吐，將口中鼻腔清理得不噁心，又用冬雪倒來的一臉盆熱水，好好洗了個臉，頓覺神清氣爽，滿身輕快。

「真殺風景！」芹官歉意地笑道：「沒有想到這酒這樣厲害。你們呢？」

「我們甚麼？」冬雪問說。

「是不是也有點醉意？」

「酒都讓你一個人喝了，我們要醉也無從醉起。」

「你如果有興致，我再陪你喝。」

「嘚、嘚！別鬧了。」秋月急忙攔阻，「喝碗粥，我們送你回去。」

一聽最後一句，芹官便愀然不樂；秋月、冬雪都沒有發覺。夏雲恰好走了出來，接口說道：

「另外擺桌子吧！屋子裡我薰著香。要不就陪老太太一塊吃。」

於是就在靈前靠壁的那張方桌上，重設杯盤。端上粥來，秋月先盛一碗上供；走回來一看，恰如摺錫箔那樣，就只芹官旁邊，空著一個位子，兩人又「擠」在一起了。

「這粥真不壞！似乎那一回也沒有今天來得入味。」

「飢者易為食。」秋月接著芹官的話說：「不是那一醉把肚子掏空了，不會覺得粥好吃。凡事——」她停了一下，終於說了出來：「要不足才好。」

「怪話！」夏雲說道：「如今最嫌不足的是季姨娘，她可是一點都不覺得好。」

「我也覺得是怪話。」冬雪笑道：「跟蘇東坡的怪詩，正好配對兒。」

芹官與夏雲都笑了；秋月自然不會，「季姨娘嫌不足是不知足。」她說，「知足常樂。」

「那是自己騙自己的話。」夏雲大為搖頭，「我可不信。」

秋月笑笑不答；芹官想幫她辯兩句，苦於無詞，只好算了。

「其實，季姨娘這陣子，也該知足了。」冬雪是經常在季姨娘那裡走動的，比較了解她的近況，「每天都有人串門子，還有人送禮的。季姨娘自己都說，來了十幾年，從沒有這樣子受人恭維過。」

「那倒是為甚麼呀？」芹官問說。

「你別打聽了！」秋月不願談論是非，「坐一會回去吧。」

聽得這話。芹官頓有如墮冰淵之感；回到雙芝仙館，冷冷清清，悽悽切切，李清照所說的那個「愁」字，怎生了得？

於是，他脫口答一句：「我今天不回去。」

聲音與態度，都聽得出來，有種負氣的意味。秋月一驚，夏雲與冬雪面面相覷，席面上一時顯得異常尷尬。

秋月責無旁貸地得解消這個僵窘的情況，很容易也很難！容易的是一句話：「好了，你就不回去好了！」難的是，想到容許芹官今晚留宿在此，所引起的一切後果，是不是承擔得了？

這是個需要好好考慮的疑問，而眼前的形勢，卻又不容她從容細想，那就只有先安撫了芹官再說。

轉念到此，便先敷衍，「好吧！」她說，「你真的不願意回去——」秋月忽有靈感：「就睡在老太太床上好了。」

自從曹老太太去世，按舊家的規矩，馬夫人自然而然升格為「一家之主」，順理成章地遷居萱榮堂。但秉性醇厚謙退的馬夫人，在曹老太太入殮之時，便作了宣布：「老太太雖走了，咱們還照老太太在世一樣，一切都別動！」這也就是秋月跟夏雲、冬雪依舊在萱榮堂「閒住」的緣故。

因為如此，保持著曹老太太生前的那間臥房，便令人有種神聖不可褻瀆的感覺，所以芹官一聽秋月說讓他「睡在老太太床上」，直覺地認為不妥。

「不！」說出這個字，他才想到，秋月的意思是明白相告，別妄想與任何人同睡一屋，當即說道：「我在起坐間將就一夜好了。」

「那怎麼行！」夏雲向秋月提出一個很妥當的辦法：「我跟冬雪睡一床，你睡到我們那裡來，把你的床讓給芹官。」

不留他則已，留他便只有這個辦法了。秋月點點頭說：「就這樣。」

有了這句話，芹官的興致馬上又好了。冬雪卻想到一件事，搶先開口：「芹官不回去，應該通知一聲，不必等門。該怎麼說法？」

「就說喝醉了！」秋月答說，「除此以外，芹官再沒有理由歇在這兒的。」

這也隱隱然有著對芹官警告的意味，別以為創下了一個例子，可以經常來纏個不休。芹官當然明白，心裡亦不免委屈，覺得秋月不該如此防賊似地防他。當然，這不過是一閃即逝的感想。

「從老太太去世，只有今晚上，我才覺得做人有點樂趣——」

「咄！」秋月趕緊喝阻，「才多大歲數，說這種話。」

「你覺得我的話太蕭瑟了，是不是？」

「不必去咬文嚼字。總之你這年紀不能說這種話。」

「是啊！」夏雲接口說道：「我聽著也覺得彆扭。你談點高興的事。」

「本就是要談我今晚上怎樣高興。」芹官接著又說：「今天我才知道，你們是真的關心我，不盡是看在老太太的分上。」

「你這話好像不大對，這叫甚麼——」夏雲想了一下，「啊！叫語病。莫非看在老太太分上照應你，就是假的關心？你說這話，我第一個就替秋月不服。」

「我不是這個意思！若是這個意思，不但你替秋月不服，我也替你不服。」

「算了！別揀好聽的說了。我亦不是怎樣真的關心你，也不過名分上該當做的事。再說，人都是將心換心，你要看人家是不是真的關心你，只問你自己是不是真的關心人家？」

「這話很通。」芹官看著秋月說，「夏雲不但會說話，見識也挺高的，真不愧是老太太調教出來的人。」

「老太太可沒有教會她做令官。」秋月笑道：「看她灌你的酒，老太太若是知道，少不得挨頓罵。」

「不過，看你們這樣照應我，老太太一定也會高興。」

話題總不離曹老太太，越說越多，會想到那麼多瑣瑣碎碎的小事，還不足為奇；不可思議的是每件小事的細微末節，都記得清清楚楚。自然，心境都是歡喜與感傷並到而成的不勝低徊追慕；恨不得歲月能縮回去一年半載，仍舊是從早到晚，整天熱鬧的萱榮堂。

突然間，聽得鐘打兩下，秋月矍然驚呼：「可了不得！都四更天了！快睡去吧！」

於是，首先為芹官安排臥處，秋月換了被單，另取了一床夾被；換枕費事，只得一仍其舊。

「上床吧！」秋月說道，「睡好了，我替你趕蚊子。」

「不！」芹官答說，「我還得看你的詩稿。」

「甚麼時候了？明天再看。」

「好姐姐！」芹官央求著，「倘或睡不著，眼睜睜等天亮，那不是受罪？倒不如看倦了，拋書入夢，反能好好睡一覺。」

秋月也知道，芹官有「擇席」的毛病。這時候又不能將他送回去，說不得只好依他了。

「這樣吧！你睡在帳子裡頭看。回頭你也別起來，就讓燈點著好了。」秋月又問，「你睡覺不怕亮光吧？」

「不怕！」

「那好！上床。」

一面說，一面來解芹官衣鈕。相距數寸，吹氣如蘭，芹官不免又動了綺念。

「秋月——」

「別嚕囌。」秋月很快地喝阻，她想到夏雲那些皮裡陽秋的話，心裡大感冤屈，便又說道：「你以後說話也要檢點，看看甚麼話能說，甚麼話不能說。」

「我甚麼話說錯了？你告訴我，我一定改。」

秋月正要答話，聽得前房人聲，便搖搖頭說：「一時也說不盡。」

來的是冬雪，「我跟夏雲睡，把我的床給你。」她說：「你的梳頭匣子呢？我替你帶去。」

「梳頭匣子不必拿了，你先把我的鋪蓋抱了走。」

冬雪這時才發覺床上都換過了，便笑著說：「前天剛看你換了被單，今天又換一回，也不怕麻煩。」看一看芹官又說，「看樣子，明天還得換回來。」

芹官聽著，心裡大不是滋味，便強笑道：「早知道你們這麼嫌我！我真不該在這裡睡的。」

看他的臉色，冬雪頗為不安，「誰嫌你了？沒有！」她口不擇言地說：「你不相信，你睡到我那裡去。」

「對了！」秋月半真半假地說，「你睡冬雪的床也好。」

芹官根本就認為她們都是敷衍的話，笑笑說道：「只要你們不嫌我就行！睡哪個的床都一樣。」

「那就請安置吧！」

秋月將芹官送上床，拿扇子趕了蚊子，掖緊帳門，將燈捻得亮亮的，臨出門時卻還有話。

「明天你儘管睡好了。我一早就跟太太去回，把今天晚上的情形說一說。」

「好！」芹官叮囑：「別忘了，給我到書房請假。」

秋月答應著，隨手帶上房門。芹官即時便有一絲孤悽浮上心頭，只好強自抑制。等把心靜下來，聞得似有若無，彷彿在哪裡聞見過的香味。怔怔地思索了好一會，突然想起，這不就在秋月髮際聞過？

這一下自然也就知道了，香味的來源是在枕上。於是一翻身將臉埋在枕頭上，香氣自然又濃了些，足以勾起他的強烈的記憶，這天與秋月在一起的經過，清清楚楚地都如在眼前。

綺念惱人，幸而有秋月的詩稿在；先還視而不見，視線在稿本上，心思卻飄忽不定。好久，總算秋月所寫的字，能在他心裡發生意義了，也發生趣味了。

詩幾乎都是絕句，極少律詩，更無歌行，也很少用典，但語淺而意深，看得出蘊蓄著許多感慨。有的明顯，就像追憶曹老太太生前音容笑貌的那些詩，字裡行間洋溢著不能自已的孺慕之情；有的隱微，驟看不知所謂，細讀才能體會出味外之味，似乎秋月懷著極深的隱憂，深怕曹老太太一去世，再沒有一種力量能夠維繫曹家上下，分崩離析，在所不免。其中有一題，叫做「巧婦」，共是四首五絕，每一首的起句都是「莫道炊無米」，意思一層深一層，第三首說「巧婦」有米不炊，但他都能諒解她的為難；最後一首說，雖然有米不炊，但堂上翁姑卻相信家人都未挨餓。

看完這四首詩，芹官震動了。這明明是寫震二奶奶，他也知道她賦性剛強有決斷，愛憎分明，不怕得罪人，卻沒有想到她手段如此之「巧」！如果不是出於秋月的形容，他是絕不肯相信的。

突然間，聽得房門輕輕推開的聲音，芹官從枕上轉臉望出去，是夏雲躡手躡腳走了進來，便即問道：「你還沒有睡。」

這突如其來的一聲，嚇得夏雲身子一抖，連連以手拍胸，「嚇我好一大跳！」她定定神說，「你問我，我還要問你吶！怎麼還不睡？」

「睡不著。」芹官一翻身坐起來，順手將秋月的詩稿往枕下一塞，然後掀帳下床，看著惺忪倦眼的夏雲說：「你大概睡過一覺了？」

「是啊！一覺睡醒，想起秋月的話，說要是半夜裡醒了，到你屋子裡來把燈熄了。哪知道你還沒睡！甚麼書看得這麼起勁？」

「一本小說。」芹官看夏雲穿著緊身竹布小褂子，圓鼓鼓的雙臂，恰似肥藕，不由得伸手去捏了一把。

「不能再胖了！」他笑著說，「再胖就蠢了。」

「蠢就蠢，怕甚麼？」夏雲自己用手捏著雪白的手臂，彷彿很滿意似地。

「你不冷？」芹官指著衣櫥說，「你找件秋月的夾襖披上。咱們坐下來聊聊。」

「快天亮了，你還沒有睡過呢！」夏雲搖著手說，「不行！」說完，撮起嘴脣去吹燈。

「慢點！」芹官找個藉口，「你先替我弄碗茶來喝。」

「茶一定涼了。」

「不要緊。」

聽這麼說，夏雲便去倒了一碗茶，遞到芹官手中，他趁勢拉住她的手不放。

「幹麼？」

「把你嘴上的胭脂賞我吃了吧！」

「胡說八道，我嘴上哪裡有胭脂？從老太太一去世，就沒有碰過這些東西。再說，抹了胭脂睡覺，給誰看呀？」

「怎麼沒有！你真是孤陋寡聞。」

「真的有？」夏雲睜大雙眼，顯得很好奇似地，「莫非、莫非春雨上床還抹胭脂？」

「偶爾有之。」

夏雲怔怔地望著，彷彿不甚相信，好久才說了句：「她是怎麼想來的？」

「這我可不知道了。」

「她抹胭脂是為了給你看。」

「你想呢！」

「我問的簡直是廢話。」夏雲不好意思地笑道：「自然是給你看，不給你看，莫非是給她的那條吧兒狗看？」說著，格格地笑起來。

聽她這話，芹官心中一動，故意問道：「你說，給誰看？」

「誰也沒有。」夏雲又說：「我是這麼說說的；世界上哪裡有上床還抹胭脂的？」

破曉時分，萬籟俱寂，所以夏雲的笑聲，格外顯得響亮。連她自己都察覺到了，吐一吐舌頭，收斂了笑容，一本正經的模樣，將心旌搖蕩的芹官鎮懾住了。

「上床去睡！」

那威嚴的語氣，使得芹官不自覺地服從。等他上了床，她乾淨俐落地替他掖好帳門，「噗」地一聲，吹滅了燈，但見曙色隱透窗紗，芹官這時才覺得倦了。

第十章

「那也算不了甚麼。」聽秋月講完昨夜的一切，馬夫人很寬大地說，「從老太太走了，難得見他有笑臉，能讓他樂一樂，說真的，老太太也會高興。這件事不必再提了，倒是另外有件事，我要跟你商量。今兒一早季姨娘來跟我說；她的那個丫頭，老跟她頂嘴，跟棠官也合不來，想要夏雲。你看怎麼樣？」

秋月大為詫異。第一，頂碧文缺的那個丫頭荷香，脾氣好，怎說她會跟季姨娘頂嘴；其次，季姨娘何以會想到夏雲？以夏雲精明而帶點潑辣的性情，她駕馭得了嗎？

心裡這樣在想，口中不覺流露：「夏雲莫非不會跟她頂嘴？」

「我也這麼跟她說，夏雲能幹是能幹，不過脾氣不好。老太太在日都說過：『夏雲只有在我這裡，才不敢調皮。』你道季姨娘怎麼說？你想都想不到的，她說：『果然能幹，就是脾氣不好，我也服她。』」

「啊！這一說我明白了。季姨娘一定是嫌荷香老實，覺得她無用，故意說荷香跟她頂嘴。」

「這也是有的。」馬夫人深深點頭，「我也聽出來一點意思，她想要個像碧文那樣，能幫她的人。夏雲也是咱們家頂兒尖兒的人物，只怕她不願意到季姨娘那裡去。你倒先問問她看。」

「是！」秋月隨即又問：「震二奶奶怎麼說？」

「她是先跟震二奶奶去商量的。震二奶奶說：『老太太屋子裡人，我做不了主。』讓她問我。」

「那麼，太太到底怎麼答應她的呢？」

「我說，要問夏雲自己。我又勸她不必強求。她說夏雲真的不願意，也就算了。不過，夏雲曾說過一句話，也許會願意。」

「喔，」秋月問道：「不知道夏雲說了一句甚麼？」

「當時拿碧文許給朱先生的時候，夏雲說道：『碧文一走，苦了棠官。』季姨娘的意思是，夏雲看在棠官的分上，作興肯到她那裡去。」

「這——」秋月搖搖頭笑道：「只怕季姨娘一廂情願。」

「不管它！你去問了再說。」

秋月答應著辭了出來，一路盤算，怎麼樣也不會想像，一向爭強好勝的夏雲，會願意跟季姨娘。

回到萱榮堂，恰好芹官醒來，睡得不夠，但已無法入夢，料理他漱洗吃飯，送回雙芝仙館，才得與夏雲靜悄悄談話。

出秋月意外的是，知道了季姨娘想羅致她這件事，夏雲居然毫無詫異的表情，似乎早有所知了。

秋月心中一動，「是不是季姨娘私下跟你談過了。」她問。

「沒有。不過，我知道她有這個意思。有一次我到鄒姨娘那裡去，她告訴我說：季姨娘直誇你，說比碧文還強，真想你能幫著她。我笑笑沒有作聲。想不到她真的跟太太提了。」

「那麼，你的意思怎麼樣呢？」

夏雲先不答她這句話，反問一句：「太太在等著回話？」

「那倒沒有。」

「既不是等著回話，慢慢兒再說好了。」

秋月困惑地問：「你是存心拖一拖，不了了之呢？還是拿不定主意？」

「拿不定主意。」夏雲率直答說：「我得靜下來，好好兒想一想。」

說要「靜下來」，自然就不必多說話，煩擾她了。「好吧，」秋月起身說道：「你一個人好好兒想吧，想停當了告訴我。」

夏雲不作聲，一個人心神不屬地忽起忽坐。冬雪看在眼裡不免奇怪，問她何以魂不守舍似地？她搖搖頭不答，然後攏一攏頭髮，往外走了。

「怎麼回事？」

「是件新聞——」

聽秋月講完，冬雪倒真是詫異莫名，「這就奇怪了！」她說，「季姨娘那裡，我去的回數比你們多，她從來沒有在我面前露過口風。」

「這倒不足為奇。你跟她，比我們都熟，能當著你的面，誇讚夏雲，希望她去？你想，你心裡是甚麼味兒？」

冬雪點點頭，同意她的解釋，丟開自己想夏雲，「看意思是有點活動了。」她說：「她倒不怕得罪震二奶奶？」

秋月不作聲，她心裡也是這麼在想，不過不願意說出口。

「夏雲這會兒幹甚麼去了？」

「不知道。」秋月想一想說，「也許是找甚麼人商量去了吧？」

「除了咱們，她還能找誰商量？誰又能出她的主意。除非——」冬雪想了一會說：「也許是找錦兒去了。」

「你猜得不錯。等她回來，就有結果。」秋月指著靈桌說，「蠟台該收拾了，花也得換一換。」

於是，兩人動手收拾靈桌。忙過一陣子，洗了手喝茶，正又要談夏雲，她回來了。

「你知道我的事了沒有？」她問冬雪。

「知道了。」冬雪也問：「剛才你是找錦兒去了？」

「不是！我去看了震二奶奶。」

一連串的意外之事，以夏雲去看震二奶奶為最不可思議。秋月兀自搖頭，「我想不出你有甚麼話，要跟震二奶奶說，莫非，」她很吃力的說：「你跟震二奶奶在表明心跡，不是你想到季姨娘那裡去，是季姨娘來找你的。這樣避嫌疑，也可以不必！」

「不錯！我跟震二奶奶去表表心跡。不過不是甚麼避嫌疑。大家都知道季姨娘跟震二奶奶不和，你怕有季姨娘找我這回事，震二奶奶對我會不高興，所以要去說說明白，是不是？」

「也可以這麼說。」

冬雪接口：「我也是這樣子想。」

「你們倆想得都不對。我跟震二奶奶說，我願意到季姨娘那裡去，不為別的，只為季姨娘不識大體，心思糊塗，以致震二奶奶你這位當家人，常為她為難惹閒氣。我去了要跟她說明白，甚麼事可以做，甚麼事不可以做，少鬧笑話。她如果依我便罷，不依我我也不去。我是為了一家和睦，自甘委屈。」夏雲一口氣說到這裡，略停一停問道：「你們說，我這麼做，錯了沒有。」

「原來你是這樣的用心！倒真難得。」秋月問道：「震二奶奶怎麼說？」

「震二奶奶自然贊成。她說：『你說得出這番話，就算是幫我的忙了。你儘管去，以後季姨娘那裡有甚麼事，你先跟我來說，只要大枝兒不錯，我總依你就是。』」

聽得這話，秋月和冬雪也替她高興。「不過，」秋月問道：「你是先去看了季姨娘再說呢，還是我就照你的話，跟太太去回？」

「你把我去看震二奶奶的情形，跟太太回明白。如果太太肯放我，就請這樣關照季姨娘：你自己去問問夏雲的意思。談得攏最好，談不攏別勉強。」

秋月想了一下，點點頭說：「好！就這麼辦。」

「夏雲，」冬雪以好奇的語氣問道：「你願意到季姨娘那裡去，真的是為了一家和睦？」

這話問得太率直，有些不大相信夏雲似地。秋月怕夏雲臉上會掛不住，趕緊代為轉圜地說：「當然也是為了棠官。」

「為棠官當然也是一個緣故。」夏雲倒也相當坦率，「我還有一個想法，我不相信世界上有甚麼扶不起的劉阿斗。」

「原來你要藉季姨娘顯顯你的本事——」

「冬雪，」秋月立即打斷，鄭重告誡，「你千萬不能這麼說。」

冬雪也意會到了，這樣說法，無異替夏雲樹敵招忌，吐一吐舌頭，表示失言。

「夏雲呢？」錦兒問說。

「讓季姨娘請了去了。」

「已經去了！」錦兒頓時發愣。

見此光景，秋月自然關切，「怎麼？」她說，「這裡沒有人，你有話儘管跟我說。」

「冬雪呢？」

「陪著夏雲一起去了。」

「唉！冬雪不說，你怎麼也不勸勸夏雲，她怎麼會起那種糊塗心思？」

這下是秋月發愣了。仔細玩味錦兒的神態語氣，恍然大悟：震二奶奶根本不贊成夏雲去幫季姨娘，心裡不由得就起反感。

「這倒好！」她啞然失笑地，「夏雲說季姨娘『心思糊塗』；你又說夏雲『糊塗心思』。糊塗人都湊到一塊去了。」一聽話風不妙，錦兒趕緊分辯：「我可是好意！」她將秋月一拉，並坐在一起，低聲問道：「夏雲總告訴你了，震二奶奶跟她說些甚麼？」

「告訴我了，說震二奶奶挺贊成的，還說她以後到了季姨娘那裡，有甚麼事，先跟震二奶奶說，能依的一定依。」

「你信不信這些話？」

這一問，將秋月問住了，怔怔地望著錦兒，心裡亂糟糟地很不是滋味。

「大家這麼多年了，莫非還不知道她的為人？場面上的事，她哪裡會輸一點點的理？自然冠冕堂皇，滿口說好話。可是，暗地裡呢？」

這是錦兒坦誠相待，若非情分極深，她不必管此閒事，更不必如此洩震二奶奶的底。體會到此，秋月倒是頗為感動，但覺得就情理上來說，夏雲果然能處處局住季姨娘，少說些不明事理的話，讓震二奶奶少生些閒氣，也未嘗不是好事。震二奶奶何以又非容不得夏雲不可？

當她將這層意思說了出來，錦兒欲言又止，但在秋月炯炯雙眸逼視之下，終於開口了。

「你不想想，如果季姨娘明白事理，做的事、說的話，沒有甚麼好批駁的，還能讓她一個人獨霸天下嗎？」

錦兒口中的「她」，自然是指震二奶奶，雖然聲音很低，語氣平靜，但秋月卻震動了！有一種大夢初醒，一時不辨身在何地的感覺。

「這可真得好好想一想了！」

「對了！你好好去想，想通了擱在心裡，別說出來。」錦兒提了警告以後又說：「我這可是好話。」

「我明白！」秋月深深點頭。

「明白就行了。」錦兒一面說，一面站起身來，是要辭去的模樣。

「慢點！」秋月拉住她說，「夏雲怎麼樣呢？」

錦兒暫不作聲，緊閉嘴脣想了一會說：「也不必跟她說得太露骨。勸她別逞強就是了。」話完，腳步就移動了。

秋月默默地留在原處，越想越覺得錦兒的話有道理，也越覺得震二奶奶可畏。這樣，也就越替夏雲擔心。

怎麼勸呢？秋月在想，夏雲最好逞強，勸她別逞強，便成逆耳的忠言，甚至反而激起她的反感，偏偏要逞一逞強，豈非愛之適足以害之？

回過頭來又想，夏雲的想法一點不錯，為了讓震二奶奶一個人顯得格外精明，聽任季姨娘說糊塗話、做糊塗事，世上哪有這樣的道理？

於是，秋月知道該怎麼勸夏雲了！

夏雲此行的結果，非常圓滿。季姨娘這天說的話，一點都不糊塗，她說從碧文走了，她才真正知道碧文的好處，想起平時跟碧文嘔氣，都是自己不對，悔得不得了。不過將來一定不會再後悔了！意思是她絕不會像待碧文那樣待夏雲，往往將好意誤認作惡意。

「夏雲提了三件事，季姨娘都答應了。還要我做見證。」冬雪笑道：「看樣子，季姨娘倒是真的服夏雲。」

於是秋月問道：「季姨娘依了哪三件事？」

「第一，她的脾氣要改一改。」夏雲答說：「我的話很直，她們居然聽了。」

「你怎麼說？」

「我說，季姨娘你心裡有鬼，總覺得別人看你不起，要欺侮你，其實沒有的事。不過，因為你心裡有鬼，先就看別人不順眼，別人要避你，不願意跟你淘氣，在你看起來就是討厭你了。」

「她怎麼說呢？」

「她說，是有那麼一點意思。她會改。」

「怎麼改法？」秋月搖搖頭，「江山易改，本性難移。不過，至誠可以格天，也許受你的感化，真的能改，亦未可知。」

虧得有後面的那幾句話，才不至於使夏雲過分洩氣，「她不肯改，我會時時刻刻釘住她。這一點，我也跟她說明白了的。」

「喔，這就是你的第二件事？」

「是的。我說：季姨娘你知道的，我性子直。既然你看得起我，要我來幫你，我只要肯來，就是誠心誠意要幫你，說話太直，你不能怪我。不但不能怪我，而且一定要聽我。不然……，」夏雲笑一笑，「那就不必再說了。」

「她當然懂你的意思？」

「當然懂。她說：一定聽，一定聽。我不聽，你一生氣，說不幹了，我怎麼辦？」

秋月不作聲，冬雪怕場面冷下來，便說了句：「季姨娘的意思，倒是挺誠懇的。」

秋月點點頭，才又問說：「第三件呢？大概是關於棠官的？」

「一點不錯。」夏雲答說：「我只有一句話，棠官交給我，我一定照應得好好的，不過，你不能護短。」

「她也答應了。」

「答應了。」夏雲又說，「不但答應了，而且還說：要打要罵都隨你。」

「是這樣嗎？」秋月覺得季姨娘的答語，似出常情之外。

「夏雲的話沒有說清楚。」冬雪補充著說：「季姨娘是這麼說的，你就像棠官的大姐一樣，棠官真的不服你管教，就罵他兩句，打他兩下，莫非我還會心疼？不會的，要打要罵，你自然有分寸，我絕不會說一句半句的。」

「那還差不多。」秋月想了一下問道：「你甚麼時候搬到季姨娘那裡去？」

「那要回了太太再說。」

「回太太不過一句話，你自己跟季姨娘商量好了。」

「季姨娘倒說了，揀日不如撞日，就是今天好了。」冬雪說道：「是夏雲不肯，說要有太太一句話才算數。」

「有了太太的話，還得揀個好日子。」夏雲接口說道：「揀日子是假，我得讓季姨娘好好想一想，而且今天棠官不在那裡，也要讓她先跟棠官說明白。等她們母子倆都願意聽我的話，沒有一點點懊悔的意思我才能去。」

「這話說得很實在。凡事不必操之過急。」秋月親自去取了皇曆來，翻了翻說道：「後天宜『出行、會親、遷居』，大好日子，就是後天吧。」

「後天也差不多了。」冬雪也說。

見她們都這麼主張，夏雲也就決定了。於是秋月到馬大人那裡回對明白，順道轉到震二奶奶那裡，卻只有錦兒在。

「你們主子呢？」

「讓布副都統的太太接了去了。她家大小姐快出閣了，請我們那位在裡面幫忙，今天接了去商量正事。」

「那——」秋月困惑，「人家辦喜事那天，震二奶奶穿甚麼？」

「又不是漢妝得穿大紅裙子，帶點素也不妨。」

「『把兒頭』怎麼辦？總不能插紅花、拖紅穗子吧？」

「那麼，我就跟你把『公事』交代了吧，打後天起，夏雲就不算萱榮堂的人了。」

「怎麼，定局了？」

「定局了。」秋月將季姨娘找夏雲去相談的經過，細細地告訴了錦兒。

「真正是新聞。」錦兒有種惘惘然如春日夢醒，對眼前的一切，疑真疑幻，全不分明的神情，「碧文會嫁朱師爺，已經想不到了，更想不到夏雲肯自己降身分——喔，我想起來了，夏雲不在萱榮堂，額外的那份津貼，可就要裁了她的了。」

原來曹府上的丫頭，分有等級，但即便是第一等，也還有區分，春夏秋冬四人，額外都有津貼，是從曹老太太的月例中撥付，秋月二兩，夏雲和冬雪每人一兩，後來春雨亦同蒙寵錫。到得曹老太太去世，馬夫人交代，這四份津貼，一仍其舊，收歸公帳開支。

那都是因為在萱榮堂執役，身分不同之故。如今夏雲自貶身分，願意跟季姨娘，自然另作別論了。

「一兩銀子是小事，規矩不能不顧。」錦兒又說，「你悄悄跟夏雲說明白，從下個月起，要裁她這份津貼，讓她自己心裡有數。到時候如果她爭這一兩銀子，我們『那位』一定有番話說，連損帶挖苦，誰也受不了。」

「這——」秋月大感為難，「就是你說的，一兩銀子是小事，有個面子在裡頭。按春雨的例，夏雲這一兩銀子，似乎也可以不裁。」

「怎麼叫按春雨的例？」

「春雨是因為在雙芝仙館照料芹官，所以也有這份津貼。夏雲現在照料棠官，說起來都是老太太的孫子，手心是肉，手背也是肉，咱們倒不必去分彼此。」

「你這話是光明正大，我駁不倒你，我們『那位』未見得駁不倒你。我是好意，怕夏雲自討沒趣。既然你也這麼說，那就估量著辦吧。」

「我知道，我知道。」秋月緊接著說，「我也是為了大家好。夏雲不是不知道好歹的人，震二奶奶在這上頭放鬆一步，能以夏雲念著她的好處，豈不是挺好的一件事？」

錦兒想了一下說：「你這話也對！我來跟我們那位說。」

「你多說幾句好的吧。家和萬事興！」

「正就是這話。不過——」錦兒遲疑了一會，終於說了出來，「我怕季姨娘沒有安著好心。」

「這話怎麼說？」

「她是要找個得力的幫手，不見得肯事事依著夏雲。」錦兒又說：「夏雲也是吃軟不吃硬的性情，到時候季姨娘天天拿軟話磨著她，一個擺脫不開，是非就多了。」

話很含蓄，不過也不難體會弦外有音。從曹老太太去世，季姨娘想跟震二奶奶爭權，是大家都知道的事，夏雲當然也明白，不會「擺脫不開」。但話又說回來，夏雲又有甚麼理由不幫她的「主子」？

這就自然而然可以想到一種情形了，如果震二奶奶將季姨娘壓得太過分，且不說季姨娘會向夏雲訴苦，即或不然，以夏雲的性情，亦不肯袖手旁觀。所以，若要平安無事，全在彼此退讓。可是，秋月怎麼樣也不能想像，震二奶奶會肯退讓季姨娘。

「嗐！」秋月不自覺地說，「倒是你看得對，夏雲不該到季姨娘那裡去的。」

「喔，你也這麼說。」錦兒又驚又喜地問：「你倒告訴我，你是怎麼想來的？」

季姨娘像待客人似地敷衍了夏雲一天，反倒使得她渾身不自在。到了晚上，陪棠官下了兩盤象棋，哄著他去睡了，關起門來抹了身，靜坐喝茶，在思量這第一天的感受，季姨娘來了。

「姨娘請坐——」

「你別起來。」季姨娘不等她話完，便按著她的肩說：「日久天長，沒有那麼多的客套。」

「不是客套，是規矩。」夏雲不肯坐下來，「姨娘，今天是第一天，從明天起，可別再這樣子當我客人似地了。」

「不錯，不錯，今天第一天。」季姨娘看她新換的一件竹布衫，知道她抹過身子，便說：「咱們院子裡去坐，涼快些。」

「是了！」夏雲反過來按著她的肩說，「你先坐著別動，我告訴她們去端藤椅子。」

說完，抽身便走，指揮小丫頭端了藤椅子跟茶几，擺在院子裡，又叫燃艾索，拿季姨娘的茶。然後取張小板凳，陪著納涼。

「我可真是納福了。」季姨娘笑著說——本是很好的一句話，不道接下來便訴苦：「夏雲，多少年來我可沒有過過一天舒服日子。說起來不愁穿、不愁吃，就是心裡總沒有寬舒的時候。」

夏雲心想，只要問一句「為甚麼？」季姨娘的苦水便吐不完了，因而迎頭攔了過去：「知足常樂。姨娘往寬處去想，自然心裡就寬舒了。」

「話是不錯。可就是我往寬處去想，別人偏要擠得你透不過氣來。譬如，」她舉手遙遙一指，「東跨院的那個，昨天下午找了我去，你知道她跟我說甚麼？」

所謂「東跨院的那個」，是指震二奶奶，夏雲想不搭腔，卻又覺得不合適。但季姨娘不必她接口，已自問自答地說了下去。

「她說：照規矩你也不能使老太太屋子裡的人，都是看在棠官的分上。給夏雲的一兩銀子津貼照舊，是看老太太的分上，你別想擰了。你看看，把我看得甚麼人都不如，你說氣人不氣人？」

「叫我就不氣。」

季姨娘一愣，忍不住問說：「怎麼能不氣呢？她是故意要氣我嘛！」

「對了！就因為這一層，姨娘才不必氣。你不氣，笑笑不作聲，人家心裡是甚麼味兒？」

季姨娘想了一回，點點頭說：「你這話倒也有道理！以後我就照你的法子。」

聽季姨娘居然會這麼說，夏雲大感欣慰，也很得意，趁機又勸一勸：「姨娘，凡事要認命！肯認命，自然心平氣和。你看鄒姨娘，還不如你，可是過得安安逸逸，臉上總是帶著笑，人家也願意親近她。」

「那，我可學不來她的假笑。」

「姨娘這話就不對了！從哪裡看得她是假笑？」

季姨娘語塞，換了句話問：「怎麼說，她不如我？」

「姨娘有棠官，她呢？」

「我也就是為這一點。不然還有甚麼指望。不過，人比人，氣死人，你看東跨院的那個對芹官——」

「好了，好了！」夏雲忍不住又要搶白，「我剛說過一個人要認命，姨娘就是不肯。一個人總得往寬處去想，不然就是自尋煩惱。就拿芹官來說吧，如果他不知足，成天只在想，怎麼我表哥就襲爵當了郡王，為甚麼我不是？那日子還能過嗎？」

「我也知道『比上不足，比下有餘』這句話，可就是——唉，不說了吧。」

「對了！這些話不必去說它，姨娘的後福，要靠自己去掙。將來棠官書念好了，自然會掙一副誥封給你。」

「我也不指望棠官會有多大的出息，只要——」季姨娘沉吟了一會，突然說道：「夏雲，我有句心腹話跟你說。」

看她如此鄭重的神氣，夏雲不免好奇，明知道她那句「心腹話」不見得是甚麼在理上站得住的事，但還是忍不住答道：「請姨娘說吧！」

「咱們家的這個織造是世襲的不是？」

「是啊。」

「老子死了，是不是該兒子襲？」

一聽這話，夏雲便知季姨娘又犯了糊塗心思。這件事出入很大，如果她把這話漏出去，從

「四老爺」那裡開始，就會起風波。因此，她將臉色沉了下來。

「姨娘，你如果願意我跟你在一起，你就千萬別去想這些事！」

季姨娘大為詫異，急急問說：「這又是為了甚麼？」

「為了能安安靜靜過日子了。」

「我，」季姨娘囁嚅著說，「我不明白你的意思，我只跟你商量，又不跟別人去說哪裡就會有是非了。」

「只要你不把這件事丟開，遲早會生是非，而且是非還不小。」夏雲忽然覺得不開導開導，她不會死心塌地，當即問說：「姨娘，我倒請問你，四老爺這個織造是怎麼來的？」

季姨娘一下子答不上來，遲疑了好一會才說：「原是二老爺沒有兒子，才傳給四老爺的。」

「二老爺怎麼沒有兒子，不過那時候還沒有出生而已。四老爺這個織造，說一句老實話，不過暫時頂一頂名兒，將來還得還給芹官。」說到這裡，夏雲突然想起一個說法：「姨娘，我倒請問，四老爺對這件事怎麼說？」

「哼！」季姨娘撇一撇嘴，「他把姪兒看得比自己骨血還要親，真是少見。」

「少見、多見不去說，四老爺是一家之主，又是讀多了書的老古板，既然他定了主意將來織造要芹官當，姨娘還有甚麼好想的？」夏雲又說：「照我看，讀書上進，說不定點個狀元，那比當織造強萬萬倍。」

季姨娘想了一會，嘆口氣說：「我原是跟你商量。」

「不必商量。」夏雲兜頭潑她的冷水，「根本是辦不到的事！就辦得到，我也不能替姨娘辦這件事。」

話一出口，夏雲便想到「言多必失」這句俗語，果然，季姨娘立即說道：「咱們只當聊閒天，說說也不要緊。」

「辦不到！萬萬辦不到。先打四老爺這裡就通不過。」

「就因為他這裡通不過，所以我才跟你商量的。」

「商量也無用。」夏雲靈機一動，「就算四老爺這裡通得過，京裡也通不過。姨娘，你倒想，姑太太跟小王爺，是幫芹官還是幫棠官？」

聽得這一說，季姨娘立刻就洩氣了，「唉！」她搖搖頭，「弄不過人家。」

看到季姨娘陰沉臉色，默不作聲，只是使勁揮扇，夏雲也覺得氣悶難受。為了打開僵局，她替季姨娘茶碗中續了水，又將她正在學著抽的旱煙袋取了來，親自為她裝滿一袋關東老煙葉，拿紙煤點了火，然後又是香瓜、又是冰鎮百合湯地，擺滿了一茶几。這使得季姨娘大有受寵若驚之感，碧文都沒有這麼對她好過。

這就使得季姨娘又忍不住了，「夏雲，我還有件要緊事跟你商量。」說到這裡，她停了下來，看夏雲的臉色。

看樣子又是一件麻煩事！夏雲本想把她的話堵住，轉念一想，不讓她開口，就不知道她是件甚麼麻煩事，又怎麼來勸她或者替她出主意？

「好！姨娘你說。」

「就為了老太太的祭田。」季姨娘臉上有著掩抑不住的興奮；「二太太說的話，你總知道了？」

去世的曹顯行二，所以季姨娘稱他「二老爺」，馬夫人便是「二太太」。夏雲當然知道這回事，心中大起警惕，果然是件極麻煩的事，姑且聽她說完了，再作道理。

「我聽說過這回事，說置祭田這件事，等四老爺回來了來辦。」夏雲又加一句：「怎麼樣？」

「四老爺回來了，可也不能自己到處去問，總也要有人告訴他，哪裡有合適的田，價錢怎麼樣？這陣子有好些人來跟我提，要我跟四老爺說，說成了，自然有我的一份好處，少不得也有你一份。」

「謝謝姨娘。」夏雲提出警告，「這件事怕不容易。」

「怎麼不容易呢？」

「又要地方合適、又要價錢便宜，難得找到合意的。」

「你怎麼見得來跟我提的那幾塊田，地方不合適、價錢不便宜？」

夏雲語塞，只好這樣說：「姨娘倒說給我聽聽，是哪幾處地方？」

「一共有三處——」

三處田都在江寧近郊，三個來頭：一個是穿珠花的楊四姑，一個是帶髮修行的王二奶奶，再有一個是隆官。

夏雲大感意外，「是後街的隆官？」她問。

「對啊！名字不叫曹世隆嗎？」

「我不知道他名叫甚麼？反正住在後街的隆官姓曹，那就對了。」

夏雲緊接下來問說：「隆官一向巴結震二奶奶，這件事他倒不去求她。」

「怎麼沒有？去過了，碰了個釘子。」

「呃，震二奶奶怎麼說？」

「說她管不著這檔子事，叫隆官來求我。」

夏雲不作聲，心裡覺得事有蹊蹺。震二奶奶一向攬權，遇到這樣的事，不會袖手。即或一時懶得管，亦絕不會指點隆官來求季姨娘。總之，這話不像是震二奶奶說的。

暗地裡這樣在琢磨，自然還不到出口的時候，只問：「隆官怎麼說？」

「他說：田一共兩百多畝，分成三塊，每一塊都差不多大小，全買或者買一塊、兩塊都行。價錢分兩種——」

「怎麼叫分兩種？」夏雲插進去問說。

「一個是實價，一個是虛價。實價十二兩銀子一畝，有我一兩銀子的好處；虛價就不一定了，看『戴帽子』戴多少？反正一人一半，譬如說二十五兩銀子，我就能落下三兩半。」

「他膽子倒真大！」夏雲笑道：「就不怕你告訴四老爺？」

「我告訴四老爺幹甚麼？」季姨娘愕然相問。

更覺愕然的是夏雲，季姨娘怎麼問得出這樣的話？看來她的心思糊塗，竟到了不可救藥的地步了。

這件事關係極重，夏雲覺得絕不能默然以息。而且此刻就應該跟她說明白，因為她如果仍如此糊塗，隨時可以犯下無法補救的錯誤。

於是夏雲定定神，仔細想了一下，開口問道：「姨娘當時是怎麼回答他的？」

「我說，『戴帽子』的話先不必談，將來如果能夠成功，一兩半的回扣可不行。」

「還好，總算還好！」夏雲略略鬆了一口氣。

「怎麼啦？」季姨娘大惑不解，「我說錯了甚麼？」

「就因為姨娘沒有說錯，所以我說還好。不過，姨娘你的想法，可是大錯特錯。」

「喔，哪裡錯了？」

「我先請問姨娘，隆官跟你說的話，你如何能不告訴四老爺？」夏雲接下來問：「倘或四老爺知道了，問到你，你怎麼交代？」

「他怎麼會知道？」

「莫非沒有人告訴他？」

「誰呢？」季姨娘困惑地問：「總不會是隆官自己吧？」

「隆官不會。但有人會問隆官。」

「這個人又是誰？」

「嗐！」夏雲可真忍不住了，「姨娘，你真糊塗！」她用手指了一下。

季姨娘一驚：「你是說東跨院的那個？」她急急問說。

「對了。」

「她怎麼會去問隆官呢？」

「為甚麼不會？姨娘，你真是老實得可憐了！」夏雲話到口邊，無法自制，索性說個清楚，

「你想她是那麼大方的人，自己不管，叫隆官來問你？我再提醒姨娘，『戴帽子』的話，什九是

她教的；做好一個圈套讓你去鑽。只要你說錯一句話，譬如說『戴帽子』的錢應該四六，或是三七分帳，就算落下了把柄了！」

這番話說得季姨娘目瞪口呆，怔怔地好半天開不得口，不過臉上終於漸漸露出領悟的神色。

「夏雲，」季姨娘用嘶啞的嗓子問道：「你說，是怎麼樣的一個把柄落在她手裡？」

「她不會故意露出一句話去：季姨娘如何如何？這句話不消一天半天，就會傳到四老爺耳朵裡，那時候一定來問姨娘，有這回事沒有。請問怎麼辦？就算姨娘賴掉了，四老爺多古板的人，為避嫌疑，凡是姨娘所提的幾處地方，一處都不會用。好，那一下竹籃子撈水，一場空！」

「哎呀！」季姨娘敲敲自己的太陽穴，「我簡直是大夢方醒。」接著，怒氣勃發地說，「怪不得說隆官跟她有一腿——」

聽得這句話，將夏雲的臉都嚇黃了。「姨娘，姨娘！」她是懊惱萬分的神色，「我真正怕了你了！也不管這話是真是假，說得說不得，敞著口兒倒。」

季姨娘頓時臉上一陣青、一陣紅，跟夏雲同樣地懊悔。

在難堪的沉默中，季姨娘到底又開口了。「夏雲。」她的嗓子更為嘶啞，但顯得極為慎重，「這話說得說不得是一回事，不過，話絕不假，我沒有冤枉她。」

「這種事真假誰知道？莫非親眼目睹了？」

「這種事我從哪裡去親眼目睹？你也說得太離譜了。夏雲，我跟你說吧，我得來的消息是靠得住的。你如不信，我明天找個人來告訴你。」

「嘚了，嘚了！姨娘你饒了我吧！」

「夏雲，」季姨娘有些忍不住要發作的模樣，「我拿你當親人，說的是掏心窩子的話，你不能連聽都懶得聽。」

「我哪敢懶得聽，我是怕姨娘闖禍。」

「姑娘，我就是怕闖禍，才請你來幫我拿主意的。」

這倒也是實話，夏雲不能不改變態度了，不過，這時候她覺得心亂如麻，無法細聽，便這樣答說：「好了！我懂姨娘的意思了。趕明兒個等我心靜下來，你再告訴我。」

獲此讓步，季姨娘的情緒也平伏了，點點頭說：「我今兒也說得太多了。好在日子長得很呢！慢慢兒告訴你，等你替我好好拿個主意。」

最後這句話，使得夏雲的心境更不平靜了。直到第二天一覺睡醒，回想昨夜的情形，才發覺自己確是走錯了一步——不——一動不如一靜這句話，絲毫不錯。

於是等料理了棠官上學，把這天該交代小丫頭做的事都交代了，看看時候還很富裕，便又回到了萱榮堂。

「怎麼樣？」秋月迎上來問道：「跟季姨娘處得來吧？」

「一言難盡——」

「一言難盡？」冬雪走來恰好聽見，詫異地問：「才去了一天，已經一言難盡了？」

「不但一言難盡，而且說來話長。」夏雲想了一下說：「以後只怕都是提心吊膽的日子。」

冬雪、秋月無不大吃一驚，面面相覷，誰也開不出口。

夏雲覺得話說得過分了，便又沖淡語氣，「反正總要多防著一點。」她說，「季姨娘的話太多。」

「這是誰都知道的事。」冬雪鬆了一口氣，「雖說禍從口出，若是口舌上的禍，到底不是甚麼大了不得的事。」

「一句話說錯，家破人亡的都有。」夏雲說到這裡，驀地裡省悟，自己不正也犯了「禍從口出」之戒？一驚之餘，就不再說下去了。

不過，她也只是顧忌著冬雪。對於秋月，連曹老太太都託以腹心，自然是可以信任的。一則為了獨享祕密是沉重的負擔，再則也需要有人來替她出主意，所以夏雲決定等待一個能跟秋月促膝傾談的機會。

一直閒談到快開飯了，冬雪始終在一起，這個機會只有另找了！夏雲這樣想著，漸漸地起身辭去。

「喔，你等等，我檢出來好些東西是你的。」

多年姐妹，日常衣物有時不分彼此，聽冬雪這一說，夏雲便即答道：「我那裡也有你幾樣東西。」

「我的，你隨便幾時替我帶來；你的，你今天順手帶了回去。」

等冬雪掉身一走，夏雲心想：這不是機會來了！於是毫不遲疑地低聲說道：「秋月，我有件要緊事，只能跟你一個人說。怎麼辦？」

「下午我找你去。」

「不行！不能讓季姨娘知道。也不能——」夏雲往裡指一指，明人不消細說。

「好吧！」秋月點點頭，「我自有道理。」

她編造了一個說法，說清理萱榮堂的雜用帳目，有好些地方接不上頭；得要跟夏雲從頭清查。這是瑣碎而費時的一件事，因而邀夏雲回去住一晚，盡半夜功夫，理出一個頭緒來。

這一說不但季姨娘不會想到別有作用，連冬雪亦被瞞過了。秋月與夏雲也做得很像，煞有介事地撥算盤、對帳目；等冬雪打呵欠辭去，方始一面隔燈低語，一面吃零食點飢。

但等夏雲開口說不到三、五句話，秋月便將半截雲片糕丟在一旁，打斷她的話說：「等一等！」

她是格外慎重，深怕有人無意中得聞祕辛，所以出房門前後走了一圈，但見燈燭俱滅，聲息不聞，方始放心。

「秋月，」將季姨娘所說震二奶奶與曹世隆有曖昧情事的話說完，夏雲問道：「你說會不會有這種事？」

「這很難說。我倒——」秋月突然住口。

「怎麼？」夏雲說道：「我可是把甚麼話都告訴你了。」

聽得這話，秋月大為不安，同時也發覺自己縮口不語，實在也是多餘的顧慮，「我跟你談這件事，就像你跟我談的事一樣，大家都擱在心裡。」她說：「三年前，震二奶奶把她的一個小丫頭收作乾女兒，後來許給杭州孫織造那裡一個筆帖式的兒子，好好陪了一份嫁妝，你記得這回事嗎？」

「怎麼不記得？那個小丫頭叫阿招，為了震二奶奶一場病，阿招伺候得格外盡心，才收了她做乾女兒。」夏雲忽然想到，「你現在提這件事，莫非另外有說法？」

「對了！另外有說法。據說，有一天震二奶奶理箱子，檢出一條爺兒們用的汗巾，阿招脫口說了句：『那不是鼎大爺的汗巾嗎？』當時——」

「怎麼？」夏雲雙眼睜得極大，「她跟李家的鼎大爺也有一腿？」

「誰知道呢？你別打岔，聽我說！」

「好，對！當時怎麼樣？」

當時震二奶奶雙眉一豎，反手一巴掌，寶石戒指的稜角將阿招的臉都劃破了。

阿招知道這句話闖了禍，嚇得魂不附體，渾身發抖。不道震二奶奶突然換了一副臉色，「你看錯了，是二爺的汗巾。」她拉過阿招來，憐愛地問：「打疼了沒有？我看看你臉上。」

「二奶奶，」阿招哪裡還顧得自己臉上，只是告饒：「我不是——」

「你別說了。一個人總有說錯話的時候。聖人說的：知過能改。以後說話先想一想，甚麼話能說，甚麼話不能說。你懂我的意思不？」

震二奶奶用的人，沒有一個不是心思靈巧的，一聽這話，恍然領悟，重重地答一個字：「懂！」

「懂就好。」震二奶奶問道：「別人問你，你臉上的傷怎麼回事？你怎麼說？」

「我說我不小心，碰在一個鐵釘上，劃了一道口子。」

震二奶奶點點頭，「對了！」她說：「這才像話。」

於是一切照常，就像根本沒有那回事似地。不多幾天，震二奶奶得了痢疾，病中肝火極旺。

阿招因為做錯了一件事，惴惴然地唯恐震二奶奶看她不順眼，借題發揮，所以格外巴結，震二奶奶替換褻衣，都是她不嫌汙穢，親自料理。晚上在震二奶奶床前打地鋪，一聞響動，立即驚醒。所以震二奶奶一半感動，一半籠絡，病一好就說，要將阿招收作乾女兒；然後很快地替她物色女婿，風風光光地嫁了出去。

「原來還有這段內幕。」夏雲問道：「你是怎麼知道的呢？」

秋月遲疑了一下，方始開口：「我索性跟你說了吧！這件事以前只有兩個人知道，現在可是加了一個了。」

「加的一個是我，一共三個。你放心，始終只有三個。不過，那兩個除你以外，還有一個是誰？」

「你倒猜一猜。」

「錦兒？」

「不錯。」

「那麼，」夏雲好奇心大起，很起勁地問：「你總問過錦兒，到底有沒有那回事？」

「我沒有問。」

夏雲大失所望，不由得就說：「你為甚麼不問？」

「不問的好！知道得太多，不是一件好事。」

這話在夏雲恰有同感，「是啊！」她說，「我現在心裡嘀咕的就是這個，只怕季姨娘闖出禍來，把我都拖累在裡面。秋月，我可真得請你當軍師了。」

「你要問我甚麼？」秋月答說，「你既勸過季姨娘，自己又謹慎。如果季姨娘自己不小心，鬧出是非來，與你何干？當然也就談不到拖累。」

「我說的拖累不是這個意思。我既然在她那裡，鬧出事來，我不能不管。要管如何管法？那時候的日子，可就不好過了。」

「這倒也是實話。」秋月沉吟著。

「我在想，這件事先要弄清楚，是真是假。如果是謠言，我得好好兒跟季姨娘說一說。倘或真有其事——」夏雲將雙手一攤，「我就不知道該怎麼辦了。」

「我不懂你的意思，怎麼叫『不知道該怎麼辦』？事不關己，只勸季姨娘多吃飯，少說話，更別管閒事，就盡到了你的責任。除此以外，還能有甚麼第二個辦法？」

夏雲不作聲，心裡在默默盤算。那神情顯得有些詭祕，因而使秋月懷疑不安了。

夏雲確是另有打算，本不願透露，禁不住秋月一再催逼，也就無法守住方寸間的一點私衷了。

「我在想，」她用一種很平靜、很從容的語氣說：「人跟人要和睦相處的法子很多，但不一定每一種法子，每一個都合用。有的是吃軟不吃硬，彼此客氣，拿面子拘著，不好意思發作；有的是吃硬不吃軟，你凶過他的頭，她反倒服你了。最怕是軟硬兩不吃，那就除了躲開他，再無別法！」

「你在說甚麼呀？」秋月不由得皺眉，「沒來由發這麼一陣議論。」

「話不說不明，你要我說，我就得說透澈一點兒。說不透澈，你誤會我的意思就不好了。」

「我根本就不知道你的意思，從哪裡去誤會？」

「你別急，慢慢兒你就明白了。季姨娘大致吃硬不吃軟，比較好對付。不過硬要硬得有道理，她才會服，一味硬壓，就泥人也有個土性，何況季姨娘又不是小氣沒見識的人。」

秋月聽出點意味來了，「你是說震二奶奶把季姨娘壓得太狠了，是不是？」她問。

「對了！這麼下去，遲早會大吵一場。」夏雲答說，「當然，我一定會從中勸解。不過做和事佬的人，總也要有個可以立足之處，不然，誰來聽你的？」

「你的意思是，震二奶奶應該給你一點面子，好讓你在季姨娘面前能說得響？」

「不完全是這個意思。」夏雲想了一下說，「是要震二奶奶收斂一點兒，我才容易說話。」

「你預備怎麼說？」

「我預備跟季姨娘說，震二奶奶不是不講理的人，你只要能替她做當家人的難處想一想，她自然也會客客氣氣待你。如果震二奶奶確是如此，季姨娘自然就會聽我勸，就算有時候我硬壓一壓，她也肯委屈。倘或季姨娘是做到了，震二奶奶仍舊是一張始終瞧不起人的臉。那時候，我還能說甚麼？」

秋月深深點頭，「原來你是這麼一番意思，不能說沒有道理。」她接下來又說：「『冰凍三尺，非一日之寒』，震二奶奶也不知為甚麼，打心眼裡就瞧不起季姨娘。對別人，震二奶奶既吃軟，也吃硬，只要在分寸上；唯獨對季姨娘，倒只怕真的是軟硬兩不吃。」

「你到底說到我心裡來了！」夏雲極其欣慰地，「這樣，我的話就好說了。秋月，如果是這麼一個局面，既不能兩下不見面，又不能彼此不交口，你說該怎麼辦？」

「我不知道。」秋月搖搖頭，「我想除了疏通以外，不會有別的法子。」

「我倒有一個。這個法子專治軟硬兩不吃！」夏雲一面說，一面展露了詭祕的微笑。

夏雲肚子裡大有丘壑，是從曹老太太去世以後，才逐漸為秋月所知的。夏雲剛挑進來時，只有十二歲，雖生得一臉聰明相，但這些見識手腕，卻是從到了萱榮堂以後，耳濡目染，逐漸領悟而得，其中自以獲自震二奶奶的啟示居多。不過，秋月卻怎麼樣也不能相信，夏雲會有制伏震二奶奶的手段。

她還怕自己沒有弄得清楚，特意問一句：「你說你的專治軟硬兩不吃，意思是專治震二奶奶？」

「我不敢這麼說。不過，我能讓震二奶奶比較好說話。」

「那也就是治她的法子。你說吧，是甚麼？」

「拿住她的短處，不就行了嗎？」

「虧你說！」秋月不覺失笑，「你也要拿得住她的短處才行，再說，是不是拿住了她的短處，就一定能讓她買帳，也還成疑問。」

「只要拿住了，一定能讓她買帳，就怕拿不住。」

說到這裡，秋月驀然意會，頓時臉色大變。「夏雲，」她的神情是少見的驚惶，「你瘋了！怎麼轉到這個念頭？我看你不想活了。」

夏雲大為沮喪。談得相當投機，不過最後還是南轅北轍。不過，想想也難怪，任何一個謹慎的人，都會覺得她的念頭只有瘋子才有。

而這一點也正是夏雲所不能承認的，她鼓起勇氣來說：「這個法子做起來不容易，是真的。若說根本做不成，或者做成了沒有用，這話我可不信。」

「唉！妹子，妹子！」秋月嘆口氣：「你還是執迷不悟！你有沒有想過，你懷著這個念頭，就等於想造反，只要稍為動一動，還能逃出人家的掌心？那時候治得你求生不能，求死不得，你就悔之已晚了。」

話是好話，但不免說得過分了些。夏雲很不服氣，只是歧見如此之深，她實在也沒有勇氣再多說一句。

秋月卻覺得事態嚴重，非開導得她死心塌地拋了這個念頭不可，所以繼續又說：「做這件事，也就像造反一樣，斷斷乎不是一個人做得起來，你總要找幫手，找誰？季姨娘？」

「怎麼能找她做幫手？那不是成事不足，敗事有餘！」

「那不結了！你還能找誰做幫手？」

問到這一句，夏雲喉頭真是癢得難受，「找你」二字，好不容易才嚥了回去。

秋月卻已瞧出來了。「你是打算找我，是不是？」她緊接著說：「我沒有那麼大膽子；就有那個膽子，也是枉然。」

「怎麼呢？」

「幫不上你的忙，光有膽子有甚麼用？」

「只要你願意幫忙，自然幫得上，此刻就能幫。」

「胡說。」

「一點都不是胡說。譬如說跟鼎大爺的事，你一定知道，你跟我說，就是幫我的忙。」

「哼！」秋月冷笑，「那不是幫你的忙，是害你，也害我自己。」

「照這麼說，是真有其事了！」夏雲不容她開口，很快地說了下去：「如果是謠言，錦兒一定會告訴你，絕無此事；你也一定要替震二奶奶極力洗刷。因為道理上一定是這樣的。譬如說：有人說我看上了誰，你一定替我辯白，絕沒有這回事。」「咱們天天在一起，一舉一動，誰也瞞不過誰，有就有，沒有就沒有。絕不能說不知道，如果這樣說，就等於說有這回事，不過話不必一定要出口才明白，你想是不是呢？」

這咭咭呱呱一大套，說得秋月膽戰心驚！到這時候她才知道，夏雲的精靈潑辣，真不輸於震二奶奶；但火候不到家，這份精靈潑辣，會闖大禍。心裡惱她胡亂逞能，不由得在臉上就出現了罕見的怒容。

「你看你，還有點羞恥之心沒有？甚麼你看上了誰的話，都說得出口，居然一點兒都不害臊——」

「害甚麼臊？」夏雲索性老起臉色搶白，「我不像你，我可要嫁人的。不但嫁人，還生孩子，生一大堆——」

說到這裡，自己都支持不住了，笑著撲倒在秋月身上，將一張羞得通紅的臉，只在秋月胸前揉著。

夏雲的嗓音，一向清脆爽亮，又當萬籟俱寂之時，萱榮堂的圍牆高，牆外可能聽不見，牆內卻有些人從夢中驚醒，其中便有冬雪。

她已一覺睡醒，聽得笑語喧譁，自然不肯再睡，起床走向秋月的臥室，手一推，房門「呀」然，倒將屋子裡的人嚇一跳。

「你怎麼睡又起來了？」夏雲問說。

「你問我，我還問你吶，半夜裡幹麼發瘋？」冬雪興味盎然地問：「你們在說甚麼有趣的事，讓我也聽聽。」

秋月含笑說道：「夏雲說——」

「不准！」夏雲笑著大吼一聲，一伸手便來捂秋月的嘴。

秋月是坐在床沿上，往裡一縮，同時笑著說：「她說她要生——」

這一下夏雲真是急了，撲上來不依不饒。冬雪也趕了上去，拚命要拉開夏雲的手。三個人在床上滾作一團，只聽得冬雪在催：「說啊，快說！」夏雲威脅著：「你若說了，我再不理你！」而秋月卻是又笑又喘，語不成聲。

於是有打雜的老婆子，趕來探望，而且不止一個。秋月便說：「把她們都驚動了，不能再鬧了！」

看到兩個老婆子略顯驚惶的臉色，夏雲便即笑道：「沒有甚麼，我們鬧著玩，不想吵了你們的覺，真是怪不好意思的。」

「姐妹感情好，」有個胡媽很會說話，「才不過隔了一兩天，已經親熱得這個樣子了。我們看著也高興。」

夏雲笑笑不答。冬雪等那兩個老婆子走了，復又問道：「到底是一句甚麼話，說給我聽聽也不要緊。」

「今晚上不能跟你說，說了必是又笑又鬧，那可真的不成話了。」秋月一面收拾帳簿，一面說道：「咱們安安靜靜聊一會兒，也該睡了。」

「肚子倒是有點兒餓了。」冬雪看著桌上的零食說，「不過，我可不愛吃這些乾巴巴的東西。」

「這會兒還能有甚麼東西吃？」秋月勸道：「算了吧，你就將就一點兒吧！」

「我倒也想點有湯有水的東西吃。」夏雲接口說道：「這麼樣，咱們吃燙飯好了。」

「那還得生火——」

「不必！」夏雲打斷冬雪的話說，「我自有道理。你把火盆上用的鐵架子去找來，燙飯就吃得成了。」

「我倒要看看。」秋月好奇心起，「怎麼有了鐵架子就吃得成燙飯。」

「你別管！只把燙飯的沙鍋端來，看我變戲法。」

於是分頭動手，秋月將剩飯剩菜和在一起，兌上幾碗水；冬雪去找來鐵架子，放在秋月臥室後窗下，將沙鍋坐好，只看夏雲如何變戲法，將這鍋飯燙熱。

不一會，夏雲笑嘻嘻提來一個籃子，裡面是好幾枝三、四寸長的殘燭——曹老太太靈前擺一副特大號的「錫五供」，插的素燭，粗如兒臂，兩枝並燃，火力甚強，足以供炊。

「夏雲想的主意真絕。」冬雪笑道：「季姨娘的想法有時也很絕。兩個絕人，湊到一塊，我真不知道會出甚麼花樣來？」

聽這一說，秋月深深看了夏雲一眼，她怕露馬腳，急忙亂以他語：「我是聽芹官說的，金山寺的和尚偷葷吃素，拿新溺壺做罈子肉，點的就盡是這些半截的蠟燭，所以我才想了起來。」

「芹官怎麼會知道？」冬雪問道，「他又沒有去過金山寺。」

「那總是從甚麼筆記上看來的。」秋月又說，「至於筆記上靠得住、靠不住就不知道了。」

「喔，」夏雲突然說道：「我聽說春雨喝了他表姐的喜酒回來，知道咱們那晚上替芹官補生日，很說芹官幾句。」

「說甚麼？」冬雪問道，「總不會說芹官胡鬧吧？」

「那不會！說芹官胡鬧，不就等於說咱們胡鬧？她是說芹官不該喝得大醉。」

秋月說道：「她沒有說是咱們把芹官灌醉的？」

「這就不知道了。」

「我想春雨會說。」冬雪停了一下說：「打老太太一去世，春雨就有點不大對勁了，我也不知道是怎麼回事。反正——」她搖搖頭，沒有再說下去。

「嗯！」夏雲深深點頭，「我也有這麼一點感覺。」

「好了！」秋月不願講是非，「燙飯快好了，擺碗筷去吧。」

吃完燙飯，收拾殘局。為了消食，不能馬上去睡，冬雪便問夏雲跟季姨娘相處如何？話題一扯開來，夏雲想到關於震二奶奶的祕聞，固須瞞住冬雪，但有件事不妨提出商量。

「從太太說了，替老太太置祭田的事，要等四老爺來作主，就有好些人走季姨娘的門路。現在有三處地方在談。季姨娘問我該怎麼個辦法？你們倒說說，該怎麼辦？」

「我看，」冬雪立即答說：「你勸季姨娘省點精神吧，四老爺不會聽她的。再說，震二奶奶能容她插手嗎？」

「話不是這麼說。」秋月不以她的話為然，「季姨娘要找夏雲，自然是想幫她辦成一兩件事。震二奶奶也不見得會硬插手，因為已說了歸四老爺作主。季姨娘日子過得不怎麼寬舒，能從中賺幾文中人錢，亦不為過。只是務必先公後私，把腳步站穩。」

「若說季姨娘日子過得不怎麼寬舒，鄒姨娘也是一樣。如果有好處，應該均分才是。」

「這話不錯！」夏雲深深點頭，「我倒沒有想到這一層。季姨娘要想挺得起腰，就得多找肯跟她站在一起的人，理當跟鄒姨娘和好才是。」

「和好不錯，但不必是為了季姨娘挺得起腰。只要行事光明正大，自然也就不會有人小看她了。」秋月看著夏雲問：「你覺得我這話如何？」

秋月是看出她有一番「雄圖」，打算把鄒姨娘拉在一起，合力來對付震二奶奶。這與她當初為了調和季姨娘與震二奶奶之間的感情，才願屈就的原意不符，所以特為語重心長地提出警告。夏雲懂這層意思，卻躊躇著不知如何作答。

冬雪聽不出她們彼此含蓄的弦外之音，頗感乏味；同時她對震二奶奶的估計極高，始終認為季姨娘想跟她爭一日之短長，是自不量力，而夏雲幫著「主子」對付震二奶奶，會自討苦吃，所以此時打個呵欠說：「我的瞌睡蟲可又來了。你們聊吧！不過，夏雲，我勸你也省點兒精神，爭權奪利的事，麻煩多多，別惹一肚子閒氣。」說完，不等答話，便就走了。

「咱們也睡吧！」秋月也打個呵欠，「不是甚麼急如星火的事，慢慢兒商量，事緩則圓。」

於是兩人解衣上床，作一頭睡下。秋月很快地閉上了眼，夏雲卻在微茫的燈火中，眼睜睜地望著帳頂，毫無睡意。

「秋月！」

「幹麼？」秋月懶懶地答一句。

「你先別睡，我再跟你說幾句話。原來我是想替季姨娘跟震二奶奶化解開來，豈非一件好事？震二奶奶也說得很好，彷彿很贊成我到季姨娘那裡去，這些你是知道的。我在想震二奶奶的手段實在太厲害，譬如叫隆官跟季姨娘談買田的事，出個『戴帽子』的主意，簡直是坑人。明天我想去試一試，如果震二奶奶心口如一，也是願意化解，那自然最好，不然，我可得想法子了。」

「你想甚麼法子？」秋月問說，「甚麼事要你想法子？」

「自然是想法子幫季姨娘——」

「我知道了！你不必再說。」秋月打斷了她的話，「我也說不止一回了。不管怎麼樣，你總先要讓季姨娘能把腳步站穩。現在我再說一句：你幫季姨娘是應該的，不過要量力而行，更不必多事。」

「量力而行這話不錯。不過，也許省不了事。」

神思困倦的秋月，沒有心思去細想，只告誡著說了一句俗語：「無事是福！」隨即翻個身背對著夏雲，表示不想跟她說下去了。

第十一章

「錦兒姑娘，要讓你白跑一趟了。我可不敢出價。」徐賣婆說：「現在不比從前，京裡查得嚴，做官府的都裝窮，誰敢大把銀子拿出來置珍寶首飾？出了價沒有人要，豈不誤了府裡的正經用途？而且，價碼兒也出不高。多的是珠花，二、三十年前雪白閃亮的好珠子，如今它跟我一樣，讓人瞧不上眼了。」

看她那滿臉不屑的神氣，錦兒心裡有氣，便拿她開玩笑，伸手捏著她的肥幫子說：「哪裡！雪白粉嫩的皮肉，我若是爺兒們，非找你睡一覺不可。」說完，笑著揚長而去。

回到家，照實直陳，震二奶奶很沉著地說：「這本來要碰機會；想不到的是，原以為不怎麼值錢的東西，倒讓施家看中了，出的價錢不錯。」

這是錦兒到徐賣婆家去時，曹震帶回來的好消息——原說讓施家來看貨，由震二奶奶當面跟人家打交道，以後想想怕太招搖，仍舊讓曹震經手，送了一本目錄去，施家挑了八樣東西。

「那十來個表，施家全要，一共出五千銀子；還有那頂金絲帳，一共才七兩多金子，施家願意出三千兩。」

「真是貨賣識家！」錦兒答說：「若是我發了財，也會出三千兩銀子買這頂金絲帳。二奶奶倒想想，誰曾睡過金絲帳？皇上都沒有那麼闊氣。」

「那，」震二奶奶笑道：「我就讓你做一回『皇上』，把金絲帳支起來，讓你睡一晚。」

「那不折了我的福？」錦兒搖手說道：「算了，算了！弄到不好，破一個洞，我可賠不起三千兩銀子。」

「閒話少說。」震二奶奶正色說道：「我倒跟你商量，這些表要修好了，人家才要，打聽得只有一個人會修──」

這個人姓魏，揚州人，是天主堂收養的孤兒，跟一個義大利的神父，學得一手修鐘表的絕藝，任何「疑難雜症」，都難不倒他。

「這個魏司務快八十了，手不聽使喚，一雙眼睛可是雪亮，鐘表上的毛病由他看了，讓他孫子動手。」

震二奶奶又說：「本來打算把他請了來，只是八十歲的人，不能出門，揚州的鹽商也少他不得，只能把表送了去修。鑲鑽的表，禁不起磕碰，得要找個細心妥當的人，我想叫隆官去。你看使得使不得？」

「二爺怎麼說？」

「他說他要自己去。你想，還不是想去玩兒揚州的鼻『黃魚』？我就說，丟下這裡一箱子東西怎麼辦？聽我這一說，他說他不管了，隨我怎麼辦，反正表要能走，人家才要。既然這樣，自然隨我作主。」

「那也好！就讓隆官去一趟好了。到底他仔細一點兒。」

看錦兒也同意了，震二奶奶隨即派人將曹世隆找了來。這是大大方方的事，震二奶奶照例在她每天辦事的內帳房屋接見。

「你到揚州去一趟。有十來個表，找揚州的魏司務修好了帶回來。」

「是！」曹世隆鞠躬如也地問說，「明天我有個約會；後天動身行不行？」

「行。」

「那麼，表是我今天帶了去，還是明兒來取。」

「明兒來取好了。」震二奶奶說，「我還要託你在揚州買點東西，單子還沒有開。」

「是！」

「這些表都是鑲鑽鑲寶的，你可跟人家交代清楚，修好了也得仔細看一看。施家出的價錢不錯，咱們也要對得起人家。」

「喔！」曹世隆眼睛一亮，「原來是施家買了。」

聽得這話，震二奶奶便問：「你也知道施家在覓這些東西？」

「是的。施家有個帳房也託過我。看了幾樣東西，都不出色，沒有要。」曹世隆又說：「不知道嬸娘這裡還有甚麼用不著的首飾之類想脫手。」

「沒有了。施家都看過了。」

「唉！」曹世隆微皺著眉，是自怨運氣不佳的神情，「要是我早知道嬸娘這裡——」他搖搖頭沒有再說下去。

震二奶奶愛莫能助，只有多給他川資，當下說道：「明兒個你到帳房支三百兩銀子，一百兩是你的盤纏，二百兩預備修表，用多少算多少。」

等曹世隆辭去，曹震回家，震二奶奶少不得要將這件事跟他提一提。說起來這是個需要細心監督，而又沒有甚麼油水的差使，他自然不必反對，只是催著妻子，趕緊將施家挑中的東西取出來，以便成交。

「忙甚麼！」震二奶奶說，「等表修好了一起送去，豈不省事？」

「是中間人在催，早早成交，人家有筆酬勞好得。」

這一下倒提醒了震二奶奶，「中間人是誰？」她問。

「一個姓梁的，是施家的親戚。」

「他的酬勞歸誰付？」

「自然是施家。」曹震答說，「我開給你的價碼兒，是淨得。」

「怎麼叫你開給我的價碼？莫非人家另有個價碼兒開給你？」

「你看，又犯疑心病了！」曹震苦笑，「我怕跟你說話，就是因為這個。」

「那也不能怪我。你自己話裡有漏洞。」

「我可不會咬文嚼字。夫婦談家常，還要一個字、一個字都想過，那可太苦了。」

看他的神態還從容，震二奶奶便不疑有他，點點頭說：「好吧！後天送東西去好了。銀子怎麼收？」

「自然收現銀。」曹震接著又問：「你說替我還賭帳，這一回能給我多少？」

「你不能緩一緩？最好等到都出手了，我看情形辦。」震二奶奶又說，「而且銀子已經收進來，再搬出去，也怕有人會說閒話。」

「也好！」曹震居然一口答應，倒使得震二奶奶不無意外之感。她總以為他定多少會有糾纏，而且也打算著先給他一、兩千銀子，既然他同意緩一緩再說，那也就不必多事了。

第二天直等到下午，曹世隆才來，震二奶奶仍在原處接見。表是早已拿匣子裝好了的，一一點交，共計十七個，外表盡皆完好無缺。有幾個表還能走，不過不準，亦須上油校正。曹世隆顯得很仔細，要了筆硯，將每個表的毛病都記了下來，費了有半個時辰，方始停當。

「這是另外託你的。」震二奶奶將一張購物單子交了過去，「大概要花個上百銀子，你到帳房一起去領。」

曹世隆細看一看單子，抬眼說道：「不必！我估量不過五六十兩銀子，也還孝敬得起。」

「誰要你孝敬？」

「那就算我先墊上，等回來交了帳，嬸娘再賞還給我好了。」

「這倒使得。你吃了點心就請回吧！」震二奶奶關照小丫頭，「到小廚房去催一催，看是甚麼點心，趕緊開出來。」

「點心倒不必了。」曹世隆說，「嬸娘，能不能讓我開一開眼界？」

「怎麼？你想看甚麼東西？」

「我想看看那頂金絲帳。」曹世隆左右看了一下，丫頭都在廊下，便略略放低了聲音說：「倒是怎麼個好法，能值一萬銀子！」

震二奶奶一愣，「你說值多少？」她問。

「一萬銀子。」

「誰說的？」

「施家的帳房。」

「胡說！」震二奶奶故意裝出不信的神情，「哪有那麼貴重？」

「所以我要開開眼界。」曹世隆慢吞吞地說，「起初我也不信，施家的帳房說：『我騙你幹甚麼？是你們曹家的東西，要騙也騙不過。』如今聽嬸娘的話，倒彷彿施家的帳房，真是跟我胡吹。」

「你說呢！」震二奶奶問道：「他是胡吹，還是真話？」

「我不知道。」曹世隆答說：「不過，這個人從來沒有跟我說過瞎話。」

震二奶奶曖昧地笑了一下，「東西在太太那裡，這會兒可沒法子讓你開眼界。不過，」震二奶奶斜睨著他說：「只要你的話靠得住，少不得有你的好處。」

「嬸娘給我的好處太多了！靠不住的話，我怎麼敢胡說。說真的，除非是嬸娘，在別人面前，我再也不敢吐露半個字。」

這是提出要求，如果要跟曹震辦交涉，千萬別說破這個消息的來源。震二奶奶自然明白，索性挑明了說：「你放心好了！我怎麼會出賣原告。」

「多謝嬸娘！」曹世隆起身說道：「我不餓，點心就心領了。」

震二奶奶有事在心，也希望曹世隆早走，因而答說：「既然這樣，我也就不留你了。揚州事完，馬上回來。」

「是，是！不敢耽誤。」

「落一成是他該得，落兩成也還說得過去，就算落三成吧，我也認了。誰知道，一萬落了七千！」震二奶奶氣鼓鼓地說，「你看，他的心有多黑？」

「必是讓賭帳逼急了。」錦兒倒是為曹震講話，「反正總是這麼回事，讓他把賭帳還清了，總不好意思再開口。」

「哼！」震二奶奶冷笑，「哪有那麼好的事！」

「不如挑明了它。光是這頂金絲帳就落了七千，另外幾樣東西，少不得還有後手，總數算起來也差不多了，不必再打甚麼主意。」

「不行！」震二奶奶問道：「他如果說，沒有這回事，或者問是誰說的？怎麼辦？」

「那，二奶奶你怎麼辦呢？」

震二奶奶想了一下說：「反正我要一個價，少了不成。看他有甚麼轍？」

錦兒不作聲，心裡怨曹世隆多事。平心而論，那頂金絲帳，能賣到三千銀子，價錢很不錯了，居然值到一萬，完全是可遇而不可求的機會。事不干己，曹世隆何必來獻這個殷勤，害人家夫婦不和？

因此，她雖不便反對，卻也沒有甚麼贊成的表示。只在考慮，等曹震回來，該怎麼遞個暗號給他，教他自己識趣。

但她始終沒有這樣一個機會，因為曹震一回來，震二奶奶就跟他開談判了。「那頂金絲帳的價錢，你得重新跟人家去談。」她說，「太太告訴我，老太爺生日，這玩藝有人出過八千銀子。

既然是出過價的，咱們辦事就得有個分寸，就算沒有八千，七千總不能再少。不然，太太面前不好交代。」

一聽這話，曹震愣住了，好一會才說：「已經跟人談好了，怎麼能改口？」

「如果你不願意改口，乾脆就告訴人家，那頂帳子破了幾個洞，不值三千銀子。這樣豈不是更漂亮？」

「你的意思是，這樣東西不打算賣了？」

「不是不打算賣，價錢不對。」震二奶奶斬釘截鐵地說：「七千銀子。少一個鏰子也不行。」

曹震無奈，只好這樣答說：「好吧！我再去跟人家商量。但也不能憑你說多少就是多少。」

「你去商量了再說。」

「我倒問你，太太跟你說了沒有，從前是誰出過八千銀子？」

「一位蒙古王爺。」震二奶奶隨口答說，說得極快，竟像真有其事似地。

曹震不再出聲，悶悶不樂地躺在床上看一部新刻的風月傳奇。第二天一早出門，到午回來，跟震二奶奶說，施家答應加一千五百銀子，又說他是如何老著臉皮跟人家軟磨，好不容易才爭到這個價錢。

「你辛苦，我知道。不過，七千銀子絕不能少！你再去磨，多早晚磨成了來告訴我，東西現成。」

曹震勃然變色，「我可沒臉再去開口了！」他憤憤地說。

「那也隨你。」震二奶奶從容不迫地，「這是無價之寶，連皇上都不能這麼闊氣。七千銀子我還要少了呢！」

曹震氣得臉色都白了，正待發作，看錦兒拋過一個眼色，便忍氣說道：「好吧，我再去說一回，這一回不管人家加多少，也得成交了。不然不但買賣不成，交情也斷送在裡頭了。」

「沒有的話，買賣不成仁義在。再說，我也不是漫天要價。」曹震知道多說無益，心裡在想：我就跟你來個軟磨，慢慢兒往上加，大概有五千銀子就差不多了。

於是由三千四而四千，由四千而四千五。一轉眼三天過去，中間人姓梁的，氣急敗壞地來找曹震，將他拉到一邊，開口便是埋怨。

「曹二爺，你為甚麼不肯成交？這麼好的價錢，我真不明白，你還等甚麼？」

一聽話風不妙，曹震也有些著慌，「怎麼？」他問：「出了甚麼事？」

「甚麼事？那頂金絲帳，人家不要了！」

一聽這話，曹震宛如焦雷轟頂，勉強一定神說：「說得好好的，怎麼翻悔了呢？」

「你別怨人家，只怨你自己，早早銀貨兩訖，不就沒事了嗎？」姓梁的連連頓足：「太可惜了！太可惜了！」

「你別急！看看有挽救的法子沒有？」

「沒有救了！如今別說一萬，只怕一千銀子，人家也不要——」

姓梁的說了變卦的原因。原來施家有個清客，前一天方從北京回來，談起那頂金帳，此人知道它的來歷。據說，當初原是趙文華在江南特意覓精工打造，用來孝敬他的「乾爹」嚴嵩。進獻相府時，門包送得太少，門官使壞，登禮簿時不說「金絲帳一頂」，只寫「赤金七兩」。嚴世蕃一看，趙文華自江南滿載而歸，卻送這麼菲薄的禮，大罵趙文華沒有良心。這頂金絲帳變成「赤金七兩」，自然也就到不了嚴嵩父子面前。趙文華的一片「孝心」，付之東流。

這個清客認為來自嚴嵩籍沒入官的這頂金絲帳，是不祥之物，舉以贈人，受者不但不喜，或者反以為嫌。而況御用的寢具，亦不曾有過金絲帳，倘有人責以僭妄，極可能召來滅門之禍。

「你看，這話有多嚇人！」姓梁的又嘆口氣，「如果早成交了，施家只有吃啞巴虧。如今是合該他運氣好，沒破財。」

兩天沒有動靜，震二奶奶有些沉不住氣了，「怎麼？」她問：「施家沒有消息？」

「你一個子兒不肯少，他一個子兒不肯加，我夾在中間活受罪幹甚麼？我告訴施家，不賣了，留著自己用。」

「你，」震二奶奶大為困擾，「你是說風話，還是怎麼著？」

「你說是風話，就算風話。反正，我已經照你的意思告訴人家了，除非七千銀子，少一個蚌子也不行。願意，拿七千銀子來；不願意拉倒，留著自己用。」

震二奶奶心裡琢磨，這是他故意拿喬，不由得微微冷笑：「好吧，咱們就等著！倒看看，歸根結柢，是他拿七千銀子來，還是咱們留著這頂帳子自己用？」

「對！這樣最好。不過，八樣東西去了一樣，餘下的七樣，是不是仍舊照原議？」

「當然。」震二奶奶答說：「等把表修好了，一起成交。」冷眼旁觀的錦兒，亦頗困惑。她相信曹世隆的話不假，只看曹震一次又一次往上加碼，便是證明。既然如此，曹震何以又忽然變得這麼不在乎？這些疑問，她不敢跟曹震去談，但卻不妨說與震二奶奶。

「他是拿喬，以為我非求教他不可。他不知道他的底牌早就掀開了！你別急，這件事我找隆官去辦。」震二奶奶得意地笑道：「七千還是七千；餘下三千，咱們三個人：我、你、隆官，三一三十一；活活氣死他！」

到得曹世隆回來覆了命，立即又受命去施家的帳房去接頭。當然不能光提金絲帳的話，只作為通知表已修好，順便探一探口氣，相機說明，金絲帳不妨單獨成交。

錦兒口中笑著答應，心裡卻替曹震可惜，很想找到他勸一勸：何必拿喬？看把煮熟的鴨子飛了。轉念卻又警惕：他們夫婦同床異夢，震二奶奶最忌的，就是她偏向曹震。多一事不如少一事！

到晚上曹震回來，發現裝表的盒子，便問：「隆官回來了，表修得怎麼樣？」

「都修好了。」震二奶奶答說：「你跟中間人去接頭，可以成交了。」

曹震點點頭，神色之間，毫無瞻顧猶疑之意，似乎那頂金絲帳真的已讓他自我剔除，置之度外了。這使得錦兒大惑不解，不知道他葫蘆裡賣的甚麼藥？

心裡一直懷著這樣一個疑團，直到第二天下午曹世隆來過，方能打破——她不曾見著曹世隆，是震二奶奶告訴她的。

「煮熟的鴨子飛掉了！沒有氣著他，倒讓他氣了我。」震二奶奶神情落寞地說：「這回，要怪我自己。」這「他」字，自是指曹震。

始末經過，曹世隆沒有能說清楚，震二奶奶也懶得多說。不過有一點是再明白不過的，如果不是自己耽誤，早就料理了那頂金絲帳，銀子已經到手，施家吃了啞巴虧，只好自認倒楣。

「到現在我有一點想不透。」震二奶奶說，「他倒居然沉得住氣，還不肯說真話，故意要一要我，是為甚麼？」

「是——」錦兒本以為曹震不過報復，但突然靈機一動，定神想了一會，嘆口氣說：「二奶奶，這回你落了下風了！一百另一回的事，二爺棋高一著。」

「怎麼呢？」

「他聽二奶奶你的口氣，是有人替你辦事，要等著瞧這個人是誰？找到這個人，他就知道是誰掀了他的底牌了。」

一聽這話，震二奶奶臉上出現了極少見的緊張，甚至憂形於色。眨著眼想了好一會說：「你說得還不對！他根本是打算好了的，特為要引我牽出那個人來。咱們可不能讓他知道。」

聽得「咱們」二字，錦兒心裡很不舒服，暗中在想：你跟曹世隆有一腿，我可是連正眼都懶得看他。甚麼叫「咱們」？同時也暗自心驚，不出事便罷，一出事自己無端牽累，跳入黃河洗不清，這件事太不能令人甘心了。

「反正虧也吃了，只有把這件事丟開。」震二奶奶又說，「他裝沒事人兒，咱們也會裝。始終不提，他就不會知道跟隆官有關。」

錦兒也很厲害，故意說道：「那也不見得。說不定姓梁的會告訴他，你們曹家另外有人來接頭過金絲帳。這一下不都挑明了？」

震二奶奶不作聲，怔怔地想了一會，突然用一種豁出去的語氣說：「不管它！沒有那麼多好顧慮的。」

於是，由這一刻開始，錦兒便全心全意等待跟曹震單獨相處的機會——這種機會只要下決心去找，自然不愁沒有。當天晚上，震二奶奶在馬夫人那裡，曹震恰好又回來得早，是個絕好的交談的時機。

「有件事，我想告訴你，只怕你沉不住氣，替我惹麻煩。」

「好了，好了！」曹震不服氣地說，「每次都要先來這麼幾句開場白！你倒想想，我幾時替你惹過麻煩？」

「這回情形不同，我格外要關照。你還是說一句好了，願意不願意答應我，務必沉住氣，格外要小心。」

「好！我答應你。」

「還有，我問你的話，你要實說。」

「行！」

「那頂金絲帳，人家出了一萬銀子，是不是？」

「你怎麼知道？」曹震很注意地問說：「誰告訴你的？」

「你別取巧！我說了誰告訴我的，不就把你心裡時時刻刻在想的那個人找出來了嗎？沒有那麼便宜的事！」

一聽這話，曹震大為興奮，因而馴順地說：「是，是，我不敢取巧。老老實實，有一句說一句，不錯，人家出了一萬銀子。」

「是不是，因為沒有成交，人家不要了？」

「對！」

「你現在想要知道：是誰在二奶奶面前掀了你的底牌？」

「不錯！這個人，」曹震又說，「我大概也猜到了。」

「好吧！那就不用我多說了。」錦兒掉頭就走。

曹震何能放她？一把抱住，忍不住就要親嘴，錦兒反手一個嘴巴，其聲清脆無比。

「你！」曹震捂著臉，將一雙眼睛瞪得好大，但旋即苦笑：「你脾氣越來越大了。」

「我就恨你這個隨處想撿便宜的脾氣。」

「好了！打也打了，罵也罵了。你可得告訴我了吧，誰掀了我的底牌？」

「喏！」錦兒努一努嘴，眼看著那盒鐘表，隨又很快地說：「我沒有告訴過你，你是從施家帳房哪兒打聽到這個人的！就這麼一句話，你自己去琢磨吧！」說完，很快地就去了，而且一直到了馬夫人那裡。

曹震本就在疑惑曹世隆搗鬼，如今由錦兒一證實，不由得怒不可遏，心裡尋思，非痛痛快快治他一回，不能出胸頭這口惡氣。要治他容易，把他找來嚴厲質問，何苦做此損人不利己的缺德事？或者通知門上，從此不准他進門。但可想而知的，他必然會向震二奶奶申訴，而她亦必然會衛護他。到那時候，除非能跟妻子硬到底，不然就會大損威信。這一點必得慎重，而且吵起來也許尋根究底，會牽累到錦兒，更加不可。

想來想去只有一個出氣的法子，將曹世隆揍一頓。當然，這不能自己動手，亦不便指使下人。想起來有個常在一起喝酒賭錢的朋友可託，第二天一早便取張名片交代小廝：「你到吳三老爺那裡去一趟，下午請他在愛卿家喝酒。你說，專請他一位，我有事相託，務必要來。」

這「吳三老爺」單名一個鐸字，是個捐班的縣丞，但神通廣大，一直能由大府派充稅差，品秩雖微，宦囊極豐，得以廣事交遊，結得極好的人緣。不過，他的朋友品類極雜，三教九流，無所不有。有一次醉後向曹震表示，知道他最近手風不利，很想幫他一個忙。曹震問他：這個忙如何幫法？

他說，只要曹震能找幾個冤大頭來，他有人會在骰子上玩花樣，贏個萬兒八千，易如反掌。曹震才知道此人另有耍混混的一面。

果然，傍晚在秦淮河愛卿家的河房見了面，憑欄密語，吳鐸拍著胸脯說：「二爺，你那個姪子這麼討厭，我一定找人來教訓他，替你出氣。」

「吳三哥，」曹震說道：「這件事就託你了。不過有句話，我要聲明：皇上不差餓兵——」

「嗐！你別說了！」吳鐸有力地揮一揮手，截斷他的話：「有我料理。」

「過意不去——」

「甚麼話！要朋友幹甚麼的？二爺，你再往下說，就是罵人了。」吳鐸又說：「不過有件事，得先跟你請示，教訓完了，要不要讓他知道，是誰給他顏色看？」

曹震想了一下答說：「不妨這麼說，知道他做好些對不起我的事，看不順眼，打抱不平。」

「好！我明白。」吳鐸又加一句：「明天就辦。」

第二天吳鐸找了幾個混混，照曹震所說，指點了曹世隆的相貌特徵，以及常去之處，親自帶著他們去找。找到一家茶館，問了茶博士，終於找到了曹世隆。

「尊駕貴姓？」吳鐸上前問說。

曹世隆看他衣冠楚楚，右手拇指上戴一個翠玉「扳指」，怕不要三、五百銀子？便很客氣地答說：「敝姓曹。」

「是！貴姓。」

「那就錯不了！台甫是世隆兩個字？」

「吳。口天吳。」吳鐸接下來問：「聽說府上有一批珠寶想脫手。」

聽得這話，曹世隆心頭一喜，「是的。」他看著吳鐸問：「老兄是這一行？」

「不，不！我不做珠寶買賣，是受人之託，想辦一筆貨。東西要好，價錢上好說。」吳鐸問道：「能不能看一看貨？」

「看貨還不行。你可以先看看目錄，有中意的，我再去接頭，定期看貨。」

「也好！請問目錄在哪裡？」

「在舍間。我明天帶來。」

「能不能此刻就勞駕回府上去一趟？我有車。」

曹世隆正要回家，因而欣然同意。於是相偕出門，只見門口停著極華麗的一輛雙套騾車，俊僕跨轅，氣派非凡，使得曹世隆更刮目相看了。

將上車之際，吳鐸忽然說道：「曹兄，先到舍間一坐如何？」

「好，好！」曹世隆極想結交此人，忙不迭地答應。

於是相偕上車，車伕揮動長鞭，吆喝著只有養熟了的騾子才聽得懂的口令，沿大街往西而去。

出了水西門便是莫愁湖，車行極速，不過到了一處大宅門停車。曹世隆跟著吳鐸進門一看，不由得大為詫異，蛛網塵封，蒿萊沒徑，竟是一座廢園。

「吳兄，」曹世隆站住腳問：「你住在這裡？」

「不。」吳鐸神色自若地答說，「我新買了前明張皇親家的園子，順路來看一看，該怎麼修？」

曹世隆覺得這是件很不對勁的事，但礙於面情，不便作聲，且陪著他看一看再說。

「請！」吳鐸指著西面的抄手遊廊說，「從這面走。」

沿遊廊一進了垂花門，驀地裡一驚，有四個人等在那裡，一身短裝，臉上一股精悍之氣。心知不妙，急忙回頭，哪知吳鐸已無影無蹤了。

「這是怎麼回事？」曹世隆大聲質問，同時身子後退，打算溜走。

「曹大爺，」四人中年長的一個說道：「你別怕！沒有事。請你來是想請問你一件事。你說了實話，馬上送你回去。請屋裡坐！」

他的話完，便有個人將門推開。曹世隆料知逃不脫，便乖乖地進了門，裡面濕漉漉一片長了青苔的磚地，中間擺著一張白木方桌，居然還有一壺茶。

「既來之則安之」，曹世隆心裡這麼在想，便故作從容地坐了下來，向那人問道：「貴姓？」

「敝姓周。」說著，那人倒了一杯茶放在曹世隆面前。

「謝謝。」曹世隆問：「吳爺呢？」

「他一會兒就來。」姓周的向那三人大聲說道：「曹大爺不是『洋盤』，你們用不著守在這裡。」

那三人點點頭退了出去，曹世隆與姓周的，都目送他們走出垂花門外，消失了蹤影。

「曹大爺，」姓周的說，「這裡只有你我兩個，說話不必顧忌。」

「是！」曹世隆說，「我跟吳爺素昧平生，跟你老兄也從未見過，不知道有甚麼事要問我。」

「是受人所託，跟你打聽。曹大爺你跟孀兒震二奶奶，是怎麼回事？」

曹世隆大驚失色，兼且又羞又惱，抗聲答道：「你說甚麼？我不懂！」

「你不懂？」姓周的打了個哈哈，「算了吧，你裝甚麼蒜？」

曹世隆發覺事態嚴重，心知光是抵賴無用，首要之著是弄清楚他們的意圖，於是沉著地說道：「有話不妨明說，何必弄神弄鬼，來這套玄虛？你們到底甚麼意思？」

「你別問行不行？」

「我怎麼能不問？」曹世隆似乎理直氣壯地，「這是甚麼事，能冤枉我？冤枉不說，像這種謠言，汙人閨閣名節，我如果不辯，怎麼對得起我的長輩？」

「你所說的長輩是誰？震二奶奶？」

「是啊。還有我震二叔，他怎麼受得了這種傳說？」

「對了！」姓周的說，「震二爺就因為受不了這種傳說，所以才讓我們哥兒們幾個來問你個明白。」

曹世隆一聽這話，頓覺眼前發黑。原來竟是曹震的指使，誰想得到。不過，到此地步，沒有

第二句話好說，只有斬釘截鐵地答一句：「絕沒有這樣的事！我可以對天罰誓。」

「罰誓不必。」姓周的說：「我這問你幾句話，你答得圓滿，我們照實回答震二爺，就算有了交代。」

「好！你問吧！」

「你嬸子震二奶奶有好差使派你，是不是？」

「不對！」曹世隆答說，「是我震二叔派的，不過有時候讓震二奶奶告訴我就是。」

「這一次到揚州呢？」

「也是如此。」曹世隆答說，「是去修幾個表，甚麼毛病，只有震二奶奶知道，所以才叫了我去，當面交代清楚。」

「那麼，還有一項差使，也是震二爺跟震二奶奶說好了派你去的？」

「哪一樁？」

「就是那頂金絲帳。」

曹世隆色變，知道這一回的麻煩大了，勉強定一定神答說：「我到揚州去了，根本不知道怎麼回事，回來見震二奶奶交修好的表，她讓我到施家去一趟，告訴帳房可以成交了。又讓我順便問一問金絲帳還要不要，如此而已。」

「你沒有在事先告訴震二奶奶，這頂金絲帳人家出價一萬銀子？」

聽得這一問，曹世隆心想：怪不得！大概他們是跟曹震一路，做好圈套騙施家出一萬銀子來買金絲帳，有了好處大家分。只為自己一句話，擋了他們的財路，無怪乎為此切齒。早知這樣，倒不如說了實話陪個罪，總還好商量。如今事成僵局，無可挽回，只有賴到底了。

「沒有！我去管這個閒事幹甚麼？大概震二奶奶不知聽了誰的話，耽誤了極好的一筆買賣，讓震二爺一質問，沒有話說，順口拿我做擋箭牌？這不太冤枉嗎？」

這樣侃侃而談，令人一時不辨真假，姓周的便點點頭說：「你請坐一坐，我就來。」說罷，起身而去。

曹世隆不知道他去幹甚麼？不過心中一動，只要能夠溜走。就不要緊了！於是起身張望，但馬上又有另一個念頭：暗中必定有人監視，以鎮靜為宜。

於是，他仍舊安坐不動，不過心裡七上八下，片刻不寧。這樣不知過了多少時候，姓周的再度出現，臉上擺出怒容，一看便知來意不善。

「你說不說？」

「說甚麼？」曹世隆不覺心慌。

「跟你嬸兒的事啊！」

「甚麼事——」

一語未畢，姓周的一拳揍到，正打在右眼上；頓覺天旋地轉，曹世隆趕緊扶住桌子才沒有倒下去。

「說！」姓周的又暴喝一聲。

曹世隆也不知哪裡來的勇氣，大聲答說：「沒有甚麼好說的！根本沒有這回事。」

「你還跟我嘴硬。」

姓周的又要動手，曹世隆亦咬緊了牙，預備挨一頓揍。

哪知吳鐸突然出現，「別打，別打！」他一面說，一面趕了來，看到曹世隆的眼眶發青，便責備那姓周的，「你怎麼不知輕重，胡亂出拳，把人家的眼打瞎了怎麼辦？」

一聽這話，曹世隆心頭不自覺地浮起一陣感激。但立即想到，他是吳鐸騙了來的，只是想恨他卻恨不起來。

「出去！」吳鐸大聲叱斥。等姓周的退了出去，他向曹世隆歉意地說：「對不起，對不起！你請坐。」

曹世隆委委屈屈坐了下來，抗聲說道：「你我往日無冤，近日無仇，你把我騙了來，叫人這麼對付我，太豈有此理了！」

「你別抱怨。」吳鐸平靜地答說，「遇上我，算你便宜。你叔叔把你恨透了，託我好好揍你一頓，我本打算不管這個閒事。後來想到，他不託我也會託別人，別人未見得像我一樣的心腸，也許這一頓揍，就卸了你一條胳膊，人生在世，哪裡不行好？所以我答應下來。剛才是讓老周稍為做個樣子，反正算你挨過揍就行。誰知道他把你的眼都打腫了？不過話說回來，論你對不起你叔叔，挨這一拳也不為過。你把你嬸兒搞上手，是兩相情願的事，倒也不能全怪你一個人。可你怎麼又把他寵的一個妾，也勒逼成姦了呢？」

「你是說錦兒？」曹世隆急忙分辯，「那是絕沒有的事。」

「這一說，你跟震二奶奶有一腿，可是不假囉！」吳鐸看著他點點頭。

曹世隆恍然憬悟，悔恨不迭，自己上了吳鐸的當，讓他套了一句真話去。

「既然說了，就都說吧！」吳鐸用撫慰的語氣說：「我好替你掩飾。」

曹世隆此時六神無主，只有一片希冀之心，急忙問道：「你怎麼替我掩飾？」

「你叔叔說你如何勾引你嬸兒，又怎麼逼姦他的妾，情節不大相符。你跟我說了實話，我就可以跟他說：我問過，沒有這回事，是別人造謠。可是，何以見得是謠言？你不說實說，我怎麼找理由來替你辯護？光憑我一句話，說沒有這回事，他哪裡會相信？」

曹世隆這時的想法是，除了向吳鐸輸誠，爭取他的好感之外，更無善策。於是吞吞吐吐，扭扭捏捏，將他與震二奶奶如何在曲徑通幽，花木深深的禪房中結下歡喜緣的經過都「招供」了。

「除此以外呢？」吳鐸問說，「你們還在那裡親熱過。」

提到這一層，曹世隆可就要保持最後的一點祕密了，「沒有了！」他說，「就是那裡。」

「那麼，你們大概多少時候敘一敘？」

「不一定，要看機會。」

「最近一次呢？在甚麼時候？」

「兩個月以前。」曹世隆這回說的是老實話，「我剛從北京回來的時候。」

「你嬸兒對你怎麼樣？」

曹世隆在鼻子裡哼著笑了一下，「這，你總可以想像得到。」他說。

吳鐸點點頭，「當然是少你不得，」他又問：「你嬸兒倒不怕你叔叔知道。」

「他不會知道的。」

「不然。如果他不知道，怎麼會跟我說？」

「他也是瞎猜，或者聽人胡言亂語。」曹世隆說，「你剛才不是說，他所說的情節前後不符碼？」

「不錯！他是真的不知道。」吳鐸又說，「這樣，我替你辯護就容易了。」

「你老成全！」曹世隆站起身來，恭恭敬敬地作了個揖。

「好說，好說！」

吳鐸想了一會叮囑：「你跟你嬸兒的事，當然不必再提。不過有件事，你要留神，你最好避著你叔叔。」

「是！」

「如果你嬸兒看你眼眶發青，問起來你怎麼說？」

「這，倒要請教你老，該當如何說法？」

「你不妨訴訴委屈表表功，說你因為掀了你叔叔的底牌，讓你叔叔找了個姓吳的，揍了你一頓。」

「是，是！」曹世隆把他的話，一下子就聽了進去了，而且很機餞地說，「我用不著提吳爺你的姓。」

「那都隨你了！你是怨我，還是感激我，我都不在乎。」

「三爺，這可是肥豬拱門了！曹家的震二奶奶，誰不知道，手裡的私房，不上百萬，總也有七八十。只要逮住了，怕她不乖乖兒拿個十萬八萬出來消消災？」

「肥豬倒是肥豬，怎麼逮得住？你別把事情看得太容易了。」吳鐸想了一下說，「老周，你把孫鬍子去找來。」

孫鬍子自命為「孫吳子」，足智多謀，算無遺策，但也有人笑他，這麼自吹自擂，就是個「狗頭軍師」。不過話雖如此，仍頗為一班邪魔外道的人所看重，有時出個把歪主意，確是很高明。

「鬍子，現在有這麼一檔子事，弄對了路，十萬八萬，伸手就有；搞砸了讓人家倒打一耙，也許吃不了兜著走。那是個有名厲害角色，雖說是婦道人家，鬍子，只怕你不是她的對手！」

「三爺，你不用激我。能中你的激將之計，還能叫個孫吳子嗎？」說得一口揚州話的孫鬍子，預先聲明：「話說在前，男不跟女鬥，要看是怎麼一件事，能鬥則鬥，不能鬥不要怪我。」

「不必鬥，肥豬拱門，只要逮得住就行。是這麼回事——」

聽吳鐸將震二奶奶與曹世隆，在甘露庵如何結下孽緣的經過說完，孫鬍子一言不發，只「叭噠，叭噠」地使勁抽旱煙。連鬢蓋嘴的一部落腮鬍子中，直冒濃煙，真擔心它會燒起來。

「有了辦法，還得有人。」孫鬍子說，「我只管想辦法，不管找人。」

「行！你說吧！」

「姑子庵，官客進不去，要找堂客。這個堂客，第一，要認識震二奶奶。」

「這容易。」吳鐸催問著：「第二是甚麼？」

「第二，要頂得住。」孫鬍子自問自答地，「怎麼叫頂得住？就是耗在那裡不走。不管你花說柳說，攆罵也好、勸也好，我就是堵在那裡不動身。要這麼個堂客，恐怕不容易。」

「確是不容易，不過總找得到。」

「好吧！」孫鬍子賣關子，「你先去找，找到了來告訴我。」

「何妨先說說！」

「不行！天機不可洩漏。」孫鬍子大掉書袋：「孫子曰：『事莫密於間。』梅堯臣曰：『機事不密則害成。』不要人沒有找到，我的辦法已鬧得好些人都知道。那怎麼行？」

「言之有理。咱們先找人。」

這一找找了好幾天，終於有了著落。是老周在賭場裡遇見張五福才想起他的妻子賽觀音，恰恰符合孫鬍子所開的兩個條件。

「這張五福，原來管著織造衙門的布機房。他老婆讓震二爺勾搭上了，不想有人到震二奶奶面前去搬嘴。這一下——」

這一下醋海生波，震二奶奶趁曹震公差在外，翻出五福的老帳來，拿一張曹震的名片，將他送到上元縣拷打追問。後來是賽觀音求見震二奶奶磕頭陪罪，罰誓再不理會曹震，還讓震二奶奶狠狠羞辱了一頓，方得無事。當然，布機房的差事是革掉了。

「這賽觀音倒還有點良心，自己覺得對不起丈夫，想法子掙了錢來，供張五福吃喝以外，還要供應賭本。這日子自然不好過，也就可以想得到，把震二奶奶恨得牙癢癢地。」老周問道：「鬍子，你看這個人好不好？」

「好倒是好，就不知道他跟曹震怎麼樣？」

「不來往了。」老周答說，「張五福有張虧空布匹認陪的筆據在震二奶奶手裡，倘或賽觀音仍舊跟震二爺來往，拿這張筆據，往上元縣一送，張五福可又吃不了兜著走了。」

「這好！」孫鬍子說，「你把她找來，等我問她幾句話。」

於是，老周安排賽觀音跟孫鬍子見面。事先跟張五福說明白，請他的妻子辦一件事，當然是有好處的，也許能發個小財亦未可知。不過，是件甚麼事，請他不必過問。

張五福乾綱久已不振，只要有錢，無所不可，當時很高興地答應了下來，回家告訴妻子。賽觀音亦知道有老周這麼一個人，心想不會是甚麼好事，只是看在錢的分上，且不妨走一遭。

第二天上午，照預先的約定，張五福帶著妻子到了周家，孫鬍子先就在了。老周替他們夫婦引見過後，隨即說道：「張五嫂，託你的事，無論成不成，都請你擱在肚子裡。現在請孫大爺跟你談，我陪張五哥在外面涼棚下面坐。」

賽觀音點點頭，眼風掃過孫鬍子臉上，往下一落，卻又很快地抬頭瞟了一下，復又垂眼。孫鬍子見多識廣，加以又聽老周說過她的過去，心想，看樣子是找對人了。

於是，他笑嘻嘻地說：「張五嫂，你的生日快到了！」

「我的生日？」賽觀音不解所謂地抬眼望著孫鬍子。

「六月十九不是張五嫂的生日。」

賽觀音一愣，旋即會意，笑一笑又趕緊雙手合十，喃喃地說：「罪過，罪過！孫大爺，你這種笑話不能說的，菩薩會生氣。」

「會生氣就不叫菩薩了。閒話少說，張五嫂，我想請教你一件事：你會不會做討厭人？」賽觀音又發愣了，「怎麼叫做討厭人？」她眼風又是一瞟，「孫大爺倒滑稽，專會說怪話。」

「一講明白，你就不會覺得奇怪了。譬如說，你去作客，明知道主人家不歡迎，偏偏賴在那裡不走；不管主人家說甚麼難聽的話，你只裝作不曾聽見。這一點，你辦得到辦不到？」

賽觀音搖搖頭，一雙銀耳環不斷在晃動，「只怕辦不到，」她說，「人家在說你、罵你，怎麼能裝做聽不見？」

「你只要在心裡想一件事，就能聽而不聞了。」

「甚麼事？」

「白花花的一千兩銀子。」

這下打動了她的心，想了一會兒答說：「孫大爺，我試試看。」

「不能試。」孫鬍子說，「要有把握，做得到才行。」

賽觀音考慮了好一會，毅然決然地說：「好！我做得到，看一千兩銀子分上，做不到也要做到。」

「這就是了！」孫鬍子緊接著說，「你今天回去，就備好一隻『朝山進香』的香籃，明天一早起來，穿戴整齊，隨時等老周來接你去燒香。」

「喔，到那裡燒香。」

「總不外乎尼姑庵。」孫鬍子又說，「燒完香就要做討厭人了。這裡有張圖，你來看！」

「你一定守在這裡。」孫鬍子指著圖說，「看準這道門，到有一個你認識的人出來，記住是甚麼時刻，你就可以走了。這個人是甚麼人，你現在不必問，將來會告訴你。」

找妥了賽觀音，孫鬍子自覺已智珠在握了。照他的判斷，觀世音誕辰將屆，甘露庵當然會邀請施主去燒香。這在震二奶奶是個與曹世隆敘舊的很好的機會，必不肯錯過。但日子不會是六月十九正日，人多不便，或前或後，總在那三、五天。至於曹世隆赴約，自然是由甘露庵的後門進出。這一點早就訪查過了，甘露庵有一道後門、一道側門，側門在冷僻小巷中，尤為隱祕。前面有賽觀音監視，再看住這一道後門、一道側門，震二奶奶與曹世隆的行跡，便都在掌握中了。

於是調兵遣將祕密進行。六月十八接到消息，說曹家有女眷已坐轎到甘露庵去燒香。孫鬍子隨即派老周去接賽觀音。

「要走了！」老周說道：「我給你一個表，你會看時刻不會？」

「你也是！看得我這麼不中用，連個表都不會用。」賽觀音問：「孫大爺說我認識的那個人是誰？」

「震二奶奶。」

聽這一說，賽觀音頓覺氣餒，而且也有些懊惱，覺得老周來找她辦這件事，不知是何居心？當時沉下臉來說：「原來是她。你知道我跟她有過節，是存心要我去受氣？」

「不是，不是！有個道理在裡頭。」老周答說，「我們吃飽了飯，來跟你開甚麼玩笑？」

想想也不錯，賽觀音氣是平了，但想到見了震二奶奶抬不起頭來，徒受羞辱，還是沒有勇氣承當此事，便即問說：「甚麼道理？你不說明白，我不去！」

這一下，使得老周大感為難，他不敢擅作主張，洩漏機密，想來想去，只有一個辦法，帶她去見孫鬍子。賽觀音同意了。

聽明來意，孫鬍子問道：「你是見了震二奶奶怕？」

「是的。」賽觀音老實答道，「見了她不能不理，弄得不巧，讓她說我幾句，我又不能還口。」

「不會，不會！」孫鬍子說，「你見了她不理亦可以，她也絕不敢說你。就算說了你，你冷笑一聲，不必睬她，以後自會有讓你痛快讓她怕你的日子。」

「這——」賽觀音聽出話中有因，她也是厲害角色，當時便說：「孫大爺，你跟我痛痛快快說明白，我馬上就去；不說明白，諸事免談。」

「好吧！我跟你說一半，震二奶奶約了姘頭在甘露庵睡覺。你懂了吧？」

賽觀音大為興奮，急急追問：「真的？」

「我騙你幹甚麼？去吧！」

「走！」

賽觀音腰板一硬，前胸自然突出，時值盛夏，衣衫單薄，益顯得雙峰隆然。孫鬍子心中一動，便又問道：「張五嫂，我挑你發一筆財，你怎麼謝我？」

「那，只有好好做兩個菜，請孫大爺喝一鍾。」

「好，好！一定來叨擾。菜不必多，點心不可少。」

「孫大爺愛吃甚麼點心？」

「肉包子。」孫鬍子伸出兩指：「兩個就夠了。」說罷哈哈大笑。

「啐！」賽觀音扭頭就走。

第十二章

一進庵門，賽觀音便生疑問。六月十八已經很熱鬧了，震二奶奶與她的「姘頭」在何處可以「睡覺」。及至燒過香，四處隨喜，疑問更甚：以震二奶奶在曹家的身分，到甘露庵來燒香，自然丫頭老媽一大群跟著，為何一個不見。

也許還早。且等等再說。這樣想著，便在孫鬍子指定的那間禪房中閒坐。好在她生得白淨的一張俏臉，令人樂於親近，所以夾在一班官宦家的太太、小姐之間，居然談笑自如。正談得起勁時，有人走來問道：「你是張五嫂吧？」

賽觀音對這個著撒腳袴，梳長辮了，體態輕盈，浮著甜笑的女郎，似曾相識，就是想不起在哪裡見過，當時站起來答說：「不敢當。姐姐是哪個府上的？」

「你先別問，只說你是不是張五嫂？」

「是的。我夫家姓張。」

「那就不錯了。你請過來吧！」

領她去到另一頭，賽觀音想起來了，她是曹家的丫頭，因為季姨娘她是認識的。

「唷！季姨娘，一向好！」說著，張五嫂福了一福。

「不敢當，不敢當。」季姨娘拉著她的手，親熱地說：「好兩年不見你，仍舊是那樣子，一點都不顯老。」

彼此謙讓了一會，方始並排坐定，賽觀音自然要問起「這位姐姐」。季姨娘立刻就像臉上飛了金似地，得意非凡。

「她是我們老太太在世的時節，頂得力的一個人，如今是來幫我。她叫夏雲。」

「唷！」賽觀音頓時肅然起敬，「我聽多少人說過，老太太面前春夏秋冬四位姑娘，才貌雙全，而且知書識字，差不多官宦人家的小姐，都及不上。怪道好面熟，是那年老太太生日，遠遠望見過的。」說著，便去拉夏雲的手，嘖嘖稱讚：「好人才！」

夏雲矜持地微笑著，然後輕輕掙脫了賽觀音的手，取出隨帶的旱煙袋，裝好一袋煙，拿手絹擦了煙嘴，遞向季姨娘。

「先讓客！」

「謝謝，謝謝，我不會。」賽觀音趕緊接口，「你老請。」

趁夏雲替季姨娘燃煙的那一刻，賽觀音的心裡在想，只怕是弄錯了，說曹府有女眷來燒香，大概就是季姨娘。這話倒不妨問一問。

「今天季姨娘是一個人來的？」

「怎麼是一個人？」季姨娘手一指，「有夏雲陪我。」

「不是。我是說，可有別位，像二太太。」

「二太太是『大教』，怎麼會來燒觀世音的香。」

「喔，真的。」賽觀音笑道，「我倒忘記了。」

夏雲心思靈敏，此時已經想到，賽觀音必是顧慮著震二奶奶，怕撞見了不好意思。為了讓她寬心，不妨告訴她一句話。

「震二奶奶本也要來燒香的，只為這幾天府裡格外忙，已經說過了，今年不到甘露庵來燒香，只在自家佛堂裡替菩薩多磕幾個頭。」

一面說，一面注意賽觀音的表情，非常奇怪地，預期會有輕鬆的神色不曾出現，而且臉上有明顯的失望。

因此，她便加了幾分注意，要聽賽觀音如何作答，不巧的是季姨娘先搶著開了口。

「我本來也不想來的，敬佛在哪裡都一樣。是這裡的知客師無垢師太，說：『震二奶奶不來，你一定要來。曹府上是甘露庵的護法，沒有人來，面子上不好看。』卻不過情，我才來了。」季姨娘笑道：「誰知遇見你，總算沒有白來。」

「我也是！遇見季姨娘，心裡不知道怎麼歡喜。少爺想必長得挺高了？」

「多虧得她。」季姨娘又指夏雲：「現在是她，從前是碧文。我總算運氣不錯，遇見的都是投緣的好幫手。」

「這是季姨娘的福氣，將來還有享少爺的福呢！」賽觀音忽然感慨地說，「別樣都是假的，只有兒女是真的。」

她是因為自己不曾生育而興感，季姨娘卻誤會了，以為她在說震二奶奶，「是啊！你看我們這個，」她伸兩指示意，「如今神氣老來苦！夫婦不和，又無子息，做人還有甚麼意思？」

賽觀音正要打聽震二奶奶，難得季姨娘自己提起，便因話問話：「照說，她應該來燒香，甘露庵的送子觀音靈驗，大家都知道的。」

「誰知道呢！」季姨娘說，「反正她諸事方便，想到要來就來，不比我們出一趟門，先要通知外頭，派轎伕、派跟的人，麻煩多多。」

聽這一說，賽觀音的眼睛又發亮了。兩相對照，夏雲看在眼中，立即在心裡浮起一個印象：賽觀音似乎希望震二奶奶到甘露庵來。

這樣想著，便有意導引賽觀音跟季姨娘去談震二奶奶，不巧的是無垢來請吃齋，打斷了話題。看無垢說話時，只是在看賽觀音，季姨娘便熱心地說：「無垢師太，你們只怕還不認識？」

「正是！這位施主好像頭一回來。」

「是的。」賽觀音平靜地答說：「頭一回。」

「她的當家，原來是我們織造衙門的人；姓張，行五。這個張五嫂有個外號——」季姨娘笑笑，沒有再說下去。

賽觀音臉一紅說：「是那些油頭光棍渾叫，叫出來的名兒。」

無垢原就在注意了；看她膚白如雪，長隆臉、寬額頭，加上一雙俊俏的風流眼，雖然年紀大些，卻正合中年人的意，不由得想起總督衙門的趙師爺。

如今看季姨娘的神情，她自己的話，已能想像得到她是個招蜂引蝶的人物，因而對她的那個外號，更感興趣。

「說說不妨。」她笑著對季姨娘說，「有話不說，肚腸根會癢。」

看賽觀音並無堅決阻止的表示，凡事藏不住的季姨娘自然就說了。

「說起來，明天倒像也是她的生日，張五嫂是有名的『賽觀音』。」

「罪過，罪過！」賽觀音趕緊朝上合十敬禮。

「也怪不得有這個外號。」無垢很認真地點點頭，「先請用齋，回頭我再來。」說著，去招待其他香客。

賽觀音目送無垢的後影，心裡也在想，看她脣紅齒白，一件藍綢僧袍中，似乎還有香氣，可知絕不是安分的人。說不定她本人跟曹世隆便有「交情」。

「走吧！」季姨娘又回頭對夏雲說：「在這裡大家都是敬佛，沒有甚麼上下大小，你也坐在一起吃好了。」

「不！」夏雲搖著頭輕輕地說，「我在別處坐。」

結果還是分成兩處坐。齋罷喝茶，香客正陸陸續續地散去，季姨娘便也打算要作歸計了。

「提轎吧！」季姨娘對夏雲說了這一句，轉臉對賽觀音問：「張五嫂，你幾時來看我？」

賽觀音躊躇未答，無垢卻趕了來了，看夏雲匆匆往外而去，季姨娘站著跟賽觀音說話，便知是怎麼回事？當即攔阻。

「還早，還早，忙甚麼？」

「不早了！」季姨娘說，「明天正日，你們有得忙，別打攪了吧。」

「那麼，明天呢？季姨娘，你還得請過來。」

「怎麼明天還要來？」

「自然！正日少不得你這位護法的正主兒。」

在曹家，從來也沒有人拿季姨娘當過「正主兒」，所以聽得這三個字，她真有受寵若驚之感，一迭連聲地說：「我明天來，我明天來。」

「一定要來，還要早來。」無垢忽然想起，「季姨娘，你請等一等，我有東西請你帶回去。」說著，匆匆而去，須臾復至，帶來極精緻的一個竹絲細籃，裡面是幾樣水果。特別聲明是菩薩面前撤下來的供物，請季姨娘帶回去給棠官吃，保佑他無災無難，聰明智慧。

物輕意重，季姨娘欣然收受，作別上轎。賽觀音也要告辭，卻為無垢硬拉住了。

「說來是緣分，張五嫂，我一見了你，心裡就歡喜。你不要走，等我忙完了，好好談談。」

無垢又說：「不必等多少時候。」又問：「你倦不倦？或者到我屋子裡息一息，打個中覺亦不妨，挺清靜的。」

賽觀音心想，尼姑的臥室，不知是怎麼樣子？一時動了好奇心，便接受了她的好意。

於是無垢喚來十四五歲，尚未祝髮的一個小尼姑，關照她帶「張施主」到她臥室去休息。賽觀音到了那裡一看，木榻竹椅，一塵不染；窗外一株老槐，長得極茂密的枝葉，綠油油一片，入眼清涼，頓覺宿汗一收，舒適異常。

「倒真是清靜！」賽觀音問道：「小師太，你法名叫甚麼？」

「我叫敬明。」

「多謝你，給我一杯茶喝。」賽觀音又說：「最好是涼茶。」

「有、有。」敬明答說，「我馬上送過來。」

不久端來一面盆井水，水中坐著一把磁壺，裡面是杭菊花泡的涼茶。賽觀音先喝茶，後洗臉，然後坐定了，輕揮蒲扇，與敬明閒談。

「你在這裡幾年了？」

「兩年多。」

「知客師太是你的師父？」

「不是。」敬明答說，「是我師叔。」

「我不太懂。」賽觀音指著她的頭髮說：「你們庵裡也可以帶髮修行？」

「帶髮修行是有，不過我不是。」

「那麼——」

「喔，你說我的頭髮？我還沒有受戒。」

甚麼叫受戒，賽觀音不太明白，也不想再問，倒是帶髮修行的是些甚麼人，她卻很想知道。

「你說有帶髮修行的，我沒有看見，看見的都是像你這樣的小師太。」

「帶髮修行都在裡面不出來的。」

「喔，裡面？」賽觀音微感意外，「裡頭還有屋子？」

敬明笑了，似乎笑她的話沒有道理，她說：「裡面的屋子還深得很呢！」

賽觀音還想多知道一些，但無垢一進來便打斷了。她似乎根本未將賽觀音當作初次識面的客人看待，進門便卸去僧袍，內穿一件葫蘆領的對襟綢褂子，背上汗溼了一大塊。她毫不避忌地對客更衣，只是背對著賽觀音而已。

「又累又餓又渴。」無垢轉過身來，一面扣小褂紐扣，一面說道：「我真擔心，明天正日人多，不知道我一個人頂得下來頂不下來？」

「莫非沒有人幫忙？」

「幫忙的人在裡面，場面上只有我一個，有忙也幫不上。」說到這裡，有個老婆子端著托盤進門，後面還有個穿僧袍而留頭髮，年方十六七的女郎提著食盒。無垢便說：「我還沒有吃飯，你要不要找補一頓？」

「不！我吃得很飽。」

「那麼喝點酒，吃著玩。」

無垢不由分說，叫再添碗筷來，自己去抱出一個尺許高的大瓷罐，裡面泡的是藥酒。

「這是曹家抄來的一個宮方，拿好酒泡的，調經活血、養顏潤肺，喝久了，受益無窮。」

「你自己喝吧，我酒量不好。」

「不好就是會喝。這酒的好處是，酒性讓藥性一沖沖淡了，多喝點兒也不要緊。來，來，請坐。咱們一面喝，一面談。」

賽觀音不再推辭，坐下來看飯菜是一碗冬菇燴髮菜、一碟涼拌鞭筍、一碟素雞、一碗羅漢齋，另外一大碗酸辣湯、細白麵的銀絲捲與帶綠色的荷葉粥。心想飲食如此講究，做出家人也不壞。

這時無垢又去裝了一碟椒鹽松仁、一碟燻青豆來下酒。賽觀音不由得感嘆地說：「你倒真會享清福。」

「出家人四大皆空，日子最難打發，總要想個甚麼法兒，這麼長的日子，才消磨得掉。」無垢急轉直下地問起賽觀音的境況：「聽季姨娘的口氣，你們當家的，彷彿不在織造衙門了？」

「早就不在那裡了！」

「現在呢？在哪裡恭喜？」

賽觀音沉吟了一下，決定盡可能說實話，因為說假話、裝門面，是件很累人的事，大熱天何苦？

「甚麼恭喜？沒出息！成天混在賭場裡。」

「『賭能不輸，天下營生第一。』不過，『瓦罐不離井上破，將軍難免陣前亡，』你何不勸勸你們當家的，早早收心歇手？」

「也要勸得醒才行！一到賭場時辰八字都忘了，非輸得兩手空空才肯回家。」賽觀音又說，「他跟我也不知道罰過多少回咒：再不賭了！那是沒有錢的話；一有了錢，倒像凳子上長了刺，坐都坐不住，忙著要到賭場去送光了回來。」

「既然常常輸，錢從哪裡來？」

「還不是——」賽觀音頓了一下說：「靠我一雙手。」

「你這雙手，一看就是雙巧手。」無垢順勢拉過賽觀音的右手來細看。手很白，皮膚很薄，膚下筋脈，隱隱可見，不過骨肉停勻，仍是很漂亮的一雙手。捏一捏不算太軟，又看到戴著一枚銀頂針，無垢便猜到幾分了。

「張五嫂，你做得一手好針線？」

「好也談不上，不過倒總是有人拿活計上門。」

無垢默不作聲，拈了兩粒燻青豆，慢慢咀嚼了好一會才開口。

「張五嫂，我替你可惜！一針一針來的幾個錢，讓你的當家的到賭場裡去送掉。」她再一次抓著賽觀音的手，輕柔地從手腕上撫摸下來，「照你的這雙手，戴一隻銀絞絲鐲子真正委屈，連我都心疼！」

這句話說到了賽觀音的心裡，她一直所深切感到而無法向任何人去訴說的委屈，一旦為人說破，那種搔著癢處的感覺，既痛快，亦痛苦。

「唉！」賽觀音嘆口氣，眼圈都紅了，低頭想去抽掖在衣襟上的手絹，卻無覓處。

「你別難過。」無垢起身去取了一塊簇新的熟羅手絹，遞到她手裡，「我來替你想法子！」她又自言自語地加了一句：「誰教咱們有緣呢！」

賽觀音拭著眼默不作聲，心裡在想，這是個機會，不過要應付得好。最要緊的是別性急，性急打聽不到要緊的事。

「張五嫂，我剛才說過，我一看你就歡喜。將心比心，人家一定也是這樣，你的人緣一定很好。」

「也就是靠一點人緣，不然早就餓死了。」

「胡說！憑你的人才，應該過極舒服的日子。這且不去說它。我剛才已經打定一個主意了，不知道你肯不肯幫我的忙？」

「這——」賽觀音問：「你的事，我有甚麼可以幫忙的？」

「當然有。我是知客，想請你幫我應酬來燒香的太太、小姐們。」無垢又說：「今天的情形，你看到的，如果你不肯幫忙，我一個人實在應付不了。不知道你肯不肯？」

「這也無所謂；談不到肯不肯。不過，」賽觀音低頭看一看身上，不免自慚，「我這副樣子，也走不到體面人面前去。」

「哪裡會走不到人前去？不過，『佛要金裝，人要衣裝』；八分人才，裝扮得好變成十二分。你原是十分人才，衣服上頭，不必講究，首飾卻少不得，我借兩件你戴。」

賽觀音自然心動，但也不無困惑？本想問一句出家人看破紅塵，何來首飾？轉念又覺得不問為妙，一問也許她就不便拿出來了。

須臾止酒進飯，賽觀音也找補了一小碗粥。無垢起身說道：「張五嫂你請過來。」

說著，她走向木榻盡頭。榻後本是隔出來三尺寬的一道板壁，懸著布簾，原以為是置淨桶的所在，不道揭開布簾，還有一道門，門內別有天地。

這間臥室，與尋常閨閣，沒有甚麼兩樣，並無木魚，倒有鏡箱；亦無經卷，卻有兩套繡像的小說；香爐倒是有的，卻非「五供」中敞口插線香的香爐，是一具五彩細磁的三足鼎，上有鏤空的蓋子。屋子中隱隱還存有檀香的氣味。

「原來還有這麼一間精緻的屋子！」賽觀音大為驚異。

「是客房。你要願意，隨時來住。」無垢一面說，一面去開櫃門。

這自然是拿首飾出來看，賽觀音不便跟過去，便隨手取了本小說到手裡翻。

她不識字，原意藉此遮眼，裝作對無垢在幹甚麼，並不關心。不想一翻開書頁，頓時一顆心

「崩冬、崩冬」跳個不住，自覺臉上發燒，直到耳根——入眼的是一幅「妖精打架」的圖畫，畫得非常細緻，男的其醜不堪，矮胖，而且還少一隻眼睛。女的卻是妖嬈非凡，還有個侍兒扶枕，自也是寸縷皆無。

賽觀音瞟了無垢一眼，看她一雙手還在櫃子中搜索，便趕緊又翻第二頁。一面翻，一面不斷偷覷無垢，翻到第五頁看無垢在轉身了，才急忙將書放回原處。

「張五嫂，你來看，你喜歡哪幾樣？」

「喔。」賽觀音答應一聲，先定定心，然後走了過去。只見桌上翻開一隻嵌螺鈿的烏木首飾箱，金翠玉器、紅綠寶石，看得她眼花撩亂，不知從何下手？

「這是王道台的三姨太，寄存在我這裡的。你隨便挑。」無垢又說，「多借用些日子，也不要緊。」

「怎麼？」賽觀音躊躇著說，「給王家三姨太太看見了，不好意思。」

「怎麼看見？人都到湖北去了。」

「原來不在這裡。」

「跟她們老爺到任上去了。嫡庶不和，王三姨太不放心她的這些東西，特為寄存在我這裡的。」

說著，無垢揀出一枚鑲一圈紅綠寶石的珠戒，先拉過賽觀音的手，替她將銀頂針取了下來，然後套上那枚戒指。

「大小剛剛好，倒像是我自己現打的。」賽觀音拉開手，端詳著那枚珠戒，得意地說。

「張五嫂，我們跟自己人一樣了，我說老實話。首飾要配身分，這個戒指鑲得好，東西不算貴重。我說句你別見氣的話，正合你戴，別人也不配戴這麼漂亮的戒指。」

有了最後一句話，賽觀音越發覺得無垢可親可愛，「你說得我太好了。」她說：「你的話不錯。戴首飾要配身分，除了這個戒指，我再借一隻金鐲子、一枝金挖耳就行了。」

「我看！」無垢將她身子一拉，看她的髮髻，「還得一根簪子。」

仍舊是無垢為她挑選，一隻絞絲金鐲、一枝點翠金挖耳、一根紅玉簪子。賽觀音無不中意，真想說幾句感謝的話，卻不知如何措詞。

「你是現在就都戴上，還是包了回去？」

「包了回去。」賽觀音毫不遲疑地答說。

「我也覺得包回去的好。」

於是無垢收起烏木箱，另取一個長方錫盒，襯好棉絮，將那四樣首飾收藏妥當，用方布袱包好，交到賽觀音手裡。

「我明天甚麼時候來？」

「自然越早越好。」無垢答說，「趁早風涼，到這裡來吃早點心好了。」

剛剛坐定，老周接踵而至，賽觀音說了與季姨娘邂逅的經過，判斷震二奶奶這幾天絕不會到甘露庵去。又說無垢邀她明日仍舊去隨喜，但將與無垢一見如故，已經到了深入堂奧的交情，卻瞞住了隻字不提。

老周沉吟了好一會說：「看起來孫鬍子沒有算準。」

「怎麼？」賽觀音問：「那方面也沒有消息？」

那方面自然是指與震二奶奶在甘露庵幽會的一方，孫鬍子判斷曹世隆必從甘露庵夾道的側門進出，派了人在那裡守候，結果也是影蹤全無。老周現在從賽觀音所談的情形中去推測，必是曹世隆已存戒心，通知了震二奶奶不能再到甘露庵，至少這一陣一定絕蹤不至。

「大概都要避避風頭。」老周答說，「不過遲早要逮著他們。張五嫂，你照常預備，隨時等我的消息。」

交代了這話，老周匆匆走了。賽觀音便取出錫盒來，關緊房門，細細欣賞那四件首飾。正在得意忘神之際，聽得門外腳步聲，即時警覺，是丈夫回來了，這四件首飾若為他所見，十之八九會被他偷了去送到賭場，必得密密妥藏才好。

轉念到此，直奔門口，先將屈戌一搭，閂好了門走回來，張五福已在叩門了。

「等一等！」賽觀音說，「我在換衣服。」

「怎麼樣？」張五福在門外問：「遇見震二奶奶沒有？」

「大呼小叫幹甚麼！」賽觀音罵道：「說話做事，從來不用腦子的。」

張五福被罵得不再開口，賽觀音怕他在門縫中張望，背著身子擋住首飾，收藏好了，才去開門。

「沒有遇見。」賽觀音又說：「老周剛來過。」

「他說點兒甚麼？」

「說還會來通知我。」

「到底是怎麼回事？問他也不肯說，問你又說不清楚，到底在玩甚麼花樣？」

「你不必問。有花樣玩出來，自有你的好處，玩不成也不少甚麼。不過有句話要告訴你，對這件事，你最好裝作不知道，別去胡亂打聽。」賽觀音又說：「還有，我要到哪裡，你也別管。」

張五福是為妻子降服了的，聽完不作聲，表示默受。到晚來，張五福抱住賽觀音求歡，讓她一巴掌打得鬆了手，說明天還要去燒香，借齋戒為名，將張五福攆到堂屋裡去打地鋪。

第二天，賽觀音五更時分就起身了，悄悄開了房門，打水來洗臉梳頭，換上她唯一的一件綢衫，繫上青絹裙子。那四件首飾，除了玉簪以外，其餘三件棉裹布包，置入香籃，然後喚醒丈夫，說要出門了。

「這麼早就去燒香？」

「半夜裡燒頭香的還有呢！」賽觀音又說：「我要回來，天不黑就回來了。不然就住在甘露庵，你不必等我。」

說完出門，走出兩條巷子到相熟的轎行裡雇頂小轎到甘露庵，就在轎中戴好首飾。等一下轎，轎伕愣住了。

「張五嫂，你像個闊少奶奶！」

賽觀音淺淺一笑，「借來的兩件首飾，裝裝場面。」她告誡著說：「別替我到處去『賣朝報』。」

「下午要不要來接？」

「不要！」

付訖轎錢進庵，香客已經不少了。賽觀音一出現，立刻便吸引了不少視線，但頗多困惑之色。賽觀音驀地裡想起，既像闊少奶奶，為何連個丫頭都沒有？放眼看去，哪裡有個有身分的堂客，自己提著香籃的？

幸好遇見敬明，便將香籃交了給她，口中問道：「知客師太呢？」

「陪將軍的老太太在說話。」

甘露庵客座甚多，特為撥出一間，供江寧將軍明安的太夫人休息，賽觀音到那裡，在門外一望，盡是些盛裝的旗下女眷。她久聞旗人規矩重，禮數多，深怕失禮，不免情怯縮步。

哪知無垢眼尖，招手喊道：「張五嫂，請進來。」

這一下，賽觀音只好硬著頭皮踏了進去。只見東面對坐著兩個旗下老太太，上首的總在六十開外，下首的也在五十左右。無垢為她引見，一個是明老太太，一個是明老太太娘家的弟婦，浙江乍浦副都統德良的妻子，來為明太夫人拜生日，這天跟著來隨喜。

「這位是將軍夫人明太太，明大小姐、明二小姐。」

母女三人都站在明老太太身邊，賽觀音一一見了禮，誇讚那十七、八的一雙姐妹花說：「長得真俊！真正一對大美人。」

明老太太要聽見誰誇她的兩個孫女兒，最高興不過，當下便回頭說道：「你們怎麼不招呼客人坐？」

「不就在端椅子嗎？」已入中年，體態肥碩的明太太笑著說。

「不敢當，不敢當。」賽觀音遜謝著，「這裡哪有我坐的地方？」

「你是客！張五嫂，你別客氣。」

賽觀音扶著明家丫頭端來的椅子把手，不肯落座。無垢便說：「恭敬不如從命，你就坐吧！」

「不！」賽觀音堅決地，「明太太跟兩位小姐都站著，我怎麼能坐。」

「不相干！這是我們旗下的規矩，她們也是站慣了的。」明老太太說，「你坐下來，咱們說話。」

「老太太，我陪你一整天都行，不過要讓我坐，我絕不敢。」

「這樣吧，」德太太轉圜，「讓大奶奶也坐吧！」

她口中的「大奶奶」便是明太太，無垢聽得這話，便去端了張椅子來，明老太太便向兒媳婦說道：「你不坐，客人也陪你站著，那多過意不去？坐下吧！」

明太太立夏那天秤過，整整一百二十斤重，全身重量撐在一雙「花盆底」上，站久了苦不堪言。幸喜賽觀音知禮，使得她也有了座位，自然心感，所以在明老太太跟賽觀音說了幾句話，轉臉跟德太太在聊家常時，她倒是執著賽觀音的手，問長問短，非常親熱。

過了好一會，無垢來請燒香。賽觀音惦念著季姨娘，趁機告罪別去。在昨日相遇的原處，再次邂逅，季姨娘似乎很驚異地，只似笑地瞅著她，自不免使賽觀音發窘。

「你老怎麼了，反倒像不認識了！」

「我看你跟昨天像換了一個人——」季姨娘說到這裡，突然停住，是因為夏雲拉了她一把。

賽觀音眼尖看到了，明白她的用意，也感激她阻止季姨娘讓她受窘，便索性說明了：「季姨娘必是看我戴了這幾件首飾，」她輕聲說道：「借來的。」

「真看不出來。就像你自己的一樣。」夏雲顧而言他：「首座在念『疏頭』了，燒香去吧。」

到得大殿，只見主持圓明，親自領頭做法事；殿上氛氳一片，檀香夾雜著粉香，中人欲醉。天熱人多，汗出如漿，季姨娘有些支持不住，一手扶頭，一手扶著夏雲的肩膀。賽觀音急忙上前，扶著她的身子問：「怎麼啦？」

「有點不舒服，頭暈。」季姨娘又說：「不要緊，過一會就好了。」

「大概中暑了。來的時候就有些不大對勁。」夏雲一面說，一面從荷包中掏出一塊紫金錠，塞在季姨娘口中，又加了一句：「回去吧！」

「不好！無垢師太那裡交代不過去。」

「不要緊！有我。」賽觀音說，「人不舒服，別勉強。」

於是夏雲便關照小丫頭，去找轎伕。由於無垢正忙得不可開交，亦就不必作別，只託賽觀音致意而已。

這一來，季姨娘受託招待香客的一份責任，便交了給賽觀音了。日中齋罷，逐漸散去，約莫申牌時分，法事已畢，香客散盡，無垢走來向賽觀音致謝。

「今天虧得你！你道明太太怎麼說？她說你真賽過救苦救難的觀世音——」

「怎麼？」賽觀音不安地打斷她的話問：「明太太怎麼也知道我這個名兒？」

「不知道是誰告訴她的？」無垢又說：「季姨娘一走，如果不是你，我就要抓瞎了。」

「我真有點擔心，季姨娘是中了暑，萬一在這裡病倒了那可不好。」

「不說病倒，光是嘔吐狼藉，就夠麻煩的了。」

「你也該派個人去看她一看。」

「說得是！我馬上就去。」無垢走了幾步，忽又回來說道：「你今天別回去了。我有話跟你細談，實在是有事託你。府上在哪裡，我叫人去通知。」

「不必！我在家留了話的。」

原來賽觀音倒也是有心結納，無垢心想，這自然是那四件首飾的功效，看來所下的一味「藥」是對症了。

晚飯後下了一場陣頭雨，暑氣全消。雨止水退，雲散月見。賽觀音與無垢都洗了澡，在院子裡納涼談心。

「有件事，辦成功了，我跟主持說，送你五百銀子，再替你找個地方存著，動息不動本，一個月有四、五兩銀子貼補家用。你看好不好？」

「敢情好！」賽觀音說，「可不知道我能辦不能辦。」

「你一定能辦。當然，也不光是專靠你一個人。」

原來明將軍的太夫人佞佛，是甘露庵的護法之一。有一次談起，善男信女每有捨宅為寺的功德，她雖住在兒子的衙門裡，無宅可捨，但手頭有些私蓄，打算捐個萬把銀子蓋一座庵。無垢與住持圓明商量，希望能把這筆捐款拿過來，便跟明老太太說，甘露庵想在棲霞山蓋一座下院，起名叫延壽庵，明老太太既發願要做這場功德，何不將銀子捐給甘露庵？

「當時明老太太一口氣答應。哪知道，過幾天再提，她忽然變卦了，語氣中彷彿有不得已的苦衷。」無垢問道：「你倒猜一猜是甚麼緣故？」

賽觀音想了想答說：「想必是明將軍不願意？」

「你猜對了一半。明將軍倒沒有說甚麼，明太太不贊成。她是當家人，明老太太的私蓄又是交給兒媳婦，明太太不肯放手，做婆婆的也很為難。」無垢急轉直下地說：「明太太跟你很對勁，你說的話她會聽，能把她勸得活動了，咱們的這座延壽庵就蓋得成了。」

「喔，既然你說她肯聽我的話，我自然要效這個勞。不過，我可不知道該怎麼勸她？」

「這，咱們慢慢商量。好在這也不是很急的事。」

賽觀音點點頭，無可置喙。無垢也沒有再提這話，只說類似這樣的事，不一而足，如果賽觀音肯真心合作，常常會有好處。

「這是師太提攜我，我不能不盡心，也不敢不盡心。」

「言重，言重！不過，」無垢突然問道：「你今年多大？」

「我三十四。」

「幾月裡生日？」

「九月。」

「這麼說，我比你大，我是四月裡生日。」無垢問道：「你願意不願認我做姐姐？」

跟尼姑認姐妹？空門中也有這種世俗之事，賽觀音覺得有些不可思議。因而一時竟忘了回答。

「你不願意不必勉強。你別多心。」無垢拉過她的手來，拍拍她的手背說，「我是跟你說著玩的。」

「你是說著玩，我可是真心想認你這個姐姐。最好一起在菩薩面前磕個頭。」

「心到神知。」無垢的態度又一變，「你是真心，我也是真心。以後，咱們私底下是姐妹；當著人用『官稱』，你看好不好？」

「怎麼不好？」賽觀音脫口叫一聲：「姐姐！」

「妹妹，好妹妹！」

剛說到這裡，驀地裡起風，一大片烏雲遮住了月色，賽觀音便說：「要下雨了！」

一語未終，大顆的雨滴，已灑落下來，無垢便拉著賽觀音往屋子裡走。

「等等！」賽觀音說：「把藤椅子搬進去。」

不但有藤椅，還有茶几，几上一壺剛沏的香片，燜透了正好喝，捨不得丟下，就這麼一耽擱，著實被淋了一陣陣頭雨。「頭髮都溼了。」無垢取塊手巾給她，「小褂子都貼在皮肉上了，趕緊換。」

「沒有得換了。」賽觀音說：「我就帶來一套小褂袴，剛才洗澡換的。」

「只好穿我的。」

無垢取出來一套灰色綢子的褂袴，自然是僧衣的式樣：束帶而不用紐扣，大袖郎當，卻是窄窄的袴腿。

「到後面換去吧！」

抱著衣服到後面房換好，綢子爽滑，更覺舒服。坐下來抬頭一望，恰好看到那部繡像的小說，心裡立即浮起莫名的興奮，毫不遲疑地去取了一本，站著就翻開了書葉。

正看得出神，突然有一隻手伸到胸前。賽觀音這一驚非同小可，身子一陣抖，書都抖落在地上，急急奪身轉臉，只見無垢笑嘻嘻地站在那裡，她也換了溼衣服，是一套藍綢袿袴，頭上戴一頂玄色綢子的軟帽，兩足分開，一雙手扠在腰上，站立的姿態像個男人。

「好看不好看？」無垢說。

「你屋子裡怎麼會有這玩意？」賽觀音驚魂略定，正色說道：「讓人瞧見了，還得了？」

「除非是你，誰能到得了這間屋子裡？」

「你不是說，是客房嗎？」

「不錯，是客房。」無垢答說，「不過要看怎麼樣的客？」

話中有深意，賽觀音覺得不便再往下問了，只拍拍胸說：「真嚇我一大跳！」

「這可得怪你自己。」無垢笑道：「我以為你早聽見我的腳步聲了。」

到底她是躡足而來，還是真有腳步聲，已經無法究詰，賽觀音唯有笑一笑，不作聲，彎腰將地上的書，撿了起來。

「睡下來看！」

說著，無垢已將那套小說，拿到床前，剔亮了燈，向賽觀音招招手。

賽觀音在片刻的遲疑之後，突然發覺，如果再畏縮拘謹，不但自己受罪，也會掃了無垢的興，將很有趣的一個晚上，弄成萬分無聊。

她也算是在風月場中打過滾的，要放開來並不難，當下微笑著走到床前，與無垢並排坐下，一隻手便從她身後伸過去，圈過來攬住她的腰，身子半靠著她的背，視線從她肩頭望出去，落在小說的插圖上。

「姐姐，」賽觀音說，「我們今天晚上做姐弟好不好？」

無垢轉過臉來，看一看她說：「你占我的便宜，應該兄妹才是。」

「兄妹也好，姐弟也好，反正──」她把她的臉推過去，伏在她的肩頭上輕輕說道：「反正一男一女是不是？」

「這還像句話。」無垢手一揚，身子往後一仰，拋開了書，將賽觀音拉倒在一起，輕聲說道：「你跟男人在一起，一定浪得很。」

「浪的好，還是不浪的好？」賽觀音閉上了眼，抱住無垢，想像著她是個「爺兒們」。

「自然是浪的好，越浪越好。」說著，無垢便伸手摸索著，「你沒有生過孩子了？」

「你呢？」賽觀音以其人之道，還治其人之身，「倒像是『三師太』。」

「我倒想做『三師太』，可惜沒有一個『中大爺』。」

她們用的是彈詞《玉蜻蜓》上的典故；賽觀音認為無垢的話是假撇清，但不便直言駁詰，只問：「你想不想？」

「莫非你手上有這麼一個人？」無垢故意試探。

「對了。」

「是誰？」

「喏，就是我。」說著，賽觀音得意地笑了。

無垢確有被戲弄了的感覺，心有不甘，卻想不出報復的法子。轉念想到總督衙門的趙師爺，心中一動，決定將計就計，引賽觀音上鉤。

「我們說正經的，如果我想弄一個，你肯不肯幫我的忙？」

賽觀音心中一跳，心想莫非這會兒是床底下，還是衣櫥中，就藏著一個年輕男子。不過一念甫動，立刻就覺得自己的想法太荒唐，這麼熱的天，躲在床底下、衣櫥中，還不悶出痧子來？

「怎麼樣？」無垢一面問，一面伸手到她左胸，明顯地覺察出她的心「蓬蓬」地跳得很厲害。賽觀音大感威脅，輕輕推開她的手問：「要怎麼樣幫你的忙？」

「只要你肯幫忙，總有辦法，就怕你——」無垢故意不說下去，要看賽觀音來不來問。

她當然會問：「怕我甚麼？」

「怕你根本不肯，不過拿我開開胃。我可不上你的當。」

「喔，你是怕我跟你開玩笑，你把你的辦法告訴我，就算我捏住了你的把柄。」

「這倒不怕，你不是那樣的人。不過鞋子沒有穿，徒然落個樣，那又何苦？」

賽觀音心想，看樣子除非自己能顯得真心實意，不能取得無垢無話不談的信任。那樣，就甚麼圖謀都無從談起了。

轉念到此，她毫不遲疑地說：「姐姐，人心都是肉做的，你這樣看得起我，待我這樣好，我如果對你有一點不盡心的地方，我就畜生都不如了。」

「嘖，嘖！你的話說得太重了！」無垢是頗為感動的模樣，「你的為人，我哪裡會不知道。不是我自吹自擂，如果我不識人頭，哪裡能當這個『知客』的職司。你不要多心，甚麼事都不會瞞你的。」

「既然姐姐知道就好了。剛才說的那件事，只要有用得著我的地方，我絕不會推託。」

無垢深沉地點點頭，然後問說：「你出來方便不方便？」

「方便。」

「怎麼方便法，是不是隨請隨到？」

「也差不多。」

「晚上不回去也不要緊？」

「不要緊。」賽觀音說：「只要事先跟他說一聲好了。」

「你們五哥倒真好說話，」無垢又說，「嫁著這種丈夫，也是一種福氣。」

「甚麼福氣？」賽觀音嘆口氣：「沒出息！」

張五福的為人，以及他們夫婦的關係，就這「沒出息」三字，便盡在不言中了。意會到此，無垢有了十分把握，當即說道：「等過了菩薩生日，我請你幫忙。」

「好！」賽觀音毫不遲疑地答應，但停了一下又說：「不是我嚕囌，或者有甚麼不放心，天生急性子，凡事不問清楚，肚腸癢得難受。姐姐，還是那句老話，這個忙怎麼幫法？」

「你說應該怎麼幫？」無垢帶著一種考驗的意味，「你倒設身處地替我想一想；再問問你自己，肯幫我多大的忙？」

這幾句話分量很重。賽觀音知道，前面不管如何輸誠，哪怕跪下來起誓，都是空話，只有對她提出來的這些問話，回答得能使她滿意，才真的能顯出至誠。因此，她先不作聲，凝神細想了好一會才說：「我說老實話，若說要我捨出一條命去幫姐姐的忙，我也不肯。除此以外，怎麼樣都可以。不過為姐姐著想，這件事馬虎不得，先要好好兒預備一下，所以也急不得。」

「這樣說，你是想好一個辦法了。」

「是的。」

「你倒說給我聽聽！」

賽觀音的辦法是有了，要說卻不知該從何處開口，因為從來也沒有談過這樣的事。因而想了想，學無垢的樣，從發問開始。

「姐姐，你出來方便？」

「方便是方便，不過預先要說好。」

「當然，我預先會告訴你。」賽觀音又問：「住在我那裡行不行？」

「也是要預先說好。」

「這就行了。這種事，白天到底不方便——」

聽到這裡，無垢方始相信，賽觀音真的已想好了辦法，一時心氣浮動，無法自持，一把將她推倒，「慢一點，」她說，「咱們睡下來談。」

將油燈捻得豆樣大，掖好帳門，並頭臥倒，但面對面亦都看不清對方臉上的表情，說話就更方便了。

「等我約好了人來通知你，你一個人悄悄兒來，私底下看一看，看不中意不談，我另外再約。」

「喔，」無垢大感興趣，「看中意了呢？」她問。

「看中意了，就有兩種法子，一明一暗，隨你挑。」

「你的法子倒真多。」無垢笑道：「還不止一種。」

「這是我為你著想，要看你願意明的，還是暗的。」

「明的怎麼樣，暗的又怎麼樣呢？」

明的是將話說明白，飲酒作樂，率性而行；暗的是李代桃僵，午夜夢迴時，做賽觀音的替身。等講完了，賽觀音還問一句：「你看怎麼樣？」

無垢無以為答，因為賽觀音的言詞，替她帶來了太多的猜測與想像。看她款款深談，似乎幹慣了這個勾當的，然則「賽觀音」的外號，確有由來。既然如此，就不必多費心思，乾脆跟她明說好了。

這是就趙師爺方面去想，在她自己，想到李代桃僵時，心跳得非常厲害，以至於呼吸困難，喉頭痙攣，不自覺地「嘓嘓」的出聲。

「看你饞得那樣子！」賽觀音笑她，「都嚥口水了。」

聽得這話，雖在暗頭裡，無垢的臉還是紅了起來，「你別笑我！」她反脣相稽，「飽漢不知餓漢飢。」

賽觀音有些不悅，所謂「飽漢」自然是指她常有這種招蜂引蝶的行徑。自己披肝瀝膽，不顧羞恥，卻招來了這樣的諷刺，豈不令人寒心？

「我老實跟你說，我不是饞，是怕，所以心跳得很厲害。」

「又想偷葷，膽子又小，那就難了。」賽觀音說：「我剛才說的話不算，你只當沒有聽見。」

語氣不妙，無垢自然聽得出來，回想了一下，是「飽漢不知餓漢飢」那句話上出了毛病，於是趕緊陪笑道歉。

「好妹妹，你不能為我無心的一句話生氣。咱們倆無話不談，等於你把心掏給我，我把心掏給你，說話自然就隨便了。」

既然她這麼說，賽觀音自不必認真，不過有句還要表白，「這兩年我跟你一樣，也是餓漢。」她問：「你信不信？」

「我怎麼不信？」無垢又說，「不過，妹妹，我倒也有一句老實話，只怕你又會生氣。」

「不會。說明白就不要緊。」

「那麼我就說，你到底比我自由些。而且是有丈夫的，哪怕懷了別人的孩子也不要緊。既然如此，你又何必自己挨餓？」

「也要有機會——」賽觀音覺得措詞很難，因為這不是一兩句能說明白的事。

「你說沒有機會，是沒有人？」

「也可以這麼說。」

「不這麼說，怎麼說呢？」

賽觀音想了一下答道：「人倒還在其次，是地方。我總不能拉到家裡來呀！」

「這，跟你剛才的言詞，似乎就不太對了。」

「聽起來好像不太對，其實呢，你再想想我另外一句話，我說這事急不得，我得預先想個法子，就是在想，要找個甚麼地方。」

無垢點點頭，「這就對了！」她緊接著說，「其實也不難，不過花幾個錢的事。我出錢，你去賃兩間屋子，買個丫頭，咱們悄悄兒來往，你看好不好？」

「這當然好！不過，總也要有個盤算，天長月久，一筆開銷也不輕。」

「開銷自然有打得出來的辦法。」無垢問道：「如果有這麼一個地方，你可以約些甚麼人來玩？」

「這要看情形。從前的一些熟人，現在都不知道在甚麼地方了？要去打聽。」

「眼前總有幾個吧？」

賽觀音不知道她為何要這樣追著問，想了一下答說：「有是有兩三個，不過說出來你也未必知道。」

「你倒不妨說說看。」無垢又說，「我要知道是哪一號人物。」

「無非常常在外面玩的一班浪蕩子弟。」

「不好！」無垢很快地說，「這些人招惹不得，一招惹了，鬧得滿城風雨。」

「那麼，」賽觀音問道：「約些甚麼人呢？」

無垢不作聲，彷彿在思索甚麼。這就越發使賽觀音困惑不解，決定問個明白。

「姐姐，你要弄這麼一個地方，到底作何打算呢？」

「這——」無垢很吃力地說，「我就老實告訴你吧，有些人家的姨太太、少奶奶，想在外面打野食，總得有個地方。你說是不是呢？」

賽觀音恍然大悟，心想這是一個機會，此時再不追問，更待何時？於是想一想說：「本來呢？本來在甚麼地方？」

「不一定。」

這是在閃避，賽觀音卻不放鬆，「咱們現在睡的地方就是？」她說，「不然不會有那種書在這裡。」

「偶爾也有。」無垢答說，「就因為不大妥當，所以我要另外找個地方。」

「地方有了，人呢？」

「有了地方，自然有人。這要看情形，事先說不定的。」無垢又說，「我問你可以約哪路人物，就是心裡有個數，到時候可以幫幫那些姨太太、少奶奶的忙。」

「對了！這個忙幫得大了。」賽觀音笑著說了這一句，又謹慎地試探，「你幫過哪些姨太太、少奶奶的忙？」

「不多。五六個。」

「倒說來我聽聽。」賽觀音想到她又會閃避，索性單刀直入地問說：「曹家的震二奶奶請你幫過忙沒有？

「你怎麼忽然想起她來？」

「我也是聽人說的。」

「人家怎麼說？」

本來是賽觀音在發問，不道一變而為被盤詰的人了。她心裡在想：「問就問吧！等我說完了，總該你說了吧？」於是她略為考慮了一下說：「我聽人說，震二奶奶在外面不大規矩，背著震二爺養了族中的一個姪子。有這話沒有？」

無垢有些遲疑，但一遲疑就露了馬腳，若想隱瞞，便是撒謊，可想而知的，不能再獲得賽觀音的充分信任。但許多祕密，已經洩漏了，如果賽觀音覺得她欠誠懇而有所不滿，口舌之間無意流露，這關係可真不輕。

轉念到此，無垢不免自悔輕率，但事已如此，只有往好的地方去想——也是往好的地方去做，打算著能夠以推心置腹的態度，換取她死心塌地的聽從。

「做這種事，本來最忌的是指名道姓查問，心照不宣就是了。不過，你我像一個人一樣，而況你說得出她『養姪子』的話，足見得也是有來歷、有根據的，我更不必瞞你。只是，你應該知道輕重！」

「那還用說，我又不是三歲小孩。」賽觀音笑答說：「如果你覺得我口不緊，你就別說。」

「不是這話，你別瞎疑心。」無垢緊接著說：「最初是他們自己有意思了，在這裡會過兩三次。後來我想想不妥，跟主持說，不必招惹吧，她就不來了。」

「怎麼不妥呢？」

「震二奶奶為人很厲害，說不定『人無防虎意，虎有害人心』，拿住這裡的把柄，翻起臉來，我們怎麼鬥得過她。」

「那麼，她是怎麼不來的呢？」

「來了沒有人——我是說，只有她一個，對方沒有約到，她心裡有數，自然就不來了。」

「不來這裡，不會去別的地方？」

「那是她們自己的事。」

賽觀音明白了，如果想在這裡拿住震二奶奶跟曹世隆已是件不可能的事。不過她也不十分相信無垢的話，說不定她為震二奶奶另作了安排。這是不能再問下去了，一問會動疑心，反而不妙。

「我倒要問你了，」無垢突然說道：「你是聽誰說的？我都告訴你了，你也應該跟我實說才是。」

聽得這一問，賽觀音大起恐慌，而且大起警惕，倘或言語間不謹慎，稍露真相，讓無垢發覺她原來是個奸細，那就不知道她會是怎麼樣的一種態度了。

這得找一個人來搪塞，先想到季姨娘，旋覺不妥，但急切間再想不起別的人，只好先拿她來應急。

「是季姨娘談起的。」

「我就知道是她！」無垢的聲音極有把握，「再不會是別人。」

話一出口，賽觀音便大為失悔，及至聽見無垢的語氣，越發不安。不過，不安的也不止她一個人，無垢亦復如此，想到季姨娘那種口沒遮攔，不知輕重的性情，不免憂心忡忡，不知道會闖出怎麼樣一場難以收拾的禍來？

於是，談到極其投機的一個良宵，變成各懷鬼胎，輾轉難眠的漫漫長夜了。

第十三章

一向沉著的無垢，亂了槍法。私下埋怨季姨娘不該信口開河，壞了甘露庵的清譽，還怕會惹出極大的是非來。接著便很怨切切地勸她，將「禍從口出」的道理，翻來覆去，說個不休。

當然，措詞不但婉轉，而且含蓄異常。季姨娘聽不懂她說些甚麼，甚至也無從詰問，只好向夏雲求援了。

「你聽，無垢師太的話是甚麼意思，甚麼惹是非？甚麼甘露庵的名譽？我一點都不明白。」

夏雲當然聽得出來，事有蹊蹺，不過難得季姨娘聽不懂，倒省卻許多是非，當即答說：「無垢師太也是一番好意，勸姨娘講話留點神。一句不相干的話，也許就惹出是非來。」接著顧而言他地，把話扯了開去。

無垢卻越發不安了，不知是季姨娘沒有聽懂，還是明知她意何所指，而故意裝傻，不肯承認？就在欲言又止之際，夏雲拋過來一個眼色，示意極其明顯：暫且勿言，找機會細談。

果然，夏雲第二天單身來到甘露庵，到得只有她跟無垢在一起時，率直道明來意：「師太，是不是我家姨娘言語不謹，惹了甚麼是非，把甘露庵牽涉在裡頭了。」

「是啊！季姨娘那作興說那樣話！就算沒有一個人信她的話，到底名聲難聽，而且牽涉到震二奶奶，府上這一場家務鬧起來，笑話就大了。」

一聽這話，夏雲大吃一驚，急忙問道：「季姨娘到底說了甚麼不該說的話？」

無垢遲疑了一會說：「是震二奶奶的事，莫非你沒有聽說過？」

「震二奶奶是我家少奶奶，一家人自然常常談到，只不知是指哪一樁？」

「是──」無垢很吃力地說，「是跟你們本家姪子的事。」

夏雲越發吃驚，想了一會說：「你大概是指的隆官。震二奶奶當家，有時候派隆官出去辦事，外面就有風言風語。無垢師太，你指的是這件事不是？」

「正是！外面風言風語，我們也聽到過。季姨娘也應該知道，家醜不可外揚，何必跟不相干的人去說。」

「跟誰說了？請師太告訴我，我好悄悄兒勸季姨娘。」

「對了！要請妳勸勸她，不然真會闖大禍。」

「是啊！我們家震二奶奶的名聲，大家都知道的。是非惹到她頭上，這場饑荒有得打。」夏雲緊接著問，「季姨娘是告訴誰了？」

「就是那個張五嫂。」

「是賽觀音！」夏雲駭然，「她怎麼說來著？」

「夏雲姑娘，你就別問了。我也不是怪季姨娘，一時失言，也是有的，我只是怕季姨娘惹出是非來。」

惹出來的豈止是非？夏雲心想，曹家的家規極嚴，季姨娘如果真的跟賽觀音說過這種話，讓震二奶奶知道了，在「四老爺」面前告上一狀，哪怕棠官都這麼大了，仍舊會毫不容情地攆出門去。那一來如何得了？

因此，夏雲無心再與無垢周旋，急急趕回家去，一路上思量，季姨娘人雖糊塗，也還不至於如此不識輕重。一回去先把事情弄清楚，倘是賽觀音造謠，要趕緊為季姨娘洗刷。萬一她真的說過這話，該當如何補救，更是件刻不容緩之事。

到家正遇見季姨娘為了棠官將新上身的一件細夏布大褂，撕了好大的一道口子，在罵個不休，夏雲便說：「姨娘別為這點小事跟棠官嘔氣了！我有要緊話說。」接著，拿手巾替棠官擦了眼淚，哄著他說：「乖！把那八首〈秋興〉去念熟了，回頭背給我聽。背得一字不錯，我教你怎麼用牙牌算卦。」

等棠官走了，季姨娘問道：「小丫頭說你到舅舅家去了，怎麼一回來又說有要緊話，倒是甚麼事啊？」

「我到甘露庵去了。姨娘，你要跟我說實話。」

「咦！」季姨娘詫異，「我幾時騙過你？」

「我也知道姨娘不會騙我，不過這件事出入太大，我不能不特為提醒姨娘，半句假話都不能說。」夏雲將季姨娘拉到一邊坐下，她自己靠在方桌上，臉對臉地問道：「姨娘，你可曾跟張五嫂說過，震二奶奶養著族裡的一個姪子？」

「甚麼——」季姨娘的聲音極大，人就像要跳起來似地。

「別大呼小叫地。輕輕兒說。」

「我幾時跟她說過。我又不是吃屎的，這話也能說嗎？」夏雲一塊石頭落地，不過還有些不放心，「你老再想想，也許不是說得很明白，言詞中隱隱約約帶到過這麼一句。」

「別說一句，半句都沒有。張五嫂跟震二奶奶有心病，我何若去提人家不願意提的人。」季姨娘緊接著問：「這話是怎麼來的呢？非得問問明白；真是真，假是假，我如果說過，我絕不賴；沒有說，硬賴上我──」

「噯，噯！你先別嚷嚷行不行？」夏雲說道：「據無垢說，是張五嫂告訴她的。既然姨娘沒有說過，那就是張五嫂瞎說八道。咱們得想個法子把自己洗刷出來。」

「那容易。把無垢、張五嫂，還有震二奶奶都找了來，三曹六對，當面說明白了，不就行了嗎？」

「哼！」夏雲冷笑，「姨娘，我不是說你，你真是把事情看得太容易了。那一來，不錯，你倒是洗刷出來了，不過等於弄個尿盆子扣在震二奶奶頭上，她不恨死你才怪！」

「怎麼呢？」

季姨娘新得了個右眼抽風的毛病，此時左眼睜得好大，右眼不斷抽搐，形容既可笑，又可怖，夏雲便躲遠些說：「姨娘，你把心定下來！這件事錯不得一步，照你的辦法，等於替人家『賣朝報』，鬧得上上下下都知道了，人家怎麼做人？」

季姨娘本想說：「我可不管她怎麼做人！」轉念一想，這樣一說，不就是跟夏雲抬槓？因而改口問道：「那麼你說呢？」

夏雲咬著指甲沉吟了一會說：「先得問一問張五嫂，她跟無垢說過這話沒有？等她承認了，再問她：季姨娘甚麼時候、甚麼地方跟你說過這話？」

「對！」季姨娘說，「我倒疑心是無垢這個禿婆娘在瞎造謠言！」

「這怎麼會？如果無垢不是聽張五嫂說過這話，她咋天怎麼會特地跑了來勸你。」

季姨娘細想一想，果然不錯，失笑說道：「我也是鬧糊塗了！」她又問說：「我想張五嫂一定會抵賴，那又拿她怎麼樣呢？」

「這就得找無垢了。讓她們自己去弄明白。那時——」夏雲一面想，一面說：「有兩個辦法，該挑哪一個，到時候再看。」

「你說，是哪兩個辦法？」

「一個是責成無垢，話是你傳出來的，反正不管你們怎麼說，扯不上我。這一層，你得趕緊到震二奶奶那裡說明白，免得誤會。再一個就是把這件事的來龍去脈，悄悄兒跟震二奶奶說清楚，她怎麼辦是她的事。」

季姨娘不作聲，若有所思地，似乎還有第三個辦法，夏雲不免困惑，她自覺已想得很透澈，不可能還有更好的辦法。

「我在想，」這回是季姨娘自動壓低了嗓子：「咱們趁此機會，翻它一翻，好不好？」

「怎麼翻法？」夏雲神色懍然地，「姨娘，你千萬別起這種心思！要闖大禍！」

「我也不過說說而已！」季姨娘急忙陪著笑說，「我不能那樣不識輕重。」

「說都不能說的。」夏雲仍有戒心，「姨娘，我這會兒要跟你說明白，你如果相信我，這件事讓我來辦，你別插手！反正我不能替你惹禍。」

季姨娘之少不得夏雲，已如過去少不得碧文一樣，當時毫不遲疑地答說：「好吧！我不插手，聽你去辦好了。」

於是，夏雲盤算了半夜；也只睡得一瞭，天剛一亮便到萱榮堂去叩門。恰好秋月這天也起得早，問明白了，開開門來，不免有些驚慌，「頭不梳，臉不洗，這會兒來敲門，」她：「是出了甚麼事？」

「就為了怕出事，才來找你。」夏雲看院子裡擺著藤椅茶几，一碗現沏的荷露茶，便即笑道：「你倒會享清福。」說著，端起茶碗來喝了一口。

見此光景，秋月放心了，另端張藤椅坐了下來。夏雲便從無垢來訪季姨娘說起，一直談到她此刻的來意。

「我想了半夜，就怕事情還沒有水落石出，話則已經傳到震二奶奶耳朵裡了，那時候再來辯白，就晚了一步。倘或如此，要拉你出來作個見證；讓震二奶奶知道，季姨娘不但沒有說過這話，而且已經在悄悄兒查這件事了。」

「好！你的腳步站得很穩，萬一有這樣的情形，我幫你們說話。」

「還有件事。」夏雲又說，「我得去找賽觀音，不知道怎麼找法，又不能到處去打聽，人家先就會問，你找她幹甚麼？我怎麼說？」

秋月考慮了好一會說：「這件事要託一個人。你預備甚麼時候去找她？」

「回頭就去，趁早風涼好辦事。」

「好吧！你回去拾掇好了來，我替你找人。」

「你打算找誰？」

「何大叔回頭要來換字畫，我找他陪了你去。」秋月又說，「只有他老成靠得住。」

於是夏雲回去梳洗好了，吃了早飯，換了衣服，復又來到萱榮堂，何謹已經在等著了。

「你來，」秋月將她拉到一邊說道：「我只跟何大叔說，請他帶你去找張五福的老婆，可沒有跟他說是甚麼事。這件事越少人知道越好。」

「我明白。」

這天去撲了個空，賽觀音為甘露庵派人來接了去了。甚麼時候回來不知道，張五福說他妻子有時候就住在甘露庵。而且他還建議夏雲不妨就到甘露庵去找。

夏雲不願這麼辦。當時約定，第二天上午再來。如果這天賽觀音不曾回家，請張五福一早通知何謹，以免再次撲空。

幸好，張五福不曾來通知，夏雲也很順利地找到了賽觀音。何謹很老到，猜到她們要談的話，不足為外人道，所以不但他自己不願意夾在夏雲與賽觀音中間，而且要把張五福也調開，邀到巷口茶館去喝茶。

「張五嫂，」夏雲開門見山地說：「我是季姨娘要我來的，不，是我自己討的差使。為甚麼呢？因為我怕季姨娘跟你一見面會吵起來。」

這番開場白說得很好，因為雖不知道季姨娘為甚麼一見面就要吵架，但夏雲討這個差使，完全出於好意，卻是已很清楚地表明了。

「喔，」賽觀音笑道：「夏雲姑娘，有你在，季姨娘跟我吵不起來。不知道是為了甚麼？」

「為了無垢師太來勸季姨娘，言語要謹慎，她說，張五嫂你告訴她，季姨娘跟你說過，我們家震二奶奶養著族裡的一個姪子。張五嫂，你跟無垢師太說過這話沒有？」

賽觀音臉上一陣紅、一陣白，嘴脣翕動，欲語還休。這自然很明白，她跟無垢說過這話。

「張五嫂，」夏雲用埋怨而同情的語氣說：「你這件事做得大錯特錯！甚麼話能說，這話怎麼能說？震二奶奶，你不是沒有領教過；曹府上的事，你也知道的。不必瞞你，我們季姨娘也怪可憐的，你這一說，傳到震二奶奶耳朵裡，還有她過的日子嗎？」

賽觀音雙淚交流，「夏雲姑娘，是我不對。不過，我也是被逼處此。詳細情形，沒有辦法告訴你。如今、如今，」她似乎突然下了決心，「只有你怎麼說，我怎麼辦！」

「我也不知道該怎麼辦？禍是你跟無垢闖出來的，我想只有你去跟無垢商量，怎麼樣讓震二奶奶知道，季姨娘沒有說過這話。把她洗刷出來就行了。」

賽觀音不作聲，原來無垢跟她的「交情」發生變化了！甘露庵中有人到住持圓明那裡去搬嘴，說光憑賽觀音這個外號，可知其人品，無垢把她請了來應酬賓客，好些施主在背後批評，話很難聽，將甘露庵的名聲也帶壞了。因此圓明將無垢找了去，狠狠地數落了一頓，不准她跟賽觀音往來，那四樣首飾當然亦要收回。

是這樣爾虞我詐，弄巧成拙，本以利結，因好成仇的關鍵，哪裡還能彼此體諒，協力應付難題。可想而知的，不提此事便罷，一提必是相互詬責。賽觀音當然要指摘無垢不該跟季姨娘去談震二奶奶的祕辛，但她想像得到，無垢更有理由責備她不該隨口胡攀季姨娘。禍是她闖出來的，憑甚麼要求無垢跟震二奶奶去解釋？事實上這又如何解釋？

想來想去，無法接納夏雲的要求。這便惹得曹府上的這個俏丫頭大發嬌嗔了。

「張五嫂，你是怎麼回事？老實說，這件事如果不是我從中極力調停，只怕連你家張五哥都會落個灰頭土臉。季姨娘做事顧前不顧後，你家也是織造衙門的機戶，莫非沒有聽說過？再說，這件事季姨娘半點錯處都沒有，話到哪裡都說得響，如今寧願委屈，也是顧念著你。你如果連這點起碼要做的事都不肯做，那可是沒有法兒了，只有原原本本告訴震二奶奶，聽憑她怎麼料理，反正季姨娘總是有了交代了。」

「夏雲姑娘，夏雲姑娘，你別生氣！」賽觀音急忙低聲下氣地說：「我哪裡會不知道你跟季姨娘是在照應我。實在，實在——咳，一言難盡！你是姑娘家，有些話我不便跟你說。說了，你也未必懂。總而言之，言而總之，我錯了，無垢錯，季姨娘總不錯，我對不起季姨娘，一定得想法子，不能讓震二奶奶誤會季姨娘。夏雲姑娘，這是我心裡的話。」

「原就是為了『不讓震二奶奶誤會季姨娘這句話』，你知道就好。」夏雲又問：「你倒是預備想個甚麼法子，不妨說一說。」

「一定有法子！這會兒我還說不上來。」賽觀音突然心中一動，凝神靜想了一會，聲音變得興奮而有把握了，「夏雲姑娘，一定有法子。你回去告訴季姨娘，請她放心好了。」

夏雲不知道她葫蘆裡賣的甚麼藥，但她的語氣，為她帶來了信心，不過仍舊要提醒她：「你有法子也要辦得快。萬一震二奶奶先來問季姨娘，豈不是啞巴吃官司，有口難辯？」

「這話說得是！我今天就辦。」賽觀音又加了一句：「反正，一定對得起季姨娘就是了。」

話已說到頭了，再言無益，夏雲只說一句：「我跟季姨娘等著聽好消息。」隨即告辭。自己到巷口茶館找著何謹，一起回家。

張五福自然也回家了。賽觀音叮囑他立即去找曹震的小廝興兒，約他來吃消夜。

「這是幹麼？」張五福說：「有事我告訴他好了。」

「你別管！只把他找來就是。」

張五福知道多說無用，乖乖兒地去找到興兒來，訂了消夜之約，回來上覆閫命。

到得起更時分，興兒施施然而來，賽觀音已燉好一個一品鍋在等著了。興兒聞見香味，嚥了兩口唾沫問道：「五嬸兒，無功不受祿。你先說，要我幹甚麼？說明白了，我吃得才安心。」

「沒事！明天三伏，『頭伏火腿二伏雞，三伏吃隻金銀蹄』。我家就兩口子，這個一品鍋吃不了，壞了可惜，特意邀你來敘敘。就算有事託你，也一定是辦得了的，你儘管放量吃，只別喝得人事不知。」

「不會，不會。」興兒坐了下來，由張五福陪著，據案大嚼。

到得二更天，一品鍋只剩了骨頭和湯了。興兒起身抹抹嘴，一面打飽嗝，一面向裡面喊道：「五嬸兒，我可吃飽了要走了。有事快說吧！」

「不忙！」賽觀音提著個瓦罐出來，向她丈夫說道：「去巷口提一罐酸梅湯回來，那玩意醒酒最好。」

張五福如言照辦，興兒也明白，這是賽觀音特意調虎離山，所以等張五福出了門才開口。

「五嬸兒，這會就咱們兩個人了，有話你說吧！」

「你坐！」賽觀音說，「我跟你娘從前最好，你總知道。」

「知道。怎麼不知道。」

「你知道，我跟你說實話，我可沒有拿你當外人。我問你的話，你如果願意告訴我，當然最好；不願意告訴我，也不要緊，不過你可不能跟別人，連你五叔在內，都別告訴他。你能不能答應我這話？」

「行！」興兒毫不遲疑地答說。

「我倒問你，你家二奶奶跟隆官的事，你知道不知道？」賽觀音緊接著說：「月光菩薩在上，咱們倆今晚上的話，誰也別告訴誰，如若不然，叫他不得好死。」

興兒略一遲疑，方始回答：「我也是聽說，不知道真假。」

「你怎麼聽說了？」

「聽說隆官有一處地方，專為他跟二奶奶見面預備的。」

「你知道不知道那地方？」

「不知道。」興兒很快地回答。

「能不能——」話說半句賽觀音突然停住，往裡就走，等她回出來時，手裡多了個手巾包，「這個，」她說，「帶給你媳婦。」

「幹麼呀！五嬸兒還客氣？」

「不是客氣。」賽觀音又說，「可也不是買你的話。我想這個地方你也未必會知道，甚至於連打聽都沒法兒打聽。為甚麼呢？隆官第一個要瞞的就是你。」

「我實在不知道。」興兒的神情有些著急，彷彿怕賽觀音對他誤會似地，「五嬸兒，你是我媽的朋友，我不能跟你說瞎話。」

「你別急、你別急！我知道。」賽觀音撫慰地拍拍他的肩，「不過，我如果託你一件事，你能辦得到的，肯不肯幫我的忙？」

「那還用說。」

「那我就說了，你能不能悄悄兒把震二爺替我約來？」

「別的都好辦。唯獨——」興兒苦笑著說，「有點難。」

「難？你是怕震二奶奶知道？」

「正就是為這個。」興兒答說，「震二奶奶另外派了密探，跟著震二爺，一舉一動，震二奶奶都知道。」

「震二爺自己要來，你還能攔住他不許。」賽觀音說，「你不肯幫忙就是了。」

「絕不是！」興兒急忙分辯，「其中另有個緣故，震二奶奶交代過，我跟震二爺去了那裡，回去都得跟她報。不然，我就甭想再在府裡待了。五嬸兒，你倒想，震二爺到你這兒來，我當然瞞著不說，可是萬一有密探跟她一報，問起我來我怎麼說？」

賽觀音點點頭：「倒是我錯怪你了。」她想了一會說：「這樣，你跟震二爺說，明兒晚上，最好晚一點兒，更深人靜，讓他一個人神不知、鬼不覺地摸了來，叫他晚上別喝酒，要喝酒到我這兒來喝。因為我有要緊話跟他說，非讓他清醒白醒不可。」

興兒想了一下問道：「五嬸兒，你的意思是，我不必跟了來，就沒我的事了。是不是？」

「對了！就是這個意思。」賽觀音又說，「你如果仍舊覺得為難，把難處說出來，咱們再商量。」

興兒考慮了一會，覺得這樣做法，足可脫卻干係，便點點頭，表示承諾，卻又問道：「五嬸兒，你是甚麼要緊話？」

「到時你就知道了。」

興兒還待再問，只見張五福已經進門，便住口不語，喝了一大碗酸梅湯，起身道謝。

「這算得了甚麼！你要有空儘管來；我還有幾樣拿手菜，做來請你吃。只別忘了我託你的事就是了。」

「不會！怎麼個情形，我明天下午來給你回答。」

第二天不到中午就有了回話，他說曹震這天晚上有個應酬，酒不能不喝，但絕不會喝醉。等應酬完了，就來赴約，大概是二更時分。

時當盛夏，二更天納涼的人還很多，不甚方便，但也顧不得那許多了。賽觀音便問：「你呢？」

「我這回去就裝肚子痛，還得到二奶奶那裡去要藥，讓她知道，今兒我沒有跟二爺出門。」

「這個主意好。只要不連累你，我就放心了。」賽觀音又說：「你跟二爺說，打後門進來；不必叫門，推進來就是。」

到得傍晚，賽觀音取兩三兩碎銀子，讓張五福到賭場裡去混一夜。然後預備了酒菜瓜果，洗了一個澡，已是起更時分。不道天色忽變，下起雨來，將在外面納涼的人，都趕回屋子裡去了。

「妙！真是天從人願。」賽觀音心裡在說：「只別下得太久。」

這場雨下了半個時辰，便即止住，納涼的人正好趁暑氣全收，補足連日炎暑，夜不安枕所缺乏的睡眠，所以巷子裡空蕩蕩地，惟有明月照著積水，恰是來赴幽期密約的好辰光。

微有酒意的曹震，久已沒有這樣興奮的心情了，不僅因為工於泥夜的賽觀音，是他眾多舊歡中，絕少常常縈懷的一個，而且也因為她有不知道甚麼「極要緊的話」，為他帶來了一份渴望揭開謎底的期待之故。

進入極窄的巷子，家家熄燈，幸好方向正對著下弦月，積水泛光，相當明亮，他只揀著黑處下腳。到得張家後門，細辨一辨，牆頭上有盆「萬年青」，確定不錯，便照約定，伸手輕輕一推，「咿呀」一聲，那扇黑漆小門應手而啟。

等他站定腳輕咳一聲，窗戶中隨即出現了人影，背著燈看不清面貌，但不言可知必是賽觀音。否則，深夜擅闖民宅，早就為主人大喊「有賊」了。

「你怎麼到這時候才來？」賽觀音迎了上來，握著他，用極低的聲音問說。

這使他意識到蓬門華戶，屋淺人眾，說話千萬不能大聲，便湊近她的耳際，卻又忍不住先親了一下，然後答說：「不是說晚一點好嗎？」

「多虧得這場雨。不然，這會兒巷子裡說不定還有人呢！」賽觀音又問：「沒有遇見人吧？」

「不但沒有人，連鬼都沒有。」

「別胡說！」賽觀音輕輕打了他一下。

他趁勢拉住她的手，雙攜進屋，燈下細看，賽觀音已披散頭髮，鬆鬆編了一條辮子；身上是一件玄色紗衫，映著她的如凝脂般的膚色，一下子將他的興奮心情，推到了盡頭，便抱住不放了。

「幹麼這樣猴急！該是你的，總是你的；不是你的，哪怕拴在床欄杆上，還是會飛掉。」

「話是不錯，不過——」曹震突然想起，「你有甚麼要緊話，快說！」

「沒有。」賽觀音的回答，大出意料，「不是說有要緊話，怎麼能把你哄了來。」她緊接著又問：「興兒呢？」

「鬧肚子疼，跟我請假，又到裡面去要藥。這個小猴兒，」曹震笑著罵道：「鬼心思多得很。」

「甚麼鬼心思？」

曹震已猜到興兒是怕他來赴密約，萬一為震二奶奶知道了，「吃不了兜著走」，預留卸責的餘地，不過這話跟賽觀音實說就無趣了。所以顧而言他地問：「你說要喝酒到這兒來喝，酒呢？」

「在裡屋。」

裡屋便是賽觀音的臥房，床前一張半桌，雜物都已移開，覆一個大紗罩，揭開來看，一碟魚乾、一碟蝦子拌鞭筍、一碗還有熱氣的煮雞湯，再就是一碟子已用石灰收得極燥的毛筍煮黃豆。

「窮家小戶，就只有這樣待客了。」賽觀音說，「你坐在床沿上吧，舒服些。」

說著，賽觀音去捧出一小罎酒來，也不知是甚麼藥料泡的，只看是極嬌嫩的鵝黃色，曹震便忍不住猛喝一口。

上口才知道厲害，不敢下嚥，怕嗆了嗓子不得了，忍著辛辣在口中含了一會，才慢慢下嚥。

「好傢伙！」曹震搖搖頭，「顏色像十四五歲的小妞，那份辣勁兒，如狼似虎，跟你在床上一樣。」

「狗嘴裡吐不出象牙！」賽觀音白了他一眼，接著又說：「我泡了一壺金銀花露在那裡，拿來把它兌上。」

兌上金銀花露的洋河高粱，好上口得多了。曹震一面喝酒，一面問道：「你近來怎麼樣？」

「還不是過苦日子。熬不出頭了！」說著，賽觀音幽幽地嘆口氣。

曹震不作聲，心裡不免歉疚，因為連句安慰她的話都想不出來。

「五福呢？」他沒話找話地說。

「還不是又去看他的『相好』去了？」

「喔！」曹震不由得注意，「他還有相好？」

「是啊！不但有相好，還有三個。」

這一說，曹震才知道她在開玩笑。張五福喜歡「趕老羊」，三個「相好」指的是三粒骰子。

「這跟相好泡上了，就是一夜。」曹震笑著問說：「是不是？」

「你呢？」賽觀音望著他問，眼波欲流，冶蕩無比。

沖淡了的酒是不容易醉了，但徐娘風情，別有醉人之處，賽觀音的眉頭眼角，處處挑逗。她是有意如此，等縱體入懷，了卻了相思債，好談正事。

「你慢慢喝著酒，聽我告訴你一件你一定要打聽的新聞。」

「喔！」曹震有些困惑，興兒來說，她是有要緊話，來了又說沒有，只是哄他來的一個藉口。這會卻又說是一件一定要打聽的新聞。言語閃爍，到底是甚麼花樣。

「你當我在搗鬼是不是？」賽觀音說，「剛才我故意不說，為的是一說了，你甚麼興致都沒有了。」

聽得這一說，曹震將酒杯放了下來，有些惴惴不安地，「你別再吞吞吐吐了！」地催促著，「痛痛快快說吧。」

「本來我不想告訴你，只為我說錯了一句話，怕要連累一個老實人，不得安生。沒奈何，只好在你面前，替這個老實人剖白——」

「越說越玄了！」曹震有些不耐煩，「到底甚麼事？」

一個急，一個偏是慢條斯理地，「鑼不打不響，話不說不明；沒有來龍，哪有去脈？」賽觀音又說：「你這麼緊催，催得人心慌，我都不知道打哪兒說起了？」

曹震從困惑中，別有領悟，看樣子是賽觀音想有所需索，所以先以肉身布施，此刻話雖出口，才有這種盤馬彎弓的語氣。

這樣一想，便絲毫不急了，笑嘻嘻地左手復持酒杯，右手伸到她胸前說：「你也別說了，我摸一摸就知道你心裡的話。」

賽觀音知道他誤會了，便請問說：「你知道我心裡要說甚麼？」

「你不好意思說，我替你說吧，必是五福賭輸了，逼著你要弄幾兩銀子花。明兒我叫興兒，送二十兩銀子給你。」

「多謝！不過你沒有猜對。我不說了，要告訴你一件你一定要打聽的新聞，你倒想，那應該是誰的新聞？」

「是我的？」

「也差不多。這件新聞如果傳開來，少不得要提到你。」賽觀音突然浮起震二奶奶當初惡毒咒罵，毫不留情的記憶，心中一陣激動，脫口說道：「是你家那個雌老虎、醋罈子的新聞。」

聽這一說，曹震臉上先就是一陣紅，卻故作從容地問道：「她出了甚麼新聞。」

「事情是早已有了，不過，只怕你還是頭一回聽到，那就是新聞。」

賽觀音忽有警覺，倘或說了實話而曹震沉不住氣，當時就大嚷大叫，吵了開來，鬧得四鄰皆知，如何得了？因此，她覺得語氣應該和緩些；而且該提出警告。

因此，她緊接著說：「二爺，你自己別鬧新聞，凡事擱在心裡，該怎麼辦，咱們慢慢商量。」

「你自己可別鬧新聞」這句話，及時提醒了曹震：面子要緊！點點頭說：「不錯！你告訴我，是怎麼回事？我不會沉不住氣。」

「那就對了。」

賽觀音起身換了個坐的地方，在床沿上挨著曹震坐下，低聲問道：「震二奶奶與隆官的事，你知道不知道？」

一提「隆官」，曹震恰如當頭著了一個焦雷，一顆心驀然裡往上一跳，隨即又沉了下去。果然！他多少時候憂疑的事，終於證實了。

由於賽觀音懇切關懷的臉色，具有撫慰的作用，曹震不覺得太難堪，話也容易出口了。「我一直在疑心！苦於不便打聽，你知道他們的事，再好沒有。」他說，「你詳詳細細跟我說，不必顧忌。」

賽觀音鬆了口氣。她自覺她的行徑是所謂「放野火」，當然是件很「過癮」的事，就怕野火燒得不可收拾，甚至自己都會被捲入烈燄。現在看曹震的神情，野火不致漫無邊際地燒了開去，至少不至於燒到季姨娘和她身上，就可以放心了。

於是她說：「前兩天觀世音菩薩生日，甘露庵的知客無垢邀我去幫忙。晚上睡在一起，哪知道無垢這個出家人——」賽觀音笑道：「我都不知道怎麼說才好？」

「我明白。」曹震微微頷首，「我也隱隱約約聽人說過，甘露庵不規矩。你說以後好了。」

「以後，無垢就說，她是做好事，替大戶人家的少奶奶、姨太太『救苦救難』。我就問她，『救』過哪些人？她不肯說。我心裡一動，你們家二奶奶不是甘露庵的護法，說不定也是她『救』過的，我就拿話套她——」

「你怎麼說？」曹震打斷她的話問。

「我說，外頭有謠言，曹家的震二奶奶，養了族裡的一個姪子，有這話沒有？」

「她呢？她怎麼回答。」

「她不說有，也不說沒有，只是問我：這話聽誰說的？讓她緊催、緊催地，催得我心慌了，隨便拉了個人出來。正好那天季姨娘也來燒香，我想不起別人，就說：季姨娘告訴我的。天地良心，」賽觀音很鄭重地，「季姨娘沒有跟我談過你們家二奶奶。你想，大家客客氣氣地，她又不是不知道你們二奶奶跟我嘔過氣，何苦提這個我不願意聽的人？」

「我知道，這件事跟季姨娘不相干。」

「不！下面還有話。」賽觀音搶著說道：「過了一兩天，無垢去看季姨娘，勸她說話要謹慎，嚕哩嚕囌一大套，季姨娘丈二金剛摸不著頭。她有個丫頭叫夏雲——」

「喔，夏雲！原是我家老太太身邊的人，很能幹的。」曹震問道：「夏雲怎麼樣？」

「你說得不錯，夏雲很能幹，到甘露庵去盤問無垢，她說那些話，到底是甚麼意思？無垢就和盤托出，說季姨娘告訴我，震二奶奶如何如何？夏雲回去問季姨娘，季姨娘氣得不得了。不過既不能吵得大家都知道，又怕這話傳到你們二奶奶耳朵裡，跟季姨娘過不去，所以夏雲特為來找我。說禍是我闖的，要我自己來收拾。她的話不錯，是我冤枉了季姨娘，要替她洗刷。不過我總不能到你們二奶奶那裡去認錯，就認了錯，她也饒不過我。想來想去，只有請了你來，把話說個明白。請你無論如何想個法子，別讓季姨娘為難，那就是幫了我的大忙了！」

曹震默不作聲，他根本沒有理季姨娘的事，賽觀音看他的臉色陰沉得可怕，不安的感覺復起，但亦不敢多問，只全神貫注地要聽他說些甚麼？

「五嫂子，」曹震終於開口了，「你能不能幫我一個忙？」

「我能幫二爺甚麼忙？」賽觀音頗感意外地。

「目前只有你能幫我的忙，請你暗底下留心，知道那一天他們又約在甘露庵，趕緊來告訴我。」曹震又說，「我讓興兒天天到你這兒聽信息。」

莫非他要捉妻子的姦？賽觀音這樣在想，口中答說：「看樣子不會再在甘露庵了。」

「那麼在甚麼地方呢？」

「我不知道。」

「無垢總知道吧？」

「也說不定。」

「你能不能替我打聽打聽？」

「不行！」賽觀音搖搖頭，「我跟無垢鬧翻了。」

「為甚麼？」

賽觀音自然不肯說實話，不過恰好有個說法：「還不是為了季姨娘。」她緊接著又問：「二爺，季姨娘的事怎麼樣？」

曹震想了一下說：「不要緊！我自己跟季姨娘說，沒有她的事，叫她放心好了。」

「不行！不行！」賽觀音亂搖著手，「這一來不都知道了，所有你們二奶奶的事，都是我一個人弄出來的。」

「那有甚麼要緊？你是怕她？」

曹震這話惹得賽觀音起了極大的反感，「莫非你不怕！」她說：「我吃她的虧，都是為你。她那麼折騰我，你也不出來說句話，事後又不敢出頭，脖子一縮，真像個——」

到口留情，「忘八」二字沒有說出來，但說與不說都一樣，曹震自是刺心般痛，「你瞧著好了！」他重重地說，「看我這回饒得了她？」

賽觀音正好發問：「你打算怎麼辦？」

「第一步自然先要把他們的窩找出來。這一點辦不到，甚麼都無從談起。」曹震接著說道：「『青竹蛇兒口，黃蜂尾上針；兩般皆不毒，最毒婦人心。』說的就是她。打蛇得打在七寸上，『七寸』要看準了，才好下手。還不能打草驚蛇，所以我只好託你。」

「曹織造是南京第一家大戶人家，那麼多人，就沒有一個人好託？」賽觀音搖搖頭，「我不相信。」

「說起來似乎不能教人相信。等我說明白了，你就知道了：第一，老實人辦不了這件事；第二，能幹的也許暗中讓她收服了，或者正好去告密換賞，我這裡一說，她那裡就知道了；第三，這種事到底是家醜，遇到嘴不緊的，一傳出去，我的面子都繃不住了，還做人不做？」

「興兒總靠得住吧？」

「不錯，興兒靠得住，可是起碼有三個人釘著興兒，他也動不了！」

「既然這樣，你剛才怎麼說，讓興兒每天到我這裡來聽信息？莫非就不怕你們那口子知道？」

「光是說一句話的事，好辦。興兒家不是跟你也熟，你知道他家裡，興兒一回家就知道了。」

「這還差不多。」賽觀音躊躇地說，「我倒有心幫你的忙，只是幫不上。」

「不會幫不上。」曹震答道：「替我出出主意也是好的。」

說到這句話，賽觀音便往深處去想了，「你們家二奶奶，平時不大出門，出門坐轎，還有底下人照料，丫頭服侍，照規矩說，一舉一動並不自由，不難打聽。」她緊接著又說，「而且去的一定也是有限的幾個熟地方，若是無緣無故去了一個陌生地方，難道不怕轎伕、底下人在背後談論？」

「你這話不錯。因此，我疑心還是在甘露庵。」

「不會！」賽觀音答得很快，顯得很有把握。

「為甚麼呢？」

賽觀音不便道出實情，已經這樣子追蹤過了，想一想答說：「如果真的還是在甘露庵相會，事情倒好辦了。她要到甘露庵去燒香，總是預先定了日子的。到了那天，你找興兒去找隆官，把隆官找到了，不就水落石出了嗎？」

「對！從這個人身上去追根，是個好法子。不過，我這會在想，無垢既然怕事，一時不會讓他們在甘露庵相會，也是可想而知的。」

「果真如此，謝天謝地，就此斷了吧！」

曹震想不到她是這種作恕詞的口吻，聽來有些貓哭耗子假慈悲的味道，想來她是怕麻煩不肯插手，心裡不免反感。

「不行！這件事非弄個水落石出不可。」曹震率直問道：「你也不必說這種話，只說肯不肯幫我的忙就是了。」

「我剛才說過，只要幫得上忙一定幫。」賽觀音凝神盤算了一會問道：「這件事，能不能讓興兒知道。」

「當然。」

「那好！」賽觀音說，「我來替你出個主意，不過話要先說明，我出的主意，你願意就照辦，不願意也隨你，只別問我為甚麼要這麼辦？」

曹震點點頭說：「好吧！你先說。」

「第一，你到蘇州或者杭州去一趟，就說有公事。第二，你讓興兒到我這裡來一趟；還有，要跟興兒交代清楚，我說的話，就跟你自己交代他一樣。」

曹震一口承諾，但到底還是提出要求，賽觀音是何主意，最好說出來大家商量。因為關於震二奶奶，他到底比任何人都知道得多，賽觀音要跟她「鬥法」，無論如何該聽聽他的意見。

「這話當然不錯，而且是你的事，應該跟你商量。不過，這件事關乎——」賽觀音遲疑了一下，改口問道：「如果我把他們相會的地方打聽到了，你打算怎麼辦？」

這可把曹震問住了。心裡盤算又盤算，終於定了主意，「我不怕鬧家醜。」他說，「拿住了問她自己怎麼辦？」

「這，」賽觀音不斷搖頭，「我可不能作這個孽！」

曹震愕然，「你這話甚麼意思？」他問，「你是幫我忙，怎麼叫作孽？」

「怎麼不是作孽？你這麼一鬧，她還能見人？不是投井，就是上吊，豈不是一條命送在我手裡？」

「不會！死不了。」曹震答說，「她捨不得死。」

「不是她捨得捨不得的事，是她還有沒有臉見人？沒有臉見人，捨不得死也要死。何況她是那麼好強的人！」

「那，」曹震想想也不錯，便即問道：「那你說該怎麼辦？」

「我也不知道。我剛才不願意跟你說我的主意，就因為雖打聽到了地方，可不知道下一步該怎麼辦？這得慢慢兒想，想到了好法子，我才跟你說；想不出來，我乾脆說一無結果。免得你冒冒失失把他們拿住了，弄得無法收場，非出人命不可。」

曹震連連點頭，「你顧慮得不錯，我也不願出人命。當然，若有那樣的事，我自然不能再要她了！她娘家有勢力，我倒也不怕，只是出了人命，那就又是一種說法了。」他停了一下又說：「這樣，你歸你去打聽，打聽到了看情形再定辦法。反正這件事怎麼辦，我一定跟你商量，絕不會冒失。」

「這話當真？」

「自然當真的。」曹震忽然覺得他跟賽觀音的感情不同了，彷彿在共患難似地，因而情不自禁地將她摟在懷裡，柔聲問說：「我給五福幾兩銀子，讓他另娶一房，寫張紙給你好不好？」

「寫張甚麼紙？」賽觀音明知故問地。

「自然是休書，一刀兩斷，男婚女嫁各不相涉。」

「你倒真有良心！」賽觀音故意這樣說，「你叫五福把我休了，我靠誰？」

「當然靠我。」曹震很認真地，「一時還不能擡你進府，我在外頭買房子。只要你肚子爭氣，能替我生個兒子，在曹家自然有你的名分。」

賽觀音不作聲，她得考量考量利害得失。不過曹震既有這樣的心，總是件值得安慰的事，所以口中不言，眼中有情。

「五福把你休掉，我也要把她休掉！」曹震說道：「得想個甚麼法子，讓她乖乖兒拿著休書回旗。事情就圓滿了。」

這「圓滿」二字，在賽觀音聽來別有意味，忍不住問說：「怎麼叫圓滿？」

「她，」曹震很坦率地說：「這些年積了不少私房，又不是她馬家帶來的，我當然得想法把它截下來。將來是她陪嫁的東西，儘管帶走；不是她從娘家帶來的，全得留下。」

「這怕是你的如意算盤！那麼厲害的人，能聽你擺布？」

「只要拿住她的把柄，不怕她不就範。」曹震加重了語氣說：「對！咱們就照這條路子上去琢磨，一定能想出法子來。」

「好吧！慢慢兒想。」賽觀音說：「太晚了！你請吧，別忘了，明兒讓興兒來。」

經過徹夜思考，賽觀音自覺看得很清楚，想得很明白。跟震二奶奶的冤家是做定了，解不開，逃不掉。如今只看誰先動手？若是震二奶奶先發制人，根本就無法招架，自己呢，光下手不一定有勝算，但如占了上風，那就像脫胎換骨一樣，後半輩子另是一番境遇。這是賭命，值得賭，不容不賭。

既是賭命，自然放手大幹，要多找幫手。第一個是興兒，非把他收服了不可。因此，等興兒一來，打起精神，全力對付，親熱得讓興兒有受寵若驚之感。

「五嬸兒，你別張羅了。有話就說吧！」興兒又問：「五叔呢？」

「打酒去了。」賽觀音端了一碗綠豆湯來，「話多得很，得跟你慢慢兒細談，先涼快涼快。」說著，便坐在他旁邊，為的是「一人搧風二人涼」。

「不敢當、不敢當。」興兒一面喝綠豆湯，一面問道：「五嬸兒，你在替我們二爺辦一件甚麼事，是不是？」

「不光是替二爺，為我自己，也為你。」

「為我？」興兒既困惑，又好奇，笑著問道：「一件事拴著三個人，是件甚麼事？可真想不出來了。」

「回頭你知道了。我先問你，二爺跟你怎麼說來的？」

「他讓我到你這兒來，說你交代的話，就跟他自己交代一樣。」興兒皮裡陽秋地笑一笑，「五嬸兒，我真服了你了。」

「怎麼？」

「跟二爺好久不見，一見就把他擺布得服服貼貼。五嬸兒，你真是好功夫。」

賽觀音臉一紅，「甚麼功夫不功夫？別胡說八道。」她忽然收斂笑容，一本正經地說：「興兒，我問你句話，你老老實實告訴我，有你的好處。」

看她的神情絕非開玩笑，興兒也就正色道：「好！我一定說實話。」

「你們府裡那麼多妞兒，總有你看中了的吧？」

這又像是開玩笑的話；興兒便仔細看一看她的臉色，要弄清楚了真意，才好作答。

「別害臊！」賽觀音又說，「我不是無緣無故跟你閒扯，你跟我說實話。」

「我不說，你也知道。」

「那是說，有你看中的。」賽觀音緊接著說，「我也不問那是誰，你說我也不知道。反正，只要你替二爺把事情辦成了，包在我身上，把你看中了的妞兒，娶回家去。」

一聽這話，興兒越發要細看她的神態；怎麼樣也看不出她是在開玩笑，可也不能就這麼信了她的話。想一想問道：「是件甚麼事？」

賽觀音不即回答，眨了一陣眼，方始開口：「二爺跟你說了，我的話就像他自己交代一樣？」

「是啊！」

「那麼，你該知道，我現在跟你說的話，就是二爺的話。」

「我明白。你說啊！」

「你們二奶奶跟隆官的事，你知道不知道。」

興兒一驚，幾乎將一碗綠豆湯打翻，定定神問道：「這是二爺讓你來問我的？」

「也可以這樣說。」賽觀音又說：「就這件事，拴著三個人，二爺、你、我，辦好了大家都好。」

「要怎樣辦？」興兒驚疑不定，「不會大鬧一場吧？」

賽觀音知道他膽子小，趕緊安慰他說：「不管鬧不鬧，絕不會把你扯在裡頭。我跟二爺已經商量好了，只要你聽話，包管有你的好處。而且，好處還不小。」

興兒凝神想了一會，點點頭說：「好！我有甚麼說甚麼。二奶奶跟隆官的事，我也聽說過，沒有敢打聽。」

「當然，誰也不敢打聽，你們二奶奶不是好惹的。」賽觀音又說，「話又說回來，我又怎麼敢打聽、敢惹她呢？就為的有二爺在。天塌下來有長人頂，沒有甚麼好怕。」

「這，」興兒遲疑地問道：「二爺想拿二奶奶跟隆官？」

「對！」

興兒一哆嗦，「能拿得住嗎？」他結結巴巴地說，「拿不住，或者拿錯了，那可是沒法子收場的事。」

賽觀音毫不在乎地笑一笑：「這還用你說？自然都想周全了。」她說，「不但要拿住真贓實犯，還鬧不起來。怎麼鬧不起來呢？是你們二奶奶不敢鬧，一鬧不是自己出醜？」

聽得這話，興兒鬆了口氣，「想來是有高招。」他說，「五嬸兒，想不到你還有這麼一手。」

「別恭維我！這件事還得你好好兒出點力。」賽觀音很鄭重地說，「興兒，你這會說一句，願意不願意出力？如果不願意，也不要緊。這件事不能勉強，我不怪你，二爺也不會，因為知道你怕你們二奶奶。」

「二爺又何嘗不怕二奶奶？」興兒答說，「誰都怕。」

「那麼，二爺現在不怕她了，你又怎麼樣呢？」

興兒想一想答說：「我說實話，只能暗底下出力。」

「本就只要你暗中出力，越暗越好。」賽觀音說，「以後我會常去看你媽，有話在你家談。」

第十四章

這年皇帝五旬萬壽，江寧織造衙門接到內務府的通知，年下備賞大臣的綢緞，改織「五福捧壽」之類專以祝嘏為主的花樣。由於通知過遲，必須趕工；偏偏又接到內務府傳諭：「江寧織造應解之件，交由蘇州織造解送龍衣時，一併送京。」而解送龍衣，有一定限期，算日子怎麼樣也趕不上。

趕不上也得趕，曹震跟織造衙門的司官商量，只有一個辦法，勉強可行，讓蘇州解龍衣的船隻，按預定日期啟程，江寧應解之件，加緊趕辦，由陸路北上，到山東濟寧等蘇州船到移交。如果濟寧趕不上，便沿運河追過去。反正水路慢，陸路快，一定可以趕上。雖然這一來，運費比自己專用船運，還要糜費，但畢竟是遵旨辦理，無從挑剔了。

為此，特為派人到蘇州去接頭。蘇州織造高斌的妻子，是今年剛剛成婚的四阿哥弘曆的乳母。

而四阿哥跟平郡王福彭，在上書房是最親密的同窗，以此淵源，高斌很願意幫忙，說萬一趕不上，他可以在濟寧等一等，不過太久了不行，兩三天尚無大礙。

及至商議派人由陸路押運應解之件到濟寧時，曹震道是不用派人，他自己去。

「起早很辛苦，天又熱。」馬夫人倒是很體恤地，「我看另派人吧！」

「還是我去。」曹震從容說明：「第一，人家既有這一番盛意，我該當面跟他道個謝；第二，四叔至今未回，信裡也沒有說甚麼，大概是不便細說。我想跟高斌談談，他現在的消息比咱們靈通得多，也許能透露一點兒甚麼；第三，是四阿哥的關係，他現在是紅人兒，不妨拉攏拉攏。」

「聽這一說，倒像是非你不可了。」馬夫人問：「這一趟要多少日子？」

「總得半個月。」

「你索性辛苦一點兒，盡力趕一趕，早去早回。」馬夫人又說，「四老爺不在家，你又去了，怕衙門裡有事接不上頭。」

「不要緊，我把興兒留在家，衙門裡的事，差不多他都知道。」曹震又說，「我也交代隆官了，讓他常常過來看看，有事儘管交給他辦。」

於是，等曹震一走，曹世隆便無日不來了，震二奶奶偏也找得出那麼多事，交給他辦。有些事原來只有曹震知道的，此時要問興兒，因此他也得整天守著，不是在門房裡下象棋聊天，便是四處亂竄。這天在夾弄中遇見夏雲，她將他喚住了。

「你知道不知道，你們二爺哪天回來？」

「不是說半個月嗎？」興兒扳著手指數了一下，「今天第十一天。」

「呃，」夏雲想了一下又問：「你每天在門房裡坐？」

「是啊！」興兒問說，「你問這個幹甚麼？」

「我問你句話，你可別跟人去說。」

「甚麼話？」

「你得答應了我，我再說。」

「行！我絕不跟人去說。」興兒笑嘻嘻地又說，「不過，得許我一點兒甚麼好處。」

「你想要甚麼好處？」

「把你身上的這個荷包給我，行不行？」

「我的不行。府裡的規矩，你是知道的。你要荷包，我拿棠官的給你。」夏雲四下看了看說，「你跟我來拿，順便我好問你話。」

他要的就是夏雲貼身所繫的，棠官的荷包，並不希罕。但有機會跟夏雲私下說幾句話，總是件可遇而不可求的事，當時便跟她走了。

「季姨娘不在家。」夏雲先交代這一句，意思不妨安心談話，「我問你，你昨天看見甘露庵的知客師太沒有？」

「見了。下午來的。」

「甚麼時候？」

「大概是未正。」

「甚麼時候走的呢？」

「那倒記不大清楚了。」興兒凝神想了一會，「那時我跟何大叔在下棋；彷彿看見她的影子。」

「喔。」夏雲沒有再說甚麼，神情有些失望，接著去拿了一個簇新的荷包來。

「是你繡的？」

「不是。」

「不是你繡的，就不必了。」說著，轉身就走。

「慢點！」夏雲突然叫住他：「你要我繡的荷包？」

興兒頗感意外，但亦不暇多想，只覺得是個機會，「也不一定非你繡的不可。」他說，「就把你身上的這個給我好了。」

「行！」夏雲一口答應，但卻有下文，「就是你剛才自己說的，得許我一點兒甚麼好處。」

「你說，你說！」興兒大為興奮，「你要甚麼？只要我拿得出來，無不雙手奉上。」

「不要你的東西，只要替我辦件事。」夏雲將荷包解了下來，自己先送到鼻端聞了一下，方始慢條斯理地說：「這件事不能跟人去說，還得悄悄兒地，別露出痕跡來。你行嗎？」

「怎麼不行？你別門縫裡看人，把人都瞧扁了。」

「我知道你行！不過提醒你而已。」說著把荷包遞了過去。

興兒接到手裡，趕緊先聞一聞，脫口說了一聲：「這香味兒好！」接著便問：「要我幹甚麼？」

「你這兩天留心震二奶奶，」夏雲輕聲說道：「看她是不是有心事、跟隆官說些甚麼？」

興兒大為驚異，心想走到一條路上來了。不過他也很小心，不去詢問緣故，只答應一定照辦。及至問明了再無別話，隨即走了。

夏雲心頭略略寬舒了些，她是聽說無垢來看過震二奶奶，深怕一直在擔心的那件事會發作，要想打聽，苦於無人可託，如今對興兒稍假詞色，便驅使得死心塌地，唯命是從，說起來也是件得意之事。

誰知就在這時候，有個跟季姨娘一起到馬夫人那裡去的小丫頭，急匆匆奔了來，神色倉皇地說：「夏雲姐姐，你快去吧！姨娘要我來叫你，臉色難看極了，好像跟震二奶奶吵嘴了！」

夏雲一個心倏地往下一沉，頭上像有無數針尖在刺，強自鎮靜著問道：「你怎麼知道姨娘跟震二奶奶吵嘴了？還有甚麼人在那裡？」

「我是隱隱約約聽到的。這會兒秋月也趕去了。」

這下提醒了夏雲，有秋月在，諸事就好辦了。就怕季姨娘不會說話，本可無事，反惹出意外是非來。同時她也深深自責，馬夫人派人來請季姨娘，必非無故，應該想到，可能是這場是非，自己應該陪了去的。

自悔自責，都是無用處，要緊的是盡快趕到，因而一言不發，三腳併作兩步，直奔馬夫人那裡。進門只見丫頭、嬤嬤都站得遠遠地，臉上是警戒的神色，屋子裡卻靜悄悄地，聽不見有人說話。

於是，她穿過堂屋，到馬夫人夏天所住，三面通風的一座小花廳，輕輕咳嗽一聲，便聽季姨娘說道：「夏雲來了！請太太問她，無垢這個禿婆娘是怎麼說的？」

聽她是理直氣壯的語氣，夏雲立即有了主意，掀簾進屋，恰好視線迎著秋月，立即遞過去一個眼色，然後從容地給馬夫人請安說：「太太找我，有話吩咐？」

「太太是——」

季姨娘搶著開口，但為秋月很快地攔住：「季姨娘，你別急，事情一定說得清楚。」

「是的，事情一定說得清楚。這都是無垢無中生有惹出來的是非。」說著，她疾趨兩步，走到季姨娘面前，捉住她的手臂：「姨娘你先請回去，沒事！」

「我不回去。」

「姨娘，」夏雲用平靜但很堅決的聲音說：「你答應過我的！這件事讓我來料理，你請回去，只當沒有這件事一樣。」

季姨娘還不大願意，馬夫人開口了，「夏雲的話不錯，你先請回去。」她又告誡、又規勸地說：「沉住氣，甚麼也別說，是非越說越多。」

季姨娘不敢不依，「那，我就先走。」她問夏雲說：「你把前後經過，細細跟太太回，若說要惹是非，早就一場大是非了。」

「季姨娘，」秋月皺著眉說：「你少說一句行不行？」

「好，好！」季姨娘也悟出此語無益，一迭連聲地，「我不說，我不說。」

等她一走，夏雲才有機會去看震二奶奶的神情，愁眉深鎖，無限的委屈，渾不似平時眉掀目揚，一臉剛強的神氣，倒不免覺得她可憐。

「為這件事，我好幾天睡不著！」夏雲用這句話作開場白，接下來便從頭細敘，自無垢來勸季姨娘開始，一直到質問賽觀音為止。她說話極有分寸，「謠言」的內容，點到為止，而且處處顧到震二奶奶，絕無半點懷疑她清白的意思，最後自責地說：「我實在是讓這件事嚇昏了！總覺得是件根本沒影兒的事，她們嚼過舌頭，也就算了，何必告訴震二奶奶？一個當家人，成天操心得那樣子，還惹她生閒氣，也實在太說不過去了。早知如此，倒真還不如跟震二奶奶先說。實在是我錯了。」

實實在在是震二奶奶自己錯了。原來她是聽曹世隆告訴她，無垢勸他稍加收斂，外面對他倆已有閒話。震二奶奶便將無垢找了來細問究竟。無垢除了跟賽觀音同床共枕那一段以外，其餘都照實而言，連夏雲到甘露庵去查問這一段都有。但是她卻不知道夏雲還去問了賽觀音，前因後果，盡皆瞭然，看看並無動靜，還只當季姨娘真的說過這話，派夏雲向她質問，只是擺個像受誣的樣子而已。

震二奶奶卻又誤會了，心想以季姨娘的脾氣，受了冤屈，豈有不鬧之理？如今按兵不動，暗中不知有何花樣？為了先發制人，便向馬夫人去哭訴，還打算在「四老爺」面前告上一狀。

哪知人家倒是顧全大局，處處想到她的處境，講得既是入情入理，又有秋月這麼一個證人，足見並無一句矯飾之語。早知如此，應該找夏雲來問一問清楚，再作道理。

轉念到此，想起夏雲到季姨娘那裡之前，原曾特來輸誠，如果找她來問，她一定會替她出主意，將這件事不著痕跡地遮掩起來。如今一著錯滿盤皆輸，儘管夏雲與季姨娘，一再說是無垢與賽觀音吃飽了飯沒事幹，無事生非，但一傳出去，總是件教人抬不起頭的事。而況，其中的情節，不能細細追究之處，她自己心中有數。

「好了！季姨娘沒有錯。」馬夫人對夏雲說，「她是造化，去了碧文，有你幫她。你回去跟她說，這件事我知道。震二奶奶也是急了，說話有欠檢點，她也不必認真。」

「是啊！」夏雲附和著說，「像這樣的事，誰不急呢？別說震二奶奶，就是我們下人，也擔不起這樣的名聲。」

出語總是為震二奶奶遮掩開脫，而越是如此，越見得她所知極多。震二奶奶心裡七上八下，竟不知自己應該持何神態，才算合適？秋月旁觀者清，心想話亦夠了，如今當務之急，是要趕緊安撫季姨娘，但一時卻想不出好辦法，只好向夏雲使個眼色，微微努一努嘴。

夏雲尚未會意，馬夫人倒發覺了，隨即問說：「秋月，你要說甚麼？」

這一問自不能不答，略想一想說：「季姨娘性子急，受不得委屈，該勸勸她。」

「說得不錯。」馬夫人深深點頭，有意無意地轉眼去看震二奶奶。

是她錯怪了季姨娘，照道理說，應該去陪個不是，但要她向季姨娘低頭，是件比死還難的事。不過她也知道，秋月的看法不錯，安撫季姨娘確是件很要緊的事，稍為拖延，讓季姨娘四處去找人評理，宣揚得上下皆知，還有甚麼臉見人？

明知該做卻不願做，心裡自然著急，一張臉漲得通紅，使得秋月大為不忍。

「我去一趟吧！」她自告奮勇，「不過，我可得請示震二奶奶，這應該怎麼說？」

「唉！」震二奶奶嘆口氣，「我能怎麼說？夏雲都說過了。」

「那，」秋月很謹慎地問道：「我就跟季姨娘說，震二奶奶也很懊悔，太魯莽了。這麼說，行不行？」

「懊悔，當然。」震二奶奶苦笑道：「反正這件事在我是窩囊透了，隨你怎麼說吧！」

「快去吧！」馬夫人說，「跟季姨說兩句好話。好在有夏雲幫腔。」

「是。」夏雲答說，「我會勸季姨娘，這也不是甚麼大不了的事。」

聽得這話，震二奶奶不自覺地報以感激的一瞥，而就是這一瞥之間，夏雲覺得一番調護的苦心，總算沒有白費，心中大感安慰。

於是秋月、夏雲相偕離去，一路走，一路低聲商量。夏雲也跟碧文一樣，將季姨娘的性情摸透了，應付之道，須得軟硬兼施；至於何處該軟、何處該硬，以及誰來好語勸慰、誰來以理相責，都要看情形隨機應變，秋月只看夏雲的眼色行事好了。

「唷！」季姨娘一看秋月同來，便即起身招呼：「稀客、稀客。請坐。」

「季姨娘別客氣。」秋月問道：「棠官呢？」

「剛洗完澡，在看書。」

「真是乖了！」秋月笑道，「我看看棠官去。」

這是先給夏雲一個機會，好讓她先跟季姨娘說幾句不足為外人道的話，「事情弄清楚了。二太太特為派秋月來，你的面子也夠了。」她說，「花花轎子人抬人，人家捧咱們，咱們也得捧捧人家。」

「你是說誰？捧秋月？」

「捧秋月就是捧二太太。」

「你說怎麼捧法。」

「無非人家怎麼說，你痛痛快快答應一句。」

「這行。」季姨娘手一指，「那個呢？就沒有一句話？」

這自然是指震二奶奶，「你也要替人家想想。」她說，「換了你，該怎麼說？」

「我不管。」季姨娘的態度突然強硬了，「如果她不給我陪個不是，我跟她不能算完。」

「又來了！又來了！」夏雲氣惱地說，「我不該管你的事的。」見此光景，季姨娘又軟了，「我也不過說說，有話好商量。」她說，「你也要替我想想，莫非就讓她欺侮。」

「人家也不是欺侮，不過心裡一急，槍法有點亂了。」夏雲又說，「回回你落下風，這回該占上風了，偏偏還是要落個下風。」

「你這話我不懂。莫非受委屈才是占上風？」

「話不是這麼說。不是受委屈，是你不跟她計較，這就見得你高了！如果讓人說一句：當然囉！季姨娘平時受了好些氣，這回握住機會，還不大大地出一回氣？」夏雲又說，「一個人做事，都讓人料得到，還算甚麼高人？」

這番道理，季姨娘不甚明白，想了一下說：「就算給她面子，咱們總也得弄點兒實惠吧？」

「這又太淺了。」夏雲答說，「你放心好了。震二奶奶豈是不知好歹的人？你要讓她覺得欠了你的情，她自然會想法子補報。」

談到這裡，聽得秋月的聲音，兩人都住了口。夏雲使個眼色，又努一努嘴，季姨娘會意，等秋月進來，便不等她開口，先就示好。

「還累你來一趟，實在用不著。震二奶奶到底年紀輕，沉不住氣。她也不想想，我怎麼會跟不相干的人說這種話？如今既然二太太特為讓你來，知道沒我的事，我的氣也平了。」這段話說得雖不夠漂亮，但算是明白事理，顧全大局的。秋月正想稍為恭維她兩句，順順她的氣，不道畫蛇添足加了一句話，可不大中聽。

「不過，以後再有是非，別又怪我。我是不會到處請人去評理的。」

秋月皺眉，夏雲噘嘴，相顧無言。季姨娘卻還不知道自己說錯了話，獨自詫異。

「怎麼？我不是說的實話。」

「對，對！你是實話。」夏雲很不客氣地說，「你永遠不知道，少說一句：比多說一句來得好。」

「說實在的，你老這句話大可不說。」秋月是開導的語氣，「以後有沒有是非不知道，反正沒季姨娘你的事，心裡定得很。如今這一說，傳到震二奶奶耳朵裡，誤會你暗地在攬是非，有多冤！季姨娘這件事過去了，你受的委屈有人知道，就不算委屈。從今以後，隻字休提！」

季姨娘似懂非懂地點點頭，夏雲還想為她說得透澈些，不道來了個不速之客，是錦兒，她身後還隨著個捧了建漆圓籠的小丫頭。

她這一來，又帶著東西，自然引起季姨娘和秋、夏二人極大的注意。錦兒一看三個人的眼色，大感威脅，本來想好了一套開場白，怕說得不夠圓滿，索性開門見山地道明了來意。

「棠官生日快到了，今年是十歲，例規早預備好了，跟芹官一模一樣。」

說著，親自揭開圓籠，一一檢點：一把嵌金絲的解手刀、一隻玉扳指、一個金打簧表、一方端硯。另外一對荷包，裡面各裝一枚金錢，再一個十兩重的銀錁子，上貼紅紙絞成的圓壽字。

「這四樣是公中照例該給的。硯台好的太大，不合用，只好委屈一點兒。表跟扳指，可比給芹官的還好。」錦兒又說：「荷包跟銀子，是我們二奶奶送的禮，前年送芹官也是這兩樣。二奶奶說，芹官十歲擺酒唱戲，是老太太名下開支，大夥兒全是白吃白喝。這回季姨娘倘或要給棠官熱鬧、熱鬧，二奶奶再出一份就是。」

秋月心裡明白，震二奶奶想買季姨娘的嘴，可又不便太露痕跡，因而才想出將棠官與芹官一樣看待這麼一個說法，無形之中便是抬舉他們母子。以震二奶奶平時對季姨娘的態度來看，費這麼苦心，必已大感委屈，倒不可不幫一幫腔。

於是，她搶在季姨娘前面說道：「真的，震二奶奶在這些過節上最公平不過。」就是這一句，提醒季姨娘去回想，果然找不出震二奶奶對芹官與棠官有甚麼偏心不公的地方。當然，借著曹老太太的名義捧芹官，那是另一回事，這一層，她還明白。

「多謝你們二奶奶費心，想得周全。給棠官熱鬧熱鬧，到明年老太太除了靈再說吧。」

「是啊！若非老太太的靈供在那裡，棠官的整生日，無論如何該熱鬧個一兩天。」錦兒轉臉問秋月：「你甚麼時候來的？」

「剛來不多一會。」秋月趁季姨娘不注意，拋給她一個眼色，意思是不必再提震二奶奶的事。

「你們都在這裡吃飯吧！今兒我蒸了一塊火腿。」季姨娘轉臉跟夏雲商量：「咱們再弄點兒甚麼好吃的請客人？」

「季姨娘真要留我們，就別張羅。」秋月說道：「這麼熱的天，一動一身汗，越省越好。」

「這話不錯。」錦兒接口說道：「有現成的最好。我想想，我們那裡有些甚麼？」

大家都在湊季姨娘的興，錦兒叫小丫頭回去送了四樣菜來；秋月那裡做了一鍋江米藕，等冬雪送了來，索性把她也留了下來，在院子擺上圓桌面，團團坐定，季姨娘這裡好久都沒有這樣熱鬧了。

錦兒本負有安撫的使命，一看機會不錯，自然抓住不放，悄悄命小丫頭到小廚房去關照朱媽，做一鍋滷子，下一鍋麵。等送到才說：「咱們今天就算吃棠官的壽麵。」

這一來便有題目了，大家都逗著棠官，也紛紛敬季姨娘的酒。天黑未散，將高掛在走廊上的四盞紗燈點了起來，映著季姨娘發紅的臉色，越發顯得喜氣洋洋。

到得二更時分，盡歡而散，秋月與冬雪相攜同歸，一進門就有小丫頭告訴秋月：「太太打發人來交代，不拘早晚，一回來就讓你去一趟。」

秋月大為訝異，「二更天了！」她問：「太太那裡的人，怎麼說來著？」

「先問你，怎麼不在家？我說在季姨娘那裡吃飯，連冬雪姐姐也去了。太太找，我去通知。她說不必，反正只要一回來就去，早晚都不要緊。」

顯然的，這是不願意讓人知道，馬夫人曾祕密找過秋月。然則要瞞的是甚麼人？又有甚麼事要瞞人呢？

轉念到此，秋月發覺事態嚴重，從季姨娘那裡帶回來的輕鬆的感覺，消失無餘。「你等著我，別睡！」她關照冬雪，「我去去就來。」說完，帶一個打燈籠的小丫頭，匆匆而去。

一到，被帶入馬夫人的臥室。看她卸妝枯坐，臉有倦怠之色，秋月倒覺得老大過意不去，正想開口表示歉意，馬夫人搖手不讓她開口。

「你們都出去！」她用罕見的威嚴的聲音說，「不准在窗子外頭偷聽。」

這就讓秋月可以確定一路上猜想得不錯，是說有關震二奶奶的流言，話是從無垢談起。

「這個人怎麼樣？你聽人講過她沒有？」

馬夫人是天方教，與佛門無緣。秋月一向服膺「三姑六婆，實淫盜之媒」這句話，與無垢並無往來，也很少去打聽這些人的事，所以此時老實答道：「我不知道她，只能說她能言善道。」

「那當然，不是能言善道，怎能當知客。我就是不明白，」馬夫人招招手，硬拉著秋月坐在她身邊，才又壓低聲音說：「一個出家人，怎會跟五嫂談人家這種事，莫非不怕造口孽？再說，這件事跟她有何相干？要她來出頭勸姨娘說話小心。這，我細細想過，越想越覺得不妥當。你說呢？」

秋月想一想果然！不由得點點頭說：「看起來，其中只怕還有隱情。要不是明天再找夏雲來仔細問一問？這件事如今只有她最清楚。」

「咱們先琢磨透了再說。」馬夫人憂心忡忡地，「四老爺又不在家，我真怕出甚麼事！」

「不會的。」秋月安慰她說，「誤會解釋清楚了，季姨娘那裡也壓住了，只要大家不提這件事，日子稍為長一點，就都忘記了。」

「不然！如果真的是誤會，自然說得清楚；現在看起來，就怕不是誤會。」馬夫人緊接著說：「我看這件事，一定有無垢的份，不然何用她來多管閒事？」

「太太說得是。」秋月不明白她的本意是想了解真相，還是要消弭流言，所以沒有再說下去。

「萬一真的有這回事，沸沸揚揚地傳了出去。秋月，」聽馬夫人幾乎是哭的聲音，「你說，如今內裡算我是一家之主，將來死了，怎麼見老太太、老太爺？」

「太太別急！這也不是急的事。以我說，有這回事也罷，沒有這回事也罷，第一要震二奶奶自己沉得住氣。」秋月略停一下又說：「今天的事，不就是震二奶奶自己鬧出來的？她如果多想一想，季姨娘或許糊塗，夏雲不糊塗。當初派夏雲去，說句老實話，原就是要管著點兒季姨娘。有夏雲在，季姨娘何至於說這種要闖大禍的話？可見得『來說是非者，便是是非人』。那就不會冒冒失失到太太這裡來告狀了。」

「『來說是非者，便是是非人』，這話一點不錯。我看無垢脫不得關係，倒要著個人去勸勸她，說話小心。」

經秋月一指明了，越使人覺得震二奶奶的處置反常，近乎作賊心虛。於是馬夫人想到曹震回來，遲早會知道這件事，那時恐怕又不免一場風波，想起來真是心煩。

「唉，我實在沒法兒管了！」馬夫人突然心中一動，「秋月，你替我寫封信給四老爺，請他快回來吧。」

秋月不明白她何以有此突如其來的主意，不由得便說：「請他快回來，總有個緣故。我可真想不出，有甚麼太太不能料理的事，要請四老爺來作主。」

「我，我是怕震二爺他們兩口子為這件事鬧起來，我可不知道該怎麼辦了？」

「嗐，」秋月大不以為然地，「太太想到哪裡去了！無憑無據，震二爺有甚麼好鬧的？我再說一句，震二爺要鬧，震二奶奶自有法子不讓他鬧。哪回不是如此，何用太太操心？」

「話是不錯，不過，我總覺得——」馬夫人無法形容她內心中一種彷彿大禍臨頭的感覺，唯有付諸長嘆：「唉！只好求老太太保佑吧。」

曹震如期回到南京，不多不少正是半個月。見過馬夫人，細談了跟高斌相會的情形。震二奶奶特為關照小廚房做了幾樣曹震愛吃的菜，為他接風，還找了芹官、棠官來作陪。曹震大談歸途中親見運河中回空漕船的水手，與一處名叫窯灣的碼頭上的流氓，械鬥的經過，逸興遄飛，盡歡而散。

第二天一切如常，倒害得馬夫人擔了一夜的心，怕他們夫婦當夜就會為無垢弄出來的那場是非吵架。

可是，到得第五天下午，終於吵起來了。起因是曹震在床頭櫃中發現一個荷包，荷包中有兩張借據，具名「曹世隆」。這算是抓住鐵證了。

「好啊！」曹震向錦兒吼道：「那個不要臉的呢？在哪兒，叫她來看！」說著，將那個荷包使勁往桌上一摔。

錦兒嚇得心膽俱裂，扶著門強自鎮靜地問道：「幹麼這麼大呼小叫的？」

「你看！這是誰的荷包？隆官貼身的東西，怎麼會掉在這裡？」說著，撿起荷包，粗魯地拉開繩子，掏出那兩張借據，放在桌上，連連重擊著說：「白紙黑字，寫得明明白白了，看她怎麼說？」

錦兒愣住了，曹世隆的借據，怎麼會在這裡發現？定一定神，突然想到，也許是跟震二奶奶借錢留下的筆據。這一轉念間，心情一寬。

「隆官一時手頭不便，跟二奶奶借幾兩銀子花，也不是甚麼了不起的事——」

「你做夢！」曹震截斷她的話說，「你倒看看，是跟誰借的錢？」

錦兒經他焦雷轟頂似地鬧了一陣，比較沉著了，便拿起借據細看，只見一張寫的是：「借到張五嫂名下紋銀二十兩，按月一分行息；半年本利俱清。」除了曹世隆具名以外，另外記著年月日：「雍正二年五月初二日立。」另一張措詞相似，只是銀數、時間不同。

「這就奇怪了。」錦兒心想，事有蹊蹺，一定有個說法在內，應付之道在急脈緩受——你急我不急，當下說道：「你別鬧！等我找震二奶奶，看是怎麼回事？」

震二奶奶在馬夫人那裡，錦兒急急奔了去，將她請了出來，找個僻處細說緣由。

震二奶奶先也是將臉都急白了，但自念從那次有個小丫頭無意發現李鼎的汗巾以後，她就格外小心，時常檢點，何以會有這麼一個荷包突然出現？

於是細想一想以後問道：「那荷包是誰找到的。」

「二爺自己。」錦兒答說：「他問我，荳蔻盒子在哪兒？我說，我記得床頭櫃裡有一個，你自己找一找。過了一會，就鬧起來了！」

「哼！」震二奶奶眼中突然露出冷如霜鋒的光芒：「他栽贓！」

「啊！」錦兒被提醒了，「一定是。那兩張借據，也許根本就是假造的。」

「不！借據不假。」震二奶奶說道：「你回去，讓他到這裡來，我跟他當著太太的面，說個清楚。」

看她如此有把握，錦兒反倒有點替曹震耽憂，只怕他又要落下風，鬧個灰頭土臉，因此回去向曹震勸道：「你別胡鬧了吧？鬧起來又是你下不了台，我都替你難過。」

「甚麼？我胡鬧！」曹震大怒，口不擇言地說，「喔，你們倆走的是一條道兒？你也讓隆官睡過了？」

一聽這話，錦兒怒不可遏，一口唾沫吐在曹震臉上，粗蠢地罵道：「放你的驢子臭大馬屁！

你滾，滾到太太那裡去，二奶奶等著跟你算帳呢！死不要臉，栽贓！」

「栽贓」二字，誅心之論，曹震既驚且悔，也讓錦兒毒罵得惱羞成怒，因而一掌揮了過去，打得錦兒踉踉蹌蹌往後直退，後腰讓桌子擋住，才未曾摔倒。

這下，錦兒要拚命了！趁著身後反彈之勢，頭扎了過去，抓住曹震的衣服，亂打亂擰，口中罵道：「你這個死沒良心的！我跟你拚了。」

曹震一面掙扎，一面也是抓住她的頭髮亂打，口中不斷怒喝：「放手，放手！」

越是如此，錦兒越不肯罷手，哭著喊道：「你打，你打！你不打死我，不能算完。」

這時丫頭老媽，聞聲而集，好不容易才將他們拉開。錦兒坐在椅子上放聲大哭，曹震讓她鬧得銳氣大折，自覺窩囊到極點，本來就少血色的臉，越發蒼白如鬼了。

丟下錦兒，想起妻子，抬腿就走。一路走，一路尋思，證據十足，不必氣餒。於是挺起了胸、撒開大步，來見馬夫人。

一到了那裡，靜悄悄地鴉雀無聲。丫頭默不作聲打起簾子，曹震進去一看，只有馬夫人一個人在。

「通聲！」馬夫人是恐懼中帶著央求的聲音說：「我可經不住你們鬧。我特為讓你媳婦躲開，免得你們當面大吵。你找到的那個荷包，裡面的借據，來得奇怪。隆官跟張五福的女人，借過印子錢，大家都知道。這兩年隆官混好了，把錢還了人家，收回借據，兩三年的廢紙，幹麼還擱在荷包裡，隨身帶著？你自己想想，有這個道理嗎？」

曹震知道弄巧成拙了——是賽觀音出的主意，她那裡有曹世隆未曾收回的借據，找了兩張擱在荷包裡，作為栽贓之用。

不道一上來就讓震二奶奶識破機關，自是振振有詞。不過不要緊，還有證據。

「太太別聽一面之詞！她如果不是跟隆官不乾不淨，莫不我自己弄個屎盆子往頭上扣？風言風語也不是一天了。這回我是打聽得清清楚楚，她跟隆官是在甘露庵上的手。就說這一趟，」曹震喘口氣提高了聲音說：「趁我上山東，明目張膽在一起。我走的第三天，隆官吃了飯來，直到傍晚才走，跟她在一起，整整一個半時辰；過了兩天，又是一待一下午。從那天她到太太這裡來告了季姨娘的狀，隆官才絕跡不來。太太，你想，這是怎麼回事，還不明白嗎？」

馬夫人聽得愣住了，心想：這可沒有法子了！只有讓他們夫婦當面對質。於是轉臉問道：「震二奶奶呢？」

震二奶奶是避在萱榮堂——曹震棋差一著，便是不曾當著她發作，雖挾雷霆之勢，卻未當頭打倒，震二奶奶有了閃轉騰挪的餘地，便能從容招架，乘隙反擊。此刻臨時布置的兩路「哨探」，都有報告。等馬夫人派丫頭來請時，已想好了說詞，不慌不忙地到了馬夫人那裡，進門便先告狀：「二爺揪著錦兒的頭髮，狠狠揍了一頓，誣賴錦兒，說得好難聽的話，我也學不上來。如今錦兒找繩子上吊，又要絞頭髮當姑子，鬧翻了天在那裡！」

一聽這話，馬夫人自然不悅，當即沉下臉來責備曹震：「你也鬧得太不像話了！怎麼能動手打人？——」

「太太，太太，」曹震氣急敗壞地分辯，「錦兒跟她是一夥，處處迴護著她，其情著實可惡。」

「你這話說得好笑，錦兒不迴護她，還能迴護你嗎？」馬夫人又問震二奶奶：「得要有人勸勸錦兒才好。」

「是啊！我又不敢回去勸她，怕二爺說我作賊心虛，得在太太這兒等著『打官司』，只好請秋月去勸她。」

有秋月在，馬夫人放心了，接著便將曹震指控她的話說了一遍，問她是怎麼回事？

「不錯！隆官一回來了一個多時辰，一回也待了很久。頭一回是開八月半送禮的單子：今年年節因為老太太的喪事不送禮，去年八月半的單子，可又遍找不著，只好一家一家一面想，一面開，對了兩遍，才弄清楚，花的功夫自然大了。早知道二爺暗底派了『探子』在查，我根本不找隆官了。」

她一面說，一面留心曹震的神態。只見他「嘿，嘿」連聲，知道他的伎倆盡於此了，因而又提高了聲音說：「再一回是對帳。隆官今年經手領的款子，一共五筆，總數差了一千二百兩沒有著落。我當然不能就這麼算了，讓外帳房送了帳簿來一筆一筆對，到底對出來了。太太，你猜是怎麼回事？」

「我怎麼猜得到？你說吧！」

「喏，」震二奶奶手一指，「是咱們這位二爺，從隆官那裡挪了一千二百兩銀子，讓他報在正帳裡面。隆官忘了這回事，數目自然就不對了。」

這一下搞得曹震狼狽不堪——事實上是有這回事，隆官又何嘗會忘了報這筆帳？不過早向震二奶奶洩了底細，此時卻好用來反打一耙。

曹震一看官司快由原告打成被告了，不由得情急吼道：「不相干！那是另外一回事。隆官經手的款子，事後每一筆都報了的，何用這時候來算總帳？全是胡扯！」

「哼！」震二奶奶冷笑，「老羞成怒了。」

這句話說到曹震心裡，就像剝了他的瘡疤，一時衝動，忍不住要用對付錦兒的辦法來對付妻子。但手一抬，立即警覺，這一動上手，官司就輸到底了，而一口氣不出，這隻手縮不回來，萬般無奈，只好拿自己出氣。

「我混蛋！我窩囊廢！」曹震一面罵，一面打，左右開弓刷了自己幾個嘴巴。

丫頭們都不敢笑，馬夫人也覺得其情難堪，但震二奶奶卻覺得這是個說話的機會。「你也不用這樣子！」她平靜地說：「我當這個家，裡裡外外也不知道得罪了多少人，打著夥想置我於死地。」她轉臉向馬夫人說道：「如今我說請太太自己來當家，別讓我再為難。不過，這一回，又栽贓，又有暗探，我可是越想越害怕。等四老爺回來了，請太太跟四老爺商量一個章程，另外找人來接我的手吧！不然，我真不知道我將來是怎麼個死法？」

聽得這一說，馬夫人一顆心不由得往下沉。她的言外之意，似乎是指季姨娘勾結了外人，設圈套來陷害她？果真如此，就太可怕了。

就這一念之間，她便用開導的語氣對曹震說：「你別聽人挑撥，沒事找事，鬧出笑話來，你自己也沒有甚麼面子。四老爺不在家，外頭都靠你，如果你這裡先就生是非，只怕禍事不遠。通聲，你不能不顧大局！」

以此相責，令人氣結，曹震像鬥敗了的公雞似地，頹然低頭。這時，在窗外已待了一會的秋月，方始走進來，卻甚麼話也不便說，只是表示關切而已。

「錦兒怎麼樣了?」馬夫人問。

聽得這一聲，曹震才發現秋月，只聽她說:「也就是哭一陣，訴訴委屈，莫非真的就鉸了頭髮當姑子去?」說著，正眼去看曹震。

曹震內疚於心，突然有種衝動，站起來說:「我走了。」

「慢著!」馬夫人問:「你上哪兒去?」

「我回去。」

「你別又跟錦兒去打饑荒。」

「不會。」曹震答說:「太太真當我是不懂好歹的人?」說完，掀簾而出。

「唉!」馬夫人嘆口氣，心裡有千言萬語，卻是那句話也不便說。

「太太，」震二奶奶突然雙膝跪倒，還擠出幾滴急淚，「我這個家可真是不能當了。不然，將來還不知道死法呢!」

「起來，起來!」馬夫人嘆口氣，「咱們乾脆回旗吧!讓四老爺在這兒當差。」

錦兒的眼淚是住了，眼腫未消，原本是一雙杏眼，更顯得大，也更顯得傷心。

「好了!」曹震掀簾而入，衝著錦兒作了個揖，「我不對!我替你陪不是。我打算好了，不必多久，我拿你扶正。」說完，一掀簾子，倒又走了。

讓他這一陣旋風似地捲過，人影都沒有看清楚，便已消失，錦兒不免茫然，慢慢定下心來，先要思索他這句話的意思。說將她扶正，自然是要休掉震二奶奶，這辦得到嗎?辦不到，他又何必信口開河?不過，他能這樣認錯陪不是，總算他還知道好歹。這一轉念間，倒又覺得曹震可憐。

正這樣癡癡迷迷地想著，聽得震二奶奶的聲音，錦兒突然心慌，倒像做了一件對不起震二奶奶的事似地。

這種感覺從何而來？她很用心地想了想，明白了其中的緣故：只為有那「扶正」一句話，自己彷彿便處在與震二奶奶敵對的地位。因而又生警惕，曹震的話也許有人聽見，會到震二奶奶面前搬嘴，不可不早自為計。

不容她再往下想，震二奶奶已經進房門了，皺著眉，直奔錦兒，拉著她的手，先看她頭上。

「差點讓他把頭髮都揪下來。」錦兒一陣委屈，不由得又淌熱淚，「下那麼重的手，一點情分都不顧。」

「對我還不是一樣！他簡直是要我死。」震二奶奶冷笑，「我死了，他也沒有好日子過，莫非以為我娘家人都死絕了？」

「都是那個臭娘們！」錦兒罵道：「出那種餿主意。」

她罵的賽觀音，震二奶奶卻一直在疑心季姨娘。「家賊難防。」她說，「我倒得好好留點兒神。還有，」她遲疑了一會，終於還是說了出來：「你看，夏雲怎麼樣？不會替她當狗頭軍師吧？」

「不會！夏雲不是那樣的人。」

「那麼，她怎麼倒不攔著她一點兒呢？」

「攔著她甚麼？」錦兒不知所謂。

「暗底下做狗腿子啊！」震二奶奶說道：「把人家甚麼時候來，甚麼時候走，都記下了。」

「我看，」錦兒慢吞吞地說：「不像是她。這一陣子我從沒有看到她到咱們附近來過。」

「那麼是誰呢？」震二奶奶又說，「她也不必親自來，隨便打發個小丫頭來串串門子，就瞧在眼裡了。」

錦兒突然覺得，震二奶奶似有指責她失職之意——曹世隆在此地逗留，都是她留意關防，說隨便有人來串串門子，就瞧在眼裡，不就等於說她根本不管事？這卻不可不辯。

「沒有！」她斬釘截鐵地說：「都是我親自在外面看著，不會有那樣的事。」

「不——」震二奶奶想了一下說，「算了！咱們丟開這段兒，倒想想他還有甚麼花招？」

「誰知道呢？不過看樣子是很不服氣。」

「怎麼？」震二奶奶問道：「你怎麼知道？他回來過了？」

「來打了個轉就走了。」

「說些甚麼？」

錦兒決定冒個險，不說實話；「那時我正頭暈，沒有聽清楚，只看他氣鼓鼓地，挺不服氣的樣子。」她又編了一句話，「彷彿要來找甚麼東西，沒有找著就走了。」

震二奶奶不作聲，坐了下來想了好一陣，才低聲說道：「該怎麼給隆官通個信讓他到那裡避一避才好。」

「這，」錦兒老實答道：「我可不敢胡出主意了。」

「你不管！你有主意就說吧。」

「二奶奶信得過誰，就叫誰去傳話。」

震二奶奶眨著眼沉吟了好一會，突然走出去，喊住一個小丫頭說：「你到中門上傳話出去：交給隆官辦的事，怎麼沒有交代？叫人去通知，讓他明天一早來回話。」

聽曹震頹喪地講完他跟妻妾衝突的經過，賽觀音的感想很多，覺得也可笑、可憐，但也為他不平、不甘。不過，她認為首先要辯解的是，不是她出的主意害了他，是他自己「栽贓」的手段欠高明。

「我沒有想到你這麼不中用！」她說，「像你這樣做法，誰都看得出來是栽贓。我倒問你，譬如規規矩矩的婦道人家，忽然找出這麼一個荷包，有名有姓的兩張借據，你說，該怎麼辦？」她又補了一句：「仔細想一想，再告訴我。」

曹震設身處地想了一下說：「這要看是甚麼人？大致總先是告訴丈夫，說有這麼一樣來歷不明的東西。至於像我家的潑辣貨，必是找了丫頭、老媽來，先查問明白了，再作道理。」

「你懂這個道理，為甚麼不等她自己看到了，再看她是不是照這麼做？那時拿住的贓，才是真正的贓！」

這一說，曹震如夢方醒，但仍有看不透的地方，「她慣會使詐，故意大張旗鼓，找丫頭、老媽來問，那又怎麼辦？」他說，「那一來，是真是假就搞不清楚了。」

「她哪裡敢！她要防著那個丫頭、老媽說一句：『只怕是隆官自己掉在這裡的，那天，隆官不是在這兒好半天？』請問，她怎麼辦？」

曹震這時才算開了竅，心想：若是震二奶奶發現了，不是悄悄藏了起來，便是找了隆官來問，絕不敢聲張。不敢聲張，便是做賊心虛。還不必自己大吵大鬧，只請馬夫人來問她，看她如何辯解得清？

「唉！」曹震重重嘆氣，狠狠自摑，「死腦子！笨得跟豬一樣。」

「也許是錦兒發現了，當然要悄悄兒跟她說，那就更好辦了，你只追錦兒好了——」

「慢一點！」曹震突然打斷她的話說，「如果她找了隆官來問，隆官說錢還了，借據沒有收回，不知道怎麼會在這兒的？那不就證明了是你我搞的把戲嗎？」

「怎麼能證明？你不承認，我也不承認，說是借據當時就還了。他有甚麼辦法？」

「是啊！哪有還了錢不收回借據的道理？」

「我再跟你說吧，就承認也不要緊，不過你不能拉出我來。你只說特為找了這麼兩張東西來，就為的外面風風雨雨的閒話太多，不能不明白真情，一試果然試出來了。如果隆官根本未進臥房，絕不能有東西掉在那兒，可見得這東西來路不明，既然來路不明，何以不查，私下去想法子？這不是無私有弊！」

曹震緊閉著嘴不作聲。他在考慮一件事，震二奶奶潑辣，想不到賽觀音亦工於心計，兩個人都不好惹，以毒攻毒去了一個，卻又沾上一個不好惹的，那又如之奈何？

轉念又想，兩人的身分到底不同，賽觀音跟自己又沒有名分。將來糾纏不清時，無非多花幾兩銀子，不會有大不了的事。

回過頭來，又想妻子。從結縭至今，他一直為她的裙帶綑得動彈不得，夫婦道苦，但畢竟有結髮的名分在那裡，曹震到底還記著長輩諄諄的教訓：忠勤事主，勤厚傳家。做得太決絕，於心總有些不忍。

可是想得遠些、大些，退後兩步，昂起頭來看曹家一家。他卻在自慚之中，也看出來一種真相，織造上的虧空，一大半要由他妻子負責，打著老太太的旗號，不管收入大不如前，總是多方侵蝕剋削，說起來是這一家子要維持，其實，每月家用至少有三分之一，變了她的私房。

此刻想來，最使得曹震憤慨的一件事是，有一次接到內務府轉來的誅筆「交辦事件」，必得兩萬銀子購料，才能交差，四面張羅，而機緣不巧，竟一無著落。

他跟曹頫都急得坐立不安，猶須瞞著老太太，那日子過得非人所堪。震二奶奶明明知道，袖手不問，迫不得已跟她商量，問她能不能調度一筆錢，暫度難關？她冷冷地回絕了。後來是由曹頫親自跟她央求，才說去「試試看」。結果是借到了，利息特重，期限特促，說是分幾個地方借來的。其實，是她自己的私房。

轉念到此，曹震有了一個果敢的想法。但他也知道，這是一時衝動，未必就是最好的主意。但盤算又盤算，越想越覺得這件事值得去做。

於是又轉來想賽觀音，拿她跟妻子擺在一起來考量了一會，方始慢慢開口。

「不是我恭維你，你也算是足智多謀的厲害腳色，能跟我那個潑辣貨見一見高下。」他說，「我有件大事跟你商量，你別當我是隨便說的。」

「你不必表白。」賽觀音說，「你是大爺脾氣，說到哪裡算哪裡，還是仔細想過才出口的話，我聽了自然知道。」

「那好。我就跟你說得透澈一點兒，把我家的情形跟你說一說。現在是四老爺頂著織造的名兒，可是虧空的公款——」

「怎麼？」賽觀音大為詫異，「虧空著公款？」

「是啊！」曹震羞慚地說，「你們都看得這是頭等闊差使，不知道一年能進多少萬銀子。其實呢，織造本身沒有甚麼好處，要派上稅差、關差——唷，這話也不必細說，官場上的事，你也未必明白，我只歸說了說吧，四老爺名下，現在有二十萬銀子的虧空。倘或一道上諭，江寧織造換人，四老爺沒法子辦交代，馬上就得家破人亡。所以能有辦法補上這筆虧空，甚麼法子都值得去試試。」

「我懂了。」賽觀音說，「你要跟我商量的這件大事，就是去找二十萬銀子來填這筆虧空。」

「對了。」

「那麼，你是甚麼主意呢？」

「我的主意是，把我那個潑辣貨的私房擠出來，完虧空有餘。當然，她是『不見棺木不下淚』，我要拿住她一個非賣帳不可的把柄，叫她乖乖兒聽話。你替我想一想，怎麼樣才能拿住她的把柄？」

「說來說去，還是這件事。俗語道得好，『捉賊捉贓，捉姦捉雙』。這個把柄不好拿，尤其是經這一鬧，她一定步步小心，永遠都拿不住。」

曹震大為洩氣，嗒然若喪地，脫口說道：「原來你也沒有法子！」

這話讓賽觀音大不服氣，她心裡其實已有主意，只是要慢慢商量，現在聽曹震如此說法，便凝視細想了一會，覺得並非不可行，如果做不到，那是曹震自己的事。

但有一點她得先弄清楚，「二爺，」她問，「能把衙門裡的虧空補上了，四老爺自然無債一身輕。你呢，有點兒甚麼好處？」她緊接著又說：「你別以為我在打甚麼主意！我是為你。這件事辦起來很吃力，而且我替你出的主意，說起來有點兒傷陰騭，若是於你沒有甚麼好處，就犯不著了。」

聽她說得很誠懇，曹震亦就說了實話，「我自然也有好處。」他說，「織造是可以世襲的差使，老太太在日說定了的，四老爺下來，保芹官承襲，不過，四老爺的意思，芹官最好在科場上去巴結功名；那一來自然歸四老爺的兒子棠官承襲。但如我辦成了這件事，能替四老爺把虧空補上，這個差使，十之八九就會保我。」

「這一說，好處還不小。」

賽觀音慢條斯理地說：「雖說捉姦捉雙，可是姦夫自己承認有這回事，寫下一張『伏辯』拿給你家二太太看，不就是老大一個證據！如果她不認這回事，叫隆官，叫甘露庵的知客，當面對質，看她敢不敢？」曹震很仔細地聽完，隨即答說：「如果有這麼一張『伏辯』，事情就好辦了，只是隆官絕不肯寫的。」

「你拿刀架在他脖子上，看他寫不寫。」

曹震悚然一驚，心想賽觀音說得出這樣的話，可見心亦夠狠的，但即令如此，曹世隆是否肯寫，仍是疑問。

「照《大清律》，他這個罪名是『斬立決』，寫也死，不寫也死，幹麼要寫？」

「這是告到當官，如果是私了，哪裡會砍腦袋？」

曹震心想不錯，「事情是一定私了，」他說，「絕不會見官的。不過，到那時候就怕隆官不相信。」

「這要看辦這件事的人，怎麼個說法？開導得透澈，自然能讓他相信。」賽觀音用鼓勵的語氣說：「只要你願意聽我的話，一定辦得成。」

「何以見得？」

問到這一點，賽觀音就不肯道破緣故了，只說：「你別問！我有把握。」

「等我想一想。」曹震又說：「就要辦，也沒有人。」

賽觀音立即接口：「只要決定辦，自然有人。」這話中便有文章了，曹震立即追問：「誰？你說！」

「現在還不能說，等你下了決心，我自然會告訴你。如果你不願意這麼辦，又何必去問它？」

想想這話也不錯，他便重申她說過的話：「好！只要我願意這麼辦，你可以替我找人。是不是這樣？」

「是的。」

「找來的人能弄到他的『伏辯』？」

「對了！弄得到。」

曹震深深點頭，「我得好好想一想。」他說：「辦成了，自然也有你的好處。」

第十五章

一連兩天不回自己屋裡，第三天馬夫人派人來將曹震找了去，好言相勸。

「夫婦吵嘴是常事，總是爺兒們讓一步。你這樣子不肯回自己屋子，旁人會批評你氣量太狹。聽我的勸，這會兒就看你媳婦去。」

舊家的規矩，遇到這種事，只能設法敷衍，不能當面抗命，所以曹震陪笑答一聲：「是！我一會兒就回去。」

「甚麼時候？」

「這會兒馬上有個客來，等會了客，我就去。」

「好吧！」馬夫人點點頭，表示滿意。

曹震決定襲孔子拜陽貨的故智，找震二奶奶不在之時回去一趟，圓了馬夫人的面子。所以一辭出來，便喚興兒：「你進去瞧一瞧，二奶奶在不在。」

「不在。」興兒答說，「二奶奶就在太太那兒。」

原來如此！曹震心想，這不是絕好的一個機會，當即撒開大步，回到自己院子裡，小丫頭遞相傳呼：「二爺回來了。」

錦兒聽說，便迎了出來，臉上毫無笑容，也不開口，只把門簾打了起來，等他進屋。曹震便即笑道：「怎麼？還在生我的氣？」

「哪兒敢！」

「二奶奶呢？」

「快回來了吧！」

「喔，」曹震立即接口，「原來不在家。我也不坐了，有客等著我呢！等她回來你告訴她，我進來過了。」說完，匆匆而去。

錦兒莫名其妙，想喊住他，卻開不出口，怔怔地望著他的背影消失。接著，震二奶奶回來了。

「怎麼回事？」她問，「看你的一雙眼睛，彷彿在發愣。」

「二爺進來過了。」錦兒將剛才發生的情形說了一遍，道明發愣的緣故，「我不懂他是甚麼意思。」

「他算來應過卯了。」震二奶奶也將馬夫人喚了曹震進去，跟他所說的話，告訴了錦兒，「原說要會了客才來的，哪知他要了這麼一手。算了！夫婦做到這種地步，還有甚麼意味？」

錦兒無言相慰，事實上她亦有滿腔幽怨，需要人安慰，因而不自覺地嘆了口氣。

「打起精神來！」震二奶奶始終不服輸，低聲說道：「前天隆官回事，我在帳單裡頭夾了一張條子給他，讓他到那裡去避一避。今天他打發人送來一個拜盒，是我託他去重鑲的四個寶石戒指，裡面有這麼一張紙。」

從震二奶奶手裡接過曹世隆所寫的字條，上面只有八個字：「節後去揚州，下月回。」

「撕了吧！這種條子留著幹甚麼？」錦兒將字條撕碎，搓成一團，丟在痰盂裡。

「過節還有六天。過了這六天，你看我，好好來治那幾個東西。」

「我看，」錦兒說道：「季姨娘這回倒是——」

「你別太天真了。知人知面不知心，何況她又是出了名喜歡攪是非的。」

「至少，夏雲不是不知道輕重的人。」

「那也得看，」震二奶奶想了一下說：「看他回頭還來不來。如果真的不進來，你去一趟。」

「我去？」

「對了。」震二奶奶說，「倒看看他，到底是安著甚麼心？」

錦兒不甚情願，「我沒有那麼賤，他到裡頭不進來，我為甚麼要到外頭去？」她說，「讓人瞧在眼裡，倒像我多希罕他似地。」

這話具有多種意味，一種是對震二奶奶利用她，表示抗議；一種是拿來堵震二奶奶的口，「是你自己叫我去的，明天別又說些酸溜溜的話。」再有一種便是以退為進，有所要挾。

震二奶奶確是在利用錦兒，少不得好言相勸，「沒有人會說閒話。」她說：「儘管他不對，咱們守住咱們的道理，沒有人會笑你。」

錦兒遲疑了一會，才說一句：「好吧！我就去一趟。不過，我可不能偷偷兒地去。」

「怎麼？」震二奶奶笑道：「怎麼叫偷偷兒地去？莫非還要他給你下張帖子，拿轎子來接了你去。」

「誰希罕他下帖子？他要我去，我才不去吶——」

「我知道，我知道。」震二奶奶趕緊說道：「是為我。」

她說到這話，錦兒就不必表白了，想了一下說：「白天，他那裡人來人往，我怎麼能去？」

「自然是晚上去。」

「那得先叫人通知他。」錦兒又說，「還得找個題目。」

「題目容易找，天涼了，說給他去換褥子鋪蓋。」震二奶奶又說：「先叫人去通知一聲，也使得。」

於是，叫人將興兒去喚了來。由震二奶奶親自交代，晚飯以後，錦兒去替「二爺」換寢具，另外還有話說。

「要說些甚麼呢？」

「看情形。總而言之，看他心裡想些甚麼？打算要做些甚麼？」

「那可不是三言兩語的事。」

「當然囉，既然去了，就得跟他多聊聊。如果晚了，你就陪他睡好了。」

「我可不幹！送上門去陪他，把我當成甚麼人了。」

「好，好，隨你！你多早晚回來都不要緊，我叫人等門。」

有了這幾句話，錦兒便大大方方地打扮了一番，到得月亮上來，帶著兩個小丫頭，打著燈籠，出了中門，由在那裡等候的興兒領路，來到曹震的宿處。

曹震是住在西園的假山上，沿著靠壁的雨廊拾級而上，向東三楹精舍，懸一方小匾，題名「鑑心山房」，前面極大的一片露台，左右兩樹丹桂，開得正盛，西風過處，老遠就聞到了香味。此時月亮已經上來了，但屋子裡卻點著明晃晃的巨燭，棋聲丁丁，錦兒從窗戶中望進去，只見曹震正聚精會神地在打譜。

於是她先咳嗽一聲，等曹震抬起頭來，才平靜地說：「你倒風雅起來了。」

「為等你，消磨辰光，不然我就跟林師爺他們一塊玩去了。」曹震問道：「你怎麼想起來，要來替我鋪床？」

「是二奶奶叫我來的。」

「哼！」曹震哼了一下，「她倒還記得我？」

「你不也記得她嗎？」錦兒針鋒相對地，「不然也不會進來。」

「那是敷衍太太的面子。」

錦兒發覺話不投機，便不作聲，指揮小丫頭進裡間臥室替曹震在床上添了一床褥子，換上乾淨被套，卻聞見枕頭上有桂花油的味道。

事完回到外間，曹震頭也不抬地依舊在打譜。這種冷淡的樣子，使得錦兒心裡光火，便冷冷說道：「我不該來自討沒趣的，反正有人伺候，何必來做討厭人？早該迴避的！」

「你說甚麼？」曹震這時才抬眼看著她問：「你迴避誰？」

「哼！若要人不知，除非己莫為，你以為我沒有長鼻子？」

「桂花開得這麼盛，沒有長鼻子的人，也聞得出來。」曹震問道：「這又怎麼了？」

聽他話中有漏洞，錦兒捉住了不放。「你怎麼知道我是指的桂花的味兒？」她說，「不但有桂花，還有桂花油。這又怎麼說？」

曹震不辯也不賴，「怎麼了？」他問：「你到底是來看我，還是跟我來抬槓？」「本是來看你，這會兒要跟你抬槓。看你這樣子，明明是討厭我！我走。」說著，她抓了一把棋子，往棋盤撒了去。

「喔，」曹震陪笑道：「原來你是為這個不高興！那你就誤會了，我心思在一著要緊棋上，沒有聽見你的聲音。來，來，咱們外面賞月。」接著便喊：「興兒！」

等興兒來了，他關照到中門上去找小廚房的朱媽，看有甚麼現成的配菜要幾樣。越快越好。及至興兒一轉身，他又喊住他說：「你再讓中門上到雙芝仙館看看，說我請芹官來賞月。」

錦兒是奉命來挖他的心事，有芹官在，諸多不便。想開口阻止，卻不知如何措詞？就這遲疑之間，興兒已下了假山，只得罷了。

時間不多，等芹官一來，許多話就不便說了！她心裡在想：如果想住在這裡，倒是很好的一個藉口，只說先有芹官在，等芹官賞完月回去，都三更天了！不能白來一趟，只好住在「鑑心山房」，才能跟他深談。

要下決心時，記起枕上的桂花油，心裡不免膩味，便又遲疑了。這時小丫頭已端了椅子出去，廊上現成有張方桌，可以擺設茶具。鋪排停當，曹震坐下來說：「八月節快到了。」接著又嘆口氣，念一句：「『月兒彎彎照九州』！」

「『月兒彎彎照九州』，」錦兒接著念道：「幾家歡樂幾家愁！幾家夫婦——」她突然停住；停了一下又說：「也不一定要夫婦才同羅帳！」

她是暗諷枕上的桂花油，曹震卻別有意會，立刻接口：「你這話不錯！錦兒我倒問你，你到底知道不知道她的事？」

錦兒沒有想到，他會這樣單刀直入，一下子便刺到心底深處，不過她的心思也極快，知道稍一遲疑，就怎麼樣也洗刷不清了，因而用斬釘截鐵般的聲音說：「沒有那回事！」

曹震一愣，爽然若失地說：「你倒真是她的死黨！」

「甚麼死黨、活黨？」錦兒趁機說道：「你這樣子鬧法，只怕連老太太躺在棺材裡都不得安生。真不懂你心裡是怎麼想來的？」

「我心裡想的，你還不明白？多少年來，她處處爬在我頭上，把我作踐得都不像個男人了。如果她自己行得正、坐得正，沒有人敢說她一句閒話，也還罷了；不想她暗地裡弄頂綠帽子扣在我頭上。」曹震不自覺地掉了一句文：「是可忍，孰不可忍？」

「不是勸你忍！」錦兒很謹慎地試探，「是勸你別自己跟自己過不去。莫非你就一直住在這裡，永遠都不進去了。」

「我自己的家、自己的屋子，為甚麼不進去？」

「那麼是甚麼時候呢？」

「是，是該進去的時候。」

「甚麼叫是該進去的時候？」錦兒緊追不捨：「你倒說呀！說清楚一點兒。」

「把事情弄清楚了，就是該進去的時候。」

這表示他人雖住在鑑心山房，暗地裡仍舊在訪查這件事。錦兒心想，這透露的一個消息很重要，倒得格外防備著他。

想是這樣想，口中卻裝得困惑地說：「我不知有甚麼事不清楚，也不知道你想弄清楚甚麼事？簡直就像走夜路，鬼打牆一樣！」

這句話惹得曹震有些光火，發生了激將的效果。「到底是我鬼打牆，還是她鬼摸頭，做出對不起她馬家的事來？總有水落石出的一天！到時候，哼！哼！咱們騎驢看唱本，走著瞧！反正我是豁出去了。」

最後一句話，使得錦兒膽戰心驚！所謂「豁出去」，自是不顧一切，撕破面子也不在乎的意思，而說「對不起她馬家」則明明將有羞辱馬家的手段出現。莫非他真的在打算著休妻？

這可太嚴重了！錦兒不免憂心如焚，但還不便說破，免得坐實了反成難以挽回的困局。只好這樣答說：「你的疑心病真重，我倒真巴望能夠水落石出，弄個清楚。大家仍舊和和氣氣地過日子，不然，我夾在中間也受罪。」

曹震不作聲，凝視著東山月上，雙眼不住閃爍，顯得他心裡有許多事在想。錦兒冷眼旁觀，凝神等著他再開口，因為這開出口來，多半是一句很要緊，可以看到他心裡的話。

「其實，你不但可以不必受罪，還可以享福。禍福無門，唯人自召，只看你的念頭怎麼轉法？」

果然，話中有話，深藏不測。錦兒自然不會放過機會，立即問道：「你說，我的念頭該怎麼轉？」

「你應該多想想我，多想想你自己。」曹震轉過臉來逼視著她，「照現在這樣子，儘管你對她忠心耿耿，還是一輩子都出不了頭。」

錦兒想了想，搖搖頭說：「我不懂你的話，我也不知道怎麼樣才叫出頭？」

「那還不容易明白，早晚你有了名分，請下來一道誥封，那就是出頭了！」

「不是出頭，是昏頭。」錦兒立即答說，「我可不會大白天做這種春夢。」

曹震欲語又止，沉默了一會方始開口：「我現在也沒法兒跟你細說，你信也好，不信也好，反正有見真章的一天。不過有一句話，我不能不交代，這會兒我說的話，天知、地知、你知、我知。你如果是真心護著我，就只把我的話，擱在心裡。」

看他語氣從容，見得他籌思已熟，勢在必行，如果再一味裝做不信他的話，便顯得不夠誠懇。而且要套他的話，也不能不有所表示。

於是她說：「我跟誰去說？說了就是天大的是非。不過，我勸你慎重，一廂情願的想法是行不通的，別自討苦吃。」

「這件事自然是我一廂情願，莫非還能兩相情願，她也點頭？至於行得通、行不通，我也不敢說。事情，有的可以做，有的應該做，有的一定得這麼做。既然一定得這麼做，那就不必去多想了。」

「為甚麼呢？」錦兒不由得關切，「為甚麼一定得這麼做？」

「你現在別問！你願意幫我，我再告訴你。」

「你不肯跟我說，我可怎麼幫你？」錦兒又說，「你如果有一定得這麼做的道理，我聽了不錯，說不定我就能幫你。」

曹震沉吟了好一會，終於搖搖頭說：「目前還不能告訴你。我做這件事，也不是光為了我自己出氣，一家人都有好處。」

「一家人都有好處？」

「對了，一家人都有好處。話只能說到這裡為止，多說了洩漏風聲，讓她有了防備，事情就壞了。」

錦兒猶在思索，但見遠處紗燈兩盞，冉冉而來，知道是芹官來了，便起身迎候。走近一看，才知道來的不但是芹官與興兒，還有春雨，另外兩個老婆子，拎著食盒，跟在後頭。

「怎麼，你也來了！」

「特為來陪你的。」春雨答說，「是芹官的意思，我想想也不錯。」

「多謝、多謝！」錦兒笑容滿面地，「多謝你們倆。」

芹官笑而不答，走過去跟曹震招呼。錦兒與春雨使將杯盤配菜鋪排開來，卻只擺了兩副杯筷。曹震見了便說：「這又不是在太太那裡，沒有那麼多規矩！坐下來一塊兒喝酒。」

「待一會兒！」錦兒已與春雨取得默契，兩人要在一處談談，便老實說道：「好些日子不見，先讓我們姐妹倆親熱、親熱。」

說著，替他們兄弟斟好了酒，與春雨遠遠地坐在桂花樹下的石凳上，悄然私語。「一直想去看你，又怕震二奶奶多心，以為我去打聽是非。」春雨皺著眉說：「還有芹官，聽說出了這麼一場風波，急得晚上都睡不著覺，想去安慰、安慰震二奶奶，可又不知道怎麼說才合適？你知道的，芹官跟震二奶奶名為叔嫂，情分上就像是同胞姐弟。遇見這種不能提、不能問的事，你說，心裡有多彆扭，多窩囊！」

「是啊！大家心裡都是這麼一種味道。」錦兒停了下來，不自覺地嘆了口氣。

春雨也是遲疑了一會才問：「到底是怎麼回事？震二爺是怎麼想來的？會弄個屎盆子往自己頭上扣。這件事，大家想來想去想不通。」

錦兒黯然無語，抑鬱的眼色中，彷彿有無限的難言之隱。春雨看在眼裡，不由得大吃一驚。

「怎麼？」她異常吃力地問：「莫非有甚麼說法？」

「還要甚麼說法？看也看得出來了。」

「這一說，竟是——」春雨驀然意會，不宜再問，硬把下面「真的了」三字，嚥了回去。

但有句話卻不能不問，而且不算忌諱，可以問得，「震二爺呢？」她說，「這樣子僵著總不是一回事！」

「是啊！我就是為此來的，想弄弄清楚，他心裡到底是怎麼個想法？」

「弄清楚了沒有呢？」

「但願我是弄錯了——」錦兒搖搖頭，沒有再說下去。

顯然的，情勢不妙，春雨裝作不解地：「我不懂你的話。」

「只怕要鬧得不可開交，說不定馬家跟曹家會打一場官司。」

春雨大驚失色，卻也大惑不解，「幹麼打官司？」她說：「怎麼會鬧得要打官司！不會吧？」

「你倒說，甚麼事會鬧得娘家告婆家？」

點這一句，話倒比較容易懂，但卻更為驚憂。春雨心想：親家變冤家而打官司，常是因為媳婦在婆家被凌虐自盡而起。對震二奶奶來說，凌虐自然談不到，但如曹震能拿出證據，讓震二奶奶見不得人，亦就很可能逼她走上死路。

但是這得有非常明白的證據，莫非震二奶奶已有把柄在丈夫手裡？轉到這個念頭，春雨不但深為關切，而且深為好奇，有著一揭底蘊的渴想，然而這又是「不宜多問」的一句話。

靈機一動，將話倒過來變成套問：「這可不是鬧著玩的事！無憑無據，震二爺不能那麼胡來，震二奶奶也不能那麼容易欺侮。」

「這就是我沒有弄清楚的一件事。」錦兒苦悶多時，不由得就跟著春雨深談了，「他似乎是想找一樣證據，而且看樣子，彷彿挺有把握似地。」

「怎麼叫挺有把握？」由於看錦兒並不諱言，春雨便落得問了下去：「你的意思是，也有把握可以找到這樣的證據。」

「對了！就是這意思。」

春雨細想了一會，搖搖頭說：「這種證據，找到不算，抓到才算。」

這句話提醒了錦兒，「你這句話說在節骨眼上，找到不算，抓到算！」她心裡在想，已打算不往來了，又從哪裡去捉姦捉雙？曹震說不定會設下一個圈套，讓震二奶奶去鑽，只要步步小心，他又如之奈何？

正談到這裡，只見興兒來喚錦兒。原來門上剛送進來一封信，是曹頫的家信，託驛差代遞，驛差照例交給江寧驛站轉送。

像這些信本來第二天再送亦無不可，驛丞為了討好，特地派人入夜送來。這樣就必得有個大大的賞封不可，外帳房此時沒有人，曹震於是關照錦兒入內去取四兩銀子，打發來人。

等錦兒帶著興兒入內去辦事，席面上便由春雨照料，首先進屋去取了燭台出來，剔亮了好讓曹震看信。

厚甸甸的一封信，拆開來信中有信，封面上寫著「棠兒開讀」，純然是「家書」，又有一份抄件、一份硃批的奏摺。自然先看奏摺。

奏摺是一通：「江寧織造奴才曹頫跪進單。」一共四樣：一是「匾對單條字綾壹百副。」硃批：「用不著的東西，再不必進。」二是「箋紙肆百張。」硃批：「也用不了如許之多，再少進些。」三是「湖筆四百枝」。硃批：「筆用得好。」四是「錦扇壹百把。」硃批：「此種徒費事、朕甚嫌；再不必進。」

「總算還有一樣好的。」曹震舒了口氣，將進貢單隨手交給芹官去看，自己再看抄件。

抄件是山東巡撫塞愣額的原奏及硃批。原奏是針對杭州等三處織造而發，說運送龍衣，經過長清縣等處，於「勘合」規定的伕馬以外，另向驛站多方苛擾，要加伕馬、要程儀、自雇長行的騾子、折價格外提高等等。

硃批是大加申斥，說屢降諭旨，不許欽差官員及人役，騷擾驛遞，而三處織造，猶復如前苛擾，殊為可惡。

接下來是嘉獎塞愣額，說他「毫不瞻徇，據實參奏，深知朕心，實為可嘉。」命交部議敘。並以塞愣額為例，告誡大臣：「若皆能如此，則人人知所儆惕，孰敢背公營私。」

最後便是追究責任，說在山東「如此需索，其他經過地方，自必亦有類似情事，該督撫何以不據實奏聞？著該部一一察議具奏。」至於「織造差員，現在京師，著內務府，吏部將塞愣額所參各項，徹查定擬具奏。」

看完這份抄件，曹震心裡已是七上八下。因為雖說「杭州等處」，彷彿這回闖禍的不是江寧與蘇州，而在長清等處多索伕馬，卻正是曹震這回到山東，額外加予驛站的負擔，怕脫不得干係。因此急急又看曹頫的信，說是杭州織造孫文成所派押運龍衣的一名七品筆帖式，已由內務府慎刑司看管嚴審，他亦被內務府請了去問過話，雖有平郡王託尚志孝加以照應，態度上很客氣，但天威不測，還不知有何處分？杭州織造孫文成，年邁力衰，「早失聖眷」，撤差恐將不免。因此，鄭重告誡曹震，務必諸事謹慎，切勿生事，自取咎戾。至於他的歸期，本已定在中秋節後，現在因為有塞愣額一參，牽連到三處織造，須等高斌到京，查問明白，方能結案。本來照這種情形，他可以上摺奏請准予先行回任，又怕恰好觸怒皇帝，「商之親友，咸以靜候為宜」。倘或重陽前後能夠結案，歲暮猶可團聚，否則就只好在京度歲，開春解凍，方能南歸。

看到須候高斌至京，才能結案，曹震又不免添了一重心事，怕高斌說一句：「在長清多索伕馬，是為曹震回江寧之用。」縱然是皇差，但即令批一句「著該員明白回話」，容他解釋，便也有許多麻煩。

於是他搖搖頭，將信交了給芹官去看，轉眼看錦兒已去而復歸，便將信中之信交了給她。「你看季姨娘睡了沒有？把四老爺的信送了去。如果季姨娘還沒有睡，你告訴她：四老爺在京裡有公事，也許不能回來過年。」

錦兒將信接了過來，揣入懷中，「明天一早送去好了。」她說，「四老爺也許不能回來過年的話，這會兒告訴季姨娘，不能害她一夜睡不著覺？」

「也好。隨便你。」曹震忽然向春雨說道：「來！來！你們坐下來，陪我喝一杯。我心裡煩得很。」

聽這一說，春雨便看錦兒，錦兒便以眼色示意，且敷衍他一回。於是添了杯筷，春雨與錦兒都坐了下來。

「四老爺為甚麼不能回來過年？」錦兒問說。

「不是告訴你了嗎？有公事。」

「看你的神氣，不像是為了公事。」

「當然是公事。不過不是好事而已。」曹震不耐煩地說：「你別問了。越問我越煩。」

「震二爺，」春雨便舉杯說道：「我可不會喝酒，你請寬飲一杯。一醉解千愁。」

「好個一醉解千愁！」曹震舉杯一仰脖子，乾了酒還照一照杯。「多謝震二爺賞臉。不過話是這麼說，醉了總不好。慢慢兒喝吧！」春雨又說：「四老爺如果不回來，震二爺年下可得好好忙一陣子，幸虧內裡有震二奶奶。家和萬事興，震二爺你肯聽我的勸，我再敬你一杯。這回是我乾，你請隨意。」

「不必，不必！我知道你不能喝急酒，慢慢喝。」說著，他舉杯啜飲了一口，轉臉跟芹官去說話。

這明明是不願聽春雨的勸，她訕訕地覺得好沒意思，自嘲似地向錦兒說：「我真是『丈八燈台照不見自己』，自以為臉子多大似地。」

「我們這位二爺，」錦兒也借題發揮，「只會鬧脾氣，不肯聽人勸，鬧起脾氣來，連大局都不顧。」

於是芹官也擱下信接著說道：「四叔在京裡只怕有麻煩，倘或知道家裡也不和，愁上加愁，急出病來，可是件不得了的事。」

三個人都是旁敲側擊，為他們夫婦勸和。曹震心想，真個決裂，就算自己理上站得住，無奈時機不巧，不會有人同情。那時騎虎難下，說不定又搞得灰頭土臉。但好容易抓住這麼一個機會，而且順風旗也扯起來了，就此不聲不響地收篷落帆，卻也於心不甘。反覆思量，竟無善策，鬱悶難解之餘，不由得嘆了口無聲的氣。

其時芹官跟錦兒湊在一起交談，聲音極低，不過春雨可以猜想得到，一定是芹官託錦兒向震二奶奶致意，不必多管。倒是曹震臉上的陰晴變化，值得留心，看他萬般無奈，黯然微喟，倒有七八分猜到他心裡了。

「你，」曹震在錦兒肩頭拍了兩下，等她回過臉來才關照：「明兒到季姨娘那裡去一趟，裝作不經意地，打聽打聽四老爺的信裡，可提到甚麼沒有？」

「這不用向季姨娘打聽，我問夏雲就是了。」錦兒又說，「四老爺不會在給她們娘兒倆的信裡說公事的。」

「說得也不錯，不過還是得弄明白了，才能放心。我最怕季姨娘哭哭啼啼地，跟我來嚕囌。」

「原來你也怕麻煩！」錦兒白了他一眼，「那又幹麼處處替自己找麻煩？」

曹震不作聲，臉上卻有些掛不住的模樣。芹官深恐他們當面吵嘴，便向春雨說道：「咱們也該走了。」

「對了！明兒還要上學。」

錦兒還想留他，聽春雨這一說，不便耽誤他的功夫，但因還有幾句話沒有談完，便即說道：「我送你們下去。」

「你還回來不回來？」芹官立即接口，「如果你還回來，不妨陪我走一走。不然，就不必客氣了。」

「當然回來。」春雨搶著說道，「這裡桌子還沒有收呢！」

於是小丫頭燃燈照路，錦兒陪著芹官一路走，一路仍是小聲交談。他們走得極慢，在後面的春雨便索性停下來，有幾句話跟曹震說。

「震二爺，我是替芹官求你，能不能賞他一個面子，讓他跟太太去說：給你們公母倆勸和。」她不容曹震有所表示，緊接著說，「憑良心說，震二奶奶是太剛強了一點兒，當然要請她讓讓步。震二爺若是有甚麼話，可以交代我，作為太太的意思，震二奶奶不能不聽。」

曹震心中一動，凝神想一想：不錯啊！既然鬧不起來，何妨見好就收？難得占一回上風，真應該好好利用。

「震二爺知道的，芹官看震二奶奶，不是嫂子，是姐姐。震二爺就看在兄弟的面上，跟震二奶奶講了和吧！」

聽得這話，曹震倒有些感動，脫口說道：「好吧！等我好好想一想，明兒讓錦兒跟你去說。」

「是！」春雨格外叮囑，「震二爺只說，芹官想勸和，對震二奶奶有甚麼話，作為你自己的意思。反正，咱們心照不宣就是。」

「我明白。多謝你費心。」

「震二爺這話可不敢當。我也是為芹官，他為了你們公母倆不和，愁得都睡不著覺。」

「你告訴他，」曹震不假思索地答說，「就為了今天京裡這一封信，我不能不顧大局。不過和得下來，和不下來，要看人家了。」

春雨看芹官與錦兒在下梯階之處等候，便匆匆說一句：「只要彼此讓一步，一定和得下來。」然後急急趕了上去，伴著芹官回雙芝仙館。

這時曹震已經想停當了，等錦兒回來便提出要求：「你今兒晚上別回去，咱們好好聊一聊。」

「不！你枕頭上的味兒我受不了。」

「怎麼？」曹震笑道：「枕頭上有酸味兒？」

「對了，酸味兒。」錦兒沉著臉說：「你少跟我來這一套！總說人家愛喝醋，不想想你自己的行為。也不過一個人在這裡住了兩三天，就熬不住了，不管腥的臭的，拉了來就是。」

看錦兒動了氣，曹震不敢再多說，只低聲下氣地問：「那麼，陪我在這裡坐一會，行不行？」

「那倒可以。」錦兒大馬金刀地在圈椅上坐了下來：「你有話就說吧！」

「春雨告訴我，芹官想給我們勸和。這件事我得跟你商量。」

「芹官想勸和？他怎麼沒有跟我說？」錦兒旋即省悟，「必是春雨的意思。不過也一樣，她不比我，她可以替芹官作主。」

話中有刺，曹震益發小心地說：「我不是也在跟你商量，請你替我作主嗎？」

「豈敢，豈敢！」錦兒的不快消失了，「既然人家有這番好意，當然不能不領。就不知道他是怎麼個勸法？」

「我想，他總是跟太太去說，請太太出面。」

「太太已經勸過一回了，你給她來個陽奉陰違。這回還肯出面嗎？」

「是芹官去說，太太怎麼不肯？」

「也要你肯聽話才行。」

「就是這一點，你們大家都逼我講和，我也無法。不過，要和就得真正講和，一時言歸於好，無非敷衍個面子帳，那種和法，不如不和。」

錦兒想了一下問：「怎麼叫真正講和？」

「如果還是從前那樣，她事事想踩在我頭上，只顧她自己的私房，不顧人家的死活，那種日子我可不想再過了！」

「敢情你是在打二奶奶私房的主意！」錦兒的話，脫口而出，立刻覺得說得太重了，趕緊又以同情的口吻說：「也難怪你！夫妻嘛，換了我也不想過這種日子。」

「不是我打她私房的主意。」曹震也有辯解，「她的私房哪裡來的？還不是公中的錢？這兩年差使不順手，都只為虧空著公款，挪東補西，只求能應付過去，談不上漂亮出色。如今上頭對四老爺不好，萬一出事，追究虧空，李家的下場擺在那裡，要多慘有多慘！如今有力量能填補這個窟窿的，只有她。我這層意思，她應該明白。」

錦兒心想，這還不是打震二奶奶私房的主意？而且獅子大開口，要她來填補虧空的公款，真是妄想！不過此時一說實話，剛現的轉機，立刻就會無影無蹤。因此錦兒的回答很謹慎。

「這得慢慢勸她，她也不是不顧大局的人，真的差使上沒法交代了，她也不會不管。不過，她的力量也有限。」

「你別幫著她瞞了！只要她懂『留得青山在，不怕沒柴燒』這句話，把眼光放遠一點兒，這點虧空在她算不了甚麼！」

「那麼有多少虧空呢？」

「不過十來萬。」

「哼！你的口氣倒真不小。十來萬銀子，還只『不過』而已！」錦兒怕又失言，趕緊岔開，「好了，你這是為公家，倒談談你自己。」

「談到我自己，沒有別的，別成天釘得那麼緊！譬如像你——」

「嘚，嘚！」錦兒立即打斷，搖著手說：「別扯上我！」

「好了！就是這兩點。」曹震又說，「這話該怎麼讓芹官跟太太去說，你跟春雨琢磨著辦。你先不必告訴她，只要太太交代，她一定會聽。她能聽太太的話，自然無事。」

好厲害！竟像是不能還價的條件。錦兒心想馬夫人不能像他這樣一廂情願，到時候話打了折扣，他又將如何？

想到這裡，便即說道：「話一定能到得了太太那裡，不過太太是不是肯這麼說，可是誰也不敢包了。如果不能照你的意思辦，你會怎麼樣？」

「那就跟現在一樣，僵在那裡。反正擱著她的，擱著我的，遲早總有一筆帳算。」

錦兒心想，要照他的說法，是個不了之局，眼前只有敷衍著，讓事冷下來再作道理。這件事太大，必得震二奶奶自己作主，此刻也就不必跟他多說了。

「哼！虧空不過八九萬銀子，他說十來萬，先就加了帽子，還說是為公家。虧空是怎麼來的，還不是他跟四老爺兩個人鬧的嗎？」

「現在也不必去追究這些了！」錦兒勸道：「花錢消災。俗語說得好：財去身安樂。」

「花錢要看花在甚麼地方？公家的虧空，憑甚麼要我來填補。別說我沒那麼多錢；就有也不能拿出來。倒像我犯了甚麼充軍的罪，花錢贖了回來似地。你說，是不是這麼個味道？」

「話是不錯，二奶奶，你也該體諒人家的一番苦心。」

「春雨為了芹官，出這麼個主意，我不怪她忘了自己的身分，敢來干預這件事。不過，太太絕不會交代甚麼我辦不到的話。」震二奶奶又說，「既然他叫你別跟我說，我就裝作不知道。你還是照他的意思，跟春雨商量著，把話轉到太太那裡，太太自然會來問我。」

「問到你，你怎麼說呢？」

「這會兒還不知道。等我想想再說。」震二奶奶又說，「反正他是讓賭債逼急了，沒有甚麼大不了的事。」

話雖如此，她暗中卻另有盤算。大家都說，當今皇帝好抄人的家，萬一曹家真的落個像李家那樣的悲慘下場，自己多年心血積聚，白白葬送在裡面，豈不冤哉枉也！

於是她又想起鼎大奶奶的見解，人無遠慮，必有近憂，應該早留退步。辦祭田那件事，該當加緊；自己的私房，更宜作個萬全的安排。就這樣一個人在燈下想了又想，直到三更天方始上床。

第二天並無動靜，第三天還是沒有消息。向錦兒問起，說是早就將曹震的條件告訴了春雨，並且據她所知，春雨亦已陳明了馬夫人。然則何以竟無影響，豈不可怪？

第十六章

震二奶奶料事，十拿九穩。這一回，她認為馬夫人知道了這回事，自會找她去問，卻是錯了。

馬夫人自然要找人來商量，她想到的是秋月，摒人密談，先把曹震送來的「京信」拿給她看。由於不明白她的意思，秋月看完信亦不便多說甚麼。

「不是甚麼好消息，不過也有點用處。震二爺打算收篷了。只是他叫人帶來的話，我覺得奇怪。」馬夫人突然問道：「你知道不知道，震二奶奶手裡有多少私房？」

秋月自然答說：「我不知道。」

「你聽人說過沒有？」馬夫人又說，「你跟我說老實話，這裡沒有別人，不要緊。」

「震二奶奶有私房，是大家都知道的事。到底有多少，可就難說了，只怕連錦兒都不清楚。」

「據震二爺說，真還不少。現在虧著十來萬公款，據震二爺說，拿震二奶奶的私房來彌補，足足有餘。他的意思，就是要震二奶奶辦到這一點，他萬事皆休。不爭，將來還有得鬧。」

秋月大為詫異，「震二爺怎麼想出來這麼一個辦法？」她說，「莫非是有意作難？」

「我也是這麼想。震二奶奶有沒有這個力量，是一回事；肯不肯拿出來，又是一回事。再退一步，就算有力量，肯拿出來，也不能這麼拿！就算她肯，我也不願意，倒像是我們馬家做了甚麼對不起曹家的事了。你懂我的意思不？」

「我懂。」

「既然如此，震二爺的辦法，暫時就不必提了。不過，虧空是真的，得想法子補上。為這件事，我覺都睡不好！」馬夫人憂形於色地，「我問過四老爺，說虧空是有，不過兩三萬銀子。哪知道有十幾萬！」

看馬夫人是真的發愁，秋月便忍不住說了：「四老爺是唯恐太太著急，少說了些；震二爺要為難震二奶奶，少不得多報虛帳。兩頭折衷，大概五六萬銀子是有的。這筆虧空，要補上應該不難。」

「我就是要跟你商量，你看該怎麼辦？」

秋月想了一會，很沉著地問：「太太想必有腹案了？」

「我是要跟你商量，怎麼能湊出一筆錢來，把虧空補上？我不知道你見過一個摺子沒有？我記得很真，四老爺拿給老太太看的時候，我也在。」

「我那裡倒收著幾個硃批的摺子，不過沒有細看。老太太交給我，我都鎖在拜盒裡。」秋月問道：「不知道太太指的是哪一個？」

「是四老爺上摺子，說虧空分三年補完，那是大前年的事。當年不算，前年、去年、今年，三年期滿了！如果虧空仍在，追究起來，罪名不輕。」

秋月細細思索了一會想起，「太太說得不錯，有那麼一個摺子。」她說：「等我去取了來。」

「不忙！咱們先商量。像這種事，皇上記不起，拖一拖不要緊；一記起來，若是沒有交代，就是不得了的事。我真擔心，怕案中有案，案中套案，問到這上頭，一查虧空，不但未減，反倒添了。秋月，你想，當今皇上的那種脾氣，能容得下嗎？」

秋月一面聽，一面想，聽到這裡，想到當今皇帝性喜吹求，好用重典，真有不寒而慄之感。

「我想過，」馬夫人接著發抒她的感想：「鬧虧空不該怪四老爺，也是用途太大，應酬太多，不得已而積下來的。倘或出了事，讓四老爺一個人受罪，良心上怎麼說得過去？所以如今甚麼都在其次，必得想法子先彌補了這筆虧空。」馬夫人停了一下說，「我是早在盤算這件事了。現在震二爺提了起來，又有京裡這一封信，不如就此料理清楚了，哪怕過個窮年，還是舒坦的。」

秋月聽完，大為驚異，一直以為馬夫人忠厚有餘，見識不足，此刻才知道是看錯了！她不但識得輕重緩急，而且居心公平正大，真正是個一家之主。

於是秋月也覺得應該盡忠竭智，幫著馬夫人料理得有個圓滿的結果，點點頭用心思索了一會說：「既然太太問到我，不敢不知無不言，言無不盡。實在說，虧空是兩回事：公家的虧空，跟震二爺的虧空，可是兩回事又是一回事！這話怎麼說呢？如果公家的虧空了掉了，震二爺的虧空不了，將來公家還會有虧空，了如不了。我這話，不知道說錯了沒有？」

「不錯，不錯，一點不錯。」馬夫人深深點頭，「震二爺的虧空不了，一定想法子在公款上打主意，到頭來仍舊是虧空。如果想一了百了，就必得釜底抽薪，連震二爺的虧空一起了掉。」

「太太高明。」秋月欣慰地說，「若是太太覺得我的話還有理，我就索性說個辦法：第一步是細細算一算，到底公家虧空多少、震二爺虧空多少。第二步，咱們再想法子湊錢。倘或震二爺的虧空，震二奶奶能一肩挑了過去；公家的虧空，說不得只好用老太太留下來的那筆錢彌補。留下來多少，全數置了祭田。至於留給芹官的東西，能不能動，請太太作主。」

「那得看情形。或者少留一點兒，老太太的心意到了，也就是了。」馬夫人想了一下說：「就這樣吧！說辦就辦，把震二奶奶找來，咱們三個人一起定規了它。」

等馬夫人派人去請震二奶奶時，秋月便匆匆趕回萱榮堂，取出貯放緊要文件的拜盒，一一細檢，終於找到了馬夫人所說的那件奏摺，帶回馬夫人那裡，震二奶奶已經到了。

「找到了。」秋月將那件奏摺一揚，「是雍正二年正月初七上的摺子。」

「我也不太記得清楚了。」馬夫人說，「你念一遍！」

「是。」秋月念道：江寧織造奴才曹頫跪奏，為恭謝天恩事；竊奴才前以織造補庫一事，具文咨部，求分三年帶完。今接部文，知已題請，伏蒙萬歲浩蕩洪恩，准允依議，欽遵到案。竊念奴才自負重罪，碎首無辭，今蒙天恩如此保全，實出望外。奴才實係再生之人，惟有感泣待罪，只知清補錢糧為重。其餘家口妻孥，雖至飢寒迫切，奴才一切置之度外，在所不顧。念到這裡，秋月特為停了下來看馬夫人面色凝重，而震二奶奶卻有驚異之色，彷彿在問：「四老爺當初曾這麼奏過嗎？」

秋月喝口茶接著又念：凡有可以省得一分，即補一分虧欠，務期於三年之內，清補全完，以無負萬歲開恩矜全之至意。謹具摺九叩，恭謝天恩。奴才曷勝感激頂戴之至。

「完了嗎？」馬夫人問。

「還有個硃批。」秋月念道：只要心口相應；若果能如此，大造化人了！

「真的？」震二奶奶張大了眼問：「皇上真的是這麼批的？」

「喏！」秋月將原摺子展示在她眼前：「清清楚楚的硃筆。」

震二奶奶愣了一會，又似失悔，又似埋怨地說：「怎麼一直把這個摺子，不當回事呢？我看，這回怕要出亂子！」

連她都這樣說，馬夫人也不免著慌，但秋月卻還沉著，「還來得及！」她說：「今年到年底，也還是『三年之內』，只要『清補全完』，便算『心口相應』，仍是『大造化人』，說不定四老爺還升官呢！」

「可是拿甚麼來升啊！」震二奶奶皺著眉說，「八、九萬銀子的虧空不是小數。」

看這樣子是慳囊難破，秋月忍不住說：「只有想法子湊——」

「對了。」馬夫人很快地接口，「想法子湊。還得快，越快越好。」

震二奶奶不作聲，心裡七上八下地。平時甚麼事難得倒她，這會兒竟有些束手無策——顧慮是她自己，平時一直裝窮，這會兒突然能湊出幾萬銀子，就咬一咬牙捨了，也怕人背後笑她。

「你別三心二意了。」馬夫人下了決心，「找通聲來商量。」

「先別找他！」這一點震二奶奶卻看得很清楚，而且也說了心裡的話，「一找他，他把他自己的虧空也加在裡頭，那就更扯不清了。」

「這話也是。那麼，」馬夫人想了一下說，「你看，該怎麼先把確數查清楚？是不是要把衙門裡的『烏林達』找來。」

滿洲話管司庫叫「烏林達」，要清算虧空自然要找此人。但從曹寅起定下的規矩，內眷不跟織造衙門的員役打交道，要找「烏林達」便須先找曹震，此為震二奶奶所不願，因而答說：「暫時不必找。」說到這裡，靈機一動，便又說道：「有一個人倒應該找，不過，我不願意去找。」

「誰？」

「隆官。」震二奶奶說，「衙門裡每月支出銀數，都有冊子送進來的，差不多我都看過。隆官經手購的料，還有讓二爺從他手裡挪用的銀子，該當算一算，可是——」她搖搖頭沒有再說下去。

馬夫人自然明白，既有「不經」的傳說，自須避瓜田李下之嫌。但此是何等要緊的事，豈可避小嫌而誤大局？

「這怕甚麼！」她說，「明天就找他來算帳。」

「聽說這兩天出門了。」

「出門了？」馬夫人問：「在甚麼地方？」

「那可不清楚。」震二奶奶心神比較定了，「我派人到他那裡去問了再說。」

馬夫人點點頭，卻又說道：「也不能因為他不在這裡，耽誤了大事。咱們先商量，這筆虧空，應該怎麼湊？還有，通聲的虧空，也得替他想法子。不然公虧雖補上了，將來還是得虧下去。」

畢竟名分上是夫婦，所以震二奶奶聽得這話，臉上一紅。不過既然已被揭破了，也就不必再作掩飾，「『蘿蔔吃一節，剝一節。』先拿公家的虧空補上再說。我自己有兩萬銀子，真的不夠，我還可以借兩萬。不過，也得有個準日子還人家才行。」

這表示願意分攤兩萬銀子，萬不得已，再湊兩萬。馬夫人忠厚成性，不忍再逼她，想了一會問道：「老太太的那些東西，該處理的都處理了吧？」

「金葉子、雜件都讓出去了，只剩下幾副『頭面』，珠子都黃了，要倒是有人要，出的價，聽了教人生氣，倒不如留著送人，好歹是一副珍珠『頭面』。」

馬夫人點點頭又問：「一共賣了多少銀子？」

「五萬七千多。」

「才這麼多！」馬夫人失望地，「就加上你的兩萬，也還不夠。」

震二奶奶應該出主意而未作聲，局面便有些發僵的意味了。秋月有個看法，本來不想說，此時為了調和起見，只好開口了。

「太太，我在想，要補虧空，也不必等湊齊了再補，四老爺摺子裡不是說，完得一分是一分？而且一下子全數補上，反倒不好。看著像是咱們有錢不肯拿出來，直到年限已到，推不過去了，沒奈何只好補上。」秋月轉臉又說：「震二奶奶看呢？」

「我看你這話極通，好歹先繳多少，餘下的慢慢想法子。」

「那也得有個大概的日子。」馬夫人想了一下說，「事到如今，不能不拿個準主意了。這樣吧，那五萬七千銀子，提三萬置祭田。餘下的，加上你湊的，一共四萬七千銀子，算起來應該是虧空的一半以上了。看該解到那裡，盡快去辦，一面趕緊寫信告訴四老爺，請他自己出奏。這一下，他可以放一半的心了。」

「是！」震二奶奶說，「反正銀子現成，不過太太得關照我們那位二爺，他別打算在這裡頭動甚麼手腳！」

「他的虧空也得替他想法子，你們到底是夫婦，休戚相關。」

「太太看是休戚相關，他可恨不得我死，人財兩得！」

馬夫人與秋月都是一愣，看中她的私房，也許有此意圖，可怎麼叫「人財兩得」？

馬夫人便問：「甚麼人？」

「太太莫非不明白？他外頭有個張五福的老婆！只等我今天一死，明天馬上把那個賽觀音弄進門。」

「哪有這話！」馬夫人覺得她說得太過分，「莫非他眼睛裡就沒有我。」

「震二奶奶也是說氣話。」秋月這樣慰勸著，卻又忍不住要出主意，「若是震二奶奶替震二爺的虧空能了掉，太太不妨將震二爺找來，當面給震二奶奶說幾句好話。」

「不要，不要，不要！」震二奶奶搖著手說，「聽那幾句好話要幾萬銀子，我出不起。就出得起也不能那麼闊。」

話又有些僵住了，秋月只好矜持地微笑著。震二奶奶看馬夫人臉色不頤，心生警惕，便向秋月使個眼色，示意她轉圜。

於是秋月說道：「震二奶奶實在是讓震二爺氣的！既然太太交代，震二奶奶當然不能不管。」

「就是這話。」震二奶奶乘機說道：「我答應了太太，一定得做到。可是不知道他有多少虧空，萬一我管不下來，豈不是對太太失了信？我想請太太先問一問他，現銀我只有兩萬，要湊了補公家的虧空。替他還債，只有拿我的首飾去變掉。能值多少錢，現在也還沒有把握。反正我有多少力量，太太一定看得到。」

「要我問他，不如我先問你，你能替他還多少虧空？」

「這是說我首飾能值多少？」震二奶奶念念有詞地扳動手指，默默計算了好一會才說：「也不過兩萬銀子。」

「好吧！此刻就把通聲找了來，等我問他。」

等曹震一到，馬夫人自然是在堂屋裡跟他見面。震二奶奶和秋月都避入隔室，只聽馬夫人語氣沉重地說：「公事、私事都非了不可了！通聲，你可再不能糊塗了！」

「太太怎麼這麼說？」曹震陪笑答道：「今天不知道看我哪兒又錯了？」

「不是說今天，是指你多少年來花慣、用慣，如今可再不能跟從前那樣了。」馬夫人問：「你到底有多少虧空——」

「沒有多少——」

「你別搶著辯白，我不是查你的帳，是替你了事，你說實話，到底有多少？」

曹震也不過兩萬銀子的虧空，但既然有人出頭替他了事，樂得多說些，當即答說：「我不該欺太太，三萬銀子。」

馬夫人心想，只差一萬，事情不算難辦，便又問道：「公家的虧空呢？」緊接著又加了一句：「這可是有帳的。」意思是警告他，勿報虛帳。

曹震也想通了，彌補公款虧空，未必能經他的手，虛報亦無用，當即答說：「總在十萬左右，要查細帳才知道。」

「我倒知道，不會超過九萬。」馬夫人問，「大前年正月裡，四老爺上過一個摺子，談虧空的事，你知道不？」

「知道，是分三年補完。」曹震又說，「也不過那麼一句話。」

「這就是你糊塗了！自己許了皇上的，做不到是甚麼罪名？莫非你跟你四叔，都把這件事拋到九霄雲外了？」

「四叔倒是常提，這三年也完了一點兒。原來的虧空，不止這個數，那時是十二、三萬。」

「照你說，不過完了一個零頭。轉眼三年期限到了，上頭問起來怎麼說？」

曹震無言以答，低著頭想，倘或翻出老案來細查，光是這件事，就能革職查辦，也許還會抄家。念頭轉到這裡，不由得就一哆嗦。

「這是一家禍福所關的事，我自己是沒有力量，有力量我就都拿出來替公家補上。如今我也沒有甚麼好說的，只請太太作主。」

「哼！」馬夫人冷笑，「虧你還是個爺兒們，只會說風涼話，慷他人之慨。你媳婦那裡有那麼多私房，就有，也不是該派要拿出來的。你既然知道一家禍福所關，你就沒有力量，也該有句為一家禍福打算的話──不是只為自己打算，是替別人想想。」

看馬夫人大有責備之意，曹震不免惶恐，且頗困惑，迫不得已，只好直說了。

「求太太明示，我該怎麼替一家禍福打算？」

接著，馬夫人一半告誡，一半規勸地要求曹震「改邪歸正」。她說織造雖是曹頫頂著名字，但忠厚老實，不長於事務，要曹震多負些責任。能將花在嫖賭吃著上面的功夫，移到公事上面，便是為一家禍福的打算。

一番話說得曹震辯既不可，自承卻又不甘，只是俯首無辭。見此光景，馬夫人不由得又嘆口氣說：「看你這樣兒，似乎還不大服氣。我話是說得重了點兒。如果你不體諒我的苦心，也只好由你了。」

「哪裡，哪裡，哪裡！太太的話是『良藥苦口利於病』，我心裡只有慚愧。現在也不必多說，只請太太看著，我會不會改。」

有這句話，使得馬夫人略感安慰，便即說道：「你平時有一樣好處，豁達大度。你媳婦再能幹，到底是女流，只有你讓她一點兒。如今你倒說一句：是不是搬回去？」

這使得曹震大感為難，想一想只有閃避之一法，當即說道：「這兩天月亮好，鑑心山房的兩株桂花，開得正盛。我在那裡賞賞月，看看書，清靜幾日，精神反倒好得多了。」

「月亮有下去的時候，桂花也快謝了。到那時候怎麼樣？」

曹震不料馬夫人有此一問，自己為自己的話拘住了，只好答說：「那時候我自然搬回去。」

「好！」馬夫人咳嗽一聲說：「來個人。」

丫頭們奉命迴避，都躲得很遠，一時無人，震二奶奶便將秋月推了一把。

秋月卻也省悟了，趕緊掀門簾出現。曹震一愣，尖聲說道：「原來你在這裡！」

秋月微笑不答，走到馬夫人面前，只聽她問：「震二爺的話，你聽見了吧？」

「聽見了。」

「『丈夫一言，駟馬難追』，震二爺不能說了話不算。你看看，二十幾裡頭，哪一天日子好，讓芹官來接他二哥回去。」

「其實，」秋月看一看曹震說：「過節那天，人月雙圓，才是好日子。」

曹震不答，馬夫人也不作聲，只以眼色示意，秋月便不再多說了。找了皇曆來看，過了下弦許多好日子，便即說道：「二十四、二十五、二十七、二十九都好。請太太挑吧。」

「讓震二爺挑！」

曹震心想，事到如今，索性痛快些，便即應聲：「就是二十四好了！」

馬夫人深深點頭，表示滿意，接著對秋月說道：「回頭你跟春雨去說，二十四備桌酒，作為芹官送的。讓小廚房開了帳，直接到我這裡來支銀子。」

「太太何必又操心？我知道有個廚子，做全羊席能比別人多出十二道菜，幾時我把他找來，專門請太太。」曹震又說：「這個廚子的手藝，確是高人一等，原是年大將軍從西邊帶來的。」

「罷！罷！年家的人少惹吧！」馬夫人接著又說：「通聲，有幾件事我交代你，打明兒起就得上緊辦。」

「是！太太吩咐。」

「第一，究竟虧空多少公款，得仔細算一算。你們夫婦倆，打明天起，分頭看帳，把確數查出來。你看這得多少時候？十天行不行？」

「這很難說，」曹震答說：「既然太太定了限期，我總在限期內完事就是。」

「第二，你明天上午就寫信給你四叔，把這件事告訴他，說已籌出五萬銀子，虧空至少可以補一半——」

「我插句嘴。」曹震打斷她的話說，「這所謂虧空公款，跟以前老太爺虧空鹽課不同。鹽課是要解戶部的，該解未解，便是虧空。如今織造上的虧空公款，只不過應該給商人的，欠著未給；應該解內務府的緞子之類，還差著多少，折算銀子，應該是幾何數目。這跟虧空鹽課，欠解一兩，便是一兩，有個虛實的不同。」

馬夫人在這上面，不大明白，便即問道：「怎麼叫虛實不同。」

「譬如，貢緞額定每匹二十四兩，成本二十兩不到；這裡面就有四兩虛頭，換句話說，只要二十兩銀子，就能完二十四兩的虧空。再如該給商人的款子，多少可以打個折扣，這裡面也就有虛頭了。」

「我明白。你是說，若有十萬銀子的虧空，只要八萬或者九萬，就能補完。」

「正是！」曹震緊接著說，「不過我的意思，還不止於此。倘或有把握，此刻就可以奏報，虧空已經補完，欠解多少綢緞，加工趕辦，定在甚麼時候報解。至於該給商人的，只要講定了折扣，付款的時候，盡可以說，已經了清了。上頭不會知道，也用不著知道。這一來，不是面子十足？」

馬夫人一面傾聽，一面頻頻頷首，「你的話也不錯。不過，到底要有把握才行。」她說，「等我跟你媳婦仔細核計了再說。你明天給你四叔寫信，先把咱們這番策劃告訴他。」

「是。」曹震又問：「還有甚麼吩咐？」

「還有，」馬夫人想了一下說，「照你所說，你的事就多了。欠解多少綢緞，如果工料有著，得多少時候趕得出來？你得跟衙門裡仔仔細細去商量。」

「是！」曹震陡覺精神一振，因為工料經手，個人虧空不必妻子慷慨，亦可望彌補。從第二天起，曹震夫婦各忙各自的。震二奶奶光明正大地派人去找曹世隆來對帳，一直到八月十四日才找到。

見了面，震二奶奶不問他到哪裡去了，只說：「四老爺來信，要歷年公款收支的確數。你經手的款子不少，去年就沒有清核，如今可不能再拖了。」

「回二嬸兒的話，」曹世隆眼觀鼻，鼻觀心地答說，「去年的帳沒有結，是因為二叔挪用了一筆款子。」

「誰許你讓他挪用的？」震二奶奶沉著臉說：「他得把公私分清。」

「是！下一回不敢了。這回請二嬸兒准我報銷吧！」

「也罷，這筆帳我跟你二叔算。」震二奶奶將一張清單放在桌上；然後問說：「你的帳帶來了沒有？」

「帶來了。」

「那你就在這兒對吧！」震二奶奶手一指，「那兒坐，有不明白的地方來問我。」

於是曹世隆到靠壁的另一張方桌上坐下；眼看著帳，心卻在震二奶奶身上。他已經打聽過了，曹震仍舊獨宿在鑑心山房，可見夫婦並未和好，然則震二奶奶何以又敢不避嫌疑，公然找了他來。這個疑團不打破，心裡七上八下，帳也對不下去了。

因此，他索性將帳目丟在一邊，不住偷覷震二奶奶，只見她正在料理過節的瑣務，人來人往，或者回事，或者請示，震二奶奶手揮目示，三言兩語便即打發。不過半個時辰，便已清閒無事。

然後是小丫頭端了臉盆來，震二奶奶洗手剔指甲，又拿粉撲勻一勻臉，方始起身走了過來。

曹世隆急忙站起，只聽震二奶奶問道：「對得怎麼樣？」

「還沒有對完。」

「慢慢來！」震二奶奶有意無意地回身看了一下，除了遠處的丫頭以外，別無他人，方始壓低了聲音說：「回頭我有一個信封給你，你拿回去悄悄兒看完，照我的話，切切實實辦妥當。」

「是。」

「帳今天對不完，明天再對。」震二奶奶恢復了正常的聲音。

「是！」

「帶幾盒月餅給你老娘。」震二奶奶接著便叫過一個小丫頭來吩咐：「你去跟你錦兒姐姐說，拿八盒月餅，要淨素的，隆官他娘是長齋，別弄錯了。」

小丫頭答應著去了。震二奶奶也緩緩移步，曹世隆便跟在後面相送。

花廳外面又有人往來不斷，一時找不到機會說話，直到花廳門口，她可不能不說了。

「月餅拿回去，你先打開看看，只怕裝錯了，要印著綠壽字的，才是素月餅。」

「我知道。」曹世隆答說，「我一定先親自打開來看一看。」

「對了！親自檢點一遍，也是你的孝心。」

兩個人都把「親自」二字，說得特重，無疑地已取得了默契。

回到家，將八盒淨素月餅，逐盒打開來看，果然發現一封信，曹世隆看完，默記於心。第二天仍舊進府去對帳，到得日中便對清了。

「回二嬸的話，」他去交帳，「照帳上算，我溢支了三百多兩銀子，盡年前交清。」

「你有多少先交進來，別讓人說閒話。」

「是！我盡力先湊一半交進來。」曹世隆又說，「最近有甚麼差使，還求二嬸兒派我一兩趟。」

「最近倒是有件事，不過是苦差使。」

「反正『皇帝不差餓兵』，就苦差使也比在家閒坐來得強。請二嬸吩咐。」

「你要到蘇州去一趟，把進貢的東西運了去，託蘇州帶進京。」

原來內務人員派任鹽、運、關、織各項差使，四時八節照例有當地方物土產進獻。康熙年間，曹寅在日，每次進貢，都是一般，除了「孝敬主子」以外，還得分潤動戚王公、至親好友。如今不比從前，只得宮中一份，常是託由蘇州織造衙門代進，運價照數攤派。這樣的差使，曹世隆也幹過幾回，不必細問規矩，只問哪一天動身？

「就這幾天。等我問一問，看預備好了，再通知你。」

「是。」曹世隆又陪笑說道：「府裡大宗採辦，東西又便宜又好。姪兒想撿個便宜，請二嬸替我要兩箱冬筍，價款照繳。」

「兩箱冬筍，你一家四口，吃得完嗎？」

「拿來送禮。平常欠的人情很多，要還還不起，只好拿這些東西來點綴點綴。」

「好吧！我給你兩箱就是。」

過了四天，震二奶奶派人來請。到得府裡，只見轎廳中箱籠籮筐，已堆得不少。

「東西差不多齊了。有四十條金華火腿，明天才能送來，後天一早裝船，裝好就走。」

「船雇了沒有？」

「雇好了。你後天一早來就是。」震二奶奶又說，「你要的兩箱冬筍帶了回去。一共十六兩銀子，你也不必繳價，就算津貼你的零用好了。」

「謝謝二嬸兒！」曹世隆笑嘻嘻地請了個安。

他原是坐了車來的，當下將兩箱冬筍運了回去，央車伕搬入堂屋，告誡妻兒，不准動它。到了半夜裡，悄悄起身，打開木箱，撥開浮面的一層冬筍，裡面另有兩口八角包鐵、極其堅固的樟木箱；上面斜角交叉，滿漿實貼著兩張封條。封條交叉接縫之處，有震二奶奶親筆的花押，是一個「蘭」字。

曹世隆小心翼翼地用一隻麻袋，將兩隻樟木箱裝好，紮緊袋口，推入桌下。第二天上午，雇一輛車，將麻袋運到水西門利和當鋪，找朝奉方子忠去打交道。

「兩口箱子，每口當五十兩。」

方子忠將箱子提了一下，從分量中便已大致可以判斷，內裝何物，便即問道：「是誰的東西？」

「何必問它？多年的交情，莫非你還信不過？」

方朝奉沉吟了一會兒問道：「怎麼樣起票？」

「抬頭寫『蘭記』好了。」

於是方朝奉關照下去，不一會起來兩錠官寶、一張當票，當主是「蘭記」，寫明「原封雜物兩箱」。曹世隆看清收好，攜著兩枚元寶，告辭而去。

方朝奉卻不敢怠慢，吩咐將這兩口樟木箱置放在他臥室床下，然後備個柬帖，請上元縣的顏巡檢晚上來吃酒消夜。

到得二更時分，顏巡檢巡查已畢，踏月來赴方朝奉之約。入座之先，方朝奉悄然說道：「顏老爺，先談一件公事：今天收進兩箱東西，請你過目。」

原來當今皇帝即位，迭興大獄，動輒抄家，所以仕宦之家，一有風吹草動，總是先將財物寄存他處。但財帛動人，即令是至親好友，亦有乾沒的情事，或者原主獲罪到案，供出寄存某處，為了逃避窩藏的罪名，索性來個矢口否認。因此，有人想出一個辦法，以當鋪為窩家，名為質當，實是寄存。相熟的當鋪，或者當主是有身分的人家，原有整箱寄當，只憑封條，不問內容的規矩。而當鋪不論大小，都講信用，哪怕當一副金鐲子，當票上照例只寫「黃銅鐲一副」，而取贖時必為原物，絕不會真的化金為銅。因此，以當鋪為窩家最穩妥不過，獲罪抄家，只要有此一紙當票，財物多少可倖免入官。

這個巧妙法子，行之未久，即為朝廷識破，卻不便公然禁止，只密飭各地督撫，轉令屬下，嚴加查緝。顏巡檢職司緝盜捕賊，追查贓物，奉到命令，祕密通知轄區當鋪，倘有此類情事，必須報告，知情不報，以窩藏贓私定罪。方朝奉一向謹慎小心，自然格外恪遵功令。

看了封條，也掂了掂箱子，顏巡檢才問：「是哪家來當的？」

「織造曹家。」

「曹家！」顏巡檢神色懍然，「這兩口箱子裡，不知是甚麼奇珍異寶？能不能打開來看看？」

打開來也不難，滿漿實貼的封條，用燒酒噀濕，一樣可以細心揭開；一把鎖除非灌了鐵漿，也絕無不能打開的道理。但方朝奉要顧信譽，便即陪笑說道：「你老留我一張飯票子！這件事倘或教我東家或者同行知道了，我只有回家抱孩子。」

顏巡檢一笑而罷，入座飲酒，話題仍不脫那兩隻箱子，「『蘭記』是誰？」他說，「看筆跡是婦道人家。」

「大概是曹家那位掌權的少奶奶。」

「莫非是有名的那位震二奶奶？」

「多半是她。」方朝奉問：「顏老爺也知道她？」

「怎麼不知道？」顏巡檢說：「旗人家的少奶奶，不大避人的，我見過兩回，一雙風流鳳眼，掃到你心裡就會一跳。」

「那，」方朝奉笑道：「看起來顏老爺不知心跳了多少回？」

顏巡檢哈哈大笑，眼睛瞇成兩條縫，是一雙色眼。

「言歸正傳。」方朝奉正色說道，「曹家原是相熟的，只為你老上次交代，制台對這件事很認真，別大意了，自己找倒楣。所以這會兒特為請了你來，事情弄清楚了，不知道你老打算怎麼辦？別弄得讓我對不起人。」

「怎麼？」顏巡檢一時想不明白，「你怎麼會對不起人？」

「如果這件事你只擱在肚子裡，當然無所謂。倘或往上一報，鬧出甚麼事故來，讓外頭知道了，是我告訴你老的，那一來不但我對不起曹家，而且風聲一傳出去，誰還敢上門來照顧我？」

「這——」顏巡檢躊躇了，「你這一說，我就不知道該怎麼辦了？」

「上頭是怎麼交代的？」

「縣大爺交代我，一有這種事，就得查報。」顏巡檢說，「那時正是年大將軍抄家，各省都查出有他寄頓家財的地方，知情不報的官兒不知壞了多少。」

「曹家跟年大將軍可是毫不相干，而且曹家現任的織造，一時少現銀花，找上當鋪來，也是官宦人家常有的事。」方朝奉終於正面提出要求：「我看不必報吧！」

顏巡檢心裡在說：你要我不報，你自己不會不報？如今卸了自己的責任，卻又來做好人。將來不出事則罷，一出了事，你說你報給我了，責任全在我身上。我可不那麼傻。

念頭還沒有轉，方朝奉倒又開口了，「喔，」他像突然想起來似地，「我給你老留著一樣好東西呢。」

說著，他起身從抽斗中取出來一個小布袋，由剪碎的粽箬中掏出來一塊漢玉，油光閃亮，「盤」得很夠功夫了。

「這是滿當的東西，本利才十五兩銀子。知道你老好漢玉，特為給你留下來的。」

顏巡檢心中的不快，頓時消失，接過玉來就燈下細細把玩了一會，點點頭說：「東西不錯！」

「喔，」方朝奉有意湊興，「這玩意叫甚麼？」

問到這上頭，搔著顏巡檢的癢處，他很起勁地說：「這叫玦。圓的是環；有缺口的就叫玦。那時做官的，實言直奏，一次不聽勸二次，二次不聽勸三次。三次都勸不回，知道忠言逆耳了！自己帶了行李出城去住著，看上頭的意思，說不定會充軍。上頭如果賞這麼一個玉玦，那就乖乖兒上路好了。」

「原來玉玦還有這麼一個用處。」方朝奉又問：「倘或赦了他的罪呢？」

「那就賞一個玉環。環者還也，是准他回家。」

「怪不得！如今充軍，准贖回來叫『賜環』。」

「對了！」顏巡檢很高興地，「你一點就通了。」

「還不是你老的教導。」方朝奉說：「顏老爺，你不但上馬捕盜，下馬還能做考據，真正博古通今，文武全才。」

一頂高帽子套得顏巡檢飄飄欲仙，談興與酒興俱高，直到深刻，方始告辭，「這塊玉，承情之至。」他拱拱手說：「明兒我叫人送十六兩銀子過來──」

「幾兩銀子小事──」

「喔，」顏巡檢也搶著說：「我剛才說的那件事，我想起一個人，得跟他商量一下，看怎麼辦才妥當。反正你放心，絕不會讓你對不起人。」

他又歉然地解釋：「老方，不是我不痛快，實在是這件事關係太大。當今皇上你知道的，看似不要緊的事，說不定就會腦袋搬家。為朋友兩肋插刀，別的罪過，我也認了。這一行罪，可不行！腦袋沒了，可怎麼來跟你喝酒，談漢玉？」

「不錯，不錯！」方朝奉笑著送他出門，「只別讓我對不起人，你老怎麼辦都行。」

顏巡檢倒是很重視方朝奉的叮囑，第二天專誠去找他的一個朋友，正就是「吳三老爺」吳鐸。

聽他一說來意，吳鐸心中一動，很注意地聽完了，略想一想說道：「這件事可大可小；也許沒有關係，也許關係很重。曹家這兩年，碰了上頭好幾個釘子，或許得了甚麼風聲，先作部署，亦未可知。老顏，你來問到我這件事該怎麼辦，我倒要先問你，曹家來當東西，到底是真當，還是假當？」

「自然是假當。」

「你怎麼知道？」

「從方朝奉口中聽得出來。」

「方朝奉又何嘗知道人家是真當，還是假當？」吳鐸又說：「老顏，我告訴你一個試驗的法子，你去問方朝奉，東西是誰拿來當的？」

「這，這，」顏巡檢莫名其妙，「這就能聽得出來，是真當，還是假當？」

「對了！驗得出來。」吳鐸說道：「大戶人家太太、少奶奶，有急用而一時手頭不便，當當也是常事，不過總是找貼身丫頭或者老媽子去辦，這是真當。若是假當呢，其中有許多說法，得找能幹的聽差辦得了。你懂這個道理了吧？」

顏巡檢當然懂了，而且立即派了一個小廝去問。須臾回報：方朝奉說是曹家一個族人來當的。

吳鐸心中暗喜，料準了是曹世隆。在顏巡檢面前，當然聲色不露，只說：「看起來是假當。老顏，這件事有兩個辦法，一個是直截了當，據實照報，顧不得方朝奉了。若要顧方朝奉呢，比較麻煩。你得時時刻刻留心曹家，無事最好，倘有風吹草動，趕緊呈報，免得連累。」

「麻煩就麻煩吧！」顏巡檢毫不考慮地說，「方朝奉的交情，不能不顧。吳三哥，你消息靈通，這件事還得請你照應，萬一曹家出甚麼事，先賞我一個信。」

「自己弟兄的事，還用說嗎！」

等顏巡檢道謝辭出，吳鐸立刻去找孫鬍子。上次為了想堵曹世隆與震二奶奶，勞師動眾結果撲了個空，一無所獲，這兩個人的性情都好強，一直不服這口氣。如今起來又有新的機會，當然不肯放過。

「這件事有兩個看法，也是兩個做法。一個看起來孽緣未斷，只不知道他們在那裡興雲布雨，咱們接著前面未竟之功再幹。這得下水磨功夫。你看呢？」

「你先別問我。」吳鐸說道：「不還有個看法嗎？」

「還有個看法，是曹家只怕真的要出事了！你去打聽看，咱們先下手為強！」

「怎麼叫先下手為強？」

「擺明了跟震二奶奶說：光是潛移家財這款罪名，就叫曹家吃不了兜著走。問她如何了結？」

「怎麼問她？」吳鐸想了一下說：「只能找曹世隆。」

「自然，找他就行了。」

「好！咱們就找他。」

「慢著！找他不是那麼容易的事。」孫鬍子說，「他見了你魂都嚇掉了，肯來嗎？得另外找個人騙了他來。我想，不如仍舊找賽觀音。」

「不錯，一客不煩二主。」

於是派人將賽觀音邀了來，仍由孫鬍子來跟她談判。

「上次一千兩銀子，沒有讓你掙到，實在過意不去。這一次又有機會了，不找你不夠義氣。張五嫂，你幹不幹？」

賽觀音又驚又喜，以為他們發現震二奶奶與曹世隆的幽會之處，急急問說：「在哪兒？」

這三個字在孫鬍子與吳鐸聽來，竟是答非所問，不知所云。不過她臉上的表情，也不難猜到她心裡。孫鬍子先不明說，含含糊糊地答一句：「回頭你自會知道。你先說幹不幹？」

賽觀音要幫曹震，當然不會跟孫鬍子合作。但如說「不幹」，便無法獲知「在哪兒」，因而堅決地答一句：「當然幹！」

「這一回不必像上回那樣麻煩，你只幹一件事好了。」孫鬍子問：「你能不能把曹世隆約出來？」

「約到哪裡？」

「約到哪裡再琢磨。你只說，有沒有把握把他約出來？」

賽觀音心想，只說有關震二奶奶的消息，要私下問他，就一定能將他約到。於是深深點頭，簡潔地答一個字：「有！」

「這就行了。」孫鬍子說，「約到甚麼地方，我們商量好了再通知你。」

這是一個難題，賽觀音若有事找曹世隆，自然是請他到家來談，約到任何地方，都足以令人生疑，踟躕卻步。

「只有約到賽觀音家。」孫鬍子說，「不過她有夫家，也有娘家，看哪裡便於行事，便約到那裡好了。」

「我想也只好如此。」

略為查訪一下，發覺賽觀音的娘家很合用。原來她家本替城南吳家看守宗祠，父死子繼，如今由賽觀音的哥哥頂著名，但卻在城裡另作木器營生，留下妻子在吳氏宗祠的偏屋中，侍奉老母。那裡地段荒僻，有何動作，不畏人知，正好用來勒索曹世隆。

於是將賽觀音找了來，由孫鬍子和她談判，「張五嫂，」他說，「這一回只借你的地方，請你出一出面，不論事情成功不成功，奉送一千銀子。你樂意不樂意？」

「這樣的好事，我怎麼不樂意？」賽觀音問道：「不過到底該怎麼辦，請你說清楚些。」

「是這樣的，請你派人去約曹世隆，說有關震二奶奶的事要告訴他。這件事關係很大，要避人耳目，所以你約他到你娘家來見面。」

「原來你們連我娘家在哪裡都打聽過了。」賽觀音略為想了想答說：「好！我去約他。約好了來給你們回話。」接著又問：「你們到底要幹甚麼？」

「無非問他幾句話而已。」看他們不願透露，賽觀音也就不必再追問。回到家通前徹後想了一遍，便到興兒家，跟他娘留下了話，要興兒去看她。

第二天上午興兒來了，賽觀音便問：「那天你說你們二爺跟二奶奶講和了，這幾天怎麼樣？」

「這幾天蠻好。那天由芹官出面備了桌酒替他們夫婦勸和，二爺當天晚上就搬回去住了。」

興兒又說：「多虧得芹官，他勸二奶奶拿錢出來替二爺還賭帳，二奶奶聽他的話，給了二爺一萬銀子。這陣二爺很闊，你該上上勁才是。」

「我在家，有勁也使不上。」

興兒沉吟了一會說：「誰讓你是我媽朋友呢？等我來替你拉一拉。」

他說到做到，第二天晚上就將曹震拉了來，張五福事先已經避開，兩人在臥房，關緊了門窗說知心話。

「恭喜你！夫妻和好。本來嘛，一夜夫妻百日恩，我們旁人不該多事的。」

「你別犯酸！」曹震很坦率地，「我是看她替我還帳的分上，敷衍敷衍她，我喜歡的還是你。」說著，摟住賽觀音親了個嘴，然後從身上掏出簇新的一只蒜條金的鐲子，替她戴上。

「總算你還有點良心。」賽觀音捋起衣袖，將金鐲子捋到上臂，放下袖子說道：「我倒問你，如今若是有人要跟震二奶奶為難，你怎麼樣？」

曹震悚然一驚，急急問道：「誰要跟她為難？」

「沒有人，我不過假定而已。」

曹震以為是她對震二奶奶餘憾未釋，打算攪點是非，當即正色說道：「你別胡來！我老實告訴你吧，她除了替我還賭帳，這幾天還在忙著籌款子替四老爺還虧空。你如果要跟她為難，就等於跟我們一家為難。」

「我怎麼會跟她為難？我不敢；我也沒有那個能耐。」賽觀音笑道：「你想到哪裡去了？我跟震二奶奶為難，不是拿雞蛋往石頭上碰？」

「那麼，你怎麼會想出來問這麼一句話？總有人跟她為難的意思吧！」

「好了，好了，話越說越多。別提了。」

曹震也覺得秋宵珍如春宵，這晚上還得趕回去，犯不著將溫馨繾綣的辰光，虛擲在無謂的爭執上，因而也就只動手不動口了。

要回絕吳鐸很容易，一句話就可了事：約了曹世隆，他不肯來。但賽觀音卻不願這麼做，因為她對震二奶奶與曹世隆究竟是不是還有幽期密約、相會又在何處這件事，始終具有極濃的興趣，若有打聽的機會，絕不願放棄。

回絕了吳鐸，便是放棄了這個機會。因此，她決定採取拖延的手法，第一回說約曹世隆不容易，須避人耳目，拖了兩天；第二回說好不容易找到一個可以約他的機會，偏偏曹世隆不在家，只好過幾天再約。就這樣一回一個花樣，拖了有把個月，吳鐸固然失望，她也一無所獲，因為每次見面總想套問她所有關切的那些事，吳鐸便迎頭攔一句：「五嫂，你不必問，到時候你自然就知道了。」

但就在這個把月的日子中，事情起了根本上的變化。方朝奉把顏巡檢又請了去，告訴他說：「曹家的兩口箱子，前天贖回去了。我特為請你老來，告訴你一聲，萬一出了甚麼事，要找我要這兩口箱子，可是沒有的。」

「我知道了。」顏巡檢說：「好在我也沒有報。」

「那就再好都沒有了。」方朝奉極其欣慰地說，「這件事一點痕跡都不留，乾乾淨淨，大家省心。」

接著在閒談中提到，來贖當的不是原來送當的人，是四名北方口音中年漢子，看打扮像是官差。顏巡檢心一動，覺得有些不大對勁，於是去找吳鐸談這件事。

吳鐸一聽，心裡非常不舒服。他平時以智計自負，加以有孫鬍子這麼一個「軍師」，平時出些甚麼花樣，總能辦成。唯獨這一回，兩番落空，隱隱然覺得似乎鬥不過震二奶奶與曹世隆，這口氣卻有些嚥不下。

「老顏，不是我嚇你。」吳鐸神色懍然地說，「這件事怕要妨你的前程！」

「怎麼？吳三哥，」顏巡檢急忙問道：「你倒說個緣故我聽！莫非就為的當初我沒有報？那也是你說的啊！」

「不錯！我也有點錯，不過我也提醒過你，最好是據實呈報，倘或要顧方朝奉的交情，暫且不報，麻煩很多。現在就是個麻煩；不過也還來得及。」

「你說，你說，該怎麼辦？」

「照實補報，這篇文章還不大好做，我替你起個稿子，你明天來取。」

要他「明天來取」的原因是，吳鐸要跟孫鬍子去仔細推敲。聽罷經過，孫鬍子想了想說：「東西已不在南京了。你派人到周老四那裡去抄一份過境官員的名單來。」

「你的意思是，讓過境官員替曹家把東西運去了！」

「差不多。」

吳鐸親自去找周老四──上元縣的驛丞；過境官員除非奉有特旨，微行查案，否則都逃不過他的耳目。所以光是抄這十天過境的官員，便足足寫滿兩張紙之多。

孫鬍子接到手裡，逐項細看，看到快終了的地方，微微一笑，「錯不了！」他得意地，「就是他。」

吳鐸湊近去一看，孫鬍子所指的那一行是：「內務府廣儲司主事馬，奉旨赴鎮江金山寺勘察修佛閣工程回京，隨帶下人五名，住兩日。」

「曹家跟馬家至親，又是內務府，這個馬主事，當然是可以受託寄頓財物的。」

吳鐸點點頭又問：「你有多少把握？」

「總有七、八分。」

「既然如此，一不做，二不休，索性將這一段也敘了進去。」

孫鬍子想一想說：「也罷！說得含蓄些好了。」

於是他提筆替顏巡檢擬了一個稟帖說：「據水西門利和當朝奉方子忠面稱：曹織造家派族人曹某，押當加封雜物兩箱，計銀五十兩。事本尋常，無足為異；不意日前又據方子忠面稱，上開箱子兩口，已由當主贖回；贖當之人共四名，口操北音，形似差官。竊思既為家用雜物，當銀不過五十兩之數，何致動用形似差官者四人贖當。然則情節顯有可疑；經職查訪，風傳此兩口箱子，內儲之物，價值不貲，已由其至親攜帶到京云云。職責所在，理當呈報。」

顏巡檢也是公事老手，一看所擬的稿子，將他以前知情不報的失職之處，遮掩得不露絲毫痕跡，頗為高興，也頗為感激。當下再三道謝，隨即親筆謄正，遞了上去。

一看他已照自己的預期去辦，吳鐸還有第二步動作，便是約曹震在秦淮河房喝酒。見了面自道相邀的緣故，一則是久未晤面，一敘契闊；再則是有幾句「不足為外人道」的話相告。

「曹二爺，」他問：「令叔進京好幾個月了，何以至今還沒有回來？」

「京裡另外有臨時奉派的差使。」曹震隨口編造了一個理由，「恐怕要在京裡過年了。」

「沒有甚麼別樣消息？」頭一問是寒暄，這一問弦外有音，曹震何能聽不出來？心裡一沉，表面上卻不動聲色，平靜地問說：「吳三哥，你說該有甚麼消息？」

見此光景，吳鐸自然也有戒心，怕話中有了漏洞，讓曹震抓緊了追問，難以應付。急忙閃了開去，「我也是出於關切，隨便問一問。」他說：「曹二爺別認真。」

「是，是。」曹震表現了很諒解的態度，「不過，吳三哥如果聽到甚麼，想來總會告訴我的。」

「當然，當然。」吳鐸趕緊收科：「只不過外頭對令姪的批評很壞，請曹二爺稍為留意、留意。」

「喔，」曹震問說：「是指我請吳三哥管教過的那個族中舍姪，外頭的批評怎麼說？」

「無非說他遇事招搖，不甚安分。」吳鐸又說：「這也是一般的風評，未必真有其事。總之，請曹二爺多多留意就是了。」

「是的。多承關照，謝謝、謝謝。」說著曹震舉杯相敬，由此開始，就只談風月了。

第十七章

進後堂作了揖，顏巡檢問道：「堂翁見召，有甚麼吩咐。」

「請坐，請坐。」上元曾知縣很客氣地，「昨天制台特為找了我去，對老兄很誇獎了一番，說你肯實心辦事，連我面子上也很光彩。」

「這都是堂翁的栽培。」

「不敢當，不敢當。」曾知縣緊接著說：「不過，制台要我再問一問，老兄公事裡所敘的，可有一句虛言？」

「句句屬實。」

「那好。」曾知縣深深點頭，然後又放低了聲音說：「曹家方面的情形，你還得多費心，常常打聽打聽。有甚麼不尋常的舉動，務必隨時讓我知道。」

「是！」

「今年『大計』，老兄必是『上考』。」

聽說考績列為上等，升官有望，顏巡檢即時請安道謝，笑嘻嘻地退了出來。曾知縣也很滿意，因為他那一聲「句句是實」，對兩江總督范時繹足可交代了。

原來自康熙年間起始，就有一種密奏制度。上下交通，原有極嚴的體制，地方官雖說當到監司，便有題奏的資格，但藩司、臬司既為督撫屬官，遇到公事上有所陳說，當然先報督撫；督撫若認為有出奏的必要，自會處理，不勞監司越級陳奏。因此若說藩臬拜摺，必是參劾督撫，而監司參封疆，在朝廷亦視大忌。因為如此，監司雖說亦有題奏之權，但這份權力，可說根本沒有使用的機會。

亦因為如此，朝廷對地方上的情形便隔膜了，一切只聽督撫的陳奏，連監司是何意見，都無從得知，都莫說道府州縣。

為了不使下情壅於上聞，先朝才創始了密奏制度，擴大耳目。各省除將軍、督撫、學政以外，凡是欽命官員，譬如織造之類，都可以規定必須親筆繕寫；到京呈遞，不經通政司，而由大內奏事處，用黃匣呈御前。君臣萬里，恰如咫尺相對。同時規定，除陳奏本身職司以外，舉凡地方上一切與國計民生有關的事故，皆可陳奏。皇帝亦經常有所垂詢，不論是否本身職掌，都須打聽翔實，密密陳奏。高居九重，而闤闠瑣屑，往往知其首尾，就靠的是這個密奏制度的運用。

當今皇帝，機心極深，對這個制度的運用，更是出神入化。他又另外發明了一套考查臣下是否誠實的辦法——說穿了不足為奇，無非同中見異。譬如每年入冬第一場瑞雪，照例皆須奏報，大家都說得雪八寸，唯獨有一人說得雪一尺許，此人的話是否可靠，就有疑問了。再如久旱得雨，亦須奏聞，如果只是一場小雨，對旱象的紓解，並無多大補益，而唯獨巡撫道甘霖沛降，歡聲雷動，今年必仍豐收；便可料定此人居官，務為矯飾，只報喜、不報憂、更不知民生疾苦為何物。這樣的封疆大吏，必遭黜陟。

這個辦法行之既久，奧妙不成祕密，因此督撫密奏，無不存著戒心，力求真實。顏巡檢的報告，需要進一步查證，亦就是為了這個緣故。

這時的兩江總督又稱江南總督，是名臣之後，他家本出於蘇州范氏；始祖是「先天下之憂而憂；後天下之樂而樂」的范仲淹。到了明朝嘉靖年間，出了一位兵部尚書，名叫范鏓；他的兒子叫范沈，因為立了軍功而授為瀋陽衛指揮同知，范家從此落籍遼東。

范沈有個孫子叫范文程。當清太祖起兵時，范文程是一名秀才，不知以何因緣，竟投效了清太祖；相談之下，清太祖大為傾服，從此做了幕後的軍師。及至清太宗接位、更見重用，清兵入關得天下，公認得力於兩個漢人，一個是洪承疇，一個就是范文程。

范文程有六個兒子，第三子叫范承勳、官至兵部尚書；他就是范時繹的父親。范時繹在康熙末年還只是一名佐領，當今皇帝即位，升調為馬蘭峪副將，短短四五年之間，官符如火，竟得出任財雄勢大的兩江總督，只為他的一樁差使幹得出色，才能大蒙恩眷。

這樁差使就是看守十四阿哥恂郡王。當今皇帝奪位之初，母以子貴的仁壽皇太后，心疼小兒子恂郡王，一直跟做皇帝的大兒子賭氣。皇帝心想，恂郡王如果住在京裡，無法禁止他不跟太后見面，而一見了面，母子抱頭痛哭，實在不成樣子。為此傷透腦筋；最後是那個以姚廣孝第二自命的文覺，想出來很絕的一著，在雍正元年四月，先帝奉安時，降旨命恂郡王在陵寢附近居住，俾「得於大祀之日，行禮盡心。」目的就在將他跟太后隔離開來。

聖祖仁皇帝的陵，名為「景陵」，在遵化州的昌瑞山。此山之北即為長城，自東而西有青山口、喜峰口、羅文峪口、馬蘭峪關。此處簡稱馬蘭關是守禦要地，明朝中葉，蒙古幾次由此處入寇，因而特設總兵一員，負防守之責。到了清朝，內外蒙古俱已綏服，馬蘭關不再是備邊重鎮，但因陵寢要地，需要嚴密保護，所以保留著原來的編制，並不裁撤。

乃至恂郡王奉旨看守景陵，住在昌瑞山以南的湯泉，亦歸馬蘭關總兵保護；此時的范時繹已由副將升為總兵，深喻皇帝的意向所在，不必叮囑，便負起嚴密看守的責任，恂郡王住處附近，經常戒嚴；由湯泉通往京師的唯一一條大路、設置多處關卡，盤查極嚴，行人形跡，稍有可疑，就會被擋住，甚至帶入營內，仔細查問。

而且還破獲了許多恂郡王跡近「謀反」的「逆跡」。有一次還捕獲了一名叫蔡懷璽的「奸人」，說是到恂郡王住處去投書，稱恂郡王為「皇帝」；稱皇九子胤禟的生母為「太后」。范時繹得知此事，特為去查問。據說恂郡王包庇蔡懷璽，將書信中「大逆之言」的一部分裁掉，餘下不關緊要的部分，交給范時繹，關照他「酌量完結」；而范時繹據實奏陳，因此大得皇帝的賞識，在雍正四年四月，特旨派署兩江總督，一直至今。

這在范時繹，當然要感恩圖報，同時他亦很清楚，他之得寵以及調任兩江總督，是皇帝看他能盡稽察之責，要他到江南來整治年羹堯、隆科多以及其他一班傾向於「八貝子」及恂郡王的「奸人」。因此，其他政務都可以擺在一邊，唯獨對於這方面，絲毫不敢放鬆。

至於曹家的事，他雖知道曹頫為人忠厚謹慎，而且當奪嫡糾紛鬧得朝野震動時，曹頫尚未成年，不可能是「八貝子」一黨。只是曹寅在日，對各王府都有交結，同時老平郡王訥爾蘇，代掌撫遠大將軍印信、未能達成皇帝的委任，是否對恂郡王存著庇護之心，亦頗可疑。既然如此，對曹家的稽察，宜嚴不宜寬，所以接獲顏巡檢的稟報，在密奏中詳細陳述事實雖無增添，語氣卻頗嚴重。

到得雍正五年十二月初六，皇帝已再無心腹之患。首先是年羹堯，以九十二款大罪賜死，一子年富被斬，其餘諸子年在十五以上者，充軍極邊，永不赦回，亦永不得為官。其次是八阿哥胤禩、九阿哥胤禟，在幽禁之中不明不白地送了命，皇帝稱之為「伏冥誅」。再次是隆科多，犯重罪四十一款，皇帝開恩「免其正法，於暢春園外附近空地，造屋三間，永遠禁錮」，但預言「皇考在天之靈，心昭鑒而默誅之」，命運就可想而知。最後便是這位為王公大臣會審二十款大罪的延信。

延信的祖父就是太宗的長子肅親王豪格，與皇帝是共曾祖的堂兄弟。他跟老平郡王訥爾蘇一樣，亦是受命掌撫遠大將軍印信，而不知感恩圖報，竟站在胤禩及恂郡王這一面，且對年羹堯亦隱然庇護，因而為皇帝所惡。王公大臣會審定罪，奏請「按律斬決」，皇帝決定「從寬免死，著與隆科多在一處監禁」，靜待先帝「昭鑒」一起「默誅」。至於十阿哥圈禁高牆、恂郡王圈禁壽皇殿旁特建的小屋中，派內務府護軍嚴密看守，說甚麼也不足以為患了。

這五年真是費盡心機，皇帝自覺耽誤了太多的珍貴光陰，始終未能念茲在茲的在整飭吏治一事上，放手大幹。

如今畢竟一切都過去了，真正發抒抱負的日子開始了。

他的抱負是讓天下百姓都能安居樂業。闤闠不驚，才能安居；輕徭薄賦，才能樂業。因此，他所著重的兩項要政是：捕盜與肅貪。當然，更重要的是斥退疲軟不謹的官吏，獎進清勤幹練的人才。

皇帝對於用人，除了部院大臣、督撫監司，以及武官的將軍、都統、提鎮以外，比較不關緊要的差缺，都要問一問怡親王胤祥，不過怡親王亦很謹慎，徇私庇隱，不敢過分。就因為如此，當皇帝出示范時繹的密奏以後，怡親王即不便替曹頫講話了。

江南三織道，高斌是新任，孫文成年邁力衰，早就決定要調動的。這一下，連曹頫的差使亦不保，而且還麻煩。

銀魚紫蟹的火鍋，正吃得熱鬧時，門上送來一封信，卻不是送給主人朱實的——內務府總管尚志孝，有封信給曹頫，送到曹頎家。由於信封上標著核桃大的一個「急」字，所以曹頎特為派人送到朱家，轉給曹頫。

「尚老七要我馬上去一趟。」曹頫將信遞給朱實，「好在很近，我去走一遭再回來。」

信只寥寥兩行：「乞即顧我一談。竚候。」語氣卻很緊急，朱實便不攔他，只說：「我也是『竚候』。」

「我一定回來。」

回來是回來了，而且很快，因為尚志舜的住宅，距離朱家只得兩條胡同。但是，曹頫的臉色卻不很好。

「有個消息很奇特，說我家有人拿財務暗中寄頓他處，尚老七私下告訴我，說怡親王把案子交給莊王了。」

朱實詫異而疑惑，「甚麼案子？」他問，「是不是有人參了一本？」

「不知道。」曹頫答說，「我問尚老七，他也說不上來。我已經託他去打聽了。」他又問：

「你在府裡聽到了甚麼沒有？」

「一無所聞。如果有這樣的消息，我當然馬上就會通知。」

「這，這就有點奇怪了。」曹頫想了一會又問：「你今天下午跟郡王見了面沒有？」

「沒有。」

「那也許還來不及告訴你。」曹頫臉上稍見寬舒了，「明天請你替我問一問。」

「是的。我明天一進府就去見郡王。」

郡王就是平郡王福彭，他在內廷行走，跟怡親王每天都在朝房中見得到面。若有跟曹頫相關的事，要辦理、要注意，怡親王常會要當面告訴平郡王。這一回尚志舜所傳來的消息，怡親王不會不知道，而竟不告平郡王，直接交給管理內務府的莊親王，事情就顯得有些蹊蹺了！

曹頫始而不安，原因在此。但聽說朱實跟平郡王下午不曾見面，便設想著平郡王亦知其事，只是來不及告訴朱實，託他轉達。照此看來，不是甚麼太嚴重的事，否則一定會即時找朱實去交代。

朱實也是這樣想，但結論不同。

他相信平郡王不知道，換句話說，怡親王並沒有告訴平郡王。這是為甚麼呢？可能案情嚴重，需要保密，甚至是皇帝格外叮囑，不可洩漏，所以才不告平郡王而逕交莊親王查辦。

話雖如此，卻不敢將他的想法說出來，免得增添曹頫的憂慮。不過會不會有暗中轉移財物的事，卻不妨談一談。

「誰會做這種事呢？」

「我想不出來。」曹頫苦笑著說，「舍間的情形，老兄總也有所知，反正小妾是絕不敢的。」

「通聲呢？」

「他也不會。」曹頫答說，「他常鬧虧空，根本就無財物可移。」

「這就不要緊了！閨閣私房，授受移轉，畢竟與公家之事無涉。」朱實安慰曹頫，「請放心，不會有甚麼大不了的事。」

聽得他這麼說，曹頫心又寬了些，酒興也好了些，仍算是盡歡而散。

送走客人，回到上房，少不得要跟碧文談這個意外消息，「照你看，」朱實問說：「誰會幹這麼一件事？」

「季姨娘不敢，她也可憐巴巴地，根本沒有甚麼東西。除了震二奶奶再沒有別人！可是，」碧文又疑惑，「她好端端又為甚麼挪兩口箱子出去呢？其中恐怕有誤會。」

「有誤會！甚麼誤會。」

「老太太留下來好些東西，原說了歸芹官的，上次太福晉說要置祭田，必是拿些東西去變賣，讓人瞧著彷彿在逃產。」

「對！一定是這麼回事！」朱實有譽妻癖，此時便又誇獎了：「到底是你，看得準、料得透——」

「好了，又鬧得我一身雞皮疙瘩。」碧文笑著打斷，隨又憂形於色：「四老爺虧空著公款，有這個誤會可是大告不妙！你得好好兒費點心思在這件事上頭。」

「曹家的事，我有哪件不盡心的。睡吧，丑正叫醒我，我得趕在郡王上朝以前，跟他見面。」

平時朱實都是辰卯之間才到平郡王府，倘有要公趕辦，總是宿在府裡。似此半夜起身，摸黑出門的情形，極其罕見。

碧文叫丫頭到門房去關照老劉，通知車伕寅正伺候。又怕自己睡得失曉，誤了時辰，索性不睡，一個人在燈下，用牙牌消磨時間，磨到自鳴鐘打兩下，喚醒朱實，照料他漱洗。

「怎麼？」朱實看她殘妝未卸，詫異地問道：「你還沒有睡過？」

「這一睡下去，這會兒哪裡醒得來？索性不睡，倒也省事。」

「這麼冷的天——」

「這麼旺的火盆，冷甚麼！倒是你，這會兒外頭滴水成冰，你把郡王送你的那件大毛袍子穿了去。」碧文又說：「五更雞上燉著一小鍋鴨粥，我再替你燙一盅酒喝，肚子一暖就不怕了。」

這日常的溫柔體貼，在朱實自覺有南面王不易之樂，飲水思源，越發關切曹頫的前程。心中尋思，此刻要從壞處去打算，才是萬全之計。案子在莊親王手裡，得怎麼走一條路子，通得到莊親王那裡？

「來吧！」碧文掀開門簾招呼。

朱實走到外屋，只見燒著熊熊一盆火，燒酒、鴨粥、包子、羊羔、魚乾、肉脯，還有下粥的醬菜，把桌子都擺滿了。

「何用這麼多吃食。」朱實攏著她的肩說：「你也喝兩杯，稍為有些酒意上床，再舒服不過。」

碧文點點頭，叫丫頭又添來一副杯筷，打橫坐了下來問說：「郡王平時甚麼時候進宮？」

「總在卯時。夏天卯前，冬天卯後。」

「那還早，你可以慢慢兒吃。」說著，揭開方瓷罐的蓋子，坐在圓孔中的薄胎酒杯，為瓷罐中的滾水燙得酒都在冒熱汽了。

朱實喝了一口，挾一塊羊羔放在口中，一面咀嚼，一面自語：「不要緊，有路子！」

「你在說甚麼呀？說四老爺的事？」

「對了！這件案子，怡親王已經交給莊親主，我想起一個人，在莊親王面前說話一定靈。只要莊親王肯通融，事情就不要緊了。」

「那當然，怡親王、平郡王，再加上一個莊親王，還照應不了一個七品官兒的江寧織造？」

碧文問道：「你想起的那個人是誰？」

「四阿哥。」

四阿哥就是當今皇四子弘曆，他從小由莊親王胤祿的母妃所撫養，所以叔姪的感情特別深。此外還有一份師弟之情——胤祿的天算火器，為先帝晚年所親授；弘曆又由胤祿指點這兩門學問，而且有出藍之譽，因而得蒙先帝寵愛。當今皇帝心感胤祿培植弘曆之勞，所以當即位未幾，胞叔莊親王博果鐸病歿無子，便以奉太后懿旨的名義，將胤祿承繼莊親王為子並襲封。王爵並不希罕，皇帝原可自封，難得的是，老莊親王留下了一筆極厚的遺產，這才是皇帝要將胤祿出嗣襲爵的本意。

等朱實將原委說明白，碧文亦頗感欣慰，但是，「誰跟四阿哥去託人情呢？」她想了一下問：「自然先還要求郡王？」

「對了！」

「那何不請郡王自己跟莊親王去說。」

「沒有四阿哥來得力量。」朱實又說：「郡王果真照應舅家，一定會託四阿哥，而不是自己去託人情。」

「四阿哥倘或不肯呢？」

「不會，絕不會！」朱實極有把握地，「郡王從前照應過四阿哥。」

這在碧文可是新聞了！她只知道郡王跟弘曆交好，卻無從想像當年的皇孫，何以猶須外藩來照應？

「孩子們在一起，有一個受了欺侮，另外大些的一個出來幫他、哄他，這就是照應。」

聽朱實這一解釋，碧文明白了，大概四阿哥弘曆幼年，常受遊伴欺侮，大三歲的平郡王世子福彭，總是出頭衛護。兒時情誼，每每終身不忘，只是弘曆又何以常受欺侮、欺侮他的又是誰？

「還不是他的堂兄弟！大人勢利，孩子們跟著也勢利了。四阿哥的出身不好，當然會受欺侮。」

這一說，使得碧文想起一個藏之心中已久，一直找不到解答的疑團。「前兩年我聽季姨娘說起，如今皇上有一個阿哥，是熱河行宮，一個幹粗活的宮女生的，」她問：「可就是指四阿哥？」

「對！指的就是他。」

「是真是假呢？」

「怎麼不真？四阿哥名為熹貴妃所生，可是在康熙年間，熹貴妃在雍親王府的名號，只是『格格』。年大將軍的妹妹，前年才死的年貴妃，還有三阿哥的生母齊妃，那時都封了側福晉。

按會典來說，親王除了嫡福晉之外，可以請封四位側福晉，不過得有了子女才能請封。熹貴妃的出身很好，是滿洲世家。如果真的生兒子，豈有不為她請封之理？光從這一點看，你就可以想像得到了。」

碧文深深點頭，「怪不得！像這樣的孩子，連庶出的資格都夠不上，當然受欺侮。」碧文又問：「可是郡王當時在自己府裡，又不在宮中，怎麼照應得上四阿哥？」

「王公子弟，都在『上書房』念書，怎麼照應不上？」朱實又說，「四阿哥跟郡王好，還有一層淵源。那就要談到莊親王的生母密太妃了──」

正說到這裡，鐘打四下，已到寅正。碧文站起來說：「可不得了！一聊聊得忘了時候，你喝粥吧！」

兩碗鴨粥下肚，朱實又飽又暖，精神抖擻地坐車到了王府，恰逢平郡王上轎，已放下轎簾，真個是來晚了一步，失卻交談的機會，只有等他下朝再說。

下朝已是午末未初。朱實正擬好一道賀歲的奏章，藉送稿為由，去見平郡王，談完公事，果然談到曹頫了。

「今兒怡親王特為派侍衛來找我，」平郡王皺著眉說：「告訴我一句話，可真不大好！他說：曹昂友的事，他可不能管了。有件案子，已經交了給莊親王。我當時不便問，辭出來找尚老七，才知道兩江范制軍參了一本，說曹家暗中將財物寄於他處。又說：事情大概不假。」說著，大為搖頭，是頗為煩惱的神情。

朱實一聽，暗暗心驚於怡親王不再管曹頫那句話，因為凡是皇帝認為雖有小愆，尚可造就的人，都交由怡親王照看。如今怡親王聲明不管曹頫，即等於認為曹頫不堪造就。案子交給管理內務府的莊親王處理，即有「公事公辦」的意味在內。

好在朱實事先已知消息，同時跟碧文琢磨過這件事，便即說道：「尚大人昨天已經送信給曹四爺了。這件事，怕有誤會，太福晉曾經關照——」他將可能是變賣曹老太太遺物，準備購置祭田，以致被誤會為轉移財物的推測，向平郡王細說了一遍。

「果然如此，倒還不要緊。」平郡王想了一會說：「這麼辦，請你替我寫一封信給莊親王，說明有此緣故在內，請他先放寬一步，把案子壓一壓。另外請你通知我四舅，趕緊自己查明白，今天就寫一封家信交給我。我來交兵部驛遞。」

「是！」朱實問道，「不知道能不能請莊親王將兩江原摺，抄個底出來？」

「這，」平郡王躊躇著說，「怕不便形諸文字。」

朱實立即接口：「不過，交情是夠的。」交情是由李家來的。康熙三十八年，聖祖奉太后南巡，李煦辦皇差時，選取了幾個禮節嫻熟、端莊聰明的蘇州女子，侍奉太后。其中有個在籍佐雜官員名叫王國正的女兒，偶爾為聖祖所眷顧，帶入宮中，封為密嬪，就是皇十六子胤祿的生母。王國正被賞了一個知縣，未幾病歿，他的妻子黃氏也就是密嬪的生母，便一直由李煦照應，直到康熙四十八年夏天，黃氏病故，家書亦由李煦呈進。有此淵源，朱實道是「交情夠的」。

平郡王為他說動了，「這樣吧，信寫好了，你親自去一趟，看莊親王有功夫接見你不？」他說，「如果接見，你不妨探探口氣，可行則行，千萬不可勉強。」

朱實答應著去擬了信稿，經平郡王看過謄本，隨即趕到莊親王府去投書，並要求進見。結果很圓滿，莊親王命人將范時繹的原奏，抄了給朱實，不過再三叮囑，不可外洩。

當然，這個抄本不能給曹頫看，但朱實決定透露最要緊的一點，就是范時繹原奏中，指明曹家轉移的財物是寄頓在利和當。

於是曹頫連夜寫好一封給曹震的信，第二天仍是由朱實起個大早，趕在平郡王進宮以前，將信交給他。機會很好，兵部正有一道廷寄，飛遞浙江——浙閩總督高其倬，「辦理兩省之事，才力稍不及；李衛著授為浙江總督，管理巡撫事；酌量時勢，因人而施，不為浙江定例」——到杭州須先經南京，曹頫的家信正好由驛差帶去。當然，這是平郡王面託兵部堂官，才能辦得到的事。

不過十天功夫，信就到了曹震手中。拆開一看，恰如當頭一個霹靂，定定神心想：誰會做這種事？第一有嫌疑的是震二奶奶。

接下來便又想：這件事是不是先要回明馬夫人？但馬上想到，應該先找利和當，辨明真相，再作道理。

於是他聲色不動地，帶著興兒悄悄到了利和當。見到方子忠，首先就說：「方掌櫃，我借一步說話。」

「是，是！」方子忠說：「請過來。」

典當的房子，無不閎深，方子忠將曹震帶入一重院落，讓小夥計送上茶，便即迴避，然後動問來意。

「請問方掌櫃，舍間有人來當過兩口箱子沒有？」

方子忠臉色微變，低聲問道：「震二爺何以問起這話？」

「自然有緣故在內。這件事關係重大，務必請說實話。」

照典當規矩，除非官府盤查，是不能洩露個中底蘊的，但看曹震的神色嚴重，方掌櫃怕隱瞞不說，鬧出事來，無力承當，所以考慮了一會，決定能說實話，就說實話。

「也是貴族中一位子弟，見了面認識，名字一時想不起來了。」

「是這個不是？」曹震寫了「曹世隆」三字。

這下方掌櫃無法裝糊塗了點點頭說：「對了，就是他。」

「來當的到底是甚麼東西？」

「不清楚。是整箱當在這裡的，上面加了封條，不便打開來看。」

「不錯，我知道你們這行有這規矩，但要有身分，信用卓著的才行。莫非曹世隆也夠這個資格？」

「震二爺說得是。不過其中有個說法：第一，貴府上的這位少爺，也算是熟人；第二，當得不多，風險有限，不妨通融。」

「當了多少？」

「才五十兩銀子。」

「好！」曹震說道：「請你把那兩口箱子，拿出來看看。」

「拿不出來，贖走了。」

「贖走了？」曹震大感意外，「多早晚的事？」

「總有一個月了。」

曹震茫然不知所措，細細將整個經過回想了一遍，才找出來一些頭緒，「方掌櫃，」他說：「你們收回的當票，總要存起來吧？」

「也不一定。當頭貴重的才存，不然就銷燬了。」

「即令銷燬，底帳總是有的囉！」

「是的。」

「那麼，方掌櫃，請你查一查，那張當票銷燬了沒有？如果銷燬了，請你取底帳讓我看一看。」曹震緊接著說：「我沒有別的意思，我只是要把這件事弄清楚。我再奉告方掌櫃，我弄清楚了這件事，於寶號也有好處。其中緣故，我亦不必明說，請你相信我就是。」

看他說得很懇切，越使方掌櫃覺得說實話是聰明辦法，於是將原票找了來，擺在曹震面前。

朝奉寫票，是一個師傅傳授，那一筆狂草，另有一工，除卻同行，無人能識。曹震愣住了。想了一下，只有老實發問：「方掌櫃，這三個甚麼字？」

「不是三個，是兩個字：『蘭記』。」

曹震心頭一震，雖是意料中事，仍不免心潮起伏，幾乎無法自持，定定神說：「典當向來『認票不認人』怎麼會寫上『蘭記』兩字？」

「是註明封條上的名字，不然何以為憑？我說是這兩口箱子，當主說不是，那不就要打官司了？」

「說得不錯。」曹震凝神想了一會又問：「你倒沒有問他，箱子裡是甚麼東西？」

「沒有。」

「照你猜想呢？」

「無從猜起。」方掌櫃笑道：「震二爺你總聽說過，我們這一行的眼睛裡，沒有貴重東西。」

這話驟聽不可解，曹震要想一想才明白，典當怕吃陪帳，預留餘地，好好的金銀器皿，當票上寫成破銅爛鐵。不過，他的話意外之意，也是很明白，暗示那兩口箱子中所藏之物，非不貴重。

「打擾，打擾！」曹震起身告辭，又留下一句話：「說不定還要來請教。」

出門上車，一路上激動不已，但亦不免疑惑，震二奶奶既然用假當的方式，寄頓財物，何以又贖了回去？是不是寄放在別處，或者曹世隆起了「黑吃棉」的心思，私下吞沒了這兩口箱子。

這些疑問，一直到家想不透，而且前又有一個疑問，卻必須自己作解答：事情是清楚了，該怎麼辦？

考慮下來，決定直接訴之於馬夫人。到得那裡，遇見秋月，曹震便留住她說：「正好你在這裡，一起商量！」

秋月不知何事，正待動問，馬夫人聽見聲音，隔窗問道：「是震二爺不是？」

「是震二爺。」

曹震亦接口：「四叔來信。我有事要跟太太回。先讓秋月把四叔的信念給太太聽。」

「好，都進來吧！」

進入堂屋，曹震先請了安，然後取出信來說道：「有件事，很不好。要請太太拿主意。」

馬夫人一怔，曹震已抽出信箋，遞給秋月，她看馬夫人不作聲，便即問說：「太太自己看，還是我念？」

馬夫人識字不多，當即說道：「你念來我聽。」

於是秋月展箋細看，不多幾行，便現憂色，走近馬夫人身邊，低聲說道：「四老爺來信查問，有人在皇上面前參了一本，說咱們家在挪動家財，有兩口箱子擱在利和當。問有這件事沒有？是不是變賣老太太的東西，讓人誤會了？要震二爺趕緊查清楚了，盡快給回信。」

「怎麼會有這樣事？」馬夫人皺著眉說：「老太太的東西跟利和當又有甚麼相干？」

「太太說得是！應該跟利和當不相干，可是我去問過利和當的方掌櫃，確有兩口箱子，是咱家的人送去當的，只當了五十兩銀子，明明是以當為名，寄頓是實。」

這一下馬夫人的神色嚴重了，急急問說：「咱們家的人，是誰？」

「隆官——」

「喔，是他！」馬夫人透口氣，「他當當，怎麼說咱們家挪動家財？這不是胡亂給人扣帽子嗎？」

「我的話還沒有完。這兩口箱子是貼了封條的，封條上的花押是『蘭記』。」

「『蘭記』？」馬夫人睜大了眼問，「你的意思是，你媳婦拿了兩箱東西，讓隆官當在利和？」

「我不敢這麼說。特為來跟太太請示。」

「你問過你媳婦沒有？」

「沒有。」

一聽這話，馬夫人明白了，曹震口中道「不敢這麼說」，其實已認定了是他妻子的事，所謂「請示」，無非「告狀」。這件事關係甚重，處理不得當是一場極大的風波。因此，她不肯輕易開口，先得想一想才發話。

「你媳婦的筆跡，你總識得，你認過沒有？」

「我也是這樣想，認一認筆跡就明白了。哪知道不行！東西已經贖回來了。」

「怎麼又贖回來了呢？」馬夫人有些困惑，看著秋月說：「這不是說不通的事嗎？」

「是啊！若說是五百兩銀子，倒也許震二奶奶一時有急用，拿兩箱子東西去周轉一下。只不過五十兩銀子，這就不對了。」

「只有找你媳婦來問。」馬夫人隨即喊道：「來個人！把震二奶奶請來。」

「我想一定有誤會。」秋月向曹震說：「震二爺，回頭你讓太太問好了。」

曹震懂她的意思，是怕他們夫婦因此衝突，便點點頭說：「我不跟她吵，只把事情弄清楚，到底怎麼回事，又為甚麼要派隆官去辦？」

一聽這話，馬夫人心裡又拴上一個疙瘩，因為曹震的語氣很明顯，又打算要翻老帳了。

秋月心裡當然也是雪亮，立即心生警惕，不宜處於這是非之地，便將信擱在茶几上，悄悄地後退，預備溜之大吉。

馬夫人看到了，立即出聲阻止：「你別走！」

「是！」秋月無奈，只得答應，不過就不走也不能在這裡，「我不走。太太有事招呼我就是。」說完，公然退了出去。

「我想起來了。」馬夫人突然問說：「你寫給你四叔的信，早該到了吧？」

曹震算了算日子說：「當然到了。」

「你看你四叔的信，幾時寄的？信上提了沒有，那時候收到了家信沒有？」

「那時候還沒有。」

「唉！」馬夫人重重地嘆口氣，還頓一頓足，「信早該寄的。你四叔早知道已替他還了兩萬銀子的虧空，就在京裡上一個奏摺，有這件事在前面，就有人參你四叔也不怕了。如今，」她又重重地嘆口氣，「但願沒事才好。」

提到這一層，曹震不免負疚，因為馬夫人倒是催過他幾遍，他筆懶耽誤了一些日子，此刻只好低頭不語了。

錦兒抄起一把雞毛撣子，倒捏在手裡，用頗為威嚴的聲音說：「把手伸出來！」

她大興兒六歲，從他十歲挑進來當「跑上房」的小廝，就歸她管，可以說是積威之下，欲抗無力，乖乖把手伸出來。

錦兒又怎能輕易下手？原以為十六七歲的大孩子要顧體面，經她一威嚇會說實話；不知他寧願讓人傳出去當笑話：興兒挨了手心！不吐真言。這一來倒讓錦兒不知如何收篷了？

「你怎麼這麼死心眼啊！」她又氣又恨，左手一指頭戳在興兒額上，咬牙切齒地說，「我真不懂，你怎麼會想不明白，不巴結二奶奶，巴結二爺，有你甚麼好處？我問你，二奶奶許了你媽甚麼，你知道不知道？」

一問這話，興兒對「二爺」的忠誠，於是打了折扣——從曹震自鑑心山房搬回去以後，震二奶奶就著手籠絡興兒：重陽以後，檢點冬衣，將興兒的娘找了來「翻絲棉」，一連七八天，每天都有穿舊了的衣衫鞋襪、吃不了的糕餅水果，讓她包了回去。最後一天特為喚她一桌來吃飯，興兒的娘真有受寵若驚之慼，及至震二奶奶面許明年一定為興兒擇配成親，好讓她後年抱孫子時，興兒的娘差點將賽觀音常到她家的這段祕密都獻了出來。

興兒倒是識得輕重，一再提醒老娘：「只要關連著震二爺的事，千萬別在震二奶奶面前說，一句都說不得！」但此時他自己卻要說了，錦兒的話不錯，巴結震二爺不如巴結震二奶奶，至少也犯不著得罪震二奶奶。反正到利和當去一趟，又不是私會賽觀音，就說了料無大礙。

「你還是脂油蒙了心？多早晚才不糊塗？」錦兒一指頭又戳上來了。

「好吧！你跟震二奶奶一定要我說，我就說，二爺到一家字號叫利和的當鋪，去看了那裡的掌櫃。」

錦兒又喜又驚，表面上卻裝得若無其事地問：「去幹甚麼？」

「不知道。」興兒唯恐她不信似地說：「真的不知道，那裡的掌櫃，邀了二爺到裡頭去談，我又不便跟進去。」

料知從興兒口中再逼不出甚麼話，錦兒便丟下雞毛撣子，從懷中掏出一塊兩把重的碎銀子，塞在興兒手中，還替他捏攏拳頭，然後在他背上拍了一巴掌，口中說道：「走吧！別說到裡頭來過，不然，你的好處全折了。」

興兒也怕曹震發覺，一溜煙似地走了。錦兒當然立刻就告訴了震二奶奶——她聽說驛站派人送了京信來，曹震接信以後，隨即帶著興兒走了，便有疑惑。及至聽說曹震一回家便去見馬夫人，越發不安，才囑咐錦兒跟興兒去打聽曹震的行蹤。聽說他是去了利和當，頓時像數九隆冬，冷水澆頭，彷彿身在冰淵了。

「二奶奶，」錦兒嚇得瑟瑟抖，扶著她坐了下來，「你、你怎麼啦？」

好強的震二奶奶，從錦兒的表情中，發現自己大失常度，隨即使勁一甩膀子，挺直了腰，走向一旁，口中是那種不在乎的聲音：「沒有甚麼！」

話雖如此，卻還是要扶住椅背，才能站穩。見此光景，錦兒不敢去打攪她，去沏了一杯茶來，悄悄地擺在茶几上，然後坐在門口一張椅子上，靜觀變化。

就這時馬夫人來召喚了。這在震二奶奶與錦兒，都不覺得是意外，因此，錦兒答一聲：「馬上就去。」隨即向震二奶奶低聲說道：「太太派人來請了。」

震二奶奶點點頭，走向梳妝台，等錦兒為她卸去了鏡套，細看了自己的臉色，一面交代：「絞個手巾把子來！」一面拿起牙梳，先撂頭髮。

用熱毛巾捂了臉，又略施脂粉，然後提一個銀手爐，出門時向錦兒說道：「甚麼事都沒有！人家當當，跟咱們甚麼相干？」

錦兒一聽就明白了，震二奶奶此去，應付的策略是，將這件事賴得一乾二淨。這樣處置，倒也乾淨，就怕曹世隆的話不合符節。

怎麼樣得通知他一聲才好！錦兒不斷地這樣在想。

「沒影兒的事！」震二奶奶神態自若地，「一定弄錯了。」

「封條上的花押，可是『蘭記』兩個字。」曹震冷冷地說。

「天下莫非就是我的名字當中，有個蘭字？」震二奶奶繃著臉說，「我不知道你把我看成甚麼人了！凡有壞事，都安在我頭上——」

「你別說了！」馬夫人深恐他們夫婦又起衝突，所以急急打斷，「照你說，沒有教隆官幹這件事，那兩口箱子是怎麼回事呢？」

「太太這話，可把我問住了。也許是隆官自己在當當呢！」

馬夫人點點頭，向曹震說道：「這中間怕有誤會！」

「如說有誤會，也非弄清楚了不可，這件事關係太大了。」

「當然，誤會一定要弄清楚了，趕緊給你四叔去信。」馬夫人又說，「如今得找隆官去問。」

「是！」曹震一面回答，一面已經移動腳步，「我馬上派人去找他來問。」

說辦就辦，一點都不曾耽擱，但還是晚了一步——錦兒也有心腹，是坐夜的張媽，聽她的指使，先一步找到了曹世隆。

她來傳話，已非一次，所以曹世隆一見她來，不必動問，便就將她引到僻處，聽她細說來意。

「錦姑娘讓我來跟隆官說，回頭也許府裡會派人來找，請你馬上避開，只說出門了，要明天才能回來。千萬、千萬！」

曹世隆自然吃驚，「怎麼了？」他問：「是甚麼事？」

「不知道！錦姑娘也沒跟我說。喔！還有一句話：你今天回家越晚越好。明兒一早我再來，那時候，大概就知道是怎麼回事了。」張媽又說：「我得走了。你也趕緊走吧！」

曹世隆不敢怠慢，等張媽一走，隨即出門，臨行告誡家人，說不論甚麼人來找，都說他下鄉了，最快得明天才能回來。當然，也絕不可透露，張媽曾經來過。

曹震一直到第二天下午，才將曹世隆找到。經過將近一整天的反覆考量，他自覺已經能夠從容應付了。

問話是在馬夫人院子裡，但馬夫人並未出面，她與震二奶奶在裡屋靜聽。只聽堂屋中曹震在問：「世隆，你跟利和當的方朝奉熟不熟？」

「算是熟人。」

「怎麼叫算是熟人呢？」

「手頭不便的時候，我去請教過他幾次。」曹世隆是略帶困惑的聲音：「二叔，你問他幹甚麼？」

「你，秋天去當過兩口箱子？」

曹世隆反問：「二叔，你怎麼知道？」

「你先別問。只說有這回事沒有？」

「有的。」

「是些甚麼東西？」

「無非衣服之類，不值錢的東西？」

「不值錢的東西也能當？」曹震問說：「那你跟方朝奉的交情很不淺囉？」

「交情不過如此。」曹世隆說：「我玩了個手法，故意貼上兩張封條，說裡頭有點值錢的東西，好在只當五十兩銀子，方朝奉也就通融了。」

「居然還有封條？」曹震是閒閒的語氣，「他倒沒有問，是誰封的？」

「問了。」

聽這一說，馬夫人立即屏息側身，聽曹震在問：「你怎麼說呢？」

「他問，封條上的花押是甚麼？我說：是『蘭記』。我娘封的，我娘名字裡頭有個『蘭』字。」

曹震默默無語。馬夫人大感欣慰，轉眼看震二奶奶，卻沒有甚麼表情，只偏著頭仍在細聽外面。

「後來呢？你把那兩口箱子贖回來了？」

「是的。」曹世隆緊接著問：「二叔，你問這些幹甚麼？」

「不是我要問。四太爺從京裡寫信來問，這件事不弄明白，關係甚重。」曹震又說，「我就不明白，這兩年，你也很多了幾文，何至於少五十兩銀子花？再說，當當就當當吧，弄那些玄虛幹甚麼？別怪人家起疑，自己原有說不通的地方。」

「二叔，家家有本難念的經，這兩年二叔跟二嬸很照應我，不錯，境況比以前是好多了。可是，積下來的債務很不少，我娘生的又是『富貴病』，一劑藥總得五六兩銀子，所以常常還有接不上的時候。至於弄那些玄虛，也叫迫不得已。如今請問二叔，這麼件雞毛蒜皮的小事，怎麼又驚動了京裡了呢？」

「你當是小事！」曹震微微冷笑，「我告訴你吧，連皇上都知道這件事了！」

曹世隆頓時目瞪口呆，好半晌作聲不得，曹震也怔怔地看著他。突然心中一動，覺得他的表情中似乎隱著甚麼祕密。

因為如說此案已上達天聽，驚惶自在情理之中，但亦必不免於困惑，何以這樣的小事，皇帝亦會知道？從而就會懷疑他是不是過甚其詞，拿「皇上」來嚇他？

應該是始驚、繼惑、終疑，變化分明的表情，而曹世隆不是。最使曹震印象深刻的是，曹世隆臉上無可掩飾的悔意——悔不當初！早知如此，絕不會去做這件事的神情。

曹震心頭，疑雲堆積，卻不知如何去掃除疑雲？就當曹世隆要開口告辭時，忽然想到一個法子，「你把那兩口箱子，搬了來讓我瞧瞧。」他說，「一定是那兩口箱子惹眼，才會引起誤會。」

此言一出，連震二奶奶亦知道百密一疏，是個漏洞，在曹世隆自然更有為人拿住短處之感，但不能不硬起頭皮答一聲：「是！我明天送了來請二叔過目。」

「好！你明天一早就送來。」

在曹震只以為箱子必是在震二奶奶處，這一夜破功夫嚴密監視，讓曹世隆無法移花接木，只能另外拿兩口箱子來搪塞。那時只找了方子忠來認，如與原件不符，立即往下追究，不怕真相不現。

因此，等曹世隆一走，他亦毫不怠慢，外面派興兒去偵察曹世隆的動靜，內裡自己監視妻妾，視線中總有震二奶奶或錦兒在。

這一著很厲害，將震二奶奶困住了。好不容易才找到一個跟錦兒私下交談的機會，但彼此都無善策。

「聽天由命好了。」震二奶奶的話，有些豁了出去的味道，「是福不是禍，是禍躲不過。反正只要隆官一口咬定，他又哪裡去辨真偽？」

「只怕找方掌櫃來認，那就糟了。」

「如果他不鬆口，方掌櫃又哪裡敢認定了不是？」

「這話也是。」錦兒低聲說道：「這話要通知隆官。」

「不好！」震二奶奶連連搖手；「下午在太太那裡，隆官剛一走，他就把興兒找了來，不知交代了些甚麼？只見興兒賊頭賊腦地，一溜煙走了，說不定就是叫他釘住隆官。如果要派人去，等於自投羅網，那時無利有弊，怎麼樣也辯不清楚了。」

錦兒想了一下說：「這樣，我交代門上，明天隆官來了，先通知我，找機會遞一句話給他。」

「這倒可以。」

到得第二天上午，一直到近中午時分，門上才來通報，說隆官來了。錦兒是早有預備的問說：「震二爺在哪裡？」

「在小花廳。」

「好，你把隆官帶到那裡去。」

門上一走，她也走了，手裡拿著一把象牙包金的筷子，如果讓曹震遇見了，便有個託曹世隆到銀樓重新包金的藉口。

時機把握得很好，恰恰在花廳門口，遇見曹世隆，門上看到她手裡的筷子，使知有事交曹世隆辦，交代一聲，轉身而去。

「你的箱子呢？」錦兒低聲問說。

「我沒有帶箱子來。」

「那，」錦兒急急問說：「你怎麼交代？」

「我自然有話。」

看他成竹在胸的神氣，錦兒放心了，「好吧！」她說，「你進去吧！」包金象牙筷，當然也不必交給他了。

及至曹世隆進入花廳，曹震已知道他是空手來的，早就面凝寒霜，嚴陣以待。這副架式，自足以寒人之膽，但曹世隆已通前徹後，想了一夜，破釜沉舟在此一舉，只得硬起頭皮，好歹要闖過這一關。

「二叔，我替我娘陪罪！」說著，他雙膝跪倒，在澄泥青磚上，「崩多」磕了一個響頭。

曹震大出意外，怎麼叫替他娘陪罪呢？怎麼想也想不通他這句話的意思。

「那兩口破箱子，連些不值錢的衣服，讓我娘賣給『打鼓的』了。我娘聽說有這麼一回事，又悔又急，一夜都不曾閉眼，叫我替二叔多磕兩個頭，替她陪罪。」

曹震這一氣，幾乎昏厥，頹然倒在椅子上，真有欲哭無淚之慨。好半天才冷笑著說了一句：「怪事年年有，沒有今年多。」

曹世隆原以為有一場大鬧，不道輕騎過關，膽便大了些，「二叔也別著急！」他說，「我再去找一找，也許能找著那個打鼓的。」

曹震根本沒有聽清他說的甚麼，為了這件不可思議的怪事，他一下子變得非常笨拙了，就像當頭挨了一悶棍似地，只覺耳中「嗡嗡」作響，心裡亂糟糟地，抓不著一個頭緒。

「你走吧！」

聽得這一聲，曹世隆如逢大赦，出了花廳舒一口氣，倒希望再遇見錦兒，讓她帶一個信給震二奶奶，難關過去了。

第十八章

曹震幾乎靜坐了半個時辰，才能使心情平伏下來，但仍不時有一陣陣的衝動，恨不得掀了屋頂，才能出胸頭這口惡氣。

「二爺，」興兒走來說道：「帳房裡三位師爺，今天湊分子做消寒會，請二爺去喝酒。」

「我哪還有陪人喝酒的興致？」曹震想了一下說：「你告訴小廚房添兩個菜，作為我送的，替我謝謝三位師爺，說我身子不爽。」

興兒點點頭又問：「二爺自己呢？想吃點甚麼，我好一塊兒交代下去。」

「甚麼都不想，只給我燙壺酒來，就行了。」

過不多時，興兒帶著人提來一個食盒，除酒以外，一個生片火鍋、四碟開胃下酒的小菜，另外是八個包子、一罐小米粥。鋪設好了，又將炭盆撥旺，關嚴了門窗。曹震喝了兩杯熱酒，覺得興致好些了。

「我不想吃包子。」曹震說道，「你來舀熱湯，把包子吃了。」

興兒依言從火鍋裡舀碗湯，站在那裡就吃了起來，一面吃，一面問：「有句話，二爺剛才怎麼不問隆官？」

「喔，甚麼話？」

「兩口破箱子、舊衣服，賣給打鼓的能值幾個錢？五十兩銀子當本，加上利息去贖了回來，倒說賣給打鼓的，天下哪有這個道理嗎？」

「啊！」曹震如夢方醒，目瞪口呆，心理浮起許多念頭，好久才說：「你再燙壺酒來，咱們好好核計核計。」

這一核計，抓住了幾個要領。興兒認為那兩口箱子既然要挪出去，就不會搬回來，但也不至於寄頓在曹世隆那裡，是移到了另一個為震二奶奶所信得過的地方去了。

「兩口箱子，隆官一個人怎麼拿？不是雇車，就是雇腳伕挑，能把這些車伕跟腳伕找到了，自然就能知道那兩口箱子落在哪兒。」興兒又說，「反正不過那幾家熟的車行，悄悄兒去問一問，一定問得出來。」

曹震沉吟了一會說：「你的話對了一半，他自己搬不動，一定得找人搬那兩口箱子。可是怕走漏消息，不會找熟車行，甚至於不會雇車，雇腳伕，是找他自己的熟人幫忙。」

「這也好辦。是不是車伕、腳伕，一看就知道了。二爺不妨再去問一問方朝奉，替他搬箱子的人，是怎麼個樣子，穿甚麼衣服？回來再找隆官問。如果兩下的話不對頭，看他怎麼圓謊？」

「對！言之有理。」曹震精神一振，大聲說道：「你再去要一盤包子來，咱們吃飽了去辦事。」

第二次去看利和當的朝奉方子忠時，曹震是預先有準備的，從頭細問，鉅細靡遺。問得脾氣極好的方子忠都有些不耐煩了，但收穫甚豐，知道箱子是八角包鐵的樟木箱，已很有用處，最令人驚喜的是，據說贖當的是四名口操北音、形似差官的中年漢子。

四角包鐵的樟木箱，一口就得五六兩銀子，既非「破箱子」，更不會用來裝「舊衣服」，憑這一點就見得曹世隆是在撒謊。至於贖當的人是誰，細想一想也不難明白──內務府廣儲司主事馬森如。

馬家的人很多，這馬森如是震二奶奶的堂叔，行三。曹震夫婦對他的稱呼不同，震二奶奶叫他「三叔」；曹震卻算馬夫人的關係，叫他「三舅」。他跟曹家走得很近，每次奉差到南方來，經過江寧，一定要在曹家住一兩天。這一回到鎮江去勘查金山寺佛閣工程，來去都住在曹家。曹震記得帶了五六個人，其中兩個是聽差；其餘的都是工匠。聽差之中，有一個左眼上一圈青斑，外號「大小眼」，任誰一見都會留下極深的印象。問方子忠，果然有這麼一個人，那就絕無差錯了。

照此看來，移挪財物的指控，亦非誣告。曹震驚駭之餘，最覺嚥不下的一口氣是，經過上次大吵大鬧，震二奶奶仍舊拿曹世隆當作比丈夫還親的親人看待，可知奸情未斷。是可忍，孰不可忍？

壓頂的綠雲將曹震的情緒磨得鋒利如刃，心裡不斷在說：非宰了姦夫淫婦不可！

因為如此，他反顯得格外沉著，只是一閒下來，便一個人或是靜坐，或是閒步，反覆思量，如何處置這件事？

越來越覺得需要找個人商量，而這個人，自然是賽觀音。

賽觀音沉吟了好一會說：「這件事不鬧開來就罷了，一鬧開來，只怕無法收場。二爺，你先要自己打定主意，我才能替你出主意。」

「我的主意早就定了！非跟她決裂不可。」曹震使勁地揮著手，「家破人亡，在所不惜。反正，這個家遲早是破定了。」

賽觀音遲疑著，最後還是搖搖頭說：「不行，我不能造這個孽。」

「造孽是我的事。」

「好吧！」賽觀音也拿定主意了，「你再說一遍，你要甚麼？」

「我要證據！你替我想個法子，怎麼樣能抓住他們的證據。」

「我替你引見一個人，他一定有辦法。」賽觀音說道：「這個人，你或許也認識：吳三爺！」

「吳三爺？」曹震大為驚奇，「是吳鐸吳三爺嗎？」

「我不知道他的名字；高個子——」

一說長相，可以確定就是吳鐸。曹震追問賽觀音何以與他相識？她編了個理由搪塞過去了——當然，她與吳鐸都不會說破，曾兩次圖謀震二奶奶跟曹世隆的事。

被劫持到以前吃過虧的那座空屋中，曹世隆一看有曹震在，頓時顏色大變，身子都有些發抖了。

「二叔，」他還勉強請了個安，「你老也在這裡？」

曹震沒有理他，只向吳鐸說道：「吳三哥，請你替我跟他說。」

「好！世隆兄一定識好歹的。」吳鐸很和緩地說：「世隆兄，你總知道你自己做的甚麼事；今天只要你說了實話，令叔不難為你。我們外人，更不會多管閒事，你放心好了。」

見他是這種態度，曹世隆稍覺輕鬆了些，口中問道：「吳三爺要問我甚麼？」

「先談利和當的那兩口箱子，八角包鐵的樟木箱，花五十兩銀子贖回來，倒說你家老太太賣給打鼓的了。這話你說能相信嗎？」

曹世隆大吃一驚，但事實俱在，無法抵賴，唯有低頭不語。

「我再告訴你吧，贖那兩口箱子的人，不是你，是京中來人。」

「那，我可不知道。」

不知不覺中吐露了實話，他只是將當票給了震二奶奶，確是不知道誰去贖了那兩口箱子。反正這一點不重要，重要的是，得由他口中說出來：「那兩口箱子是誰讓你去當的？」

曹世隆心想，不說絕不行，說了也沒有甚麼要緊，便即答說：「是震二嬸。」

「是怎麼拿出去的呢？」

「是——」他將當時的情形說了一遍。

「好！這件事弄清楚了。還有件事——」吳鐸遲疑地看著曹震。

「不要緊！吳三哥，紙包不住火，你儘管說好了。」

吳鐸想了一下便又問曹世隆：「是你勾引你震二嬸的呢，還是震二嬸勾引了你，或者是誰拉了縴？」

曹世隆一面聽，一面發抖，臉上由紅轉青，由青轉白，一雙眼骨碌碌地轉，不知是想找個地洞去鑽了，還是打算著逃走。

「說啊！」

「沒、沒、沒有甚麼好說的。」

一語未畢，只見曹震從桌下抽出一把馬刀來，使勁往桌上一拍，暴聲喝道：「說！」

曹世隆嚇得身子癱瘓，坐不住往桌下溜。吳鐸一把抓住他的領子，提了起來，按著他坐下，然後勸說：「剛才跟你說過了，只要說了實話，沒你的事！犯了錯，還不老實，無怪惹你令叔賞你一刀，可是有冤沒處去訴。」說著，他將桌上的刀移走了。

曹世隆心「崩冬，崩冬」地跳，不斷畏懼地看著曹震，就是開不得口。

「震二爺，」吳鐸說道：「這種事，當著你的面，也難怪他說不出來。你請避一避，等我來問他。」

曹震點點頭，一言不發地走向天井中，在一株蠟梅樹下徘徊。曹世隆感到威脅已減，才能認真地考慮如何措詞。

「唉！說起來，我跟震二嬸都是上了尼姑庵的當——」

由此開始，他將與震二奶奶結成那段孽緣的經過，招供了出來，當然也有避重就輕的地方，但姦情是真，逆倫也就是實了。

吳鐸聽完問說：「你還有甚麼話要說？」

「我只有一句話，我該死！」說完，他左右開弓，狠狠地揍了自己幾個嘴巴，雙頰都打得紅腫了。

「不必如此，不必如此！」吳鐸遙遙喊一聲：「寫好了就拿出來吧！」

原來隔室有人在做筆錄，曹世隆如夢方醒，難關還在後面。

「你看一看，有錯了的，可以改正。如果不錯，那就——」吳鐸從錄供人手中接過毛筆，遞了過去：「請你畫個花押！」

「不！」曹世隆堅決地，「我不能畫押，一畫，我就死定了。」

「你正好說反了，如果你不肯畫押，那就非死不可，身首異處不說，還落個極難聽的名聲。這是甚麼講究呢，等我說個道理，你一聽就明白了。」

吳鐸為曹世隆解析利害，他說曹震的本意，家醜不必外揚，將妻子休回娘家就算了。但沒有確實證據，震二奶奶哪裡肯賣這本帳？要曹世隆的親筆證供，就為了對付震二奶奶。至於在曹世隆，此事既然私了，當然就不會把他牽扯出來，這是必然之理。

倘或曹世隆不肯畫押，無從私了，那就只有告到當官。吳鐸是親耳聽他訴說與震二奶奶姦情的證人，何況此外還有許多人證。總之，一打官司，不必經第二堂，真相就會大白，逆倫重案，必是「斬立決」的罪名。

這番道理本不難明白，曹世隆雖自忖打上官司絕無生理，但總覺得一畫了花押，便等於認了罪，所以仍舊躊躇難決。

見此光景，吳鐸也不催他，只喊一聲：「震二爺！」

於是曹震從天井中走了回來，臉色鐵青，左眼下有條筋在微微抽搐，將嘴角都吊了上去，形容頗為可怕。

「令姪不肯畫押，怎麼辦？」

曹震雙眼一瞪，彷彿噴得出火來，隨後用決絕的聲音說道：「既然他不要命，我也只好不要面子了。」

「那，你請過來。」

吳鐸陪著曹震進入別室。外面當然有人看守，曹世隆心裡七上八下，只是在想，怎麼得有個法子能通知震二奶奶才好。

也不知過了多少時候，吳鐸陪著曹震，復又出現，他手裡拿著兩張紙，遞了一張給曹世隆。接過來一看，是張狀子，事由是：「呈為惡姪曹世隆逼姦叔母，逆倫犯上，狀請迅即拘拿到案嚴審，按律定罪，以正國法事。」以下細敘事實，檢具證據，物證是曹世隆證供的筆錄，人證可就多了，第一個便是吳鐸。

「怎麼樣？」他問面色如土的曹世隆。

曹世隆不答，轉過身來，「撲托」一聲，雙膝著地，跪在曹震面前。

「你不用如此！」曹震根本不容他開口，轉臉問吳鐸：「我沒有帶圖章，怎麼辦？」

「那只好蓋手印了。」

於是曹震伸出右手拇指，就桌上的印泥按了一下，在狀子上蓋了個很清晰的指紋。

「叫你的小跟班做『抱告』，等我來交代他幾句話。」

「興兒，興兒！」曹震隨即大喊。

將興兒找了來，吳鐸問道：「你去過縣衙門沒有？」

「我到上元縣去過。」

「對了！就是上元縣。」吳鐸又問：「刑房在哪裡，你知道不知道？」

縣衙門大堂前面，甬道兩邊，分列六房，東面吏、戶、禮，西面是兵、刑、工。興兒回憶了下答說：「記得是在西面中間。」

「不錯。你到了刑房找張書辦，拿一張我的名片去，就說我託他多照應，他自會派人帶你去投文。」

「時候不早了，」曹震囑咐：「你快去！」

興兒答應著，帶了狀子及吳鐸的名片，轉身就走。曹世隆心中如滾油熬煎，想到「一字入公門，九牛拔不轉」這句成語，脫口喊道：「回來，回來！」

把狀子要了回來，他乖乖地在證供筆錄上寫了名字，也蓋了手印。

「震二爺，事情是辦得有個眉目了。不過，像這樣的大事，切忌魯莽。我的意思，委屈令姪在這裡住一晚，免得洩漏消息。我陪你到秦淮河房散散心，拿心思先冷它一冷，謀定後動。你看如何？」

「吳三哥，你為朋友打算，真是周到。」曹震感動地說，「我請吳三哥到秦淮河房坐一坐，請那位孫老哥也一起去讓我聊表心意。」

「老孫還有事，不必邀他了，就我陪你吧！」吳鐸又說：「世隆兄，事非得已，請你在這裡委屈一兩天。府上，請興兒去通知一聲，你安心住在這裡好了。」

曹世隆料知爭也無用，垂著頭不作聲。等他們一走，裡面走出來一個瘦削的中年人，長了一把大鬍子，他自我介紹：「敝姓孫，大家都叫我孫鬍子，足下不妨也這樣叫。」

「不敢，不敢！」曹世隆很謙恭地問：「孫老先生，你請多指教，多關照。」

「指教談不到，能幫忙倒想交你個朋友——」

曹世隆大喜，搶著說道：「那太好了！孫老先生跟我交長了，就知道我曹世隆不是半吊子。」

「這話，」孫鬍子笑笑沒有說下去，然後說道：「我倒有句話想問你，你這樣子出賣了你一床睡過的孀娘，心裡是怎麼個想法？」

「孫老先生，你總聽見、看見了，這樣逼著我，叫我有甚麼法子？」曹世隆哭喪臉說，「我心裡的味道，你是體會不到的。現在只要有法子救她，我甚麼事都幹！」

「這是真話？」

「怎麼不是真話！」

孫鬍子點點頭，沉吟好一會說：「聽說震二奶奶很厲害？」

「是的。她心思快，有決斷。」

「我想也是！不然也不敢偷姪子。」孫鬍子說，「把你留在這裡的用意很明白，震二爺回去一吵，要找了你去對質，那時候你怎麼辦？」

原來曹震還有這一著！曹世隆一被提醒，頓時五中如焚，越想越怕、越想越煩，不由得脫口說道：「我恨不得死！」

「死不如走！」孫鬍子接口便說：「只要你遠走高飛，事無對證，以震二奶奶的厲害，自然就能招架得住！」

聽這一說，曹世隆真有絕處逢生之感，定下神來，心思也靈敏了，知道孫鬍子話中有話，當即低聲問道：「孫老先生，你說，我怎麼才能遠走高飛？」

「那就要看震二奶奶了。」

「對不起，請你說明白一點兒。」

「那就打開天窗說亮話吧！只要震二奶奶錢上不太心疼自然就能讓你遠走高飛。」

「那麼，能不能請你說個數目，或許我的力量也辦到得。」

「你沒有那個力量，我知道。」孫鬍子問說：「聽說震二奶奶有個幫手，是個通房丫頭，有這話沒有？」

「是的。名叫錦兒。」

「她能替震二奶奶作主嗎？」

曹世隆明白，孫鬍子是預備跟錦兒去打交道，當即答說：「事情太大，她作不了主，不過甚麼話都可以跟她談。」

孫鬍子不必再多問了，只安慰了曹世隆幾句，復又入內。這就該輪到守候在那裡的賽觀音出力了。

賽觀音她每次到曹家，必得跟門上或者守側門的老婆子，陪笑說幾句好話，才能進得去，甚至有時候還不能如願，因為大家都知道，震二奶奶討厭她，對她就不得不稍存戒心。

這一回，她的神情跟往日不同，大模大樣地上了門，說一句：「我有要緊事找錦兒姑娘。是我自己進去呢，還是你們把錦兒姑娘請出來？」

見此光景，門上便揮揮手說：「你自己進去吧！讓中門上替你去通報。」

中門上一通報，錦兒深感突兀，及至見了面，看她神色詭異，已覺不安，再聽她要求私下密談，錦兒便更有禍事臨頭之感了。

到得僻處，賽觀音壓低了聲音說：「錦兒姑娘，只怕震二奶奶做夢都不會想到，隆官親口告訴震二爺，他跟震二奶奶睡過覺！」她故意這樣放肆地說，先報復了震二奶奶對她的羞辱。

錦兒一聽這話，幾乎昏厥，趕緊一手扶住牆壁，一手指著賽觀音手中的兩張紙問：「那是甚麼？」

「一張是隆官說的話，他跟震二奶奶的姦情，原原本本都寫在上頭，一張是震二爺打算進到上元縣，告隆官的狀子。你看了就知道了。」

錦兒識字也不多，但曹震所寫的名字，她是認得的，此時不假細看，先要弄清楚是怎麼回事？

「震二爺找了幾個朋友，把隆官騙到一處地方，拿刀架在隆官脖子上，要他說實話。話從利和當談起，震二爺已經打聽清楚了，當的兩口樟木箱，是震二奶奶的東西；贖當不是隆官，是震二奶奶的叔太爺。隆官想賴都賴不掉，把在庵裡怎麼樣勾引震二奶奶都招了。據說那天還有你替他們望風——」

錦兒臉上一陣燒，急急打斷她的話說：「別提這些了，你只說以後。」

「以後，」賽觀音指著那張筆錄說：「震二爺要隆官畫花押，承認他自己說的話，隆官不肯，震二爺就決定告狀，說是『你不要命，我也只好不要面子了。』狀子寫好，派興兒去『抱告』，隆官這才畫了押。」

「那麼，震二爺呢？沒有看他回來，到哪裡去了？」

「讓他的朋友約到秦淮河『舊院』去了，」賽觀音緊接著說，「震二爺另有個朋友姓孫，看這件事鬧開來，要出人命，願意幫震二奶奶一個忙。他認識我家五福，所以特為託我來通個信，最好你跟隆官見個面，一切都明白了。」

「隆官在哪裡？」

「不知道，姓孫的在我家，他會帶你去。」

「去了怎麼樣？」錦兒想到最要緊的一句話：「姓孫的打算怎樣幫忙？」

「打算把隆官放掉，讓他遠遠躲開。找不到姦夫對質，淫婦不就可以賴得乾乾淨淨？」

錦兒聽她是如此肆無忌憚的措詞，真想使勁給她一巴掌，但此時又何能不忍？強自壓制僨張的血脈，想一想問道：「姓孫的肯幫忙，自然是有所圖的，他想要多少錢？」

「我不知道。不過，」賽觀音慢吞吞地說：「我想，胃口不小吧？」

「好！請你跟我來。」

她將賽觀音帶了回去，交代小丫頭好生伺候，進去了約有一盞茶的功夫，出來時已換上皮襖帶著袖籠，是預備出門的樣子。

「你是怎麼來的？」

「坐車來的，車還等著。」

「好！」錦兒毫不遲疑地，「我坐你的車，一起走。」

一車雙載，到得停車撤簾；錦兒看是陌生地方，便即問道：「不是你家？」

「對了！不必到我家，免得張揚出去，隆官就在這裡，你進去談吧！」

錦兒自不免有些發慌，不知道會出甚麼事，但到此地步，即便是虎穴也得去闖，示弱反而不好。這樣想著，便挺起了胸，直往裡走。

「等等！」賽觀音是小腳，怕跟不上。

其時孫鬍子已迎出來了，賽觀音替雙方引見，錦兒很客氣地說：「張五嫂告訴我，多承孫爺關照，謝謝，謝謝！」

「不必客氣。」孫鬍子很坦率地，「水幫船，船幫水。這件事要快，等震二爺回家一發作，補救就很難了。」

說完。孫鬍子引路，曲曲折折地帶入一個院落，遙遙望見曹世隆兩肘支案，雙手抱頭，雖是背影，卻似乎已看到他欲哭無淚的表情。

「請進去吧！」孫鬍子說：「我們不打攪。」

聲音驚動了曹世隆，回頭一看，急急奔了出來，看到賽觀音不由得一愣，脫口說了一句：「原來你也有份！」

「甚麼我有份！」賽觀音沉著臉說，「你別『狗咬呂洞賓，不識好人心』。」說罷，一摔手走了。

「該說甚麼說甚麼！」孫鬍子提出警告：「別白耽誤了功夫。」

這也提醒了錦兒，顧不得埋怨曹世隆，看孫鬍子走遠了，立即低聲問道：「他們是怎麼個意思？」

曹世隆卻愧悔交併，不知從何說起？想一想，低著頭問道：「你都知道了？」

「是的。我全知道了。」錦兒的語氣很急，「你只說，他們要多少錢？」

「要、要──」曹世隆很吃力地，「要五萬銀子。」

錦兒的心一沉，「那可真是獅子大開口了！」她說，「這件事難辦！」

曹世隆再次低下頭去，想了又想，終於問說：「二奶奶也知道了。」

「當然。」

「我，我實在對不起她——」

「這時候別說這些話了！」錦兒問道：「你直說，他們真正的意思到底怎麼樣？」

「錦姑娘，」曹世隆囁嚅著說，「我不大明白你的意思。」

「我是說，他們到底想要多少錢？不給又怎麼樣？」

「不給怕不行！」曹世隆用手勢做了個大鬍子的模樣，「那老小子是他們的狗頭軍師，手段很厲害，花招很多，防不勝防。不過，漫天要價，就地還錢，當然能講價的。」

「我再問你一句，二爺怎麼樣？」錦兒自覺這句話，問得不夠明白，便又說道：「你看二爺是不是勾引了外人，做這個圈套，來敲二奶奶的竹槓？」

曹世隆覺得這一問匪夷所思，但也不敢斷定，因為賽觀音的出現，便是意料所不及，仔細想了一下說：「看樣子不像！」

錦兒倒寧願曹震勾引外人，作此圈套，事情反比較好辦。如今聽曹世隆這樣說法，覺得事態嚴重，凝神考慮了一會兒說：「你把姓孫的找來，我跟他談。」

孫鬍子就站在垂花門前，一招即來，神情閒豫，錦兒當然也知道，絕不能現出驚惶的神色，否則爭取不到多少讓步。

「孫先生，」她徐徐說道：「咱們打開天窗說亮話，我是帶了東西來的。談妥當了，一面交錢，一面放人，大家都痛快。不過，孫先生，凡事要量力而為，人家辦不到的事，再狠亦無用，你說是不是？」

孫鬍子聽這幾句話，暗暗佩服，果然強將手下無弱兵，震二奶奶調教出來的人，說話有分寸。辦這種事，原要圖個乾淨俐落，她能帶了「東西」來，便是得竅的。這樣想著，決定大大地讓一步。

「錦姑娘，」他很客氣地說：「我想請問，你帶了甚麼東西來？」

「自然是存摺。」錦兒從袖籠中取出一個摺，連同一枚圖章，交了過去，「孫先生，一點小意思。」

「喔，喔！」

孫鬍子竟不知如何回答才妥當？只打開存摺看，上面存著存銀一萬，另外有一筆利息三百二十兩銀子，亦記在存摺上。

「這，」他說，「錦姑娘，未免差得太遠了。」

「上萬銀子，也不少了。」錦兒說道：「一時之間，哪裡去湊這麼多現銀。如果孫先生信得過，先把隆官放走，隨後再慢慢來湊，總讓孫先生滿意就是。」

不還價！只說欠著，此是何事，哪裡有賒欠的交易？孫鬍子估量情勢，作了個很慷慨的決定。

「錦姑娘，老實說，我算是遇到對手了！這樣吧，你再給一個萬兒八千的摺子，咱們就算成交了。」

「摺子倒有一個，可沒有萬兒八千，是我自己的一筆私房，借了給我們二奶奶，也有三千多兩銀子。」說著，又拿出來一個摺子，而且將袖筒提起來抖了兩下，表示再沒有了。

孫鬍子無奈，「好吧！」他說，「我放一回交情。」

錦兒噗哧一笑，掉了句文：「『一之為甚，其可再乎？』」就這麼一句成語，將孫鬍子一張臉燒得通紅，這樣的事還有第二回，不就自供以敲詐勒索為常業嗎？因而急忙說道：「失言，失言！」

「說說笑話也是有的。」錦兒正色問道：「孫先生，下一步該怎麼辦？」

這是在問如何辦理交割？孫鬍子索性漂亮一次，將存摺圖章交回說道：「請世隆兄拿著，準備往哪面走，我派人送了去，到了城外，再交東西。」

錦兒點點頭，看著曹世隆問道：「怎麼樣？」

「你別問我，你說怎麼辦就怎麼辦？」

「往哪面走，可得你自己拿主意。」

看曹世隆欲言又止的模樣，孫鬍子很知趣，起身說道：「你們先談談。」目送他的背影遠去，錦兒急急說道：「你快拿主意。如今是片刻都耽誤不得，你先說，預備往哪面走？」

「我還是往北走。」曹世隆說，「先回家一趟，帶點盤纏，交代幾句話。」

「可別耽誤！人家也不能久等。」

「我知道。」曹世隆說，「我只擔心二奶奶！唉！」他嘆口氣，萬語千言都塞在喉頭，反而隻字不出。

「你別替她擔心了，只自己留心，別讓二爺逮住。」錦兒又說，「你跟家裡不必多說甚麼；

話多了反而不好。」

「我知道。」曹世隆又問：「我要捎信回來，該怎麼辦？」

「不必捎信了。」錦兒正色說道：「你跟二奶奶就到此為止吧！」

馬夫人面凝嚴霜，久久不語，慢慢地眼角滾出兩粒淚珠。

「既然有真贓實據，我也不能說甚麼了。而況是我娘家人，你自己瞧著辦吧！」

「反正不是她走，就是我走。」曹震答說，「我也不願意決裂，可是事由兒擠得我如此，也真教沒法子。」

馬夫人剛要答話，只見門簾一掀，錦兒出現，進門大聲說道：「興一個家不容易，毀一個家很容易。請太太寬容我沒規矩，有句話我不能不說，打官司還得讓被告說話，二爺不能只憑自己的片面之詞，就說要讓二奶奶回旗。」

「你的意思是，還要讓她來分辯、分辯？」

「當然。」錦兒抬聲答說，「誰知道你哪兒弄來的那兩張東西！」

一聽這話，曹震勃然大怒，霍地起立，揎一揎袖子，便待出手，這時便又閃出一個人，是秋月。

「震二爺，君子動口。」

曹震被提醒了，「好，好！」他忍著氣說，「你讓她來對質？」

「跟誰對質？」錦兒立即接口，「要對質得找隆官。」

見此光景，馬夫人不免疑惑，同時也生了希冀之心。她原來看了曹世隆的招供，覺得千真萬確，無話可說。現在看錦兒的語氣神態，似乎對震二奶奶信任得過，既然如此，倒不可造次。於是她說：「把隆官找來問一問也好。」

「原來我也要找他來對質，後來想想，何必再讓她出醜。既然太太也不信，我就只好照原議了。」說著曹震衝了出去，大聲喊來興兒，關照他說：「你到原先去的那地方，找孫鬍子，說我拜託他把隆官送了來。」

等興兒答應著一走，馬夫人隨即派人去請震二奶奶。不多片刻，震二奶奶神態自若地到了。

馬夫人心中卻如倒翻了一個五味瓶，既恨她不爭氣，又替她委屈，而更多的是憂慮著急，加以見了親人，另有一份瀉哀痛的感覺，因而只說得一聲：「你看你女婿！」熱淚便即滾滾而下。

這一下，使得震二奶奶頓感窘迫，不過她的思路快、有決斷，心想，照此光景已無法從容分辯，那就只有出諸激烈的手段。轉念到此，決定不顧一切行一條苦肉計。

「太太不必生氣，更犯不著傷心。二爺橫了心要我的命，我給他不就完了。」

說完，搶過桌上一把剪刀，便往喉頭扎了去，踉踉蹌蹌，腳步一歪，身子不正，一剪刀扎在左肩上，頓時仆倒在地。

屋子裡的人，連曹震都大吃一驚，錦兒與秋月都趕了上去扶持，一摸一手血，錦兒便即哭了。

「別哭！」秋月比較沉著，先奪去震二奶奶手中的剪刀，接著用手掩住創口，大聲喊道：「趕快找何大叔！」

這一喊，將擠在門口的嚇傻了的丫頭老媽都驚醒了，有人往外奔，去找何謹；有人往裡走，幫著救護。只聽馬夫人不斷在說：「看看傷勢重不重？傷著骨頭沒有？」一面說，一面跟到裡屋。孤零零地剩下曹震一個人在外面，尷尬又窩囊，心裡不知是何滋味。

在裡屋，解紐露肩，看震二奶奶的傷勢，幸好不重；但血汙淋漓，看著卻很可怕。加以震二奶奶有意做作，閉著眼氣息懨懨的模樣，惹得馬夫人的眼淚又流個不住。「真要扎在喉嚨上，怎麼得了？」錦兒用責備的聲音說：「不想想，真要出了事，怎麼對得起太太？」

「他逼得我這樣，」震二奶奶也哭著說：「教我有甚麼法子？」

這一來，錦兒哭、秋月也哭，丫頭老媽都受了感染，無不以手背拭眼。在外屋的曹震再也待不住了，一跺腳往外就走，心裡一股氣渴盼發洩，決定等曹世隆來了，先狠狠揍他一頓再說。

回到自己院子裡剛剛坐定，小丫頭來報，興兒已回。曹震便衝了出去，大聲問道：「隆官呢？」

「逃走了！」

聽得這一聲，曹震就如當頭打下來一個焦雷，目瞪口呆地說不出話來。

「孫鬍子說，看守疏忽了一下，讓隆官溜走了，他還到隆官家去找過，說是臨時有急事到杭州去了。」興兒有些氣憤地說：「我看是孫鬍子在搗鬼。我說：『沒有人不好交代，請你去一趟，當面跟我們家二爺說一聲。』二爺，你知道他怎麼說？」

「怎麼說？」

「他說：『我勸你們家二爺別找麻煩了。鬧開來大家面子不好看。』」

曹震倒抽一口冷氣，明明是買放了。只奇怪曹世隆如此神通廣大，居然片刻之間，能將孫鬍子說服。但轉念細想吳鐸在河房殷勤款待，一再挽留的情形，方始恍然大悟，自己是被人出賣了。

正坐著發愣，錦兒回來了，見了也沒有理他，匆匆到後房去理衣服。震二奶奶的傷處，經何謹敷藥止血，已無大礙，但叮囑以不移動為宜，震二奶奶亦樂得避開丈夫，便決定在馬夫人那裡暫住。身上衣衫，由裡到外，都染了血汙，所以錦兒替她來揀替換衣服。

等揀齊打包，攜出外房，曹震已換了個地方，坐在當門的一張椅子上，顯然是有心截堵。錦兒便將衣包放下，開抽斗裝著找東西，等他發話。

「我真不明白，你怎麼會成了她的死黨！尤其是在這件事上頭。」

「甚麼這件事？」錦兒問說。

「還要我說嗎？你們做得出來，我可說不出口。呸！」曹震重重地吐了口唾沫，「醜死了！」

錦兒聽得「你們做得出來」這句話，不免氣惱，但想到曹震也許是有意尋釁，跟他一吵，正好讓他將消退的波瀾又掀了起來，不能不忍一忍。但與震二奶奶涇渭不分，卻無論如何不能甘心。因此，她冷冷地說：「你可把話說清楚，甚麼『你們、你們』的。你要說我就說我，別扯上二奶奶。」

最後這句是反話，她真正要說的是：「你要說二奶奶就說二奶奶，別扯上我。」曹震自然明白，但心恨錦兒有意抹殺是非，便故意拿話擠她。

「哼！若非你死護著她，我怎麼會扯上你？莫非你也知道做的事見不得人，所以死撳著，不教掀出來？」

錦兒勃然大怒，恨他明知她清白無辜，卻以制不住悍妻，遷怒到她頭上，一股怒火有壓不住之勢，但畢竟還是強自抑制了。

「隨便你怎麼說，我自己對得起自己就是了。丈八燈台照得見人家，照不見自己。我勸你自己也好好想一想，如果不是你剪了隆官的靴腰了，叔姪倆一盤混帳，哪裡會有今天的風波。」說完，提起衣包，越過曹震身邊，出了房門。

由於她語氣平靜，說得又在理上，曹震想尋釁亦無懈處可擊，竟眼睜睜地看著她揚長而去。一股鬱悶的怒火，無可發洩，曹震在衝動之下，抄起一隻花瓶，對準穿衣鏡，正要出手之時，突然心頭一動——早就打算著要盜用震二奶奶的私房，只為平時總有人在左右，不得其便。同時事後也怕震二奶奶跟他打饑荒；所以那一點「盜心」往往一起即滅，此刻卻是很快地在上升了。

他在想：震二奶奶住在馬夫人那裡，錦兒要在那裡照料，一時不會回來，那班小丫頭看他的臉色可怕，都躲得遠遠地，這不是絕好的一個機會？

至於事後，「哼！」他在心裡冷笑，「你不跟我打饑荒，我還找你的碴兒呢！怕甚麼！」主意打定，氣惱便能暫時丟開了。坐下來想喝茶，叫小丫頭倒了茶，上手連熱氣都沒有，自然生氣，但立即想到，正好藉故嚇阻，以防讓她們撞破。

想到做到，當下將眼一瞪，將茶杯使勁往下一摔，聲音極大，連走廊的小丫頭都嚇得一哆嗦。「混帳東西！多冷的天，拿涼了的茶來我喝，你有腦子沒有？」

那小丫頭臉都嚇白了，囁嚅著說：「我，我再去倒！」

曹震氣鼓鼓地不理，小丫頭重新倒了茶來，找同伴將碎瓷片及水漬都收拾乾淨。有一個不小心，滑了一跤，這會是讓曹震嚇了一跳。

「都替我滾！」他大吼著，「別惹我生氣。」

等小丫頭走光，他喝著茶把氣平了下來，然後起身去找鑰匙——震二奶奶床後有口箱子專貯緊要東西，但卻不知從哪裡去找開箱子的鑰匙？

信手開了幾個抽斗，最後打開鏡箱，視線觸處，不由得心頭狂喜，一把繫著紅頭繩的鑰匙，赫然在目，正是他要找的那一把。

這時天色將暮，小丫頭怕他，不敢來掌燈，他想了想，不要燈也好，摸索著到床後去開了箱子，伸手探索，摸到首飾箱便捧了出來。花梨木匣子上有一把防君子不能防小人的小鎖，曹震使勁一扭，就把它扭開了。

打開一看，珠翠滿目，還有三個存摺，一個八萬多，其餘兩個三萬，這就快十五萬了。可是，圖章呢？

失望之餘，逼得他橫起心來，索性一不做，二不休，來個「席捲」。當下找了塊包袱，放在床上，將首飾連存摺往上一倒，捲成一長條，擱在旁邊，先處理那個首飾盒。

這有兩個辦法，一個是把空盒子擺回去；一個是乾脆將空盒子藏在不易發覺的地方。若取後者，一旦發覺，震二奶奶會疑心遭了外賊；倘用前法，那就等於明告，是他幹的好事，因為除了他以外，還有誰能這麼從從容容地取走了東西，還將空盒擺回箱中？

兩相比較，自然是棄盒一法，對他有利；但那一來，所有執役的下人，都有嫌疑，尤其是有一兩個手腳不甚乾淨，讓震二奶奶狠狠揍過一頓的小丫頭，必然大遭其殃。這件事做得本欠光明，再貽禍他人，惹得大家痛罵，將來怎麼做人？

轉念到此，他毫不考慮地將扭壞了的那把小鎖，往首飾盒中一丟，蓋上盒蓋，放回原處，鎖好了箱子，鑰匙亦仍舊放在鏡箱之中。

接著便是撈起皮袍下襬，將那捲成長條的包裹，繫在腰上；將皮袍放了下來，誰也看不出來他不止於「腰纏十萬貫」。

由於興兒先來通知，張五福揣了他妻子給他的十兩銀子，上賭場去過夜；賽觀音央興兒去辦來酒肴，生得旺旺的一個火盆，靜候曹震來幽會。

「你先回去。」曹震一到便囑咐興兒，「明兒上午來接我，留神多打聽打聽，明兒告訴我。」興兒答應著走了。賽觀音便先替他卸馬褂，屋子小，火盆大，連皮袍都不用穿。但曹震卻不肯脫。

「不忙！我先問你一句話；我想給五福幾百兩銀子，讓他寫張休書給你。你的意思怎麼樣？」

「那要先問你的意思怎麼樣？」

「我替你買座房、買兩個丫頭，另外給你幾千銀子，動息不動本，每個月的開銷也夠了。」

曹震又說，「只要你肚子爭氣，能替我生一個，哪怕是女孩，我也就可以接你回去了。」

賽觀音想了一下問道：「你這話是真是假？」

「自然是真的。」

「好吧，你真我也不假。你給五福一千銀子，等過了元宵，我就跟他提。」

這時曹震才開始解皮袍衣紐，一面解，一面說：「我做了一回賊。」

賽觀音不解所謂，信口問道：「你偷了誰的東西？」

曹震突然警覺，掩住皮袍衣襟，輕聲說道：「你看看外面有沒有人？」

賽觀音這才知道他不是開玩笑，急忙開了房門，只聽西北風「嘩啦、嘩啦」地颳得窗戶作響，院子裡空宕宕地哪裡有人？但她還不放心，去看大門閂得好好地，回來又在走廊上細細看過，方才進屋。

「別說人，鬼都沒有。」

於是曹震卸去皮袍，將腰上那個包袱捲解了下來，放在床前的一張桌子上，背對著窗戶，解了開來。賽觀音頓時神迷目眩，幾乎失聲驚呼。

「你把這些東西收好。」曹震檢起三個存摺，「我有話跟你細說。」

這一下，賽觀音便大感為難了，不知如何收藏，才能萬無一失？最後仍是曹震作了決定，暫且包好，置於枕旁再說。

「不用說，這是你家那頭母老虎的東西。」賽觀音問道：「你是怎麼弄了來的？」

「這話說來就長了。」

「我知道，你先喝著酒，慢慢兒告訴我。你說完了，我也有話告訴你。」

「喔！」曹震聽出弦外有音，便即問道：「甚麼話，你先說。」

賽觀音心想，曹震能拿如此貴重之物託付，其意可知，以後患難富貴相共，就在此刻便該輸誠，才能進一步收服他的心。因此，決定透露曹世隆脫走的真相，不過其中關礙著錦兒，似乎需要考慮。

「怎麼回事？」曹震疑雲大起，「甚麼話礙口？」

不能讓他再催了！賽觀音心生警惕，決定揀能說的話先說。

「你們今天把隆官弄在一處地方，逼著他承認姦情，是不是？」

「是啊！」曹震大為驚異，「你怎麼知道？」

「我認識孫鬍子，他來找我，到隆官家送了個信，不知道送了多少錢，孫鬍子把他放走了。」

「果然是這麼一回事！不過我倒沒有想到，是你送的信。你當時沒有想過，你送這個信，壞了我的事？」曹震的臉色不好看了。

賽觀音一驚，也很懊悔，是弄巧成拙了！心頭千迴百折地想過來，認為除了和盤托出以外，再無法能消除他對她的懷疑與不滿。

「我跟你實說了吧，我通知的不是隆官家，是通知錦兒去跟隆官見面。錦兒帶了一個存摺去，連圖章給了人家，才得脫身，往北方逃了去了。」賽觀音緊接著說，「我這麼做是為你，不願把事情鬧得收不了場。你手裡的證據，盡夠了，盡可以讓你們二奶奶服帖了。既然如此，何必又抓破臉。照我的心願，巴不得你那頭雌老虎出乖露醜，可是你場面上的一個爺們，傷了面子，以後還見人不見。為了你，我才這麼做的。」

聽她說得坦率懇切，曹震完全諒解了。但事情過於離奇，他一時還不能分辨自己的感覺。前前後後地想了幾遍，才發現賽觀音所透露的祕密，極有關係，他覺得到得此刻，他是立於不敗之地了。

「真是『若要人不知，除非己莫為』。」曹震突然想到，既已有恃無恐，何不公開跟妻子談判：「我還拿了她三個摺子，沒有圖章沒有用。我本想跟妳商量，想個甚麼法子，能讓這三個摺子有用。如今不必了，我明天叫錦兒跟她去要圖章。」

「她肯給嗎？」

「不給我就拉你出來做證，你不會怕吧？」

「我怕甚麼？說起來我還是為她好呢！不過，我看你這個法子沒有用，你跟她要圖章，是自己送信給她，找兩句話把你穩定，趕緊去掛了失，換新摺子、新圖章，那時，你手裡的摺子，就真的成了廢物了。」

「啊，啊！」曹震被提醒了，「我倒沒有想到。還是得另外想法子。」

「我們是窮家小戶，連個柴米油鹽憑摺取貨的摺子都沒有，別說生息的存摺了。不過，我在想，圖章如果掉了呢？莫非就取不到錢了？」

「那不會，可以掛失。」

「掛失是怎麼個規矩。」賽觀音說，「非得本人不可？」

「自然。」

「本人死了呢？」

這下將曹震問住了。從「掛失」二字上去琢磨了一會，即時喜上眉梢。

「你提醒我了！我可以掛失。不過，」他又現躊躇，「這件事得找個人去辦。」

「辦甚麼事？」賽觀音問：「五福辦得了辦不了。」

「他怕辦不了。這得跟縣衙門的書辦打交道。」

「那，我倒想起一個人來了。」賽觀音笑道：「只怕你不願意。」

「誰？你怎麼知道我不願意？」

「吳三爺。」

一聽是吳鐸，心裡先就反感，正待發話，賽觀音卻又搶在前面開了口。

「吳三爺欠著你的情。他託我打你招呼，說這件事是孫鬍子的主意，他亦叫無奈，只有將來補報。這件事不正好託他去辦嗎？」

曹震這才完全明白，賽觀音是讓他們勾結住了，當即問道：「你分了多少錢？」

賽觀音略現窘色，笑著伸了一隻指頭。

「一萬？」

「哪裡！據孫鬍子說，一共才弄了五千銀子，不過倒是兩個摺子，其中一個還是錦兒的。」

「那麼是一千銀子？」

「不錯，一千。」賽觀音問道：「吳三爺意思倒是很誠的。」

「我看他有點兒怕了。你如果吃得住他，我就聽你的。」

「我憑甚麼吃得住他。」賽觀音是怕曹震疑心她跟吳鐸有交情，所以特為辯這一句，接著又說：「你如果怕他，不妨防著一點兒。反正有件事，我可以寫包票，這回再不會把你賣給你們二奶奶。」

「這話倒也是。」曹震想了一下說，「我明天就找他。」

「說到頭來，你到底要他辦甚麼？說來我聽聽，也許能替你拿個主意。」

原來曹震是決定將震二奶奶的圖章掛失，這得向縣衙門立案，戶婚細故，找到戶房就行了。

丈夫出面替妻子辦這些事，名正言順，絕無不准之理，只要縣衙門有了案，存錢之處想不承認，或者要求本人來處理，道理上都說不過去。

「這麼說，你一下子發了十五萬銀子的財，」賽觀音笑道：「倒不嫌燙手。」

「我倒還沒有想過這件事。」他很快地有了主意，「這筆錢要拿來還債；公家的債，我自己的債都可以還了。再有錢多，置上百十畝祭田。花光拉倒。」

「那，」賽觀音又暢快、又好奇、又有些擔心，「你家二奶奶會怎麼樣？怕不鬧翻了天？」

「鬧不起來的，我先就給她一顆『翻天印』！」

「這是甚麼法寶？」

「一句話就把她堵住了：與其你拿存摺送人，還不如我來用。」

賽觀音不作聲，沉吟了好一會：「真是一顆翻天印，她的啞巴虧吃定了。不過——」

「不過怎麼樣？」

「她能嚥得下這口氣嗎？」

「你怎麼不問一問我，嚥得下這口氣嗎？」曹震又說：「她的私房也不止這麼些，有兩箱子東西已運回娘家了。再說，她的私房哪裡來的，不就咱們曹家的錢嗎？」

聽他用了「咱們」二字，是把賽觀音也當作曹家的人看待了。她心裡自然高興，為震二奶奶憂慮的心思，便拋到一邊了。

「二爺，」賽觀音忽然警覺，「你今兒個還是回去。因為有這件事，格外要避人耳目。咱們的日子長，也不爭在一個晚上。你說是不是呢？」

想想她的話也不錯，但總有些戀戀不捨，「我實在怕回去。」他說，「冰清鬼冷的一個人，真正萬般淒涼。」

「說得那麼可憐！」賽觀音笑道：「賞你一個『皮杯』吧！」

說完，滿啣了一口酒，由灼熱雙脣中，度入曹震口中，接下來摸摸索索地溫存了一會，聽得遠遠傳來打更的梆子，細數一下，是二更天了。

「快走吧！」賽觀音說，「好在路也不遠，辛苦一點兒，走了回去吧！我送你到巷口。」

「不必，不必！給我一個燈籠就行了。」

一個人打著燈籠，踽踽涼涼地回家。門上一見詫異，怎麼深夜獨歸，連興兒都不帶，這是從沒有的事，但也知道他們夫婦吵得不可開交，所以不敢問甚麼，只陪著到了中門，代為叫開了門。再由看中門的老婆子打燈籠送了回去。

錦兒卻還未睡，但也沒有料到曹震會回來，急忙親自迎了出來，一見面便埋怨似地說：「這麼冷的天，這麼晚才回來！」

曹震沒有理她，管自己回臥室。錦兒便叫小丫頭沏熱茶、撥火盆。見此光景，曹震心不覺就軟了。但他知道，這一回的言語行動，錯不得一點，在錦兒面前亦須小心。因此，只是想著她去私會曹世隆送摺子的事，要這樣才不會讓錦兒的柔情把他的心拴住。

「在哪裡吃的飯？」錦兒問說，「要不要再燙點酒你喝？」

曹震不能不理，也不願假以詞色，只在鼻子裡哼了一下。

曹震無可無不可地「嗯」了一聲，錦兒卻殷勤得很，不知是適逢其會，還是預先便有安排，擺了一桌子的菜和點心，而且無不精潔。曹震暗生警惕，不斷地自我提示一句俗話：「無毒不丈夫！無毒不丈夫！」

由擺桌子、請入座、斟酒布菜，他對錦兒的服侍，一概以冷漠處之。於是錦兒也越來越氣餒，最後終於忍不住說了句：「看見你這張臉，我一直涼到心裡。」

這可不能不開口了！曹震反詰：「莫非你們做的事，就不教人寒心？」

「說我就說我，說二奶奶就說二奶奶，別扯在一起。」

這就彷彿在說：二奶奶偷人，我可沒有，你得分個清楚。曹震懂她的意思，但不以她的想法為然，當下責問：「不是你心裡只有她，一點都沒有想到我，我怎麼會拿你們相提並論？」

「你是怪我衛護二奶奶？」

「已經不是甚麼衛護了，簡直是心甘情願蹚渾水。」

錦兒勃然色變，「你這話甚麼意思？」她瞪著眼問：「我蹚甚麼渾水？」

曹震欲言又止，只是「嘿、嘿」連聲，那種不屑與言的神情，自然使得錦兒更加惱怒。

「說啊！我淌甚麼渾水？你拿證據出來！」

「哼！」曹震冷笑道：「我要說出來，你會恨不得有個地洞可以鑽。」

這一下就讓錦兒更不肯甘休了，「怎麼？」她狠狠地責問：「我做了甚麼見不得人的事？你血口噴人，摸摸良心看。」

曹震也忍不住了，「你還嘴凶！我問你，隆官是怎麼逃走的？」他說：「你摸摸你自己的良心，你做的事，對得起我、對不起我？」

錦兒大吃一驚，簡直目瞪口呆了，但等至神色恢復正常，卻又繼以覼然一笑，「我知道你到哪兒去了。」她說：「是在賽觀音那個騷貨那裡。」

這是無法賴也不必賴的事，曹震便答一聲：「不錯。」

「既然她都告訴你了，我也不必瞞你。」錦兒臉上忽現憤怒，「我就不明白了，人家做好圈套，來敲二奶奶的竹槓，你居然會夾在裡面和稀泥——」

「瞎說八道——」

「你聽我說完，」錦兒把話又搶了回來，「這件事不論真假，反正只要一鬧開來，這大家子，就算完了。虧你還是一家之主，怎麼不顧大局！」

話好像駁不倒，但也不能使他心服，「照你說，為了家醜不可外揚，我就得當活王八？」曹震又說：「你知道我是怎麼個打算？」

「我怎麼不知道？你是打算把二奶奶休回娘家！」錦兒緊接著又說：「可是，你想過沒有，這一大家子，沒有二奶奶也就完了。」

「哪有這話！就說像老太太這麼一位要緊人，一過去了也就過去了，不見得一個家就敗了下來。」

「那是因為有二奶奶在，沒有二奶奶，你倒看，是怎麼一個樣子？」錦兒又說：「總而言之一句話，這一家不能沒有二奶奶！你去問十個人，十個人這麼說。就為了這個道理，我才跟隆官去見面的。你讓我摸摸良心，我自己覺得對得起你。」

曹震駁不倒她，只能連連冷笑，有些牢騷想發，卻又怕洩漏了偷走存摺的祕密，唯有強自忍耐。

「到底夫妻一場，」錦兒試探著問：「你也不問二奶奶的傷勢？」

「我知道，死不了！」曹震終於找到機會，一逞口舌之快，「她肯死，也就不會做那種不要臉的事了。」

錦兒默然，好久，才說了句：「你的心腸真硬！」

第十九章

由於吳鐸的奔走，三個存摺的圖章掛失，另換新章，在縣衙門立案一事，不消半天就辦妥了。

「震二爺，我再替你出個主意，你拿尊闡的新圖章，去轉個帳，舊摺塗消，用你自己的名義另換新摺。這麼辦既省事，又妥當，你看如何？」

「謝謝，謝謝！這個主意很高明。」

「那麼，我索性自告奮勇，陪你走一趟。說不定要費一番口舌，有些話，震二爺你不便說，我來替你說。」

曹震心想，這話也不錯，好在摺子圖章都在自己手裡，也不怕他搗鬼。因而欣然領受了好意。於是先到一家糟坊，後到一家醬園，有吳鐸代言，更有上元縣准予立案掛失的文書，而且款子又不即提走，都一無異議地換了「震記」名義的新存摺。

到得第三家，震二奶奶存了八萬多銀子在那裡的一家木行，掌櫃是個大胖子，姓趙，生得慈眉善目，一望而知是好相與的人。哪知不然！

「震二爺，我跟你老，雖是初見，仰慕已久。這件事，說起來有點兒難處。」趙胖子掉轉頭問道：「震二爺，不知道震二奶奶跟你提過沒有，取款子格外有個約定？」

「甚麼格外的約定？」

「除了圖章以外，還得震二奶奶自打手印。」趙胖子緊接著說：「當時我就勸她，我說：震二奶奶，你的身分尊貴，這種打手印的辦法，窮家小戶，既不識字，又不用圖章的才通行。震二奶奶你用這種辦法，傳出去會叫人笑話。震二奶奶不聽！她說：你別管！這筆款子數目大了點兒，我不能不格外小心。就這麼著，定規了第一，憑摺子；第二，憑她本人；第三，憑她的手印。三樣缺一樣都不行。曹震倒抽一口冷氣，只得望著吳鐸，希望他能有一番說詞，勸得趙胖子變通辦理。吳鐸當然體會得這層意思，當下極力勸說，說震二奶奶臥病在床，不能親來，年近歲逼，需款甚亟，請他通融。趙胖子兀自搖頭，毫不賣帳。

最後，曹震不能不出以威脅了：「趙掌櫃，你可放明白點兒！這筆款子是要彌補織造衙門虧空的，誤了事，你吃不了，兜著走吧！」

趙胖子想了一下說：「既然震二爺這麼說，我不能不通融。」他取一張白紙遞了過去，「請震二爺回去，讓震二奶奶蓋個手印，寫上提款的數目。萬把銀子現成，如果提得多，得要有個三、五天的日子，讓我預備。」

這一下，曹震作難了，心中一動，覺得有跟吳鐸商量的必要。當下拉他到一邊，悄悄說道：「不知道內人有沒有手印的樣子在這裡？如果沒有，那好辦，隨便找個女人的手印蓋上就是。就怕有樣子在他這裡，那就糟了。」

「照我看，根本就是唬人的！就按你的辦法辦了再說。」

「不，不！萬一露了馬腳，面子上就難看。」曹震低聲說道：「吳三哥，你倒套套他的口氣看。」

吳鐸接受了委任，去跟趙胖子私下密談，談了約莫有兩刻鐘的功夫才來向曹震回覆。

「果不其然，是唬人的。這個死胖子心也夠狠的！震二爺，這個摺子的來路，讓他料透了：居然捏著脖子幹，我勸你不必答應。」

沒頭沒腦的一番話，使得曹震茫然不解所謂，愣了一回問說：「到底怎麼回事？」

「他說：如果震二爺缺銀子花，可以把這個摺子抵給他，先拿四萬，其餘隨後再說。」

「行，行！」曹震一迭連聲地同意，「就這麼辦。」

吳鐸卻反遲疑：「震二爺，」他出以一種歉然的神態，「你老恐怕還沒有懂他的意思。」

「他是怎麼意思？」

吳鐸略想一想，很快地說：「所謂抵給他，就是拿四萬銀子換摺子。」

曹震恍然大悟，「這就是說，我八萬多的一個存摺，取回四萬，就算拉倒？」他說，「這也未免太狠了一點兒吧？」

「所以我勸你不理他。」吳鐸很快地接口，接著又自言自語地咕噥著，「就算是撿來的錢，也不能這樣慷慨。」

言者無心，聽者有意，這「就算是撿來的錢」一句話，落入曹震耳中，格外清楚。他原來的盤算是，用那兩個存摺一共六萬銀子有餘，彌補公款虧空；這一筆數目大，很可以好好運用。但如不能兌現，一切都無從談起。

「震二爺！」吳鐸卻又開口，只是欲言又止，彷彿非常為難地，倒使得曹震困惑了。

「吳三哥，有甚麼苦衷？」

「不，不！不是我有苦衷，根本談不到。我是在想，我有幾句純為你震二爺設想的話，不知道該不該說？」

「既然是為我，又有甚麼不能說的呢？」

「這話對！我就說吧。」吳鐸停了一下問說：「震二爺，那兩個摺子上的錢，你夠不夠花？夠了，不必再談；不夠，咱們再想辦法。」

顯然的，曹震如果答一句「夠了」，即令他有很高明的主意，亦聽不到了。因此，曹震不假思索地答說：「不夠。」

「既然不夠，震二爺，你就不能不拿撿來的錢看了。」吳鐸緊接著說：「三個摺子，你用了兩個，多下一個還了給震二奶奶，只怕她也未必見情。」

這句話說中了要害，曹震決定慷他人之慨。但討價還價，卻有餘地，略作考慮以後說道：「吳三哥，託你跟他去說：六萬銀子抵換給他，兩萬現銀，其餘四萬，轉到我的名下，另立新摺。」

往返磋商，議定五萬五千銀子抵換，一萬五現銀用金葉子折算，四萬改立震記的存摺。

「就這樣吧，」曹震問趙胖子：「該怎麼個手續，你說。」

「請震二爺在摺子上批個『全數提訖』；蓋上立了案的新圖章就行了。」

這辦法乾淨俐落，毫不費事，曹震欣然同意。於是趙胖子立了新摺、兌足金葉，用個建漆朱紅盤捧了出來。曹震便在原摺上親筆加批，蓋上新章，當場交割清楚。

「我作個小東，」吳鐸說道：「請震二爺、趙掌櫃河房一敘。」

「哪裡，哪裡！」趙胖子抱拳說道：「本當我作小東，無奈總督衙門張師爺三天前就約好了的，要陪他去看一處房子，只有改日奉邀了。」

曹震自然要慰勞慰勞吳鐸，但卻不願與趙胖子同遊，聽得這話，正中下懷，還怕吳鐸堅邀，壞了興致。

他搶在前面說道：「不敢，不敢！改日我來奉邀。」

辭了出來，轉往秦淮綺春院。年近歲逼，河房中不免冷落，因此曹、吳一到，備受歡迎。曹震好久沒有能大大揮霍了，這天無端發了筆橫財，當然要做豪客，「叫條子」將舊院各葩，都招邀了來。每個姑娘帶丫頭、老媽各一，外帶弄笛吹笙的樂工，至少一名；加以幫閒的、賣零食的、賣花的等聞風而集，將一座綺春院，擠得滿滿的。即令不是年下，秦淮河上也很少這種盛況。

笙歌嗷嘈，脂香粉膩，屋雖不小於舟，春則猶深於海。珠圍翠繞中的曹震，意氣飛揚，樂不可支。正在興頭上時，只見興兒匆匆奔了來，直闖筵前。曹震雖已醉眼迷離，也能看出他臉色有異。

盜摺一事，完全是曹震一個人所幹，連興兒都未曾與聞，所以這天亦沒有帶他到趙胖子那裡去。如今看他的神情，心中自不免嘀咕，剛要動問，興兒已先開口了。

「二爺，請回去吧！」

「甚麼事？」興兒欲言又止，只是看著左右。曹震隨即起身，招招手將興兒帶到僻處，好容他明說。

「二奶奶吞了個金戒指。」

「甚麼？」半醉的曹震，一下子醒了，「怎麼回事？」

「二奶奶存錢的地方來了一個人，跟錦兒見了面，裡頭就亂了！」興兒吞吞吐吐地說。

「怎麼叫裡頭就亂了？話說得不清不楚。到底怎麼回事？」

「二爺自己總知道吧！」

曹震知道東窗事發，定一定神說：「不要緊，你長話短說。是怎麼亂了。」

看曹震的神色，興兒略為心定些，當下說道：「我在外頭，也不大清楚。聽中門上說，二奶奶由太太那裡趕了回去，叫了小丫頭去問。接下來，就是叫我進去問：二爺今天到哪裡去了？我說我不知道，二爺今天出門，沒有叫我跟去。二奶奶就跟錦兒說：趕緊都去問一問。等錦兒出門回來，就聽說二奶奶吞了個金戒指。太太大哭了一場；上上下下都驚動了，現在派出四撥人去，到處找二爺，快回去吧！」

曹震心裡七上八下，想像上上下下亂成一團的情形，不由得心悸。但躲是躲不過，延也延不得，只能硬起頭皮，向吳鐸說道：「舍間有要緊事，我不能不趕回去。敗了老兄的興，實在抱歉之至。這裡——」

「震二爺，」已看出端倪的吳鐸，搶著說道：「這裡請你不必管了，我來料理。」

「是，是！開銷了多少，給我一個數目，我馬上叫人送過來。」

「小事，小事！請吧。」

出門上車，興兒跨轅。走到半路上，曹震才想起一句要緊話，隨即掀開車簾，大聲問道：

「二奶奶怎樣了？要緊不要緊？」

「現在還不知道，何大叔在想法子救呢！」

曹震搜索記憶，想不出有甚麼吞金獲救，得以不死的見聞，不免憂思忡忡，但思緒窮處，常有豁然開朗之妙。曹震心想，震二奶奶果然不救，事情反倒好辦，只要站穩腳步，不怕親友任何質難。

這樣一想，不忙回家，先到織造衙門找「烏林達」——司庫，此人出生時，正逢他祖父八十五生日；所以起名就叫八十五；能說善道，所以大家雙關地叫他「八哥」，曹震亦不例外。

「八哥，我這裡有兩個摺子，連本帶利六萬兩千多銀子，整數補虧空，餘數你瞧著辦，快過年了，藩庫那幾位朋友，本來也就該敷衍、敷衍了。」

一聽這話，八十五精神大振。原來他的消息很靈通，早知道曹頫在京裡遭了麻煩，有不穩之勢。他本職是內務府的筆帖式，與曹家並無淵源；但他管庫亦鬧了些虧空，倘或一辦移交，曹頫不得了，他亦了不得。

如今既有六萬銀子解交江寧藩庫，轉解戶部，看來曹頫的紗帽可以穩住了。即或不然，辦移交也輕鬆。當下靈機一動，決定先將自己的三千銀子虧空補上，餘數先解藩庫，有帳將來再算。

於是他說：「震二爺，這六萬銀子珍貴不下於六十萬。這一陣子我為四老爺愁得睡不著。這下子，不要緊了。」

「喔，」曹震自然要打聽，「莫非你有甚麼消息？」

「是啊！早就想告訴震二爺，怕你聽了心煩，這會不妨奉告。」說著，從抽斗裡掏出一張紙來，遞了過去。

「這是『國書』，勞你駕講給我聽吧。」

清朝人管滿洲文叫「國書」；滿洲話是「國語」。其實有語無文，滿文完全是譯音。曹家除了故世的曹寅以外，連曹頫都不懂滿文，更莫說曹震。但八十五是真滿洲人，為了想考「繙譯進士」，在滿文上頗下了功夫，平時友朋通信，盡量用滿文，尤其是機密消息，為防洩漏，滿文更宜。

「信上說，皇上的幾件『大事』都料理清楚了，從明年開始，預備大大地整飭一番。內務府派出去的人，亦要看考成。皇上的意思，年紀太大、精力不夠；杭州孫織造，大概首當其衝，其次是——」

織造一共三處，蘇州高斌，新任不久；他的妻子又是皇四子弘曆的乳母，當然可保無虞。這就不言可知是指曹頫了。

「不要緊，你不必忌諱，往下說吧！」

「四老爺是受人中傷，裡外都有，聖眷難免受影響。好得有怡親王、平郡王，多少有照應，倘或四老爺做件值得誇獎的事，王爺們在皇上面前就容易講話了。如今盡力彌補虧空，不就是件大好之事。」八十五緊接著又說：「我明天一早就到藩庫去接頭，同時盡快通知四老爺。庫裡不能不留點兒現銀，又是過年，准定先繳五萬五。請震二爺今晚上辛苦，詳詳細細寫一封信，我明天託總督衙門『跑奏摺』的專差帶進京。四老爺一出奏，事情就算穩住了。」

曹震聽完，大為寬慰，因為這番話在馬夫人面前說，真是振振有詞。不過今晚上絕不可能有閒豫的辰光與心情來寫家信。念頭一轉，拱手說道：「八哥，一客不煩二主，給四老爺的信，請你代筆。偏勞、偏勞，改天我請你河房喝酒。」

說完匆匆而去，但一到家門，卻反顯得從容了。其時天色已暮，門燈熒然，門上聽差見了他，一齊起立，曹震發覺大家都以一種奇異眼光看著他，卻以自覺心無愧怍，貿然直入，一直來到馬夫人院子裡。

這時早有丫頭去報，說是「二爺回來了。」馬夫人便囑咐在陪伴安慰的秋月，先迎出去，好從她跟曹震的周旋中，了解他的居心何在。

「震二爺回來了！」

「喔，你在這裡。」曹震問說：「太太呢？」

「先有點兒胃氣痛，躺了半天，剛睡著。」秋月開道：「震二奶奶的事，震二爺知道了？」

曹震去看八十五時，不聞有甚麼噩耗，知道妻子已經獲救，此時便說：「全家上下要緊，我可沒法子再顧她。」

「震二爺這話怎麼講？怎麼是『全家上下要緊』？」

「四老爺如果出了事，全家上下都不得了。你看是哪一頭要緊呢？」

「震二爺是不是得了甚麼消息？」

「是啊！」曹震不說消息來源，「表老太爺已經靠不住了，如果不趕緊彌補虧空，四老爺也會出事。」

「表老太爺」指孫文成，他是曹璽的內姪，那時稱為「表少爺」；到了曹寅當織造，升格為

「表老爺」；如今自然是「表老太爺」。

這時馬夫人認為她可以跟曹震見面了，故意隔著門簾問道：「外面是誰？」

「震二爺回來了！」秋月特為高聲回答，接著上前掀起門簾，示意曹震入內。

曹震進門先請安，接著便問：「聽說太太胃氣痛，不知道好一點兒了沒有？」

「我不要緊！你知道你媳婦的事嗎？」

曹震很謹慎地問：「聽說她尋了短見，如今救回來了。是怎麼回事呢？」

「你總應該明白吧？」

「我不大明白。」曹震答說，「我自覺沒有做錯了甚麼。」

馬夫人欲語不語，頗顯躊躇，秋月穿針引線地提一句：「震二爺是忙四老爺的事去了。」

馬夫人就要等她提這話，當下點點頭問：「四老爺怎麼回事？」

於是曹震便將從八十五那裡得來的消息，加枝添葉地講了一遍。他說他三天之前，即已得知情況不妙，怕馬夫人著急，沒有告訴她。如今不要緊了，因為他替「四叔」補了一大筆虧空。

「我已經交了兩個摺子給八哥，讓他明天一大早到藩庫上兌。今兒晚上我得詳詳細細寫一封信，託總督衙門進京的摺差帶去。快的話，年底就可以到，四叔在京裡補一個摺子，再有兩位王爺的照應，差使是可以保得住了。」

一聽這話，馬夫人對他的感想，大為不同，不過也不能說他全無過失。「你雖做得不算錯，也該跟你媳婦先商量商量才是。」她緊接著，「你趕緊回你屋子裡去瞧瞧吧！跟她說幾句好話。」

看曹震有遲疑的模樣，秋月便從旁開導似地說：「震二爺會的。不管怎麼樣，震二奶奶是從鬼門關上走了一遭回來的；就憑這個，震二爺也不能不安慰安慰震二奶奶。」

曹震心想，鬼門關上放回來是假的，看這三個摺子是真的。如果妻子看得開，不妨息事寧人，說兩句好話，了卻眼前的麻煩，再作道理。

打定了主意，當即答說：「只要她顧大局，我亦不為已甚。」

這意思是很明顯的了，馬夫人心中一動，隨即問曹震說道：「你坐一會，我還有話跟你說。」當即起身入內，轉背時向秋月使了個眼色。

等秋月跟隨入內，馬夫人低聲囑咐，趕緊到震二奶奶那裡去一趟，將這些情形先說一說。「我明白。」秋月答說，「請太太跟震二爺磨個一刻鐘，再放他回去。」

由於預先獲得通知，說曹震拿震二奶奶的私房，都還了曹頫的虧空，震二奶奶恰似「啞巴夢見娘，有苦難言」。不過這話是真是假，固待求證，而數目多少，更要問個明白。為了可進可退，有所緩衝起見，震二奶奶仍決定自己暫不跟他見面，由錦兒去問他個水落石出。

因此，曹震一回來，錦兒已守在堂屋門口，見了他先說一句：「家裡差點出人命，你沒有想到吧？」

「我怎麼會想到？」

「你也應該想到的，拿人家的根都刨完了，也未免太不留餘地。」

曹震不答她的話，只向裡屋指一指問：「現在怎麼樣了？」

原來錦兒自從存銀的醬園來通知，說摺子已換了曹震的名義，急忙告知震二奶奶，趕回來開箱子一看，三個存摺不翼而飛，不由得大驚失色。

但此時猶有希冀，曹震有三萬銀子，這個年一定可以過得去，餘下的兩個摺子或許不會即時處理，還來得及擱住。及至錦兒坐轎子去問了餘下的兩處，才知道都已得手。震二奶奶急痛攻心，找了一服還是曹寅在日封存著的「鶴頂紅」，待吞服自盡時，為錦兒及時搶了下來，因而上下都知道震二奶奶要尋短見。

錦兒派人去找曹震時，特為關照，說是吞金，用意嚇一嚇曹震，其實不險只驚。不過此時當然亦不必說實話。

「不要緊了！剛睡著。你請過來，咱們好好說一說。」

錦兒將曹震引到她自己屋子裡，親手關上房門，臉色便不同了，是埋怨的神色，同時將手一伸。

「拿來！」

「甚麼？」曹震故意問一聲。

「三個摺子啊！」

「三個摺子！」曹震輕鬆自如地，「不在我身上了，現在是在八哥那裡，明天一早就送到藩司衙門了。」

「怎麼？」錦兒問說：「你拿二奶奶的私房補了公家的虧空。」

「對了！移私作公，四老爺的差使才能保住，全家才有飯吃。」

「別說得那麼好聽！」錦兒對他的唱高調，頗生反感，「只要你不是狂嫖爛賭，少花幾文，又何至於會有今天的虧空。」

「我虧空，她攢私房，一出一入，正好扯個直。」

看他的這德賴的神情，錦兒倒有些計窮了，想了想問：「你知道三個摺子，一共多少錢？」

「十五萬銀子。」

「全補了虧空？」錦兒全神貫注著，看曹震稍現遲疑，立即以極具自信的語氣說：「絕不會！不過裝個幌子。你自己說，這是件瞞不住的事。」

「怎麼是裝幌子？」曹震抗聲說道：「你叫人去問八哥，我交給他幾個摺子？」

「幾個？」

「兩個。」

「哪兩個？」

曹震又遲疑了。而錦兒是從他一進門，便注意到他隨手攜著一個包裹，進屋時，那包裹也放在身邊。此時知道那包裹貴重，便冷不防地一把搶了過來。

曹震大吃一驚，急忙伸手來奪，錦兒自然不給，但看他神情近乎獰厲，心知不能動蠻，當下用平靜而堅定的聲音說：「我不要你的。我看一看，仍舊還你。」

「說話算話？」

「對！」

「好吧，你看。」

錦兒不用看，捏一捏就知道了，「是金葉子？」她問。

「不錯。」

錦兒就不再看了，但也沒有將包裹還給他，隨手往身旁一放，口中問道：「你給了哪兩個摺子？」

「何必多問？」曹震有些窘迫了。

「怎麼能不問？就算一奶奶的私房是家用上省下來的，可也是一兩八兩，一點兒、一點兒積下來的，多少辛苦心血在內，能不問一聲嗎？」

「好吧，我告訴你。給了兩個三萬的。」

錦兒鬆了口氣，幸好還剩下八萬的摺子。估量那包金葉子，大概值萬把銀子，必是提了一部分現款，用金葉子折算，那仔摺上至少還有六、七萬銀子。要他吐出來，是件不可能的事；權衡利害，只有以小易大。「這樣說，還有個八萬的摺子在你手裡？」

「沒有那麼多了。」

「我知道，你提了點兒現款。」錦兒將那包裹交了過去，「我擅作主，這個給你過年，你把摺子跟圖章給我。」

曹震一愣，旋即警悟，先將金葉子拿到手，放在身後，然後說道：「我跟你說過，沒有那麼多了。」

「我知道，我知道。你把東西給我。」

曹震便從皮袍口袋中，掏出新摺跟他的圖章，交了給錦兒。打開一看，不由得色變。

「怎麼只剩了一半呢？」錦兒問道：「那包葉子不過一萬兩銀子，最多一萬五。數目不對啊！」

「原說沒有那麼多。」

「少的到哪裡去了呢？」

「你別問了，行不行？」曹震悔之莫及，也很痛苦。

「怎麼能不問？你倒摸摸良心看，對得起人，對不起人？」

曹震默不作聲，就越顯得情虛。錦兒覺得他忒過分了，便數落他不告而取，即欠光明磊落，說到虧空，盡可以跟震二奶奶商量，看樣子存心不良，只為東窗事發，無法交代，才找了這麼一個冠冕堂皇的藉口。

這話說中了曹震的心病，越發開不得口，錦兒也就更振振有詞了，「公的不說，再說私的，我擅自作主，把這包金葉子給你過年，二奶奶那裡，未必就通過。」她說：「現在摺子上本金八萬，利息兩千多，這包金葉子一萬——」

「是一萬五。」曹震插了句嘴。

「好，就算一萬五，加上四萬，一共五萬五，少了二萬七千多銀子，你讓我怎麼交代？不管怎麼樣，總有個去處，倒說連問都問不得一聲，你也太霸道了。」

「我不是說你問不得，只勸你不必問。」

「為甚麼？」

「為甚麼？沒有理由，有理由就告訴你了。」

「這可真怪事！」錦兒問說，「是給了賽觀音那個騷貨了不是？」

「哪會有這種事？」

「輸掉了？才多大的功夫，能輸得掉兩、三萬銀子？」

「不是的。」曹震痛苦地搖搖頭，「總而言之，怪我自己不好。」

「怎麼怪你自己不好？你說。」

「唉！」曹震重重地嘆了口氣，站起身來，逃避她的咄咄逼人的眼光。

錦兒看到那包金葉子，立刻有了主意，一把拿了過來，拉開抽斗，往裡一丟，將插在鎖眼上的鑰匙一轉，只聽得清脆的「喀拉」一聲，抽斗鎖上了。

這一聲驚動了曹震，回頭一看，才想起金葉子得而復失，這一急非同小可，而錦兒不等他開口索取，先就提了條件。

「你說，說明白了，我把金葉子還給你。」

曹震無奈，只好編個理由：「讓人借走了。」

「借給誰？」

「吳三爺。」

一聽是吳鐸，錦兒更不肯放鬆，「憑甚麼你借兩三萬銀子給他？」她說，「這個人笑裡藏刀，吃人不吐骨頭，你怎麼會交上這種朋友？只怕不是借，是騙你、哄你吧？」

「我又不是三歲小孩，能受他的騙？」

錦兒細看他的臉色，他卻將臉避了開去，錦兒就怎麼樣也不信「借」這一個字了。

「既然是借，總有字據吧？你倒拿出來瞧瞧。」

「朋友嘛，還不是一句話，何必要借據？」

「哼！」錦兒冷笑，「你倒真大方！既然能糟蹋二奶奶的錢，兩三萬銀子送人，想來自己的債務已經了掉了。」說著，手捏存摺，往外便走。

曹震自然要攔住她，「你別走！」他陪著笑說，「等我慢慢告訴你。」

錦兒便坐了下來，等了好一會，不見他發話，便說了句：「我等著呢！」

曹震實在說不出口，但除非棄金，不能不說。遲疑了很久，終於作了困難的選擇；「你先把那包葉子給我。」他說，「我不騙你，一定說實話。」

「不行！」錦兒斷然拒絕，「我上當只能上一回。」

「好吧，我就告訴你，趙胖子心太狠，我折了給他了。」

「怎麼說？我不懂。」

於是曹震囁嚅著說了經過，錦兒黯然無語，漸漸地起身，開了抽斗將一包金葉子擺在桌上，自語似地輕聲說道：「現在我才明白，好大一家人家，怎麼會一下子敗了下來？」

曹震突然記起錦兒受震二奶奶指使，賄買曹世隆脫逃之事，立即有句反脣相稽的話：「與其讓他們去塞狗洞，還不如我來用。」但將要出口時，終於忍住，因為想到自己的行徑，比震二奶奶也好不到那裡，白白讓趙胖子黑吃黑弄走兩萬七千銀子，不也是「塞狗洞」嗎？

震二奶奶聽錦兒說完經過，拉長了臉不作聲，那種臉色實在難看。

「看開點吧！」錦兒勸她，「不管怎麼樣，他總也有短處讓人拿住了。『財去身安樂』，他不會再打饑荒了。」

「十萬銀子，換來你這幾句話，你看得開，我可看不開。」

言下大有責怪錦兒之意，使得她透骨冰涼，心都在發抖。

震二奶奶只顧心疼私房錢，忽略了錦兒的表情，話一說開頭，當然也忍不住，「你也太好說話了！」她說，「早知如此，倒不如我豁出去，跟他大鬧一場。」

這一下錦兒可忍不住了。她自以為忠心護主，不惜跟她一起蹚渾水，剛才能把曹震說得啞口無言，挫了他的銳氣，讓他無法兼提這椿家醜。唯一可以休妻的時機，已經錯過，自己認為也很用了些手腕。不道所得的結果是如此，這口氣又如何嚥得下？

一衝動之下，霍地起身，頭也不回地往回走。這一下震二奶奶方始省悟，是把她得罪了，回想一想自己的話，確是不能教人心服。但等她方有悔意時，已經失去了安撫錦兒的機會。

這就不但悔，並且相當著急，不知錦兒一怒之下，會有甚麼動作？反正只要有任何動作，對她都不會有好處，因而心裡七上八下，自覺得沒有這樣軟弱無用過。

在錦兒倒真想拿行動來出氣，她一個勁要找曹震，取回那包金葉子，同時告訴他說：「二奶奶心疼她的錢，你別讓我為難，有話你自己跟她說去。」然後回來再跟震二奶奶說：「我把他現在手裡有的東西，都替你拿回來了。總不能把他交給八哥的兩個摺子，跟趙胖子詐了去的兩萬七千銀子，也記在我頭上吧？」

這樣做自然很痛快，可是，想到他們夫婦兩鬧得天翻地覆，而馬夫人又必然會找她去料理這椿麻煩，不由得就氣餒了。

在堂屋裡扶著桌子想了半天，到底還是忍住，但對震二奶奶卻仍然負氣莫釋。再想到她跟曹世隆的那椿醜事，鬧得闔家皆知，無不在背地裡竊竊私語，連自己見了人都像做了甚麼虧心事，抬不起頭，不由得又氣又恨，從心底浮起渺視，平時處處忌憚的感覺，十分中起碼去了七分。

「我出去串串門子。」她喚住一個小丫頭說，「二奶奶那裡你看著一點兒，如果問起我，你說不知道到哪裡去了。」

說完找秋月去訴苦發牢騷。震二奶奶自然要問，小丫頭便照她的話回答。震二奶奶便說：「你去找一找，看在哪兒？」

「是！」小丫頭問：「找到了怎麼說？」

怎麼說呢？自然是勸她回來，但這得有番婉轉而不失身分的說詞。說得不好，給人一個錦兒跟她主子發脾氣，震二奶奶做了虧心事，不能不跟她說好話的印象，以後還怎麼能馭下服眾。若說找個泛泛的理由，譬如傷處作疼，要她回來看看，萬一她倒不理，這在面子上又怎麼下得來？

「唉！」她嘆口氣，「你只去找一找，看她在哪裡，幹些甚麼？悄悄兒去，悄悄兒回來。」

這個小丫頭很伶俐，很快地回來報告，錦兒在秋月那裡，談得很熱鬧。

「還有甚麼人在？」

「季姨娘屋子裡的夏雲也在。」

聽說在秋月那裡，震二奶奶比較能放心，因為秋月最識大體，一定會勸她回來，但有夏雲在，事情就難說了。回想當時夏雲輸誠，本可趁勢收服她，作個幫手，只為一念之誤，猜忌疏遠，以致生出多少是非。這一來又平添了幾許悔恨，心情越發灰惡。

遙聽得巡更的梆子打三更，秋月催著錦兒說：「夏雲都走了一個更次了，你請吧！我也倦了。」

「不！今兒我睡在你這裡。」

「別這麼著。」秋月說道：「剛才大家勸了你半天，你怎麼還是執迷不悟呢？不管怎麼樣，震二奶奶現在只靠你一個人，你想想她的心境！如今只能她對不起你，不能你對不起她。」

「我沒有甚麼對不起她。」

「你不回去，就是對不起她。現在好比共患難，不能說共了一半，不理她了。那叫甚麼共患難？」

「還有一層，」冬雪插進來說，她的話很率直：「你得替我們想想，你如果今天不回去，震二奶奶一定會怪到我們頭上，尤其是秋月。」

「這話說得倒是。」錦兒霍地起立，「我不能替你們招怨。」

秋月微微瞪了冬雪一眼，怪她不會說話，看樣子錦兒越發負氣，不會跟震二奶奶和解，這可得好好勸一勸她。

「你得聰明一點兒！」她拉著錦兒的手，一路送，一路說：「這會兒震二奶奶一定悔得要命；你寬宏大量，照樣照應她，她會打心眼兒感激你，把你平時的好處都想了起來。不然呢，把你平時對她的好處都折了！你倒想想，哪一樣合算？」

明知她的話不錯，但錦兒實在是傷透了心，因而聽不入耳，為了敷衍秋月，只含含糊糊地說：「等我好好想一想，我也睏了。」

「對了，好好睡一覺，等醒過來，平心靜氣想一想，你就會知道，我勸你的話是為你好。」

「我知道！我知道你為我好。」錦兒的牢騷又來了，「人人對我都好，就一個人不是。」

這時小丫頭已點上燈籠，預備送錦兒回去。秋月看她仍未心回意轉，便要親自送她，為的是同行一程，還有勸她的機會。

「不必，不必！」錦兒雙手外推，作個堅決辭謝的姿勢，「我懂你的意思。等我好好睡一覺，明兒早晨也許就忘記這回事了。」

秋月心想這倒是實話，不過還得切實勸一勸，沉吟了一會，想起一個說法，「千不看，萬不看，只看兩個人的分上。」她手往堂屋一指，「一個是老太太，一個是芹官。老太太若是在此，瞧見震二奶奶今天這麼可憐巴巴的模樣，會傷心成個甚麼樣兒，我可是想都不敢想。不過，只看芹官，也就可以猜想到了！這兩天他拉長了臉，眉心都打成結了。不管春雨怎麼勸他、逗他，總沒有笑臉。說多了還惹他發脾氣。如今再看你不理震二奶奶，只怕他真要哭出來了！好妹子，你有多少委屈，只算在這一老一少兩個人的帳上，行不行？」

這番話著實見效，錦兒等她話剛一完，立即答說：「我就看這一老一少的分上，將這一段兒丟開就是。」她接著又說：「這下兒你可以放心，不必再押解我回去了吧？」

秋月笑笑不答，只細心關照坐夜的老婆子：「好好兒送錦姑娘回去。夜深了，小聲點兒，你喜歡多嘴，嗓門兒又大，別驚吵了震二奶奶。」

老婆子答應著，果然一路無話地將錦兒送了回去。門是虛掩著的，錦兒悄悄推了進去，順手閂上。恰好颳起一陣西北風，直撲面門，冷得她發抖，急忙推開堂屋門，等門打盹的小丫頭，方始驚醒。錦兒便指指震二奶奶的臥房，低聲問道：「甚麼時候睡的？」

小丫頭想了一下說：「大概剛睡。」

「怎麼叫大概？」

「二更天還聽見二奶奶起來的聲音，燈也挺亮的，這會兒燈黑了，大概睡得不久。」

錦兒心想她睡著了不知道，所以說「大概」。既然睡得不久，就不必進去了，低聲說一句：「你睡去吧！明兒一早叫我。」

等錦兒睡下，震二奶奶也醒了，喚起在她床前打地鋪的小丫頭，捻亮了燈，看鐘上已交丑時，便即說道：「你去看看，回來了沒有？」

這個小丫頭出去一看，堂屋上了閂、等門的不見蹤影，再轉到錦兒臥房後窗下，只見窗帘有微光，自然是睡下了。

「回來了。都上了床。」

震二奶奶的心一沉？平時再晚回來，一定會悄悄兒來看一看，這晚上，果然是賭氣了！於是黯然擁被而坐，等小丫頭復又睡下，鼾聲漸起，雖極輕微，也覺得吵人，越發心煩意躁，只在想著錦兒。

「唉！」她悄然自語：「她不來，我找她去！反正委屈到家了，也不在乎這一點。」

念頭轉定，隨即下床，小絲棉襖上披一件斗篷，輕輕開門出去。到得錦兒那裡，舉手推門，文風不動，震二奶奶不覺氣餒了。

她只當錦兒是有意相拒，因為以前她的房門是不上閂的——其實，從曹震夫婦感情破裂那兩天起，錦兒便已改變了習慣。因為她怕捲入漩渦，更怕震二奶奶猜疑她暗中在幫曹震，所以除了白天疏遠以外，歸寢時特意閂上房門，免得曹震夜半來求歡，拒之不可；納之又怕震二奶奶疑心他們枕上密語。

此中委屈，震二奶奶再機敏也猜想不到。此時她只在躊躇，倘或叩門而錦兒不理，豈非是再一次的自取其辱；但如悄然而回，可以預知，必是眼睜睜等天亮，那是種甚麼滋味。

突然間，擂門如鼓，既是深夜，震二奶奶又是草木皆驚的心境，所以這一嚇，冷汗淋漓，手腳皆軟，趕緊伸手在房門上撐住，才不致癱了下去。

這時錦兒也驚醒了，亦是心跳不已，匆匆起來，抓了件絲棉襖披在身上，便來開門，哪知門閂一拔，震二奶奶撐不住了，整個身子往門檻上撲了進去，連錦兒一起撞倒在地。

「哇！」錦兒嚇得狂喊，再想到聽說過不止一回的故事，那就簡直嚇得魂靈出竅了——有那受人欺侮凌辱、含冤莫伸的，有個極狠毒的報復辦法，半夜到冤家門前去上吊，或者服毒自殺，錦兒原就幾次想到，而且這晚上秋月也曾談起相同的想法：震二奶奶是極要面子的人，出了這件醜事，只怕會尋短見，需得防備。因此，這時她很快的發生聯想，本就想尋死，又受了她的刺激，一時想不開，服了毒藥，死在她房門外了。

就在這片刻昏瞀之中，堂屋門又「蓬蓬」地響了起來，「二爺進來了！」是坐夜的陳媽的聲音，「誰來開開門？」

「我的天，是怎麼回事？」錦兒強自掙扎著，將被震二奶奶壓住的雙腿抽了出來，顧不得外面叫門，先伸手到震二奶奶胸前一按，不覺鬆了口氣，心還在跳。

於是，站起身來，先去開了堂屋門，連看一看曹震的功夫都沒有，只說一句：「把燈給我！」從陳媽手中接過明角風燈，轉身便走。只見震二奶奶已坐了起來，她是連番受驚，一時虛脫，離昏厥只一線之隔。人雖勉強坐了起來，要想站起來卻力不從心了。

這時整座院子裡的人都起來了，而且集中在堂屋內外，無不困惑萬分。自然，最詫異的是曹震。

「沒事了，各人去睡各人的覺。」錦兒看一看曹震的臉色，又發現他手中拿著一封信，剛定下來的心，不覺又往下沉。

當然，先要將震二奶奶扶了回去，曹震跟在後面問道：「怎麼回事？」

「我睡不著，想找錦兒去聊天，哪知道你半夜敲門——」震二奶奶突然想到，「日間不作虧心事，夜半敲門心不驚」這句俗語，自恨措詞不好，所以停了一下，方又說道：「錦兒的門又開得猛了些，害我一跤跌了進去，差點摔死。」

曹震畢竟還是本性忠厚一路的人，看到妻子這種狼狽的模樣，不免動了惻隱之心，因此，不忍加重她的刺激，說一句：「你好好睡吧！我有幾句話跟錦兒談。」

這個說法實在不高明，數九寒天，半夜裡叫開中門有話說，自然是十分緊急的事，卻偏又不肯跟震二奶奶談，令人在著急之外，更增了幾分猜疑。不過，錦兒比較冷靜，向曹震示意說道：「你先到我屋子裡等我。」接著幫小丫頭將震二奶奶扶上床，方始低聲表示了她的看法：必是出了甚麼為難的，曹震不願意讓她著急，所以要避開說話。反正等不多時，她會來報告曹震說些甚麼。這會兒先好好息一息。

震二奶奶沒有說甚麼，只投以感動的一瞥。錦兒看她要掉眼淚，趕緊轉身，出門而去。

一回自己屋子，只見曹震對著燈發愣，她便先問：「甚麼等不到明天說的話，半夜裡巴巴地叫中門？」

「出事了！」曹震說：「我來找你，是要讓你去告訴太太。」

他的聲音聽上去空落落地，令人有種異樣的感覺。錦兒心裡七上八下，自覺軟弱異常，扶著桌子坐了下來，才能開口說話。

「出了甚麼事？半夜裡就得跟太太去回？」

「你看！」

從曹震手中接過一封為汗水浸漬、既皺且髒的信，抽出信箋鋪平了看，上面寫的是：「內閣奉上諭：杭州織造孫文成年已老邁；李秉忠著以按察司銜管理杭州織造事務。江寧織造曹頫，審案未結，著隋赫德以內務府郎中職銜，管理江寧織造事務。欽此！」

「完了！」錦兒不覺失聲：「上下擔心的事，到底沒有能避掉。」

「麻煩的是『審案未結』這句話——」

「到底是甚麼案子呢？」

「還不是塞愣額那個忘八羔子多事。」

這是指的三處織造差人進京，多索伕馬、苦累驛站，為山東巡撫塞愣額所參那一案。錦兒想了想問道：「那是三處都有分的案子，為甚麼獨獨四老爺『審案未結』？只怕還有別的案子吧？」

「那，那——」曹震亂搔著頭，「那就更麻煩了！怎麼辦呢？我都沒有主張了。」

錦兒陡然發覺，自己肩上的負荷加重了——震二奶奶的處境，有力也難使；料理這場麻煩的責任，只怕要落到她頭上。她也知道，這是件不容猶豫推諉的事……因而自我鼓起勁來，先替曹震撐腰。

「二爺，」她正色說道：「這一回你可真的是一家之主了，你要拿出魄力來。是福不是禍，是禍躲不過。這會兒也不必去見太太，見了沒有用處，反而嚇著了她。如今該怎麼辦，乾脆你就自個兒拿主意吧！」

「我就是沒有主意。你說，我來辦。」

錦兒對他又失望，又憐惜，嘆口氣說：「這會兒你該知道了吧，咱們這一家人家，還真少不了二奶奶這麼個人。」

曹震默然半晌，終於說了句：「你倒跟她去商量商量。」

錦兒在等他這句話，他的話一出口，她隨即便說：「咱們一塊兒去。」

「不，不！你跟她去商量，我回去也靜靜兒想一想。」

錦兒看鐘上短針已指四點，料想這一夜也不用打算睡了；「你就睡我的床吧！」她說，「反正我到了二奶奶屋裡，一定是談到天亮。」

「也好！」

於是錦兒先服侍他上床，棉被猶溫，薌澤微度，曹震心裡動得一動，馬上就冷了。

「遲早有這麼一天！不過年下來這麼個消息，老天爺未免太無情了一點。」震二奶奶臉色落寞地想了好一會說：「你倒問問他，還有多少虧空？」

「怎麼？二奶奶打算——」

「雖是賭帳，也得弄清楚。」震二奶奶搶著說：「牆倒眾人推。自己根腳不鬆動，別人就不容易推了。」

想想也是。現在要靠曹震出面應付各方，當然要讓他站穩腳步。錦兒由衷地佩服震二奶奶，見識畢竟高人一等。

「另外還有些窮親戚放的帳，也得趁早料理清楚，拿單據收了回來。」

「這，」錦兒嘆口氣，「還不知道內帳房有錢沒有？」

「喏！」震二奶奶往枕頭下一掏，將個紙包扔在錦兒身邊，打開來一看，是曹震過了戶的四萬銀子新存摺，與他的一枚圖章。

「二奶奶不打算要這四萬銀子了？」

「也要能要得起來，才能要啊！」震二奶奶緊接著又說：「你把當票檢一檢，聽說太太那裡也有幾張，你也去要了來。」

「要了來怎麼樣？都贖出來？」

「你怎麼越說越傻？再說，贖出來幹麼？莫非還充闊。」

「我，我不大懂你這話。」

「你不懂，我就乾脆告訴你吧！大概一過了年，就會抄家；能多弄幾張當票擺著，或許倒還減點兒罪過。」

錦兒一聽這話，半晌作聲不得。真的會抄家？她簡直想都不敢想了。

「你不相信是不是？」

「我不是不相信，我是在想，四老爺的虧空也補得差不多了，有王爺在裡頭照應，定一個期限補足，也就是了。何必非抄家不可？」

「你這是跟誰講理？跟皇上講理嗎？你也未免想得太天真了。」震二奶奶又說：「你沒有想到舅太爺家的情形？」

一提這一點，錦兒不由得打了個哆嗦，既不信，又不甘地說：「不會的！如果那樣子，倒不如一索子吊死了還好些。」

「我想也不至於到那地步。」震二奶奶也覺得話說得過分，有害無益，因而鄭重告誡：「你再去問問他，消息是怎麼來的？還有甚麼人知道？這個消息，絕不可透露，除了咱們這兒三個，明兒只能告訴兩個人。」

她未曾說那兩人是誰，不過錦兒能猜想得到，「一個自然是太太。」她問：「還有一個是秋月？」

「對了。」震二奶奶沉吟著，自語似地說：「春雨呢？要不要讓她也知道？」

「春雨知道了，芹官自然也知道了。」

「那倒不盡然。關照她瞞著芹官，她一定聽話。」

提到春雨，想到芹官，由芹官又想到曹老太太，震二奶奶再也無法強自矜持，故作剛強了。一時思前想後，淒涼萬狀，不過既無哭聲，亦非飲泣，只是淚如雨下，眼中映光，五色閃爍，將錦兒看得怔怔地驚疑不定。

「從舅太爺出事以後，幾次做夢，夢見抄家，哭醒來心裡寬鬆，原來是夢。如今夢成真的了！」震二奶奶這時才有痛苦的表情，「將來還不知道怎麼樣呢！雖不至於像李家那麼慘，一回了旗，那種冷冷清清的日子，也夠人受的。芹官怎麼能過那種日子，我真想都不敢想？」

這一說也勾動了錦兒的愁思，但也只能往寬處去想，「總算還好！」她說：「若是老太太在世，聽到今天的消息，那就不知道怎麼辦了？」

「那就一定先急死四個人！」震二奶奶說：「秋月、太太、芹官、我。」

「這樣說，還是不幸中的大幸。」錦兒又說：「如今全靠二奶奶你了，可得定下心來，好好拿個大主意。」

「怎麼叫『拿個大主意』？」震二奶奶住了眼淚，用錦兒遞給她的一方手絹拭著臉問。

「得，」錦兒低聲說道：「總得留個退步啊！」

震二奶奶不作聲，臉色卻越來越陰沉，好久才嘆了口無聲的氣。

「晚了！又晚了一步！若非鬧這場閒是非，把祭田那件事也辦了。如今，哪裡還有退步？」

震二奶奶說到這裡，突然又停了下來，雙眼亂眨，顯然在考慮一個絕大的疑難，因此錦兒便不作聲，靜靜等著。

「我起來！」震二奶奶冒出來一句，隨即便要下床。

「幹麼？」

「找秋月去商量，商量定了，天一亮就得動手。」

「這——」錦兒說道：「如果真是那麼急，也不必二奶奶親自去找她，我把她請來就是。」

「也好！」震二奶奶說，「別驚動人！」

等錦兒將秋月邀了來，讓她們深感詫異的是，震二奶奶毫無愁苦之容；屋子裡收拾過了，衾枕都疊得好好地；火盆續了炭，燒得極旺。她只穿一件寬大的薄棉襖，正在火盆上調製燙飯。靠窗的方桌上，點著明晃晃的一枝新燭，已擺好了四個吃粥的葷素碟子。

「外面挺冷的吧！」震二奶奶頭也不抬地說：「先吃燙飯。暖了身子，飽了肚子好辦事。」

錦兒與秋月對看了一眼，都有莫測高深之感，因而也都不開口，只分別動手，一個從震二奶奶手裡接過杓子，一個去檢點餐桌。

震二奶奶居中，錦兒與秋月相向坐定。等小丫頭盛上粥來，震二奶奶說道：「你盛了燙飯到後房吃去，這裡不用你招呼。倘或耳朵裡刮到一句、半句話，只當沒有聽見；你要敢胡說，當心我揭了你的皮。聽清楚了沒有？」

凡是為她挑在身邊的，都知道守口如瓶是最要緊的一件事。那小丫頭答一句：「聽清楚了。」隨即迴避得遠遠地。

「我剛才前前後後都想過了。」震二奶奶從容說道：「事情要往遠處去想，可得往妥當的地方安排。你們說，會壞到甚麼地步？」

「我還不怎麼完全清楚。」秋月答說：「不過，總不至於像李家那樣吧？」

「那大概不至於，抄家，想來是免不了的。」

「就那樣也夠受的了。」錦兒將飯碗放了下來。

震二奶奶挾了一個醉蟹的蟹蓋，擱在她面前的碟子裡，「就是這一個不抄。」她彷彿無視於錦兒的憂色，「我也擔心太太會受不了。還有芹官，也是累贅。我有個主意，你們看行不行？我想請太太帶著芹官，趕年內先進京。反正遲早是要回旗的，何必在這裡受驚嚇。」

這個主意，好像有點匪夷所思，但細想一想，卻不失為妥當的安排，只是有一層顧慮。

「都快送灶了，忽然要趕進京，這不讓人奇怪嗎？」秋月又問，「少不得總有幾家要替太太餞行，見了人怎麼說呢？」

「自然有非馬上趕進京不可的緣故。」震二奶奶問錦兒：「今天那封信是怎麼來的？」錦兒還在思索曹震所說的經過；秋月插了句嘴：「想來是專差。」

震二奶奶點點頭說：「信裡說些甚麼，當然不會有人知道，現在還來得及遮蓋。你們聽清了，大家的說法，不能有出入。」說著，端起碗來吃飯。「是怎麼個說法？」錦兒心急，看她那好整以暇的神情，近乎做作，不覺微生嗔意，「哪裡就餓成這個樣子？連說句話的功夫都顧不上來了。」

「急脈緩受。」震二奶奶正色說道：「往後風波不知多少？太太一走，內裡只有我們三個人撐，你得沉住氣！」

原來她是故意在磨練她們應變的涵養，錦兒倒是心平氣和，生了信心，居然能剔著蟹蓋中的紫膏吃了。

「怎麼個說法呢？說外老太太得重病，來勢不輕，想太太想得要命，外孫子也沒有見過。舅老爺派專差送信來，請太太帶著芹官趕進京去見一面；晚一步，只怕送終都不能夠。」

這個說法，一面為馬夫人進京找了非常充足的理由；一面也可以消釋全家上下，因為京差星夜送信而引起的驚疑。錦兒與秋月都心領神會，深深點頭。

「我還在想，」震二奶奶又說，「甚至連太太面前都這麼說，索性瞞到底。」

「那不好！」秋月接口，「外老太太八十多了，雖是嫡母，跟太太的感情一向是好的，聽得這些話，不就急壞了？」

「太太面前不能瞞。」錦兒也不贊成，「不過，芹官倒是不讓他知道真相的好。」

「好吧！就照你們的意思。」震二奶奶看著錦兒說，「你吃完了，把咱們商量好了的主意，去告訴二爺，看他還有甚麼話？」

錦兒點點頭，吃完一碗燙飯，擱下筷子就走了。

這時震二奶奶起身去開了紅木大櫃，東尋西找，口中不斷在自語：「咦！曾擱到哪兒去了呢？」

秋月忍不住問道：「震二奶奶，你倒是找甚麼呀？」

一語未畢，聽她歡然說道：「在這兒了！」隨即見她探身進去，不知從哪個角落中找出來一個瓶子。

瓶子是水晶的，高約尺許，一望而知是瓶藥酒。秋月知道它的來歷，是先帝所御賜，用老山人參、茯苓、黃朮等等藥料、浸泡天主教士進獻的陳年白酒，真正「上用」，與尋常賞人的藥酒不同。曹寅去世時，還剩下三瓶，那年李煦來看曹老太太，喝了兩瓶，剩下一瓶，讓震二奶奶要了來，一直捨不得喝，說是她的「一寶」。

「怎麼？你寶貝都不要了？」

「家都破了，還留著這個幹甚麼？」震二奶奶突然住手，「今天還是不能喝。過一天給老太太除靈，先上了供，大家『散福』。」

聽得「除靈」二字，秋月格外關心，不過察言觀色，已知震二奶奶對應付這場傾家的災難，有全盤的打算，所以並不急著動問。

震二奶奶將藥酒仍舊送回櫃子，走回來說道：「秋月，如今內裡要靠我們三個了。其實錦兒只能算我的幫手，真正要挑這副擔子的，只你我兩個。」秋月頓有負荷不勝之感，急忙說道：「震二奶奶，你太抬舉我了——」

「你不必客氣。」震二奶奶搶著說：「可也不必怕，這副擔子當然也要讓你挑得動。剛才我細想過了，事情也還不至於糟得不可收拾。咱們家跟大舅太爺的情形不同，大舅太爺是跟八阿哥、九阿哥都有往來，當今皇上，早就討厭他了。四老爺為人忠厚老實，皇上也知道的，如今不過鬧了虧空，辦事也不怎麼漂亮。虧空好得有幾萬銀子已經先補進去了；抄家就來抄好了，把虧空補完，自然沒事。」

聽她說得在理，而且語氣又是從容堅定，秋月不覺愁懷一寬，肩上的也就不太覺得沉重了。

「如今最要緊的是兩件事，一件是別讓太太受驚；芹官是咱們家一棵苗，將來長成大樹，讓全家遮蔭，都指望著他，當然也要格外看住。這件事，我託你跟太太去說，該挑甚麼人跟了去、該帶甚麼東西？你跟太太商量好了，就算定規了。」震二奶奶緊接著又說：「太太只怕要你跟了去，我可得把你留下。」

「我明白。我不走！不過太太的私房，現銀雖沒有，東西也不少，光是大毛衣服，就有上十口箱子。這要帶了去，不惹眼嗎？」

「不但惹眼，路上還怕遭搶。」震二奶奶緊接著說：「我要託你去跟太太說的道理，就在這裡。」

秋月點點頭，明知道是樁不好辦的差使，也只得硬了頭皮答應下來。

「第二件，是務必不能惹出閒是閒非來。」震二奶奶又說：「咱們破家不要緊，得要買人家『可惜』兩個字。若落得人說一聲『活該』，那就完了！甭想再翻身了。」

接著震二奶奶又論曹家的形勢，有平郡王這門貴親，將來一定可望有照應。就怕落個壞名聲在那裡，變成愛莫能助。「震二奶奶，你真拿得起來。」秋月越發有信心了，「你說吧！怎麼才能買人家『可惜』兩個字。」

「自然是行事別刻薄，更不能落個話把柄在那裡。」震二奶奶用感慨而豁達的語氣說：「反正咱們家還沒有破，我可是讓我們那位二爺玩兒完了！既然命該如此，就認命吧！我手裡還有五六萬銀子，預備讓太太帶一萬銀子走，其餘的先還二爺的虧空。餘下親戚存在這裡吃利息的錢，掃數還清了它。至於人欠的，也很有個數目，大可不必去討。反正要抄家了，只拿借據往外一送，自有官府去追，咱們既不藏私，又做了人情，何樂不為？」

秋月心想，震二奶奶真是厲害。不過，這樣做法，表面是盡了人情，實際上卻是害了別人。因而提出建議：「官府一追，不但一個子兒不能少，額外還得花費。倒不如先跟欠錢的人說通了，哪怕打個折扣呢，把借據還了人家，豈不乾淨？」

震二奶奶看了她一眼說：「我們都是菩薩心腸。有天芹官跟我閒聊，說甚麼世界上最痛快的事，莫如孟嘗君那個姓馮的清客，替東家去收帳，空雙手回來，連人家的借據都燒掉了。曹李兩家的老太爺，當初都是太慷慨了，才落得個抄家還虧空的下場。」稍停一下又說：「你的話也有道理，不過這會兒沒法子跟人家去說，你是好意，他還只當這會兒去要債，竟是年都不叫人家過了。你那個主意，咱們到時候再看吧！」

「原是到一個地步說一個地步的話。」秋月想起一個人，「全家上下，別的都好辦，就怕季姨娘不懂事，若是知道了這個消息，先一把眼淚、一把鼻涕哭得人心都煩了。」

「這話一點不錯！」震二奶奶嘆口氣，「我也是甚麼都有辦法，就拿季姨娘沒法子。說不得也只好交給你了，好在有夏雲。」

「我在想，」秋月很謹慎地說，「是不是讓太太把棠官也帶了去呢？」

「照道理說，芹官跟棠官應該一例看待，才顯得公平。不過，這番意思，怕季姨娘不明白。」

看震二奶奶不反對，秋月急忙說道：「這不要緊！讓夏雲跟她細細說明白。」

「好吧！你告訴夏雲，把棠官帶了去，季姨娘可不能再亂吵了。」

「當然，這非說明白了不可的。」

震二奶奶不作聲，拿著象牙籤子剔了好一會的牙，突然顯得有些激動地說：「秋月，我拿你當妹妹看，告訴你一句心腹話：我是最要強的人，這一回讓我們那位吃裡扒外的二爺，把我弄得灰頭土臉，人面前抬不起頭，你想我心裡是甚麼滋味？現在出了這場禍事，倒是我的一個機會。你看著好了，我一定把已丟了的面子撿回來。」

秋月不十分明白她的意思，只能泛泛安慰，「震二奶奶把這件事忘掉了吧！」她說：「公道自在人心，日久天長，自然知道震二奶奶你是怎麼樣一個人？」

「對了！就是這句話。」震二奶奶說：「泥人還有個土性，別以為我就會受這麼大的委屈。」

聽得這話，秋月頗為不安。聽她的語氣，彷彿要報復，而看她的臉色，卻又不像。

這時錦兒已去而復回，進門便說：「二爺說，全照你的意思，倘能還清了他的虧空，他替你陪不是。」

「我才不希罕，拿錢買出來的。」震二奶奶撇撇嘴。

「震二奶奶，這話你可錯了。」秋月急忙代為辯解，「震二爺的意思是，你替他還虧空，足見得你顧夫妻的情分，相形之下，就顯得他不對了，所以替你陪不是。」

「不管你們怎麼說吧，我算是怕了他了。」震二奶奶猶有悻悻之意。

秋月和錦兒都不答腔。收拾了桌子，釅釅地沏了一壺茶，細談應變要辦的幾件事，該如何著手。等談得都有了頭緒，曙色也透上窗紗了。

第二十章

「你倒早！」馬夫人詫異地看著秋月，「莫非有甚麼事？」

「是！」秋月答說，「來告訴太太一個消息，震二爺跟震二奶奶和好了。」

「這倒是個好消息。」馬夫人在欣慰之中，不免困惑，「是怎麼回事呢？」

「這個好消息，是由一個壞消息來的。」秋月緊接著說，「其實也不算太壞。」說到這裡，戛然而止。

馬夫人心裡明白，一面向小丫頭揮揮手，一面由窗下移坐到靠邊的一張軟榻上，同時招一招手。

於是秋月便端張小凳，坐在她前面，從容不迫地將曹震深夜聞警，以及震二奶奶找她去商量的經過，細細地說了一遍。

但馬夫人一聽會抄家，心就亂了，一時心事如潮，還無法聽清楚她的話。好半晌，眼中閃現了淚光。

「太太別傷心！是福不是禍，是禍躲不過。再說，留得青山在，不怕沒柴燒。經過這番挫折，能讓芹官知道，重振家聲，希望在他身上，一發了憤，讀書上進，反倒是塞翁失馬的一件好事。」

「我不是傷心別的。」馬夫人搖搖頭。「只捨不得住了這麼多年的地方。」

「天下沒有不散的筵席。太太打起精神來，還有好些事，要跟太太請示呢！」

馬夫人點點頭，想了一下問：「震二奶奶呢？她怎麼不自己來跟我說？」

「因為——」秋月突然想到，到了這時候，說老實話反而省事，便接下去說道：「震二奶奶覺得有些話，由我來跟太太回，比她自己來說更合適。」

「喔，是哪些話。」

「第一，想請太太把棠官也帶了去——」

「這行。也是應該的。」馬夫人說，「我們母子在一起，也該讓他們父子團圓。不過一路上，季姨娘有點兒難對付。」

「季姨娘不走，眼前也不必告訴她。只把棠官帶走，將來讓她知道，太太也是處處顧著她，這裡震二奶奶對付她就容易了。」

「這說得也是。」馬夫人問：「還有呢？」

「還有，」秋月忽然問道：「太太預備帶點甚麼東西？」

這一問將馬夫人問住了，愣了一會說：「不是不能再回來了嗎？」

秋月懂她的意思，也正是怕她有這樣的意思——既然不回來了，不如把自己的東西全帶走？這話不必等她說出來，就要把它攔回去。

「是的。不能再回來，所以要請太太挑一挑，只能帶點要緊東西。」秋月緊接著說：「既說去看老太太的病，當然不能多帶東西，不然露了馬腳，還怕京裡得了消息，更加不好。再者，路上也怕惹了眼出事。」

馬夫人半晌作聲不得，但畢竟說了句：「我懂了。盡量少帶。」她接著又問：「哪天走？」

「已看過皇曆了，大後天是宜於長行的好日子。明天先替老太太除靈。」

提到這一層，馬夫人又傷心落淚。這一回秋月不再勸了，因為聽說「外老太太」病重，原該著急。這兩滴眼淚，反容易令人相信，她的匆匆進京，確是為了省親。

「還有件事，」秋月悄悄說道：「太太要真的當作外老太太有病；連芹官面前都不必說破。要說，也得上了路。」

「我明白。」馬夫人說，「我也有件事，要跟你商量，你看春雨是不是也帶了去呢？」

果然不出震二奶奶所料，馬夫人想帶秋月同行。及至秋月老實說了震二奶奶的打算，馬夫人也就只好怏怏而罷。

於是秋月又說：「春雨自然要帶走的，我讓冬雪也跟了去，加上太太屋子裡的人，路上也夠使喚了。」

「冬雪倒罷了。」馬夫人遲疑了一會說：「春雨，就不必了吧。」

此言一出，秋月大為詫異，回想當初馬夫人何等看重春雨？此刻態度大變，自然是對春雨大為不滿。原因為何，自不能不問。

馬夫人卻不等她開口，自己就先明說了。「我看，自從老太太去世，她慢慢兒變了！聽說她常常私自回家，在芹官身上也不像從前那麼在意了。常時還鬧個脾氣甚麼的。如果縱容慣了，將來弄成個尾大，尾大——」

「尾大不掉。」

「對了！弄成個尾大不掉的局面，倒不好了。」馬夫人停了一下，又放低了聲音說：「再說，到了京裡，不比在家，才十三歲的人，弄這麼個人在屋子裡，說起來也不是一件好聽的事。」

秋月默不作聲。馬夫人的話，自然很有道理，但她總覺得非人情之常，春雨如果覺得難堪，定要相從，豈不又生風波？這時候是再也不能惹任何麻煩了。

「怎麼？」馬夫人問，「你覺得我錯了。」

「太太這話說得太重了。」秋月急忙解釋，「我是在想，春雨只怕會傷心。」

「不見得。傷心的只怕是芹官。」

這話含蓄甚深，秋月便問：「太太從哪裡看出來，春雨不會傷心？」

「你不信，你先去探探她的口氣看。眼前不必告訴她，我們母子一去不回來了，只說我想留她看家，反正一兩個月就會回來。」

「是！」秋月深深點頭。

接著便又商量，還要帶哪些人？秋月第一個舉薦何謹，因為他懂醫道，路上少不得他。馬夫人深以為然。此外又選了兩個誠實得力，在曹家多年的老人，算起來下人已有十口之多，不能再帶人了。

等辭了出來，秋月復又回到震二奶奶那裡。曹震已經起身，夫婦二人對坐早餐，只見曹震挾了個包子給震二奶奶，看來前嫌盡釋，竟同新婚。秋月看在眼裡，心生感慨，俗語道的是：「家和萬事興。」早能如此，夫婦倆和衷共濟，又何至於落得今天的下場。

「你吃了沒有？」震二奶奶說，「大概還沒有，你坐下來吧。」

「不！我找錦兒一塊吃。」秋月接著交代：「太太那裡說妥了，都照震二奶奶你的意思。我先找錦兒去，一會兒再跟你細回。」

「太太是這麼說的嗎？」

「我騙你幹甚麼？」秋月答說，「我不明白，太太說她不會傷心，這話是打從哪兒來的呢？」

「自然有來歷。看樣子太太也知道了。」

「知道甚麼？」

「莫非你還不知道？」錦兒亦頗詫異：「春雨的事，你竟不知道。」

「越說越玄了。」秋月急急問道：「春雨甚麼事，你快告訴我。」

正說到這裡，小丫頭端了托盤過來，錦兒便說：「咱們吃著談。就當聽笑話，包你開胃。」

秋月卻不這麼想，她總覺得冬夏春秋是一體，而她是同胞四姐妹中的大姐，有一份不能不關切的責任；當然也還有好奇心，先聞為快已不可能，此刻心就更急了。

無奈有小丫頭在，說話須得避忌，只好忍耐一時，到得坐下來吃粥，看小丫頭出了房門，才又催促：「這會兒可以說了吧？」

「有一回，不是你們喝酒行令，玩得挺熱鬧的，春雨不是不在場嗎？」

「是啊！就因為她回家去了，芹官彷彿六神無主地，我們才逗著他，替他解悶。」秋月問道：「那天怎麼樣？」

「那天就是春雨回去壞了。」錦兒放得極低的聲音：「這話也還不知道靠得住靠不住，聽說那天她喝了點酒，睡到半夜，發現床上有個人，是她大舅的兒子，嫡親的表兄。當時就鬧了起來，但只喊得一聲，讓她表兄捂住了嘴，以後就不鬧了。」

「為甚麼呢？」秋月想了一會，眨著眼問。

錦兒「噗哧」一聲笑了出來，幸而一口粥剛嚥下喉，不然真得噴飯。

秋月也省悟過來了，臉上不覺一紅，「她就那麼賤嗎？」旋覺措詞不妥，隨又說道：「我倒不大相信。」

「我也不大相信。不過，不管你相信不相信，春雨一個月總得回去一兩趟。有時候是說明了的；有時候是溜回家，一早去到下午就回來了。」錦兒問道：「這總是以前沒有的事吧？」

秋月把筷子擱了下來，又傷感又埋怨地說：「你還說包我開胃！我一點都吃不下了。」

「你呀，真是忠厚！老太太沒有看錯人。」

「可是老太太把春雨看錯了。」

「不！老太太當初也沒有想到，芹官的知識開得這麼早。再說，當初照料芹官的那些日子，也很不錯。如今不同了，應該，應該功成身退了。」錦兒不好意思地說，「你別笑我在你面前掉文，不過除了這句話，我再想不出別的話。」

「這話說得並不錯。」秋月問道：「你的意思跟太太一樣，不必讓她跟了去？」

「不錯。」

「可是芹官一天都少不得她。」

「她要是死了呢？」

一句話堵得秋月開不得口，好半天才說：「就算她不跟了去，芹官總也得有個人照應。」

「那還不容易。讓冬雪替春雨好了。」

秋月點點頭同意，卻又想到春雨，不勝感慨地說：「一個人真是想不到，變起來變得這麼厲害！」

「女大十八變，還有得變呢！」錦兒又說：「秋月，只有你沒有變。」

「叫我怎麼變？」秋月不願談她自己，此刻關心的只是春雨——實際是芹官。想起馬夫人的主張，便向錦兒問道：「照你看，要不要讓春雨跟了去？」

「女大不中留。不但不必讓她跟了去，乾脆就放她一條路。」

「那麼芹官呢？不能沒有人照應。」

「照現在看，春雨也不能照應他一輩子。而況——」錦兒把話縮住了；低頭去吃粥。

「怎麼話說半句？」秋月追問：「而況甚麼？」

「沒有甚麼！」錦兒宕開一句，卻又緊接著說：「『夫妻本是同林鳥，大限來時各自飛。』何況，眼前像是非分手不可。你總也應該有個打算吧？」

「我能有甚麼打算，做一天和尚撞一天鐘。到甚麼地步說甚麼話。」

「不錯，可是現在寺快保不住了，鐘也不用你撞，你又怎麼說？」

「我？」秋月有句話不肯說，故意開玩笑似地，「我跟著你。」

「我是叫無可奈何，雖連個名分都還沒有掙到，可是也不能不跟著回旗。你又何苦？」

這一下，秋月不能不說心裡的話，「我是答應了老太太的！」她說，「將來總是跟著太太。」跟著馬夫人就是為了照應芹官，她始終不願這樣說的緣故是，還想保留春雨。而錦兒卻就是要逼出她這句話來，當下笑笑說道：「這一來，更見得太太的打算不錯了。」

秋月尚未開口，門外震二奶奶接口發問：「甚麼事太太的打算不錯？」說著揭起棉門簾走了進來。

秋月急忙站起身來，錦兒卻坐著不動，只看著秋月說道：「你跟震二奶奶商量吧！」

「甚麼事？」震二奶奶按著秋月的肩說：「你坐下來，吃完了慢慢兒談。」

「我夠了。」秋月便談春雨的去留，只沒有談錦兒告訴她的「祕辛」。

震二奶奶靜靜地聽完，先不作聲，只深深地看了錦兒一眼，然後徐徐說道：「必是有人在太太面前搬了口舌。」

「那可不知道。反正我沒管閒事。」

聽得錦兒在辯白，震二奶奶便不往下提了，只問秋月：「你的意思呢？」

秋月想了一下，有了計較，「我的意思是，讓春雨跟了去。」她說，「到了京裡，春雨如果水土不服，再把她送回來。」

震二奶奶笑了，「你倒先替人家找好台階兒了。」接著臉色一正，感嘆地說：「都像你這麼忠厚，處處替人著想，咱們家也不會落到這個地步。」

錦兒已懂了她的意思，覺得她的主意也不錯，便也改變了態度，「這樣也好。」她說，「等到了京裡，再把她送回來。」

「我也是這個意思。好吧，我來跟太太說。」震二奶奶緊接著向錦兒說：「我這會跟二爺一塊兒去看太太，你隨後就來！如今的日子，一天得當兩天用。」

「好了，我知道了。」

「還有件事，季姨娘那裡誰去說？」

「秋月。」錦兒脫口就說。

秋月自是義不容辭，等震二奶奶一走，她也就到了季姨娘那裡。一進門只見夏雲，不見季姨娘，便問是到哪裡去了？

「還不是無事忙。不知道從那裡得來的消息，昨兒半夜京裡有人送信來給震二爺，她忙著要去打聽。」

「不用打聽，我就是為這件事來的。你叫人去看看，季姨媽在哪裡，趕快把她請回來。」

聽這一說，夏雲顧不得先問「這件事」是甚麼？把兩個小丫頭，連打雜的老媽子都派了出去找季姨娘。

談到這裡，已聽見季姨娘的聲音，原來她打聽不到甚麼，掃興而歸，不必去找，亦自要到家了。聽小丫頭說秋月有要緊事找她，心中一動，料想與昨夜的緊急信息有關，所以走得很急，進門便問：「秋月姑娘在哪裡？」

「還好，我不必說兩遍了。」

秋月起身要迎出去，夏雲將她一把按住：「你坐著！」她說，「端著點兒。」

夏雲駕馭季姨娘的手段，比碧文還要厲害。碧文是以誠相待，但遇到季姨娘不識好歹時，只生氣不理她，等季姨娘自己來說好話。夏雲用的是術，倘或季姨娘有甚麼不對，當面開銷，而且看準了季姨娘欺軟怕硬的脾氣，要端架子才能讓她敬重。因此，季姨娘反不敢在夏雲面前說一句重話。

秋月懂她的意思，但秉性畢竟忠厚，還是站了起來，跟在夏雲後面，在堂屋中見到了季姨娘。

「秋月姑娘是甚麼時候來的。請坐、請坐。」她又回頭問小丫頭：「替秋月姑娘沏了茶沒有？我那裡有好龍井，看爐子上有滾水沒有？」

話猶未完，夏雲就給她碰了回去，「不必瞎張羅了！」她說，「人家有要緊話說。你就先替我坐下來吧！」

「好、好！」季姨娘乖乖地坐了下來，又說一句：「你們也坐。」

在正主兒面前，秋月總守著她的規矩，除非讓坐才挪張小凳子過來，否則必是站著說話。但在季姨娘無須守此規矩，所以秋月一面在下首坐下來，一面說話，開門見山的第一句是說：「太太讓我來問季姨娘，她想帶棠官進京，不知道季姨娘願不願意？」

這就不但季姨娘，連夏雲也深感詫異，「怎麼回事？」他問：「太太為甚麼進京？甚麼時候走？」

這兩句話問在節骨眼上，秋月便易於說明了，「昨兒半夜裡有急信，馬家老太太病重，想見太太一面。遲了怕來不及，所以太太趕在這兩天，就要動身。」她接著又說：「芹官自然要帶了去。震二奶奶說，帶了芹官，不帶棠官，有欠公平；再說，四老爺只怕也很想兒子，正好帶了去陪四老爺過年，還有，讓棠官到京裡去見見世面，也是好事。」

秋月是為了替震二奶奶釋怨，有意把交情賣給季姨娘，這回她倒是頗識好歹，「難為震二奶奶替棠官想到。」她問，「她的傷勢怎樣了。我想去看看她，又怕不方便。」

她沒有說完，夏雲就皺眉，說這些話既非其時，又不得體，因而將她的尾音切斷，「這會兒說這個幹甚麼？」她說：「你先說一句：願意不願意？」

「願意、願意，怎麼不願意？」季姨娘一迭連聲地回答，最後又加上一句廢話：「我又不是不識抬舉的人。」

夏雲沒有理她，只問秋月：「甚麼時候動身？」

「就在這兩天。」

「甚麼時候回來？」

「那可不一定。」秋月又說：「京裡親戚那麼多，就算馬老太太病好了，會一會親，也得個把月。這一來一去，我看起碼三個月。太太還有層意思，想讓芹官在京裡念書，也許四老爺覺得他們兄弟在一起的好，那棠官就不跟太太回來了。」

「我明白了。」夏雲轉臉向季姨娘說：「把棠官的書跟衣服，還有他自己喜歡的東西，都帶了去。」

「嗯！嗯！」季姨娘問：「要不要給他添點兒甚麼？」

「這回頭再商量。」夏雲問秋月：「還有甚麼要交代的？」

接著起身告辭，恰好錦兒差個小丫頭來請，秋月便又到了她那裡，只見錦兒已換了出門的衣服，冒著風在走廊上等。

「我就等你來說一句話，說完了我就得走。」錦兒放低了聲音說：「太太一定不要春雨跟了去！二奶奶說該怎麼辦，都聽你的，這件事就算交給你了。」

秋月覺得弦外有音，而一時卻還無從分辨，心想跟錦兒好好談一談，便即問說：「你上哪兒去？」

錦兒從袖籠中取出一個手巾包說：「你摸一摸就知道了。」

秋月伸手捏了一下，裡面是有稜有角的幾個硬摺子，隨即明白；「你是去結帳？」她說。

「不光是結帳，得通知人家，年下要用錢。只怕大部分都得提出來。」錦兒又說，「得趁早通知人家，趕緊張羅。」

「那你就趕緊走吧！一回來就通知我。」

「我知道。」說著，錦兒便往外走，卻又回身說了一句：「還有，給老太太除靈的事，二奶奶說，也交給你了，該花的儘管花，不必省。」

「噢！」秋月笑道，「怎麼一下子又大方起來了呢？」

「那是衝著你。」說完，匆匆走了。

秋月亦就自回萱榮堂，只見冬雪與兩個小丫頭聚在一起，彷彿在談一件新聞，看到秋月都住了口。

「明兒給老太太除靈。」秋月向小丫頭說，「都快去洗了手，來摺錫箔。」然後向冬雪使了個眼色，管自己向裡走。

冬雪跟了進去，秋月卻不開口，坐了下來想心事——心事是剛才想到的，既然馬夫人執意不要春雨，她打算照錦兒的主意，靠冬雪去照料芹官。但此時思量，似乎夏雲替換春雨，是件一舉兩得的事。

「怎麼啦？」冬雪開口催問了，臉上且有不安的神色。

「替老太太除靈，是因為太太要進京——」秋月仍是一樣的說法，也沒有提到春雨。

「那麼芹官呢？」冬雪卻問到了。

「要帶著去。」秋月答說，「還要帶棠官去看四老爺。」

「那，」冬雪悵悵地說，「今年過年就更冷冷清清了。」

可憐！秋月在心裡說，她還想著過年呢！若是知道了抄家不免，不知道會怕出甚麼樣子？

「春雨呢？」冬雪又問，「當然要跟了去？」

「那就不知道太太的意思了。」秋月去說，「你聽到外面有人說春雨沒有？」

「怎麼？」冬雪很注意地問：「你聽說了甚麼？」

一看她那神情，便知道她對春雨的事，比自己知道得多，當即答說：「就因為我沒有聽說，所以才來問你。你如果聽說了甚麼，細細告訴我。這件事關係很大。」

「就因為關係很大，所以我才不敢說。如今想來你總也知道了，我就說吧！」

於是冬雪將她從各處聽來的，有關春雨的祕密，都說了給秋月聽。據說，春雨「迷」上了她的表兄，已經有了嫁娶之約。

「這，」秋月問道，「她準知道府裡會放她嗎？」

「現在太太不就不要她了嗎？」

「那情形不同，不要她跟了去，不一定就是放她。」秋月又說：「而且，她是一廂情願，莫非她娘老子也跟她一樣的糊塗心思？」

提到這一層，恰好引起冬雪的憤慨，「狗眼看人低嘛！」她說：「她娘老子是聽了人的話，說曹家不比當年了！水往低處流，人往旺處走，就在曹家也不會有甚麼出息，居然就跟春雨的心思一樣。」

「這可真是怪事！」秋月又問：「莫非她家就不知道她跟芹官的事？」

「只怕不知道。」

秋月默然。沉吟了好一會問說：「你呢？如果拿你去換春雨，你怎麼樣？」

「我才不去。」

聽她毫不思索地拒絕，彷彿這件事兒早就考慮過了，秋月不免奇怪，因而追問原因：「為甚麼？」

「我沒有那麼傻，芹官向來有點癡，一片心都在春雨身上，看誰都不順眼，我為甚麼那麼賤，送上門去惹他討厭？」

這話也是實情，秋月越覺得她剛才想的辦法不錯。

方在考量時，冬雪卻又開口了。

「除非你去。我看他對你倒也是一往情深。」

秋月心中一跳，臉就紅了，呵責著說：「別亂扯！瞎用成語。」

冬雪笑笑不響，然後突如其來地問：「給老太太除靈，不要做佛事嗎？」

「啊！你倒提醒我了。」秋月想一想說：「不但要做，而且要多做。」

「那就做三天，拜三天梁皇懺，放三夜瑜伽燄口。」

「這件事就交你去辦吧！」

「不要給震二奶奶說一聲？」

「不必！她已經有話了，該花的儘管花，做三天佛事也花不了多少錢。」

「就是這話，而況是老太太最後一件事。」說著冬雪就往外走，「我去告訴外頭，讓他們去通知。」

冬雪一走，秋月也就走了，一逕去看震二奶奶，談春雨的去留。先說春雨確不宜再留，次言冬雪不願去補春雨的缺，最後提出她的想法。

「我在想，假如芹官有專人照應，棠官似乎也不能沒有。倒不如讓夏雲跟了去，順便照應芹官。一舉兩得的事，讓人瞧著也顯得大方。」

「主意倒是好主意。可是，這一來，季姨娘就沒有人來對付了。」

「不要緊！我來對付。」秋月極有把握地說，「我自信對付得了她。」

「不然！論感情你不如碧文；論手段，你不如夏雲。你倒再想想。」

「不用想了！論手段我不如夏雲，可是夏雲莫非還能勝震二奶奶你？」

震二奶奶一笑，「這倒也是實話。就怕那時候沒有功夫來對付。」她緊接著說，「也罷，就照你的意思辦好了。你自己跟夏雲去說。」

「春雨呢？」

「放她走！」震二奶奶忽然說道：「替老太太除靈、得做佛事——」

「已經在辦了。」秋月搶著說：「預備做三天佛事。」

原來震二奶奶跟馬夫人已經商量停當，要在查抄的上諭未到以前，盡量遣散下人。但為了隱瞞真相，必須另找一個在情理上不致使人懷疑的藉口，卻好有為曹老太太除靈一事，震二奶奶靈機一動，想出一個主意，到得除靈的最後一天，將由馬夫人親自宣布一個曹老太太的遺命。

「遺命」中說：天下沒有不散的筵席。曹家興旺了五十年，也盡夠了！人貴知足，更貴見機，與其等到「樹倒猢猻散」，倉皇四散，不如及早急流勇退。凡是有家有業，願意各自營生的，好在內務府訂得有屬下人「開戶」的辦法，量力資遣。未成家的丫頭、小廝，如果有父母的，每人給五十兩銀子，領了回去。沒有父母，或者願意投奔至親，只要兩相情願，一樣給資遣散。

在此「遺命」之後，馬夫人還有一段話說：「這是當初老太太嚥氣之前，親口交代我的。我留到今天才跟大家說，是因為老太太屍體未寒，不忍就此散掉。現在老太太的靈也除了，我也要走了，不能不辦這件事。」

當震二奶奶談到她跟馬夫人商量好的這些話，秋月已忍不住傷心，但強自忍淚，有些話要說。

「願意留下的呢？」

「願意留下的，當然就是共患難，情分也不同了。」震二奶奶意味深長地說：「我跟太太一個一個琢磨過了，有幾個人，在心目中一定會留下的。你，當然是一個。」

「是的。」秋月問說：「還有呢？」

「你別打聽。知人知面不知心，萬一倒有人不願意留下來，你心裡會難過，倒不如不知道的好。」

秋月點點頭，卻又微喟地說：「像春雨，照我想，是應該留下來的。」

「不會。」震二奶奶又說，「她心裡不會，可是表面上不能不做作，那時候反倒彼此為難了，所以這件事還得先下一番功夫。」

「怎麼下呢？」

「想法子跟她說明白。」

「喔，」秋月突然想到一件事，將思緒理一理，方又再說：「春雨的事，我現在才完全清楚；有件事倒要請問震二奶奶，芹官知不知春雨的事？」

「春雨是甚麼角色，自然在芹官面前瞞得風雨不透，也沒有人敢在芹官面前去搬嘴。」

「那還好！」秋月鬆了口氣，「不然，不知道芹官會傷心成甚麼樣子？」

「那，」震二奶奶的心思快，立刻就有了計較，「託你先跟春雨去說，不管她願意留，還是走；到那天只說願意留下來，免得芹官傷心。過後，我找個說法，不要讓她進京。等芹官一走，我會找她父母來領了她回去。到時候，就看她的良心了。」

「到那時候才看她的良心？」秋月頗為困惑，「有良心怎麼樣？」

「老太太給芹官的東西不少，只怕你也未必記得。春雨如果有良心，少拿一點；不然，來個席捲，或者一趟趟偷運了出去，又拿她甚麼辦法？」

聽得這話，秋月的感覺是，一惑難解，又生一惑，不由得就說：「這不像是震二奶奶你說的話。」

「我應該怎麼說？」

「我不知道，我只是在想，憑一位震二奶奶，還在乎春雨有沒有良心嗎？」

「不錯！她如果良心太黑，我自然有法子治她。不過，」震二奶奶嘆口氣說：「那是以前的話；如今，也許我在變死！」

秋月悚然而驚！一個人行為大改常度，江南稱為「變死」，視作大限將至的徵兆。以震二奶奶的精明，竟會說出看人有沒有良心這種近乎無奈的話，不能不說是一反故態。不過，通常罵人「變死」，多指一個正常的人，忽然做出許多悖情無理之事而言。像震二奶奶是由刻薄變為厚道，不應說是「變死」。

話雖如此，心裡卻別有一種悽悽惻惻的感覺。震二奶奶察覺到她的心境，便笑著說道：「好端端的，哪裡就真的變死了！我也不過覺得到了這步田地，何必還認真？再說，芹官要是有出息，哪怕回旗補上個『養育兵』的名字，一個月關三、四兩銀子的餉，一樣也會飛黃騰達；倘或沒出息，有了老太太給他的那些東西，越發成了個敗家子，沒的倒丟老太爺、老太太的臉。」

這使得秋月想到震二奶奶說過的一句話：芹官是曹家重振家聲的一棵苗。緊接著又聯想到曹老太太臨終「託孤」，不由得心潮起伏，覺得自己真應該從此刻起，就得想法子督促芹官讀書上進。

「別再聊閒天了。」震二奶奶起身說道：「我還有好些事要料理，春雨、夏雲的事就交給你了。」

於是秋月先辭了出來，心中尋思，是應該先找春雨，還是跟季姨娘談妥了再說。不道走不多遠，在轉角上與春雨撞了個滿懷，彼此都嚇一跳。站定是春雨先開口。

「我剛才到你那裡去了，夏雲說你在震二奶奶那裡，我特為尋了來的。」

「喔！」秋月隨口問一句：「是有事？」

「是啊！」春雨一面走，一面說：「這麼多大事，太太要進京、老太太要除靈，還聽季姨娘說，太太要把芹官也帶去。這些事人人知道，就是我的消息不靈通。」語氣中帶些酸溜溜的味道，秋月倒不免微生歉意，只好笑著答一句：「現在你不也都知道了嗎？」

「只怕還有我不知道的事。」春雨緊接著補充，「本來我知道不知道，沒有甚麼關係。就怕該我要辦的事，我不知道，豈不誤事？」

「說得也是。有些你還不知道的事，應該告訴你。走吧，到我那兒說去。」

到得萱榮堂，只見大大小小都在摺「銀錠」，春雨要坐下來動手，卻讓夏雲攔住了。

「回頭你帶錫箔回去摺，這會兒不必了。」說著，夏雲向秋月使了個眼色。

這一下，春雨越有被排斥的感覺，只是自己也有心病，因而陡起不安之感。跟著秋月到了她臥室裡，頭一句話就問：「是不是說芹官要在京裡念書，不回來了？」

正說到這裡，只聽春雨喉頭嘓嘓有聲，她自己急忙用手將嘴捂住，強忍著不讓它出聲，以致臉都漲紅了。

不捂還好，這一捂顯了原形。秋月本是守禮謹嚴的處子，婦人之事，並不深知；此時由於春雨的不尋常的動作，觸發了她的一樣由見聞中得來的知識，乾嘔愛酸不就是「有喜」了嗎？

意會到此，自然而然地聯想到她的表兄。這一驚非同小可，臉上的顏色都變了。正在尋思該如何去問她這一段私情時，卻又突然意會：說不定是芹官的種呢！

於是驚而又喜，心想這件事未可造次，得先告訴了錦兒再說。因而定定神問道：「你是不是想跟了太太去？」

「我想也不行啊！」

「這是怎麼說？」

「做下人的，哪裡作得了自己的主？」

「喔，」秋月點點頭：「這話也是。照道理要太太交代下來。」她略想一想又說：「芹官恐怕會在京裡念書。你知道四老爺的，最看重這件事。棠官也去了，兄弟倆在一起有伴，說不定四老爺就在京裡替他們請一位好先生了。你把芹官的東西理一理，自己也預備著。」

「知道了。」春雨問說：「還有甚麼事？」

「芹官大概還不知道這回事，等他下了學，你先送他到太太那裡去。吃了飯再送他到這裡來，明天做佛事，讓他來寫疏頭。就這件事！」

春雨答應著走了。

秋月立刻又將心思關注在春雨懷孕這件事上，要找錦兒，想起她出門去提存款，不知道甚麼時候才回來？考慮了好一會，總不能暫且拋開，決定直接告訴震二奶奶。

震二奶奶恢復了她的尊嚴，對回事的總管和嬤嬤，談到公事，絲毫不假詞色。秋月心裡雖急，也不敢冒昧去打攪，只靜靜地等在一邊。

震二奶奶卻發覺了，「你在火盆旁邊坐一會。」她說，「我這就快完了。」於是手揮五弦，目送飛鴻地，同時應付好幾個人，片刻之間，人都散了，等她站起身來，小丫頭遞上熱毛巾跟熱茶。震二奶奶搖一搖手，逕自向秋月走來。

「你說吧！」

秋月將自己的椅子讓了給她，另外端張骨牌凳，緊挨著震二奶奶坐了，將發現春雨乾嘔及急忙掩飾的情形，稍稍地說了一遍。

「有這回事！」震二奶奶問道：「你當時怎麼樣？」

「我沒有敢作聲，第一，怕弄錯了；第二，怕是芹官的種，不能冒失。我只問她，願意不願意跟了太太去？她說，下人作不得自己的主。」

「這意思是不想跟了去？」

「是這意思。」

「既然是這意思，哪裡會是芹官的種？而且，她也早就要說了。」

秋月恍然大悟，慚愧地說：「看我這腦筋，連這一點都想不到。」

好久，震二奶奶問道：「芹官甚麼時候放學？」

「老師快回去過年了，有好些功課交下來，這一陣放得晚，總得到未初。」

震二奶奶取出一個小金表來看，短針已快指在十一上，到未初有八刻的功夫，便即說道：

「快刀斬亂麻，還來得及，趁芹官放學回來之前，就辦了它。」

見此光景，秋月感到事態嚴重了，不能不問一句：「是怎麼個辦法？」

「我先去跟太太回，你悄悄兒把春雨找來。到時候你就知道了。」

秋月不便再問，不過料無好事，有些替春雨擔心，也有些替自己擔心，怕震二奶奶詰問此事，會將她牽涉在內，春雨會對她不滿。

但事已如此，甚麼都顧不得了，只是急急忙忙趕到雙芝仙館，卻還得裝作從容地說道：「太太找你有話說呢！」

春雨倏地望了她一眼，彷彿在問：馬夫人自己不會派人來傳喚，又何用勞動你充任小丫頭的差使？意會到這一點，秋月覺得應該有所解釋，轉念一想，大可不必。不過，還是將臉扭了過去，避開了春雨的眼光。

一進院子，便覺得氣氛異樣。及至進了堂屋，只見馬夫人坐著、震二奶奶站著，反倒坐鎮中門的吳嬤嬤坐在靠門的一張小凳子上。

等春雨請了安，吳嬤嬤起身說道：「春雨，你跟我來。」

春雨料知事發，面色慘白，轉眼向秋月望去，眼中有乞援的神色。秋月卻仍是畏縮地避開了視線。

「你來！」震二奶奶看馬夫人已起身入內，便輕輕地向秋月招呼。

「春雨恐怕不能再要了！」馬夫人嘆口氣說，「我很傷心。」

傷心是由失望而生，當初何等看重春雨，如今作出這種自輕自賤的事來，難怪馬夫人傷心。

秋月雖知其意，卻苦於無詞相慰，只好不作聲。

死樣的沉寂中，只聽得門簾作響，回頭看時，吳嬤嬤老遠便深深點頭，接著伸了三個指頭，馬夫人便問：「人呢？」

「在外面。」

「讓她進來。」

這一進來的春雨忸怩萬狀，臉上陪笑不像陪笑，傷心不像傷心，神態尷尬極了。

「是有三個月了？」馬夫人問吳嬤嬤。

「是！差不多三個月。」

「春雨，我顧你的面子，你自己說吧！」

「你可放明白些！」震二奶奶接口警告，「可別昧著良心說話。」

這是警告，別誣賴她肚子裡的孩子，是芹官的骨血。這便使得春雨更氣餒了，低垂著頭，好久都不開口。

「我知道！」

秋月執著她的手還不肯放，震二奶奶便又開口了，「吳嬤嬤！」她說，「放丫頭出去的規矩，你都知道，念在她照應芹官一場，箱子只略為看一看就可以了。」

「是！」吳嬤嬤向秋月使個眼色，讓她放了手才向春雨說：「去吧！理你的箱子去。」

「你放明白些！太太跟震二奶奶開恩，放你一條生路。你怎麼倒不開口了呢？」

原來馬夫人、震二奶奶跟吳嬤嬤已經商定了處置的辦法。春雨懂得吳嬤嬤的暗示，不覺由憂而喜，卻不敢擺在臉上，只裝出委委屈屈的神情說：「我錯了！請太太、震二奶奶責罰。」

馬夫人便向震二奶奶努一努嘴，示意她作處置。震二奶奶便用惋惜的語氣說：「本來想讓你風風光光地走，誰知道你的肚子不爭氣，把幌子都掛出來了！說不得只好這會兒就作個了斷，趁芹官還沒有放學，你就走了吧！我會替你瞞住，讓他常會想起有情有義的好春雨。」

最後這句話，真比刀子還鋒利，將春雨的一顆心割回來一半，不覺痛哭失聲，但很快地將嘴捂住，淚流滿面，偶爾發出一兩聲抽噎。馬夫人心有不忍，將臉扭了過去，秋月更是陪著春雨淌眼淚。

「別哭了！」震二奶奶冷冷地說，「你如果還有點良心，就別再惹芹官為你傷心。」

聽得這話，春雨頓時收淚，趴了下來給馬夫人磕頭，口中說道：「多謝太太的恩典。這一路進京，又是雪、又是雨，春雨不能伺候了太太去，請太太多保重。」

馬夫人可真忍不住了，流著眼淚向震二奶奶說：「給春雨一百兩銀子，別出公帳。」

「你聽見了沒有？太太自己賞你一百兩銀子。好好跟你表兄去做人家，小兩口和和氣氣的，別辜負了太太的恩典。」春雨無話可說，只又給馬夫人磕了頭，接著又向震二奶奶磕頭，站起身來，一轉臉卻正好與秋月視線相接。

「秋月，」她走過來臉色平靜地說：「我求你一件事。」

秋月本懷歉意，聽得這話，趕緊握住她的手，一迭連聲地說：「你儘管說，你儘管說！我一定替你辦。」

「請你到中門口等著，芹官一下了學，你就把他帶到你那裡去寫疏頭，再找些別的事絆住他。」

「嗯，嗯！我明白。」秋月連連點頭，「你管你去收拾你的東西好了。」

「飯就在你那兒吃。」春雨又說，「他昨晚上跟我說，想喝蘿蔔絲鯽魚湯，我已經替他煨好了。回頭別忘了派人到我那裡去端了來。」

為了不負春雨所託，秋月親自守在中門上，等芹官一下了學，便一面從他手裡接過書包，一面說道：「上我那裡去，我要抓你的差。」

芹官不明所以，一進了萱榮堂，先到祖母靈前行禮，回身看看幾篋簍摺好的「銀錠」，知道秋月要他幹甚麼了。

「在哪裡寫？」他問。

「不忙！」秋月答說，「先吃飯。」

飯已經擺好了，秋月告訴他，鯽魚湯是從雙芝仙館取來的。芹官要秋月、冬雪陪著吃，她們也都同意了。

「我告訴你件事，或者你會高興。」秋月扶起筷子，從容不迫地說：「你要進京了。」

「我？」芹官大感詫異，「是四老爺寫信來，要我去？」

「不是！你跟太太進京——」秋月將前因後果講完了，又加一句：「觀光京國，總是件好事吧？」

芹官自然感到興奮，但也有濃重的依戀不捨之情，「好事倒是好事！」他說，「一來一去，總有三個月不能跟你們見面，那牽腸掛肚的日子，也不是好過的。」

「你看你！」冬雪接口說道，「越來越娘娘腔了！」

「這也不是我一個。『黯然魂銷者，唯別而已矣！』江淹的文章很多，何以獨獨這個句子最流傳，可見人同此心，心同此理。」

「你別跟我咬文嚼字！男子漢，大丈夫，要提得起，放得下才好。」

冬雪話中有味外味，秋月怕洩漏機關，便輕咳一聲示意，緊接著說道：「太太為了要進京，所以先給老太太除靈，明兒起做三天佛事，白天梁皇懺，晚上瑜伽燄口，等你來寫疏頭。」

「原來是抓我這個差！我只當寫『銀錠包』的簽條。」

「那也要寫。而且昭穆宗親都要寫到，夠你忙半天的。」

「把棠官找了來幫著寫。」

「喔，」秋月被提醒了，「還有件事，我忘了告訴你，太太打算把棠官也帶了去，看四老爺。」

「四老爺一定很高興。還有，我們那位小師娘，不也挺想棠官的嗎？」

這是指碧文，她是冬雪的表姐，芹官便又問冬雪可有信或東西捎給碧文，話題就此扯遠了。

「喝喝茶，就動手吧！」秋月是有意要磨芹官的辰光，所以又說：「我看也不必找棠官來幫忙了，他們娘兒倆要分手了，讓他陪季姨娘多說會子話。」

「也好！」

於是擦臉漱口，芹官又洗了手，才去寫疏頭。那不費事，疏頭是從法藏寺取來的，印得有現成的格式，只要填上姓氏、籍貫之類就行了。費事的是簽條——銀錠裝在桑皮紙剪成的「籃子」裡；上面要加一張一行紙簽條，寫明甚麼人「冥中收用」。曹家的昭穆宗親很多，列出長長一張單子，一一照寫，很花功夫。

到得申正時分，天色已經暗了下來。冬雪走了來，趁芹官埋頭伏案時，使了個手勢，暗示春雨已經離去。秋月鬆了口氣，去倒了杯熱茶來，等芹官寫好一張簽條擱筆時，便即說道：「累了吧！明天再寫。喝杯熱茶，我送你到太太那裡去。」

芹官原就惦念著母親，聽得這一聲，如釋重負，匆匆喝了茶，說一聲：「走吧！」

到了馬夫人那裡，但見箱籠凌亂，只喊得一聲，卻以馬夫人忙著指揮丫頭收拾行李，芹官一直找不到說話的機會，只覺得母親容顏慘淡，心想必是為外祖母的病勢愁煩，更不忍離去。

而轉來轉去，深感無聊的神態，卻是誰都看得出來的。

幫著在收拾箱籠雜物的秋月便說：「太太歇一會吧！好在總還有三、五天功夫，來得及拾掇。」

馬夫人點點頭坐了下來，開口第一句話是：「我有件要緊事，非春雨去辦不可。只怕她年裡都趕不回來。」

秋月不明白馬夫人何以編這麼一個理由？可是話已說出口來，便得幫腔，當下說道：「這一來，春雨可不能跟太太進京了。」

「多半不能。」

「本來雙芝仙館也少不了春雨看家。」秋月緊接著說：「好在太太來去也不過三個月。」

這是說給芹官聽的，果然，芹官自寬自慰地在想：也不過三個月的功夫，一晃眼就過去了。

「冬雪怎麼樣？」馬夫人問，「願意不願意跟了我去？」

秋月既不便說，冬雪不願頂春雨的缺，也不肯說她已跟震二奶奶商量好了，因為如果說早有安排，自然是已知道春雨絕不能隨行。既然如此，何以早不跟芹官說？在他看來，竟是有意隱瞞，疑心一生，麻煩甚多，因而很謹慎地作為臨時提了個建議。

「冬雪不大得力。我倒有個主意，太太看使得使不得？」

「你說吧！」

「不如帶了夏雲去，她比冬雪能幹得多，棠官也聽她的話，不必多花功夫去管，帶著照應芹官，不是一舉兩得？」

「這也好！」馬夫人問芹官：「你看怎麼樣？」

「娘說了，自然就定規了。」芹官答說：「何必問兒子。」

「我問你的意思，是要讓你知道，夏雲不比春雨，她是有正主兒，不過帶著照應你，一切是棠官當先。」

「我明白。」

這時秋月想起一件事，頗不放心，恰好錦兒來了，便搶先迎了上去，悄悄向她說道：「芹官如果要走，你務必把他絆住。我馬上就回來。」

說完，不等錦兒開口，就匆匆奔向雙芝仙館，一進堂屋，先到春雨住的那間屋子，但見一切陳設如常，才算放心。

其時只有一個小丫頭跟了進來，秋月問道：「你叫甚麼名字？」

「我叫碧桃。」

「春雨走的時候，怎麼交代你們的？」

「她說，芹官問起，只說太太派她到杭州辦事去了。」

「怎麼一下子會派她，她能替太太辦得了甚麼事？」

秋月是模擬著芹官的感想，這樣發問，碧桃哪裡會知道她的心事，愣著無法回答。

「又是誰送了春雨去的呢？」

「我、我不知道。」

說「不知道」必不能使芹官滿意，還會去問別人，秋月心想這得有個一致的說法，才不至於露馬腳。

「秋月姐姐，」碧桃問道：「春雨到底為甚麼去了呢？」

「不就是太太派到杭州辦事去了嗎？」

「不是。」

「你怎麼知道？」

「春雨一面理東西，一面直淌眼淚。吳嬤嬤還勸她：『早知今日，何必當初。緣分盡了，你看開一點兒吧！』這不是不要她了嗎？」

「我可告訴你，」秋月沉下臉來，「這話你們敢在芹官面前說一句，小心震二奶奶把你的嘴撕爛。」

「不會，絕不會！」碧桃答說：「春雨也告訴我們了，絕不能在芹官面前提到她的事，私底下也別談她，就當沒有這回事一樣！」

秋月心想，春雨畢竟細心，而臨別的那種淒涼悔恨，從小丫頭的話中，亦大可想見。念頭轉到這裡，不覺一陣心酸，雙眼立刻就發熱了。

「秋月姐姐，」碧桃又問了，「春雨說芹官要跟太太進京，他的東西讓我們替他收拾，可怎麼收拾啊？」

這提醒了秋月，確是一件要緊事，都還不曾想到，略一沉吟，立即作了決定，「不要緊！」她說，「明天我替他來收拾，你們只把芹官常用的東西，歸在一起就是了。」

第二十一章

擾攘終日，秋月真是累了，卻以次日做佛事還有許多瑣務，必得事先預備，撐到三更天，勉強料理清楚，便向冬雪說道：「我可得趕緊去睡一覺，明兒還要起早。」

一語未畢，有人敲門，冬雪說道：「不知是誰？這麼晚了，必是有事，你等一等吧？」於是冬雪親自去應門，問道是誰時，門外的聲音，竟是芹官，由碧桃打著燈籠陪了來的。

「這麼晚了。」冬雪一面讓他進門，一面問道：「有事嗎？」

「沒事。」芹官歉意地答說，「只是睡不著，來看看你們。」

冬雪本想答一句：「我們可是要睡了。」但話到口邊，還是縮了回去。

隨後迎了出來的秋月，也聽見了他的話，心情與冬雪相同，頗不歡迎這位不速之客，卻不忍拂他的意，也就只好強打精神來周旋了。

「明兒做佛事，還有要我幫忙的地方沒有？」

「沒有。」秋月答說，「都預備好了。」

「你喝甚麼茶？」冬雪問道：「火盆裡剛續了炭，要等火上來，才有開水，可得等一會兒。」

「不忙，不忙！」芹官肚子裡一陣響，便即問說：「可有甚麼吃的？」

「你想吃甚麼？」

「隨便。」芹官很遷就地，「現成的就行。」

「有齋僧的素包子，大廚房送了兩盤來，你吃不吃？」

芹官幾乎從未吃過出自大廚房的食物，因而秋月趕緊補了一句：「還不壞！鹹的又比甜的好。」

「那好！我來兩個。」

「可也得等。」冬雪說道：「等我想法子把它弄熱了。」

「不，不！回蒸的包子不好吃。冷的就行。」芹官又說：「冷包子就熱茶，別有風味。」

秋月本要勸阻，轉念又想：不日長行，一路荒村野店，打尖有飯，投宿有店，就很不錯了，何來如許講究？因而住口不語。

但此念一動，卻只往他的旅程中去想。白天還好，就只一早一晚，起床歸寢，沒有一個像春雨那樣，毫無避忌的人照料，實在叫人不能放心。

這樣轉著念頭，不由得就問：「你早上起來，是自己穿衣服，還是春雨替你穿？」

「多半是春雨。有時候是別人。」

「你自己會不會穿呢？」

這句話大大地傷了芹官的自尊心，抗聲說道：「一個人連穿衣服都不會，那不成了廢物了嗎？」

「你別跟我嚷嚷，總要我自己見了才相信——」

「那容易！」芹官搶著說：「今晚上我睡在你們這裡，明兒一早你瞧著就知道了。」

秋月深知芹官的性情，最怕的是寂寞，料想就逼他回去，也未見得能入夢，因而點點頭，表示允許。

接著便在他膀子捏了一把，入手輕軟，便知他穿的是一件絲棉袍。掀開他芝麻布的罩袍，只見是件藍灰寧綢的薄絲棉袍，下著玄色軟緞紮腿夾袴、白綾襪子、一雙烏絨粉底單梁薄棉鞋，數九寒天，卻只是初冬的打扮。

「這樣子上路，怕不凍僵了你！尤其不能穿絲棉袍，一遇了雨，又溼又重，非受病不可。」

秋月又說：「你站起來我看看？」

「幹麼？」芹官問說，但還是站了起來。

「身材也差不多了。」秋月管自己說，「明兒我找件摹本緞的紫羔皮袍替你改一改。腳上要著羊皮快靴，拿袴腿掖在靴筩子裡，皮袍再拿腰帶一紮，乾淨俐落，風雪都不怕。那才是冬天出遠門行裝。」

「你沒有出過遠門。」芹官笑著說，「倒挺內行的嘛！」

「誰說我沒出過遠門？我跟老太太進京的時候，你還在太太肚子裡呢！」

這一說芹官明白了。原來曹寅、曹顒父子，相繼病歿，先帝作主，以曹頫嗣繼曹寅為子，承襲江寧織造，以養兩代寡婦。曹老太太感激涕零，親自進京，叩謝天恩，行至中途，為李煦攔了回去。那時馬夫人已有七個月身孕，所懷的就是芹官。

提到這段往事，秋月撫今追昔，不勝滄桑之感。芹官卻不明瞭她曾經主人家兩度破家的命運，心境沉重，看她黯然不歡，便逗著她說：「那時你也不過像碧桃那麼大吧？」

「那年乙未，今年丁未，整整十二年了。」秋月茫然地望著空中，「好快！」

「快吃吧！」冬雪端來一個托盤，上面是一碟包子、一壺熱茶，放下來又說：「吃飽了送你回去睡。」

「我今兒不回去。」芹官答說，「你別攆我。」

「你跟我來睡。」秋月接口，「把你的床，讓給他。」

「不！你跟我來睡，把你的床讓給他。」冬雪接下來解釋，不歡迎芹官的理由，「那一回睡在我屋裡，把我的抽斗翻得亂七八糟。兩枝眉筆，一枝折成兩截、一枝不知弄哪兒去了？」

「我找不到毛筆，只好使你的眉筆！」芹官還振振有詞地說。

「對了！秋月屋子裡有毛筆，你睡在她那裡最好。」

秋月也怕芹官亂翻她的抽斗，因為閒弄筆墨，有些不願為人所見的幽思怨語。當下便說：「這樣吧！你睡老太太的大床吧！」

「這好！」冬雪忽發奇想，「老太太明兒除靈，又看你要進京，一定捨不得你，說不定會回來看看。看你睡在她床上，正好託個夢給你——你可千萬記住了！明兒說給我們聽。」

哪知不但一夜無夢，而且幾乎通宵不曾入睡。 則是芹官略有擇席的毛病，再則處處觸及對祖母的回憶，從他有知識時記得第一次睡在祖母裡床的情形，到彌留時一雙失神的眼睛，還是看在他臉上的印象，無不歷歷在目。

一陣陣心酸，一陣陣流淚，到得第二天冬雪來喚他起床時，將她嚇一大跳。

「怎麼啦？你！」

芹官倒是老實回答：「想到老太太，有個不難過的嗎？」

「原來你是哭了一夜，這倒是我的不是了！」冬雪異常歉疚，「早知道這樣，我把我的床讓給你睡了。」

「那一來，我記起我睡過你的床，就會更想你。」

冬雪心中一動。春夏秋冬四人中，只有她把芹官看得不怎麼重，此刻的想法不同了。心裡一軟，幾乎改變初衷，願意頂春雨的缺了。

「你如果想我，你會不會哭？」

「那可不知道。」芹官答說，「你做的事能讓人感激涕零，我想起來自然會哭。」

這時恰好秋月走了來，把他們話都聽了進去，當下說道：「別一早就說傻話了！和尚快來了；有得大家忙的，別耽誤功夫了。」

這三天上上下下都忙。芹官是忙著磕頭：和尚一天在靈前念幾遍經，就得磕幾遍頭。到晚來放瑜伽燄口，照例附帶超度昭穆宗親，磕頭的地方多了兩處。芹官一夜未睡，格外疲倦，秋月便將棠官找來幫著磕頭。到二更時分，瑜伽燄口收場，芹官已倦得連眼睛都睜不開了。

這三天上上下下都忙，忙著料理馬夫人啟程進京，還忙著過年。只有少數幾個人，內心悽悽惶惶，但三天佛事，日夜鐃鈸齊鳴，梵音高唱，倒遮掩了「樹倒猢猻散」的感覺。

到得第四天為曹老太太除靈，木主請入家祠，輓聯之類，一起焚化。接著馬夫人召集全家下人，宣布了曹老太太的「遺命」，當時便有人哭出聲來。

「我也很難過。」馬夫人強忍著淚水說：「天下沒有千年不散的筵席！大家都看得出來的，咱們家遠不如從前了。人貴見機，如果仍舊想著從前的那些好日子，守著不肯走，不但自己耽誤，也耽誤了人家。」

所謂「人家」是指主人家而言，機警的聽出弦外之音，頓時改變了心意。一有人開了頭，跟著走的人就多了。半天的功夫，到震二奶奶那裡自陳願意被遣的，十停中占了六停。

「真沒有想到！」震二奶奶不勝感慨地，指著名冊上打了紅圈的名字說，「我原以為這些都會留下來的，居然也要走了。也好，走了乾淨。」

「人生本來就是勢利二字！」秋月這樣勸她，「如果看不破，就是自尋煩惱。」

「我當然看得破，我這半輩子，見過的勢利，比誰都多。」震二奶奶又說：「只有一件事我看不破。秋月，你倒猜一猜，那是甚麼？」

秋月對她所知極深，不用多想，就有把握猜到，「震二奶奶，你看不破的，只有一個字。」她說，「我不必說出來，你也能知道。」

「你猜是一個『名』字不是？」震二奶奶既興奮又感慨，「秋月，真不枉我多年拿你當妹妹看待，只有你曉得我的心事。我索性都能認命，只有這一片爭強好勝的心，看不開。這一回讓我們二爺把我弄得這麼灰頭土臉，我一想起來，一顆心就揪緊了。不過，我總有法子把面子掙回來。你看著好了！」

說「總有法子把面子掙回來」，原可看作她自己找場面的一句話，但有了後面一句「你看著好了！」便是相當認真的語氣，秋月就不能不重視了。

「震二奶奶，你剛才說拿我當親人看，這可真正折煞我了。既然如此。我倒不能不問問震二奶奶，你是預備怎麼樣把面子找回來？也許我可以替你出出主意。」

「這個主意只有我自己能出。」震二奶奶似乎不願多談，顧而言他的說：「走吧！上太太那裡去。」

原來這天是替馬夫人餞行，特為找了清真館子的廚師來，在院子裡支起鐵架，烤了一口全羊，香味遠播，將季姨娘和鄒姨娘都早早地吸引到了。等震二奶奶跟秋月到達，已是一堂屋的人，席面也早就鋪設好了。

「平常總是震二奶奶先到，今天可晚了我們一步了。」鄒姨娘含笑起身，拉著她的手讓坐。

季姨娘見此光景，當然也要起身，震二奶奶卻一手一個，推按著她們坐下，「兩位姨娘別客氣！」她說，「今天是我做主人，替太太餞行，兩位姨娘跟芹官、棠官是陪客。請坐，請坐！」

「今天不分上下，都在一起坐吧！」馬夫人說，「也熱鬧些。」

「是啊！」季姨娘接口說道：「熱鬧也只熱鬧這一回了。」

此言未畢，夏雲便已大驚失色，趕緊扯季姨娘的衣服，已自不及。出語不祥，連棠官都感覺到了，嘟起嘴埋怨：「娘是怎麼了？說話都不想一想。」

季姨娘臉上未免掛不住，正待發作，震二奶奶見機，先就沉下臉來責備棠官，「不許你沒樣子！」接著卻又將棠官一摟，「來，跟著我坐。回頭多吃羊肉少開口。」

虧得這一下，輕輕地將一個可能很尷尬的局面遮掩過去。當下分別就座，上面一桌是馬夫人為首；下面一桌是吳嬤嬤為首，其次的秋月、夏雲、冬雪，以及幾個有頭臉的僕婦。

「可惜，春夏秋冬，就缺春雨。」

不用說，又只有季姨娘才會說這不合時宜的話。夏雲又氣又恨，一抬頭恰好與季姨娘視線相接，便狠狠地白了她一眼。

也非得有這麼一個白眼，才能讓季姨娘心生警惕，但要她少說話卻辦不到，「棠官，給二伯娘敬杯酒。」她說，「這一趟跟了二伯娘去，可千萬不准淘氣，處處聽話，二伯娘才會疼你。」

這幾句話說得還得體，棠官起身敬酒，也是中規中矩，很有點大人模樣，於是將剛才那個尷尬的局面，算是遮掩過去了。

接著是鄒姨娘敬酒，「一太太一路順風。」她說：「其實不過白吃一場辛苦，到得京裡，外老太太的病就好了。」

「但願如你的金口。」馬夫人將酒杯抿了一下，遞給芹官說：「你替我喝了吧！」

芹官自是奉命唯謹。這時烤羊肉已經熟了，廚子戴一頂紅纓帽，端著大紅托盤上來獻肉，震二奶奶已代為備好一個賞封在那裡，叫丫頭轉手遞了過去，隨即吩咐：「片好了上桌。」

躍躍欲試的棠官，早就揑了把解手刀在手裡，聽震二奶奶的話，大為失望，急忙向芹官說道：「小哥，咱們弄一塊來，自己片著吃，好不好？」芹官尚未答言，季姨娘已經喝道：「你又胡出花樣，看回頭割了手，又哭。」

「其實，」馬夫人不以為然，「倒是讓他們自己動手的好。他們兄弟倆都快到當差的時候了。如果派在大宮門上，後半夜吃祭神的白肉，還不是得自己動手。」

「是，是！太太說的是。」季姨娘立刻變得滿臉堆歡地，「我倒忘了，應該是歷練的時候了。」

於是，夏雲起身，關照廚子，另外割了一大塊肉，熱氣騰騰地端上桌，棠官精神抖擻地動手，只是那把解手刀不夠鋒利，碎得不成樣子。

芹官一時技癢，起身說道：「我來！」接著從腰帶上解下一把刀；把子上是一個核桃雕成的鬼頭，景泰藍的刀鞘，薄刃長鋒。只見他一手拿新手巾揿住火燙的羊肉，一手斜斜片了下去，連瘦帶肥一大片，拿刀挾著擱在馬夫人盤子裡。

「我吃不下這麼多。」

「慢慢兒吃！」震二奶奶搶著說，「這是芹官的孝心。」

聽這一說，馬夫人的食欲便起來了，不過還是等芹官片好肉，一個一個分到，才蘸著黃醬嘗了一口。

這時廚子等已將片好的羊肉，以及在烤肉時油脂滴落、和著葡萄乾、瓜仁之類的乾果，拌得顆粒分明的米飯，一大盤、一大盤地送了上來。偶嘗異味，個個專心傾注，唯獨棠官是例外。原來他的興趣還是在不動口而動手上面，看著芹官橫置在面前的那把解手刀，嚮往之情溢於詞色，連馬夫人都覺察到了。

「你把你那把刀給了棠官吧！我另外給你找一把。」

聽得這一聲，棠官喜出望外，幾乎是在芹官答應的同時，便已起身請安，笑嘻嘻地說一聲：

「謝謝二伯娘！」

「謝謝小哥！」

「還得謝謝你小哥！」季姨娘指點著說。

說完便迫不及待地一伸手，芹官亦正好將刀拿了起來，預備入鞘，不知怎麼一碰，只聽棠官一聲驚呼，趕緊縮手，拇指上已削掉了一塊皮。

「怎麼啦？」季姨娘問。

「碰上刀子了！」棠官答說，用左手捏住右手的拇指，血從他指縫中滲了出來。

「我看看，」震二奶奶急忙起身走了過來，「我看看，傷得重不重？」

於是棠官一鬆手，只見血汙淋漓，看著可怕。這時連馬夫人亦已擱箸，只一迭連聲地說：「趕快找金創藥！」

這幾天由於馬夫人收拾行李，日常動用之物，都變了位置，一時不知從何去找，以致亂成一團，都顧不得享用烤羊肉了。

還是夏雲有辦法，抓了一把香灰，按在棠官傷處，從手絹上撕下一條布，拿他的拇指包紮了起來。

「你看你，」季姨娘恨恨地說：「總是這麼猴急！等一等也不要緊，偏就性急，自然就碰上了。活該！」

聽得這話，馬夫人、震二奶奶和芹官的臉色都變了。夏雲頓時沉下臉來：「姨娘，你不會說話，就別開口，不會有人當你啞巴！」

不論如何，季姨娘總是主子，聽夏雲這麼不客氣地責備，臉上未免有些掛不住。但看到大家都有稱快的表情，她很見機地忍住了。

「好，好，」她強笑著說，「我不開口。」

「你也是！」夏雲又數落棠官，「好好一件事，都讓你毛手毛腳搞壞了！」

「行了，行了！」秋月極力想挽回這個掃興的場面，「大家都趁熱吃吧！」

沒有人答話，顯然的，興致是掃定了。震二奶奶到底忍不住了，將芹官拉了一把，「回頭你到我那裡去。」她輕聲說道，「我有一把刀送你。」

芹官點點頭，沒有作聲。錦兒很機警地，悄悄站了起來，先自溜了回去。

原來震二奶奶早就打算好了的，要單獨為芹官餞行，而實在是話別，菜是早就預備好了的，卻苦於找不出時間。如今錦兒聽得震二奶奶的話，知道把酒敘別，就在今宵，所以悄然離座，先回去準備。

正在忙著，曹震回來了，錦兒便說：「今兒替太太餞行，特為烤的全羊。你怎麼不回來？」

「太太後天動身，我不是親自安排，怎麼放得下心？」曹震答說：「今兒是在鏢局子裡寫紙，一定留我喝酒。太太這一路去，全靠人家照應，我不能不敷衍敷衍。」

「那你就趕快到太太那裡去應個卯吧！」

「我知道。我進來拿點東西就去。」曹震問道：「我有本羊皮『護書』在哪兒？」

「你的羊皮『護書』又不止一本！」

「是燙銀的那一本。我記得交給你了。」

錦兒沒有作聲，轉身去開櫃子，找出他要的那本「護書」，隨手一掀，落了滿地的紙片。有一張飄到火盆上，曹震急忙伸手去搶，幸喜無恙，不過指頭上燙起一個泡。

「怎麼，」錦兒急急問說：「燙著了沒有。」

「你別管我！」曹震將燙起泡的指頭啣在嘴裡：「趕緊都把那些紙片撿起來，一張都不能少；少一張也許就是幾百銀子。」

原來這些都是曹震跟內帳房銀錢過付的憑證。錦兒一一檢齊，在護書中夾好，又去找了「玉樹神油」來，一面替曹震療傷，一面問道：「你找這些帳幹甚麼？」

「約好了今晚上對帳。只怕要弄到三更天。」

「那你索性就睡在外頭吧！」錦兒不等他問緣故，便即解釋：「今晚上二奶奶給芹官餞行，你知道的，他們不是叔嫂，是姐弟，二奶奶也許有些委屈要訴一訴，你在旁邊就不方便了。」

「好吧！」曹震很乾脆地答應著，然後匆匆忙忙地就走了。

到了快二更天，震二奶奶才帶著芹官回來，進門便說：「二爺今天睡在外頭，咱們不妨熱鬧，你派個人去通知秋月跟夏雲，她們事完了，到這兒來吃消夜。」

「冬雪呢？」錦兒問說：「約了秋月，不約冬雪，不好意思。」

「也好！」

震二奶奶說完，匆匆奔向後房。錦兒有事也走了，剩下芹官一個人烤火喝茶，心裡不免又想起春雨，怎麼樣也想不通何以要派她到杭州去辦事？更猜不透何以連見一面都等不得，是如此倉促成行？一時又想，春雨是不是知道他突然進京？回來發現人去樓空，她心裡是怎麼個想法？

重重疑問，無可索解，正悶悶不歡時，只見震二奶奶從棉門簾中探頭出來招手。等芹官一進了她的臥室，眼簾所觸，目炫五色，紫檀大理石面的桌子上，鋪了一方烏絨，上面擺了好些首飾，另外還有一個尺許長、三四寸寬的長方木盒，不知內盛何物。

震二奶奶拿上手的，就是那個木盒，推開盒蓋，金光閃閃是一把金柄金鞘的解手刀。

「這把刀，連二爺都沒有見過。你倒看看，是誰的東西？」

芹官將那把極其壓手的金刀，拿起來細看，柄上鐫著兩個篆字：「延陵」，細想了想說道：「莫非是吳三桂的遺物？」

「對了！有人使了我二百兩銀子，拿這個抵給我的。」震二奶奶說，「你的解手刀不是給了棠官了嗎？留著這個用吧！」

「不，不！我怎麼能用這麼貴重的刀？」

「怕甚麼？」

「不！連皇上都未必用金刀，我用了不教人說話？第一個，四叔就不答應。」

「那，」震二奶奶想想也不錯，「你就留著玩兒好了。」

「不！讓人瞧見了，一定會問來路。我又不會撒謊，如果說了實話，又給你添罪過。已經都在說你私蓄甚豐了，再亮這把刀，不是坐實人家的話不假？」芹官很堅決地說：「總而言之，我不能要你這把刀，你留著自己用吧！」

「我們哪裡用得著解手刀。」

芹官發覺失言，靦然笑道：「你拿來削水果皮，不也用得著嗎？」

震二奶奶不作聲，若有所思地好一會，點點頭，「好！我留著自己用。」接著便指點那些首飾：「這個是我送弟妹的，你替我收著。」

一聽這話，芹官真有匪夷所思之慼，愣了好一會靦靦覥覥地說：「我的媳婦兒都還不知道在哪兒呢！這不太早了一點兒嗎？」

「也不早了，兩三年的功夫，一晃眼就過去了。」

「那，」芹官問道：「到時候你不會自己給她？」

這話問得極有理，是震二奶奶所不曾想到的。——她亦根本沒有想到芹官會拒而不受，總以為一提到「娶媳婦」，他會不好意思，自然也就說不出接受或者拒絕的話，胡裡胡塗便就收下了。哪知他居然能侃侃而談，並且詞鋒咄咄逼人，自不免意外。

不過，她不是等閒能讓人難倒的人，「你的話不錯，所以我只是讓你替我收著。」她緊接著又說：「聽我這話，你一定會問，你自己不會收起來？跟你老實說，自從出了家賊，我真有點不放心。倒不如讓你替我收藏的好。」

所謂「家賊」自是指曹震盜了她的存摺而言。芹官一時無言可答，順手拿起一枝通體碧綠的簪子，不知怎麼會從手中滑落。這一驚非同小可，嚇出一身冷汗。

趕緊定睛看時，心頭一鬆，「還好、還好！」他說，「倒不是可惜一枝翡翠簪子，是——」

芹官雖噤住了，震二奶奶卻懂他的意思，不是惜物，只因玉碎不祥，當即笑道：「恭喜你！你將來的媳婦，必是命大福大。兆頭已經在這裡了。」

「請你收起來吧！」芹官使勁搖頭，「你看，將來都讓我弄壞了，辜負你的一片盛情。」

剛說到這裡，門外一聲咳嗽，是錦兒的聲音，芹官便走過去掀起門簾，只見錦兒以外還有秋月。

秋月望見一桌子的珠寶，不由得就縮住了腳，錦兒也不免躊躇，不過到底還是跨了進去。

「你們來看看，這是我將來送芹官媳婦的見面禮。」震二奶奶靈機一動，「來，秋月，你替我收著！」

秋月跟錦兒的想法一樣：震二奶奶已經顧慮到將來一抄了家，這些東西會沒官；所以趁早作個交代。於是秋月先不作可否，只笑道：「我看看，給了些甚麼好東西？」

「坐下來，慢慢兒看。」

「可小心了！」芹官接著震二奶奶的話提出警告：「剛才我差點把這枝簪子弄成兩截。」

聽得這一說，秋月自然格外小心，共是八件首飾，一樣樣看過來，才知道震二奶奶真是拿芹官當同胞骨肉看待了。「我見過的好東西也不少！」秋月感嘆地說，「實在說，今天才算開了眼。」

「你總算是識貨的。」震二奶奶不經意地說，「我的首飾其實並不多，不過不置便罷，要置一定是好的。」

「那——」秋月遲疑了一下，終於說了出來：「震二奶奶你倒捨得？」

這一問，恰正是坐在一旁，不知如何辭謝的芹官，心裡想說的話，因而也偏耳靜聽，只聽震二奶奶問說：「怎麼叫捨得？怎麼叫捨不得？」

這話問得太玄，一時愣在那裡，無以為答，錦兒忍不住插了一句嘴。

「秋月的意思是，將來咱們芹官的新娘子，把這些首飾戴了出來，二奶奶瞧在眼裡，會不會心疼？」

「怎麼會？不但不會，反比我自己插戴，更覺得光彩。」震二奶奶眼望著空中，彷彿已看到錦兒所說的那種情形，既嚮往又欣慰地說：「大家都說只有芹官的新娘子才配戴這麼好的東西；

再又打聽，說是我給的，你想，那一傳開去，不是我十足的面子？」

這是將一片愛心都付與芹官和他的未來尚不知妍媸的妻子了！芹官不覺一陣心酸，眼眶發熱，急忙扭轉頭去，不願讓人發現他在掉淚。

秋月亦頗感動，她自以為對芹官也是夠好的了，但比起震二奶奶來，還是差著一截。心想，除了故世的曹老太太以外，這個世界上真是想把一顆心掏給芹官的，只怕只有她一個，連馬夫人都算不上。

「你們看，」錦兒笑道：「咱們二奶奶就是好面子。」

「本來嘛！人活著就是為了面子，也只有面子，才值得拚命去掙。你說享福吧，那還有過於皇上的？可是，一頓飯一百二十樣菜，常時沒有下筷子的地方，就算胃口好，也不能拿一百二十樣菜都嘗到。至於穿衣服，最尊貴的玄狐褂子，總也只能穿一件，還能穿兩件嗎？唯有自己的面子，是沒有止境的，要多大，有多大！全在你自己，別人占不了你的。能讓人占的面子，縱好有限。我總要把面子掙回來——」

一聽震二奶奶又要發牢騷，說曹震將她弄得灰頭土臉，秋月便趕緊打斷她的話說：「震二奶奶這番『面子論』，實在是聞所未聞。好了，」她問錦兒說：「你說請我吃消夜，就擺出來吧！」

「不等等夏雲跟冬雪？」

「喔！」錦兒答說：「我倒忘了說了，冬雪鬧牙疼，夏雲要替棠官理東西，還有好些話跟季姨娘說。都不能來了。」

「那就擺桌吧！」

「桌子早擺好了！」一個小丫頭在門簾外接嘴。

「請吧！」錦兒向芹官招手，「可沒有好東西請你，只有一樣火方煨的魚翅，火候是一定夠了；那塊火方，是開了五條腿才挑出來的。反正，不吃也是白不吃，莫非便宜——」

錦兒說得口滑，差點將反正要抄家了，一切籍沒，食料亦不會例外，與其便宜了那些胥吏，不如自己享用的意思漏了出來。幸虧芹官不曾注意，但仍遭了震二奶奶狠狠的一個白眼。

「你們請吧！」秋月向錦兒說道：「我得幫震二奶奶把東西收了起來。」

錦兒會意，她是有話跟震二奶奶說，便陪著芹官先走，順手將房門也帶上了。

「震二奶奶，」秋月低聲說道：「你這樣子待芹官，讓他心裡不安。依我說，你留幾樣自己戴。」

震二奶奶搖搖說：「將來還不知怎麼樣呢？如果仍舊是我當家，一定剋著大家過日子，好重新把這個家興了起來。你想，到那時候，我能把這些東西戴出來嗎？」

聽她說得有理，秋月便不再勸，只是將她原來就要交代的話說了出來：「老太太給芹官的東西，從上次看過一遍以後，一直在我那裡。這一回我得請太太點明了，帶到京裡。這八樣首飾，我亦是交給太太。回頭我去寫兩份清單，一份跟東西在一起，一份送過來。」

「開甚麼清單？知道有這回事就是了。」

這是無須爭辯的事，秋月不再作聲，將首飾一樣一樣包好，先交震二奶奶收藏妥當，方始相偕到了堂屋裡，只見芹官與錦兒都站在那裡等著。

「咱們怎麼坐？」錦兒問說。

「自然是各霸一方。」

「不！」秋月緊接著震二奶奶的話說：「我在一邊坐好了。」

「這個時候，還拘束甚麼？」震二奶奶拉著她的手說：「坐吧！我還有好些話跟你說。」

等坐定了，正在斟酒，小丫頭盛上魚翅來，一人一飯碗，碗中稠稠地，只得紅黃兩色，另外有一盤現燙的碧綠油菜，芹官挾了一筷在碗裡，對錦兒說道：「你說中吃不中看，如今不是既中吃，又中看。」

「那你就多吃一點兒。我煨得不少，你儘管放開量來。」

芹官點點頭，剛低頭拿挾起筷子，忽又說道：「既然煨得多，何不給夏雲、冬雪送一碗去。」

「冬雪還罷了。」震二奶奶接口道：「給了夏雲，不送季姨娘，不又惹口舌？」

「就送季姨娘一碗也不要緊。」錦兒答說：「有得多。」

「那就索性連鄒姨娘也送。」震二奶奶說：「咱們不能欺負老實人。」

聽得這一說，錦兒便起身去料理。芹官卻擱箸了，秋月不免奇怪地問：「你怎麼不吃？」

「我等錦兒姐姐。」

「別等了！」震二奶奶說：「這魚翅都煨得出膠了，冷了不好吃，反倒辜負了她的辛苦。」

「說得是！」芹官吃了一大口，略一咀嚼，便即下喉，想讚一聲「好！」雙脣卻黏黏地，有些張不得口的模樣。

「喝口酒！」一直在注意他的秋月說。

她不說，芹官也知道，雙脣一沾了酒，便不至於黏合。當下喝了口酒說：「一到了京裡，這麼醇的花雕、這麼香的火腿，只怕不容易到口！」

「哪有這話！你也太小看京城了。」震二奶奶說：「『天子腳下』甚麼沒有？」

「總也有不如江南的，」秋月幫著芹官說話：「譬如春天的鰣魚、秋天的螃蟹。」

「螃蟹也不見得，餓瘦了的蟹，運到京裡，自有調理的法子。」震二奶奶突然對芹官說道：「其實這都算不了甚麼，到了京裡，有一樣遠不如這裡，你可得自己心裡有數。」

看她神色鄭重，芹官便放下酒杯問道：「是哪一樣？」

「身分。」

聽這一說，連秋月也抬眼凝視了，震二奶奶卻彷彿無視於他們在期待她作進一步解釋的神情，只管自己在思索。顯然的，她是情不自禁地在追憶往日，但卻看不出她是悲是喜，只見她的臉色，是越來越嚴肅了。

「『包衣』當到像咱們曹家這樣子，大概也再沒有能越得過去的了。不過，那也是老太爺手裡的事！老太太在的時候，咱們哄著她，彷彿萬年不敗的根基，跟老太爺在世，差不了多少。其實呢，哄了老太太，也哄了自己。到得今天，如果夢還不醒，只怕後頭吃苦的日子長著呢！」

芹官從沒有聽她說過這種洩氣的話，自然影響了食欲，秋月亦復如此。震二奶奶看在眼裡，不免歉疚，但相聚已只剩下兩天，此刻不說，這兩天之中恐怕很難再找到從容傾訴肺腑的機會。所以震二奶奶也就只好裝作視而不見了。

「不錯，咱們曹家出過王妃、世襲郡王的嫡福晉，身分格外尊貴，可是那是恩典，不是常例。包衣終歸是包衣，踩你在腳下，算不了一回事。」震二奶奶略停一下又說：「常言道：『在京的和尚，出京的官。』包衣出京做官，跟在京裡當差，一個在天上，一個在地下。這一點，你可得千萬要認清了。」

「我知道。」芹官答說：「反正盡我的本分。此外我愛幹甚麼，幹甚麼，只要不犯法，誰也管不著我。」

「你這話就錯了，能管包衣的人多著呢！雖說內務府的人，跟別處的官兒打不上交道；可光就是伺候那班王公，就夠你瞧的了。凡事『謙受益，滿招損』。你願意不願意聽姐姐這句話？」

「願意聽。」芹官毫不遲疑地應承。

「你別這時候回答得爽快！」秋月提醒他說：「這不是一句話的事，是真得往心裡去琢磨才行。」

芹官想了一下，點點頭說：「我一定聽！」接著舉酒一飲而盡，還照了照杯。

「這才是！」震二奶奶欣慰地說，「這下我才能放心。」

接著，震二奶奶便殷殷勤勤地，一面照料芹官的飲食，一面絮絮不斷地講了許多待人接物的道理。秋月和錦兒都只有靜聽的分，一句話都插不進去。

震二奶奶是早就察覺到了，自己不但話多，而且盡說的是些枯燥乏味的大道理，只為了恨不得將心裡的話傾囊倒篋，都說了給芹官，而且看芹官也是虛心受教的模樣，所以儘管說了下去。說得舌敝脣焦，自己也失笑了。

「你們看，我竟成了嘮叨不完的窮老婆子了！好了，我再不說了，聊點兒有趣的吧！」

甚麼有趣，想想沒有？錦兒搜索了好一會，突然想到一件事，不由得脫口說道：「你們知道這回護送太太進京的是誰？是——」

說到一半才發覺應該忌諱，早緊縮住口，眼卻偷覷著震二奶奶。

「怎麼回事？」震二奶奶已經猜到了，索性大大方方地：「怕甚麼？儘管說。」

這一下，反倒是錦兒覺得自己失態了，定定神說道：「這趟送太太進京的，是繡春的二哥。」

「就是在鏢局子裡當趟子手的王老二嗎？」秋月問說。

「如今升了鏢客了，是振遠鏢局當家的二鏢頭。」錦兒又說：「還起了個極響亮的名字，叫做王達臣。」

「那倒好！」芹官笑道：「『王公大臣』護送，太太成了太后了。」

「熟人靠得住些。」震二奶奶平靜地說，「王老二總算不錯，看他妹妹份上，年下肯吃這一趟辛苦。」

聽震二奶奶的語氣，並不忌諱談繡春，芹官便忍不住要問了。

「繡春不知道怎麼樣了？」他說，「老太太去世的時候，她還特為趕了來念經。這一回除靈也該通知她一聲。」

「你想看看她。」震二奶奶看著芹官問，「如果你想看她，我明天一早派人去接她。」

「不！」芹官搖搖頭，「我只是這麼說而已。」

「其實，她倒好了。」震二奶奶忽發感嘆，「六根清淨，甚麼煩惱都沒有。」

「那恐怕不見得！青燈黃卷了一生，那種日子也不是容易打發的。」

震二奶奶默然不語，自己端杯抿了兩口酒，忽然說道：「只要她願意還俗，事情也好辦。」

大家都猜不透她這話是甚麼意思，也就不便接口。芹官看局面有些僵，便即說道：「咱們不提繡春了。談點兒別的吧！」

「我看，」秋月接口，「時候差不多了，該散了。」

「不忙！只有兩夜一天的功夫了，多聊聊。」震二奶奶忽又對錦兒說道：「等太太走了，你抽個空去看看繡春。」

「嗯！」錦兒漫然應聲。

「芹官的話不錯，年紀輕輕的，過那種日子，怎麼能沒有煩惱？你倒探探她的口氣看。」

誰都沒有想到，震二奶奶真的會動了勸繡春還俗的念頭。可是還了俗又如何呢？他人可以存疑，錦兒卻不能不問，「我怎麼探她口氣？」她說，「探她甚麼口氣？」

「自然問她，願意不願意回來？反正她是帶髮修行，事情並不麻煩。」

這意思就很明白了，震二奶奶是打算彌補前愆，讓繡春跟曹震重圓舊夢。大家的感覺是，她的想法對不對、做不做得到，都頗成疑問。不過錦兒與秋月只是在心裡琢磨，芹官卻直截了當地說了出來。

「我勸你多一事不如少一事。」他說：「繡春絕不肯的，說了徒亂人意，害她好幾天煩惱。而且，這對她不公平。」

「你別扯上我。」錦兒看他眼風掃處，不等他的手指過來，就搶著開口。

「錦兒的事，我當然也要辦。」震二奶奶答說：「明天我就跟太太回，讓大家改口。」

聽得這一說，芹官與秋月不約而同地笑著喊一聲：「錦姨娘！」

錦兒有些發窘，身分上猝臨的一個變化，不但不知如何應付，甚至心理上還不能接受。想到自己對震二奶奶的忠心，為她擔當了多少艱險，照常情說，她早就應該說這句話了，直到此刻，旁人提起，她才有這個表示，實在忒嫌委屈！這樣想著，不由得滾出兩滴眼淚。芹官詫異，急忙將自己的一方白綢手絹遞了給她，關切地問：「這是喜事，怎麼倒哭了呢？」

秋月了解她的心境，掩飾地替她解釋，「喜極而泣，也是有的。」她又提議：「明天晚上還得來擾震二奶奶一頓。」

「對了！」芹官附和著：「喜酒非喝不可。」

「一定請你們喝。」震二奶奶也覺得對錦兒應有所補報，所以很慷慨，也很誠懇地說：「秋月，這件事請你辦。咱們不請外客，自己關起門來，上上下下，熱鬧一天。」

聽這一說，芹官的興致先就好了，很起勁地說：「怎麼熱鬧法？莫非還得唱戲？」

「當然。」

「何必呢！」錦兒開口了：「後天太太就動身了，哪裡有功夫。」

「我留太太一天。」震二奶奶接口便說：「好在連日都是宜於動身上路的好日子，晚一天也不要緊。」

「最好能留兩天。」秋月說道：「盡明天一天預備，後天辦喜事，大後天歇一天，送太太動身。」

聽她們這樣在商量，錦兒自覺不便在座，悄悄地起身避開。

震二奶奶目送她的背影遠去，輕聲說道：「錦兒幫我這麼多年，我也得在她身上盡點心。秋月，你替我作主去辦這件事，別省錢，只要她心裡痛快。」

「要不要問問震二爺的意思？」秋月問說。

「問他甚麼？」

「震二爺也有一班場面上的朋友，聽說他納寵之喜，也許會討喜酒喝。」

「那是以後的事。我剛才說過，這一回是咱們自己關起門來熱鬧一天，後天只跟衙門裡的幾位老爺送一桌酒菜過去，此外甚麼外客都不驚動。」

萱榮堂前，臨時搭了天篷；堂屋的屏門，盡皆卸去，裡外打成一片；再生起極大的四個火盆，加上少長咸集，喜氣洋洋，以致穿了白狐出鋒皮襖的錦兒，額上竟有些沁汗了。

那件皮襖是震二奶奶的，大紅緞子織出「玉堂富貴」的暗花，還有條花樣完全相同的大紅縐紗裙，配成一套，她一年只穿一回，只在大年三十晚上，為曹老太太辭歲時才上身。這天特意跟錦兒分著穿——曹家在中門以內還守著漢人的規矩：只有嫡配才能著紅裙，所以將皮襖分給錦兒穿，自己當仁不讓地留下了紅裙。

但她身上的皮襖與錦兒的裙子，卻又是一套：墨綠繡百蝶的緞襖與紗裙，錯開來一穿，顯得十分別致。

因此，不獨錦兒，連震二奶奶都成了大家讚嘆的對象。人人都說這穿法有趣。芹官更為激賞，下了八個字的考語：「各盡其妙，兩全其美。」

但到底是紅裙綠襖好，還是綠裙紅襖好，卻無定論，有的說暗花的紅襖，配上墨綠百蝶裙，顯得格外俏皮；有的說要墨綠襖才壓得住紅裙。正當爭論得熱鬧時，馬夫人來了。

就消失無餘了。

「倒像姐妹。」

這句話才說中了震二奶奶的本心，她就是要讓人有這樣的感覺。錦兒當然也知道她的本心，是刻意籠絡，不覺油然而生感激之心，前兩天所感到的委屈，早就消失無餘了。

「太太倒看，」芹官問道：「是上紅下綠的好，還是上綠下紅的好？」

知子莫若母，曉然他問的是顏色搭配，便答一句：「都好。」

其實，馬夫人還是只知其一，不知其二。芹官是要沖淡錦兒未能著紅裙的委屈，有意加強了語氣說：「自然是墨綠裙子好看。『裙拖六幅湘江水』，紅裙就沒有這樣的韻致了。」

「小哥這話不通，」棠官擠出來拍著手笑：「哪有墨綠色的江水？」

「又來混說了！」季姨娘喝道：「黑水洋的水還黑的呢！」

接著一巴掌拍在棠官頭上，下手極重，打得他暈頭轉向，拉長了臉，快掉眼淚了。

「姨娘你也真是！」震二奶奶趕緊一把拉過棠官，摟在懷裡，一面替他揉腦袋，一面埋怨，「說說笑笑怕甚麼？又何犯著使勁打他。」

不說還好，一說讓棠官忍不住了。原來他常聽季姨娘說震二奶奶偏心，對棠官從無半點關懷之心。如今才知道不是這麼一回事！本就委屈得要哭，再加上一種出自心底的感激，不覺涕零，豆大的眼淚一半掉了在震二奶奶的衣襟上。

「你作——」季姨娘一個「死」字沒有出口，讓夏雲及時將她的嘴捂住了。

「好了，好了！你請過來，替太太陪陪客。」夏雲拉著她去陪後街上的幾個本家太太。

「虧得是墨綠的，眼淚掉在上面也不顯。」芹官又用微顯威嚴的聲音說：「別哭了！錦姨娘的好日子。」

聽得這一說，棠官立即收淚，輕輕掙脫出來，不安地說：「二嫂子，把你的衣服弄髒了沒有？」

「不相干，快去擦擦臉，一會就見禮了。」

正提到見禮，只聽秋月笑道：「新郎倌來了。」

果然，外面一片招呼「震二爺」的聲音。芹官和棠官便一起迎了出去，是預先教好了的禮節，兄弟倆雙雙請安，異口同聲說一句：「給二哥道賀。」

曹震一手一個將他們攙了起來，「回頭你們是裡面喝酒，還是跟我在外頭玩？」曹震接著又說：「揚州的郭貓兒，正好在南京，我把他找來了。」

郭貓兒善口技，棠官曾聽過一回，以為天下之奇，莫過於此，所以一聽曹震的話，大聲答說：「我跟二哥在外頭玩。」

「輕一點兒！」芹官警告：「回頭又挨罵。」

棠官吐一吐舌頭，躲了開去。於是曹震進入堂屋，先咳嗽一聲，才進了西面屋子，首先向馬夫人招呼，接著跟幾個本家寒暄，也問了季姨娘與鄒姨娘的好。然後轉入裡屋，頓覺脂香鬢影，目眩神迷了。

「震二爺，」吳嬤嬤倚老賣老地笑道：「真正該給你道喜，這麼一對大美人兒，真是前世修來的福氣！」

「你聽聽，」正在為錦兒修飾眉毛的震二奶奶說道：「沾你的光，我也成了大美人兒了。」

「本來就是嘛！」冬雪還不脫稚氣，看著曹震問道：「震二爺高興不高興？」

曹震嘻嘻地笑著有些發窘，夏雲便笑著說她：「傻話！這有個不高興的嗎？」

一語未畢，只聽一串百子鞭響，接著是吹鼓手咪哩嗎啦地吹打了起來，吳嬤嬤說道：「見禮的吉時到了！我去請太太。」

「你去嘛！」震二奶奶轉臉向曹震說：「別忘了，給太太磕頭。」

有些迷惘的曹震連連點頭，到了外屋，看見馬夫人正站起身來，立即跪下磕了個頭，這算是向馬夫人致謝，為的是正式納妾，須一家之主允許之故。

「起來，起來！」馬夫人遲疑了一會，將盤算了好幾回，想說又不想說的話，終於說了出來：「人家說嬌妻美妾，你也夠了！從此收收心吧！我看那個『賽觀音』也賽不過你那兩口子。」

當著這麼多人，馬夫人竟提到「賽觀音」，自不免讓曹震大窘，但不能不恭恭敬敬地答一聲：「是。太太的話，我一定記住。」

這時堂屋紅燭高燒，檀煙氤氳，正中設一張交椅，等馬夫人一出來，震二奶奶隨即上前攙扶，在交椅上坐定，鼓吹益急，一屋子的人都凝視著右側的屏門，要看錦兒這天的模樣，跟平時有何不同？

好一會，門簾一掀，是吳嬤嬤抱著紅氈條來鋪設拜墊。第二次簾掀動，卻是芹官，在門旁一站，高高舉簾，簾內裙幅窸窣。是夏雲扶著錦兒，冉冉而來，舉止十分穩重，頭上插一枝金鳳釵，鳳口啣一串珍珠，居然都不甚搖動。觀禮的幾個本家太太，便都悄悄地讚嘆了。

扶到拜墊前站定，吳嬤嬤贊禮。馬夫人受了錦兒的大禮，從左腕上捋下一只玉鐲，滿面含笑地說：「沒有甚麼見面禮給你，不過這只鐲子，還是我家老太太給我的，如今給了你，好讓大家知道，我是怎麼看你？來，我替你戴上。」

這竟是拿錦兒作為義女看待了。人人都明白她的意思，身受著更是感激涕零。錦兒又磕了個頭說：「謝謝太太！」等站起來伸出手去時，眼圈已經紅了。

接下來便曹震夫婦受禮，等吳嬤嬤鳴贊時，震二奶奶搖著手說：「不必，不必！給太太磕了頭，定了名分就行了。」

曹震也說，無須鬧此虛文。無奈觀禮的季姨娘，想起當初自己給「老爺」磕頭的情事，覺得不能便宜了錦兒，所以在一旁大聲起鬨，虧她竟還掉了一句文，道是「禮不可廢」。這頂大帽子壓下來，連能言善辯的震二奶奶亦無法推辭。不過他們夫婦倆不但不肯坐下來受禮，而且還是站在偏處。等錦兒磕頭時，都還了半禮。

「唷！」震二奶奶突然想起，「我倒忘了備見面禮了！怎麼辦？」

「我也是。」曹震答說。

「不要緊！欠著好了。」芹官接口說道：「反正一屋子住的人，好商量。」

這一說，連馬夫人都笑了。

但也提醒了她，招招手將秋月喚了過來，輕聲說道：「要替本家太太預備見面禮。」

秋月也很機警，隨即提高了聲音答道：「本家太太跟兩位姨娘的見面禮，早都預備好了。」

聽得這一說，本家太太才能坦然受禮。秋月原揣著幾個備賞下人的紅包，權且充作見面禮，應付了場面。

再下來便輪到芹官見禮，他走到西面，向錦兒作揖說道：「我可不管甚麼名分不名分，仍舊管你叫錦兒姐姐。」

「不敢當。芹二爺。」

「對了！」震二奶奶提高了聲音，看著吳嬤嬤說：「以後都改口叫芹二爺吧！」

「是！」吳嬤嬤答應著，卻看了棠官一眼。

「轉眼過年，芹二爺十四歲；棠官到了十四歲，再改稱呼。」震二奶奶對夏雲說：「你可記住了。」

「是！」夏雲答應著，轉臉向芹官一伸手：「拿來！」

「甚麼？」芹官愕然。

「我替我們錦姨娘討見面禮。」

「你趕快把手伸回去吧！」震二奶奶接口說道：「他不願意改口，仍舊叫錦兒姐姐，就是安心要賴這份見面禮！這你還不明白。」

話猶未完，錦兒「噗哧」一聲笑了出來。本來她在這一刻，儼然是新娘子的模樣，要面無表情，一切隨人擺布，才合規矩。不道「新娘子」居然笑出聲來，這可是件有趣的新聞，因而，越發惹得哄堂大笑。

到得見禮已畢，正在排席時，門上忽然來報有客。遞上名片來看，只得核桃大的「李果」二字。

「李客山來了！」曹震向馬夫人說。

「他怎麼來了呢？」馬夫人心中一動，「一定有事！」

「那——」

曹震頗為躊躇，他原來的打算是，等萱榮堂開了席，敬過一遍酒，到外面去陪幕賓西席。如今一會李果，接下來留著喝酒，就無法分身回來，禮節上似乎說不過去，又怕冷落了錦兒，亦覺於心有愧。

「乾脆把官客也請到裡面來，倒熱鬧。」震二奶奶看出丈夫的心意，出了個主意：「丫頭們無所謂，不必迴避，只用屏風在中間隔一隔，兩處喝酒，一起聽曲，不挺好的嗎？」

曹震尚未答話，棠官卻又搶先開口了，「三嫂子這個主意真高。」他高興地說：「先聽郭貓兒，聽完了再聽清唱。」

「你就忘不了郭貓兒！」曹震笑著在他頭上拍了一巴掌。

事情就這麼定局了，重新排席，中間用幾道東洋紙屏風隔開，東面官客，西面堂客。

「外頭的老爺們進來喝酒，各人放尊重些！」吳嬤嬤告誡丫頭們，「別惹人笑話。」

聽得這一說，鴉飛雀噪的一班丫頭們，都安靜下來了·只聽靴聲漸近，芹官便迎了出去，領頭的是曹震，跟在他身後的李果，他還依稀識得，不過滿頭華髮跟記憶中不同。

「這就是芹世兄？」李果看著曹震說：「長得這麼高了！」

芹官讀過李果的《詠歸亭詩鈔》，仰慕他是名士，兼且俠氣過人，所以恭恭敬敬地作個揖，叫一聲：「李先生！」

「英氣逼人，」李果向曹震誇獎道：「將來必非池中物。」

「天分還不錯。有機會得請客山先生教導、教導他。」

「好說，好說！」

就這樣寒暄著，踏進堂屋，仰面看著「萱榮堂」那方匾額，面現淒然之色。

「那年登堂拜見太夫人，情事歷歷，如在眼前；物移星換，又是一番滄桑。」李果轉臉向芹官說：「請代為向令堂致意，說李果問安。」

「不敢！」

芹官答應著，退後兩步，轉到西面，轉達了李果的話，也帶回了馬夫人道謝問好的意思，然後肅客入座，自然是李果首席。

剛過了一巡酒，有個中年漢子戴一頂大帽子，到筵前請了個安，手捧戲摺子說道：「請點戲！」

「年底下封箱了。」曹震說道：「今天只是清唱，不過角色還不錯。」說著，接過戲摺子，遞向李果。

點戲是首席的特權，但亦照例有一番遜謝，所以當李果請大家公議時，主人及陪客，依舊很客氣地請他作主。

「不是我不識抬舉，實在是鬧過一回笑話，深知這件事假充內行不得。還是請諸公斟酌。」

聽得這一說，便推熟諳戲曲的一個幕友主持，點了阮大鋮的《春燈謎》。然後請教首席，是如何鬧了笑話？

「是自以為是之故。」李果答說：「一回是赴壽筵，忝居首座；送上戲摺子來，心裡在想，要點齣新戲，為大家一醒耳目。有齣戲叫《壽星明》，口采極好，就點了它。哪知情節雖是行善得報，而一開場就是妻離子散，接下來諸般苦難，極人世未有之慘，以致一路啼哭到底，直到收場南極老人下凡搭救，一家團圓，我才算鬆了一口氣，然而汗流浹背，把一件夾袍子都滲透了。這一回經驗，至今心有餘悸。」李果又說：「不知在座諸公，曾經遭遇過這樣的窘境沒有？」

「沒有。」座客異口同聲地回答。

「古人倒有過。」芹官接口：「杜茶村、陳迦陵都經驗過這種尷尬局面。」

「喔，」李果說道：「這倒是創聞。」

聽這一說，曹震便有些擔心，怕芹官道聽塗說，是不經之談，不免讓人笑話，所以搶先問道：「你是哪裡聽來的齊東野語？」

「也不算齊東野語，是陳迦陵自己說的。」接著，芹官念了一首陳其年專詠其事的〈滿江紅〉，作為佐證。

「果然信而有徵。」李果深深點頭：「杜、陳兩公，去古不遠；他們的集子，也是常在手邊的，竟不知有這麼一首詞。足見世兄讀書細心。可喜之至。來，來，我敬世兄一杯！」

「不敢，不敢！」芹官急忙起身回答。

「大家都乾一杯。」有人提議：「作為公賀。」

「太太聽！」正在為馬夫人斟酒的秋月：「都在誇芹官，喔，芹二爺。」

於是一座都偏耳靜聽，卻是芹官在談陳其年另一首詞中所寫的一個笑話。

「我查了查書，前明最後的『大司馬』是河南新城人張縉彥。」芹官說道：「他先投降李闖，再投降本朝。出任浙江布政使是順治十一年——」

順治十一年，張縉彥到任；同僚借西湖上一座有名的園林為他接風，開筵演劇，請他點戲；有一齣新排的《費宮人刺虎》，張縉彥欣然下筆，點了這齣戲。

不道頭一場就是〈闖王進京〉；小鑼打上一個鼻子上抹白粉的丑兒，紅袍烏紗、玉帶圍腰，看來官位不小。念罷「定場詩」，自己報名，一開口就是：「下官張縉彥，官拜兵部尚書——」

這一下，恰如晴空暴雷，震得滿堂賓客，面如死灰。張縉彥居然還沉得住氣，直到向李闖遞降表稱臣，他才說了句：「何至於如此！」

當然，這齣戲是被「邀鑼」——腰斬了，張縉彥只怨自取其辱，不敢有甚麼生氣的表示。但卻編了一套說詞，說當時他並未迎降，而是在朝房中上吊，為人救了下來，自道是「不死英雄」。

芹官談到此處，清唱上場，打斷了他的話頭。震二奶奶沒有能聽到賓客對芹官的誇讚，微感怏怏，不過她仍舊是得意的，「那麼多喝飽了墨水兒的在那裡，就聽他一個人高談闊論，」她說：「光這一點，就了不起了。」

「昏大膽子！」馬夫人是其詞若憾地：「將來到了京裡，也是這麼輕狂，惹人笑咱們曹家沒家教。」

「又不是回回如此！」震二奶奶又說：「若說咱們曹家沒有家教，那在內務府就沒有一家人家能說有家教了。」

話還沒有說完，一眼瞥見冬雪向秋月招一招手，接著便聚在一起，並頭交談，指指點點地，似乎出了甚麼事。震二奶奶放心不下，就不再談芹官，只是不時看著秋月。

秋月恰好也將雙眼轉了過來與震二奶奶視線相接，領受了她的召喚之意，隨即走了過來，卻不說話，扶住椅背，看大家都將精神貫注在《春燈謎》上，方始悄悄低下頭去耳語。

「震二爺跟蘇州來的李老爺，不在席上。」

那自然是談事去了，「你去看看，」震二奶奶用極低的聲音說：「看他們談些甚麼？」

李果也是趁大家都凝神在聽戲，託辭有些頭痛，要找個清靜的地方稍為息一下，同時用一個眼色示意，曹震便裝作待客尊敬，要親自引導安排，就這樣雙雙從筵前遁了出來。

密談的地方是曹老太太在日所設的一個小佛堂，向為家人足跡所不到。曹震還要招呼丫頭點燈，李果搖搖手表示不必，指一指熒熒青燄的長明燈說：「立談數語就可以了。」

「是！」

「我得到一個極機密的信息，令叔出事了。」

曹震大吃一驚，急急問說：「怎麼回事？」

「杭州的上諭，總知道了？」

這是指孫文成罷織造之事，曹震點點頭說：「是的。」

「令叔的差使也撤了。」李果又說：「還有查抄的上諭。」

原來是這麼回事！曹震心頭略為輕鬆了些，「多謝客山先生關懷。」他說：「敝處亦略有所聞，苦於不知其詳。」

「聽說查抄的上諭，已經到了督署；只在元宵前後，就要見諸事實了。」

「喔，」曹震苦笑：「總算皇恩浩蕩，還讓我們過一個年。」

「既然，」李果問說：「已有所聞，總有點預備吧？」

「是的。打算先將家孀送進京。」曹震又問：「關於四家叔方面，不知道客山先生另外還有甚麼消息？」

「聽說要等查抄以後。」

曹震一愣，不由得就問了出來：「這是怎麼說？」

「通聲兄把今上即位以來，大小臣工破家的幾十件案件，細細琢磨一下就明白了，好些案子都是籍沒以後才嚴辦的。查抄、查抄，重在一個查字。」李果又說：「令人特感關切者在此！」

曹震完全懂了，抱著拳感激地說：「多蒙指點，承情不盡。」

等他們回到席面上，秋月也就悄悄走了——佛堂後窗外是條夾弄，一頭通到她臥室之後，由於這條祕徑，她才能在這裡「聽壁腳」。

「怎麼回事？」她憂心忡忡地在想：「抄了家還不能算完？莫非還要人的命？」

二更天，酒闌曲終人散，四盞絳紗宮燈將錦兒送了回去，芹官、秋月和冬雪隨即都辭去了。

「今兒是你們的日子。」震二奶奶說道：「還不睡去？」

「不忙。」曹震坐著不動。

錦兒當然也不便先走，沒事找事地挪一挪花瓶、抹一抹桌子，震二奶奶便又催了。

「你們走吧！後天太太就動身了，明天還有一陣子忙呢！」

「我有話跟你說。」

聽曹震這句話，錦兒反倒可以迴避了，「我先去換衣服。」她說。

「你換了衣服就別過來了。」震二奶奶說，「等二爺說完話就過去。」

等錦兒走遠了，曹震方始開口，「李客山是特為送信來的。」他說：「抄家是免不了啦！而且，抄得不好還有麻煩。」

「我已經知道了。」

「咦！」曹震詫異，「你怎麼會知道了？」

「你們倆在佛堂說話，我讓秋月打聽去了。」震二奶奶微撇著嘴，夷然不屑地說：「沒有甚麼大不了的。」

「你也別那麼說！果然頂起真來，幾十年的老帳，一筆一筆翻出來，還有個完嗎？」曹震又說，「那年我一夢見李家，就出一身冷汗——」

「咱們跟李家的情形不同。」震二奶奶打斷他的話說：「李家是皇上跟他過不去，誰也不敢馬虎，咱們——」她沉吟了一下又說：「人家多少看著王爺的面子，只要認了罪，對上頭有了交代，事後就算過去了。」

「知道是甚麼罪？這個罪又怎麼認法？」

「這會兒跟你說不明白。」震二奶奶起身推著他說：「你請吧！別讓錦兒心裡不痛快。」

第二十二章

最初五天，芹官的興致極好，在車上帶幾部方志，打尖宿店時，總要抽空尋訪古蹟，或者打聽打聽風土人情。作伴的是王達臣，芹官跟棠官都管他叫「王二哥」。

王達臣年紀雖輕，南來北往卻走過十幾回，不但熟悉一路上的山川形勝，而且也裝了一肚子江湖上的奇聞異事，有著談不完的話題。每天晚上，夏雲總要來催個三、四遍，小兄弟倆才肯歸寢。

到了第六天，住在徐州，芹官想多留一天，看一看項羽與關盼盼的遺蹟，馬夫人答應了。哪知尋幽探勝之不足，還想多留一天，馬夫人嘆口氣發話了：「你也該懂點事了！眼看就有一場大禍——」

想縮口已自不及，芹官追根究問，終於知道了北上的緣故。這夜枕上思量，通宵不寐。第二天起來，就再也看不見他的笑容了。

夏雲是早就在上路的第一天，便由馬夫人口中得知了真相，便勸芹官說道：「芹二爺，你也別難過！太太心裡本就不好受，見你這樣子，越發犯愁。到底你是爺兒們，得打起精神來頂下去。」

「不錯！」芹官答說：「我心裡在想，我得回南京，跟大家在一起。」

「你瘋了！」夏雲駭然：「怎麼起這麼一個念頭。」

「我一點都不瘋。我也得磨練、磨練，這就是一個磨練的機會。」

看看勸不醒，夏雲不再理他，但卻悄悄告訴了馬夫人，商量下來，也只有暫且置之不理，反正路越走越遠，他慢慢也就死心了。

然而她們想得到，芹官當然也想得到，路越走越遠，回南京便越來越不容易。因此，一個人盤算了好一會，先去找王達臣談這件事。

「王二哥，如果我現在要回南京，你能不能想法子，抽出人來送一送？」

「咦！」王達臣大為困惑，「芹二爺這是怎麼回事？」

「這，請你先不必問。」

王達臣便不再問，想了想答說：「要抽只有抽小夥計，我不放心。這裡慶成鏢局的二掌櫃，是我的好朋友，我可以請他派妥當人選。不過，這得太太交代下來。」

「當然、當然！我也不能私下開溜。」

於是，晚飯以後，避開夏雲，他向母親微微吐露了心意，馬夫人裝作不解，只是把話題扯了開去。

這一下使得芹官大為困擾，迫不得已只好直說了，「娘，我想我還是回南京的好。不管怎麼樣，有事多一個人總是好的。」他緊接著說：「我已經跟王老二商量好了，他可以請徐州慶城鏢局派妥當人選。」

「夏雲跟我談過了。我以為你只是隨口一句話，原來真有這個意思。」馬夫人從容不迫地說：「共患難不必一定在一處，你去了沒有人照料你，只給你二嫂子添麻煩。」

「不會的。」

「你是不願意給她添麻煩，而且想替替她的手，無奈你二嫂子不這麼想。」馬夫人又說：「我聽秋月說，二嫂子曾經苦口婆心勸你要讀書上進，說咱們曹家將來的希望，都寄託在你身上。你能聽她這句話，比甚麼都強。」

芹官說不下去了，可也沒有明白放棄了原意，只是等著，等馬夫人能鬆一句口。

對馬夫人有所要求，先不許可，到頭來畢竟是做娘的讓步，像這種情形，數不清多少回了。然而這一回，馬夫人是絲毫不會動搖的。

「再說，年近歲逼，越往北走，天氣越冷，冰霜雨雪，幾千里的長途，你就忍心讓我一個人走？」說著，便伸手到腋下，抽出手絹去揉眼睛了。

聽得這句話，芹官頓如芒刺在背，趕緊答一句：「娘別生氣，更不必傷心；我也是一時的念頭。我聽娘的話好了。」

「好了，到底是太太。」在門外已站了一會的夏雲，一掀門簾進來，故意用不滿的語氣說：「我們是丫頭，再是好話亦只當耳邊風。」

芹官唯有報以苦笑，站起身來說：「我找王老二。」

王達臣還跟夥計們在一起喝酒，一見芹官，大家都站了起來，騰出上面的位子，留他喝酒。

芹官雖是「養在深閨」的紈袴，但到底讀的書多；經此五六天的旅途歷閱，經驗印證想像，對世故人情，大有意會。知道此時謙讓，了無意義。

突然間夏雲出現，卻不肯入屋，只向芹官招一招手，等他到了門口，她才低聲說道：「震二爺派人連夜趕路，送來一封信。太太等著你去寫回信呢。」

聽得這話，芹官便向王達臣說道：「對不起，我不能陪你們喝酒了。」

「好說，好說！芹二爺儘管請便。不過，」王達臣問說：「有件事想問芹二爺，回南京——」

「喔，」芹官不待他話畢，便即回答：「這件事作罷了。」

「那麼，」王達臣有些躊躇，「明天走不走呢？」

為了安排芹官回南京，自然得留一天，此時取消原議，如果照舊趕路，便須連夜預備車馬。芹官明白他的意思，毅然決然地作了主張：再留一天。

於是見了馬夫人，先聲明這件事，然後看曹震寫來的信，說接到京信，丟官已奉明旨；抄家亦必不可免。不過曹頫的另一件案子已結，只是罰俸了事。他決定年內動身南下，亦由旱路，請馬夫人一路留意，以免失之交臂。

「我盤算過了，年內趕進京是一定辦不到的，不如找個地方過年。」

「是。」芹官問道：「娘預備在哪裡過年呢？」

「這要問王二，能不能趕到濟南？」

「那，我去問他。」

「乾脆把他找了來。我還有別的話問他。」

等把王達臣找了來說知經過，他很仔細地計算了途程，表示有把握可以趕到濟南過年，接著又問：「太太在濟南過年，是打算住店，還是有親戚家可以借住？」

「親戚倒有，年下都忙，不便打攪，還是住店吧！」

「住店得先派人去通知。年下空房一定有，不過伙食得先預備。」

「說得是。不然家家關門過年，有錢也買不到吃的。」馬夫人回頭說道：「夏雲你先拿個大錠給王二哥！」

王達臣那裡有曹震交給他的一筆銀子，本可不必再由馬夫人那裡支款，但因一路而來，愛慕夏雲，而夏雲卻總躲著他，現在有個親自從她手裡接銀子的機會，不願放棄，所以默不作聲。

夏雲卻沒有想到他有這樣的心思，而且是在馬夫人面前，諒他也不敢有甚麼表示，因而開箱子取了五十兩重的一錠官寶，走來交到王達臣手裡。

這一下王達臣既緊張，又好奇；夏雲跟他從未交過口，如今交銀子，總有句話，不知她會如何稱呼，自己又該怎樣叫她。

正心裡七上八下時，夏雲開口了：「王鏢頭，這個給你。」她說得快，動作更快，將銀子遞了過來，等王達臣剛一接，她就鬆手了。

王達臣正抬眼在看她，也沒有想到她的手會鬆得那麼快，一下沒有接住，五十兩重的一錠官寶剛好砸在他的腳尖上，疼得他齜牙咧嘴，差一點出聲。

夏雲也發覺自己的行動，不免魯莽了些，心有歉意，卻猶不願開口，反是芹官趕來慰問：「怎麼，砸在腳上？疼不疼？」

「不要緊，不要緊！」王達臣自然硬充好漢：「這算不了甚麼！」

「那你就請坐吧！」

芹官硬按著要他坐下，王達臣還遵守著規矩，應該站著回話，最後是馬夫人說了一句，他才斜欠著身子，在進門之處坐了下來。

「達臣！我想問你一件事。」馬夫人說：「我家四老爺出京了，也是走的旱道，半路上遇得見嗎？」

「那可說不定。如果四老爺為了趕回來過年，不按著站走，就多半會錯過。」

「有甚麼法子。能不教錯過？」

「只有託沿路的店家。」王達臣問：「四老爺是甚麼時候出京的？」

「信上沒有提，只說已在路上了。」

「噢！」王達臣想一想說：「看樣子總不會已過了徐州；一路迎上去，保不定就在濟南見面。」

「那倒好。」馬夫人又說，「反正這件事託你了。」

「是。」王達臣停了一下問：「還有甚麼吩咐。」

「就是這兩件事，你請回去吧！」

於是王達臣起身請了安，方始轉身，行動之間，已看出有些不大俐落，因此，馬夫人便埋怨夏雲。

「那一下怕砸得不輕，也不知道傷了筋沒有？看他走路都有點兒瘸了。你也是！何不等他接住了再鬆手？」

一路來夏雲從未受過責備，這時自是漲紅了臉，不敢作聲。芹官頗為不忍，便即說道：「他們走鏢的，有祕製的金創藥，就算傷了筋，一敷上藥就沒事。」

「但願沒事，不然騎馬都不能騎，豈不是耽誤路程？」

聽馬夫人這一說，夏雲大為不安，這一夜夢魂驚擾，睡不安穩。到得天亮起身，叫醒棠官，替他穿好了衣服，央他去看一看王達臣。

「昨兒個把他的腳給砸了，不知道受傷沒有？」夏雲緊接著解釋她關切的原故：「太太說腳受了傷，不能騎馬。這一耽誤了路程，豈不是我的罪過。你只去看一看，回來告訴我，別多說甚麼？」

棠官答應著去了。不一會飛奔而來，進門便嚷：「糟糕了！王二哥腳上的骨頭碎了！」

聽到最後幾個字，夏雲頓覺眼前金星亂爆，心生闖了一場大禍的畏懼，頓使她六神無主。偏偏另屋的馬夫人已有所聞，大聲問說：「是骨頭碎了嗎？」

「是啊！」棠官答應著，到了馬夫人那裡先請了安，接著說王達臣的傷勢，「腳背腫得好高，王二哥自己摸了摸，說右腳中間的那個腳趾頭，骨頭碎了。」

「請大夫了沒有呢？」

「去請了。」

適時芹官亦已聞聲而集，說一聲：「我看看去！」拉著棠官一起往外走。

馬夫人頗為懊惱，亦已有些冒火；但看到夏雲盈盈欲涕的神情，卻又不忍說她，只嘆得一口無聲的氣。

「太太不帶著刀傷藥嗎？」夏雲怯怯地說。

「那是治無名腫毒的，也罷，你找一找，找著了就給他送去。」馬夫人又說：「你跟王二哥說，儘管找好大夫，別省錢。」

夏雲答應著，找了藥到前院鏢客們的宿處，只見一屋子的人，她情怯不敢進去，幸好遇到何謹，一把拉住他說：「何大叔，這是太太給的藥，還說：儘管找好大夫，別省錢。」接著，她又問了句：「傷勢怎麼樣？」

「傷科我不懂，看樣子不輕。」何謹問道：「這藥幹甚麼用的？是內服、是外敷？」

「治無名腫毒的。」

「那不管用。」何謹說道：「好吧！你先進去，傷勢怎麼樣，一會兒我跟太太來回。」

不久，棠官來報，不要緊了，在驛站上找到一個蒙古大夫。說完又奔了出去，一會兒復又來報，王達臣疼得幾乎昏厥。就這樣奔進奔出，隨時來報療傷的經過。到得第四次來報時，夏雲忍不住了，拉住棠官問道：「蒙古大夫怎麼說？到底接得好，接不好？」

「他沒有說接得好，接不好。不過，我看有點麻煩。那蒙古大夫跟王二哥一樣，也是滿頭大汗，大概他心裡比你還急。」

夏雲臉一紅，「我急是他的傷不好，就會耽誤上路。」她說：「不是為別的急。」

馬夫人聽她作此不必要的解釋，心裡好笑，當然她是了解夏雲的心情的，便安慰她說：「只要是真的蒙古大夫，一定接得好。」

「是真的。」棠官接口說道：「是真的蒙古大夫，說是京裡下來的。」

「那必是在上駟院當過差——」

為了遣悶，馬夫人便談上駟院的蒙古大夫。她說，蒙古大夫不一定是蒙古人，上三旗士兵中，會接骨的都可入選，每旗十名，旗設「蒙古醫師長」一人；「副長」二人，隸屬上駟院。本職是為馬治病，但宮中執事人等，受了外傷，亦都由上駟院的蒙古大夫診治，當然，最擅長的是接骨。

「骨頭在肉裡面，碎成甚麼樣子看不見，怎麼接法呢？」馬夫人說：「他們教徒弟有個法子，拿竹子的筆套剪成幾截，用棉紙包起來，叫徒弟隔著紙摸索。起先毫無頭緒，到摸到了竅門，幾下就能接在一起那時候就可以替人接骨了。」

「既然幾下就能接在一起，」棠官問說，「怎麼接了個把時辰，還沒有接好？」

「接好了！」門下有人接口，是何謹的聲音。

夏雲頓覺雙肩一輕，喜孜孜地去打門簾，放何謹進門。

向馬夫人請過了安，何謹說道：「傷得可真是不輕，看樣子有十天八天，不能行動。」

這一說，夏雲又著急了，失聲問道：「那怎麼辦呢？」

「王老二也很著急，讓我來跟太太請示，打算讓慶成鏢局的二掌櫃，護送到濟南。」何謹緊接著又說：「我不知道太太是打算到濟南過年。」

聽他的語氣，似乎不以為然，馬夫人便即問說：「你看呢？」

「以我看，到濟南過年，不如就在徐州過年，第一，離南京近，有甚麼事，容易照顧；其次，太太要等四老爺見面，徐州比濟南好。」

「喔，你倒說個緣故我聽。」

「四老爺不知走的哪一條路——」

原來自北南下的大道，從德州開始，分為東西兩路，東面經濟南、泰安、臨沂至江蘇宿遷，循運河由鎮江到南京；西面則自魯西經高唐、東河、滋陽入徐州。曹頫如由西路南下，那就一定會在徐州相遇；倘經東道，雖不過徐州，但不妨派人到徐州西面的紅花埠守候，這裡是由臨沂、郯城入江蘇必經之途，與徐州相去不遠，見面也容易。

聽他說得有理，同時慶成鏢局的二掌櫃，雖是王達臣的至好，但畢竟隔著一層，不如對王達臣，可以指揮如意，因此，馬夫人立即作了決定：「好吧！咱們就在徐州先住下來再說。」

「既然預備在這裡過年，咱們得核計核計。」馬夫人對夏雲說：「自己得弄個小廚房，你看看，該置些甚麼東西？開張單子出來，交給老何去辦。」

「我也這麼在想。」夏雲答說，「而況太太吃齋，潔淨最要緊。」

於是夏雲「抓」了棠官的差，讓他取筆硯來，聽她念著開單子。寫到一半，何謹又來求見，說王達臣的意思，想請馬夫人移居慶成鏢局。他的理由是：第一，比較舒服；其次，慶成鏢局的東主，也是回回；最後，行李挪到慶成，可以放心，否則倘有疏失，他擔不起責任。

理由一個比一個充足，但馬夫人另有顧慮，「不！」她說，「人家高高興興過年，咱們何必去打攪？」

「打攪倒無所謂——」何謹沒有再說下去，顯然的，他已經體會到馬夫人的本意，不必再說下去。

「我讓夏雲在開單子，咱們自己開伙食。」

「是的。太太在廊上支個小廚房，我們仍舊吃店家的伙食好了。」何謹又說：「倒是屋子應該換一換，總要嚴謹才好。」

「說得不錯。你去辦。還有，你對王二說，讓他派個得力的人回南京送信，咱們在徐州過年等四老爺，得讓震二爺知道。」

「是！」何謹說：「信甚麼時候寫好？」

「我讓芹官馬上來寫。明天一早好了。」

何謹答應著去了。不過一盞茶的功夫，去而復回，後面還跟著王達臣，他不能走路，是由一名小夥計揹著來的。

「我可沒法兒給太太請安。」王達臣不等人家扶他坐定，便就說道：「我這趟差辦得窩囊透頂，不能再讓太太、芹二爺、棠官，在這破店受罪。慶成鏢局是二掌櫃當家，他跟我是能過命的朋友，請太太一點兒都不用顧忌。」

「難為你這麼熱心！」馬夫人答說：「我覺得在這兒也很好。」

「不！」王達臣又說：「我責任在身，實在不能放心。我現在跟個廢人一樣，再要派兩個得力的趟子手，一個回南京送信，一個到紅花埠等四老爺，越發沒人能頂得住了，萬一來個小毛賊，丟了東西還讓太太受驚，這件事我怎麼交代？」

這確是不能不顧慮的一件事，馬夫人也知道，這還關乎王達臣的名聲，倘或出了意外，江湖上不說王達臣受了傷，行動都要人扶持；也不會知道得力的人不在身邊，只說王達臣保鏢，連個小毛賊都制不了！這個名聲一傳出去，他就不用想在他這一行中出頭了。

於是，馬夫人只好問何謹：「你看呢？」

「王二鏢頭的顧慮不能沒有；太太心裡的想法，更是為人家打算。」何謹意味深長地問：「是不是跟王二鏢頭說了實話，再作道理？」

馬夫人微微點頭，移目周視。夏雲十分機靈，故意將棠官的手一摸，「看你，手冰涼，別凍出病來。走！添衣服去。」說著，不由分說將棠官拉走了。

應該避開的人避開了，何謹才輕聲向王達臣說道：「我們府裡一過了年，說不定就有麻煩。太太是怕萬一連累了慶成不好，那時候連你都對不起朋友。太太不願意住慶成，一半也是為你。」

王達臣恍然大悟，一時驚憂交併，怔怔地好半天說不出話。

何謹卻已有了計較，「如今只有這麼辦：第一，務必挪個嚴密妥當的地方；第二，請慶成幫忙，派兩位好手來護院。」

「啊，啊！行，行！」王達臣一迭連聲說：「這麼辦，很妥當，我馬上去辦。」

整整忙了一下午，才算停當。先是移居，挪到第三進的東跨院之前，先要打掃乾淨，將窗子裱糊得裡外雪白，方始重新鋪陳。那跨院南北對向，兩暗一明共有六間屋了，馬夫人占了北屋；南屋是夏雲帶著棠官住東間，芹官住在西面，有張舊帳桌可當書案，何謹又替他買了個竹書架，開箱子將書籍筆硯都擺了出來。夏雲復又湊趣，找出來一個博山爐、一隻汝窯花瓶，插上蠟梅跟天竹子；裊裊爐煙，瓶花含笑，居然楚楚有緻，一洗殘年逆旅的淒涼。

剛剛停當，還來不及坐定了從容喝一杯茶，慶成鏢局的二掌櫃來了，說要給馬夫人「請安」。

馬夫人只說「不敢當、擋駕」，但以同在教門之故，還是接見了；說過兩句門面話，由芹官延入他的「書齋」款待。夏雲很會調度，湊付著帶上路的茶食乾果，竟擺出八個高腳碟子、用康熙五彩窯蓋碗沏的茶。用官宦人家對上賓的禮數相待，使慶成的二掌櫃，真有受寵若驚之感。

他姓韋名叫世保，芹官便管他叫「韋二哥」，少不得有番仰仗拜託的客套。韋世保便又引見他帶來的兩個人，一個姓史、一個姓鮑，都生得一臉精悍之氣，一看就覺得是可以信任的。

「這兩位都是我局子裡的好手，從今晚上起始，就讓他們在這裡伺候，芹二爺不必客氣，有事儘管差遣。」

「不敢，不敢！」芹官連連拱手，「韋二哥言重了。」

「其實，絕不會有甚麼事。」韋世保說道：「徐州是五省要衝，多的是五嶽三山、各路的英雄好漢，向來是個最麻煩的碼頭；幸虧近年來徐州出了一位大人物，叨他的光，真是不少。」

「喔，請教，」芹官問說，「是哪位大人物。」

「浙江的李撫台。」韋世保面有得色地說。

芹官茫然無以為答，韋世保便又解說，他指的是浙江巡撫李衛。當今皇帝最寵信的封疆大吏，只有三個：雲貴總督鄂爾泰、河南巡撫田文鏡、浙江巡撫李衛。三人各有所長，李衛長於治盜，曾奉特旨，准他越境追捕，而李衛正是徐州人，強梁宵小，懼於他的威名，相戒斂跡，所以這兩年來的徐州，比以前安靖得多了。

「這一說，在徐州過年，倒是挑對地方了。」芹官又說：「尤其是有王二哥跟韋二哥的交情在，更可以高枕無憂。我回頭稟告家母，也好讓她放心。」

芹官果然將韋世保的話，告訴了母親，馬夫人自然也很欣慰。「不過，」她說：「話雖如此，到底也要仰仗人家，年下還來替我們巡夜護院，這份人情欠得太重，不知道怎麼報答人家？」

「還有王老二。」芹官接口：「虧他自己受了無妄之災，還打算得這麼周到。」

「是你闖的禍，」馬夫人對夏雲說：「你也該去看一看他，傷勢好些了沒有？」

「是。」夏雲低著頭答應，身子卻沒有動。

「去啊！」

「等等。」夏雲答說：「等老楊媽把碗刷乾淨了，讓她陪我去。」

「我陪你去。」棠官立即自告奮勇。

「你別去！」馬夫人找了個理由攔阻：「明天有專人回去送信，你也該寫封信給你娘。」

「對了！」芹官附和著說：「你先到我屋子裡，用我的書桌，你寫完了我再寫。」

就這樣將棠官遣走了，馬夫人笑道：「棠官跟王二倒有緣，在他那裡泡了一天還不夠。」

「他還要拜王二為師，學打拳呢！」夏雲答說：「真是異想天開。」

「其實也不算異想天開！旗人家的子弟，棄文就武也是一條出路。棠官將來能補上護軍校的名字，倘或武藝出眾，挑到侍衛處，倒是堂堂正正的武官，比在茶膳房這些地方當差，強得太多了。」馬夫人又說：「可惜王二保鏢，行南走北，沒有功夫教他。」

夏雲本不以棠官在旅途中，不喜念書，只愛跟王達臣玩在一起為然，此刻聽馬夫人說得有道理，不由得便為棠官的前程打算，就算王達臣不能教棠官，又何妨讓他替棠官找一條練武的路子。

「太太不放心你的傷勢，讓我來問一問，可覺得好些了。」

「好些了，好些了！」王達臣一迭連聲地：「多謝太太惦著，請你替我道謝。」

夏雲點點頭，看他右腳腳背又紅又腫、腳趾大了不止一號，不免歉然，低聲說道：「對不起，我昨天失手不是有意的。」

「好說，好說！原是我自己不好。」王達臣說：「姑娘請坐。」

夏雲坐了下來，王達臣卻不知道說甚麼好，氣氛顯得有點僵。夏雲心想既然坐下了，總得找些話說，想了一下，便即問道：「王鏢頭，一年走幾趟鏢？」

「姑娘叫我名字，或者就叫我王老二好了。」王達臣答說：「一年走幾趟，可不一定，閒起來一兩個月沒事；說忙，忙得頭一天剛回來，第二天又得上路，也是常有的事。」

「這不太辛苦了嗎？」

「走鏢的，只巴望平平安安到了地頭，辛苦一點算不了甚麼。」

「莫非只苦不樂？」

「沒有只苦不樂的行當！倘或如此，我早就不吃這碗飯了。」

「呃，有甚麼值得高興的呢？」夏雲問道：「大概就是保鏢回來，跟王二嫂團聚的時候？」

說著，看了他一眼，又把頭低了下去。

「那算不了甚麼！頂值得高興的是，遇見一位寬厚體恤的東家，就像太太這樣的。」王達臣話鋒一轉，問到夏雲身上：「姑娘忙不忙？」

「就跟你一樣，閒的時候一點事沒有；要忙起來，恨不得多生一雙手。」

「大概總是忙的時候多？」

「嗯。」夏雲停了一下問道：「你到了北京，住在哪裡？」

「在前門外大柵欄，四海通鏢局，那是我們的聯號。」

夏雲點點頭，又問：「你的武藝是跟誰學的？」

「這，話說來就長了。」王達臣說：「我也沒有甚麼正經的師父，跟幾位老前輩走鏢，偷著學個一招半式，慢慢兒摸著一點門道。練武，還得靠自己，性之所近，隨時留意，只要有恆心，總會有點兒出息。」

這是一個很好的話題，王達臣講他自投身鏢局，當小夥計開始，如何廢寢忘食刻苦習藝；如何暗中窺伺、偷學祕訣，吃苦受辱，遭人誤解，甚至為人暗算，幾乎殘廢。但也有誠意感動了名家，自願傳授的美事。談得起勁，聽得有趣，直到一陣爆竹聲響，才中斷了他們的閒談。

「幹麼放鞭炮？」王達臣問他的小跟班。

「今兒送灶。」

「都臘月二十三了！」夏雲失聲驚嘆，「一點都不覺得快過年了！」

「自然囉！」坐在門口抽旱煙袋的老楊媽說：「在府裡，一過臘八就忙得不可開交了。光是『撣塵』、做年菜這兩件事，就能把人累得頭昏眼花，累歸累，熱鬧可真是熱鬧。如今一點年味兒都沒有，怎麼能覺得快過年了？唉，真沒有想到。」

夏雲黯然，王達臣卻想到了馬夫人，設身處地替她想一想，其情著實難堪。如果能趕到濟南，有好些至親在，過年還不寂寞，在這徐州客店中，終日枯坐，只聽家家爆竹、笑語喧闐，那是何等淒涼?

夏雲看他不作聲，自己覺得也坐得太久了，便即起身告辭:「你請安置吧!多保重。」

「是，是。」王達臣說:「對不起，我可不能送你。」

「別客氣。」

「喔，姑娘，請你跟太太回，派回去送信的人，明天一走，年內一定能趕回來，太太要在南京帶甚麼吃的、用的，都可以讓他捎了來。」

「好!」夏雲答說:「既然在這裡過年，倒不妨帶點年貨來，我讓芹官在信裡寫明白。」

「姑娘自己呢?想要一點兒甚麼?」

「我?」夏雲想了一會說:「我想板鴨。」

「那容易。」

「你看，在南京這麼多年，從來也沒有想過要吃一回板鴨，一離了家沒有幾天，會想起這個平常看都懶得看的東西!這不奇怪嗎?」

「姑娘是難得離家，才會這麼想。像我們終年奔波在外的，可沒有這種念頭。」

於是臨去復留，又閒聊了一會方始作別。哪知已出了屋子，王達臣卻又將她招了回來。

「姑娘，請你跟芹二爺說，信一寫好就交出來，我這裡的人，五更天就動身。」

「喔，」夏雲隨口說了句:「這麼早!」

「非早不可!不然年裡趕不回來。」

說到這裡，王達臣突然顯露詭祕的笑容，夏雲以為他還有話，等了一下，不見他再往下說，也就走了，心裡卻大為奇怪，始終猜不透他何以有那樣的笑容？

數著日子望回信，馬夫人與夏雲每天談得最多的，就是猜測秋月的回信中，會說些甚麼——是芹官的主意，由他代筆，用夏雲出面給秋月寫了一封信。這樣，一路的瑣瑣屑屑就都可以談了。信裡特別關照秋月，希望她也不厭其詳地敘一敘別況，「以慰客中岑寂。」

王達臣的足傷，日有進步，到得臘月二十九那天，已能下床，拄著一根拐杖進來見馬夫人。一番慰問之後，馬夫人便說：「明天就過年了！我不拿你當外人看，明天晚上你到這裡來『散福』。」

不說吃年夜飯說「散福」，是因為雖在客邊，禮不可廢；馬夫人預備除夕祭祖、祭餘受胙，俗稱「散福」。

「這——」王達臣有些躊躇道：「恐怕不便。」

「有甚麼不便？難得在客邊一起過年，也是緣分，沒有甚麼尊卑上下、男女之別。」

「太太這麼說，我不能不識抬舉！」說著，要起身請安致謝，讓芹官一把按住了。

「王二哥，」芹官問道：「派去的人，明天能回來嗎？」

「我再三叮囑，一定要在年三十以前趕回來。這幾天老天爺幫忙，每天都是大太陽，照道理一定趕得回來。不過，」王達臣略停一下又說：「我關照去的人辦一件事，倘或很順利，說不定今天下午就能回來；如果有嚕囌，也許晚個天把。」

聽這一說，夏雲想起送灶那天他的詭祕笑容，立即便問：「王鏢頭，你是要辦一件甚麼事啊？」

王達臣微笑答說：「不知道辦得成，辦不成？反正到時候你就知道了。」

聽他還在賣關子，夏雲不由得有些生氣，就懶得再理他了。

見此光景，王達臣便即解釋：「不是我不肯說。這件事辦不成，沒有甚麼關係；辦成功了，大家都會高興。如果我事先一說破，辦不成功，都會覺得掃興。夏雲姑娘，你別生氣。」

「哪裡？」夏雲由憤然變為歉然，她笑笑說道：「我不知道你這件事辦成了，為甚麼大家都會覺得高興？反正一半天的事，等著瞧吧！」

於是，這一天便又有了新的話題，都在猜測，王達臣派他夥計去辦的，是件甚麼事？

「我猜是去找一個人來！」棠官很有把握地說。

真是出語驚人，馬夫人便問：「找一個人！找誰啊？」

「郭貓兒。」棠官答道：「找郭貓兒來讓太太過年笑一笑。」

「你真是異想天開。」芹官大笑：「你迷郭貓兒，都快瘋了。」

「你倒別說他異想天開。」馬夫人說：「棠官的話真有點道理，不過不一定是郭貓兒，也許是從戲班子找幾個孩子來，讓咱們熱鬧熱鬧。」

由於馬夫人的話，棠官越有信心，但他仍舊相信找的是郭貓兒，為了急於揭開謎底，他私下去向王達臣求證。

「王二哥，你要辦的那件事，是去找一個人是不是？」

王達臣嚇一跳：「你怎麼知道？」他問。

這一下，棠官臉上飛了金似地，大聲說道：「我猜到你心裡了，是不是？你是派人到揚州找郭貓兒，郭貓兒不一定肯來，所以預先不能說破，免得大家掃興。是嗎？」

王達臣哈哈一笑，他也知道棠官迷郭貓兒，笑完了說：「不錯、不錯。我是怕郭貓兒不肯來，第一個掃興的就是你，所以不願多說。既然你猜了，我也不瞞你，萬一不來，你可別覺得掃興，我在徐州另外替你找；不過沒有郭貓兒那麼好就是了。」

這番話說得棠官心曠神怡，得意非凡，急急奔了回去，告訴馬夫人。既然是王達臣親口承認了，大家自然也都深信不疑。

可想而知的，棠官哪裡還沉得住氣，整天逗留在外，在王達臣屋子裡玩一會，到大門外張望一會。望到天色將暮，來了一騎馬、一輛騾車，馬上那人，正是王達臣派到南京去的夥計小劉。

「來了，來了！」棠官飛奔著喊。

等王達臣拄著拐杖出來，那輛車已進了店，車把式和他的夥計下了車，一個卸騾、一個拿車凳，便知車中有人。王達臣便問小劉：「接來了。」

「接來了。」

這時棠官已到車前，揭開車帷，只見下來一個人，身穿灰布僧袍、頭戴一頂烏絨「頂包」，入鬢長眉，覆著一雙清澈如水的鳳眼。棠官覺得好面善，卻想不起來是在哪裡見過。

「棠官，你認不出是我？」

一聽聲音，棠官記起來了，「呀！」他失聲驚呼：「你不是繡春嗎？」

「對了！」王達臣笑道：「是繡春，不是郭貓兒。」

這一來，棠官才知道讓王達臣耍了。然而仍有意外的驚呼，奔到馬夫人面前，氣喘吁吁地笑道：「我猜到一半，是一個人，是繡春。」

「是繡春！」夏雲從裡間奔出來問：「你不會看錯吧？」

「怎麼會看錯？一身姑子打扮。」

這就不錯了！夏雲笑道：「怪不得！」

說著便迎了出去，首先看到的是小劉跟他的兩個同伴，搬來極重的兩個簍子、一個網籃，然後是王達臣與繡春兄妹倆。

「繡春姐！」夏雲緊握著她的手說：「真沒有想到你來。」

這時上上下下都從屋子裡迎了出來招呼，繡春應接不暇，只有先向噙著眼淚站在廊上的馬夫人合十施禮。

「你怎麼來了？」

「我二哥派人來接我的，說太太在徐州過年等四老爺，問我願意不願意來陪陪太太？」繡春緊接著說：「太太動身我不知道，居然還趕得上來給太太送行。」

馬夫人知道，繡春身在空門，肯遠道跋涉到徐州來陪她過年，暗含著願共患難之意，心裡著實感動，眼眶越發潤溼了。

「外面風大，」夏雲說道：「請進去談吧。」

到得堂屋，繡春才發現芹官，但只是匆匆叫應，他立即又退了出去，因為王達臣不肯進來，得陪著到他屋子去坐。

「王二哥，其實你先說破了也不要緊，害我們牽腸掛肚，每天都在猜你葫蘆裡賣的甚麼藥？」

「我怕我妹妹不肯來，讓大家掃興。」

「不會的！」芹官答說：「繡春是重情義的人，何況她一向敬重你。」

「是啊！」王達臣看一看窗外無人，低聲說道：「芹二爺，不瞞你說，我把她找來，一半是陪太太過年，一半也是為了繡春。請芹二爺跟太太回一回，勸繡春還俗吧！」

「是的，是的。」芹官一迭連聲地答應：「大家都有這個意思，我來想法子，切切實實勸她一勸。」

「重重拜託。」王達臣起身說道：「我不打攪了。」

等他一走，芹官隨即趕往北屋，只見桌上大包小包，堆滿了吃的、用的，繡春正在一一交代。

「這桂花鴨，是特為叫小劉兒到水西門馬祥興去買的，太太也能吃。」她一眼看到芹官，立即又說：「我替你帶來一樣好東西來。」

說著親自網籃裡去捧出一個長方木匣子，豎著擺在桌上，抽開屜板，裡面是一球水仙，用隻裡白外紅的大碗供養，根莖周圍堆滿了五色雨花台石子。

「太妙了！」芹官推一推棠官：「快去找清水來。」

「這裡有。」堂屋裡原有一小缸清水，夏雲兜了一瓢，芹官接到手中，小心澆在碗中，五色石子得了水色，越發可愛。

「謝謝，謝謝！」芹官也是合十當胸：「真不知何以為報？」

「我帶了一塊綾子來，請你替我寫一通《心經》，不知道趕得出來，趕不出來？」

「行！《般若波羅密多心經》沒有多少字，我陪你吃一天素，就趕出來了。」芹官又問：「你這是幹甚麼用！」

「我要繡一卷《心經》。」

「那，」棠官又放厥詞了「以後不叫你繡春，叫你繡經好了。」

「說得好！」繡春很高興地摩著棠官的腦袋說，「越來越聰明了。」

於是又提到棠官迷郭貓兒的話。笑聲喧闐，客邊淒清，一掃而空；馬夫人的興致也好了，「今晚我大概能多吃半碗飯。」她問：「夏雲呢？該開飯了吧？」

「還得一會兒。」夏雲恰好回來，在窗外接口答了一句，進門又說：「臨時支的一個小廚房，倒有兩副鍋杓。如今又得現置一副，剛剛辦來，把繡春姐的素菜做得了就開飯。」

「其實也無所謂。」繡春說道：「敬佛敬在心裡，不在表面上。」

「這話不錯。」芹官想起王達臣的囑託，乘機說道：「繡春，你開了葷吧！」

這是勸她還俗，繡春沒有想到會這樣開門見山地說，一時竟無從置答。馬夫人亦覺得有機可乘，隨即加了一句：「繡春本來就沒有出家。」

這話更讓繡春無法置答，只好這樣說道：「咱們不談這個。」

「對！」馬夫人向芹官使了個眼色，示意他不必操之過急：「咱們先不談這些。」

於是只敘家常，隨意閒談。到得飯後，馬夫人回臥室，繡春跟了進去，這才到了深談的時候。

「我聽說四老爺出了事。」繡春不勝黯然地：「怎麼會弄成這個樣子呢？」

「唉！」馬夫人嘆口氣，「三尺之冰，非一日之寒，如今也不必怪誰，只望抄了家就算了。」

「也不必怪誰」這句話，自是指曹震夫婦而言，繡春在這方面自不便多說，默然半晌才問了一句：「二奶奶總留了退步？」

「也不見得。」馬夫人又嘆口氣，「這一陣子鬧得天翻地覆，你大概還不十分清楚，我也懶得說。總而言之一句話：只有望將來了。」

「是！」繡春深深點頭，「到底有王爺在；芹官又不是沒有出息的人。」她忽然又問：「我聽說春雨走了，是——」

「是她自己不好。」馬夫人答說：「如果她像你這樣子念舊講情義，我又怎麼忍心攆她？」

繡春對春雨的事，原有所聞，但一直不肯相信，如今自馬夫人口中證實，忍不住感嘆：「真是知人知面不知心。」

「話又說回來，到底還是有良心居多。像你這一次來，我實在很安慰。」馬夫人忽然有個主意：「繡春，你跟我一塊進京好不好？」

繡春大感意外，不由得仔細看了看馬夫人的臉色，要辨別她這話是信口而言，還是真有此心？如果真有此心，目的又是甚麼？

看她殷切的神情，不像是隨口一句話，繡春便即問道：「我跟太太進京，不是一個累贅？」

「怎麼會是累贅呢？」

「譬如說，這一路去，飲食上——」

「你不是說無所謂嗎？」

一句話將繡春堵得開不了口。她這時已省悟了，她二哥把她接了來，名為陪伴舊主，其實是請舊主用情面壓迫她還俗。既然如此，又豈是言語上耍些花巧，能夠搪塞得了的？

意會到此，隨即說道：「太太的好意我完全明白。這件事我在菩薩面前起過誓，不是三言兩語說得清楚的。反正我在這裡陪太太過年，等幾時閒閒，我的下情，細細稟告。」

「好！」馬夫人是嘉許的神態：「只要你知道我是好意就行了。隔了這麼多日子，咱們家如今又落到這步田地，你也應該饒了你們二奶奶！」

「太太，太太！」繡春惶恐萬分，不覺雙膝跪倒：「這話我繡春怎麼當得起！當初我也並不怨二奶奶——」

「我知道，我知道。你快起來，讓人瞧見了不像樣。」

說著，馬夫人親手來扶。繡春站起身來，見她眼圈都紅了，不免既驚且疑，不大明白她因何傷心？

「你二奶奶也是自作自受。」馬夫人很吃力地說：「我也弄不清楚她到底有那事沒有？反正你二爺那個橫勁兒，差點就動刀了！依她那麼要強的人，忍氣吞聲，像個童養媳似的，我想都替她難過。」一面說，一面真的掉淚了。

「太太別說了！這一場災難，把一切都遮過去了。抬起頭來往前看，就巴望芹官吧！」

「你二奶奶也是這麼個心思，也不知道芹官自己想過沒有，多少人的希望寄託在身上。」

「他一定想過的。」繡春很認真地說：「從老太太去世以後，我看芹官一回比一回長進，如今很像個大人樣子了。」

由此開始，話題便轉到芹官身上。由芹官又談到春雨，馬夫人將她的行為都告訴了繡春，同時一再叮囑，這件事要瞞著芹官的，務必當心，別在口風中露出真相。

這樣一直談到三更已過，方見夏雲出現，馬夫人這才想起，「你在哪裡？怎麼一直不見你的影子？」她問：「繡春的床安在甚麼地方？」

「跟我一房睡。」夏雲答了又問：「包了餃子，還蒸了年糕，特為替太太蒸了一籠甜的，要不要嘗一塊？」

「也好。」

「你也能吃。」夏雲對繡春說：「我還替你包了素餃子。」

「這一來就是三種餡。」

「太太的餡是甚麼？」

「羊肉西葫蘆。」夏雲笑道：「今天頭一天，不找你幫忙，明兒個可就不當你客人了。」

「本來就不是客人。」繡春一面說，一面走了出去，幫著擺桌子預備吃消夜，少不得要問起芹、棠兄弟。

「棠官睡了。」夏雲答說：「芹官不知道怎麼樣，剛才我看他在寫字，說是要替你寫《心經》，得把字練一練。」

「臨陣磨槍，也好不到哪裡去。」馬夫人說：「叫人去問問他，餓不餓？」

「等我去。」繡春出了堂屋，繞迴廊到了芹官窗下，悄悄張望，只見一大堆寫壞了的廢紙，心裡不免感動，就在窗外說道：「息息吧！」

「原來是你。來、來，進來坐。」

「太太說你臨陣磨槍，也好不到哪裡去。」繡春進了屋子笑道：「請你吃消夜去呢！」

「太太還沒有睡？」

「一直在跟我聊天。」

「聊些甚麼？」

「話很多。」繡春急忙又加了一句：「不過都是閒白兒。」

這便有「此地無銀三百兩」的意味，芹官微笑說道：「回頭也跟我聊聊。」

第二十三章

「我一直想問你一句話，你是好熱鬧的人，那種冷清清的日子怎麼過得慣？」

「拿冷清看作熱鬧，就過得慣了。」繡春隨口答說。

「這話大有禪機。」芹官笑道：「我跟你參禪好不好？」

「甚麼參禪？我不會。」

「會是不會，不會是會。」芹官拈了一枝藏香在燭火上燃著，插在博山爐中，然後問道：「既入空門，何以未斷塵緣？」

「甚麼叫塵緣？」

「就是俗家的緣分。」芹官又作解釋：「譬如你來看太太，是念著往日的情分，這就是人間塵緣。」

「既在人間，如何斷得了塵緣？如果斷了緣，你我今天又如何能在一起？」

芹官一時無以為對，只是發愣，繡春不由得笑了。

「看你笨嘴拙舌，」繡春笑道：「還參禪呢！」

一聽這話，芹官大出意外，既驚且喜地說：「原來你會參禪。」

「會是不會。」

「不會是會。我再問你：你從何處來？」

繡春已看出芹官的本意跟馬夫人一樣，是要用鬥機鋒的法子，將她駁倒了好勸她還俗。具此戒心，便先說破了它：「我從空門來，還向空門去。」

「錯了！你從人間來，還向人間去。」

「錯是不錯。」繡春很快地接口：「空門在人間，人間非空門。」

「既然人間非空門，你怎麼來在這裡？」

「因為空門在人間。」

「然則人間就是空門？」

繡春心想纏來纏去，要陷入他的圈套了，於是略想一想答道：「空門亦是人間，我在人間仍舊是在空門。」

「那麼你是從空門來，向人間去。」

「我是來處來，去處去；從哪裡來，回哪裡去。」

「著！」芹官喝道：「從曹家來，回曹家去！莫執迷不悟。」

繡春沒想到他竟是開門見山當頭棒喝，也像芹官先前一樣，只是發愣了。

「好了，你輸了！」芹官笑道：「『禪心已作沾泥絮』，從今莫提了吧！」

繡春是爭強好勝的人，身雖逃禪，本性未改，想了一下說道：「如今該輪到我問你了。你讓我休提禪心，我偏提禪心。請問何謂心中禪？何謂禪中心？」

她說話一向很快，加以炯炯清眸逼視，別有一股懾人的氣勢，以致芹官一下子讓她問住了。

「原來你也詞窮理屈了！」繡春得意地說。

「詞窮不見得理屈。莫非何謂心中禪、何謂禪中心，你就說得上來？」

這倒打一耙很厲害，繡春心想，倘或說不上來，便又落了下風，因而臉上微笑，腹中卻在搜索枯腸。正當窘迫無計，快要認輸時，忽然記起兩句詩，便將長眉一揚，從從容容地念了出來。

「何謂心中禪：『死生哀樂兩相棄』；何謂禪中心，『是非得失付閒人』。」

「我服你了！」芹官欣悅地說：「是韓愈的詩，真虧你想得到。」

「我也不知道甚麼『鹹魚』淡肉。庵裡有本不知道哪裡來的唐詩，沒事看看，就當念一卷經。」

「『這卷經』其實念不得。你是一片錦繡的大好春光，不比韓愈晚年失意遠謫！就像這兩句詩，也是無可奈何的曠達，我就不相信你能看得開。」

「有甚麼看不開？這個世界上能讓我看不開的事，可以說沒有。」

「事沒有人有。午夜夢迴，總有人影在你心裡搖晃吧？」

「你說是誰？」繡春問說：「你是說我們那位二爺？」

「也是二爺，不過不是震二爺。」芹官遙遙一指，「遠在關外的紳二爺。」

一聽這話，繡春將頭低了下去，芹官知道說中了她的心事。

但她卻不願承認，低聲念道：「『春心莫共花爭發，一寸相思一寸灰。』」

「你也別灰心！你回來——」

「對了！我正要問你，」繡春搶著問道：「我回府裡來幹甚麼？」

芹官想了一下答說：「來共甘苦。」

「不對！苦可以共，甘沒法兒共。」

「這話怎麼說？」

「你們的甘，不是我的甘。」

「那麼甚麼是你的甘呢？」

「沒有。」

「何必這麼說？」

「實情是如此。甚至於你們的苦，也不是我的苦。」

「這一點我倒相信。不過應該這麼說，你的苦不是我們的苦。」

「噢！」繡春很注意地問：「你說，我的苦是甚麼？」

「是——」芹官搔一搔頭皮：「也是一句韓愈的詩，怎麼想不起來？」他攢眉苦思了一會，終於輕快地說：「想起來了！『與眾異趣誰相親？』」

「你錯了！愛跟我親近的人很多。你知道，我的人緣總是好的。」

「你誤會我的意思了。『與眾異趣誰相親』是說沒有真正相親的人。世界上見了面不討厭、不見面亦不會去想他的人最多，愛跟你親近的大概都是這樣的人。你倒想一想看，是不是如此。」

想一想果然，這是連繡春自己都沒有發現的。因此，對芹官不免有刮目相看之感，體認到絕不能再拿他當孩子看了。

「我在想，紳二爺一定是你常常想到的。」

「從何見得？」

「你說『春心莫共花爭發，一寸相思一寸灰。』這就是『道是無情卻有情』。六祖說得最好：『菩提本無樹，明鏡亦非台；本來無一物，何處著塵埃？』你果然心日中——」

「好了！」繡春頗感窘迫，因為完全說中了她的心事。為了閃避，她故意說道：「我亦要改口稱你芹二爺了。芹二爺，你倒說，從動身以來，路上總也常常想到幾個人，想得最多的是誰？你說實話。」

「震二奶奶。」

繡春總以為他肯說實話，必是春雨為先，不道竟是震二奶奶，不免詫異。看到她的臉色，芹官便問：「你以為是誰？」

「我以為總是春雨。」

「春雨其次。」

「再下來呢？」繡春好奇的問。

「秋月。」

「再下來呢？」

「錦兒。」

繡春點點頭笑道：「再下來就輪到你那位小師娘了。是嗎？」

那是指碧文。「不是。」他說：「再下來是你，然後才是我的小師娘。」

「慢慢！我算算看。」繡春又笑了：「還好，還好！我總算在前五名以內。」

「甚麼前五名？」門外有聲，接著出現了夏雲。

「如果夏雲仍舊在南京，我就絕不會在前五名以內。」

夏雲更不解所謂，芹官亦笑笑不作聲，只問：「太太睡了沒有？」

「早就睡了。」夏雲指著鐘說：「這會兒已經是大年三十了。」

一看已過子時，繡春先就失聲驚呼：「可不得了！明兒還有好些活兒幹呢！睡吧！」

「再坐一會也不要緊。」芹官說道：「客邊一切從簡，明天也不會有多少事，睡晚些不要緊。」

「明天要拜供。也不能睡得多晚，不過說幾句話也不要緊。」夏雲忽然說道：「喔，有件事，我忘了告訴你了，聽說四老爺已經經過了濟南，總在這一兩天，就可以到紅花埠。」

「哪裡來的消息？」

「倒不知道。我是聽何大叔說的。」

一聽曹頫將回，芹官不免上了心事，因為免不了要查問功課，當時便說：「但望四老爺遲幾天到。」

「為甚麼？」夏雲、繡春不約而同地問。

「好讓我把功課趕起來。」

「那，」繡春說道：「我可不能請你寫《心經》了。」

「何至於連給你寫篇《心經》的功夫都騰不出來？那真正叫別過年了！」夏雲發現芹官雙眉

微蹙，便又說道：「你不用犯愁！可是過年，又是在路上，再說四老爺跟太太見了面有好些正事談，哪裡有閒功夫來查問你的功課？」

「如果要查呢？」

夏雲想了一下，毅然決然地說：「你都推在我身上好了。」

「我不明白你的意思，怎麼往你身上推？」

「你不會說，你按期做的文章，寫的字都交給我了。四老爺問我，我就說不知道擱在那口箱子裡了，得現找，四老爺真的要我找，我出去打個轉，回來說找不到，還不就算了？」

「這是指以前的窗稿，動身以後，在路上也得有功課啊！」

「路上還做功課？」夏雲頗有匪夷所思之感，接下來又說：「你不是到處題詩嗎？那不也是功課？」

「說得不錯！」繡春接口說道：「這又不是打運河走，在船上擺開筆硯，能慢慢兒做文章。車上、馬上，除了做詩還能做甚麼？」

聽她們倆一說，芹官愁懷一展，原來他學做文章已經「完篇」了。所謂「文章」指八股文，是芹官最痛恨的文字。規定逢三、逢八作文，一個月六稿，大半年的辰光積下來，起碼也得有個三、四十篇才能交帳，而他的八股窗稿，一共不到十篇，自己都覺得說不過去。如今讓夏雲為他設計了規避之道，就不愁他四叔查問了。

「虧得你們倆替我出主意。不過，我的詩還要推敲。」芹官精神抖擻地，「你們睡去吧！我來挑燈夜戰。」

「也不忙在一時——」

夏雲不待繡春話畢，便搶著說道：「你讓他去！弄妥當了安心過年也很好。反正明兒白天沒他的事，盡他睡大覺好了。」

於是，為他在火盆中續了炭，重新沏了一壺茶，夏雲又把她自己燉在「五更雞」上的一罐蓮子紅棗薏仁江米粥去挪了來，一切妥當，方始辭去。

芹官洗了一把臉，剔亮了燈，開始改詩。倒不是推敲工拙，而是把那些略涉綺情，或者意近蕭索的句子改一改，不過改而不去，原稿還是留在那裡，將雖改而不願留的新稿，重新抄了一遍，約莫二十多首，什九是近體，覺得古風少了些，但也只好由它了。

伸個懶腰，看一看鐘，已是丑末寅初。天色雖暗，前面已隱隱有車馬聲，趕路的旅客在動身了。

芹官覺得頭上沉重，怕是中了炭氣，便先開了窗子，又開了房門，想到走廊去吸幾口破曉的清新之氣。

不道一開了房門，便發現火光一點，揉揉眼再看，看出是燃著一枝香，接著發現了人影，恍然大悟是繡春在做早課，便不敢驚動她。

「你的『仗』打完了。」繡春起身，輕聲問說。

「打完了。」芹官縮身回屋，繡春跟了進來，只站在門口，他指著桌上的詩稿說：「勉強可以交差。」

「那就快睡吧！」說著繡春便要退出去。

「不，不！聊一會兒。你甚麼時候起來的，我竟不知道。」

「你心無二用，怎麼會知道？我本想在裡頭做功課，怕點香薰醒了夏雲跟棠官，所以到堂屋裡來念經。」

「你還念經？」芹官越發詫異：「我怎麼沒有聽見？」

「菩薩聽得見就行了。」

「原來你是默念。」芹官忽生好奇，很謹慎地問：「繡春，我想問你句話，不知道是不是罪過？」

「罪過是你自己的，怎麼來問我。」

「言之有理。我不怕罪過。」芹官問道：「你是一心念佛呢？還是念著念著就想到別的事上頭去了。」

「這也是難免的。要念經的時候能夠不生雜念，我沒有那分道行。」

「你的道行已經很高了，說的話透澈得很。」芹官問說：「今天呢？有些甚麼雜念？」

「我一直在想震二奶奶，覺得她真可憐！」

芹官大感意外：「我可不敢這麼想！」他搖搖頭。

「你不是不敢，你是不忍。我跟震二奶奶這麼多年，她的性情我摸透了。說她可怕、可恨、可惡，都還不算甚麼；唯獨說她可憐，簡直把她糟蹋了，她絕不受！可是，不管她受不受，我可忍不住這麼在想。這也不是忍心這麼去想，是自然而然打心底出來的意思。」

芹官點點頭，黯然說道：「你不但摸透了震二奶奶的性情，也說到了我心裡。人，可真是錯不得一步。『一失足成千古恨，再回頭已百年身。』除非——」芹官淒然欲淚，真是不忍說下去了。

「也不必『百年身』，」繡春用安慰他的語氣說：「『放下屠刀，立地成佛』，只在一轉念間，自然有安身立命之處。」

「這話倒也是！」芹官深深點頭：「如今這一場家難，明擺著是她決心打算頂了起來。這一轉念間，不但她自已有了寄託，別人也會覺得她到底有擔當，不是那可憐巴巴的人。不過，要大家都有這個想法，也不是一朝一夕的事。」

「慢慢來！修行到了，自成正果。」繡春起身說道：「你該睡了。我看你上了床我再走。」被是早疊好了的，繡春上前一摸，將「湯婆子」取了出來，然後來替芹官寬衣。他急忙退後一步，合十說道：「不敢，不敢！」

繡春也不勉強，先關了窗戶，又檢點了炭盆，看芹官已經解衣上床，便替他去掖被子。她的手很軟，在他頸項之間拂來拂去，不由得心中一蕩，但不待綺念浮生，便強自閉目克制。

「明兒上午沒你的事，儘管睡！太太那裡我會跟她回。」

人是走了，影子卻還留在芹官腦際。由繡春想到錦兒，又想到秋月，不由得將他家幾個女子逐一作個比較，錦兒華麗、秋月幽秀、春雨嫵媚、夏雲雋爽、冬雪嬌憨、碧文端莊，各具一格，並皆佳妙，但比起繡春之具多樣面目，真所謂儀態萬方，卻都相形見絀了。這樣的絕色，在五更獨坐中磨盡青春，在芹官想來，不止於可惜，真是令人不甘。

心事如潮，加以爆竹此起彼落，芹官直到天色已明，方能入夢。等一覺醒來，只見繡春在他屋子裡摺錫箔。

「甚麼時候了？」

「未初三刻。」

「唷！」芹官一翻身坐了起來：「睡得失曉了。」

「四老爺今晚上到，」繡春一面取件絲棉襖披在他身上，一面告訴他說：「何大叔跟我二哥的夥伴一早去接了。棠官也要跟了去，何大叔說騎馬不是坐車，又是灰沙又是風，不必去受這個罪，反正到晚就見著四老爺了。夏雲也不許他去，到現在還在那裡鬧彆扭，回頭你讓他一點兒。」

「不要緊！」芹官答說：「我只許他一件事，包管他馬上就會高興。」

「甚麼事？」

「回頭你就知道了，暫且賣個關子。」芹官問道：「你們吃了飯沒有？」

「多早晚了，自然吃過了。」繡春問道：「有餅，有餃子，也有米飯。你想吃甚麼，我去告訴夏雲，替你準備。」

「我吃素餃子好了。」芹官答說：「吃一頓素齋，把你的《心經》寫起來，了卻一樁心願。」

「這也好。橫豎下半天沒有甚麼事。」

於是叫小丫頭打來臉水。繡春又替他重新打了辮子，穿上長衣服，先去見了馬夫人，回來吃過飯，略息一息，重新洗手，準備寫經。

這時繡春已替他磨好了一硯的墨，取出帶來的一卷白綾，已打好了朱紅格，下面用宣紙襯著，左端捲起，右端鋪開，用兩方銅尺壓住。芹官一見，倒有些躊躇了。

「倘或寫壞了，白綾倒不值甚麼，這朱紅格可惜！」

「不會的。別心急，慢慢寫，寫不完也不要緊。」

「得關起門來寫。」芹官說道：「別讓棠官來打擾，你把他弄到你二哥那裡去。」

「原就在我二哥那裡。我看住他，你安心寫好了。」繡春又說：「茶在那面桌子上。」

於是芹官閉門焚香，靜心寫經。寫到一半，有人敲門，是夏雲，手中持著一長條梅紅箋。

「太太交代，祭祖得立個祖先神位。芹二爺你看該怎麼寫？」

這一下將芹官難住了，拿筆桿搔著頭皮說：「這得問老何才知，偏偏又不在這裡。你怎麼早不說要立神位呢？」

這話有些不講理，夏雲又好笑，又好氣，隨口答道：「好了，好了！下一回我早說就是。」

聽她如此回答，芹官自己也不好意思地笑了。但祖先神位應該如何寫法，仍是茫然。

「有了！」芹官突然想起：「你把繡春找來，她一定知道。」

「她怎麼會知道？」

「她庵裡總常有人家超度亡魂做佛事，祖先神位如何寫法，一定見過。」

不待語畢，夏雲即已省悟，隨即去找繡春，一說究竟，果然有了著落。

「只須寫『曹氏列祖列宗昭穆宗親之神位』就可以了。」

「要不要寫地名？」

「寫亦可，不寫亦可。」

「還是寫吧！」芹官答說：「咱們曹家出自宋初名將曹武惠王之後，他有七個兒子，故居各處，寫明白了，祖先容易找到地方來享血食。」

於是將白綾挪開，換筆書寫，「曹氏」上加「遼陽」二字。繡春便問：「不是京東豐潤嗎？」

「不是。當初太爺爺隨睿親王多爾袞入關，在京東『圈地』，咱們的地分在豐潤。」

及至寫完，墨瀋未乾，芹官心急，雙手平端紅箋兩頭，走到炭盆上面去烤，不道無意失手，一頭落入炭盆，燒焦了一大塊。

看芹官氣得頓足，夏雲急忙安慰他說：「不要緊，不要緊，紅紙還有，重新寫一張也算不了甚麼。」

說完，隨即又去取了一條紅箋來，而這就頃刻之間，芹官又闖了一場「禍」，墨汁染汙了用來寫經的白綾。只見他唉聲嘆氣，懊喪萬分，而繡春正在勸他。

「弄壞就弄壞了。我都不在乎，你又何必如此？過年了，別讓太太見了不痛快。」

「唉！」芹官緊皺著眉：「真正掃興到了極點。」

「原來你是因為掃興！」夏雲很快地說：「這幅綾子只髒了一塊，餘下的仍舊可以用。把用不著的地方剪掉，你另外寫上一點甚麼送繡春好了。」

「這主意好！」芹官的興致立刻就鼓了起來：「你們找剪子來剪綾子，我把神位寫好了來商量，寫點甚麼給繡春。」

等他寫完，夏雲跟繡春亦已將白綾整理妥當，「寫點甚麼，你一個人自己琢磨吧！」夏雲說：「我們可不能陪你了。」

於是芹官獨坐尋思，回想剛才的情形忽然發覺一切遭遇，變化莫測，在一個月之前，絕不會想到是在徐州過年；陪著過年的不是春雨，而是夏雲；也不會想到跟繡春還有這一番會晤；更想不到客中與叔父相見。人生遇合，如此之奇，如此自作主張不得，又何苦擾擾營營，落得個「不如意事常八九」的自尋煩惱，倒不如委心任運，超然物外，那就神與道合了。

轉念到此，立刻有了一個主意，先取張紙寫道：「無營固無尤，多與亦多悔；物隨擾擾集，道與翛然會。墨翟真自苦，莊周吾所愛；萬物皆自得，此言真可佩。」

這是王安石的詩，芹官想題上一個款送繡春，是此日心境極好的紀念。略想一想，提筆又寫：「丁未嘉平月奉母北上，次彭城度歲，除日獨坐，偶憶荊公『無營』詩，以繡春舊侶寫經餘幅書之，聊供補壁。」下面署款是「雙芝」。

稿子是有了，卻還不敢放手去寫，因為萬一寫壞了，不免又掃一場興。好在錄這首詩，不比寫經，需要齋戒，新年中隨時可寫，因而暫且擱下來，踱向北屋，去看夏雲與繡春，陳設供桌。

「我二哥的夥計，剛才趕回來通知，四老爺接到了。車子出了毛病，走不快，大概二更天才能到。」

「我看，」馬夫人在裡屋接著繡春的話：「回頭讓芹官先上香磕頭，供桌不撤，等四老爺來行了禮再吃飯。大家要餓了，先弄點心吃。不過約了王二哥散福，似乎不便讓他久等。」

「算了吧！」繡春答說：「太太是賞臉，他可是上了台盤，渾身不自在。這一來讓他自己去鬧酒，我二哥求之不得。我這就去，告訴他別等了。」

「慢慢！」馬夫人走出來說：「天也不早了，等芹官上過香，稍為等一等，供桌上撤兩樣菜給他送去，不就散了福了？」

「太太的話通極！」夏雲說道：「就這麼辦。芹二爺請回去穿馬褂，我這就上菜拜供。」

於是芹官上了香磕了頭，接著是馬夫人出來行了禮，退回臥室。丫頭、老媽們在上祭時照例迴避，只剩芹官一個人，獨守空堂。燁燁紅燭，裊裊清香；炭盆中的松柏枝散發出濃烈的香味，不時還有麻秸爆烈的爽脆之聲，在在勾起芹官往年熱鬧歡樂的記憶，而越覺此時此地的淒涼。

「磕第二遍頭吧！」夏雲在走廊上隔著門提醒他說。

於是芹官再次行禮，磕過三遍頭，夏雲從供桌上撤了一碗魚、一碗肉，叫人送給王達臣，然後問芹官，是不是先弄點心來搪一搪飢？

「我不餓！」芹官揭開西屋的門簾，只見馬夫人閉目靠在炕上，便不驚動，悄悄回到自己臥室。

正獨坐無聊時，繡春來了，芹官很高興地說：「我正想找你來談談。你看，我替你寫一首王安石的詩，好不好。」

繡春從他手裡接過稿子，仔細看完，把稿子遞了回去，一言不發。

「怎麼？」

「我不十分懂。」

「我來講給你聽。」

芹官講王安石的事功，講莊子，也講墨子。在繡春，莊子是知道的，王安石晚年請辭機務，以鎮南軍節度使判江寧府，住在金陵鍾山；《警世通言》中的「拗相公」的故事，從小就耳熟能詳。不懂的只是墨子，聽芹官講完他如何摩頂放踵以求兼利天下，對於王安石的這首題為「無營」的詩，立即全盤領悟了。

「你勸我還俗，怎麼自己倒想逃世？」

「我是忽然看開了——」

「咄！」繡春打斷他的話說：「你世事都還沒有見過，哪裡就談得上看開了？」

聽她詞鋒如此峻利，芹官不由得紅了臉，半晌作聲不得。繡春知道話說得太重了，但她卻是一片熱心，覺得芹官這個年紀，有這種似是而非的想法，是個足以耽誤終身的錯誤，非得當頭棒喝不可。

因此，她還是不顧一切地說：「拗相公是因為吃力不討好，在發牢騷。你別弄錯了，真的以為他看開了！心熱的人是看不開的，倘或那時候少幾個人反對他，神宗皇帝說：你來幹，幹得不好也不要緊。你看他幹不幹？他還是會賣命。」

芹官大為驚異，「我倒沒有想到，」他說：「你居然是王荊公的知己。」

「我家——」

繡春突然噤住，那神情很奇怪。芹官不免奇怪，怔怔地看了一會，突然想到，「莫非、莫非你家是王荊公的後裔？」他說：「我這一猜，不算匪夷所思吧？」

繡春點點頭，「你沒有猜錯。」她說：「拗相公是我家老祖宗，你看我的脾氣是不是也有點拗？」

「有那麼一點。」芹官又說：「不但有點拗，而且你的心也像他一樣。你也是看不開，說看開了，是假的。你別忘了你自己的話，心熱的人是看不開的。」

「我的心不熱，早就心灰意冷了。」

「不對！如果你的心不熱，你就不會年底下趕到這裡來。」

「這另當別論。」

「遁詞！」芹官得意地說：「終於把你的真心挖出來了。」

繡春苦笑著，既不承認，也不否認。但僅此已讓芹官大感興奮了，心裡不斷在盤算，該如何把王達臣找來，當著馬夫人的面，結結實實勸她一勸，就在明日，與年更始，尚有餘春可惜。

「你別胡打主意！」繡春已看出他的心意，先作警告：「不管你怎麼想，都是白費心機。」

芹官應聲答道：「只看大家費盡心機的分上，你也該回心轉意了。」

「『我心匪石，不可轉也。』」繡春顧而言他地說：「秋月這會兒不知道在幹甚麼？」

「咱們談她，想來她亦在談你我。」

「談你不會談我。」

「何以見得？」

「秋月根本不知道我到徐州來了。」

「原來她們不知道！」芹官頗感意外：「其實你應該告訴她們的。」

「來不及。」繡春答說：「當時我也沒有想到，應該告訴她們。」

聽這話，彷彿她對震二奶奶餘恨未釋，也許這就是她不願還俗的主要緣故。芹官心想，這道障礙，如何消除，是個難題。

沉吟了一會，覺得應該跟繡春破釜沉舟地談一談。即令她仍不能諒解震二奶奶，至少讓她將心裡的委屈吐一吐，亦於事有益。

於是，他先問說：「咱們談談你們二奶奶好不好？」

「你這話問得奇怪，你願意談誰就談誰，何必先問我。」

「你責備得對——」

「芹二爺，」繡春搶著說道：「這『責備』兩字，從何說起？以後請你千萬別這麼說，讓人聽見了，以為我多狂妄似地。」

「好！我收回。你說得對，倒是我多心了。」芹官略停一下，率直問道：「當初是你換了你們二奶奶，你怎麼辦？」

「你指哪件事？」

「就是你跟你們二奶奶從蘇州回來以後的那一段？」芹官又說：「請你說真話。」

繡春不答，沉吟了好一會，才抬起眼來看著芹官說：「我知道你跟二奶奶不是叔嫂，情同姐弟，你要我說真心話，聽了可別難過。妒嫉是女人的天性，換了我是二奶奶，也不願意讓繡春得二爺的寵，會想法子把她弄走。可是，二奶奶忘了一句話。芹二爺，二奶奶是少讀書之過。」

「喔，」芹官心生警覺，繡春對震二奶奶的批評，一定很嚴很苛，有了這樣一個預備接受的念頭，才平靜地問：「你說她忘了哪一句話？」

「一句老掉了牙的話：不孝有三，無後為大。為了二爺，她應該讓我把孩子生下來。留子去母，手段雖厲害，到底也還對得起祖宗，二爺也總有口氣可噓。如果那樣，又何至於夫婦倆鬧得水火不容？」

芹官嘿然無言，心裡卻真為震二奶奶難過，一個做主母的，居然被丫頭批評為「少讀書」，實在是無可比擬的屈辱。

繡春這時反倒抱歉了，「我的話好像太苛刻了一點兒。」她申辯著，「是你逼出來的。」

「那麼，」芹官問道，「我把你的真心話逼出來以後，你心裡是不是好過些？」

繡春辨一辨自己的感覺，點點頭承認，接著囑咐：「我這些話，將來請你不必跟二奶奶提起。」

「你不說我也知道。」芹官又說，「我只希望你心裡對你們二奶奶，再不存甚麼芥蒂。」

「這麼多日子，早已淡了。剛才不是你一逼，我也不會說。」說到這裡，她突然凝神，彷彿聽見了甚麼。

於是芹官也屏息細聽，隱隱有聲，聽不真切。

「大概四老爺到了。」繡春站起身來，「我看看去。」

芹官也跟了出去，遇見夏雲，證實了繡春的話，便出院子去等。只見兩盞燈籠，冉冉而來，到得近前，看清楚何謹當頭，後面便是滿身風塵的曹頫。

「四叔！」芹官迎面請著安說：「一路平安。」

「喔，還好。」曹頫問道：「你娘呢？」

「在等四叔。」芹官起身扶著曹頫的左臂，「四叔走好。」

進了院子，但見馬夫人站在北屋門口，曹頫便疾行數步，喊一聲：「二嫂！」接著便撈起皮袍下襬，預備行禮。

「芹官，扶住你四叔！」馬夫人說完，自己先往裡走。

曹頫一看堂屋設著祖先神位及祭桌，立即站住，抹一抹衣袖說道：「我先給祖宗磕頭。」

他上前在供桌上拈了三枝清香，就燭火點燃，親自上了香，恭恭敬敬地磕了八個頭，起來又給馬夫人請安。然後是芹官及下人來向曹頫見禮。

「你、你不是繡春？」曹頫大感意外，「怎麼也在這裡？」

「她是來跟我共患難的。」馬夫人接口說道：「就在這裡坐吧！」

坐定了略談些路上的情形，夏雲便說：「請四老爺先洗了臉，馬上開飯了。」

「不忙！我也吃不下。」曹頫看一看祭桌，轉臉問芹官：「你們還沒有吃飯。」

「在等四叔。」

「其實不必等。」曹頫向夏雲說：「撤了供菜，你開飯給他們兄弟吃，我跟太太有話說。」

這樣交代，便是要大家迴避。夏雲去絞了一把熱手巾，又送了茶來，然後撤了供菜，都退了出去。

「四爺，這面坐。」馬夫人指著下首的椅子說。

本來對坐的，此時改為一順邊，曹頫隔著茶几，淒聲說道：「我真是愧對祖宗！」說著淒然欲淚。

「落到今天，也不是你一個人的事。四爺，你別難過。」馬夫人這樣相勸，自己的聲音卻哽咽了。

叔嫂倆都取手絹擦眼睛，擤鼻子，一片窸窣、窸窣的聲音，使得獨自伺候在廊下的繡春，一陣陣心酸，熱淚奪眶而出。

「上諭到底下來了沒有？」

「下來了！是給兩江范制軍的；郡王託人抄了個底子給我。」曹頫從懷中掏出一個西洋皮夾，將珍重收藏的那道上諭抄件取了出來，一面看，一面講給馬夫人聽。

上諭，一開頭就責備曹頫，說他「行止不端」，虧空公款甚多，屢次施恩，放寬陪補的期限，倘或他有感激之心，理當盡心盡力，早日補完虧空。誰知他不感恩圖報，而且據報有暗中移轉財物的情事，殊屬可惡！

下一段是命內務府傳諭「署理江南江西總督印務范時繹」，將曹頫家中財物，固封看管，並將管事掌權的家人立即嚴拿，財產一樣固封看管，候新任織造隋赫德到任處理。

馬夫人靜靜地聽完，開口問道：「是查封，不是查抄？」

「聽起來查封似乎比查抄要緩和一點兒，其實是一樣的。」

「那麼怎麼又要等新任來處理呢？」

「等新任來查了帳，看虧空多少，再定辦法。」

「照道理說，只要把虧空補上，不就沒事了嗎？」

「是啊！」曹頫答說：「本來就是如此。」

這「本來就是如此」六字，勾起了馬夫人徹骨的痛悔，同時也覺得震二奶奶的責無旁貸。早知虧空不補，有這樣的下場，怎麼樣也得設法補完。事實上如今花的錢也不少，而且震二奶奶已有打算，以破家作贖罪之計。既然這樣，當初痛下決定，破釜沉舟作個清理，豈非上上之策。這一層別人也許想不到，震二奶奶當著家，而且也知道力所能及，但以安著私心，以致因循自誤。馬家的女兒，成了曹家的罪人，馬夫人自覺在曹頫面前，頭都抬不起來了。

「如今麻煩的，還不在京裡，京裡到底有兩王照應。而且江寧的這點虧空，在京裡看，也不是大數目。」

「麻煩既不在京裡，在哪裡？」馬夫人問，「莫非在兩江？」

曹頫深深點頭，「正是！這回根本就是范制軍在密奏中，不知說了甚麼，才有這道上諭。」他說，「如果京裡直接派人來查還好些，交范制軍辦，那就正好讓他借題發揮。」

「范家也是三代交情，何況內務府跟他兩江衙門，河水不犯井水，他又何苦如此？」

「這是因為浙江李巡撫的緣故，這話說來很長，一時也說不盡。總之，范制軍那裡必得想法子疏通，我這趟特為趕回來，就是為此。」

「是的！趁早疏通總不錯。」馬夫人又說，「最好託人跟他打個招呼。」

「是的。我帶了兩封信來。不過，要趁早，京裡說，不到元宵，不會動手，我看這話也不一定靠得住。」曹頫接著又說，「明天大年初一，總得讓車伕休息一天，我初二就走。」

馬夫人想了一會答說：「四爺，我也不留你了。家裡總比較舒服，兩位姨娘也都惦著你。不過有件事，得看四爺你的意思，我把棠官帶了去，是以為你在京裡有一陣子耽擱，好讓你們父子團圓。如今見了面，是你仍舊帶他回去呢？還是我帶了他到京裡？」

曹頫一愣，他根本沒有想到會有這麼一問，當時毫不考慮地，表示仍按原議，他說：「讓他們兄弟在一起，是最要緊的事，手足休戚相關，外侮由何而入？不過要二嫂費心。」

「費心談不上，只要你放心就好。」馬夫人又說：「我本來想住張家灣，後來想到：一則，我打算仍舊請朱先生來教他們兄弟，如果朱先生在王府抽不出功夫，另外請老師，也得朱先生常時來查查功課，張家灣不方便。再則——」她遲疑了一會，終於說了出來：「張家灣的房子，恐怕未必保得住。」

「二嫂如果真的想住張家灣，總有法子好想。」曹頫安慰她說：「事情並沒有壞到一籌莫展的地步；尤其是小郡王，通情達理，明辨是非，咱們家得有這門貴親，真正是天恩祖德！」

接下來談平郡王府的一切，也談到朱實與碧文。這時夏雲已與繡春來換了班，聽得是在談家常，料想正事已經談過，闖進去亦自不妨。

於是她咳嗽一聲，輕輕推門進去說道：「四老爺喝酒吧！我留著菜呢。」

「這會兒倒是有點餓了。」曹頫點點頭，他又問：「芹官他們兩個呢？吃了沒有？」

「吃過了。」芹官在門外應聲，接著推門而入，棠官跟在後面，兄弟倆並排站在下方，等候曹頫問話。

棠官的功課，曹頫已在路上問過，所以此時只問芹官：「你還是逢三、八做文章？」

「是。」

曹頫沒有向他要窗課，只說：「雖在路上，也別丟了書本。」

「是！我隨身總帶著書看。」

「你帶了些甚麼書？」

「《資治通鑑》、《史記菁華錄》，還有幾部詩集。」

「《論語》、《孟子》，總得帶在手邊。」曹頫忽然轉臉說道：「二嫂剛才談到他們兄弟的學業，當時來不及告訴二嫂，到了京裡，他們不能像南邊那樣，自己請了西席，在家讀書，得進官學。」

「喔，官學。哪裡的官學？」

「自然是景山官學。」

「噢？對了！」馬夫人這才想起，八旗各有官學，但內務府子弟，統在景山官學就讀，「既然如此，得想法子在後門找房才方便。」

「這倒無所謂，反正是要住家的。」曹頫轉臉向芹、棠兄弟，正色說道：「一回到京裡，事事得按規矩，要吃得起苦，耐得起勞，才有出息。養尊處優的日子，是不會有的了！」

接下來便是講立身處世的大道理了。曹頫就是這件事惹人厭！看芹官侷促不安、棠官卻如頑石的神態，繡春便忍不住了。

「四老爺累了。」她說：「請安置吧！」

「都預備好了。」夏雲很快地接口：「四老爺住前院，特為挑的最好的一間屋子。」

曹頫聽出話中真意是下逐客令，他自己也覺得不合時宜，一笑起身，但落寞的神態，只有年齡彷彿的馬夫人，能夠察覺到。

就在這一念之間，她對曹頫忽有無限的關懷。

也許是隱隱然有「馬家女兒」作曹家媳婦，未能克盡婦職的疚歉；也許是曹頫星夜趕路，一身塵土，滿面于思，覺得他可憐；也許是從來只有禮數上的周旋，眼前咫尺，心底千里，而這份距離在客中相逢，突然消失了的緣故，使得她對曹頫臨去時的神色，深感不安，自覺對曹頫有種必得予以慰藉的責任。

馬夫人突然想到了一個主意，毫不遲疑地說：「夏雲，你去看一看，四老爺是不是睡了？」

「不用看，我剛去過，四老爺還在看書。」夏雲問說：「是不是有話要說給四老爺？我再去一趟。」

「對了！你得再去一趟。」馬夫人指著屋角說：「你把最下面的那口箱子打開。」

馬夫人隨身所攜，最貴重的東西，裝了三口箱子，凡是下店住宿，這三口箱子，一定卸下來放在她住的那間屋子。夏雲不知道她是何因由要開箱子，也不便追問，只答一句：「我找繡春來幫忙。」

找了繡春來將最下面的那口箱子，抬了出來。等取鑰匙打開了箱蓋，馬夫人問道：「一共是幾幅字畫？」

「六幅。」

「把這六幅字畫，都給四老爺送去！」

「那可好？」繡春脫口說道：「這一下，四老爺今晚上就不用睡覺了。」

「本來就是守歲嘛！」

夏雲不知道馬夫人的真意何在？便問一句：「跟四老爺怎麼說？」

「就說給四老爺消遣。」

夏雲略想一想又問：「還有呢？」

「還有甚麼？」馬夫人突然有些不悅：「你說，還有甚麼話？」

夏雲沒想到會碰一個釘子，惶恐之下，不能不解釋：「我怕四老爺問一句：是不是讓我帶回南京？我得知道太太的意思，才好回話。」

馬夫人點點頭說：「你的顧慮不錯，不過是多餘的，四老爺不會帶回去。如果能帶回去，我也就不必帶出來。」

夏雲一想，果然不錯，這六幅字畫帶回南京，將來抄家時，無非白填在裡面，「四老爺」不能做這麼傻的事。

及至夏雲與肅春抱著畫軸出門時，馬夫人忽又變了主意，「看老何睡了沒有？」她說：「如果老何沒有睡，讓他把畫送去。」

「正是！」繡春接口說道：「我心裡也正在想，讓老何送了去才合適。」

這老何自是何謹而非何誠。夏雲喚小丫頭將何謹找了來，當面交代。何謹細看了畫軸上的題籤，喜動顏色，但很快地又轉變為感慨的神色。

「怎麼回事？」繡春問道：「何大叔，你彷彿有點兒傷心，為甚麼？」

「這六件東西，大半是我經手買進來的，二十多年了！那時正是老太爺最得意的時候，二老爺才棠官這麼大。如今，唉！」何謹搖首不語。物在人亡，昔榮今枯的無窮感傷，都在那一聲長嘆中了。

繡春與夏雲相顧無言，等何謹走了，夏雲低聲問道：「剛才我說錯了甚麼話，惹太太生氣了？」

「別問了！各人心裡一塊病，以後留神，別碰人家這塊病就是。」

「真是，」夏雲咕噥著：「不問還好，越問越糊塗。」

繡春到底是在感情上經過大波瀾的，馬夫人那種幽微的心境，能夠揣摩得出來。但雖有所知，苦於難言，也不便明言，只說：「咱們還到太太屋子裡守歲去。」

看到紅綾題籤「北齊校書圖卷」的字樣，曹頫失聲說道：「這幅畫找到了！」

何謹不解所謂，只說：「是閻立本的真蹟。」他一面將畫軸展開；一面指著「蕉林書屋」的印文說：「是梁家流出來的，可惜不全。」

「怎麼不全？」

「四老爺看題跋就知道了。」

原來題跋中說，北齊文宣帝高洋詔文臣十一人校定群書，以教皇太子，但圖中只剩下了四個人，所以說「不全」。

「就不全，也還是稀世之寶。」曹頫說道：「四年前，皇上傳口諭，說曹某人忠厚謹慎，不會出亂子，把我歸入怡親王照看的名單。當時我跟老太太說，怡親王收了三幅唐畫，一幅王維，一幅吳道子，一幅楊昇，咱們把閻立本的這張畫送他，湊成四幅，豈非美事？老太太答應了。哪知過幾天再問，說是『不知道擱哪兒去了，慢慢兒再說吧！』就此沒有下文了。我以為真的找不到了，哪知還在？」

「這麼名貴的東西，怎麼會找不到？」何謹慢吞吞地說：「大概是老太太怕有忌諱。」

「忌諱！」曹頫抬眼問道：「甚麼忌諱？」

「四老爺倒先看看陸放翁的這段跋。」

這幅畫五段題識，都出於宋人，范成大居首、陸游列在第四，題的是：「高齊以夷虜遺種，盜據中原，其所為皆虜政也。雖強飾以稽古禮文之事，如犬著方山冠！而諸君子乃挾書從之遊，塵壒羶腥，汙我筆硯，余但見其可恥耳。淳熙八年九月廿日，陸游識。」

看完，曹頫驚出一身冷汗，「怪不得！」他說：「這讓皇上知道了，咱們曹家不就成了汪、查兩家之續？」

這是指汪景祺、查嗣庭而言，一為《西征隨筆》；一為鄉試出題犯忌諱，被禍極慘，記憶猶新。曹頫想起來不寒而慄，自己嚇自己，臉色蒼白，不住喘氣，好半天作聲不得。

何謹沒想到，一句話的影響，如此嚴重！心裡既不安，又抱歉，趕緊將畫挪開，換了一杯熱茶，捧給曹頫，他接過來喝了兩口，才能啟齒。

「咱們家，還真是少不得老太太這麼一位當家人。如果老太太在世，不至於會有今天。」曹頫喝了口茶說：「我在京裡聽說你震二爺夫婦鬧得不可開交，而且是醜事。我見了二太太都不好意思問。倘若有老太太在，何至於有此外揚的家醜？」說著，不由得喟嘆，臉色變得極其陰沉了。

見此光景，何謹亦為之黯然。想勸而無可措詞，只好用別的話岔開這一段。「四老爺，」他說：「實在說，這幅畫送怡親王，物得其所，確是好事。倘或四老爺決定這麼辦，我倒有個主意。」

「喔，」曹頫先沒有聽清楚，抬起眼來看著何謹，思索了一會，才記起他的話，便即問說：「你有甚麼主意？」

「把陸放翁的那段跋拿掉，重新裱過，不就沒有忌諱了嗎？」

曹頫沉吟了一會，點點頭說：「這倒使得！就不知二太太的意思怎麼樣？」

「不會捨不得。」何謹停了一下又說：「而況這是件求之不得的事。」所謂「求之不得」是正遭禍事，全靠怡親王緩頰，有這麼一條可以致意的路子，在馬夫人自亦是求之不得。這番涵蓄的意思，曹頫自然聽得出來，便又深深點頭。

「光是一幅不像樣，至少得再配一幅。」

「那就在餘下的五幅中挑選。」何謹答說：「有了畫，再挑一張字，就成對了。」

「言之有理。」曹頫問道：「你看挑哪一幅？」

何謹隨手取了一軸，展開來看，入眼便知是蘇字。牙色宣紙上，蘇東坡寫了他的一首寒食詩，字前小後大，餘幅有黃山谷大字行書的題識。紙幅猶自有餘，董其昌用小字行書寫了一篇跋：「余生平見東坡先生真蹟，不下三十餘卷，必以此為甲觀。已摹刻戲鴻堂帖中。」

「蘇字還有比這好的。不過有董香光這篇跋，不算最好也算最好了。就是它吧！」

「要送就得快。」何謹意在言外地說：「送得越早越好。」

「只有讓二太太帶去。」

「二太太不知道甚麼時候才動身？王老二的傷勢還沒有好透，騎不得馬。」何謹建議：「不妨讓王老二派一個夥計，專程走一趟，請朱師爺代送。」

剛談到這裡，只聽門外何誠的聲音：「回四老爺的話，銅山縣王大老爺派人送了一桌菜，還有信。」

曹頫大為詫異，半夜裡送筵席大是奇事，也不知這銅山縣的「王大老爺」是誰？等將何誠喚了進來，接信一看，才知來歷。

原來銅山縣的知縣，名喚王朝祿，當年曾受曹寅的提拔，與曹頫亦曾見過數面。說起來原是泛泛之交，不道信中寫得極其懇切，敘舊以外，說剛得信息，本來要親自拜訪，只為時逢除夕，官場有許多儀節，他身為首縣，不能不加應酬，只好元旦來拜年。又附了一份帖子，年初二中午，請曹頫吃飯。

「這可糟了！」曹頫皺著眉頭說：「我這一露面，一道、一府，還有河務同知衙門，都得應酬，年初五都脫不掉身。」

「王大老爺派來的聽差還在等回帖。」何誠問道：「四老爺要不要親自交代他幾句話？」

曹頫沉吟了一會說：「不必！我寫封回信。」又向何謹說道：「你到二太太那裡去要個賞封來。」

等何謹取來四兩銀子的一個賞封，曹頫信也寫完了，一起交給何誠去打發了來人，方將信中內容，告訴何謹，向他問計。

「我歸心如箭，哪有功夫應酬？不走就一定被拖住了。我告訴王大老爺，說路過徐州，明天一早就走。萬一王大老爺不信，明天真的來拜年，這可怎麼辦？」

「只有找個地方方躲一躲。」

「甚麼地方？」

何謹想了想說：「有座道觀，叫紫清宮，地方很清靜，老道法名玄勝，人很不俗，會下棋。

四老爺到那裡去下一天圍棋吧。」

「也好！」曹頫問道：「遠不遠？」

「不遠。」

「好！明天一早，連行李一起搬過去，跟櫃上說我已經走了。」

「怎麼？」窗外有人接口：「四老爺明天一早就走？」

「是夏雲。」何謹一面說，一面掀開門簾，放她進來。

「不是真的走，是躲應酬。」曹頫又問：「二太太睡了沒有？」

「二太太讓我來問四老爺，那一桌菜怎麼辦？吃不了糟蹋了可惜。」

「我也不知道怎麼辦？請二太太作主好了。」

「是！」夏雲要的就是這句話，因為馬夫人已有了主意，要拿這桌菜送鏢局，但照道理不能不先問一問「四老爺」。

「你回去跟二太太說，我還有點要緊事跟她談，看今晚上方便不方便，不然，就是明天一早談。」

「我想沒有甚麼不方便。」夏雲答說：「我先回去跟二太太說，四老爺就請過來吧！」

要談的就是送畫的事，馬夫人自然一口應承。至於如何派人，責成何謹跟王達臣去商議。馬夫人所關心的是，何以曹頫要到道觀中去過年初一。

「淮徐海兵備道駐徐州，如果不走，禮數上應該去拜一拜；那一來，一時就走不掉了。所以到道觀裡去躲一天。」

「那——」馬夫人說。「讓他們兄弟倆去陪你。」

「也好。」

「大年初一，」馬夫人笑道：「別考他們功課，逼得他們坐立不安。」

曹頫笑一笑不作聲，然後問道：「二嫂的意思怎麼樣？聽說一時還不能走。」

「是的。王老二的傷還沒有好，路上又非他不可。」馬夫人緊接著說：「我想，繡春既能來跟咱們共患難，我也應該在徐州聽聽信息，看過了元宵怎麼樣？」

「這樣也好！」曹頫答說：「等過了難關，我親自護送二嫂回旗。」

第二十四章

一過了年初五，馬夫人便心神不定了，從起身到上床，一直盤旋在胸中的一個念頭是：不知道動手了沒有？

先是起牙牌神數，占馬前課，有凶有吉。占卜得多了，連馬夫人自己都覺得無聊，於是夏雲出了個主意。

「不如拿四老爺的八字去排一排，看一看流年。」

「這倒使得。」馬夫人說：「四老爺的生日是知道的，就是時辰記不得了。」

「不要緊！」繡春對此道略有所知：「按某人的身分，眷口子息來看，一定可以斷出是哪個時辰，再不會錯。」

「那好，」馬夫人說：「找個女瞎子來吧。」

「不好！」繡春率直地唱反調：「女瞎子彈彈唱唱，滿口胡謅，還是得到外頭去請教名家才是。」

原來繡春的用意是，怕女瞎子不明忌諱，不知哪一句話會引起驚疑，所以不願當面推算。

夏雲懂了她的意思，心中便有了丘壑，找何謹陪著去了一上午，到午後才回來。

「是徐州有名的雲龍子，請教他的人，擠不開，等了兩個時辰才輪到。說不知道時辰，得慢慢兒推算，央求了好半天，才肯動筆。說四老爺的時辰，是卯時。」

「對了！我想起來了。聽老太太說過，四老爺是天快亮生的，是卯時。」

「既然時辰對了，說得一定也準了。」

「怎麼說？」

「說四老爺的災星過了。今年是戊申，四老爺命中缺金，申是金；中央戊己土，土又生金，流年不錯，到秋天更好。」

「噢！還有呢？」

「還有，」夏雲想了一下說：「說四老爺今年犯驛馬。」

「犯驛馬？」馬夫人大吃一驚，心裡在想：莫非會充軍？

夏雲不知道驛馬星的含意，繡春卻懂，看馬夫人的臉色，便猜到了她的心事，當即說道：「今年回旗，自然是驛馬星動；說流年不錯，到秋天更好，必是到了那時候，四老爺又放差使了。」

這番解釋很合理，馬夫人方始釋然，又問：「你看那個甚麼雲龍子，算得準不準？」

「準！」

馬夫人原是信口一問，不道夏雲答得如此斬釘截鐵，當然就惹人注意，要想求證了。

「你是從哪裡看出來，他算得準？」

「他說，四老爺方正，有點迂；面冷心熱。又說四老爺的命很硬，剋妻；命中兩子，一子送終。還說——」夏雲嚥了口唾沫，沒有再說下去。

「怎麼不說下去？」

「有件事可說得不大準了！」夏雲略一遲疑，方始出口：「說四老爺十一歲起運，起運那年就會剋父母。這不是不準？」

「也不能說不準。」馬夫人點點頭：「我聽老太太說，當初原有這個說法，所以九歲上就由老太爺帶到南邊來，跟生身父母一隔開了，才能避剋。就這樣，四老爺生身的老太爺，還是生了一場傷寒，幾幾乎送命。」

一直不曾開口的繡春，插進來說道：「照這樣看，這雲龍子倒真有點兒道理？」說著，向夏雲看了一眼，眼色中是疑問，究竟是雲龍子真的這麼說？還是夏雲故意編出來的？

夏雲懂她的意思，隨即答說：「是啊！真是有點道理，難怪請教他的人擠不開。」夏雲建議：「倒不妨開了芹二爺跟棠官的八字，請他去看看。」

「使得。」

於是找了紅紙來，開列芹、棠兄弟的生年月日時辰。夏雲很起勁地拿了就走，口中在說：「我讓何大叔馬上就送去。」

「慢慢！」繡春攔住她說：「我倒想去看看這雲龍子。」

「怎麼，」夏雲問道：「你也要算命。」

繡春不肯講實話，只說：「想跟他談談。」

夏雲靈機一動，「好，我陪你去。」她說：「不過你不能這麼打扮，太惹眼，來了個俏尼姑算命，不成了新聞？」

「夏雲說得不錯。」馬夫人接口說道：「你要麼別去，要去得換衣服。這樣子太招搖了。」

繡春躊躇了一會，毅然決然地說：「好吧，喬妝改扮下山崗。」

「小尼姑思凡了！」

夏雲的調侃，不但馬夫人，連繡春自己都笑了。「走吧！」她說：「上你屋子裡換衣服去。」

夏雲便領著她到南屋，不久又興匆匆地奔了回來，恰與芹官相遇，他站住腳說：「怎麼回事？倒像是來報喜的。」

「對了！也許有樁喜事。請吧，上屋裡說去。」

原來夏雲已知道馬夫人、芹官都曾勸過繡春還俗，她以為繡春亦有此意，不然不會去算命，因而覺得這是個絕好的機會，但必須預先有所布置，所以乘繡春易服的這片刻，悄悄來跟馬夫人商量。

「如果雲龍子真的算出她是當尼姑的命，那是天意，沒話可說。倘或不是姑子的命，何不就從今天起，勸她還俗？」

「啊！」馬夫人被提醒了：「我們忽略了，正該這麼辦！就怕她不肯。」

「太太說她，她哥哥求她，大夥兒再一勸她，沒有個不肯的。」

「依我說，根本就不用這麼費事！」芹官說道：「乾脆『拿鴨子上架』，把她那一身僧服藏了起來，看她怎麼辦？」

「這是最後一著。」馬夫人遙望窗外，急忙又說：「她來了，別讓她聽見。」

大家都住了口。只見繡春換了夏雲的一件藍綢棉襖，下繫一條縐紗裙，頭上鬆鬆地挽了個道髻。兩手扯著棉襖下襬，有些手足無措似地。

「多年沒有穿這種衣服，好不習慣。」繡春微微窘笑：「一雙手都不知道往哪兒擱了。」

「多穿幾回就習慣了。」

夏雲聽芹官的話有弦外之音，深怕一露馬腳，讓繡春起了戒心，急忙亂以他語：「來，來！」她拉著繡春說：「我替你重新把頭梳一梳。」

「對了！」馬夫人接口：「梳這麼個道髻，可不大像樣；就使我的梳頭匣子好了。裡頭有枝鑲金的珊瑚簪子，正用得上。」

於是夏雲便去搬了馬夫人的鏡箱，來替繡春梳頭。芹官卻悄悄溜了出去，找到王達臣，私下說了經過。王達臣喜不可言，拿錢讓他的夥計去買一罈洋河高粱，打算著為繡春還俗而謀一醉。

兩人到上燈時分才回來，進了院子分手，一個到北屋；一個到南屋。

到北屋的是夏雲，臉色落寞，微帶沮喪。芹官迫不及待地問：「怎麼樣？莫非真的算她是姑子命？」

「不是，繡春沒有算她自己。」

「那麼是算誰呢？」

「她替震二奶奶算了命。」

「喔，」馬夫人關心了：「說震二奶奶的命怎麼樣？」

「我也不大懂。繡春跟雲龍子說的彷彿是『行話』，我問繡春，她說震二奶奶的流年很不好。」

這下馬夫人更關切了，「繡春呢？」她問。

「去換衣服去了。」

「你看看去！叫她來，我得問問她。」

不一會繡春來了，手裡握著那枝鑲金的珊瑚簪子，進門叫了一聲：「太太！」便往裡屋走，自然是將那枝簪子放回原地。

「繡春，不忙！」馬夫人喚住她說：「震二奶奶的流年怎麼樣？」

「不大好。」

「怎麼樣的不大好？是有病痛呢？還是破財甚麼的？」

這一問，繡春的臉色越發陰鬱了，「震二奶奶的八字是『傷官格』，今年走官運。」她說：「所以不好。」

「這我就不懂了。」芹官發問：「何以走官運不好，倒是走墓庫運才好？」

「不是這麼說，傷官不能見官，命書上有句話：『傷官見官，其禍百端。』更壞的是，今年戊申，震二奶奶的『大運』，正好也是戊申。雲龍子說：這叫『歲運併臨』，好的格外好，凶也就格外凶。」

於是馬夫人與芹官，都憂形於色了，「凶到怎麼樣一個地步，雲龍子說了沒有？」馬夫人問。

「他不肯說。」

「為甚麼呢？」

繡春不答，卻有泫然欲涕的模樣，那就不問亦可知了。馬夫人既驚且憂，而芹官卻在驚憂中有安慰，看繡春這樣子，故主情深，對震二奶奶的怨恨，渙然冰釋了。

「我倒沒有想到，」芹官有些困惑地，「你居然通子平之術。」

「哪裡談得到通？不過因為命苦，想修修來世，也看過一兩部命書，似懂非懂而已。」

「你別客氣。」夏雲接著繡春的話說：「既然你懂八字，又跟雲龍子聊了那麼多，想來是把震二奶奶的八字琢磨透了，你就好好兒給太太說一說吧！」

這點恰是馬夫人要說的，繡春本來亦有此意，但顧慮著措詞輕重之間，沒有把握，說輕了猶如不說；說重了萬一不準，不僅眼前為馬夫人帶來了憂煩，將來也會招致誤會，一定會有人說：「繡春血淋淋地咒震二奶奶，巴不得她死！」

意會到此，她定了主意，「我哪裡懂？」她一口推拒，「反正雲龍子的細批流年，後天就可以去取了。到時候再琢磨好了。」

聽得這話，無不大失所望，馬夫人便開門見山地問：「莫非震二奶奶會遭想不到的橫禍？」

「也不是甚麼想不到的橫禍，是震二奶奶本身有凶險。」

只是個人的休咎，與全家禍福無關。這話雖能使馬夫人稍感安慰，但疑團卻更深了。

「怎麼說是震二奶奶本身有凶險？難道——」馬夫人說不下去了。她想到的不是抄家的事，而是震二奶奶的那段醜聞。

「繡春，」馬夫人神色凜然地，「你得跟我說實話。」

大家都看出馬夫人神色嚴重，預料繡春如再閃避，她就會動怒，因此都緊張地盯著繡春看。

繡春遲疑又遲疑，終於昂起頭來說：「太太一定要我說實話，我不忍說也必得要說了。不過這是雲龍子的話，我也巴望他算得不準！到那時候，可別說我繡春在咒二奶奶。」

「你這表白是多餘的！」芹官激動地說，「大家都看得出來，你心裡放不下你們二奶奶。你的心是好的！」

「芹二爺知道我的心，我就敢說了。不過，說了太太可別傷心，算命不準是常事。雲龍子說震二奶奶大限已到，只怕逃不過這個月。」

一語未終，馬夫人已是雙淚交流。夏雲急忙遞了塊乾淨手絹過去，口中自責著：「都是我不好，慫恿繡春去算命，無緣無故惹得太太傷心。」

「我不傷心別的，我替我們馬家的女兒委屈。」馬夫人擤擤鼻子，振作精神說道：「你們把老何去找來。」

將何謹喚了來，馬夫人先是談算命的事。他對此道亦有所知，聽雲龍子的說法是，震二奶奶雖走了一步極壞的運，但與一家的禍福，並無關聯，因此便著重在這一點上，勸慰馬夫人。

「我就是在這上頭不放心。」馬夫人說：「如果她是為一家擋災，倒也罷了，我就怕她是不明不白惹上一場禍。你是咱們家的老人，見得事多，有甚麼不妥當的地方，別人看不出來，也許你能看得出來。我想你辛苦一趟，回江寧去看看。」

「是！」何謹矍然說道：「我也不大放心。太太既有這意思，我明天就動身。」

「請王二哥派個得力的人，送了你去，怎麼樣的情形，你捎口信回來。」

「我明白。」何謹說道：「太太要交代的事，讓芹官一條一條寫下來。我先跟王老二去商量派人，回頭再來請示。」

於是夏雲到芹官屋子裡移來紙張筆墨，就在馬夫人屋子裡，將要問要辦要交代各事，逐項開列明白。而芹官又另有打算，他要寫封信給震二奶奶，將繡春對她的態度告訴她。他認為這是足以使她高興，而在眼前的逆境中，唯一可引為安慰之事。

不過才一個月不見，何謹已有劫後重來之感了。

大門已經不開，只走角門。屋子騰空了一大部分，舊日的夥伴，也只剩下不多幾個人了。一到家自然先去見曹頫，他訝異地問說：「你怎麼來了？有甚麼事嗎？」

「二太太不放心家裡，讓我回來看看。」

「很討厭！」曹頫皺著眉說：「你來了也好，多一個能對付他們的人。」

所謂「他們」自然是指兩江總督衙門所派的人，何謹不覺心往下一沉，好半晌說不出話來。

「你先去歇著，這一陣子的情形，你問你兄弟就知道了。」

「是！」

何謹退了下來，隨又去見已搬到萱榮堂的震二奶奶，遞了芹官的信，她先不看，只問：「太太身子怎麼樣？」

「身子倒挺好，精神稍為差一點。聽說總是躺著。」

「無聊嘛！不躺著養養精神幹甚麼？」秋月插了一句嘴，然後問起芹官、棠兄弟和夏雲，卻未問繡春。

反倒是震二奶奶沒有忌諱，「繡春呢？」她問：「四老爺回來讚得她不得了，說她有俠氣。也難怪！」她略停一下又說：「牆倒眾人推，世態炎涼，四老爺大概也看夠，所以借此發牢騷。其實牢騷何用？只要看得透，沒有甚麼不得了的事。」

何謹不知她這話意何所指，只發覺震二奶奶略微變了些，她一向愛說話，但言詞爽利，命意透澈，此刻聽來，卻似乎有些嘮叨了。

心裡這樣想著，口中卻談繡春，道是大家都勸她還俗，又說芹官受王達臣之託，最為熱心，一晚上參禪，彼此脣槍舌劍，結果是芹官輸了。

大家都覺得這段故事有趣，欲知其詳。錦兒卻已顧慮到何謹一下了車便來見主人，茶都不曾好好喝一碗，天色將暮，肚子該餓了，便悄悄兒去盛了四碗年菜，煮了一碗年糕，又燙了一大壺酒，叫小丫頭一托盤端了出來。

「何大叔，你坐下來慢慢兒一面喝著，一面吃，一面給我們講徐州的故事。」錦兒又說：「今天上燈，可是一盞燈都沒有，聽你聊聊，就不覺得悶了。」

就從這幾句話中，何謹可以想像到萱榮堂中的淒清寂寞；回想當年的盛況，恍如隔世，悽然下淚。

好在他是一雙迎風流淚的風火眼，沒有人注意他此時所流的眼淚，不是風逼出來的。

於是他拭一拭眼，一面喝酒，一面談芹官如何沒有能說服繡春的經過。那夜他是閒坐在走廊上，細細聽見的，但因為話中關礙著震二奶奶，所以講得不甚清晰，但已足以引人入勝了。

「那天夏雲還出了個很絕的主意，大家以為那天一定可以成功了──」何謹突然噤住，他驀地裡意會，算命這件事不能談，但已由不得他作主了。

「怎麼？」冬雪第一個性子急：「夏雲出了個甚麼很絕的主意？何大叔，你快說，你快說。」

「慢慢！」何謹拖延著：「等我把這個雞翅膀吃完。」

「雞骨頭有甚麼好啃的？」

「冬雪，你別催！」秋月接口說道：「讓何大叔細細想一想，自會源源本本、詳詳細細說給你聽。」

這是以退為進的詞令，何謹無奈，想一想只好揀能說的說：「徐州有個雲龍子，命算得極準。太太不放心家裡，讓夏雲拿了四老爺的八字，替他去看流年，說四老爺的災星過了。今年是中年，四老爺命中缺金，正好彌補——」

「喔，」震二奶奶打斷他的話問：「真是這麼說的？」

「是！」

「還有呢？」震二奶奶緊接著補充：「我是說四老爺。」

「說四老爺今年秋天犯驛馬。繡春說得好，四老爺既然流年不錯，犯驛馬絕不要緊，必是有差使放出去。」

聽得這話，無不欣然，一個個臉色都開朗了，「但願這雲龍子是鐵口，繡春解也解得好。」

震二奶奶又問：「還說了些甚麼？」

「說四老爺的命硬，老早把四太太剋掉了。真正準得很！為此，繡春也想去算算命。於是乎夏雲將計就計，出了個主意。」

等何謹講了夏雲的那個主意，大家越覺有趣，要何謹細談他陪繡春和夏雲去請教雲龍子的細節。

「繡春換了夏雲的棉襖跟裙子，夏雲還替她梳了頭，別上太太的鑲金珊瑚簪子。到了雲龍子那裡，那風頭可出足了！」何謹回憶著當時的情形說：「雲龍子是命相合參，又是正月裡，看相算命的擠滿了一間大廳，自然是男多女少，可不管男女，對她們倆都得狠狠盯上兩眼；收錢的小夥子更是把眼都看直了。」

等何謹一口氣說累了，略為透氣的當兒，錦兒便笑著問說：「大概也忘了向她們倆收錢了不是？」

「那倒不至於，不過還是占了便宜。敢情看相算命跟請大夫看病那樣，也有『拔號』，不知道夏雲跟那小夥子說了兩句甚麼，只聽那小夥子一迭連聲地說：『行，行！你們倆先請。』隨後姐兒倆就進了另一間屋子，跟雲龍子討教去了。」

「何大叔，你沒有進去？」秋月問說。

「沒有！」何謹答說：「我倒是打算進去也聽聽，後來一想，姑娘家或許有甚麼不願讓我這個糟老頭子知道的心事。還是識相為妙，就沒有跟了去。」

「後來呢？」秋月又問：「給繡春算的命怎麼說？」

「我不知道，也不便問。只看繡春的臉色也不大好。到家，繡春仍舊換回了她自己的衣服——」

「這麼說，真是姑子命？」錦兒插了一句嘴：「我不相信能把繡春的命，算得這麼準！」

「繡春根本就沒有算她自己的命！」

「那麼是替誰算呢？」

「是替她嫂子。」

這句謊言是何謹早就預備好的，答得極快，毫無破綻。但秋月卻覺得大成疑問。到得震二奶奶後來拆芹官的信看，說繡春如何情報故主，關切之情，溢於詞色。她便判斷，繡春是替震二奶奶去算了命。

私下跟錦兒一談，亦以為然，而憂慮隨之而起，「老何不是說繡春出來，臉色不好看嗎？」她說：「一定是震二奶奶的流年不利。」

「一定的！如果吉利，老何當然會像論四老爺的八字那樣，大談特談。」秋月又說：「咱們倆私下找老何來問問看。」

這一問，卻好似何謹的一個現成機會，倒省了事，「我正想跟兩位姑娘談。」何謹說道：「太太就是為此不放心，才讓我回家來看一看。據說震二奶奶今年大凶，叫甚麼『傷官見官，其禍百端。』看太太的意思是，」他放低了聲音說：「怕震二奶奶找甚麼麻煩，鬧得不可開交。這一層，錦兒姑娘得多留點兒心。」

秋月與錦兒對看了一眼，都不作聲，但已取得默契，等何謹走了，私下商量。因此，秋月又問：「太太還有甚麼交代？」

「有消息盡快通知。」

「那當然。」

「大概也快了！」錦兒接口：「都說元宵前後，就得動手。震二爺打聽動靜去了，包不定明天、後天，就有變化。」

彼此沉默了一會，秋月突然問道：「何大叔，說震二奶奶今年大凶，照你看是怎麼個凶法？若說有性命之憂，這命可又怎麼丟的呢？」

「閉門家中坐，禍從天上來。誰知道呢？」何謹答說：「太太的意思，不過要我提醒各位姑娘，多留點兒神。」

「這就是了！我們隨時會留心。」錦兒深深點頭。

說到這裡，何謹的任務已了，無須逗留。等他一走，秋月便問：「你看你們二爺會有甚麼花樣鬧出來？」

「不會！」錦兒答說：「這一陣子相敬如賓，是從來沒有的事，兩個人都像變了一個人似地。」

「這就不是好兆頭！」秋月憂心忡忡地：「江山易改，本性難移。人若是失了常度，往往有不測之禍。」

「照你這麼說，莫非震二爺也有禍事？」錦兒軟弱地扶著椅背說：「這日子，真是叫人揪心！」

「你別著急！我也是隨便說說。」秋月急忙設詞安慰：「我在想，四老爺是一家之主，他沒事，一家自然沒事。見怪不怪，其怪自敗。咱們別為了沒影兒的事，空費心思，還自尋煩惱。」

這是強作豁達之語，錦兒嘆口氣說：「也只好這麼想吧！」

曹震一早就為兩江總督衙門派差官請了去，到晚方回，氣色極壞。

「怎麼回事？累了不是？」震二奶奶迎著他說：「餓不餓，先炸幾個春捲吃？」

「不餓！氣都氣飽了。」曹震憤憤地說：「黃二侉子平時一口一個『曹二哥』，今兒竟擺出公事公辦的嘴臉，我真恨不得訓他一頓，叫他把該我的賭帳還了再開他的鳥嘴。」

「你們聽，二爺氣得撒村了！」震二奶奶向丫頭們笑著說了這一句，復又問丈夫：「黃二侉子怎麼公事公辦？他是候補知府，莫非派了甚麼差使？」

「是啊！咱們家的這件事，派了他當『委員』。今兒就是他跟我蘑菇了一天。」

聽到這一說，錦兒便將丫頭們都遣開，然後說道：「我把飯開到這裡來，一面吃，一面談吧？」

「也好！」震二奶奶又說：「還有一罎陳年的花雕，開了來喝！只怕不喝白不喝。」

本來曹震夫婦搬至萱榮堂，便是權宜之計，雖非因陋就簡，卻是一切將就，只占了西面兩間套房，在臥室中開飯，後房廊下就是臨時設置的小廚房，反倒方便。

當下將方桌移到中間，火盆挪了過來，到擺設停當，錦兒因為他們夫婦要談官司，將丫頭們都遣開，由她親自照料。曹震高高上座，一妻一妾，左右相伴，一個就火盆替他燙酒，一個為他剝果夾菜，倒真的是享了齊人之福。「黃二侉子是甚麼意思呢？莫非——」震二奶奶微微陪笑，「我是瞎猜的話，莫非你跟他在賭桌上有甚麼過節？」

「沒有的事。」曹震答說，「黃二侉子從京裡弄了一封八行來，來頭極硬，范制軍就對人說：黃二侉子除了吃喝嫖賭，能幹甚麼？好吧，我先派他一個差使，看他幹得下來不？就派了他查咱們家的帳。有人就對黃二侉子說：曹二爺是你的賭友，你如果見了他不好意思，你這封八行就算白費心血了！」

「你是說，范制軍是借此難他；黃二侉子這個差使幹得不行，他對那封八行就算有了交代了。」震二奶奶接著說：「幹好了呢，范制軍就不能不用他。是這意思不？」

「就是這意思。」曹震忽然忍俊不禁，「我還告訴你一個笑話，不過不知道真假。據說：黃二侉子在跟我見面以前，先在花廳外面，遙遙作了個揖，嘴裡自言自語：曹二哥，我是沒法子，一封八行花了我一萬兩千銀子，只好對不起你老哥了。」

「真是侉氣！」錦兒笑道：「照這樣看，他本心其實不壞。」

「本心不壞，讓人教壞了。」曹震又說：「人家教他：打破沙鍋問到底。黃二侉子居然也吃了秤錘似地，鐵了心了。只顧仰著臉打官腔，氣得我恨不得揍他兩個大嘴巴！」

「你別氣。你想通了就不會氣，只會覺得他可憐。」震二奶奶勸道：「他是不敢看你，只好把頭抬了起來。」

「我也看出來這麼一點點意思，可是換了你在那裡，也會生氣。」

「生氣總不是回事。」錦兒勸：「得想法子對付才好，能不能託人打個招呼呢？」

「沒有用。」震二奶奶接口說道：「幾十年的老帳要翻開來，一筆一筆往下追，這招呼打不勝打；一開了頭，成了例規，打這個招呼，不打那個，反倒得罪人。」

「那，那怎麼辦呢？」

「只有硬挺。」

「你說得容易。」曹震亦不以為然：「到挺不下去怎麼辦？」

震二奶奶不即作聲，神色如常地沉默了一會說道：「蘇州人常說：船到橋門自會直。不會挺不下去的。真的挺不下去了，再打招呼也還不遲。」

「不遲？」曹震越發反對了。

「不遲！」震二奶奶回答，語氣平靜，但顯得很有把握似地：「打招呼早打不如遲打，多打不如少打。」

曹震搖搖頭，一副無可奈何的神情，「我實在不懂你的意思。」他說：「你倒說個道理我聽聽。」

「我剛才已經說過了，這不是打一個招呼就能了事的，一打開了頭，打不勝打。而且老早都把人情賣完了，到得真正節骨眼上，託人打一個招呼，就能過關的，那時無人可託，怎麼辦？」

曹震沉吟了一會，徐徐舉杯，「我有點懂了。」他說：「招呼不是不要打，要打得值，打得管用。這就是早打不如遲打，多打不如少打。」

「我還加一句，」錦兒說道：「最好不打。」

「不打恐怕沒有那麼便宜！招呼是一定要打的，不過這個招呼除非不打，一打就得用全副力量，打過這個招呼也就沒事了。」

夫妻倆的意見到底歸於一致了。說實在話是曹震放棄了自己的見解，只聽妻子教導，當然也還有兩三分錦兒的參贊。

「反正包裹歸堆一句話，能推則推，能賴則賴，到推不脫、賴不掉的那一刻，你只朝我身上推好了。」

「這，」曹震提出疑問，「一次、兩次猶可。次數多了，萬一要你到案見官，怎麼辦？」

「我自有我的辦法。」震二奶奶彷彿成竹在胸似地，「十個黃二侉子也未見得難得到我。」

震二奶奶以口才自負，曹震就無話可說了，「我是怕你拋頭露面，面子上不好看。」他說，「而且也太委屈了你。」

「多謝你！有你這句話，就委屈死了，也值。」說著，震二奶奶的眼圈都紅了。

第二天上午，曹震又被黃二侉子請了去問話。他照妻子的傳授，第一不動意氣；第二裝聾作啞，遇到有關係的話，故意表示不曾聽清楚，要黃二侉子再說一遍，藉此功夫先在心中籌思，如何回答才妥當；第三就是最後一計，推到震二奶奶身上。

黃二侉子終於忍不住發話了。「這也要問尊夫人，那也要問尊夫人！」他說，「真不知道誰在當織造？」

曹震不作聲。這也是受了震二奶奶的教，沒關係的話，大可不答，隨他發牢騷也好，冷嘲熱諷也好，只當清風過耳。

「尊夫人是官眷，怎麼管得到公帳？」

這句話可不能不回答了，「內務府的人當差，是不分男女老幼的。」他說。

「當差是當差，公帳是公帳，兩碼子事，怎麼扯得到一處。」

「當差是當皇帝的差，當差的花費，當然要出公帳，怎麼說是兩碼子事？」

黃二侉子覺得曹震是在胡扯，但駁不倒他，想了一會問道：「照你這麼說，竟是尊夫人在當織造？」

「這倒也不盡然。」曹震一面想，一面說：「不過黃委員，你恐怕對內務府不大明瞭。我剛才說過，內務府當差是不分男女老幼的，尤其是正白旗，更加各別。」

「怎麼個各別？」黃二侉子話不客氣了，「正白旗的人頭上長角？」

曹震又不作聲了，因為黃二侉子出言不遜，他用沉默表示抗議。但也不妨看作不願爭吵，是一種讓步。

黃二侉子發覺了，只好比較客氣地問：「請問，正白旗怎麼各別？不都是上三旗包衣嗎？」

「不錯，都是上三旗。不過兩黃旗是太宗皇帝傳下來的，正白旗當初是歸孝莊太后的。這就是各別之處。」

「你是說，正白旗是孝莊太后的，所以正白旗的包衣眷屬，可以干預公事？」

這話很厲害！曹震心想黃二侉子有長進了，倒不可掉以輕心，當下先虛晃一槍地問：「黃委員你說甚麼？我不大明白。」

「那麼說明白一點兒吧，」黃二侉子的語氣又亢了：「聽你的話，似乎正白旗包衣眷屬，是奉了懿旨，可以干預公事的。」

「我可沒有這麼說。」

「你雖沒有這麼說，意思是這個意思。」黃二侉子又說：「尊夫人既在管公帳，莫非不是干預公事？」

「話不是這麼說。眷屬不能干預公事，可是替皇上、替宮裡當差，我們內務府向來不分內外的。譬如你剛才問的那筆帳，是康熙爺六旬華壽那年，降旨採辦一批新樣首飾，預備賞嬪妃之用。首飾，甚麼叫新樣？黃委員，恐怕你也不能不請教尊閫吧？」

「這！」黃二侉子無奈：「好吧，這筆帳就算該由尊夫人經手，何以與市價不同，請你問一問尊夫人。」

這一問，不愚無詞可答：首飾無非珠寶，貴重與否，大有講究。光是看帳，何從判定貨帳不符。黃二侉子算是白費了功夫，而曹震不免得意。

「你別得意，」震二奶奶警告他說：「有幾筆帳大意不得，問到了，你可得仔細。」

「怎麼個仔細？」曹震又問：「是哪幾筆帳？」

「有一筆，」震二奶奶低聲說道：「是孝敬八貝子的。其實也不是孝敬八貝子，是八貝子出面，替十四阿哥蓋花園。這筆帳頂要當心。」

「你是說這筆帳。」曹震當然知道：「早就問過了。」

「他怎麼問？」

「他問，這交侍衛良五爺的三萬銀子，是怎麼回事？我說：是那年先伯點了鹽政，盈餘的銀子，孝敬先帝。先帝說只要三萬銀子養鳥，所以託侍衛良五爺順便捎帶進京。」

「是兩萬，不是三萬。」震二奶奶說：「那是有硃批的，誰也不能作假。」

「可是，帳上是三萬。」

「這件事不是我經手，不知道多支的一萬銀子是怎麼回事？不過既然推在我身上，也就不去說他了。反正到時候，我有我的辦法。」

「我不明白，到得臨了，究竟你是用甚麼法子來搪塞？」

「這可沒有準稿子，隨機應變得看事說話。」

曹震愣了好一會，自語似地說：「但願你能對付得了。」

第二十五章

到底動手了。那天一早，首府、首縣，帶著皂、快兩班，團團圍住了曹家。首府姓吳，首縣亦姓吳，在大廳前下了轎，曹頫已帶著曹震在滴水簷前，拱手相迎。

「昂翁，」吳知府與曹頫是棋友，滿面歉疚地說：「上命差遣，身不由己。得罪，得罪。」

「言重、言重！」曹頫平靜地說：「請到花廳待茶。」

接著，他又與吳知縣招呼過了，方始側身前導，引領至花廳。兩吳升炕，曹頫在東首第一張椅子上陪坐，曹震站在他身後。

「范制軍的公事，請昂翁過目。」吳知縣從靴腰子中，掏出一封紫泥大印封，遞向曹頫。

曹震搶上一步，接了過來，抽出范時繹給首府與首縣的「札子」，遞到曹頫手裡，他接過來細看時，神色未變，但紙張微微波動，見得手在發抖了。

「事先已奉到上諭，查封私產，抵償虧空；雷霆雨露，莫非皇恩，自當謹遵不違。所有細軟動產，都已經檢點在一起；靜候查封。至於不動產，另外造了一份清冊，請兩位過目。」

曹頫接著便向曹震問說：「清冊呢？」

「在這裡。」曹震從一旁半桌上拿起一本薄薄的清冊，遞給吳知縣。

吳知縣轉呈吳知府，翻開一看，臉上大顯訝異之色：「府上四世織造，在江寧六十多年，原來宦囊所積，不過如此！」他並不隱藏他的感覺：「實在料想不到。」

曹頫不作聲，曹震卻認為有解釋的必要：「既名之為不動產，來龍去脈，都是可以稽考的。」他這話的意思是表示，並不曾暗中圖謀脫產。

「世兄說得是。」吳知府又說：「我跟吳大令今天奉命而來，有一句話要聲明在先：只請昂翁派令姪，或者得力的總管指封，說封甚麼，就封甚麼。至於將來估價，是不是可以抵虧空有餘，就不是我們所能為力的了。」

吳知府是怕曹家弄些不值錢的東西充數，以為就此可以抵欠虧空，所以不能不聲明在先。曹頫還沒有辨出弦外之音，曹震卻很明白，便低聲向曹頫說道：「請四叔跟吳太尊說：我家絕不敢藏私。」

曹頫被提醒了，「吳太尊請放心！」他說：「請兩位儘管看，儘管封，絕不讓兩位在公事上為難。」

兩吳都有過奉旨抄人家的家私的經驗，最怕被抄之家，有不明事理的婦女哭哭啼啼，口出怨言，甚至糾纏不休，情勢弄得非常尷尬。吳知府剛才那番話，即有不願惹麻煩之意。如今聽曹頫這一說，知道曹家的家教嚴，一家之主的話，不作興打個折扣，因而心中泰然了。

「既然昂翁這麼說，貴縣就開手封吧！」他向吳知縣說：「派老成一點兒的人！」

「是！」吳知縣起身走到廊上，向曹家的聽差說：「麻煩管家，叫我的人來。」

吳知縣的跟班遠遠在伺候，受喚上前，奉命去找了刑房、兵房、戶房的三名書辦來，吳知縣有番話關照。

「曹織造在江寧三代四世，一向受地方愛戴。如今曹四老爺是因為虧空封產，以備抵償，不是抄家，你們弄清楚了沒有？」

「是！」三名書辦齊聲回答。

「回頭你們下去揀老成的人，聽主人家派人帶路，說封甚麼，才封甚麼。別胡亂動手，更不准騷擾，尤其不可驚了人家的內眷。」

「是！」

「下去吧！」吳知縣回頭看到曹震，便又說道：「世兄，這三個書辦交給你了。」

「不敢，不敢！」曹震躬身回答，然後向三書辦說：「三位請！」

曹震將他們引入一間空屋，如款待賓客似地，已備下茶果；寒暄一番，商量從何處起手查封。就在這時候，有個聽差走到曹震面前，低聲說道：「震二奶奶派人送了一張圖來。」

圖是曹家的地圖，畫明進出方向、註明堆存箱籠的件數，清楚明白。為頭的刑房書辦，不由得感嘆：「大家都知道曹家的二少奶奶，精明能幹，十個男子漢都抵不上，真正名不虛傳。」

光是查封一事，可說毫無麻煩，因為只封箱籠櫥櫃；至於箱籠櫥櫃中置何物，另有清冊，將來派出委員估價時，方始逐件清點。此時只須編具字號，貼上封條，便算完事。

令人擔心的是兩件事，一件是查帳：要查明究竟虧空多少？再一件是估價：看查封的動產、不動產，夠不夠陪補虧空。兩事比較，查帳又比估價更覺得可憂，因為估價必派首縣，而吳知縣人既厚道，跟曹頫又有交情，將來必蒙照應。查帳就不然了！一個黃二侉子已不易對付，加派的一個委員，更是江寧官場中有名的精明角色。

此人姓魏，久任州縣。坐堂問案時，有句口頭禪：「你不說實話，我剝你的皮。」因而得了個「魏剝皮」的外號。曹震得知消息，不免又添了幾分心事。

「你只聽他的外號就知道他的為人了。不但精明，而且刻薄。」曹震又說：「而況這次丁憂起復，分發原省，頭一趟派差使，當然要格外巴結。你看著好了，吹毛求疵，不知道有多少麻煩？」

「你別擔心！不妨打聽打聽，有甚麼熟人可以託託人情。」震二奶奶低聲說道：「丁憂兩年多，坐吃老本，起復以後，少不得要應酬應酬，亦正是要錢用的時候，咱們送他個兩三吊銀子，買他個高抬貴手，你看如何？」

曹震沉吟了一會，覺得也不妨試一試，於是第二天找朋友去打聽，回覆讓人倒抽一口冷氣。

「千萬使不得！」他將打聽的話來告訴妻子：「此人心狠手辣。有一回奉派查案，查的是放賑報了虛帳。出事的縣官跟他同榜，一看老同年到了，當然說了實話，面託成全，還送了五百兩銀子。他沒有說不幫忙，銀子也收下了。這不是沒事了嗎？哼，你猜怎麼著？」

「你別問我，你就說吧！」

「這魏剝皮真該剝皮，回省覆命，見了藩台，首先就把五百兩銀子交了上去，說是賄款，幸而那藩台倒還厚道，覺得魏剝皮未免過分，參放賑的縣官，沒有再提行賄的事，不然罪加一等。」曹震接著又說：「如果咱們送他兩三吊銀子，他照樣這麼一回，吃得消嗎？」

一聽這話，震二奶奶發了好一會的愣，然後開口說道：「是福不是禍，是禍躲不過。可是我也不相信魏剝皮真能剝了咱們的皮。你還是照對付黃二侉子的辦法，到搪塞不過了，就推在我身上。」

但是，魏剝皮卻非黃二侉子之比。他找了曹震去問話，輕聲細語，措辭和平，跟他的那個外號全不相稱。問到最後，說出一句話來，讓曹震大吃一驚。

「看樣子非得見一見尊夫人不可了。」

這句話讓曹震無法接口，因為既無法推託，更不能允許，而又別無話說，只覺得窘迫不堪。

「讓尊夫人拋頭露面，也不成體統。」魏剝皮自己把話拉了回來：「這樣吧，我把所有尊夫人經手，而尚無著落的帳目，一款一款開出來，請老兄帶回去，問明尊夫人，一條一條寫下來。有了結果，我就可以交差了。」

「是，是！」曹震再無話說。

「今天不早了。老兄請回吧。等我把要請教尊夫人的事項開出來，請老兄明天來取，或者我派人到府上。」

「我自己來取，我自己來取。」

第二天見面，魏剝皮遞給曹震一個信封，接到手中，沉甸甸地壓手驚心；抽出來一看，更是倒抽一口冷氣，密密麻麻地寫了五張信紙，要問的帳目，一共二十幾筆。

儘管曹震焦憂、憤懣、詛咒不絕，而震二奶奶卻很沉著，甚至還不時露出些微得色，這就讓人莫測高深了。

「下次魏剝皮再請你去問話時，你告訴他，要問的事太多，又隔了那麼多年，而且帳簿也都收了去了，得一件一件慢慢兒想、慢慢兒查。」震二奶奶又說：「你要格外表明，這並非有意拖延，請他設身處地想一想，也會知道是件沒法兒急的事。」

「話我會說，事情可就不知道怎麼辦了？照你的話，遲早有個結果給他，我可想不出來怎麼樣才會有交代得過去的結果。」

「你別管。『沒有金剛鑽，不攬碎磁器。』他會剝皮，我會抽筋。走著瞧吧！」

曹震既信又疑，靜下心來細想一想，總覺疑多於信，「你還打算治魏剝皮？」他問：「你是怎麼抽他的筋？」

「我已經看出一點毛病來了。你等我好好兒想一想，等想停當了，我自然要跟你商量。」

聽得這一說，曹震才比較安心。第三天見了魏剝皮，將震二奶奶的話，照本宣科地說了一遍。魏剝皮也久知震二奶奶是厲害腳色，當下說道：「尊夫人是女中豪傑，說的話真是擲地作響。幾時可以有結果，請尊夫人自己定規好了。只要不誤范制軍覆命的期限，怎樣都可以。」

「像這樣的事，最晚到甚麼時候就必得覆命了？」

「查封之日，已先拜摺覆命，說在清查了。」魏剝皮以一種自己人相商的語氣說：「老兄也是老公事，這種事覆命愈早愈好。為甚麼呢？查清楚了才能覆命；一時不能覆命，就是一時查不清楚，顯得內情複雜，若往壞處去想，對令叔很不利。」

話雖含蓄，曹震卻聽得出來，「內情複雜」，而「往壞處去想」，自然是弊端深重。魏剝皮的話，不能說沒有道理，曹震認為應該重視。

震二奶奶卻不以為然。「別聽他的！」她說：「等他來催，要催得緊了，我的招數才施展得開。」她緊接著又說：「不過，如今似乎不能不告訴四老爺了。」

應付官事，都是曹震夫婦在辦，曹頫出面，亦不過擺個樣子而已。此刻震二奶奶認為應該告訴曹頫，在曹震自然照辦。他用最省事的辦法，把魏剝皮寫下的詢問事項，直接送了給曹頫去看。

這一看，使得性情和平的曹頫，也忍不住動怒，將曹震找了去，一開口就問：「你怎麼把難題都推給你媳婦？她是婦道人家，本不宜干預公事的。」言時聲色俱厲。

曹家的家規甚嚴，見此光景，曹震趕緊垂手彎腰，陪笑答說：「原是姪兒媳婦的主意。我也認為不妥，她說她自有作用。拗不過她，我只好照辦。」

聽說是震二奶奶的主意，曹頫怒意稍解，但曹震的錯處還有，「就推在她身上，也該有個分寸。你看，」他指著紙面說：「這一款，是老太爺手裡的事。那時你媳婦還是馬家的姑娘，你也推在她頭上，豈非荒唐？」

斥之為「荒唐」，已是極重的語氣，曹震不敢再辯。但內心自問，並不荒唐，因為推在震二奶奶頭上，原是無可奈何的搪塞之計，只為應付眼前，只要搪塞得過去，就算做對了。

「如今這麼一大堆疑難，你怎麼答覆人家？」

問到這一句，曹震方始從頭細說。曹頫怒意全消，但也像曹震一樣，心中有個極大的疑團，不知道震二奶奶的葫蘆中，裝著甚麼藥到病除的仙丹？

「我看，」曹震非常吃力地說：「只怕拖不過去了！」

「怎麼樣？」震二奶奶問：「催得很緊？」

「魏剝皮的話很難聽——」曹震遲疑了一會說：「我也不必學給你聽。反正連老太爺幾乎都罵了！」

「他敢！」震二奶奶頓時發怒，她那雙俏眼，一睜圓了便近似三角形，看著格外威嚴：「莫非他真要逼出人命來？」

「你，你，」曹震慌亂地說：「你在說甚麼？」

「我是說，他這樣逼迫，於他自己沒有好處。」震二奶奶怒容全斂，從容說道：「你放心！他自己的毛病，自己知道。那天四老爺說你荒唐，把老太爺在日，我還沒有進曹家門的事，都推在我身上。其實，這魏剝皮才荒唐，他不想想，康熙五十一年，我才多大？」

原來為曹頫指斥為荒唐的一件事是，康熙五十年曹寅請款修建專供駐蹕的織造署西花園，五十一年春天竣工，驗收查對帳目，有幾筆帳尚未查清，曹寅即在這年七月底，因瘧疾病故揚州，這幾筆未清之帳，亦就不了了之。

如今舊事重提，曹震無以為對，使出最後行遁之計，推在震二奶奶身上。

震二奶奶是曹寅故後的第二年，才成了曹家的媳婦，時方十七歲，曹震比她大兩歲，算起來今年才三十四歲。魏剝皮只須從曹震的年齡，略一推算十七年前震二奶奶的年齡，便知其事荒唐。誤信荒唐之事，而居然認真追究，豈非荒唐之尤？

聽她說得有理，曹震倒是精神一振，「你說得不錯！怪不得你說他寫的東西有毛病，毛病大著呢！倘有都老爺一參，以當今皇上的精明，連范制台都會受處分，說如此糊塗之人，竟還視之為能員。看他們吃得消不？」他越說越起勁：「咱們算是拿住他的短處了！我託人跟他去說，好便好，不好大家翻。看他怎麼說？」

「還不必走到那一步。」震二奶奶答說：「你跟他一說，是教了他，要彌補這個毛病也很容易。讓他自己發現，一定會有表示，那時再說不遲。」

「他會有甚麼表示？」

「他會把他寫的東西要回去。」

「要回去？」曹震冷笑：「我才不給。」

「對了！這份東西要收藏好，將來是極有用的一項證據。」

曹震點點頭，卻又問道：「明天我怎麼回答他？」

震二奶奶想了一下說：「你明天要施一條苦肉計。」

「何謂苦肉計？」

「你得厚著臉承認，怕我，拿我沒辦法。」

「這搪塞得過去嗎？」

「是實在情形。譬如你現在催我，我不理你，你怎麼辦？」震二奶奶又說：「你不必急著回答，好好想一想。」

曹震聽她的話，仔細想了一會，果然無計可施，吵嘴打架，無非更添閒氣，「我，我只好跟人家說：『蠻妻孽子，無法可治。』我實在不知道該怎麼辦？」曹震又說：「我只有請教他了。」

「對了！你就請教他。」

「他會怎麼說？」

「他一定說：足下既然懼內，能不能讓我跟尊夫人談一談？」

「嗯，嗯。」曹震大感興味：「那麼，我該怎麼回答他？」

「你想呢？」

曹震想了一下說：「我這麼回答：這件事我不敢管，我也不敢告訴她。」

「不錯，要這麼說，前後的話才相符。」

談到這裡，曹震心中浮起一個疑問，莫非魏剝皮就此罷手不成？當然不會的。如果他真的下決心要當面向震二奶奶問個清楚，哪裡會想不出辦法。

「倘或他倒坐了轎子來看四叔，說要跟你見一面，你怎麼辦？」

「我還是不見。」

「躲得過嗎？」

「有甚麼躲不過？譬如說我託病，難道他亦非見不可。」震二奶奶特別作了提示：「總而言之，他來隨他來，你不能請他。你請了他來，我託詞不見，這話就說不過去了。」

「啊！」曹震終於心領神會，「我懂了，不管他怎麼逼，我一定想法子替你留下可以推託的餘地。」

小廚房雖還保留著，但已有名無實。朱媽是早就辭差不幹了，錦兒和秋月輪流下廚房，早晚各做兩桌飯，一桌比較講究，開到花廳，是曹頫、曹震叔姪，和兩名帳房的常饌；一桌開在萱榮堂，震二奶奶先用，然後是錦兒、秋月和丫頭們雜坐進食。伙食帳也是錦兒和秋月輪流掌管，但每天買些甚麼菜，少不得總要請示震二奶奶。

「今天做兩樣點心，怕有客來。」

往日客到留飲的例規，早已蠲除了。偶爾有遠道客至，必得留下便飯，亦都是從館子裡叫菜來。因此，錦兒覺得奇怪，是甚麼與眾不同的客人，要自己預備點心招待？

「就是那個魏剝皮，一定要見我一面，問一問那些陳穀子、爛芝麻的老帳。讓他來吧！看我對付他。」

「二奶奶不是說不見他嗎？」

「不錯，不見。」震二奶奶搶著說道：「不見他也可以對付他。」

但看樣子震二奶奶又似乎打算會見魏剝皮，因為這天好好打扮了一番，又換了出客的衣服。修飾既畢，還問秋月，有何不妥之處？

「看上去年輕了好幾歲。」秋月笑道：「從老太太故去以後，還是第一回見震二奶奶你這麼用心打扮自己。」

「實在也是閒得慌，藉此消遣。」

一語未畢，聽冬雪在外面高聲說道：「四老爺來了！」

於是震二奶奶起身迎了出去，叫了一聲：「四叔！」問說：「甚麼事，還勞動四叔親自來。」

「有件事，我要問問你的意思。」曹頫很吃力地說：「魏委員來了！說有些事非當面問一問你，才能明白，不知道你——」

「四叔的意思是，我應該見一見他？」

這話讓曹頫不知如何作答？一切都是照她的計策行事，不想最後問出這麼一句，不解其意何居？

但震二奶奶倒也沒有讓他過分為難，「四叔，」她說：「見是可以見他。不過也不能太遷就，請四叔陪他聊聊，等他開口催了，我再出去。」

「好，好！」曹頫連連點頭：「你怎麼說，我怎麼辦。」

等曹頫一走，錦兒與秋月都出現了。「二奶奶，」錦兒問說：「你真的要見他？」

「不見也不行！他找上門來了，就像債主子坐逼一樣。」震二奶奶又說：「你先叫人把點心開出去。」

「已經送出去了。」

「要拖他一拖，見我也不是一件很容易的事。開到了第二道點心來通知我。」

聽這一說，錦兒便轉身到小廚房去照料。秋月便說：「震二奶奶，依我說，以不見他為是。」

「喔，」震二奶奶很注意地問說：「你倒把你的想法說給我聽聽，如果不見他，又怎麼應付？」

「我不知道怎麼應付？只覺得——」

「怕甚麼？」震二奶奶是鼓勵的語氣：「有話儘管說。只要有道理，我一定聽你的。」

「我可說不出甚麼道理，只想到徐州那算命的有句話，似乎不能不聽。」

「哪句話？」

「『傷官見官，其禍百端。』魏剝皮不是官嗎？恐怕這句話要應了。」

震二奶奶一驚，但很快地恢復了常態，「這句話倒有點意思。」她說：「等我好好想一想。」

「震二奶奶你真該多想一想。」

說完，秋月也走了，她也是到小廚房，特意要來告訴錦兒，第二道點心慢一點開出去，好給震二奶奶留下充分思考的功夫。

「來啊！」曹頫將在廊上伺候的何誠喚了進來，隨即吩咐：「你到中門上，傳話給震二奶奶，說貴客等得久了。」

「是！」何誠答應著，略停一停，看主人別無叮囑，便退了出去，到中門上傳話。

話傳到萱榮堂，震二奶奶正在跟錦兒與秋月商量，何謹來了好些日子，應該打發他回徐州去看看，順便捎帶些甚麼吃的、用的東西去。這一來話題中斷，錦兒起身便走。

「你上哪兒去？」

「我叫人把第二道點心開出去。」錦兒答說：「再拖他一會。」說完，掀簾而去。

「震二奶奶，」秋月問道：「你主意打定了沒有？」

「打定了！」震二奶奶答說：「我還是照我原來的辦法。這件事，我想了不止一天了，怎麼樣也躲不過去，倒不如我見一見他，當面說清楚了，一了百了。不過，秋月，你得替我打接應。」

「當然。你吩咐吧！」

「回頭我先出去。談得攏便罷，談不攏就要你來接應了。」震二奶奶又說：「是怎麼個接應法，我都寫下來了。回頭你打開我的梳頭盒子就看到了。你坐一會，我去換衣服。」

目送震二奶奶的背影消失在後房，秋月坐了下來細想她的話，莫非震二奶奶這一陣子無聊，看《三國演義》入了迷，還留下甚麼錦囊妙計不成？

轉到這個念頭，既困惑又好奇，渴望看一看她的「錦囊妙計」。心裡尋思，此刻便去開她的梳頭匣子如何？

躊躇未定之際，只聽「咕咚」一聲，是重物倒在地板上的聲音，怕是震二奶奶摔跤了？秋月這樣想著，毫不遲疑地，直奔後房。

門簾一掀，秋月自覺魂靈出竅，想極聲大喊，卻喊不出口，只不自知地用手按著左胸，而那正也是一把金光閃閃的解手刀，插入震二奶奶身子的部位。

「崩冬、崩冬」的心跳，彷彿在問：「怎麼辦，怎麼辦？」秋月此時的感覺是悲多於驚，驚又多於悲！多少天來，她一直有種不祥的預感，怕會出甚麼不測之禍。但卻不敢將她的感覺跟錦兒去談，怕會替她增添不安。否則，也許就不會看到眼前這等悲慘的景象！

「怎麼辦，怎麼辦？」心裡的這個聲音，愈來愈響。在不知怎麼辦之中，秋月覺得孤立無援，而就是這個感覺，讓她回復了本性：曹老太太多年教導、鼓勵、培養出來的果斷性格。她想起曹老太太講過的許多臨危不亂，不為感情左右，亦不為浮言所惑，冷靜地、也是狠心地為大局作最好的打算的故事。

這一轉念間，她的心定了下來，思路也變得很敏銳了。震二奶奶是求仁得仁，照她的意思去做，比救她更要緊，而況看樣子，已是不救的了。

於是她疾趨數步，跪在臉如金紙，雙眼將閉的震二奶奶身邊的血泊中，用低沉清晰的聲音說道：「二奶奶，你真有擔當，死得重於泰山！有甚麼話交代，秋月拚死要替二奶奶做到。」

「梳頭匣子——」

「我知道。」秋月搶著說：「那以外的話。」

「讓繡春回來！」震二奶奶氣息微張地說：「這把刀給芹官。上面有我的血，要他記住，讀書上進，別，別讓我白死。」死字幾乎無聲，也再不會有聲音了。

「二奶奶，二奶奶！」秋月大聲喊著。

任何反應都沒有，秋月屏著氣探一探鼻息，確知已經嚥氣。不由得閉上眼睛擠出一眶淚水。然而她沒有功夫去體味哀痛。站起身來，直奔外房，正遇見錦兒，只見她雙眼睜得好大，臉都嚇白了。

「怎麼啦？看你身上的血，還有手上。」

這一問，秋月倒是一愣，遇見錦兒，不曾在她預期之中，身上會沾了震二奶奶的血，更未想到。於是定定神說道：「你等一下！」

一面說，一面去開震二奶奶的鏡箱，上面有張紙，只寫的一句話：「姓魏的逼出人命來了！」

這一下，秋月對於震二奶奶的死因，裡外皆明，徹底了解了。她本已想到，震二奶奶是以死殉曹家，打算著兩江總督看這死得可憐，諸事從寬。現在才知道，她早就打算著要抽魏剝皮的筋了！

「錦兒，」她加重了語氣說：「你先把心穩住，仔細聽清我的話。姓魏的逼著要見震二奶奶，欺人太甚，逼出人命來了！」

「甚麼？」錦兒抓秋月的肩膀問。

秋月還怕她不能領會震二奶奶的意思，便作為提示地大聲說道：「震二奶奶讓姓魏的逼死了！你自己看去，已經沒有救了。」

及至錦兒撫屍一慟，自然裡外都驚動了。但曹家的規矩嚴，下人們只是悄然疾走，低聲相詢：出了甚麼事？卻沒有一個敢隨便闖了進來的。

唯一的例外是總管吳嬤嬤。由中門趕到萱榮堂，聽得裡屋一片哭聲，獨有秋月靜悄悄地站著，面容哀戚，卻未流淚，不由得一愣，站住腳問道：「秋月姑娘，怎麼啦？」

「震二奶奶尋了短見。都是叫兩江派來的官兒逼的。」吳嬤嬤既驚且詫，「震二奶奶會尋了短見？」她有些不能相信，急急問道：「救下來了沒有？」

「救不活了！」秋月說道：「吳嬤嬤，震二爺正好不在家，請你跟四老爺去回一聲。」

吳嬤嬤看她臉色深沉異常，再將她前後的話回味之一遍，已有領悟，便即點點頭說：「等我先進去看一看。」

「別看吧！吳嬤嬤，你老人家看了會受不了。四老爺若問是怎麼死的？你說，自己拿刀扎的。」

「拿刀扎的！」吳嬤嬤臉色大變：「扎在胸口上？」

「是的！扎得好深。」

「嗐！」吳嬤嬤大大地喘了口氣：「震二奶奶真狠！」一面說，一面搖晃著白髮盈顛的頭走了。

一出中門，下人們都圍了上來，探問消息，吳嬤嬤不說震二奶奶是怎麼死的，只說：「預備辦喪事吧！找跟震二爺的人，看在哪裡，趕快請回來。」

「是，是震二奶奶？」剛剛趕到的何謹問說：「甚麼急病？」

吳嬤嬤心中一動，立即有了主意：「老何！你來。」說完，她掉頭復進中門。

何謹也就跟了進去。秋月還在廊上，淚眼汪汪的錦兒，正從裡面出來，一見吳嬤嬤放聲又哭。

「錦兒姑娘，別哭，咱們商量大事。」

於是四個人聚在堂屋中低語，吳嬤嬤先將震二奶奶自裁的情形略說一說，然後提出一個看法。「既然震二奶奶是讓來的那官兒逼死的，咱們得想法子留住他，等震二爺回來，再作道理。如果這會跟四老爺一回，那官兒馬上就拱拱手走了。怎麼辦，是不是合適？秋月姑娘你倒想呢？」

聽這一說，秋月便知吳嬤嬤也了解了震二奶奶的死因，深深點著頭說：「吳嬤嬤的話一點不錯。」她又問：「何大叔，你看該怎麼辦？」

何謹沉吟了一會說：「這會兒外頭已經有點知道了。四老爺當然要查問，可不便馬上就指實了，說是讓來客逼死的。最好裡面鬧一鬧，我到外面見機行事。」說完，匆匆忙忙地走了。

秋月與吳嬤嬤都深解何謹的用意，這種近乎誣陷的行逕，宜乎婦女出面，要用指桑罵槐的手段，使身受者疑懼不安，而又無法要求澄清，更無法破臉，始為上策。否則，倉卒變起，真相未明，便即率直指責，旁人一聽便知懷著成見，這場官司就落下風了。

辦法是不錯，可是讓誰來鬧呢？秋月正這樣在想，忽然發現季姨娘急急奔了來，不由得失聲說道：「好了！來了個會鬧的人。」

「震二奶奶呢？」季姨娘慌慌張張地，「今兒早上還見過面，又說又笑的，現在——」

「現在，再也見不著人了！」錦兒哽咽著說：「震二奶奶死得好慘！」

「在哪裡？人在哪裡？我看！」

等季姨娘搶步進去一看，立即嚎啕大哭。這倒不是假哭，她本來就是易於衝動的性情，最近這一陣，由於震二奶奶極力修好，居然真的生了感情，加以季姨娘又痛破家，亦念愛子，早就積蓄了一肚子的淚水，此時恰好「借他人杯酒，澆自己塊壘」，所以此時放聲一慟，聲勢驚人。

一面哭，一面撫摸屍身，等碰到刀把上，秋月急忙提出警告：「拔不得，一拔血會摽出來！」

「可憐啊！」季姨娘住了手哭訴：「這麼要強的人，會拿把刀扎在自己胸口上。好死不如賴活，震二奶奶妳到底是受了甚麼委屈，忍心走了這條絕路？」

「震二奶奶是讓人逼死的。」冬雪由秋月授意，鼓勵她說：「就是那個叫魏剝皮的贓官。季姨娘，妳不替震二奶奶伸冤，咱們吃虧就吃定了。」

一聽這話，季姨娘一止哭聲，淚眼婆娑地望著冬雪說道：「你說！你說！你教我怎麼替震二奶奶伸冤？」

「先要讓魏剝皮知道他逼出人命來了。季姨娘你得替大家出氣，給魏剝皮一個難看。」

「好！」季姨娘很快、很響亮地答應：「我去。」

秋月怕鬧得太厲害，成了僵局，不好收場，便即拉住她說：「季姨娘，你別指出名兒來，只哭震二奶奶苦命，叫人逼得走投無路，只好尋了短。這就夠了！四老爺也不能說你不對。」

「啊！四老爺在那裡。」冬雪接口，「你別去吧！」

這是激將法，季姨娘的勇氣自然被激出來了。「怕甚麼！」她說：「人死了還不許哭？皇上也不能這麼霸道。」

「何謹！」曹頫有些焦躁了，「你把話說清楚一點兒，到底是誰出了事？甚麼『受了傷正在救』；甚麼『一下子想不開』？你是說誰啊？」

話猶未完，哭聲將它打斷了。曹頫一聽便知是季姨娘的聲音，不由得便將兩條眉毛聚攏，幾乎擰成一個結了。

哭聲中還夾雜了言語，凝神細聽，約略可聞：「家破人亡了啊！哪裡想得到，曹家會落到今天這個地步？丟了紗帽就有人來欺侮，欺上門來到底逼出人命——」

聽到這裡，原來臉色沉重的曹頫與魏剝皮，無不顏色大變。曹頫尚未作聲，魏剝皮已搶先開口，「昂翁，」他抓起貂簷暖帽說道：「府上有事，不敢打擾，就此告辭吧！」

曹頫不知如何回答，何謹卻有防備，「魏大人，」他說：「我家少主母馬上就要出來了。」

儘管魏剝皮精明多機智，也不曾想到何謹會這麼虛晃一槍，就在這錯愕之際，曹頫已有意會。「你說，何謹，」他神色極嚴厲地，「季姨娘說的是誰？甚麼出了人命？你剛才說有人受了傷，震二奶奶忙著救人，又是誰？」

「四老爺，」何謹平靜地答說：「請進去安慰季姨娘，我在這裡伺候魏大人跟震二奶奶見面。」

這意味著家務事不便當著外客談，只要曹頫一進去看到了季姨娘，自然明白。因此，曹頫再無別話，向魏剝皮拱一拱手說：「請寬坐！我讓舍姪媳馬上來應訊。」

用到「應訊」二字，魏剝皮連稱：「不敢，不敢！太言重了。昂翁請便。」

等曹頫一走，何謹便說：「請魏大人升匟。」

魏剝皮聽說震二奶奶會來「應訊」，心就安了。他在想，曹家出了意外，有人突然亡故，是明擺著的事；此人之死，與他之來有關，亦頗顯然。但所謂「欺上門來到底逼出人命」，是無知婦女的話，不必重視。不過，曹家既有此意外拂逆之事，震二奶奶的情緒一定不會好，回頭見面，措詞要格外當心才是。

於是，他坐在匟上默默思量，哪些事可問，哪些事可能會讓震二奶奶老羞成怒，以不問為宜。

這一陣沉思，費的功夫不少，驀地裡驚覺，何以至今不見震二奶奶露面？抬頭看時，何謹在廊上與兩個曹家的下人聚在一起，不知說些甚麼？這一下，魏剎皮心知不妙！只怕已是身蹈危地，趕緊走吧，越快越好。

於是，他悄然起身，疾趨而出，一出花廳，為曹家下人所發現，立刻散開，卻是戒備之勢。魏剎皮心裡發慌，但力持鎮靜地說：「煩管家把我的人找來。」

「是！」何謹口中答應，卻另有答非所問的一句話：「請魏大人花廳裡寬坐，吳大老爺馬上來看魏大人。」

「吳大老爺？」魏剎皮問：「是首縣吳大老爺？」

「是。」

「他來看我幹甚麼？」魏剎皮又問：「他怎麼知道我在這裡？」

「那不知道了！反正吳大老爺馬上就到，一到就都明白了。」

「不！我有事。我沒功夫等他。」魏剎皮一面說，一面硬往外闖，已打算著如果何謹一攔，便加叱斥，來個先聲奪人。

哪知何謹有一套柔能克剛的功夫，使個眼色，先就跪了下來，他的兩個夥伴亦復如是。見此光景，魏剎皮便知硬闖亦會被拖住，人家先禮後兵，先占住了理，識趣些吧。

於是，他站住想了一會，說一句：「管家你請進來，我有話問你。」

等他回身入內，何謹亦起身跟了進去，心裡已猜想到他要問的話，決定透露實情。

果然，魏剝皮問說：「府上到底出了甚麼意外？是不是震二奶奶死了？」

「是。」

這一聲「是」，宛如數九寒天的一桶冷水，澆得魏剝皮渾身抖顫，心裡不斷自語：「完了！完了！」

這時高大圍牆之外，已隱隱傳來鳴鑼喝道之聲，料想是吳知縣來了。魏剝皮久任州縣，設身處地想了一會，心中突然一動，不覺一喜，自以為還有敗中取勝的妙著。

原來出了命案，不管他殺還是自殺，例須報官相驗，若是有身分的人家，因為骨肉不和，或者其他原因，有人輕生，十九隱瞞不報；即或驚動官府，亦每每攔輿請求免驗。倘為婦女，更不待言。因此，吳知縣此來，可以想像得到，絕未帶了仵作來，這樣，就留下了一個極大的漏洞。

照何謹所說，吳知縣是特別來看他的。如果到曹家一下了轎，直接來看他，助曹家指屍索詐，提出任何要求，不妨暫且允諾，事後很可以翻案。因為應驗屍而不驗，真相未明，何得說他逼迫震二奶奶？這便是吳知縣留下的一個漏洞，抓住了足資防衛。

這樣想著，不由得側耳靜聽，期待著牆外鑼聲歇處，花廳外人聲漸起，行客拜坐客，會有吳知縣出現。哪知聲息杳然，可想而知的，吳知縣已跟曹頫見面了。

事實上不但曹頫，吳知縣還見到兩眼已哭腫了的曹震，他是真正的苦主，一見吳知縣便跪下來磕了一個頭，眼淚汪汪地說：「求父母官替拙荊伸冤。」

「言重、言重！」吳知縣急忙遜避，拱著手說：「世兄、快請起來，有話慢慢說。」

這時何誠已以「抱告」的身分，跪遞一張稟帖，口中說道：「我家少主母為時勢所逼，一時想不開，尋了短見，請大老爺免予相驗。」

「自然，自然！」吳知縣親手接了稟帖，轉交隨從的刑房書辦，復又問道：「不知道怎麼死的？」

這便等於問苦主的供了。曹震答說：「拙荊性情剛烈，是拔刀自刎的。」

「喔，傷在哪裡？」

「左胸、致命的地方。」

「一刀斃命？」

「是的。只有一刀。」

「纖弱女流，能一刀自裁，真正剛烈。」吳知縣試探般問道：「不知道能不能讓我瞻仰一下少夫人的遺容？」

曹震猶在沉吟，曹頫到底在官場上久些，知道是知縣在公事上老到，腳步站得很穩，當即答說：「理當請貴縣眼視明白。」

說著，自己引路，曹震後隨，曲曲折折地走向萱榮堂。吳嬤嬤早已先一步傳達信息，季姨娘、鄒姨娘、錦兒、秋月及其他年長的丫頭、年輕的僕婦，盡皆迴避，由吳嬤嬤領路，直入內室。

這時震二奶奶陳屍的那間後房，家具都已移走，幾乎成了一間空屋。震二奶奶依舊躺在血泊之中，血已凝成暗紅色，頭旁一對明晃晃的白燭，腳邊一盞一束燈芯的油燈，直照泉台。一個小丫頭跪在地上，不斷燒錫箔。震二奶奶的身子卻看不到，已用一幅白布遮住，白布上自然染了血跡，有一處隆起的地方，當然就是利刃入胸之處。

吳嬤嬤還待上前揭起白布，吳知縣急忙搖手說道：「不必，不必！」轉身又對曹頫說道：「趕緊料理吧！少夫人實在死得好慘，不能再讓她這樣冰冷地躺在地上了。」

此言一出，隔房噭然一聲；季姨娘首先哭了出來，頓時一片舉哀之聲，曹震不由得又垂淚了。

「禍起不測，只有求老父母作主。」

「從長計議，從長計議。」說著，吳知縣左右望了一下。

這是要找個清靜地方密談的暗示，曹頫便向何誠說道：「你看，請吳大老爺那裡歇足待茶。」何誠未及答言，秋月從隔室閃了出來，先福一福行了禮，方始說道：「在老太太起坐的那間屋子裡，已經備下茶了。」

「這是，」曹頫特為替吳知縣引見，「先母生前身邊極得力的一個人，名叫秋月。」

聽得這一說，秋月重新給客人行了禮，吳知縣叫一聲：「秋月姑娘！」深深打量了她一眼，但見淵靜肅穆的神態中，似乎蘊藏著極深的機心，驀地裡省悟，震二奶奶這一死，實在殉曹家的家難。

這一頓悟，便生出許多想法：察言觀色，曹頫恐怕未必了解；曹震卻很難說，不過事先一定也不知情──當然，沒有一個人知道震二奶奶會出此實為上策的下策；不然，早就在防備，震二奶奶怎麼樣也死不成了。

江寧的官場，包括駐防的將軍、副都統在內，都覺得曹家的麻煩，應該隨著震二奶奶之死而告一段落了。一種直覺的看法是：「已經逼出人命來了！莫為已甚吧！」

有跟曹家交情厚的，或者同為旗人，興起兔死狐悲之感的，憤憤不平地說：「曹家不過鬧虧空，虧空也是多少年積下來的。皇上無非整飭吏治，破家陪補虧空，也就是了。奉旨的人，一味吹求，莫非意在勒索？知趣的便罷，若不知趣，索性請一位都老爺，參上一本，大家鬧他一鬧。反正不管怎麼樣，曹家已經陪上一條人命，不見得再會陪上第二條。」

這話傳到范時繹耳朵裡，不免心驚肉跳，想到曹家既有平郡王這門貴戚，而天子近臣的內務府官員自然都向著曹家，犯不著去犯眾怒，因而翻然變計，化苛求為迴護。當然，魏剝皮為求免禍不能不替曹家說好話，也是一個關鍵。

終於雨過天青了！

恰是震二奶奶「斷七」的那天，秋月到了徐州，也帶來令人安慰的消息，奉到上諭：曹家的虧空，准由已查封的家產折價陪補，倘有不足，恩准寬免。同時接到在內務府的一個至親的信，說：「皇上接覽兩江奏報，見有『查出歷年當票數十紙』字樣，憮然久之，謂『不料曹家貧乏如此。』此為恩旨之所由來。」

「說起來也還是震二奶奶的遠見。」秋月回憶著說：「每次她跟我私下商量，借老太太的東西送當鋪應一應急，都會把當票送來。有幾回把當頭贖了回來，當票還在我手裡，問她怎麼回事？她說沒有當票也可以贖當。掛失好了。我說：既有當票，何必費事？震二奶奶笑笑說道：留著當票也許有用處，譬如作個擋箭牌甚麼的。誰知道會是這麼一個大用處！」

「我們馬家的女兒，總算對得起曹家了。」馬夫人一面說，一面眼圈就紅了。

秋月怕惹馬夫人傷心，不敢談震二奶奶臨死的情形。

芹官與繡春解得此意，也都不提，且在馬夫人問到時，還幫著秋月支吾。因此，談到夜深，大部分是談回旗的細節：如何分批北上？到京如何安頓？都定得有詳細的步驟。秋月此來，便是面報這些步驟，請示馬夫人有何意見。

「沒有。只要四老爺跟震二爺商量定了就是了。不過，」馬夫人看著繡春問：「你怎麼樣？」

馬夫人還不知道震二奶奶最後的遺言——整個曹家上下，除了錦兒以外，沒有人曾聽秋月說過，此時可以公開了。「震二奶奶臨終有句話，我只告訴過錦兒。我跟她的想法一樣，覺得這句話，應該先回明太太再說。」

「喔！」馬夫人異常注意地：「上次何謹來，我問他震二奶奶臨終有甚麼交代，他說問過你，沒有話。原來還是有的！你快說吧。」

「震二奶奶臨終交代，但願繡春能跟錦兒在一起，好好過日子。」

馬夫人尚未開口，繡春已斬釘截鐵地答說：「這，辦不到的！」

一句話將馬夫人和秋月都崩得開不得口了。

但芹官與繡春相處日久，對她比較了解，當即說道：「這話有兩層意思，甚至可說三層意思：一是你還俗，二是你仍舊回咱們家來，三是你跟錦兒在一起過日子。你說『辦不到』，是第三層意思辦不到，還是第三層意思辦不到？」他緊接著又說：「那樣的話，未免太讓震二奶奶傷心了。」

這下馬夫人被提醒了。「對啊！」她說，「你願意不願意跟震二爺在一起是一回事！願意不願意回家又是一回事。繡春，回來吧！這兩個多月下來，我可真捨不得你呢！」

「再說，」秋月接口，「就是芹二爺的那句話，總不能讓震二奶奶還有遺憾。」

繡春遲疑了好一會，才答了句：「再說吧！」

大家都能會意，已是應允的表示！事緩則圓，此時反不宜過於執著。而且夜也深了，秋月便說：「太太該安置了。明兒個再細談。」說著，向芹官使了個眼色。

這眼色中的暗示，非常明顯，她還有話要跟芹官說。等他回自己屋子不久，秋月來了，手裡捧著一個盒子，後面跟著繡春。兩人的神情都是肅穆異常。

「芹二爺，」秋月將盒子放在桌上，卻拿手按著，顯得異常珍重似地，「震二奶奶有樣重要東西送你，還有話。你先看東西吧！」

秋月將手挪開，復用雙手將盒子慢慢推到芹官面前。她的手指長而白，皮膚下的纖細青紫筋脈，似乎隱隱在跳動。這使得芹官在打開盒子的那雙手，也在發抖了。

拆開封固的油紙包，裡面是一個錦盒。芹官有似曾相識之感，急急掀開盒蓋，吳三桂用過的那把解手刀，赫然在目，金柄依舊，刀光如雪，但卻染著暗紅的斑點。

「上面是震二奶奶的血。——」

一語未終，芹官渾身發抖，繡春急忙上前扶住，輕聲喝道：「別哭出聲來，驚動了太太！」

芹官使勁將嘴一閉，扶著桌角說道：「我不哭！秋月你說，震二奶奶有甚麼話？」說著，已是淚流滿面了。

「她說：要你記著她的血，讀書上進，別讓她白死！」

「會，會！」芹官再無別話，只是使勁揪著頭髮飲泣。秋月與繡春也陪著他淌眼淚，勸到快天亮時，方始勸得他睡下。

芹官哭溼了枕頭，心裡只想著震二奶奶的遺言，他不知道怎麼樣才能不讓震二奶奶白死，但他知道，他這一輩子在有任何作為時，都會想到這句話。

典藏精裝套組書盒，內附書盒限定別冊
收錄張大春、蔡詩萍、林燿德等
三位名家之專文

張大春：寄懷抱於舊史，創洞識於小說。
高陽隻手捭闔古今！

從一介貧民到富可敵國的「紅頂商人」，
真正的資本主義從胡雪巖開始！
清末最有名的官商，從錢莊經營、藥店商號，
到發展新式造船廠、到現代織呢廠甚至軍火買賣，
胡雪巖是近代民營大企業的始祖，
其商場手腕更是清末在面臨西化過程中的一場燦爛花火。

共同推薦（按姓氏筆畫排序）

上官鼎 作家
宇文正 聯合報副刊組主任
宋怡慧 作家、丹鳳高中圖書館主任
南方朔 作家
張大春 作家
張國立 作家
張鐵志 作家
許榮哲 作家
楊　渡 作家
楊　照 作家
蔡淇華 作家
賴以威 數感實驗室共同創辦人
謝金魚 歷史作家
顏擇雅 雅言文化創辦人

高陽酒鋪
QR CODE

全省各大書店通路均有販售
聯經台北門市：台北市新生南路三段94號1F （02）2362-0308
聯經台中門市：台中市北區崇德路一段198號（04）2231-2023

聯經出版
http://www.linkingbooks.com.tw

高陽作品集・紅樓夢斷系列

延陵劍 新校版

2021年5月三版 定價：新臺幣平裝420元
精裝600元

著者 高陽
叢書編輯 苗榮廖
校對 吳美滿
內文排版 極翔
封面設計 兒日

出版者 聯經出版事業股份有限公司
地址 新北市汐止區大同路一段369號1樓
叢書編輯電話 (02)86925588轉5307
台北聯經書房 台北市新生南路三段94號
電話 (02)23620308
台中分公司 台中市北區崇德路一段198號
暨門市電話 (04)22312023
台中電子信箱 e-mail：linking2@ms42.hinet.net
郵政劃撥帳戶第0100559-3號
郵撥電話 (02)23620308
印刷者 世和印製企業有限公司
總經銷 聯合發行股份有限公司
發行所 新北市新店區寶橋路235巷6弄6號2樓
電話 (02)29178022

副總編輯 陳逸華
總經理 陳芝宇
社長 羅國俊
發行人 林載爵

行政院新聞局出版事業登記證局版臺業字第0130號

本書如有缺頁，破損，倒裝請寄回台北聯經書房更換。
聯經網址：www.linkingbooks.com.tw
電子信箱：linking@udngroup.com

ISBN 978-957-08-5795-5 (平裝)
ISBN 978-957-08-5802-0 (精裝)

國家圖書館出版品預行編目資料

延陵劍 新校版/高陽著．三版．新北市．聯經．2021年5月．
744面．14.8×21公分（高陽作品集・紅樓夢斷系列）
ISBN 978-957-08-5795-5（平裝）
ISBN 978-957-08-5802-0（精裝）

863.57　　110005933